KB083473

얀바루의 깊은 숲과 바다로부터

지은이

메도루마 슌 目取真俊, Syun Medoruma

1960년 오키나와 북부 나키진에서 출생. 류큐대학 법문학부 졸업. 대학 졸업 후 여러 가지 일을 하다가 고등학교 교사로 취직하여 2003년까지 근무하였다. 1983년 「어군기」를 발표하여 작품 활동을 시작하였는데 1997년 「물방울」로 아쿠다가와상을 수상하였다. 단편집으로 『물방울』(1997), 『혼불어넣기』(1999), 『나비떼 나무』(2001), 『혼백의 길』(2023)이 있고, 장편으로는 『무지개새』(2006)와 『기억의 숲』(2009)이 있다. 헤노코 신기지 건설 반대운동을 하면서부터 직설적인 정론을 발표하였는데 이를 묶은 세 권의 산문집이 출판되었다. 『얀바루의 깊은 숲과 바다로부터』는 이 세 번째 정론집이다. 『물방울』(1997), 『혼불어넣기』(1999), 『무지개새』(2006) 그리고 『기억의 숲』(2009)은 한국어로 번역되었다.

옮긴이

박지영 朴智英, Park Ji-Young

일본 불교대학 문학연구과 석사 졸업. 주요 논문으로는 「식민지 시기 김사량 연구—이문화적인 특성을 중심으로」 등이 있으며, 번역 작품으로는 오키나와 작가 오시로 사다토시 소설집 『저승의 목소리』가 있다.

얀바루의 깊은 숲과 바다로부터
초판인쇄 2023년 8월 25일 **초판발행** 2023년 8월 31일
지은이 메도루마 슌 **옮긴이** 박지영
펴낸이 박성모 **펴낸곳** 소명출판 **출판등록** 제1998-000017호
주소 서울시 서초구 사임당로14길 15 서광빌딩 2층
전화 02-585-7840 **팩스** 02-585-7848
전자우편 somyungbooks@daum.net **홈페이지** www.somyong.co.kr

값 23,000원
ISBN 979-11-5905-818-9 03830

얀바루의 깊은 숲과 바다로부터

문학인 산문선 04

메도루마 슌 지음
박지영 옮김

오키나와 헤노코 군사기지 반대운동의 작가
메도루마 슌의 정론적 글쓰기

일본 제국주의가 무너진 이후 한국은 일본의 지배에서 벗어난 반면, 오키나와는 전승국인 미국의 영토가 되었다. 오키나와 인구 4명 중 한 명이 희생되었던, 미국과 일본 사이에 벌어진 오키나와 전투의 결과 오키나와인들이 얻은 것은 일본에서 미국으로 지배 국가의 이동뿐이었다. 1972년 미국은 자신들의 대동아시아 지배 전략의 핵심 국가였던 일본을 달래기 위해 오키나와를 일본에 넘겨 지금까지 이어지고 있다. 일본의 평화헌법 아래에서 전쟁의 공포로부터 해방될 수 있을 것이라고 기대하였던 오키나와인들이 냉엄한 현실을 인식하는 데에는 오랜 시간이 걸리지 않았다. 일본의 군사기지 70%가 오키나와에 집중되면서 일본인들의 일상적인 평화를 지키는 희생물이 되었기 때문이다. 미군 기지로 가득 찬 오키나와에서 가장 위험한 곳이 바로 후텐마 기지였다. 마을 한가운데 자리 잡은 이 기지에는 탄약을 비롯하여 위험한 병기들이 많아 항상 큰 위험을 예고하였다. 실제로 헬기가 주변 학교에 떨어지는 사태가 벌어지면서 오키나와인들은 거세게 항의하였고 예상치 못하였던 오니카와인들의 분노와 항의에 적잖게 당황한 미국과 일본은 후텐마 기지를 오키나와 북부 아름다운 해변인 헤노코로 옮기기로 하고 신기지를 건설하기 시작하였다. 오키나와 전쟁으로 많은 고통의 기억을 안고 있는 오키나와인들은 이를 도저히 받아들일 수 없었기에 본격적인 항의 데모를 시작하였다. 기지를 만들려면 미국의 영토인 괌 등에서 건설하라고 외쳤다. 많은 오키나와의 지식인과 활동가들이 일본의 이러한 비이성적인 태도에 항의하면서 데모에 나섰는데 그 중심에 메도루마 슌이 서 있다. 아름다운 오키나와 북부를 고향으로 갖고 있는 메도루마는 자신의 터전에 미군기지가 들어서는 것을 용납할 수 없을 뿐만 아니라, 오키나와인들이 전쟁의 공포를 계속 겪는다는 것을 도저히 묵과할 수 없었기 때문이었다.

헤노코 신기지 반대 운동 이전에 메도루마는 오키나와에서 가장 유명한 작가였다. 류큐대학을 졸업한 메도루마는 1983년 소설을 발표하면서 주목을 받았다. 일본 본토와는 다른 오키나와의 역사에 뿌리를 두면서도 독특한 상상력으로 미학적 성취를 얻어내어 많은 이들에게 큰 감동을 주었기에 이전의 다른 오키나와 작가와는 매우 달랐다. 사소설에 허덕이고 있는 일본 본토에도 충격을 주어 1997년에는 아쿠타가와 상을 받기도 하였다. 이후 많은 작품을 발표하였는데 작품집과 장편들은 한국에도 번역되어 확고한 독자를 얻고 있다. 『물방울』일본어판 1997; 한국어판 2012, 『혼 불어넣기』일본어판 1999; 한국어판 2008, 『무지개 새』일본어판 2006; 한국어판 2019, 『기억의 숲』일본어판 2009; 한국어판 2018 등의 출판은 한국의 독자들이 아열대의 관광지로만 인식되어 오던 오키나와를 새롭게 인식하는 중요한 계기가 되었다. 하지만 헤노코 신기지 반대 운동이 본격화되면서 그는 글쓰기 전략을 바꾸게 된다. 숨가쁘게 진행되는 신기지 건설에 맞서 매일 싸우면서부터는 현장에서의 생생한 정황을 글을 통해 세상에 널리 알려 기지 건설을 좌절시켜야 한다는 절박함이 제기되었기에 미국과 일본의 정의롭지 못한 행동을 고발하고 오키나와인들의 처절한 투쟁의 진실을 알리는데 적합한 정치적 에세이 즉, 정론의 형식으로 글을 발표하였다. 소설은 줄고 정론은 늘었다. 마치 중국의 루쉰이 단편소설을 창작하다가 잡감에 더 많은 시간을 할애한 것과 비슷한 형국이었다. 그때그

때의 현안을 오키나와 민중의 입장에 서서 신문이나 잡지에 짧은 글을 발표함으로써 오키나와 내외의 여론을 형성하는 것이 활동가일 뿐 아니라 작가이기도 한 자신의 사명이라고 생각하였던 메도루마는 신기지 건설이 공표되던 1999년부터 현재까지 무려 사반세기에 걸쳐 지치지 않고 이러한 정론을 발표하고 책으로 묶어 내었다. 그 첫 책은 2001년에 나온 『풀의 소리, 뿌리의 의지』이며, 이번에 번역된 2020년에 출간된 『얀바루의 깊은 숲과 바다로부터』는 그 세 번째이다.

『얀바루의 깊은 숲과 바다로부터』는 2006년부터 2019년까지 발표된 정론을 묶은 것이다. 동아시아는 물론이고 세계문학사에서 예를 찾아보기 힘든 이러한 글쓰기를 통해서 오키나와는 물론이고 전 지구인에게 평화를 위한 작가의 글쓰기의 모범을 보여주고 있다. 메도루마의 정론은 기본적으로 헤노코 군사기지 반대운동의 산물이기에 야마토 일본과 오키나와 사이의 긴장이 기본을 이룬다. 오키나와인들의 저항을 무시하면서까지 군사기지를 건설하려고 온갖 물리적 탄압을 일삼는 일본 야마토 정부와 많은 어려움 속에서도 기지 반대운동을 하는 오키나와인들의 면모가 이 책에 고스란히 들어 있다. 하지만 이 책은 여기에 그치지 않는다. 일본 정부를 자신들의 대동아시아 방어 전략의 핵심축으로 삼고 있는 미국에 대한 비판도 큰 대목을 차지하고 있다. 겉으로는 나서지 않으면서도 속으로 자신들의 기지를 관철시키는 미국의 오랜 전략을 낱낱이 드러내고 있기에 한층 흥미롭다. 그런데 이 책에서 놓치지 말아야 할 가장 중요한 것은 1879년 류큐를 식민지로 만든 이후 벌어진 동아시아에서의 제국주의 근대성에 대한 것이다. 명치유신 이후 유럽의 제국주의를 그대로 학습하여 동아시아를 자신의 영역으로 만들려고 하였던 일본의 근대와 이를 방조하는 구미의 근대 자체를 비판하면서 새로운 동아시아를 상상하는 일이다. 아름다운 오키나와의 자연 생태계를 파괴하면서 기지를 세우려고 하는 일본과 미국의 군사주의적 근대의 폭력에 맞서는 것이야말로 근대 이후를 모색하는 작가의 노력인 것이다. 제국주의 이후의 동아시아에서 근대를 넘어서려고 하는 작가의 지향과 사색으로 빛나는 이 책은 분단과 국민국가를 넘어 새로운 세계를 상상하는 우리들에게 많은 시사점을 줄 것이다.

현재 동아시아에서 가장 치열하게 글을 쓰고 있는 행동하는 작가 메도루마 슌의 정론을 묶은 책 중에서 처음으로 한국에 선을 보이는 이 책을 통하여 고통 속에서도 굴하지 않고 치열하게 싸우고 있는 오키나와 민중의 면모를 볼 수 있기를 바란다. 필자가 오키나와에서 메도루마 슌을 만날 때에는 항상 투쟁 현장이거나 혹은 기지 반대 운동을 마치고 집으로 돌아가는 길 위에서였다. 소설에 전념하고 싶지만 오키나와가 처한 상황을 외면할 수 없어 안타까워하던 표정이 눈에 선하다. 헤노코 군사기지 반대운동이 성과를 얻어 오키나와 근현대를 배경으로 한 장편소설을 쓸 날이 오기를 마음속으로 빈다.

2023년 8월

원광대 국문학과 교수, 오키나와문화연구회 회장

김재용

차례

2013년 237

2014년 271

2015년 287

2016년 321

2006년

오키나와 전투 말기에 많은 사람들이 죽음으로 내몰렸던 마부니 해안(2012.6.23).

오키나와전戰의 기억

작년 가을, 고모로부터 오키나와전戰 당시의 이야기를 들었다. 내가 태어나 자랐던 오키나와섬 북부에 있는 나키진촌今帰仁村에서의 이야기다. 1944년 마을에 일본군이 쳐들어왔다. 태평양 섬 곳곳에서 일본군은 패배를 거듭했고, 그로 인해 미군의 오키나와 상륙 기색이 높아지고 있었다. 이에 대비하기 위해 오키나와 각지에 일본군이 배치되었고, 지역주민들은 비행장 건설과 진지 구축에 동원되었다. 당시 17세였던 고모는 아군일본군이 쓰던 초등학교의 가사에 동원되었다. 그리고 일본군 배치와 함께 마을에는 '위안소'가 설치되었다.

고모의 가족, 즉 나의 조부모와 아버지가 살고 있었던 집 대각선 방향에 미야기 의원이라는 병원이 있었다. 의사는 군의관으로 동원되었고, 다른 가족들은 규슈로 넘어갔기 때문에 그 병원 건물을 '위안소'로 이용했다고 한다. 그곳에서 일본 군인들을 상대하게 된 것은 마을 여관에서 일하던 오키나와 여성들이었다. 그 무렵의 오키나와에서 가난한 집 아이들이 팔려 가는 것은 드문 일이 아니었다. 남자아이에게 '이토만아이이토만 어부에게 팔아버린다'가 되고 싶냐는 말이 가장 잘 먹히는 협박이었다는 이야기는 내가 어렸을 때1960년대도 귀에 못이 박히게 들었던 이야기이다. 여성들은 거리의 유곽으로 많이 팔려 가곤 했다. 마을 여관에서 일하던 여성들도 그런 루트로 섬 중남부에서 어린 시절에 팔려 왔다고 했다.

다음해인 1945년 4월 1일에 미군이 오키나와섬에 상륙하기 시작했다. 3월 말부터 연일 행해지는 미군의 공습과 함포 사격으로 인해 조부모님의 집도 불타 버리고 말았다. 미군의 공격에 쫓겨 고모는 가족과 함께 나키진今帰仁 산야 여기저기 도망쳐 다녔다. 압도적인 무력 차이를 이기지 못하고 오키나와섬 북부는 4월 중순쯤 미군에게 제압당하고 말았다. 참호에 숨어있던 고모와 조부모님은 결국 미군에게 발각되었고, 이후 수용소에 들어가기 전까지 친척집에서 잠시 머물렀다고 한다. 그리고 그 옆집에는 여관집 여성들이 살고 있었다. 위안부가 되어 일본 군인들을 상대했던 여성들은 이번에는 그 집에서 미군을 상대하게 되었다. 마을 여성들이 미군에게 강간당할까 걱정했던 마을 유지 중 일부가 아이러니하게도 미군용 '위안소'를 만들어 놓은 것이다.

고모가 살던 집에는 그 '위안소' 식량이 놓여 있었다. 교대로 여성들이 식량을 가지러 올 때, 고모는 안면이 있는 여성과 짧은 대화를 나누곤 했다고 한다. 매일 십여 명이 넘는 몸집이 큰 미군을 상대하는 것이 '힘들다'고 말했다고 했다. 전쟁 당시 마을에 있었던 일본군의 '위안소' 여성들은 일본군이 패주하여 산속으로 도망치자, 이번에는 미군을 상대해야 했다. 나는 이 이야기를 할아버지와 아버지에게 들었고, 그 기억을 바탕으로 『나비떼나무』라는 소설을 썼다.

이번에 고모의 이야기를 듣고 새롭게 몇 가지 사실을 알게 되었다. 고모와 조부모님은 공교롭게도 일본군 및 미군을 상대하는 두 곳의 '위안소' 근처에서 생활하고 있었다. 그 때문에 이런 일이 있었다는 것을 알고 있었을 것이다. '위안소'에 대해서는 당사자가 스스로 고백하는 경우가 적고, 가까이 살지 않으면 마을 사람이라도 모르는 경우가 많다. 야마토 사람들은 '위안소'라고 하면 중국, 한반도, 남양제도에서의 일이며, 오키나와에도 존재했다는 사실조차 모르는 사람이 많다.

고모로부터 다음과 같은 이야기도 들었다. 고모가 살고 있던 친척 집 벽장에 한 남성이 숨어있었다. 그 남성은 같은 마을의 사람으로 일본군에게 스파이로 찍혀 발각되면 죽은 목숨이기 때문에 할아버지가 숨겨 주셨다고 했다. 미군에게 제압당한 이후, 일본군은 낮에 산속에서 유격전을 벌인다고 하고는 산속에 숨어 있다가 밤이 되어 미군이 사라지면 마을로 내려왔다. 주간 미군과 접촉한 주민들을 일본군에게 알리는 협력자들이 주민들 속에 조직되어 있었다. 협력자들에게 얻은 정보를 바탕으로 일본군은 주민들에게 스파이 혐의를 씌우고 학살하는 사건이 오키나와 각지에서 일어났다. 그것이 일본군에 대한 공포와 반발을 낳았다.

미군보다 패잔병이 된 일본군이 더 무서웠다는 이야기는 나도 조부모님으로부터 여러 차례 들었다. 친척 집에 숨어있던 남성은 다행히 일본군에게 발각되지 않았다고 한다. 벽장 안에 숨어있던 남성이 갑자기 생각난 일이라며 고모에게 말해 준 이야기는 중국에서의 자기 체험이었다. 일본군으로서 중국 대륙에서 싸우고 있던 남성은 어느 날 스무 명 정도의 여성과 아이들만 숨어있는 참호를 발견했다. 당시 마을에는 불쏘시개로 쓰기 위해서인지 각 집에 수확한 콩을 건조한 줄기와 잎이 있었는데, 일본군들이 그것들을 호 입구에 쌓아 올린 뒤 불을 지펴 여성과 아이들을 불태워 죽였다고 했다. 벽장에 숨어있으면서 그는 당시 참호 속에서 공포에 떨고 있었을 여성과 아이들을 생각했다. 마찬가지로 일본군에게 목숨이 노려지는 몸이 되자, 남성은 자신이 한 행위의 의미를 살해당하는 입장에서 깨닫게 된 것 같았다. 그때는 해서는 안 될 짓을 했다고 고모에게 고백했다고 한다.

작년은 '전후 60년'으로, 오키나와 신문이나 TV에서 연일 전쟁 체험자의 증언을 전달하거나, 오키나와전을 검증하는 특집이나 시리즈가 편성되었다. 그것들을 보면서 오키나와전에 대해서 생각하는 한편, 이야기되거나 기록되지 못한 채 체험자의 죽음과 함께 사라져 간 방대한 전쟁의 기억이 있음을 되새기지 않을 수 없었다. 이미 돌아가신 조부모님과 친척 등 가까이에 있는 사람들로부터 오키나와전 체험이나 그들이 살아 온 역사를 제대로 들어 두지 못했던 것이 후회된다. 적어도 내가 사는 마을의 어르신으로부터 오키나와전에 대한 이야기를 듣고 싶다고 생각하면서도, 눈앞의 일에 쫓겨 실행하지 않은 나 자신이 한심하기도 하다.

최근 몇 년 사이 오키나와전에 대한 역사 수정주의의 움직임이 강해지고 있다. 특히 일본군의 '명예 회복'이라 칭하며 일본군이 저지른 주민 학살과 '집단자결'의 명령·강제를 은폐하려는 움직임이 눈에 띈다. 히메유리 학도대와 철혈근황대 학생들의 죽음을 순국 미담으로 만드는 작위도 반복되고 있다. 우리 아버지도 14세에 철혈근황대로서 전장에 동원되어 총을 들고 미군과 싸웠지만, 직접 말해준 그 체험은 순국 미담과는 거리가 매우 멀었다. 그러한 역사 수정주의의 횡행을 비판하기 위해서라도 오키나와 전투에 대해 알고, 체험자의 이야기를 들어야 한다고 생각한다.

고모의 이야기만 들어도 아직 밝혀지지 않은 오키나와전의 실상이 있다. 오키나와의 '위안소'에는 한반도에서 끌려온 여성들도 많았다. 그 사람들도 포함해서 더욱 자세하고 적확한 실태조사가 이루어져야 한다. 오키나와 사람들의 피해 문제뿐만 아니라 가해 문제에 대해서도 더 깊이 되짚어 볼 필요가 있다. 오키나와전을 조사하고 고민하는 것은 나에게 있어서 단지 과거를 되돌아보는 과정이 아니다.

현재 세계적 규모로 진행되고 있는 미군 '재편'에 따라 전국의 미군기지 및 자위대 기지가 대 중국 및 대 테러 전쟁을 목적으로 재편성·강화되고 있다. 그런 가운데 미·일 양 정부는 오키나와에 마치 기지의 '부담 경감'을 하려는 듯한 리액션을 취하면서, 실제로는 '억지력抑止力 유지'라는 이름으로 미군의 기지 기능을 효율화하고, 나아가 '남서방면 중시'를 내세운 자위대의 강화도 추진하려 하고 있다.

오키나와는 61년 전이나 지금이나 변함없이 일본의 '사석'이다. 그 '사석'의 위치에서 벗어나기 위해서도 오키나와전을 현재의 문제로 두고 계속 생각해야만 한다. 미·일 안보 체제의 필요성을 말하면서 압도적 다수의 일본인은 그 부담을 스스로 짊어지려고 하지 않는다. 정작 유사시=전쟁이 터지면 미군과 자위대가 지키는 것은 영토이며, 오키나와 사람들은 본토 방위를 위해 버림받을 것이다. 미군과 자위대가 자신들을 지켜줄 것이라는 환상은 어차피 본토에 사는 일본인만을 위한 환상이다.

'치유의 섬'에서의 군사 강화

9월 30일, 나하なは 군항에 미 육군 패트리엇 미사일PAC-3의 장비를 실은 미군 차량이 상륙했다. 연일 새벽에 미군은 58번 국도를 통해 가데나 기지로 장비들을 실어 나르고 있다. 위장도색을 한 대형 트레일러가 줄지어 달려가는 모습은 길가에서 지켜보는 현민들에게 '전쟁 전야'를 느끼게 했다.

> 새벽 2시쯤 가데나정嘉手納町 미즈가마水釜에서 한 관광객 남성이 맞은편 게이트에서 가데나 기지로 들어가는 차량을 바라보았다. '일반 도로에 이렇게 큰 군용 차량이 다니는 것이 이상하다. 내 고향에서는 있을 수 없다'라며 놀란 표정을 지었다.『오키나와 타임스』, 10월 2일 자 조간

그에 앞서 9월 25일에는 후텐마 기지 '이전移設' 문제로 해병대 기지 캠프 슈워브 게이트 앞에서 평화운동을 벌이고 있는 시민단체 회원들을 체포하는 사건이 발생했다.

9월 14~15일, 나하 방위 시설국과 나고시 교육위원회는 캠프 슈워브 내에서 매장 문화재 조사를 실시하려고 했다. V자형 활주로를 갖춘 새로운 기지를 건설하기 위해서는 현재 있는 막사를 다른 곳으로 옮겨야 하는데 그 예정지에서 유적이 발견될 가능성이 제기되었다. 때문에 건설 전에 조사의 하나로서 현장을 확인하고자 했다. 이에 대해 기지 건설을 전제로 한 매장 문화재 조사에는 반대한다는 시민단체들이 기지 게이트 앞에서 시위를 벌여왔다. 그리고 헤노코 반대

운동이 시작된 이래 처음으로 체포자가 나왔다. 조사를 받은 T씨는 3일 후에 풀려났지만, 반대운동을 억누르기 위한 부당 탄압으로 유치된 나고 경찰서 앞에는 연일 50~60명의 지지자가 모였다.

그렇게 미군 기지를 둘러싼 움직임이 분주해지는 가운데, 10월 4일 『류큐신보』에 「미야코지마에 육상 자위대 신기지 / 09년도에 200명 배치」라는 기사가 실렸다. 오키나와 주둔 육상 자위대 제1혼성단 여단화*의 일환으로 미야코지마宮古島에 새롭게 육성 자위대 부대를 배치하고 기지를 건설하여, 장기적으로는 600명 규모까지 증강할 전망이라는 내용이었다. 현지 미야코지마시宮古島市의 이시미네 아키라 시장이 자위대 강화에 반대하는 입장을 취하고 있지만, 그 외에도 미야코지마宮古島에는 시모지섬 공항의 군사화 문제도 있다. 중국과 대항하는 도서 방위의 거점으로서 미야코지마宮古島를 자리매김하려 하고 있으며, 동시에 야에야마八重山와 요나구니섬与那国島에서의 자위대 활동도 활발해지고 있다. 이것이 '치유의 섬'이라 불리는 오키나와의 현실이다.

주일미군 재편으로 '오키나와의 부담 경감'이 진행된다는 말을 자주 들었고, 지금도 듣고 있다. 하지만 실제로 진행되고 있는 것은 미군과 자위대의 강화이며, 새로운 기지 건설에 의한 '부담 증대'이다. 9월 말부터 캠프 슈워브 게이트 앞에서 벌어지고 있는 항의 행동에 나도 몇 번인가 참가했다. 플래카드를 들고 서 있으면 사격훈련을 하러 가는 군인을 태운 트럭이 게이트를 빠져나와 눈앞을 지나간다. 사막용 위장색을 칠한 헬멧과 방탄복, 전투복으로 무장한 채 라이플총을 든 젊은 군인들이 짐칸에 타고 나가는 모습은 이라크 전투를 담은 TV 화면 그대로이다. 그것을 보고 있으면 오키나와의 미군기지가 미·일 안보조약의 '극

---

* 여단 : 사단보다는 작고 연대보다는 큰 부대로 단일 병과 부대나 특수작전부대 등이 해당.

동 조항'을 벗어나 중동 전쟁터까지 이어지고 있음을 실감하게 된다.

미군뿐만이 아니다. 주일미군 재편에 따라 자위대 또한 중동에서 동아시아에 이르는 '불안정 원형지대'에서 미군과 함께 군사 행동을 할 수 있도록 강화되고 있다. 고이즈미 정권에서 아베 정권으로 바뀌면서 주일미군 재편을 실현하기 위한 오키나와에 대한 압력은 더욱 커질 것이다. 일본 전체의 안전을 위해 오키나와의 희생은 어쩔 수 없다고 말하면 그걸로 끝인가. 오키나와에 있으면 군대가 흩뿌리는 퀴퀴한 냄새가 코를 찌른다. 미군을 받쳐주며 함께 전쟁을 할 수 있는 나라로 변해가는 일본을 아시아와 중동 국가들이 '아름다운 나라'로 볼 수 있을까.

과거 반성 없는 기본법 '개정'

「철혈근황대」, 「현縣과 군軍의 비공식 외교 문서」, 「16세 이하 동원」, 「위법, 명부 제출하여 연계」라는 제목의 기사공동통신전송가 『류큐신보』 10월 20일 자 조간 1면 톱에 게재되었다. 당시 중학교와 사범학교에 다니던 학생들도 오키나와 전투에 동원되었다. 학도 동원된 남학생들은 '철혈근황대'라 불리며 통신 및 정보 전달 업무뿐만 아니라 전투에도 동원되었고 천수백 명 중 절반 이상이 전사했다고 한다. 그 동원에 있어서 오키나와현과 오키나와 수비군제32군 간에 체결된 합의문서의 영문 번역을 하야시 히로시 관동학원대학 교수가 미국 국립공문서관에서 발견했다는 기사 내용이다.

하야시 교수가 발견한 문서에 따르면, 현과 각급 학교 및 군은 '긴밀한 협조 아래 군사 훈련을 실시하고, 비상사태가 발생하면 직접 군 조직에 편입하여 전투에 참여시키겠다'라고 하는 14~17세 학도들의 소집에 대비한 서류를 작성하도록 명령했다. '시마다 아키라 지사당시가 학교를 통해 모은 학도 명단을 군에 제출하고, 그것을 바탕으로 동원하는 절차를 기록'했다고 한다. 당시 방위 소집 대상은 17세 이상이었다. 원래대로라면 16세 이하의 학생은 부모 곁으로 돌려보내, 피난시켜야 한다. 그러나 13~14세 소년부터 70세 전후의 노인까지 신체에 이상 없는 남성 중 상당수가 철혈근황대, 호향대, 방위대로서 일본군과 행동을 함께해야 했다. 특히 15년 전쟁* 하의 군국주의 교육을 받은 10대 소년·소녀들은

* 1931년부터 1945년까지의 15년에 걸친 일본의 대외전쟁 총칭. 만주사변, 중일전쟁, 태평양전쟁 등.

천황을 위해서 목숨을 바칠 결의로 전쟁터에 나갔다. 이를 군뿐만 아니라 행정·학교도 적극적으로 추진했다는 사실을 이번 자료가 증명하고 있다.

내가 이 문제에 강한 관심을 두는 것은 우리 아버지도 현립 3중의 철혈근황대 일원으로서 싸웠기 때문이다. 1930년 9월생인 아버지는 오키나와전 당시 14세였다. 몸집이 작고 지금의 초등학교 4학년 정도의 체격이었으며, 38식 보병총이 무거워 나무나 둑에 받치고 쏘았다고 했다. 아버지 세대들이 아시아·태평양전쟁에 참여하여 실제로 전쟁터에서 총을 잡은 사람 중 최연소이지 않을까. 우에하라라는 오키나와 출신의 군인이 눈앞에서 총에 맞아 죽고, 패잔병이 되어 산에서 함께 행동하고 있던 일본군들에게 스파이로 의심받아 살해당할 뻔한 일들을 아버지로부터 몇 번인가 들은 적이 있다.

아버지가 있던 곳은 오키나와섬 북부의 산간 지역이었다. 격전지가 된 중남부에 있었다면 과연 살아남을 수 있었을까. 현립 제2중학교에서는 동원된 학생 144명 중 127명(88.2%)이, 현립 공업고등학교에서는 94명 중 85명(90.4%)이 목숨을 잃었다.『오키나와 대백과사전』, 오키나와 타임스

이번 국회에서는 교육기본법을 둘러싼 심의가 진행되고 있다. 가까운 시일 내에 정부안에 의한 '개정'이 이루어질 가능성이 높다. 한편 국민 보호법에 따라 유사=전쟁에 대응하는 지역계획 제정이 각 지자체에서 진행되고 있다. 이런 시기에 오키나와 전장에 동원된 학생들의 실태가 얼마나 의식적으로 검토되고 있을까. 오키나와 전투에만 한정되지 않는다. 학도 동원은 전국 각지에서 이루어졌다. 학업을 단념하고 아시아·태평양의 각지에서 목숨을 잃어야만 했던 혈육을 떠올리며 지금도 사무치게 그리워하는 사람들이 전국 각지에 있을 것이다.

그러한 역사가 지금 얼마나 많이 회자되고 아픔이 공유되고 있는가. 국민을 전쟁으로 몰아가기 위해 학교와 지역 행정이 맡았던 역할은 자명하다. 국가 총

동원 아래, 군의 명령에 따라 학생과 주민을 전쟁에 내몬 것은 학교 교사와 동사무소 직원 등 공무원과 지역 지도자들이었다. 그 반성에서 이후의 교육과 행정이 시작되었을 것이다. 그러한 역사를 잊을 때 같은 일이 반복된다. 그 우를 범해서는 안 된다. 지금 진행되고 있는 교육기본법 '개정'과 지역에서의 유사시=전쟁계획 수립에 강력히 반대한다.

기지 문제와 지사 선거

11월 19일에 실시된 오키나와현 지사 선거에서 자민당과 공명당이 미는 나카이마 히로카즈 후보가 야당의 이토카즈 게이코 후보를 꺾고 당선되었다. 12월 10일부터 오키나와에서는 새롭게 나카이마 현정이 시작된다. 전전번의 오다 마사히데와 이나미네 게이치의 선거 이래, 후텐마 기지의 '이전' 문제가 쟁점이 되기도 한 탓에 오키나와현 지사 선거는 전국적인 주목을 받아 왔다. 그리고 보수 성향의 지사가 당선될 때마다 오키나와 사람들은 기지 문제보다 경제 문제를 우선하여 새로운 지사를 선택한다는 해설이 매스컴에서 흘러나온다. 얼핏 보면 그럴듯한 해설은 사실 알고 보면 이상하다.

애초에 미군기지의 수용이냐, 경제의 진흥이냐고 하는 양자택일이 설정되는 지사 선거가 전국에서 얼마나 있을까. 미군기지가 없는 대다수 현에서는 아예 그런 설정조차 없을 것이다. 그렇다고 오키나와 이외에 미군기지가 있는 지역의 지사 선거에서는 논점이 될 수 있을까. 그러한 선택사항이 설정되는 것 자체가 오키나와의 비이상적인 상황을 나타내고 있다.

전국에 있는 미군 전용 시설 중 75%가 오키나와에 집중되어 있다. 그 대부분은 오키나와섬에 있으며, 섬 전체 면적의 20% 가까이 차지한다. 시가지 한가운데 있는 후텐마 기지뿐 아니라, 다른 기지들도 주택지와 인접해 있어 새로이 기지를 만들 수 있는 곳은 없다. 그걸 억지로 만들려고 하니까 당연하게도 반대운동이 일어나는 것이다. 그 반대운동을 억누르기 위해 보조금과 진흥책을 뿌린다. 그러나 애초에 무리한 건설 계획이기 때문에 반대운동이 수습되지 않고 기지 '이전移設' 또한 진행되지 않는다.

현 지사 선거 때마다 반복되는 '기지 수락'인가 '경제 진흥'인가 하는 양자택일은, '이전'을 오키나와현 내에 한정하는 일본 정부의 의사에 의해서 발생하고 있다. 이번에 당선된 나카이마 지사만 해도, 후텐마 기지의 현縣 내 '이전' 용인의 자세는 나타냈지만, 일본 정부와 미국 정부와의 사이에 합의된 V자형 활주로안은 '받아들일 수 없다'고 주장하고 있다. 정부가 추진하는 V자형 활주로안을 용인하면 선거에서 이길 수 없겠다는 정치판단이 있었을 것이다.

실제로 투표일 전에 『류큐신보』와 오키나와TV 방송이 실시한 여론 조사에서 나카이마 후보 지지자 중 'V자안의 무조건 수락' 용인은 6.6%, '수정 후의 V자안 수락' 용인도 9.9%에 그쳤다. 주목해야 할 것은 나카이마 후보의 지지자 중에서 후텐마 기지의 '즉시 무조건 반환'을 바라는 사람이 13.3%, '현 외·국외 이전'을 바라는 사람이 19.3%나 있다. 야당의 이토카즈 후보 지지자는 '즉시 무조건 반환'과 '현 외·국외 이전'의 합계가 82.2%, 'V자안의 무조건 수용'은 1.3%에 지나지 않았다.『류큐신보』, 11월 14일 자 조간

이러한 조사 결과와 이토카즈 후보가 3만 표 가까이 얻은 것을 생각하면 나카이마 후보가 당선했다고 해서, 오키나와 현민이 후텐마 기지의 현 내 '이전'을 받아들였다고 단순하게 해석할 수 없을 것이다. 하물며 정부의 V자형 활주로안은 보수의 나카이마 지사조차 '받아들일 수 없다'고 말할 정도로 강한 반대의 목소리가 있는 것이다.

전후 60여 년 동안 미국 기지를 억지로 떠맡아온 오키나와에서는 경제 문제와 기지 문제가 복잡하게 얽혀 있다. 실업률도 전국 평균의 2배 가까운 숫자가 유지되어, 기지 용인을 위한 진흥책과 보조금에 대한 의존이 진행되고 있다. 그

로 인해 기지 문제에 대한 현민의 의식이 선거에 직접 반영하기 어려운 구조가 만들어졌다. 지사 선거의 결과를 보고 오키나와 사람들은 미군 기지를 받아들였기 때문에 다른 지역 사람들은 더 이상 생각하지 않아도 된다고 할 수 없다. 지사 선거와 현민의 의사 간에 발생하고 있는 기지 문제에 대한 불균형은 미·일 안보에 의한 군사적 부담을 오키나와에 강요하려는 일본 정부의 의사에서 발생하고 있는 것이며, 이를 지탱하고 있는 것은 다른 지역에 사는 대다수 일본인이다.

2007년

국립 요양원 오키나와 애락원 물탱크에 남아있는 미군의 탄흔(2011.5.22).

방위성 승격

명심해야 할 것

9일 방위성이 출범했다. 아울러 자위대의 해외 파병이 본격적인 임무가 되어 일본의 안전 보장 정책의 전환이 이루어졌다. 이를 단순한 시대의 흐름으로 끝내고 싶지 않다. '전수방위專守防衛'를 주장하고 자국을 지키기 위해 존재하므로 자위대인 것이다. 이들은 군대가 아니다. 그동안 주장해 온 것들을 모두 잊은 듯 해외파병을 본연의 임무로 삼는다. 자위대 본연의 정체성의 근본부터 바꾸는 전환이 충분한 논의도 없이 조금씩 이루어진 것은 매우 위험한 일이다. 교육기본법 '개정'을 둘러싼 타운 미팅의 조작 문제나 괴롭힘 문제가 논의되는 한편, 자위대법 '개정'은 미디어의 보도도 적고, 시민의 관심도 낮은 채로 성립해 간 것이 실정이다. 그로 인해 앞으로 발생할 문제에 대한 검토도 불충분한 채 점점 현실이 되고 있다.

예를 들어 자위대의 활동 범위가 확대됨에 따라 문민통제가 더욱 중요해졌다는 지적이 나오고 있다. 그러나 이라크 사마와로의 자위대 파병에 대해 일본 언론은 독자적인 취재를 할 수 없었다. 자위대 홍보부에서 제공되는 영상만 방송될 뿐, 처음부터 정부나 방위청당시에 의해 제한된 정보를 바탕으로 보도가 이루어지고 있었다. 그렇게 자위대의 해외 활동 실태를 정확하게 파악할 수 없는 상태가 앞으로도 계속될 것이라고 생각한다. 이럴 때 도대체 어떻게 문민통제를 해 나가겠다는 것인가. 또 이렇게 말하면 자위대는 구 일본군과는 다르고 시대도 다르니 함부로 폭주하는 일은 없을 것이라는 반론이 나온다. 나도 그렇게까지 문제를 단순화하려고 생각하지 않는다.

다만 우리는 명심해야 한다. 군대는 원래 최소한의 정보만 공개하며 언론을 자신의 통제 속에 두려고 한다. 그에 대해 언론과 시민들이 긴장감을 느끼고 끊임없이 그 활동을 감시하고 검증하고자 하는 자세가 없다면 그 활동을 통제하기는커녕 실태 파악조차 쉽지 않을 것이다. 내가 우려하는 것은 지금 그 감시 및 검증하는 힘이 약해지고 있다는 사실이다. 자위대가 사마와에서 돌아온 이후, 언론과 우리 시민들은 전장에 자위대를 파병한 것에 대해 어느 정도의 검증과 논의를 거듭했을까. 미국이 선제공격의 빌미로 삼았던 대량파괴 무기는 발견되지 않았으며, 내전 상태라고 불릴 정도로 이라크 상황은 혼란에 빠져 있다. 미국이 벌인 전쟁은 이미 정당성을 잃었고, 그러한 미국을 따라 자위대를 사마와에 파병한 고이즈미 전 총리의 판단 또한 본래라면 엄격하게 검증되어야 한다. 그나마도 할 수 없는 언론이나 시민의 현실을 볼 때 앞으로의 불안을 느끼지 않을 수 없다.

10일 자 『류큐신보』 조간에 오키나와섬 북부에 있는 캠프 한센 기지 안에서 미 해병대가 이라크에서 가져온 사제폭탄IED으로 미군과 육상자위대 제1혼성단이 훈련을 한 사실이 보도되었다. 이라크 전쟁에서 미군 사망자의 40% 이상이 IED에 의한 것이라고 한다.

> 제1 혼성단 공보실에 따르면 해병대의 불발탄처리EOD 부대원들이 이라크에서 가져온 실물 IED을 가지고 자위대원들에게 기초지식과 종류, 위력 등을 설명하고, 훈련장 16영역 내에서 해병대원들이 IED가 설치된 상황을 재현하고 수색 방법도 시연했다. 또한, 육상 자위대 소속 처리 대원도 실제로 숨겨진 IED를 발견하는 훈련을 실시했다.『류큐신보』 전술

미군 재편에 따른 자위대와 미군의 일체화가 진행되고 있다. 일체화라기보다는 사실 속군화라고 하는 편이 정확하다. 자위대가 해외파병을 본래 임무로 삼은 것도 미군의 요청에 부응하기 위해서가 아닌가. 앞으로 미군은 사마와에서의 활동 이상의 것을 자위대에게 요구할 것이다. 오키나와의 미군 기지에서 이루어지고 있는 자위대 훈련이 언젠가 해외 전쟁터에서의 임무가 될 것이다. 그것이 염려된다.

이라크전, 우리도 당사자다

2월이 된 지금, 기노완시宜野湾市에 위치한 후텐마 기지에 헬기가 없는 상태이다. '1월 중순에 헬기 중대中隊 1개CH46E 헬기 12기가 이라크로 파병된 이후, 남은 헬기 부대를 포함한 제31 해병 원정 부대31MEU가 오키나와 근해에서의 훈련을 위해 나가 있기 때문'『류큐신보』, 2월 7일 자 조간이라고 한다.

이 일은 우리에게 두 가지에 대해 알려주고 있다. 첫째는 주둔 미군의 활동 범위와 성격, 그리고 이라크 전쟁과 우리들의 관계이다. 미·일 안보조약에 따라 재일·재오키나와 미군은 일본의 방위와 극동의 안전을 위해 주둔하고 있다. 그러나 후텐마 기지 소속 헬기 중대가 이라크에 파병된 것에서 알 수 있듯이 동아시아 지역을 넘어 중동을 비롯한 아시아·서태평양 전역에서 활동하고 있다. 후텐마 기지 헬기 부대의 이라크 파병은 이번이 처음이 아니다.

2004년 8월, 후텐마 기지에 인접해 있는 오키나와 국제대학에 CH53D형 헬기가 추락했다. 그 직후부터 동일한 기체를 포함한 헬기 부대가 이라크에 파병되었다. 같은 해 2월 이후 나고시名護市 헤노코辺野古에 있는 캠프 슈워브 기지에서도 해병대 부대가 이라크에 파병되었다. 이미 90년대부터 가데나 기지의 F15부대가 이라크 공습에 참여했고, 오키나와에 주둔해 있는 미군은 한국전쟁, 베트남전쟁 때부터 일관되게 타국 침략전쟁을 주요 역할로 삼아왔다. 현재 미국의 이라크 점령은 실패했고, 이라크는 내전 상태에 있다고 한다. 그런 상황에서 부시 대통령은 이라크에 미군 증파를 내세우고 있다. 후텐마 기지의 헬기 부대가 이라크에 파병되고 있는 것도 그 일환이다.

이와 같은 부시 대통령의 전쟁 확장 정책에 반대하여 1월 27일 수만 명 규모의 집회가 미국 워싱턴에서 열렸다. 그러나 이런 미국이나 이라크 상황을 일본인 대다수는 제삼자의 입장에서 보고 있지 않은가. 부시 대통령의 요구에 따라 사마와에 육상자위대를 파병한 것과 현재 항공자위대가 이라크에서 수송 활동을 벌이고 있는 것. 더 나아가 오키나와에 주둔해 있는 미군이 이라크로 파병되는 것 등을 보면 이라크에서 계속되고 있는 전쟁에 우리도 당사자로서 관여하고 있는 것이 분명하다. 미국의 이라크 침략전쟁 개시를 앞두고 일본 내에서도 반전 시위가 활발히 벌어지고 있지만, 미국 내에서 '이라크 전쟁 반대 및 미군 즉각 철수'의 목소리가 높아지고 있는 지금, 그에 호응하는 운동을 일본 오키나와에서도 만들어내고 싶다.

둘째는 후텐마 기지의 존재 이유가 희박해지고 있음을 미군 자체가 보여주고 있다는 사실이다. 미국은 북한 문제와 중국의 군사 확대 등 동아시아의 불안정 요인을 지적하지만, 후텐마 기지가 이에 대응하는 전방 전개 기지라면 헬기가 한 대도 없는 공백 상태가 왜 발생하고 있는가. 주일미군 재편에 따라 오키나와 주둔 해병대 8,000여 명이 사령부 기능을 중심으로 괌으로 이전할 것이라고 한다. 중국의 중거리 미사일이 사정권 밖으로 벗어나는 것이나, 수송 능력의 향상으로 부대 이동이 신속해진 것, 태평양 지역에 있어서 괌의 거점화 등 몇 가지 이전移設의 이유가 거론되고 있다.

오키나와에 주둔해 있는 해병대에 관해서는 유사=전쟁할 때만 오키나와에 부대를 두고 평상시에는 국외에 둔다는 '유사 주둔론'을 주장하는 군사전문가도 있다. 실제로 더욱 큰 규모로 오키나와 주둔 해병대의 국외 이전이 가능한데도 이를 막고 있는 것은 일본 본토의 안전을 위해 오키나와에 미군을 묶어 두고 싶다는 일본 정부의 의지와 기지가 만들어내는 이권에 떼 지어 몰려드는 자들의 계산, 그리고 미군에 대한 '배려 예산'* 이 아닌가. 나는 그렇게밖에 생각되지 않는다.

항공사진으로 보면 캠프 슈워브가 있는 헤노코사키辺野古崎는 아름다운 바다와 모래사장이 있어 휴양지로도 손색이 없는 곳이다. 그곳을 파괴하고 V자형 활주로를 가진 거대 기지를 만들려는 어리석음. 헤노코에 '대체 시설'을 만들지 않아도 후텐마 기지의 반환은 가능하다.

* 배려 예산 : 방위성의 예산으로서 계상되는 주일 미군 주둔 경비 부담의 통칭.

마음의 '병' (상)

멀어지는 자립. 깊은 곳에서 폐퇴[廢頹]

지난날, 한 여성으로부터 이런 이야기를 들었다. 30대 중반인 그 여성은 이혼하고 혼자서 아이 둘을 키우고 있었고, 동시에 아픈 부모도 돌보고 있었다. 그러나 실직과 함께 심신의 피로가 겹쳐 우울증에 걸리고 말았다. 그런데도 먹고 살기 위해 밤에 간이식당에서 무리하며 일하기 시작했다. 하지만 우울증이 심해질 때는 일을 쉬어야 했고, 생활은 점점 어려워졌다. 그래서 생활 보장을 받으려고 했지만, 관공서 직원은 자차가 있고, 핸드폰과 노트북을 쓰고 있으며, 인터넷도 가능하다는 이유를 들먹이며 몇 번이고 찾아가도 받아 주지 않았다. 차가 없으면 구직활동을 할 수 없고, 생활도 할 수 없다. 요즘 중·고등학생도 핸드폰을 가지고 있는데 어른이 가지고 있는 것이 사치스러운 일인가. 노트북은 이전 직장에서 썼었고, 앞으로의 일에도 활용해야 한다. 인터넷도 마찬가지이다. 그렇게 설명해도 관공서 직원은 들어주지 않았고, 막다른 골목에 몰린 여성은 절망감에 자해행위를 하게 되었다.

이 여성의 예는 지금의 오키나와에서 특수한 일인가. 그렇지 않다. 주위를 둘러보면 비슷한 상황에 부딪힌 사람이 적지 않다. 출산율도 전국 1위, 이혼율도 전국 상위에 있는 오키나와에는 이혼한 뒤 아이를 혼자 기르고 있는 여성들이 많다. 그런데 양육비를 지불(급)하는 남성은 얼마나 있는가. 가족이나 친척이 그러한 여성을 돕고 있다면 어떻게든 살아갈 수 있을 것이다. 그러나 주위가 도와주고 싶어도 도와줄 수 없는 상황이 되었을 때, 혹은 부상이나 병에 걸렸을 때,

생활은 파탄 난다. 행정의 약자 버리기가 진행되면 그런 사람들은 어디에 도움을 요청해야 하는가. 그렇게 힘들어하는 자들을 노리는 사람들도 있다. 스다 신이치로의 『하층 먹잇감』치쿠마신서이라고 하는 책에는 '하층'이 된 사람들을 노리는 사채나 무허가, 풍속업자 및 폭력단의 실태가 그려져 있다. 이는 신주쿠新宿 가부키쵸歌舞伎町라고 하는 특수한 장소만의 이야기가 아니다. 전국 어느 도시든 사정은 똑같아서 '치유의 섬'이라 불리는 이곳 오키나와도 예외가 아니다. 야마토 관광객이 '힐링'하러 찾아오는 이 섬에서 힐링은커녕 소리도 내지 못한 채 살아가는 사람들이 있다.

"2005년도 국세조사의 확정치에 의하면, 현 내의 완전 실업률은 11.9%로 전쟁 이후 최악이 되었다"『류큐신보』, 2월 2일 자 조간라는 보도는 충격적이었다.

연령별로는 15~19세의 실업률이 33.2%로 가장 높고, 20~24세가 21.7%, 25~29세가 14.3%로 이어진다. 젊은 세대의 고실업률이 새삼 부각되었다.위와 동일

작년 12월 퇴임할 당시에 이나미네 게이이치 전 지사는 마지막까지 높은 지지율이었던 것을 자화자찬했다. 그런데 그때 이 실업률이 공개되었다면 어땠을까. 똑같이 자화자찬할 수 있었을까. 그에게 있어 '중앙과의 굵은 파이프'를 강조한 경제진흥은 잘 팔리는 슬로건이었다. 1998년 현 지사 선거에서 그는 '현정県政 불황'을 외치며 당시 오다 마사히데 지사를 꺾고 당선됐다. 그 간판이 '경제의 이나미네'였다. 그러나 그 8년간은 전쟁 이후 최악의 실업률을 남기고 끝났다.

반면 기지 문제는 어떠한가. 이나미네 전 지사는 오키나와 역대 지사 중 처음으로 미군의 신기지 건설을 받아들여 현 내 '이전'을 추진하고자 했다. 그러나 그 추구는 실패했고, '15년의 사용기한'과 '군민 공용'이라는 선거공약도 결국 일본

정부에 버림받고 말았다. 이나미네 전 지사와 그의 브레인인 다카라 구라요시 류큐대 교수 등은 '기지 문제의 해결'을 말했지만, 결국 아무런 성과도 내지 못했다. 이 8년간 이나미네 현정을 지지하며 후텐마 기지를 비롯한 미군 기지의 현내 '이전'=돌려막기를 진행하기 위해 오키나와에 대한 '각별한 배려'가 일본 정부로부터 발표되었다. 큐슈·오키나와 수뇌회담의 개최나 2,000엔 지폐 도안의 슈레이문 채용, 시마다 간담회 사업*이나 북부 진흥책 등. 오키나와의 '자립'을 목표로 하는 것으로서 선전되었다.

하지만 그것들은 계획대로 오키나와의 '자립'을 추구하는 역할이었나. 오히려 보다 중앙 정부에의 의존을 심화시켜 오키나와의 종속화를 진행하지 않았나. 의존과 종속화는 정치·경제뿐만 아니라 오키나와 현민의 정신에도 영향을 미쳤다. 때문에 현민의 악폐라고 비판되어 온 사대주의가 한층 더 심화하고 있는 듯하다. 더 무서운 것은 기지 카드를 사용하여 정부로부터 돈과 진흥책을 받아내는 방법이 최근 10년 가까이 당연하다는 듯이 반복됨에 따라 오키나와 사회는 깊은 곳에서 점점 폐퇴해가고, 우리는 그런 사실조차 깨닫지 못하고 있다는 사실이다. 겉으로는 번영하고 있는 것처럼 보여도 안으로는 병이 진행되고 있다.

---

* 1996년 하시모토 류타로 정권 당시에 설치된 관방장관의 사적 자문기관으로 시마다 하루오 게이오대 교수가 의장. 미군기지를 떠안고 있는 오키나와의 25개 시정촌(우리나라의 시·읍·면)에서 현지 요구에 부응하는 진행사업을 진행하도록 제언함.

마음의 '병' (하)

정부 의존 사고로부터의 탈각

올해 시마부쿠로 요시카즈 나고名護 시장은 작년 4월에 누카가 후쿠시로 당시 방위청 장관과 합의한 헤노코 연안안沿岸案에 대한 수정안을 제출했다. 나고시名護市 의회도 이를 지지하는 의견서를 결의했다. V자형 활주로를 가진 거대 기지를 앞바다로 이동하고, 헤노코 얕은 여울에 가까이 붙이면 소음 대책도 될 거라고 말한다. 그런데 인제 와서 소음 대책을 내놓는 것도 말이 안 된다. 작년 '합의' 후, V자형 활주로이기 때문에 주택 지역에서는 날지 않아 소음이나 안전에 문제없다고 말해 온 것이 시마부쿠로 시장 본인이 아니었나. 그걸 잊은 척 수정안을 내는 그 본심은 지역 건설업체의 공사 몫을 더 크게 하려는 것이다. 시마부쿠로 시장이 내놓은 수정안은 정부와 합의한 연안안을, 2005년 오키나와현 방위협회 북부지부가 내놓은 아사세안浅瀬案과 근접하게 만들려는 것이다. 동同 지부의 지부장을 맡고 있던 나카도마리 히로지 씨동(同) 개발 회장를 중심으로 작성된 아사세안은 2005년 9월 28일 자 『아사히신문』에 실려 있다. 또 이 책李策 씨가 잡지 『더 하드코어 너클스』밀리언 출판 2006년 2월호에 「오키나와·후텐마 기지를 둘러싼 막장극 / 기지 이권의 배후로 보이는 속사정」이라고 하는 리포트를 써, 구니바구미国場組와 미국의 건설·엔지니어링 회사인 벡텔의 관여도 있었을 것이라고 분석하고 있다.

일본 정부도 나고시의 속내를 알고 있다. 시마부쿠로 시장이 수정안을 내고 의회가 이를 지지한 것에 대해 오키나와 사람들이 돈독이 올라서 또 떼를 쓴다며 못마땅해했을 것이다. 이에 대해 정부는 나고시와의 '합의'는 없으므로 성과급 지급에 따른 재편교부금은 없다는 식으로 보복했다. 시마부쿠로 시장이 반발하면서 정부와 나고시의 대립에 오키나와현 내에서는 정부의 고압적 자세를 비판하는 목소리가 더 클지도 모른다. 그러나 전국적으로는 어떨까. 나고시를 동정하는 목소리가 나올까. 오히려 반대일 것이다. 기지 카드를 사용해 보조금이나 진흥책을 받아내는 수법에 '아, 또야?' 하고 혐오의 눈길을 보내는 사람이 더 많지 않을까.

전 이나미네 현정 8년 사이에 일본의 국내 정치는 크게 바뀌었다. 고이즈미 정권이 추진한 신자유주의적 '구조개혁'으로 인해 '격차' 확대가 진행되면서 재정파탄 위기에 처한 지방자치단체도 많다. 다나카파에서 경세회経世会에 이르는 자민당의 정치 수법, 즉 지방으로의 예산 배분 중시, 공공공사에 의한 고용 창출, 복지사회 만들기 등의 케인스주의적인 정치·경제 방법으로부터의 전환이 고이즈미 정권 아래에서 진행되었다. 그로 인해 위기에 허덕이는 전국 지자체의 눈에는 오키나와가 '혜택받은 장소'로 비치고 있다. 높은 비율의 보조와 후한 진흥책으로 공항과 항구는 물론, 외딴섬의 농로까지 아스팔트로 포장될 정도로 사회자본의 정비가 진행되고 있다.

예부터 '시마챠비'*라고 불리던 미야코宮古·야에야마八重山의 외딴 지역에도 많은 관광객이 찾아오고, 이주자도 많이 늘어나 문제가 될 정도이다. 오키나와의 과소문제는 지붕에 쌓인 눈으로 고생하는 폭설 지대의 과소 지역에 비하면 훨씬 낫다. 무엇보다도 스포츠나 예능에서 활약하는 젊은 세대가 배출되어 현 전체에 활기가 띠는 것이 부럽기만 하다 등의 소리도 들려온다. 오키나와에 대한 찬양

---

* 복지와 의료, 교육 등 낙도에서 생활하는 사람들의 비참한 상황을 의미.

과 선망을 말하면서도 기지 문제가 회피되는 것, 정치적으로 이용되는 '힐링' 붐, 미군기지의 현 내 '이전'을 강행하려는 일본 정부의 자세 등을 반박하고 비판하는 자들은 몇이나 있을까. 오키나와 외부를 향한 비판과 동시에 오키나와 내부에 있는 문제를 찾아내어 비판 및 극복해 나가지 않으면 문제는 아무것도 변하지 않는다.

오키나와의 미군기지와 자위대 기지는 미·일 양국 정부로부터 일방적으로 강요당해 온 것이 아니다. 오키나와 내부에서 적극적으로 수용하여, 그것이 가져오는 이권에 모이는 자들이 항상 존재했다. 그리고 이나미네 현정에서 나카이마 현정으로 이행한 지난 8년여 동안 기지 이권에 모여드는 것에 대한 수치를 잃고, 기득 권익마저 있는 것처럼 주장하는 목소리가 오키나와 내부에 만연하고 있다. 시마부쿠로 시장이 내놓은 수정안도 이에 속한다. 언뜻 정부와 대립각을 세우고 있는 것처럼 보여도 그 실상은 헤노코 신기지 건설을 전제로 하는 이권 나눠먹기에 불과하다. 본래는 그 문제를 비판해야 할 매스컴까지도 지금은 죽고 없는 '오키나와 민족'의 거물 의원을 찬미하고 향수에 젖어 있으니 다루기 쉬울 것이다.

생각해보면 '일본 복귀'한 1972년은 다나카 가쿠에이가 총리가 된 해이다. 다나카파로부터 경세회에 이르는 자민당 정부 아래에서 '복귀' 이후의 오키나와 진흥 개발이 진행되었다. 하지만 '복귀'로부터 35년이 지난 지금, 시대 상황은 크게 변하고 있다. 기지가 낳는 이권이나 정부에 의존을 당연시하는 사고로부터 탈피하지 않으면, 오키나와는 경멸당하고 병은 내부에서 계속 악화하여 갈 것이다.

땅을 기는 목소리와 내셔널리즘

지난날, 나하시那覇市의 사쿠라자카 극장에서 『개미 병정』이케야 가오루 감독을 보았다. '일본군 산시성 잔류 문제'를 조사하는 오쿠무라 와이치 씨가 중국을 여행하며 자신이 체험한 전쟁의 의미를 되짚어나가는 다큐멘터리이다. 오쿠무라 씨는 전쟁 중에 중국 산시성으로 보내져 초년병 교육을 받게 된다. 교육의 마무리로서 '담력시험'이라고 부르는 '찌르기 훈련'을 받았던 때를 회상하며 오쿠무라 씨는 이렇게 말하고 있다.

> 뒤로 손이 묶여 서 있는 중국인을 총검으로 찌르는 겁니다. 눈가리개도 하지 않은 이들은 눈을 시퍼렇게 뜨고 이쪽을 노려보는데 그게 무서워서 견딜 수가 없었습니다. 그러나 "시작하라"는 상관의 명령에 나는 눈을 꾹 감고 어디를 찌르는지도 모른 채 마구잡이로 찔러댔습니다. 옆에서 보고 있던 노년병이 "제대로 찔러라 이 얼빠진 자식아!"라며 소리를 질렀습니다. 얼마나 벌집처럼 쏘아댔는지 모르겠습니다. 마지막에 심장에 쑥 하고 들어가더군요. 그랬더니 "좋았어"라는 말과 함께 '합격'을 받았습니다. 이렇게 해서 나는 '인간을 하나의 물체로써 처리하는' 살인자가 되었습니다.오쿠무라 와이치 · 사카이 마코토, 『나는 '개미병정'이었다 – 중국에 남겨진 일본군』, 이와나미 주니어 신서

이러한 체험을 거쳐 오쿠무라 씨는 산시성에서 팔로군과 전투를 거듭하지만, 결국 일본은 패전을 맞이한다. 하지만 오쿠무라 씨는 일본으로 돌아갈 수 없었다. 당시 산시성에 주둔해 있던 북지나支那 파견군 제1군의 명령으로 천황제 수

호와 조국 부흥, 일본군의 재기를 위해 중국에 일본군 부대의 일부가 온존하게 된다. 그 일원으로서 오쿠무라 씨는 현지에 잔류한다. 이후 산시성 군벌 옌시산이 이끄는 국민당군과 함께 오쿠무라 씨가 속한 일본군 부대는 4년에 걸쳐 팔로군이후 인민해방군과 전투를 벌이게 된다. 그리고 1949년 4월 24일, 일본군 부대는 전투에 패해 투항했고, 다친 오쿠무라 씨는 포로가 되었다. 그로부터 5년의 억류 생활을 마치고 오쿠무라 씨가 일본으로 귀환한 것은 패전 후 9년이나 지난 1954년 9월이었다.

영화는 자신이 산시성에 남은 것이 군의 명령이었음을 증명하기 위해 자료를 찾아 중국을 여행하는 오쿠무라 씨의 모습을 따라간다. 일본 정부는 군의 명령이 있던 것을 인정하지 않고, 현지 제대한 뒤 오쿠무라 씨가 자신의 판단으로 남았다고 했다. 오쿠무라 씨를 비롯한 잔류 일본군 그룹은 국회에 군의 명령을 인정해 달라는 청원 및 진정을 거듭해 왔다. 그리고 자신들의 주장을 입증하기 위해 '군인 은급恩給* 청구 기각 처분'의 취소를 요구하는 재판을 시작한다. 이를 위한 자료를 찾아 헤매는 오쿠무라 씨는 과거 '찌르기 훈련'을 했던 장소를 방문하거나, 인민해방군 출신 병사, 일본군에 강간당한 여성과 만나 이야기를 거듭한다.

자세한 것은 꼭 영화로 봐주었으면 한다. 자료나 증언을 아무리 늘어놓아도 명령이 있었음을 인정하려 하지 않는 일본 정부에 분노하면서도, 새로운 자료 찾기를 포기하지 않고, 스스로 가해 책임을 계속해서 물어나가는 오쿠무라 씨의 모습을 보고, 마찬가지로 군의 명령이 문제되고 있는 도카시키섬渡嘉敷島이나 자마미섬座間味島의 '집단자결' 문제가 머릿속을 스쳐 지나갔다. 패전으로부터 4년이 지난 뒤에도 일본군 부대는 명령에 따라 조직적으로 중국에서 전투를 벌이고

* 정부 기관에서 일정한 연한을 일하고 퇴직한 사람에게 주던 연금.

있었다. 그 사실 자체가 매우 놀랍다.

다른 부대의 군인과 상관들이 철수하는 가운데 명령에 따라 산시성에 남아 수많은 동료의 희생을 보며 살아남은 일본군들에게 멋대로 남은 것처럼 말하는 국가는 대체 무엇인가. 또 부하에게는 남아서 싸우라고 명령해 놓고, 자기들만 후다닥 철수한 군의 상층부. 그 명령 계통의 저 위에는 천황의 존재가 있다. 명령이 있었다는 것을 인정해 버리면 병사를 그렇게 취급한 황군=천황의 군대란 무엇이었는지 재차 추궁당하고 만다. 그러니 이 문제를 역사의 어둠에 묻어버리려고 하는 것이 아닌가.

최근 10년가량 구 일본군=황군의 범죄적 행위나 부정적 사실을 밝히는 것에 '자학사관自學史觀'이라는 낙인을 찍고 제거하려는 움직임이 강해졌다. 조선인의 강제 연행이나 '종군 위안부'에 관한 기술이 교과서에서 사라지고, 오키나와전에서의 '집단자결'과 일본군에 의한 주민 학살, 참호 몰아내기, 식량 강탈 등의 기술도 사라지고 있다.

재작년 6월에 도쿄 내에서 열린 자유주의 사관연구회 모임에서 대표 후지오카 노부카츠다쿠쇼쿠대학 교수 씨는 다음과 같은 발언을 했다. '현실 교과서, 역사서에는 (오키나와 전투의) 집단자결 군명설이 당연하다는 듯이 쓰여 있다.' '이 집회를 기점으로 모든 교과서, 출판물, 어린이용 만화를 샅샅이 조사하여 각각의 출판사에 요구하고 모든 수단을 동원하여 거짓말을 없애겠다.'『오키나와 타임스』, 2005년 6월 14일 자 조간

교과서 회사를 비롯하여 출판사에 압력을 가할 것을 공언했다. 같은 맥락에서 이와나미 서점이나 오에 겐자부로 씨를 상대로 한 소송에도 주의할 필요가 있다. 고소한다는 수단 자체만으로 교과서 회사에는 충분한 위협 효과가 있을 것이다. 교과서 검정에서 문제가 되어 소송당하기 전에 자율 규제하는 교과서 회

사가 나올 것이 분명하다. 군명의 문제를 대장이 직접 명령했는지의 여부로 왜소화하고, 군명설을 최초로 밝혔던 『철의 폭풍』 출판원인 오키나와 타임스가 아닌, 이와나미 서점과 오에 씨를 명예훼손으로 고소하는 방식도 복잡하게 얽혀있다. 저명한 오에 씨를 고소하는 것만으로 화제가 될 거라고도 생각했겠지만, 문제의 본질은 오키나와전의 역사 인식과 관련된 것이며, 오키나와 사람으로서 이 재판을 남의 일로만 치부할 수 없다.

군의 명령을 없었던 일로 하면 일본군의 명예를 회복할 수 있다고 생각하는 사람들은 군인도 아닌 주민이 집단으로 목숨을 끊은 것에 대해서는 어떻게 생각할까. 일본군은 아무런 관여도 하지 않고 주민들이 자발적으로 '자결'하고, 육친끼리 멋대로 서로 죽였다고 말하고 싶은 것인가. 실제로 그렇게 주장하는 사람도 있다. 그러나 그러한 주장 뒤에는 주민들에게 미군에 대한 두려움을 심어주고, 포로가 아닌 '자결'할 것을 지도·명령하여 '집단자결'이라는 사태를 일으키게 해놓고, '자결'도 하지 않고 미군에 투항하다 포로가 되어 살아남은 일본 군인들의 떳떳하지 못한 양심과 이를 정당화하려는 욕망이 깔려 있지 않은가.

부하 병사들을 산시성에 잔류시키고 자기들만 조국으로 귀환한 일본군의 상층부. 주민들을 집단자결로 이끌어놓고 미군의 포로가 되어 살아남은 도카시키섬渡嘉敷島과 자마미섬座間味島의 일본군 병사들. '잔류'도 '집단자결'도 군의 명령이 아닌 부하나 주민이 자기들 멋대로 한 일이라고 정리해버리면 군의 조직적 책임도 대장이나 상부의 책임도 없앨 수 있다. 그리고 국가와 천황의 책임도 묻지 않고 넘어갈 수 있다. 그러나 그걸로 군이나 자신의 명예가 회복됐다고 생각한다면 그야말로 염치없이 잘못만 거듭하는 것이 아닌가.

중국 산시성과 오키나와 게라마제도에서 일어난 사건. 둘 다 멀리 떨어진 곳이면서 동시에 '무책임의 체계'를 관철하고자 하는 일본 군대와 국가의 욕망이라는 공통점이 있다. 그 욕망은 과거 '역사 인식'의 문제뿐만 아니라, 미군 재편에 연동된 자위대 재편과 교육기본법 및 헌법의 개악 등 현재의 정치 상황과도 관련된다. 도서 방위와 남서 영토의 방위 강화 거론, 오키나와의 자위대 강화의 진행, 그리고 헤노코 연안에의 신기지 건설이 진행되어 가고 있는 현상을 보면서 나는 강하게 실감하고 있다. 오키나와 전투의 문제든 기지 문제든 오키나와인들이 너무 온순한 탓에 얕보는 면도 있는 듯하다.

이 글을 쓰면서 '야마토' 대 '우치나'라는 대립 구조로 단순하게 치부될 수 있다고도 생각하면서도 지난 10년 사이에 내 마음속의 반反 야마토 감정이 높아졌음을 자각하지 않을 수 없다. 그건 단순히 나 개인의 문제가 아닐 거로 생각한다.

1879년 오키나와가 일본으로 병합류큐 처분되고, 2006년을 기준으로 127년이 지났다. 그로부터 미군의 지배 아래에 있던 전후 27년을 빼면 딱 100년이다. 그리고 2009년에는 사쓰마의 류큐 침략으로부터 400주년을 맞이한다. 오키나와 전투나 미군 기지의 문제를 그때그때의 정치 과제로서만 다룰 게 아니라, 오키나와의 근세·근대 역사의 흐름으로부터 되돌아볼 필요가 있다. 일본에 병합되고 실질적으로 100년의 세월이 지났음에도 '나는 일본인이다'라고 말하는 것을 꺼리는 오키나와인이 많다.

'집단자결' 재판과 관련하여 마치 보상금이 욕심이 나 주민들이 군명설을 조작한 듯이 써놓은 글이나, 헤노코 연안의 신기지 건설에 대한 정부 고위층의 고압적 언동을 보면 반 야마토의 분노와 혐오가 내 안에 쌓여간다. 그것을 배외적인 내셔널리즘으로 만들어서는 안 된다고 생각하지만, 이성적으로 딱 잘라낼 수 있을 만큼 간단한 일이 아니다. 자유주의 사관 그룹이나 일본 정부는 이런 오키나와 내셔널리즘이나 군대는 주민을 지키지 않는다는 오키나와 전투의 교훈을 강조하는 것이 꼴 보기 싫을 것이다. 그러나 그것을 깨려는 움직임은 거꾸로 불을 지를 뿐이다. 대만과 한반도 등 패전으로 잃어버린 식민지 중 유일하게 되찾은 것이 오키나와이다. 고양이가 잡은 쥐를 가지고 놀듯 일본 정부는 오키나와가 사랑스러워 죽겠나 보다. 물론 물지 않고 고분고분히 있는 한에서 말이다. 그러나 가지고 노는 동안에 쥐는 도망칠 기력을 잃고, 머지않아 약해져 죽어간다. 그렇게 되지 않으려면 억누르는 다리를 무는 수밖에 없다. 그런 당연한 일들을 실행해 나가야 한다.

야마토일본에 대한 경계심

TV 뉴스에서 각지의 벚꽃 개화 예보가 한창이다. 보면서 오키나와와 야마토와의 거리를 가늠해 보는 동시에 어린 시절의 일이 떠올랐다. 내가 철이 들었을 무렵 오키나와에서는 '조국 복귀' 운동이 진행되고 있었다. 오키나와가 일본이 된다는 이야기를 듣고 유치원과 초등학교 저학년 때의 우리는 일본이 되면 오키나와에도 눈이 올까, 벚꽃은 4월에 피게 되는 걸까, 하는 이야기를 나누었다. 그 시절 오키나와 아이들에게 있어 일본=야마토란 TV 속의 세계에 지나지 않았다. 지금처럼 연간 수백만 명의 관광객이 찾아오는 것도 아니었고, 내가 태어나 자란 오키나와섬 북부 얀바루 마을에서 일본인 야마톤츄를 보는 일도 극히 드물었다. 그런 가운데 야마톤츄에 대한 어른들의 평가는 혹독했다. '언변술이 뛰어나고 교활해서 우치난츄오키나와인를 금방 기만할 테니 절대 믿으면 안 돼.' 그런 각박한 평가에 오키나와 전투 당시의 일본군 이야기가 더해졌다.

밤이 되어 미군이 사라지면 산에서 마을로 내려와 식량을 강탈하고 주민들을 학살한 일본군 패잔병에 대한 공포와 분노. 야마토로 일하러 갔다가 차별받은 이야기. 그렇게 만들어진 야마톤츄에 대한 부정적인 이미지는 지금도 나에게 영향을 미치고 있다. 물론 그런 일면적인 이미지에만 치우쳐져 있는 것은 아니다. 대학에 들어와 전국 각지에서 온 학생들과 교류하며 일과 일상생활에서 야마톤츄와의 교류도 있었다. '야마톤츄는 이렇다'라고 일방적으로 단정하는 것은 편견이고, 거기에 집착하면 오키나와가 받은 차별에 대한 원망으로 역차별을 불러올 수 있다. 판단해야 할 것은 어디까지나 개인으로서의 성품이다. 그 정도의 양식良識은 가지고 있을 생각이지만, 그래도 야마톤츄와 접할 때 우치난츄 상대로는 생기지 않는 경계심이 내 안에 생기고 만다. 인간의 의식이나 감성은 역사적이고 중층적이다. 그 경계심은 단순히 내 개인적인 경향으로만 치부할 수 없다고 생각한다. 이는 오키나와 섬 사람들이 가혹한 역사를 살아가는 데 필요한 것으로서 몸에 익힌 것은 아닐까.

오키나와가 일본에 '복귀'한 지 올해로 35주년이 된다. 오키나와의 젊은 세대에게는 더 이상 그러한 경계심이 없을지도 모른다. 하지만 나는 내 안에 반사적으로 생기는 이 경계심을 유지하고 싶다. 이것이 배외적 오키나와 내셔널리즘이 되지 않도록 주의하겠지만, 연간 500만 명 이상의 관광객이 방문하고 오키나와로의 이주자가 격증하여 오키나와의 문화나 예능, 자연이 찬미 받는 시대이기 때문에 더욱 경계심을 높일 필요가 있다고 생각한다. 동아시아는 이제 큰 변동의 시기를 맞이하려 하고 있다. 정치, 경제, 군사, 문화 등 모든 영역에서 중국의 영향력이 확대되고 일본의 영향력은 상대적으로 떨어질 것이다. 이에 초조해져 일본 국내에서의 배외적 내셔널리즘이 지금보다 훨씬 높아질지도 모른다. 또한 이에 맞서는 한국과 중국의 내셔널리즘이 동아시아의 정치 상황을 불안정하게 만들지도 모른다. 그러나 20, 30년이라는 넓은 관점에서 볼 때 한반도의 분단이 극복되고 대만과 중국의 관계도 개선될 수 있지 않을까. 그런 변동 속에서 동아시아 공동체를 형성하고자 하는 움직임도 만들어질 것이다.

앞으로의 역사적 국면에서 오키나와는 어떤 선택을 하고, 그 결과로 어떻게 변해 갈 것인가. 그게 나의 최대 관심사이다. 오키나와가 일본의 일부인 것을 자명한 일로 여기고 있는 야마톤츄와 나 사이에는 큰 단절이 있다. 오키나와의 벚꽃과 야마토의 벚꽃이 피는 시기도, 색깔도, 지는 방법도 다르듯이, 일본의 역사와 오키나와의 역사는 다르다. 일본=야마토에 대한 경계와 긴장. 그것은 오키나와가 동아시아에서 자립해 나가기 위해서도 필요하다.

'복귀' 35년째의 현실

무시되는 '구조적 모순'

고등학생 시절, 학교 도서관에 있던 요시하라 고이치로 편 『오키나와, 본토 복귀의 환상』삼일서방이라는 책을 빌려 읽은 적이 있다. 1972년 시정권을 반환하고 이제 막 6년이 되던 차라 아마도 자극적인 제목에 흥미를 느꼈던 것 같다. 고등학생이 어느 정도 이해했을지는 모르겠지만, '본토 복귀'에 대해서 이런 생각을 하는 사람도 있구나, 하고 놀라움을 느꼈던 기억이 있다. 그 후 대학생 때 일부만 다시 읽었기 때문에 올해 5·15를 앞두고 20여 년 만에 다시 정독해 보았다. 다 읽고 나서 삼일서방이든 다른 출판사든 간에 복간해주었으면 좋겠다고 생각했다. 지금도 읽을 만한 의론과 문장들이 이 책에 가득 들어있었다. 그중 1968년 8월 11일 와세다대학 오키나와 학생회가 주최한 토론회에서 아라사키 모리테루 씨가 발표한 보고가 있다. 그 구절을 인용하고자 한다.

> 나는 평화 헌법을 성립시키는 그 기초에 오키나와의 분리가 전제로서 존재했다고 생각한다. 즉, 일본을 점령한 미군은 단독적이고 전면적으로 오키나와를 완전하게 지배하고 기지화하는 것을 전제로 하며, 그 후에 부분적으로 민주주의니, 평화주의니 인권 옹호니 하는 이념을 포함한 정치체제(…중략…)가 일본 본토에 받아들여지는 방식이었다고 보는 것이다. 거기에는 헌법 성립 당시부터 이른바 구조적인 모순이라는 것이 존재했다고 나는 생각한다.

최근 정치학자 고세키 쇼이치 씨나 더글러스 러미스 씨 등에 의해 헌법 9조 성립 배경에 오키나와 미군기지 건설과 (상징) 천황제의 유지가 있었다고 논의되고 있다. 『우라소 문예』 12호2007년 5월 발행의 「특집 헌법 9조론」에서도 여러 논자가 이 문제를 언급했다. 아라사키 씨의 글을 통해, 헌법 성립과 오키나와를 둘러싼 '구조적 모순'이 이미 60년대부터 오키나와 땅에서는 논의되고 있었음을 알 수 있다. 그러나 그로부터 40여 년이 지난 오늘날까지도 그 '구조적 모순'이 '본토' 사람들에게 널리 인식되지 못했다. '일본 복귀' 35주년을 맞이하는 5월 15일 하루 전에 국민투표 법안이 통과된 것은 헌법을 둘러싼 본토와 오키나와의 관계를 상징하는 듯하다.

법안을 논한 국회의원 가운데 어느 정도가 자신들이 논하고 있는 헌법과 오키나와의 '구조적 모순'을 고려했을까. 비단 국회의원뿐만이 아니다. 개헌改憲, 호헌護憲, 논헌論憲, 창헌創憲 등 헌법을 논하는 여러 입장의 사람들이 있고, 특히 헌법 9조를 둘러싸고 격론을 벌이고 있다. 그중에서 9조와 오키나와의 미군기지, 그것을 법적으로 뒷받침하고 있는 미·일 안보조약의 관계를 논하는 사람은 얼마나 될까. 개헌파는 말할 것도 없고 전국 각지에서 쏟아져 나오고 있는 9조와 관련된 것 등 호헌파 단체에서도 헌법과 오키나와의 '구조적 모순'은 거의 무시되고 있다. 미군기지와 미·일 안보를 문제 삼지 않는 호헌운동이란, 기지의 부담은 오키나와에 떠넘긴 채 일본 본토만은 평화롭기만 하면 된다는 뻔뻔스러운 모습을 앞으로도 계속 유지하겠다는 것이 아닌가.

오키나와에서는 지금 남서 영토·도서 방위를 내세운 자위대의 강화가 급속히 진행되고 있다. 미군과 자위대가 일체화되어 군사 활동을 하는 거점이 되는 오키나와. 이것이 '일본 복귀' 35년째의 현실이다. 가령 헌법 9조가 '개정'되면 그 불똥이 튀는 곳은 오키나와임이 틀림없다. 오키나와에 사는 우리에게 있어서 헌법과 오키나와의 '구조적 모순'을 얼마나 '본토'에 피력할 수 있을지가 지금 재차 중요해지고 있다.

원고 분량이 적지만 하나만 더 적고 싶다. 현립 박물관·미술관의 초대 관장으로 전 부지사 마키노 히로타카 씨가 내정되었다는 보도가 있었다. 마키노 씨는 오이타대학 경제학부 출신으로 류큐 은행을 거쳐 이나미네 현정縣政 아래에서 부지사를 지냈다. 경제와 행정에 관해서는 다양한 지식과 경험을 가지고 있을지는 몰라도 미술과 역사, 고고학, 박물관과 미술관의 운영에 관해서는 어느 정도의 전문 지식과 경험이 있을까. 경영 능력을 긍정적으로 평가하는 목소리도 있는 듯하지만, 이네미네 현정 8년간의 현의 재정 상황이 좋아졌는가. 마키노 씨가 사장이었던 현물산공사 경영에서는 오히려 부정적인 결과를 초래하지 않았나.

지금까지 현縣 내의 미술 관계자로부터 현립 박물관·미술관의 관장 겸임 문제와 지정 관리자제도의 도입 등, 관리·운영 상태에 관한 문제들이 끊임없이 제기되어 왔다. 그에 대한 현의 대응은 불충분한 채 개관을 위한 준비가 진행되어 온 듯하다. 현 관련 단체장은 종종 부지사나 교육장 등의 현縣 간부가 퇴임 후 바로 취임하곤 한다. 이번 인사도 단순하게 '낙하산'이 하나 늘었다고 생각하고 있다면 큰 문제이다. 현립 박물관·미술관의 운영이 경영 효율 우선으로 진행되면, 관광 시설의 하나는 될 수 있어도, 새로운 예술가나 연구자를 배출하는 창조적인 장소가 될 수 있을지는 의문이다.

규마久間 방위상 사임

전쟁 희생자를 둘러싼 양극화

초대 방위대신에 취임한 이래, 망언을 반복해 온 규마 후미오가 마침내 사임했다. 나가사키 원폭 투하는 '어쩔 수 없었다'라는 말도 안 되는 발언 내용을 생각하면 사임은 당연한 수순이다. 그건 그렇다 치더라도 '아름다운 나라' 만들기를 내건 아베 내각하에 모인 정치인들의 정도가 매우 지나치다. 지난 4월 17일, 이토 이쵸 전 나가사키 시장이 선거운동 중에 폭력 단원들에게 사살당한 사건이 있었다. 그로부터 아직 2개월밖에 지나지 않았다. 원래대로라면 8월 9일을 앞두고 예년 이상으로 원폭 희생자와 후유증에 시달리고 있는 피폭자를 헤아리고, 비폭력과 평화를 호소하는 것이 정치인의 의무일 것이다. 그것과 상반되는 발언을 해대는 규마 씨는 대체 무슨 생각인가. 자신의 발언이 몰고 올 파장을 예상할 줄도 모르는 정치적 판단 능력과 더불어 정신이 나갔다고밖에 생각되지 않는다. 이러한 문제는 규마 씨 개인의 자질로만 치부할 수 없다.

고이즈미 내각에서 아베 내각으로 이어지는 최근 몇 년간 전쟁 희생자에 대한 내각의 대응이 둘로 나누어졌다. 규마 씨의 발언 근원에는 그러한 대응의 양극화 문제가 있다고 생각한다. 하나는 야스쿠니 신사에 모셔진 사람들, 즉 천황을 위해 목숨을 바쳤다고 하는 황군 병사에 대한 극진한 애도이다. 중국과 한국으로부터 아무리 비판을 받아도 고이즈미 전 총리는 야스쿠니 신사 참배를 거듭해 왔다. 아베 총리는 총리 취임 이후 현재까지 참배는 하지 않았지만, 야스쿠니 신사를 대하는 자세는 고이즈미 전 총리와 다를 바 없으며 오히려 더 긍정적이라고 해도 좋을 것이다.

한편 전쟁에서 희생된 민중들에 대한 대응은 어떠한가. 원자폭탄 투하는 '어쩔 수 없었다'고 말하는 규마 씨의 감각은 피폭된 민중의 희생에 대한 냉혹함의 표시이며, 이는 일본군에 의해 야기된 민중들의 희생을 부정하려는 아베 내각의 냉혹함과 일맥상통한다. '종군 위안부'라고 불리는 전시 성노예와 강제 연행된 조선인·중국인에 대한 대응. 혹은 오키나와전 '집단자결'의 군 관여를 부정하는 움직임. 여기에 나타나 있는 것은 일본군의 만행이 초래한 민중의 희생을 부정하는 것으로 '군의 명예회복'을 도모하려는 뜻이다.

이는 야스쿠니 신사에 모셔진 황군 병사를 찬미하는 것과 대척점에 있는 동시에 표리일체表理一體이다. 히로시마·나가사키에 투하된 원자폭탄만 해도 대량 무차별 살육을 노린 미군의 민중을 향한 만행으로 전쟁범죄 이외에 아무것도 아니다. 일본의 항복을 앞당기기 위해 핵무기의 위력을 과시할 필요가 있었다면 일본 근해의 무인도에 투하하여 인명 피해를 줄이는 것도 가능했을 것이다. 일본군이든 미군이든 민중에게 큰 희생을 강요한 만행은 제대로 비판받아야 한다. 그러나 지금의 아베 내각에서는 그와 반대의 움직임만 보인다. 이러한 움직임은 과거 전쟁에 관한 것뿐만이 아니다. 현재 진행되고 있는 새로운 유사시=전쟁 준비와 관련해서도 그렇다.

규마 씨에게는 또 하나 간과할 수 없는 발언이 있다. 6월 24일 미야코지마시宮古島市를 방문한 규마 씨는 시내에서 기자 회견을 열어 "시모지섬 공항의 자위대 이용에 대해 '시모지섬은 적합한 장소다'라며 지리적인 이용 가치를 지적, 현지의 동의를 얻을 수 있다면 사용하고 싶다는 의향을 내비쳤다"『류큐신보』, 6월 25일 자 조간고 한다.

6월 24일은 요나구니섬与那国島의 소나이항祖納港에 미군 소해함 2척이 기항寄港

하고, 안벽에서는 항의 행동이 벌어져 큰 문제가 된 날이다. 표면적으로는 참의원 선거의 응원을 위해서이지만, 규마 씨가 같은 날에 미야코지마를 찾은 이유는 정말 그것뿐일까. 내게는 규마 씨의 행동과 발언이 대 중국을 상정한 도서방위를 위해 미야코지마宮古島·이시가키섬石垣島·요나구니섬与那国島을 자위대와 미군이 일체화된 거점으로써 이용하려는 의사를 적극적으로 나타낸 것으로 보인다. 이미 미야코지마에서는 동중국해의 군사적인 전자 정보를 수집·분석하기 위한 지상 전파 시설의 설치가 진행되어, 2009년도를 목표로 약 200명 규모의 자위대 부대를 배치할 계획도 세워졌다. 시모지섬 공항의 군사적 이용 압력도 더욱 커질 것이다.

향후 과소 문제나 재정 위기에 허덕이는 낙도 지자체의 약점을 이용하여 일본 정부는 진흥책과 맞비꾸어 자위대 배치와 미군의 민간 시설 이용을 강요해 올 것이다. 하지만 기지와 진흥책을 세트로 묶는 정부의 수법은 오키나와 현민으로부터 자립 능력을 빼앗는 마약 그 자체이다. 그것에 의존한 결과, 동중국해 주변에서 미·일과 중국의 군사 강화가 대항적으로 심화하면 어떻게 될까. 9·11테러 이후에 오키나와 관광이 받은 타격을 잊어서는 안 된다. 비록 작은 충돌이라도 그 타격을 정면으로 받아내는 것은 오키나와 사람들이다. 미·일 군사 거점이 아닌 중국을 비롯한 동아시아 국가들과의 문화·경제 교류의 거점으로서 정치적·군사적 긴장을 완화하는 역할을 적극적으로 수행한다. 그것만이 우리가 오키나와 전투에서 배운 교훈을 살리는 길이다.

'류큐의 자치'란 무엇인가

야마톤츄 A 씨는 최근에 오키나와로 이사를 왔다. 정년보다 2년 일찍 회사를 그만두고, 퇴직금으로 바닷가에 부부 둘이서 살기 좋은 집을 지었다. 도쿄에 비하면 물가도 훨씬 저렴해서 적금과 두 사람의 연금으로 생활은 충분했다. 부지는 공적으로 알게 된 오키나와 현지인이 구해주었다. 해안선의 숲을 개간한 장소로 아름다운 바다가 눈앞에 보이고 가격도 저렴했다. 생활은 편안했다. 낮에는 집 앞 바다에서 수영이나 낚시를 했다. 가까운 곳에 땅을 사서 작은 밭을 가꾸고 채소 농사도 열심히 지었다. 저녁에는 독서와 블로그에 몰두했다. 또, 인터넷으로 먼저 이주한 사람과 교류도 했다. 의외로 현지인들은 오키나와의 장점과 역사를 잘 모르고, 외지에서 건너 온 사람들이 좋은 점을 더 알고 있다는 이야기를 듣고, 자신의 블로그를 통해 마을의 정보를 전달해야겠다고 생각했다. 자연의 아름다움뿐만 아니라, 주민 생활과 축제 등의 행사를 카메라로 찍고, 감상을 더하여 매일 업로드했다.

실제로 야마톤츄 A 씨의 눈에 이렇게 아름다운 바다와 모래사장, 숲이 있는데도 현지인들은 관심이 별로 없는 듯 보였다. 아무렇지도 않게 쓰레기를 버리고, 그다지 필요하다고 생각되지 않는 농로와 호안을 만들어 모처럼의 자연을 파괴하고 있었다. 야마톤츄 A 씨는 점점 지켜보고만 있을 수 없게 되었다. 구청장에게 아무리 이야기해도 해결이 되지 않자, 동사무소로 항의하러 갔다. 그리고 마을의 현상을 블로그에 올려 자연을 지켜야 한다고 호소했다. 그 외에도 할 일이 많았다. 밭을 태우는 농민에게 다가가, 다이옥신이 발생할 위험이 있으니 즉각 그만두도록 주의를 주고, 마을 축제 직책을 현지인밖에 맡을 수 없다는 규칙에 대해 항의하고, 초등학교의 교내 방송 소음에 학교가 이런 기본 매너를 지키지 않으면 아이들 교육에 좋지 않다며 건의하고, 심야까지 모래사장에서 놀고 있는 고교생들에게 얼른 귀가하도록 재촉하는 등 현지인들의 낮은 의식에 한숨을 쉬면서도 촌락의 생활환경을 개선하기 위해서 힘썼다.

때로는 미군기지 건설에 반대하는 시민단체들의 농성 행동에도 참여했다. 독서와 인터넷을 통해 오키나와의 역사와 현실을 알게 되면서 야마톤츄 A 씨의 분노는 커져만 갔다. 이대로 기지와 공공공사에 의존했다가는 이 섬의 자연은 파괴되고 사람들의 생활도 망가진다. 지역의 정치도 경제도 이대로라면 자립이 불가능하고, 사람들의 마음속에서도 점점 자립심이 사라지고 만다. 이대로는 안 되겠다고 생각한 야마톤츄 A 씨는 지역 자립을 위해서 힘쓰자며 마을 사람들에게 호소했다. "야마톤츄가 무슨 말을 하는 거야." 어디선가 들려온 소리에 야마톤츄 A 씨는 상처받았다. 무슨 일만 생기면 곧바로 야마토 대 오키나와라는 이항대립의 도식을 만드는 것은 옳지 않다. 애초에 야마토나 오키나와라고 하는 자명성 자체를 의심할 필요가 있다며 책인가 신문인가에서 읽은 지식을 활용하여 호소해 봤지만, 마을 사람들이 이해하고 있는지 아닌지 알 수 없는 표정을 지은 탓에 몹시 지쳐버리고 말았다.

하지만 그렇다고 포기할 야마톤츄 A 씨가 아니다. 오히려 이 마을에서 자신이 맡은 역할이 크다고 다시 한번 깨닫게 되었다. 그리고 이 마을을 더 좋게 만들기 위해서는 자연을 좋아하고 자치의식이 높은 사람이 늘어나는 것이 중요하다고 생각하여, 이주자가 더 늘어날 수 있도록 블로그에 집중했다. 작은 마을이니까 이주자가 늘어나면 우리들이 리더가 되어 이 마을을 더 잘 만들 수 있겠지. 그러려고 이주한 것이 아니라고 현지와 거리를 두는 이주자도 많지만, 자신과 같이 긍정적인 이주자가 늘어난다면 현지인도 이해해 줄 것이다. 그리고 이곳저곳의 마을과 섬들을 연결하여 네트워크를 만들고, 기지와 공공공사, 개발에 의존하고 있는 우치난츄의 의식을 계몽하여 본래의 류큐 자치 형태로 되돌려 주겠다고 생각했다.

야마톤츄 A 씨의 꿈은 컸다. 지금이야말로 야마토와 류큐의 연대가 필요한 때이다. 그렇게 혼자 컴퓨터 화면을 닫고는 캔맥주를 들고 마당으로 나갔다. 바스락거리는 소리와 캐주아리나과 잎을 흔드는 바람이 상쾌하다. 하늘에는 손에 든 캔맥주와 같은 오리온 별이 빛나고 있었다. '아아, 정말로 좋은 곳으로 왔구나……'라고 야마톤츄 A 씨는 생각했다.

일찍이 매립 계획이 있었던 A 씨의 눈 앞에 펼쳐진 바다와 모래사장은 주민들이 격렬하게 반대하여 지켜 온 것이며, 자신이 살고 있는 곳이 마을 성지인 우타키 숲의 일부를 깎아서 만들어진 장소인 것을 야마톤츄 A 씨는 알지 못했다. 류큐의 자치를 목표로 하는 그의 싸움은 아직도 계속되고 있다.

'집단자결강제 집단사' 소송

일관된 위험한 목적

현재 오사카 지방재판소에서 도카시키섬渡嘉敷島·자마미섬座間味島에서 일어난 '집단자결'에 일본군 대장의 명령이 있었다고 하는 책 내용을 둘러싼 재판이 진행 중이다. 도카시키섬의 대장이었던 아카마쓰 요시쓰구의 동생 슈이치 씨와 자마미섬의 대장이었던 우메자와 유타카 씨가 『오키나와 노트』의 저자인 오에 겐자부로 씨와 발행원인 이와나미 서점을 고소한 재판이다. 지난 7월 27일에 행해진 제10회 구두 변론을 방청하기 위해 오사카 지방 법원에 갔다. 당일 69장의 방청권을 구하기 위해 220명 정도의 사람이 몰려들었다.

2005년 8월 5일, 아카마쓰·우메자와 두 사람이 제소하고 2년이 지난 현재, 드디어 증인 신문이 시작되어 원고·피고 각각의 지원자는 물론이고 미디어의 관심도 높아졌다. 그러나 이 재판으로까지 끌고 가게 된 경위는 무엇이었나. 이를 살펴볼 때 현재 오키나와에서 큰 문제가 되는 교과서 검정과 재판과의 관계를 빼놓을 수 없다. 잡지 『정론』 2006년 9월호에 변호사 도쿠나가 신이치 씨의 '오키나와 집단자결 원죄 소송이 밝힌 일본인의 진실'이라는 글이 실려 있다. 도쿠나가 씨는 이번 재판에서 원고 아카마쓰·우메자와 두 사람의 대리인으로서 중심에 서 있는 변호사다. 그의 문장 한 구절에는 다음과 같이 쓰여 있다.

> 이 재판 제소의 뒤에는 시베리아 억류 체험을 가진 전 육군 대령 야마모토 아키라 씨의 도움이 있었음을 적어 두고 싶다. 야마모토 씨는 구군 관계자의 협력을 얻을 수

> 있도록 전국을 돌아다녔고, 가는 곳곳마다 '대장 명령설'의 인식이 박혀있는 사람들의 무지와 무관심이란 벽에 부딪혔다. 간신히 접촉한 우메자와 씨도 당초 재판에는 소극적이었다. 오명을 벗고 싶다고 절실히 생각하면서도, 다시 무의미한 싸움에 휘말리는 것을 두려워한 우메자와 씨는 야마모토 씨에게 '원통하긴 하지만, 재판은 하지 않고 이대로 살다 죽기로 했습니다'라고 전해왔다.『쇼론』, 137쪽

그 후 야마모토 씨의 소개로 변호사 마쓰모토 도이치 씨가 아카마쓰 요시쓰구 전 대장의 남동생과 접촉한다. 마쓰모토 변호사는 『오키나와 노트』가 현재도 판매되고 있음을 알리고 '군 명령에 의한 집단자결'이 게재된 교과서 자료를 건네주며 소송할 것을 촉구한다. 교과서 자료를 본 슈이치 씨는 마쓰모토 변호사의 설득에 따라 원고가 되었다.

> 슈이치 씨의 결의는 야마모토 씨에 의해서 우메자와 씨에게 알려졌다. 우메자와 씨는 "그렇다면 나도 해야지"라고 낮게 중얼거렸다. 이윽고 우메자와 씨의 제소 의향이 마쓰모토 변호사에게 전해져 마쓰모토 변호사와 함께 야스쿠니 응원단을 조직하여 투쟁해 온 이나다 도모미 변호사, 오오무라 마사시 변호사, 그리고 나를 중심으로 변호단이 결성되어 재판 준비가 시작되었다. 제소 약 1년 전의 일이었다.위와 동일

이러한 움직임이 2004년부터 진행되고 있었다. 원고 측 변호사 스스로가 기록했듯이 원래 아카마쓰·우메자와 씨는 재판에 관심이 있던 것도 적극적인 것도 아니었다. 두 사람을 압박하여 재판을 일으키게 한 것은 구군 관계자와 야스쿠니 응원단을 자칭하는 변호사들이었다. 거기에는 애초부터 '집단자결'에 대한 군의 명령을 담은 교과서 기술을 둘러싼 문제가 있었다.

다음해인 2005년에 후지오카 노부카쓰 씨를 대표로 하는 자유주의 사관 연구회는 전후戰後 64년의 활동 테마로 '오키나와 집단자결'을 내세우고, 동년 5월에 도카시키섬과 자마미섬에서 현지 조사를 한다. 그리고 6월 4일에 열린 도쿄 집회에서 후지오카 대표는 다음과 같이 말했다. '이 집회를 기점으로 모든 교과서, 출판물, 어린이용 만화를 샅샅이 조사하여 각각의 출판사에 요구하고 모든 수단을 동원하여 거짓말을 없애겠다.'『오키나와 타임스』, 2005년 6월 14일 자 조간

2개월 후인 8월 5일에 우메자와 씨와 아카마쓰 씨는 오사카 지방 법원에 오에 씨와 이와나미 서점을 고소한다. 그 재판을 지원하고 방청을 동원한 것은 자유주의 사관 연구회와 새로운 역사 교과서를 만드는 모임 등의 회원들이었다. 7월 27일의 재판에는 후지오카 대표도 방청을 위해 방문했다. 올해 3월 30일, 문부과학성은 내년부터 사용되는 고등학교 역사 교과서에서 '집단자결'의 군 관여를 부정하는 의견서를 썼고, 이에 따라 교과서가 수정되었다. 아카마쓰·우메자와 두 사람에 의한 제소도 부정의 이유 중 하나로 거론되고 있다. 재판 결과를 기다리지 않고 교과서 개정이 이루어진 것에 대해 아카마쓰·우메자와 두 사람과 원고변호단, 자유주의 사관 연구회 등의 지원자들은 기쁨의 환호를 외쳤다. 이러한 일련의 흐름으로 볼 때, 이번 교과서 검정을 위해 2004년경부터 민간 우파 단체나 야스쿠니 응원단을 자칭하는 변호사 그룹 등이 주도면밀하게 준비를 진행해왔다는 점, 정부와 문부과학성 안에서도 이에 호응하는 움직임이 있었다는 점, 오에 씨나 이와나미 서점이 받은 소송 재판과 교과서 검정이 관련되어 있다는 점 등이 명확해진다. 여기에 관철된 위험한 목표에 우리는 주시할 필요가 있다.

교과서 검정 문제

일본군 강제를 명확히 밝혀라

8월 25일 자 『류큐신보』 조간에 신경 쓰이는 기사가 실려 있었다. 현 선출 출신의 자민당 국회의원들이 만든 '고노니치五ノ日회'와 면회한 이부키 분메이 문부과학장관이 교과서 검정 문제에 대해 "일본군에 의한 '관여'라는 표현이면 괜찮다고 말한 뒤, 차기 교과서 검정에 있을 수정 의견 재검토에 대해 유연한 태도를 보였다"고 하는 것이다. 동일자 『오키나와 타임스』에서는 "이부키 문부과학장관은 현 의회 전체가 일치한 '검정 결과의 철회를 요구하는 의견서'의 표기가 '군명'이 아닌 '군의 관여'로 되어 있는 것에 대해 '지혜를 낸 표현이다. 내년 교과서에는 그런 표현을 쓰는 게 좋지 않겠느냐'고 말했다"고 한다.

기사를 얼핏 보면 지금까지의 현민 운동이나 여론에 따라 9월 29일에 열릴 현민 집회 상황을 지켜보면서 정부·문부 과학성·여당 내에서 타협점과 결론을 찾고자 하는 움직임이 시작되고 있는 것처럼 보인다. 그러나 문제가 해결로 한 걸음 나아갔다고 생각한다면 큰 착각이다. 이럴 때일수록 주의할 필요가 있다. 이번 교과서 검정에서 가장 중요한 점은 '집단자결'에 대해 일본군의 강제가 있었다는 기술이 삭제됐다는 것이다. 재차 확인해 두자면 검정 의견이 붙여진 것에 따라 다음과 같은 개서가 이루어졌다.

야마가와 출판 『일본사 A』

[신청도서의 기술] 섬 남부에서는 양군의 사투에 휘말려 주민 다수가 죽었고, 일본

군에 의해 참호에서 쫓겨나거나, 집단자결로 내몰린 주민도 있었다.

[**검정 기술**] 섬 남부에서는 양군의 사투에 휘말려 주민 다수가 죽었는데, 그중에는 일본군에 의해 참호에서 쫓겨나거나 자결한 주민도 있었다.

산세이도 『일본사 A』

[**신청도서의 기술**] 일본군에게 '집단자결'을 강요당하고, 전투에 방해가 된다거나, 스파이로 몰려 살해당한 사람도 많아, 오키나와전은 비참하기 그지없었다.

[**검정 기술**] 궁지에 몰려 '집단자결'한 사람이나, 전투에 방해가 되거나 스파이로 의심된다는 이유로 살해된 사람도 많아, 오키나와전은 비참하기 그지없었다.

원고 분량의 형편상, 2사의 교과서만을 예로 들었지만, 검정 의견 결과 '집단자결'을 일본군이 '몰아넣었다', '강제했다'라는 기술이 삭제되고, 마치 주민이 자발적으로 '자결'한 것처럼 고쳐 쓰여 있었다. 여기서 문제는 단순히 일본군의 '관여'가 있었는지의 여부가 아니라, 어떤 '관여'가 있었는가 하는 내용이며, 일본군에 의한 강제가 있었다는 기술을 명기하는 것이 가장 중요한 과제이다. 만약 이부키 문부과학장관이 말한 것처럼 '군의 관여'가 있었다고 하는 애매한 표현으로 결착이 난다면 그것은 용이하게 내용이 바꿔치기 될 것이다. 일본군이 주민에게 수류탄을 건넨 것은 사실이며, 그 점에서는 '군의 관여'가 있었다. 그러나 그 수류탄을 사용해 목숨을 끊은 것은 주민들의 자발적인 행위이지 군의 강제에 의한 것이 아니라는 식으로 말이다.

9월 29일에 개최될 현민 집회는 5만 명 상당의 규모가 예정되어 전全 현민적인 대처로서 준비가 진행되고 있다. 그 의의를 인정하는 동시에 나는 일말의 염려도 가지고 있다. 폭넓게 사람을 모집한다는 점에서 집회의 목적이나 결의문의 내용이 최대 공약수적인 형태로 모호해지지 않을까. 이런 염려에서 생각난 것이 1995년 10·21 현민 집회이다. 일본 정부를 뒤흔들 정도의 집회가 실현되었으나, 그 후에 일어난 것은 미군 기지를 현 내에서 돌려막는 사태였으며, 그에 따라 문제는 해결되지 않고 현민은 지금도 고통받고 있다.

우리는 같은 잘못을 되풀이해서는 안 된다. 교과서 검정 의견 철회와 '집단자결'에 일본군의 강제가 있었다는 기술의 완전 부활·명기를 결코 양보할 수 없는 일선으로 두고, 애매한 형태로 타협하지 않는 것이 매우 중요하다. 이 문제가 있고 나서, 현 내 신문사들은 수많은 전쟁 체험자의 증언을 실었다. 그것들을 읽으면서 만약 일본군이 주민들에게 수류탄을 건네주고 스스로 목숨을 끊으라고 명령·지시하지 않았다면, 얼마나 많은 현민이 죽지 않고 살 수 있었을까 하는 생각을 떨쳐버릴 수 없었다. '살아서 포로의 치욕을 당하지 않겠'다는 전진훈* 은 군인의 행동규범을 나타낸 것이다. 군인도 아닌 일반 주민에게도 '포로전쟁 난민'가 되는 것을 허락하지 않고, 수류탄을 준 일본군의 행위는 죽음의 강제가 아니고 무엇이겠는가.

* 구 일본 육군의 전시 장병들의 마음가짐.

9·29 현민 집회

반복되지 않는 구조를

내가 대학을 졸업한 지 얼마 되지 않았을 즈음으로 벌써 20년도 더 된 일이다. 나키진촌今帰仁村 운텐항에서 반년간 하역작업 아르바이트를 했다. 화물선 짐칸에 내려서 비료와 사료 등을 판목이나 트럭에 싣기 위해 안벽岸壁에서 옮겨 쌓는 작업은 보통 힘든 게 아니었다. 평소 함께 작업하는 사람은 6명으로, 이것만으로 생활하는 사람도 있었고, 고기잡이하는 틈틈이 하역 작업에 참여하는 우민츄도 있었다. 20대는 나 혼자였다. 전부 40~70대 정도였다. 쉬는 시간이나 작업을 마친 후에 열리는 술자리에서 어른들의 이야기를 듣는 것이 나의 즐거움이었다.

오로쿠小禄에서 미군 포로가 되어 하와이 수용소에 수감된 A씨. 관동군에 있다가 중국에서 소련군의 포로가 되어 시베리아에 억류된 U씨. 오키나와 고유의 성을 트집 잡고 폭력을 휘두르던 고참병에게 분통을 터뜨리던 M씨. 전쟁 체험은 아니지만, 미군 현금 수송차를 습격하여 총싸움했다던 S씨. 턱 운동이나 하자며 폐계를 사 와 닭꼬치를 만들고 선착장 콘크리트에 앉아 딱딱한 닭고기와 아와모리를 마시며 이야기하던 그들의 모습이 눈에 선하다. 그렇게 들었던 오키나와 전투 이야기는 지금도 선명하게 기억하고 있다. 평소에는 의식하지 않지만 어떤 것들을 생각할 때 미치는 영향이 있을 것이다.

9월 29일에 열린 현민 집회에는 미야코宮古·야에야마八重山를 포함해 11만 6,000명 정도가 모였다. 모든 사람이 오키나와 전투에 대한 나름의 생각을 가지고 일부러 발걸음을 옮겨 참석했을 것이다. '오키나와 전투 체험이 오키나와 사람들에게 있어서 62년이 지난 지금도 이 정도의 강한 영향력을 갖고 있구나' 하고 생각했다. 동시에 가득 찬 회장을 바라보면서 12년 전의 현민 집회가 떠올랐다. 1995년 10월 21일, 기노완宜野湾 해변 공원에 8만 5,000여 명이 모였다. 그때는 미군 세 명이 자행한 폭력을 규탄하기 위해 미군 기지의 '정리 축소'를 내걸었다.

12년이라는 시간을 두고 열린 두 개의 큰 집회가 미군기지와 오키나와 전투를 중심으로 하고 있다. 그 의미를 되새겨 본다. 전후 62년이 지나도 여전히 기지 문제에 휘둘리고, 오키나와 전투의 기억이 반복되는 상황에서 벗어나지 못하고 있는 오키나와. 이러한 상황을 만들어내는 오키나와와 일본본토과의 관계야말로 되물어야 한다.

이번 집회에 11만 6,000명이라는 인원이 모인 것을 높게 평가하는 목소리가 크다. 그러나 달리 보면 지난 12년 사이에 오키나와의 상황이 그만큼 나빠지고, 일본 정부의 고압적인 자세가 강해지고 있음을 보여주는 것이다. 미군 재편 논의 속에서 오키나와의 '부담 경감'이 거론되지만, 실제로는 기지 기능의 강화가 진행되고 있다고밖에 생각되지 않는다. 미군뿐만이 아니다. 자위대의 강화도 진행되고 있다. 오키나와를 미군뿐만이 아니라 자위대의 거점으로도 만들려고 하고 있기 때문에 일본군에 대한 부정적인 감정을 만들어 내는 '집단자결'에 대한 군 강제라고 하는 사실을 지우려는 움직임도 보인다.

고이즈미 내각에서 아베 내각으로 이르는 과정에서 일본 정부는 헤노코辺野古와 다카에高江에 기지 건설을 강행하려는 정치·군사 면뿐만 아니라, 오키나와 전투의 기억이나 역사 인식이라는 영역으로까지 파고들 정도로 무간가하고 고압적인 자세를 취했다. 그리고 그 아베 내각은 종이호랑이처럼 권위가 실추되어 비참하게 붕괴했다. 후쿠다 내각으로 대체되면서 사태가 호전될 것이라는 전망도 있지만, 문제는 정부를 상대로 한 오키나와 측의 교섭력이다. 지금까지 오키나와는 중요한 국면에서 정부와의 약한 교섭력을 보여왔다. 대중적인 운동이 활발해져도 그 후의 사무적인 교섭에서의 마무리가 허술했고, 어느새 정부 측에 주도권을 빼앗겨 역효과를 냈다.

12년 전에도 그랬다. 10·21 현민 집회 이후 후텐마 기지의 '현 내 이전'이라는 안이한 선택을 한 지금 어떻게 되었나. 문제는 무엇하나 해결되지 않았고, 나고名護 시민을 비롯한 많은 사람이 기지 문제로 고통을 겪고 있다. 우리는 같은 잘못을 되풀이해서는 안 된다. 이번 교과서 검정문제에서도 안이한 타협을 하다 보면 결국 관심이 수그러들 무렵에 또 같은 문제가 터질 것이다. 앞으로 오키나와 대표들의 교섭력과 대표를 지지하는 현민의 지속적인 운동이 필요하다. 현민 집회 이후의 대응 속도를 보면, 정부는 사전에 오키나와의 동향에 대한 정보를 수집하고, 대응을 결정하고 있던 것을 알 수 있다. 이미 몇 개의 선택지가 준비되어 있고, 현민의 반응을 보면서 절충안을 찾고 있을 것이다. 검정 의견의 철회와 기술의 부활이라는 집회 결의를 관철하는 동시에 검정에 관한 정보공개와 오키나와 전투 연구자의 참가, 오키나와 조항의 확립 등 똑같은 일이 반복될 수 없는 구조를 만드는 것이 중요하다.

사실을 왜곡하는 고바야시 씨

'군명' 부정에 가족애 이용

만화가 고바야시 요시노리 씨는 잡지 『SAPIO』쇼가쿠칸 발행 11월 14일호의 '고머니즘 선언'에서 '집단자결의 진상을 가르치자'라는 만화를 그리고 있다. 현재의 오키나와를 '전체주의 섬'이라고 부르며, 9·29 현민 집회의 의의를 부정하는데 필사적이다. 사실을 왜곡하는 수법과 도가 지나친 내용에 기가 막히지만, 고바야시 씨가 어떤 인물인지를 아는 데는 안성맞춤의 소재일지도 모르겠다. 고바야시 씨는 '집단자결'은 '군명'이 아닌 '가족에 대한 애정이 너무 강한 나머지 차라리 함께 죽고 싶다고 바랐기' 때문에 일어난 일이라고 주장하며, 다음과 같이 쓰고 있다.

> 무엇보다 '군명'이 있었기 때문에 부모가 자식을 죽였다느니, 가족이 서로를 죽였다느니 하는 이야기는 죽은 자에 대한 모독이다. 그런 '군명'이 부도덕하다고 생각된다면 부모는 자식을 안고 도망치면 되는 것이 아닌가! 스스로 자기 자식을 죽이는 것보다 '군명'을 어기고 군에게 죽임을 당하는 것이 더 낫지 않은가!
>
> 내일이라도 당장 적이 상륙할지도 모른다는 긴박한 상황은 섬 주민들이 집단 히스테리를 일으키기에 충분했다. 게다가 본토보다 오키나와 쪽이 마을 공동체 유대가 훨씬 강하다. 그러한 강한 공동체 안에서는 '동조 압력'이 극한까지 높아질 수 있다. 누군가가 '전원 여기서 자결해야 한다!'라고 외치면, 반대하기 어려운 분위기가 만들어진다. 주저하는 주민이 있으면 선동자들은 '이것은 군 명령이다!'라고 거짓말을 해서라도

피력한다.

혹은 오키나와 출신 군인이 '적에게 참살당하느니 차라리 이것으로'라며 수류탄을 건네주었을지도 모른다. 하지만 이것은 어디까지나 '선의로부터 나온 관여'이다.

그의 주장은 집단자결은 오키나와 주민들의 깊은 가족애로 인해 자발적으로 이루어진 것이며 설사 수류탄을 줬다는 군의 관여가 있었다고 해도 '오키나와 출신 군인'이나 '방위대원'의 '선의에서 나온 관여'로 오키나와 출신 이외의 군대는 '관여'하지 않았다는 것이다. 그리고 '군 명령'은 공동체마을 내의 선동자가 주민을 '집단자결'로 몰아가기 위해서 벌인 '거짓말'이라는 것이다. '집단자결강제 집단사'로 인해 혈육을 잃은 사람들은 전후 62년 동안 어떤 심정으로 살아왔을까. 제삼자는 그 고통을 이해할 수 없을지도 모른다. 하지만 그럼에도 이해하려는 노력을 계속해야 한다. 집단자결 문제를 생각할 때 절대 잊지 말아야 할 가장 기본적인 자세이다. 그런 자세를 갖췄다면 "'군명'이 부도덕하다고 생각된다면 부모는 자식을 안고 도망치면 되는 것이 아닌가!"라는 말은 나오지 않을 것이다. 미군에게 잔혹하게 살해당하는 것보다 자기 손으로 죽이는 것이 낫다. 설령 그런 생각을 한 부모가 있다 하더라도 문제는 왜 그런 심리상태에 몰렸는가 하는 것이다.

전투 당시 오키나와 주민들은 일본군의 전면적인 통제하에 생활하고 행동했다. 그러한 군과 주민의 관계를 분리하고, '군명'을 거부하고 도망치려고 한다면 충분히 도망칠 수 있었다는 식으로 고바야시 씨는 모든 문제를 주민에게 돌리고 있다. 애당초 '집단자결'의 원인을 '군명'이냐 '가족애'냐 하는 양자택일의 문제로 설정하는 것 자체가 옳지 않다. 게라마제도慶良間諸島와 이에지마伊江島, 요미탄촌読谷村 등 집단자결로 많은 희생자가 발생한 지역은 일본군의 특공 기지나 비행장 등의 중요 시설이 있었고, 주민들은 그 건설에 동원되었으며, 일본군과 밀접한 관계가 형성되어 있었다. 일본군이 없던 섬에서는 집단자결이 일어나지 않은 것만 봐도 가족에 대한 사랑만으로 그런 일이 일어날 수 없음을 증명하고 있다. 고바야시 씨는 그러한 사실에 대해서는 일절 언급하지 않고 '군명' 부정을 위해서 '가족애'를 이용하고 있다. 그것이야말로 '고인 모독'이고 살아남은 사람들을 더욱 정신적으로 몰아붙이는 게 아닌가.

고바야시 씨는 일본군이 주민에게 미군에 대한 공포심을 주입한 것과 '전진훈戰陣訓'의 영향성을 모호하게 만든 다음, 하필이면 주민 중에 선동자가 있어 '이것은 군 명령이다!'라고 거짓말을 하여 '집단자결'로 몰아넣었다고 주장한다. 이보다 심한 폭언은 없다. 대체 어느 사례에 그런 사실이 있는가. 고바야시 씨는 구체적으로 제시해야 한다. 오키나와 출신 군인이 주민에게 수류탄을 나누어 줬다고 강조하는 것도 오키나와 사람들끼리 멋대로 서로 죽였다는 인상을 주기 위한 자의적 묘사 방식이다. 수류탄 같은 무기는 군의 조직적 관리하에 있으며, 군 방침이나 대장의 명령을 어기고 병사들이 멋대로 반출해 주민들에게 넘겨 자결을 촉구할 수 있는 것이 아니다. 그러한 사실을 감추고 오키나와 출신 군인과 방위대원들에게 책임을 떠넘기는 건 비열하다. 그 밖에도 많은 문제가 있지만, 원고 분량 부족으로 이만 줄이도록 하겠다.

그건 그렇고 오랜만에 고바야시 씨가 오키나와에 관해 쓸 정도로 9·29 현민집회가 충격적이었나 보다. 고바야시 씨와는 반대로 집회로 격려받은 사람이 전국에 다수 있다는 것을 마지막으로 적어 두고 싶다.

전해지는 말

교과서 검정에 의해 내년부터 사용되는 고등학교 역사 교과서에 오키나와 전투 당시 발생한 '집단자결'에 군의 강제가 있었다는 기술이 삭제된 것으로 3월 말 밝혀졌다. 반년이 지난 9월 29일에 오키나와현 기노완시宜野湾市의 해변공원에서 열린 '교과서 검정 의견의 철회'를 요구하는 현민 집회에 11만 명주최자 발표이 모여, 오키나와에서는 1972년의 일본 복귀 이후, 최대 규모의 집회가 되었다. 당일 나는 현지 방송국이 현장에서 중계하고 있는 프로그램에 나와 있어, 회장 일각에 설치된 특설 스튜디오에서 집회의 모습을 지켜보았다. 참가자들로 회장이 빽빽할 뿐만 아니라, 주위 도로나 나무 그늘에도 사람이 붐비고 있는 모습이 압권이었다. 집회가 시작되고서도 사람들의 발길이 끊이지 않았고, 중간에 도로가 막혀 참가하지 못한 사람들도 많았다고 한다. 주최자들이 그런 사람들까지 포함해서 11만 명 이상이 모였다고 말하는 것도 과장은 아니다.

집회 이후, 정부가 교과서 기술 재검토에 나서는 예상치 못한 상황이 펼쳐지자 집회의 의미를 떨어뜨리기 위해 참가자 수가 훨씬 적었다고 선전하는 언론이나 단체도 있다. 그러한 사람들은 오키나와 전투가 지금도 오키나와 사람들에게 얼마나 무거운 의미인지, 그 역사와 기억을 계승하려는 사람들이 젊은 세대를 포함하여 얼마나 많이 있는지 보이지 않을 것이다(혹은 보고 싶지 않을 것이다). 개인 사정으로 회장에는 가지 못해도 TV나 라디오를 통해 집회 현장을 지켜보던 현민은 참가자보다 몇 배나 더 많다.

오키나와 전투에서는 주민을 끌어들인 지상전으로 당시 현민의 4분의 1이 사망했다고 한다. 미군의 무차별 공격으로 인한 죽음뿐 아니라, 우군이라 부르며 의지하던 일본군에 의한 주민 학살과 참호 몰아내기, '집단자결'이라는 강제에 의한 죽음도 포함되어 있다. 식량 강탈과 폭행, 말라리아 창궐지로의 강제 이주 등 일본군이 오키나와 주민들을 상대로 자행한 만행은 예외적 사례라고 할 수 없을 정도로 많이 발생했다. 그러한 사실이 지금까지 어떻게 전해져왔는가. 오키나와에서는 현이나 시읍면이 발행하고 있는 증언집과 자료집을 비롯해 민간 단체나 개인에 의한 증언집, 사진집, 연구서, 소설, 만화 등 오키나와전에 관한 방대한 양의 출판물이 간행되고 있다.

그 외에도 신문과 TV 보도, 1피트 운동*을 주제로 한 영화, 현 평화 기원 자료관, 히메유리 평화 기원 자료관, 쓰시마마루 기념관, 사키마 미술관 등의 시설, 동굴 등의 전쟁 유적을 이용한 평화 학습, 6월 23일 오키나와 전투 위령의 날을 중심으로 한 학교와 지역에서의 활동 등 오키나와 전투에 대해 배울 기회와 장소가 많다. 그리고 무엇보다도 체험자의 이야기를 통해 오키나와 전투의 실상이 전해져 왔다. 오랜 세월에 걸친 그러한 축적이 9월 29일의 현민 집회로 이어진 것으로 하루아침에 11만여 명의 사람들이 모인 것이 아니다. 체험자로부터 직접 이야기를 들을 수 있는 시간이 얼마 남지 않은 가운데, 오키나와 전투에 관한 증언·기억에 귀를 기울이고 싶다는 생각으로 현민 집회에 방문한 사람도 많았을 것이다.

오키나와 전투를 체험한 노인뿐만 아니라, 젊은 세대, 학생, 아이들까지, 폭넓은 세대가 현민 집회에 참여했다는 사실이 이를 잘 보여주고 있다. 회장 여기저기에서 고등학교 방송부나 사진부 학생들이 마이크와 카메라를 손에 쥐고 취재

---

* 미국 공문서관 등이 소유한 오키나와전의 기록필름을 매입하는 시민운동.

하고 있는 모습도 볼 수 있었다. 집회가 끝나고 대부분의 참가자가 돌아간 뒤에도 공원 벤치에 앉아 어르신들의 이야기를 들으며 카메라로 녹화하던 고등학생들도 있었다. 그렇게 전해지는 말에는 헤아릴 수 없을 정도의 정신적 고통이 수반되는 일이다. 집회에서는 도카시키섬渡嘉敷島의 '집단자결' 생존자도 등장하여 일본군에 의해 수류탄이 전달되지 않았다면 '집단자결'은 일어나지 않았을 거라고 발언했다. 이번 교과서 검정 문제가 터지면서 그동안 입을 다물었던 집단자결의 생존자들도 자신들의 체험을 말하기 시작했다. 그 말들에 진지하게 귀를 기울여야 한다.

고바야시 요시노리 씨의 반론에 답한다

군명령 · 강제, 애매하게 / 주민에게 책임 전가하는 수법

12월 18일 자의 본 잡지 문화란에 내가 쓴 「풍류무담風流無談」에 대한 고바야시 요시노리 씨의 반론이 실려 있다. 여전히 오키나와 전투에서의 '집단자결'의 원인이 '가족애' 및 '현민의 주체성'인지 '일본군의 명령'인지 하는 양자택일적으로 문제가 설정되어 있었다.

> 나는 당시의 오키나와 현민이 그렇게까지 주체성이 상실되어 있었다고는 생각하지 않습니다. 오키나와 현민의 가족에 대한 애정은 온전했습니다.

고바야시 씨는 이렇게 말했지만, 평상시건 전시戰時건 혹은 '집단자결'이 일어난 그 순간이건 현민에게 가족애가 있는 것은 당연한 일이다. '집단자결'에서의 오키나와 현민의 '주체성'에 관해서도 고바야시 씨가 새삼스럽게 말할 필요도 없이, 오키나와에서는 1960년대부터 논의되어왔다. 행정 간부와 교육, 그리고 언론인들이 전시체제 아래에서 어떤 식으로 군에 협력하고 민중을 전쟁에 동원했는가. 그 실태와 주체적 책임을 묻는 논의는 이루어지고 있으며 지금도 중요한 문제임에 변함이 없다. 내가 비판하고 있는 것은 가족애나 오키나와 현민의 주체성을 강조하여 '집단자결'에 있어서의 일본군의 명령·강제라고 하는 결정적 요인을 모호하게 하고, 그 사실을 부정해 나가는 고바야시 씨의 속임수이다.

오키나와에는 수많은 도서지방이 있다. 그 가운데 대규모 '집단자결'이 일어

난 곳은 게라마제도慶良間諸島와 이에지마伊江島이다. 당시 그곳에 수상 특공정 기지와 비행장이 건설되었고, 주민들이 인부로 동원되었다. 일본군이 민가에 숙박하는 등 주민과 군과의 관계도 깊어, 주민은 일본군으로부터 중국에서 자행한 포로 학대 행위에 대한 일화도 직접 듣곤 했다. 특히 게라마제도는 특공 기지라는 기밀성 높은 기지가 있었기 때문에 일본군에 의한 주민의 통제 및 감시도 철저히 이루어지고 있었다. 게라마제도에서는 미군에게 수용된 주민이 스파이로 몰려 일본군에게 학살당하는 사건도 끊임없이 일어났다. 이는 일본군이 얼마나 주민들을 통제하고 감시하고 있었는지를 단적으로 보여준다. 당시 오키나와에 있었던 '동조압력'이란 이러한 군의 통제 및 감시에 의해 만들어진 것으로, 공동체라는 일반적인 논리로서 논할 수 있는 것이 아니다.

또한 '집단자결'의 주요인이 가족애가 아니라는 근거는 일본군이 없던 섬에서는 '집단자결'이 일어나지 않았다는 사실이 뒷받침하고 있다. 무엇보다 '포로가 되지 말고 자결하라'며 일본군이 주민들에게 수류탄 등의 무기를 전달한 것이 '집단자결'의 결정적 요인이 되고 있다는 것은 주민들의 증언과 오키나와전 연구를 통해 이미 밝혀진 사실이다. 고바야시 씨는 이러한 사실이나 오키나와전의 연구를 무시하고, '퉁저우 사건'의 보도를 강조함으로써 매스컴에 책임을 전가하고, 사이판이나 사할린에서 발생한 '집단자결' 문제까지 일반화하고 있다.

고바야시 씨는 〈전체주의의 섬 '오키나와'〉라고 명명한 잡지 『와시즘』 좌담회에서 도카시키섬渡嘉敷島의 적송대를 해군의 회천* 부대로 착각하고 있는데, 그 정도의 기초 지식도 없이 오키나와전에 대한 자신의 생각을 나열하기보다 오키나와전 연구자의 저작을 제대로 읽고 공부하는 건 어떤가. 고바야시 씨는 당시

* 태평양전쟁에서 구 일본 해군이 개발한 인간어뢰이자 일본군 최초의 특공 무기.

제32군이 '주민 통제에 특별히 시간을 쓸 상황이 아니었다'고도 쓰고 있지만, 군이 주민을 '통제'하지 않고 전쟁을 할 수 있다고 생각하는 것인가. 전시체제는 행정·의회·노동·보도·교육·민간 등 모든 조직을 군의 통제하에 두는 것으로 당시의 오키나와도 예외는 아니었다. 제32군이 1년 전에 배치됐다고 강조하면서 주민에 대한 군의 영향력을 축소시키고 싶겠지만 급속히 임전 태세에 들어가야 했던 오키나와의 상황을 사실에 입각하여 파악해야 할 것이다.

게라마제도에서의 '집단자결'도 일본군의 통제 아래서 벌어진 일이다. 도카시키섬에서는 무기 담당 중사가 사전에 주민들에게 수류탄을 배부했고, 방위대는 '집단자결' 당일에도 수류탄을 배부했다. 민방위대는 군의 지휘하에 행동하고 있으며, 수류탄도 군의 엄중한 관리 아래 있다. 아카마쓰 대장의 명령이나 허가 없이 주민에게 배부되는 일은 있을 수 없다.

자마미섬座間味島도 동일하다. 섬의 최고 지휘관인 우메자와 씨의 허가 없이는 주민에게 수류탄을 건네지는 일은 있을 수 없다. 이는 오사카 지방 법원에서 행해지고 있는 재판에서 우메자와 씨 자신이 증언하고 있다. 고바야시 씨는 자마미섬의 동사무소 직원이 '집단자결'을 일으킨 것처럼 쓰고 있다. 하지만 그 직원에게 사전에 '군의 명령'이 떨어졌다는 새로운 증언이 나왔다. 나는 오사카 지방 법원에서 우메자와 씨의 증언을 방청했는데, 미야기 하루미의 저작 『어머니가 남긴 것』과 우메자와 씨의 증언에는 중요한 차이가 있다. 우메자와 씨가 실제로 '자결하지 말라'고 했다면, 이를 거역하고 동사무소 직원이 '옥쇄명령이 떨어졌다'며 주민을 모으는 일은 있을 수 없다고 생각한다. 이 문제는 상상보다 사실의 축적이 더 중요하며, 일본군의 명령·강제를 부정하기 위해 '가족애'를 이용하여 주민에게 책임을 전가하는 일은 비열한 수법으로밖에 생각되지 않는다.

2008년

북부 훈련장에서 훈련하는 미군. 국도 바로 옆에서 손에 소총을 든 채 훈련하고 있다(2013.7.22).

'관여'라는 표현의 위험성

사실을 뒤집는 사술

사회파 추리소설의 선구자였던 마쓰모토 세이초의 '안갯속의 교과서'라는 평론이 있다. 『부인공론婦人公論』 1962년 6월호에 발표된 것으로 46년 전의 글이지만, 교과서검정제도의 문제를 예리하게 지적하고 있어 지금도 읽을 가치가 있다. 문부성당시 조사관에 대해서 마쓰모토 세이초는 다음과 같이 쓰고 있다.

> 그런데 문제가 되는 것은 이 문부성 조사관이다. 이는 비상근 조사원과 달리 분명한 문부성 관리이며 (…중략…) 사람들이 가지고 있는 주관이 자칫 검정에 영향을 미칠 수 있다는 인식이 퍼져 현재 매우 논란 중이다. 즉 문부성 공무원 조사관의 주관이 교과서 서술에 영향을 미친다면, 검정은 이미 검열화되었다고 해도 어쩔 수 없는 부분이다.
>
> 사회과 일본 역사에 한해서 생각해 볼 때 이 조사관의 전력前歷에 상당한 의혹이 제기되어도 어쩔 수 없다고 생각하는 사람들이 있다는 것도 문제이다. 예를 들어 전쟁 전 '황국사관'에도 유명한 학자의 제자가 조사관으로 있거나 혹은 신궁황학관神宮皇學館이라든가 선린善隣협회, 몽고蒙古문화연구소, 동아연구소와 같은 곳에서 근무했던 경력 조사관도 있다. 이 모든 조직은 전쟁 전에 화려한 황국사관을 주창하며 활동했다.
>
> 이미 학습지도요령 기준에 따라 교과서가 만들어진 이상, 그것은 실질적인 통제이다. 또한 조사관의 주관이 미묘하게 교과서 제작에 영향을 미친다면 한층 더 그 통일은 강화되고, 내용 면에 있어서는 실질적으로 국정과 동일하다고 해도 좋다.『마쓰모토 세이초 사회평론집』, 고단샤문고, 47~50쪽

지난해부터 문제 되고 있는 '집단자결강제 집단사'에 대한 교과서 기술에서도 문부과학성 조사관의 주도로 일본군의 '강제'를 나타내는 기술이 삭제되었다. 교과서 회사의 정정 신청에서도 '군명', '강제'를 나타내는 기술이 조사관에 의해 고쳐지면서 '관여'라고 하는 모호한 기술이 되었다. 조사관 중에는 '새 역사 교과서를 만드는 모임'과 관련된 인물이 있다는 점도 지적되고 있다. 마쓰모토 세이초가 46년 전 지적한 문제는 지금도 되풀이되고 있을 뿐 아니라 일본 사회의 우경화와 함께 더욱 악화하고 있다고 볼 수 있다.

그런데 교과서 회사가 낸 정정 신청을 문부과학성이 작년 말에 인정하면서 9·29 현민 집회 실행위원회의 역할은 끝났다며 자민당이 해산을 주장하고 있다. 현민 중에도 일본군의 '관여'가 인정되었기 때문에 좋은 것 아니냐는 의견이 있을지도 모른다. 그러나 '관여'라고 하는 모호한 기술로 마무리되고, 오키나와 현민이 그 기술에 보증한 형태가 되는 것이 어떠한 위험성을 가지는지를 눈여겨볼 필요가 있다. 벌써 집단자결의 군 명령과 강제를 부정하는 사람들 사이에서 '선의의 관여'를 주장하는 자들이 나오고 있다. 일본군이 주민에게 수류탄을 건넨 것은 미군의 공격에 내몰린 주민들이 스스로 죽음을 택하려는 것을 도와 가급적 편히 죽으라는 일본군의 '선의'에 의한 '관여'였다는 것이다.

비슷한 주장으로 '자비의 행위'라는 것도 있다. 오사카 지방 재판소에서 행해지고 있는 오에·이와나미 오키나와전 재판에서 원고 측의 대리인이 "일본군이 주민에게 수류탄을 건네준 것은 자비에 의한 행위라고는 생각되지 않습니까?"라고 오에 겐자부로 씨에게 심문했다. 오에 씨는 즉석에서 "그렇게 생각되지 않는다"라고 대답했다. 방청하던 나는 '선의의 관여'라는 표현과 동일한 의도를 느꼈다. 일본군의 관리하에 있던 수류탄이 주민에게 전달되었다는 사실은 군의 명령과 강제를 부정하는 사람들 역시 인정하지 않을 수 없다. 그래서 그들은 거기서 하나의 속임수를 쓴다. 비전투원 주민에게 수류탄을 전달하는 것 자체가 일반적으로는 자결하라며 죽음을 강제하는 것이지만, '선의의 관여', '자비의 행위'라는 관점에서 그 의미를 180도 뒤집어 마치 죽음을 원했던 오키나와 주민에게 일본군이 도움을 준 것처럼 그려내려는 것이다.

'관여'라는 모호한 표현이 가질 위험성이 바로 여기에 있다. 그렇기 때문에 교과서에 일본군의 '강제'를 나타내는 기술을 명기시키는 것이 중요하다. 안이한 타협이 향후 가져올 영향력과 그 무게에 대해 생각해야 한다. 오키나와 자민당이 선거의 유불리를 이유로 9·29 현민 집회 실행위원회를 해산하려는 것이라면 이는 한심스러운 짓이다. 후지오카 노부카쓰 씨를 비롯하여 군 명령·강제를 부정하는 사람들은 현민 집회 참가자가 1만 3,000명이니 2만 명이니 하며 현민을 모욕하고 유언비어를 퍼뜨리는 등 정력적으로 운동을 벌이고 있다. 그 일에 분노는 없는 걸까. 오키나와 전투의 사실史實을 전국에 전하기 위해서는 오키나와에서 끈질기게 목소리를 높일 수밖에 없다. 오키나와 사람들이 타협하거나 침묵하면 머지않아 '궁지에 몰렸다'는 기술도 사라질 것이다.

교과서 검정 문제에 대해

오에 · 이와나미 재판으로부터 보이는 것

2007년 9월 29일 기노완시[宜野湾市] 해변공원에서 개최된 오키나와 현민 집회로부터 2개월 정도가 지났다. 오키나와 전투에서 벌어진 '집단자결[강제 집단사]'에 일본군에 의한 강제가 있었다는 교과서 기술이 문부과학성의 검정 의견에 따라 삭제되었다. 이러한 사실이 매스컴 보도를 통해 밝혀진 것이 3월 30일. 그로부터 반년 사이에 '검정 의견의 철회'와 '기술의 부활'을 요구하는 목소리가 오키나와현 내에서 나날이 높아져 갔다. 그리고 미야코[宮古] · 야에야마[八重山]를 통틀어 11만 6,000명[주최자 발표] 상당의 사람이 결집하여 1972년의 '일본 복귀' 이래 최대 규모의 집회가 되었다. '조용한 분노'로 평가된 집회 모습에 정부·문부 과학성도 대응하지 않을 수 없게 되어, 교과서 회사에 기술 정정 신청을 실시하여 사태의 진정화를 도모하려 했다.

이 글을 쓰고 있는 11월 말 현재, 6곳의 교과서 업체가 '집단자결'에 일본군의 강제가 있었음을 명기한 내용으로 정정 신청을 했고, 심의회에서 검토 중이다. 잡지가 나올 때쯤이면 결과가 나왔겠지만, 낙관적인 예상이 되지 않는다. 검정 의견은 철회되지 않고, 심의회 위원 구성도 그대로인데 과연 기술이 '부활'될 수 있을까. 설령 '부활'한다고 하더라도 검정의견이 살아 있는 한, 오키나와 운동이 진정되기를 가늠하고, 같은 일이 반복될 것이다. 오키나와 현민 대부분이 그러한 우려를 하고 있다. 현민 집회의 결의인 '검정의견 철회'를 어떻게 실현해 나갈지가 큰 과제이다.

하지만 현민 집회로부터 2개월 이상이 지난 지금, 집회 실행 위원회는 계속되고 있지만, 대처는 뜨뜻미지근해져 있는 것이 실정이다. 나카이마 현縣 지사나 여당계의 국회의원 등을 중심으로 정부와의 막바지 교섭을 하는 한편, 실행 위원회 대표를 중심으로 10월 중순에 실시된 도쿄 행동 이후 눈에 띄는 행동은 나타나지 않았다. 많은 현민이 결집하여 정부를 동요시키면서도 기지문제 해결의 성과는 만들어내지 못한 12년 전의 현민 집회 전철을 밟게 되는 것은 아닐까. 그런 불안이 생긴다. 물론 그렇게 돼서는 안 된다. 현 상황을 극복하기 위해서라도 이번 교과서 검정 문제와 그 배후의 움직임까지 파고들어야 한다.

이번 교과서 검정 문제는 왜 일어났나. 그 배경을 생각할 때 간과할 수 없는 것이 현재 오사카 지방재판소에서 행해지고 있는 오에·이와나미 오키나와전 재판이다. 2005년 8월 5일에 우메자와 유타카 씨자마미섬 전 수비대장와 아카마쓰 슈이치 씨도카시키섬 전 수비대장, 아카마쓰 요시쓰구의 남동생 2명이 오사카 지방 법원에 오에 겐자부로 씨와 이와나미 서점을 고소했다. 두 사람은 오에 씨의 저작인 『오키나와 노트』에 오키나와 전투 당시 게라마제도에서 일어난 '집단자결'에서 도카시키섬渡嘉敷島과 자마미섬座間味島의 수비대장이었던 아카마쓰 요시쓰구 씨故人와 우메자와 씨가 '자결' 명령을 내린 것처럼 기술되어 있다며 아카마쓰 씨의 유족으로서의 '경애심'이 침해되고, 우메자와 씨의 명예가 훼손되었다고 주장하고 있다. 이에 대해서 오에 씨와 이와나미 서점은 『오키나와 노트』에는 우메자와, 아카마쓰 두 사람의 실명은 거론되지 않았으며, 명예훼손에 해당하는 표현도 없다고 주장하며 2년 넘게 계쟁 중이다.

2007년 11월 9일에는 우메자와, 아카마쓰, 오에 3명의 본인 심문이 실시되어 매스컴에서도 대대적으로 보도되었다. 같은 해 12월 21일에 결심結審하고, 2008년 3월에 판결이 나올 예정이다. 재판 내용에 대해 간섭할 수 없지만, 이 재판이 일어난 경과를 보면 교과서 검정과의 연결고리가 드러난다. 잡지 『정론』 2006년 9월호에 원고 측 변호인단의 중심인 도쿠나가 신이치 변호사가 쓴 「오키나와 집단자결 원죄 소송이 밝힌 일본인의 진실」이라는 글이 실려 있다. 그에 따르면 당초 우메자와 씨는 재판을 내켜 하지 않았다. 군인 출신인 야마모토 아키라 씨가 설득하자, 우메자와 씨는 "원통하긴 하지만, 재판은 하지 않고 이대로 살다 죽기로 했습니다"라며, 일단 소송을 거절했다. 그 후 야마모토 씨의 소개로 변호사 마쓰모토 도이치 씨가 아카마쓰 슈이치 씨와 접촉하여 소송을 제기하도록 설득한다.

마쓰모토 도이치 변호사로부터 『오키나와 노트』가 지금도 변함없이 판매되고 있는 것을 들은 슈이치 씨는 믿을 수 없다는 표정을 지었다. '군 명령에 의한 집단자결'이 게재된 교과서 자료를 건네받고 말문이 막힌 듯했다. 잠시 침묵한 뒤 이렇게 말했다. "이런 일이 태연하게 벌어지고 있을 줄은 몰랐습니다. 부정을 밝히는데 재판이 필요하다면 제가 원고를 맡겠습니다."

슈이치 씨의 결의는 야마모토 씨에 의해 우메자와 씨에게 알려졌다. 우메자와 씨는 '그렇다면 나도 해야지'라고 말했다. 이윽고 우메자와 씨의 제소 의향이 마쓰모토 변호사에게 전해져 마쓰모토 변호사와 함께 야스쿠니 응원단을 조직하여 투쟁해 온 이나다 도모미 변호사, 오오무라 마사시 변호사, 그리고 나를 중심으로 변호단이 결성되어 재판의 준비가 시작되었다. 제소 약 1년 전의 일이었다. 『정론』, 2006년 9월호

원고 측 변호사가 스스로 기록한 것처럼 아카마쓰 씨만 해도 『오키나와 노트』가 초판으로부터 30년 이상이나 판을 거듭하고 있는 것을 몰랐다. 아카마쓰 씨와 우메자와 씨를 설득하여 재판을 일으킨 것은 '야스쿠니 응원단'이라 자칭하

는 변호사 그룹과 전 군인 야마모토 아키라 씨이며, 당초부터 '군 명령에 의한 집단자결'이 기록된 교과서의 기술을 삭제시키는 것이 재판의 목적 중 하나로 자리 잡고 있었다.

이번 교과서 검정 결과가 보도된 3월 30일은 오에·이와나미 오키나와 전투 재판의 8차 구두변론이 열린 날이다. 문부과학성이 결과를 공표한 날도 같은 날 저녁으로, 그 전 공판 중에 원고 측은 검정내용을 사전에 고지해야 한다는 규칙을 위반했다. 게다가 공판 후의 기자 회견에서 원고 측은 '교과서의 기술 삭제는 목표 중 하나였다'며 기쁨의 소리를 높였다. 아카마쓰 슈이치 씨는 '원고로 나선 것은 교과서에 (자결 명령의) 기술이 있었기 때문이다. 삭제되어 매우 행복하다'이상 『오키나와 타임스』, 2007년 3월 31일 자고 말해 재판의 목적이 교과서 기술에 있었음을 밝히고 있다.

또한 11월 9일에 행해진 본인 심문에서는 다음과 같은 일도 있었다. 피고 대리인인 곤도 변호사가 "「오키나와 노트」를 읽은 것이 언제인가"라고 물었고, 우메자와 씨는 "작년에 읽었다"고 답했다. 당일 방청석에 앉아 있던 나는 그 말을 들은 순간 귀를 의심했다. 우메자와 씨는 2년 전 8월에 실시된 제소 단계 때에 『오키나와 노트』를 읽지 않았었다. 읽지도 않은 책에 자신의 명예가 훼손됐다고는 어떻게 생각한 걸까. 아카마쓰 씨도 곤도 변호사의 "야마모토 아키라 씨가 재판을 권유했는가?"라고 하는 물음에 "뭐, 그런 셈이죠"라고 대답했다. 적어도 두 사람의 본인 심문은 이 재판이 원고 대리인인 '야스쿠니 응원단' 변호사 그룹과 야마모토 씨 등의 압력으로 이뤄진 것임을 증명하는 형태가 되었다.

이쯤에서 오에·이와나미 오키나와 전투 재판과 이번 교과서 검정에 이르기까지의 움직임을 주일미군 재편과 오키나와의 자위대 강화와의 관계에서 파악해 보고 싶다. 재판 및 교과서 검정에서 '집단자결'의 일본군의 명령 및 강제를 부정하려는 것은 오키나와 전투의 교훈으로 일컬어지는 '군대는 주민을 지키지 않는다'라는 인식과 관련되어 있으며, 이는 현재 오키나와에서 자위대가 급속히 강화되어 군대로서의 본성을 드러내고 있는 것과 분리할 수 없기 때문이다.

① 2004년 1월, 육상자위대가 전쟁터 이라크에 파병된다.

② 동년 1월, 천황 부부가 국립극장 오키나와의 개장식을 위해 오키나와에 방문한다. 처음으로 미야코지마宮古島, 이시가키섬石垣島을 방문한다.

③ 동년 여름, '야스쿠니 응원단'을 자칭하는 변호사 그룹과 야마모토 아키라 씨가 우메자와 씨와 아카마쓰 씨에게 소송을 걸도록 설득한다.

④ 동년 8월, 기노완시宜野湾市의 오키나와 국제대학에 후텐마 기지의 대형 헬기가 추락, 불길이 치솟았다.

⑤ 동년 8월, 고바야시 요시노리 '고머니즘 선언 SPECIAL 오키나와론'의 연재가 잡지 『SAPIO』에서 시작된다.

⑥ 동년 12월, 05년도 이후의 '신 방위계획 대강'과 '차기 중기 방위력 정비 계획'이 발표된다.

⑦ 05년 1월, 방위청당시이 난세이제도 유사시에 대한 대처방침을 마련했다는 사실이 밝혀진다.

⑧ 동년 봄, 자유주의 사관 연구회가 '전후 60년 오키나와 프로젝트'로서 '집단자결'의 군명 부정 대처를 본격적으로 개시.

⑨ 동년 3월, 고이즈미 총리 방미. 미군 재편 후 오키나와의 억지력抑止力 유지를 위해자위대를 강화할 것을 표명한다.

⑩ 동년 5월, 후지오카 노부카쓰 씨 외 자유주의 사관 연구회 그룹이 도카시키섬渡嘉敷島과 자마미섬座間味島에서 2박3일 동안 조사를 한다.

⑪ 동년 6월, 자유주의 사관 연구회가 도쿄에서 집회 개최. 후지오카 노부카쓰 대표가 "이 집회를 기점으로 모든 교과서, 출판물, 어린이용 만화를 샅샅이 조사하여 각각의 출판사에 요구하고 모든 수단을 동원하여 거짓말을 없애겠다"고 발언. 『오키나와 타임스』, 2005년 6월 14일 자 조간

⑫ 동년 8월, 우메자와 씨와 아카마쓰 씨가 오사카 지방 법원에 오에 겐자부로 씨와 이와나미 서점을 제소.

⑬ 동년 8월, 기노완시에서 '고바야시 요시노리 오키나와 강연회' 개최.

⑭ 동년 10월, 주일미군 재편 중간보고 발표.

⑮ 2006년 5월, 소노 아야코의 『어떤 신화의 배경』을 『오키나와 전투 · 도카시키섬 '집단자결'의 진실』로 제목을 바꾸어 복간.

⑯ 동년 9월, 아베 내각 성립.

⑰ 동년 10월, 교과서 검정 작업 진행된다.

⑱ 동년 12월, 교육기본법 개악.

⑲ 07년 3월, 교과서 검정 결과 보도. '집단자결'에서 군의 강제를 적은 내용이 삭제되었음이 드러난다.

이런 경과를 보면 ③의 야스쿠니 응원단과 야마모토 씨의 설득 활동, 재판 움직임을 지지하는 형태로 자유주의 사관 연구회가 ⑧, ⑩, ⑪의 움직임을 진행하고 있었음을 알 수 있다. 특히 주목해야 할 것은 ⑪의 집회에서 후지오카 씨의 발언이다. 여기에는 '집단자결'의 군명 부정 수단으로 교과서와 재판이 결부되어 있다. 그로부터 2개월 후에 ⑫의 제소. 재판이 시작된 후에도 자유주의 사관 연구회는 원고 지원 단체의 중심이 되어 활동해 왔다. 대표 후지오카 씨는 '오키나와의 현민 집회 참가자는 2만 명'이라는 유언비어를 퍼뜨리면서, 재판과 교과서

검정 문제 양쪽에서 열심히 활동하고 있다. 또 고바야시 요시노리 씨는 재판과 직접적인 관련은 없지만, 비슷한 시기부터 오키나와에 적극적으로 관여하면서 '집단자결'의 문제에 그치지 않고 오키나와 근현대사의 '역사 수정' 움직임을 시작했다.

왜 이 시기에 야스쿠니 응원단과 자유주의 사관 연구회, 고바야시 요시노리 씨 등 우파 그룹이 오키나와에 주목하여 '집단자결'의 군 강제를 비롯한 오키나와전戰의 '역사 수정' 움직임을 활발히 하고 있는가.

여기서 분명히 짚고 넘어갈 필요가 있는 것이 ⑥의 04년 12월에 발표된 '신 방위계획 대강'과 '차기 중기 방위력 정비 계획'이다. 05년도 이후의 방위 계획을 제시한 '신 대강령'에서 처음으로 '중국 경계론'이 명기되어 자위대의 해외 활동이 안전보장 정책의 핵심으로 자리 잡았다. 덧붙여 '테러'나 대량살상무기 등 '새로운 위협'에 대한 대응 및 미사일 방위가 제시되어 '한층 더 긴밀한 미·일 관계'가 강조되었다. 이 '신 대강령'은 이듬해 ⑭ '주일미군 재편 중간보고'와 연동하여 자위대가 미군과 일체화하여, '대 테러 전쟁'이나 대 중국을 상정한 군사 활동을 담당하는 역할을 해 나갈 것임을 보여 주었다. 또 '신 대강령'에서는 '중국·대만 간 분쟁 등을 염두에 둔 난세이제도 방위 강화의 일환'으로서 '나하의 육상자위대 제1 혼성단의 여단 격상이 명기되었다'.『류큐신보』, 2004년 12월 10일 자 석간

이후 지금까지 오키나와에서는 자위대 강화가 급속히 진행되고 있다. 항공 자위대 나하 기지의 F4 팬텀 전투기가 F15 이글 전투기로 갱신, 미야코지마宮古島의 육상자위대 배치, 미 해병대 캠프·한센 훈련장을 이용한 육상자위대의 사격 훈련 등의 계획이 차례차례로 나오면서 현실화하고 있다. 미야코宮古의 시모지섬 공항에 자위대를 유치하려는 움직임도 음으로 양으로 이루어지고 있다.

1990년대 초반 소연방이 붕괴하면서 북의 위협이 사라졌다. 이후 당시 방위

청·자위대는 조직과 예산을 유지하기 위해 북한의 위협을 부추겨 왔다. 더욱이 오늘날에는 정치·경제·군사 등 다방면으로 대두하는 중국이 '위협'의 대상으로 선전되고 있다. 이에 따라 자위대의 배치도 북방 중시에서 서방 중시로 바뀌어, 중국군의 침공을 상정한 '도서 방위'가 강조되고 있다. 그렇게 대 중국을 상정한 자위대 강화가 추진되는 가운데 동중국해를 사이에 두고 중국과 대면하는 위치에 있는 류큐 열도의 군사적 가치가 커지고 있다. 오키나와섬에서 미야코제도宮古諸島·야에야마제도八重山諸島·요나구니섬与那国島에 이르는 류큐 열도의 요충지에 육·해·공 자위대의 거점을 만들어 가는 것이 현재 구체적으로 진행되고 있다. 이에 걸림돌이 되는 것이 일본군의 '집단자결' 강제와 주민 학살, 참호 몰아내기, 식량 강탈, 폭행 등에 의해 생겨난 군대자위대에 대한 불신감과 혐오이다.

오키나와에서는 오키나와 전투를 통해 '군대는 주민을 지키지 않는다'라는 교훈이 뼛속 깊이 자리 잡았다. 이는 군대가 결국은 국가의 폭력 장치일 뿐임을 단적으로 말해준다. 그런 인식이 지역사회에 널리 퍼져 있다면 주민들을 군에 적극 협력시켜 국가의 전쟁 정책을 뒷받침하기 어려워진다. 대 중국과의 관계에서 자위대 강화를 진행하기 위해서는 오키나와 현민의 의식을 바꾸어 가는 것이 중요하다. 일본 정부나 민간 우파 그룹에 있어서 이러한 과제가 급부상하게 된 시기가 '신 방위계획 대강'의 책정 작업이 진행되고 있던 2004년 무렵이었다.

동시에 일본 전체의 움직임을 파악한다면, 유사전쟁법의 성립이나 교육기본법의 개악, 헌법 9조 개악을 향한 움직임 등도 배경으로 있었음은 말할 필요도 없다. 이런 구조 속에서 이번 교과서 검정 문제를 되짚어 볼 때 단순히 기술 회복이 이루어지기만 하면 된다는 것은 아니다. 검정 철회의 실현은 물론이고, 오에·이와나미 오키나와 전투 재판에서 이기는 것도 중요하다. 또한 개악된 교육기본법 내에서의 애국심 교육이나 헌법 개악을 향한 책동을 허용하지 않고, 주일미군 재편과 그에 연동된 자위대 강화에도 반대하는 방향으로 운동의 질을 높여 나가는 것이 중요하다.

기지 집중

도드라지는 비정상

이번 '08년 2월 10일에 발생한 오키나와 주둔 미 해병대원에 의한 여중생 납치 폭행 사건'을 처음으로 알게 된 것은 11일 오후 1시 TV 뉴스에서였다. 그 후 현 내외 매스컴 보도를 쫓으며 떠오른 것이 있다. 1995년 9월 4일 3명의 미 해병대원에 의해 성폭행 사건이 발생했고, 같은 해 10월 21일에는 기노완시宜野湾市의 해변 공원에서 대규모 현민 집회가 열렸다. 그로부터 얼마 후, 다니던 고등학교에서 한 여학생이 이런 이야기를 들려주었다.

> 중부의 한 고등학교에서 여학생이 미군에게 성폭행을 당했는데, 이후에 임신한 사실을 알고 학교를 자퇴하고 낙태했대요. 그래서 강간당한 사실을 학교도 모르고 언론에 보도되는 일도 없었어요. 선생님들은 이번 사건으로 시끌벅적하지만, 그전에도 이런 일이 있었다는 건 모를 거예요.

교사나 부모가 모를 뿐, 혹은 언론에 보도되지 않을 뿐, 미군과 관련된 성폭행 사건이 얼마나 일어나고 있을까. 현재 드러나 있는 성범죄 사건은 빙산의 일각이라고 하는데, 그게 맞는 말인 듯하다. 이런 식으로 쓰면 성범죄는 미군들만 저지르는 게 아닌데 미군 사건만 크게 다루는 건 이상하다고 말하는 사람들이 나올 것이다. 하지만 미군에 의한 범죄가 전국 어디에서나 똑같이 일어나고 있는 것은 아니다. 이를 무시하고 그렇게 말하는 건 오키나와가 처해 있는 비정상적인 상황을 외면하는 것이다.

전후 60년 이상 미군기지와 인접한 생활을 하다 보면 기지가 있는 것도, 미군이 거리를 걸어 다니는 것도 당연한 풍경이 된다. 오히려 미국식 거리 분위기를 앞세워 관광객을 대상으로 연출하기도 한다. 그리고 이번 사건이 터지면서 피해자를 걱정하는 말들이 나오는 한편, 거리의 이미지가 나빠진다는 말도 나오고 있다. 그렇게 당연한 풍경처럼 보이는 일상이 사실은 비정상인 것임에도 불구하고 부각되지 않는다.

내가 태어나 자란 나키진촌今帰仁村은 미군기지도 자위대 기지도 없는 마을이다. 고등학교를 졸업하고 나하시那覇市에 있는 대학을 다니다가, 중간에 대학이 기노완시宜野湾市로 이전하여 기노완시에서도 2년간 살았다. 업무 관계로 나고시名護市 헤노코辺野古와 오키나와시沖縄市 중앙에 살았던 적도 있다. 미군 기지에 인접한 지역에 살면서 기지가 없는 나키진今帰仁과의 비교를 통해 같은 오키나와여도 기지 존재에 따라 사람들의 생활과 의식이 크게 달라질 수 있다는 것을 종종 느꼈다.

기지에 인접한 지역을 욕하고 싶은 게 아니다. 본래라면 나키진촌今帰仁村과 같이 오키나와의 모든 지역이 미군이 일으키는 범죄와 사고, 훈련에 의한 피해에 위협받는 일이 없는 생활을 보장받아야 한다. 하지만 오키나와에서는 그것이 이루어지지 않았다. 비정상적인 상황이 도드라진다. 제2차 세계대전이 끝난 지 63년, 외국 군대가 이만한 규모와 기능을 갖춘 채 계속 주둔해 있는 지역이 오키나와 말고 전 세계 어디에 있는가. 그러한 비정상은 미·일 안보조약의 부담이 오키나와에 집중되면서 일본 '본토'의 평화와 안전을 위해 오키나와가 계속 '사석'이 되는 비정상과 밀접하다. 미군 전용시설의 75%가 오키나와에 놓여있는 비정상적인 상황이 이번 사건을 일으켰다. 그런데도 사건 이후 일본 정부가 하려는 일은 이러한 비정상을 해결하는 것이 아니라, 오히려 고착화하는 것이다.

지위 협정의 재검토는 처음부터 할 생각이 없으며, 미군의 교육이나 야간 외출 금지 등 지금까지 몇 번이고 반복되어 온 '재발 방지'책만 늘어놓고 있다. 그것으로 사건을 방지할 수 있다면 애당초 이번 사건은 일어나지 않았다. CCTV 설치를 운운하며 사건을 빌미로 새로운 공공공사이권를 만들어내고 현민까지 감시하려는 수작이다.

결국 일본 정부가 하려는 짓은 전후 63년에 걸쳐 오키나와에 미군기지를 집중시키고 있는 비정상적인 상황에는 손을 대지 않고 헤노코와 다카에高江의 기지 건설에 영향을 주지 않도록 '재빠른 초기 대응'으로 얼버무리는 것이다. 미군의 기지 외 거주 문제는 실태 파악 정도로 그치고, 미군 주둔을 떠받치고 있는 '배려 예산'* 문제도 건드리지 않고 넘어가려 한다. 그에 대한 나카이마 히로카즈 현 지사의 대응도 교과서 검정 문제 때와 마찬가지로 정부와 함께 빠른 '마무리'를 꾀하고 있는 것으로 보인다. 후텐마 기지의 현 내 '이전'과 괌으로의 해병대의 이동은 분리해야 한다고 말한 마당에, 헤노코나 다카에로의 기지 건설을 진행하는 입장에는 변함이 없다. 이는 북부에 미군의 범죄와 사고, 훈련의 피해를 더 확대하는 것이다. 문제는 미군이나 일본 정부만이 아니다. 95년의 사건으로부터 약 13년간 시마다 간담회 사업이나 북부 진흥책 등 미군 기지와 관련된 이권에 몰려든 사람들 본연의 자세 또한 책임을 물어야 한다.

* 방위성의 예산으로서 계상되는 주일 미군 주둔 경비 부담의 통칭.

'의혹'

모호한 상태로는 용서되지 않고

작년 6월부터 매월 첫째 주 토요일에 「풍류무담風流無談」이라고 하는 연재를 하고 있지만, 지난달은 게재되지 않았다. 몇몇 독자들로부터 왜 실리지 않았느냐는 질문이 있어, 올해부터 시작한 '해명海鳴의 섬에서'라고 하는 블로그에 그 이유를 적어놓았으므로 관심 있는 분들은 한번 읽어보길 바란다.

3월 17~18일, 나고시名護市의 3월 정례회를 방청했다. 두 의원이 나고시의 담합 문제에 대해 논의한다기에 이에 주목했다. 작년부터 올해에 걸쳐 『주간 아사히』, 『주간 금요일』, 『문예춘추』 등 주간지·월간지에서 나고시의 발주 사업 및 북부 진흥책 관련 사업의 담합 의혹과 미군기지와 관련한 오키나와 이권 문제가 거듭 거론되고 있다. 그중에는 현직 시장과 부시장, 전 시장, 국회의원, '북부의 거두'라고 불리는 개발회사 회장 등의 실명을 거론하며 '기지 이권에 몰려드는 오키나와 마피아'라는 연재를 하는 잡지도 있다. 이름이 거론되어 의혹받고 있는 사람 중에는 메이오대학의 이사理事를 맡은 사람도 여럿 있다. 교육 관계자가 의혹의 대상이 된다는 것 자체가 큰 문제지만, 이는 비단 한 개인이나 한 대학의 문제가 아니다. 나고시가 '담합'이나 '기지 이권'의 소굴처럼 보도되어 시의 이미지가 전국적으로 악화하면서 말려드는 것은 나고 시민이다. 또 실제로 '관제 담합'이 이루어지고 있다면 그 일로 인해 시가 받을 타격도 고스란히 시민들에게 돌아간다.

3월 17일 일반질문* 에서 야부 미키오 의원은 주간지와 월간지에 게재된 기사를 가리키면서 이것들이 사실에 반하는 것을 쓰고 있다면 시장과 부시장은 출판사를 명예훼손으로 고소해야 하는 것 아니냐고 추궁했다. 그에 대해 시마부쿠로 요시카즈 시장은 담합은 사실이 아니며 관여할 생각도 없다고 답했다. 논의는 더 이상 진전되지 않고 끝이 났다. 그런 애매한 답변으로 어영부영 넘어가는 것인가.

지금도 연재 중인 『주간 금요일』에는 모리야 다케마사 사무차관의 경질에 시마부쿠로 시장이 관여된 것이나 스에마쓰 부시장과 관계가 깊은 설계 회사에 고액 사업의 수주가 눈에 띈다는 것 등의 내용이 적혀 있다. 그에 대해 항의도 뭣도 하지 않는다는 것은 실제로 뒤가 켕기거나 섣불리 움직이면 난처해질 수도 있기 때문인가 하는 의심을 깊어지게 한다. 시민을 대표하는 공적 위치에 있는 사람은 시민의 갖는 의혹을 적극적으로 해소할 의무가 있다. 방청하는 내내 시마부쿠로 시장에게도 스에마쓰 부시장에게도 그러한 자세는 전혀 느껴지지 않았다.

다음날 18일에는 오시로 요시타미 의원이 나고시 발주 공사를 둘러싼 '담합 의혹'에 대해 독자적으로 조사한 자료를 제시하며 질문했다. 특히 비공개된 최저 제한가격과 동일한 가격으로 낙찰되고 있는 사업1,000만 엔 이상이 2006년도에만 다섯 건이나 있다며 지극히 가까운 금액으로 낙찰되고 있는 문제를 지적하고 있는 것에 주목했다. 오시로 의원의 자료에 의하면, 예로 교다 호안 정비 공사그중 하나에서는 입찰 예정 가격이 69,523,809엔으로 최저 제한 가격은 55,904,761엔으로 설정되어 있었다. 낙찰가는 55,904,761엔으로 완전히 일치했다.

나고시에서는 사업 규모에 따라 시장과 부시장 등이 최저제한 가격을 입찰 예정 가격의 몇 퍼센트로 설정할지 결정하고, 입찰일까지 봉인하여 관리한다고 한

---

* 의회 예산 결산 위원회 따위에서 일반적인 정치 문제에 대하여 하는 질의.

다. 즉, 결정자 이외에는 최저제한가격이 얼마인지 알 수 없다. 그런데도 낙찰액이 동일한 사업이 다섯 건이나 되다니, 어떻게 된 일인가. 시마부쿠로 시장과 스에마쓰 부시장은 그럴 수 있다고 대답할 뿐이었지만, 한 번도 아니고 몇 번이나 1엔 단위까지 똑같을 수 있는 것인가. 참고로 나가사키현長崎県 쓰시마시対馬市에서는 2005년 9월에 실시된 시 발주 공공공사의 일반 경쟁입찰에서 21건 중 3건이 시가 설정한 최저제한가격과 낙찰액이 동일하여 시의회에 조사 특별위원회백조위원회가 설치되었다.

결과적으로 부시장을 포함한 시의 간부가 잇달아 체포되었다. 거기서도 처음에 부시장은 의회에서 '소프트웨어를 사용하면 일치할 수 있다'라고 답변했다. 나고시 의회는 여대야소이기 때문에 시마부쿠로 시장 쪽은 백조위원회까지는 가지 않을 거라며 가볍게 여기고 있을지도 모른다. 아니면 주간지나 월간지가 아무리 써내더라도 현지 언론이 크게 다루지 않는 한 독자도 한정되고, 시민의 관심도 낮다며 얕잡아 보고 있는 걸지도 모른다. 하지만 스스로 자신의 결백을 증명하지 않는 한, 의혹은 시민들 사이에서 꾸준히 퍼져나갈 것이다. 이러한 문제는 헤노코 신기지 건설이나 미군 재편과도 관련되어 있으며, 나고시만의 문제가 아니다. 의혹이 모호한 채로 마무리될 일이 아니다.

오에·이와나미 재판을 방청하고

지금도 살아있는 황군의 논리

오사카 지방재판소에서 이루어지고 있는 오에·이와나미 오키나와전 재판은 피고 오에 겐자부로 씨와 이와나미 서점이 승소했다. 작년부터 올해에 걸쳐 다섯 차례 이 재판을 방청했다. 원고 우메자와 유타카 씨자마미섬 전 전대장와 피고 오에 겐자부로 씨가 법정에 선 11월 9일, 당사자 신문을 정점으로 법정 안팎에서 치열한 논의가 벌어졌다. 그중에서 특히 기억에 남는 장면이 있다.

7월 27일 증인신문으로 법정에 선 C 전 소위의 증언이다. 오키나와 출신인 C 전 소위는 도카시키섬渡嘉敷島 전대장戰隊長이었던 아카마쓰 요시쓰구故人의 부관을 맡고 있었다. 법정에서는 원고 측 증인으로 아카마쓰 대장의 '집단자결강제 집단사' 명령을 부정했지만, 고령이라 그런지 기억이 애매했다는 점이 눈에 띄었다. 각각의 원고·피고 측 변호사의 질문에도 혼란스러워하는 등 보고 있자니 조금 안쓰럽기도 했다.

다만, 반대신문 도중에 인상이 확 바뀌는 순간이 있었다. 도카시키섬에서는 '집단자결'뿐만 아니라 적송대에 의해 십여 명의 주민이 학살되는 사건도 있었다. 본인 증언에 따르면 C 전 소위도 아카마쓰 대장의 구두 명령을 받고 주민들을 자기 손으로 살해했다고 한다. 이에지마 출신의 한 여성의 목을 벤 후에 그 시신을 땅에 묻고 있었는데, (상처가 얕았는지) 살아나 도망치려 했다. 그래서 자기 손으로 다시 사살했다. 자신이 저지른 '처형'에 대해 담담하고 떳떳하게 말하는 C 전 소위의 뒷모습을 보고 있자니 소름이 돋았다. 만약 유족들이 이 자리에 있었다면 어떤 심정이었을까.

그리고 60여 년이 지나도록 이 사람의 마음속에는 전쟁 중의 황군의 논리가 여전히 살아 숨 쉬고 있다고 하는 생각이 들었다. 현재는 학살당한 주민에게 쓰인 스파이 혐의가 억울한 누명이었음이 확실해졌다. 주민 학살은 도카시키섬뿐만 아니라 자마미섬座間味島에서도 일어났으며, 오키나와 각지에서 발생했다. 하지만 전 소위나 아카마쓰·우메자와 두 전 대장을 비롯하여 주민 학살에 대해 오키나와 현민에게 사죄한 일본군이 전후 몇 명이나 되는가. '집단자결' 문제의 그늘에 가려져 있지만, 주민 학살 문제와 둘은 따로따로 생각할 수 없다. 천황을 위해 목숨을 바치고, 절대 적의 포로가 되지 말라. 미군에 투항한 자는 스파이로 간주한다. 두 사건을 일으킨 것은 같은 논리이며, 이를 구현하고 실행하는 주체로서 황군은 섬에 있었다(대장들은 '자결'하지 않고 포로가 되어 살아남았지만).

이 재판에서 오에 씨의 『오키나와 노트』에 쓰여있는 '죄의 거괴巨塊'라고 하는 단어가 또 하나의 쟁점이 되었다. 재판을 둘러싸고 '거괴巨塊'를 '거괴巨魁'로 잘못 쓴 것이 아닌가 하는 논란에 휩싸였다. 다만 『오키나와 노트』의 기술 문제와는 별개로, 섬에서 벌어진 '집단자결'과 '주민 학살'에 대해 최고 지휘관이었던 대장들은 스스로 죄도 책임도 없다고 어떻게 말할 수 있을까.

'군대는 주민을 지키지 않는다.' 오키나와에서는 오키나와전의 교훈으로 이 말이 되풀이된다. 미군의 공격에 노출되었을 뿐만 아니라, 황군 병사들에게도 목숨을 빼앗기고, 죽음으로 내몰린 수많은 주민이 있었다. 방대한 오키나와전의 증언이 이를 뒷받침하고 있다. 오키나와 전투에서 본래 다뤄져야 할 것은 주민에 대한 황군의 죄와 책임이다. 그러나 그 추궁은 충분하지 못했고, 황군의 논리는 여전히 살아 있다. 이를 다시 크게 되살리려는 의사를 가진 자들에 의해 오에·이와나미 오키나와 전투 재판이 제기되었다. 계속 방청해오면서 나는 그렇게 실감하고 있다.

소외되는 북부

차별의 역사는 극복되었나

나고 극장이 문을 닫고 북부에 영화관이 없어지면서 스크린으로 영화를 볼 기회가 부쩍 줄어들었다. 영화를 보기 위해 얀바루에서 자탄초北谷町 미하마美浜나 나하那覇까지 가는 것은 쉬운 일이 아니다. 나하까지의 왕복 교통비만 해도 티켓 값을 웃돈다. 시간적으로도 반나절을 허비해야 하고, 돌아오는 길은 피곤해서 영화의 여운조차 사라진다. 영화뿐만이 아니다. 연극이나 음악회, 미술전, 강연회, 심포지엄 등 보고 싶은 기획은 많지만, 대부분 포기해야 한다. 무언가를 알아보고 싶어도 사정은 마찬가지다. 예를 들어 오키나와 전투에 대해 조사하려고 해도 현립 도서관과 공문서관, 평화 기념 자료관은 나하 이남 지역밖에 없다. 현립 미술관·박물관, 오키나와 국립극장 등 주요한 공공 문화 시설 또한 나하시와 그 주변에 집중되어 있어 얀바루 주민이 이용할 기회가 적다. 물론 낙도에 사는 사람들 입장에서는 오키나와섬 안에 있는 것만으로 얀바루 사람들은 그나마 낫다고 생각할지도 모르겠다.

인구 비율 때문에 공공문화시설의 이런 편재성은 어쩔 수 없는 문제라고 여기고 넘겨야 하는 걸까. 요즘 사람, 돈, 물건, 정보 등 수도권으로의 일극집중화가 심각해지고 있다. 오키나와에서도 사정은 마찬가지이다. 현 내지의 문화면에 원고를 쓰는 사람은 대부분이 중남부에 살고 있기 때문에 그러한 불만을 느낄 일도 없을 것이다. 시설의 운영이나 기획내용이 문제가 되기는 해도, 나하와 그 주변으로의 공공문화시설 일극집중이 문제가 되는 것은 아니다. 반대로 이런 글을 쓰면 '불만이 있으면 나하에서 살면 되잖아'라는 말을 들을 것 같다.

한편 사람이 싫어하는 것은 인구가 적은 지역으로 떠밀린다. 그중에서도 으뜸가는 것이 군사기지이며, 나고시名護市 헤노코辺野古와 히가시촌東村 다카에高江에 미군 기지 건설이 진행되고 있다. 주일미군 재편성 계획 중에는 가데나嘉手納 이남의 기지를 '반환'해서 북부에 집약하자는 안이 있다. 후텐마 기지의 헤노코로의 '이전'이 그 핵심이 되고 있는데, 이것이 실현되면 어떻게 될까. 반환된 토지의 재개발로 새로운 상업지와 주택지가 생기고 공공시설도 지어질 것이다. 사람이나 물건, 돈, 정보의 새로운 흐름이 생겨난다. 후텐마 기지와 목항 병참 기지의 '반환'으로 인해, 나하로의 일극집중에서 다른 지역으로의 분산화가 촉구될 거라는 견해가 있을지도 모르겠다. 하지만 이는 가데나嘉手納 이남의 이야기로 북부는 소외될 뿐만 아니라, 중남부의 발전을 위해 희생을 감수해야 한다.

기지가 가져오는 고용이나 수익에 의존하는 것보다 그곳을 재개발하는 편이 고용도 수익도 증가한다는 성공 사례를 자탄초 미하마와 나하시의 신도심이 보여주고 있다. 앞서가는 재개발 부지 경쟁이나 기존 상업지의 쇠퇴, 기지 취업자의 재고용 등의 문제가 있다고 해도, 기지가 가져오는 사건이나 사고까지 포함하여 검토하면 철거=재개발하는 것이 지역사회에 도움이 된다. 기지가 좀처럼 움직이지 않는 현실이지만, 기노완시宜野湾市나 우라소에시浦添市에서도 재개발 계획이 진행되고 있다. 그러나 그것을 위해 북부 지역에 기지 집중화를 허용해도 되는가.

기지 건설로 토건업자 등 일부가 윤택해지는 일은 있어도 그것은 일시적이다. 기지 집중화로 북부 지역이 발전하는 일은 없다. 오히려 재개발되는 중남부 상업지로의 인구 유출이 진행될 것이다. 지금도 북부에 사는 아이들의 목소리가 사라지고, 초·중학교의 통폐합이 진행되고 있다. 더 나아가 젊은 세대의 유출이 진행되면 어떻게 될까. 얀바루의 풍요로운 자연 속에 사는 건강한 할머니, 할아버지라는 이미지가 매스컴을 타고 있지만, 고령화 지역사회 안에서 점점 생계가 힘들어지고 미래를 불안해하는 어르신들이 많아질 것이다. 의료 및 복지 측면에서 약자 버리기가 진행되고 있는 지금의 정치 상황 속에서 기지 집중화까지 진행된다면, 얀바루 주민은 안심하고 살 곳을 잃게 된다. 기지 건설로 인해 바다는 매립되고, 해변 모래의 대량 채취로 모래사장도 소실된다. 숲은 훼손되고 희귀 동식물도 멸종된다. 얀바루의 아름다운 곳을 잃고 최악의 기지가 만들어지는 것이다. 그곳에서는 미군과의 일체화를 추진하는 자위대 훈련도 이루어질 것이다.

이로 인해 생기는 문제는 항공기 폭음 피해뿐만이 아니다. 요코스카横須賀에서 발생한 미 해군의 택시 운전사 피살 사건과 똑같은 사건이 가고시마현鹿児島県에서 자위대원에 의해 발생했다. 기지의 집중화는 필연적으로 그러한 사건과 훈련 사고를 유발한다. 인구가 적은 지역에 기지를 놓는 것이 합리적 판단이다. 그렇게 주장하는 사람이 현 내에도 있다. 나카이마 현 정부도 북부 지역으로의 기지 집중화를 추진하고 있지만, 북부 지역의 주민은 제기해야만 한다. 그것은 정책 차원의 문제만이 아니다. 과거 북부의 주민을 얀바라라고 부르며 멸시하고 차별하던 역사는 오키나와 안에서 극복된 것인가. 의문을 품지 않을 수 없다.

가해와 피해

문제시되는 이중성

10여 년 전에 아버지에게 난징 함락을 자축하는 연등 행렬에 참가한 이야기를 들은 적이 있다. 초등학교 1학년 때 할아버지의 손에 이끌려 참가했다가 도중에 할아버지를 놓쳐 미아가 되어 버린 덕분에 그날의 일이 기억에 남는다고 하셨다. 얀바루의 나키진今帰仁에서도 열렸을 정도니까 당시 오키나와 각 지역에서 난징 함락을 축하하는 연등 행렬이 펼쳐졌을 것이다. 일본군이 난징에 쳐들어간 것은 1937년 12월이다. 그 과정에서 일본군이 일반 주민에게 폭행, 강간, 약탈, 학살을 자행한 것은 주지의 사실이다. 당시 오키나와 주민이나 일본 국민의 대부분이 그 사실을 알지 못했다고는 해도, 일본제국의 침략전쟁을 오키나와 주민들도 열광적으로 지지했다는 사실을 확인할 필요가 있다.

1931년 9월에 발생한 류타오거우 사건 등 관동군은 모략을 구사해 '만주 사변'을 일으켰고, 이듬해 일본은 만주국을 세웠다. 나아가 일본은 '상하이 사변', '중일전쟁'으로 중국 침략을 확대했고 마침내 태평양 전쟁에 돌입해갔다. 쓰루미 슌스케가 말한 '15년 전쟁'에 오키나와인 또한 군인으로 참가하여, 후방에서 영토의 확대와 전승 보도에 쾌재를 부르고 있었다. 초등학교 시절 아버지는 방에 지도를 붙이고 확장되는 일본 영토에 핀을 꽂았다고 말씀하셨다. 이와 같은 행동을 오키나와와 일본 각지의 아이들이 하고 있었을 것이다. 몇 년 뒤에 자신들이 전쟁에 내몰릴 거라고는 생각도 하지 못한 채. 이러한 15년에 걸친 일본의 침략전쟁 귀결로서 오키나와 전투가 있었다.

넓은 관점에서 오키나와 근대사의 시작은 메이지의 '류큐 처분'=일본으로의 병합으로, 류큐 각 섬에서 살고 있던 사람들은 '일본인'으로서 새로운 시대를 살게 되었다. 동화同化 정책에 수반하는 언어, 습속의 부정 등의 폭력이나 차별의 문제는 여기에서 다루지 않겠지만, 기억해 두고 싶은 것은 '일본인'이 되었다는 것은 대만을 비롯한 아시아 각지에의 침략과 식민지 지배의 일익을 담당하는 담당자가 되는 것이기도 했다는 점이다. 그런 오키나와 근대사의 귀결로서도 오키나와 전투가 있었다. 오키나와 전투는 결코 '어느 날, 바다 너머로부터 전쟁이 쳐들어왔다'가 아니다. 여기에 이르기까지의 역사를 볼 때, 아시아 각지의 사람들에 대한 오키나와인의 가해 책임 문제를 묻지 않을 수 없다. 오키나와 전투에서의 일본군에 의한 주민 학살이나 '집단자결'에 대한 군의 명령·강제, 미군의 주민을 향한 무차별적인 공격 등 오키나와인의 전쟁 피해 실태를 밝히는 것은 말할 것도 없이 중요한 일이다. 그러나 동시에 오키나와전은 왜 일어났는지, 오키나와인은 어떤 방식으로 '15년 전쟁'에 관련되어 있는지, 오키나와인의 가해 책임은 어떤 것인지, 하는 물음과 검증을 잊어서는 안 된다.

최근에는 오키나와인의 가해를 강조함으로써 오키나와전의 주민 피해를 상대화하고, 나아가 일본군의 오키나와 주민에 대한 가해 행위를 모호하게 만들려는 움직임도 나타나고 있다. 그러한 정치적 책동은 논외로 하고, 오키나와인의 가해 책임을 우리 스스로 검증하는 것은 오키나와 전투를 보다 넓게 파악하는 데 있어서 필수적이다. '집단자결'의 군 명령 및 강제를 둘러싼 교과서 검정 문제를 생각할 때도 중요하다. 자유주의 사관 연구회와 새로운 역사 교과서를 만드는 모임 등 역사 수정주의 그룹은 난징대학살·'종군 위안부'·'집단자결'의 군 명령·강제를 일본군의 명예를 더럽히는 3종 세트로 여기며, 교과서 기술에서의 삭제를 추진하는 운동을 벌여 왔다. 이는 중국, 한국, 북한, 대만 등의 아시아 국가와 오키나와의 전투 체험이 일본군의 잔학한 범죄 행위를 부각한다는 점에서 우파 그룹의 공격 대상이라는 공통점이 있다.

그러나 한편으로 난징대학살이나 '종군 위안부' 문제에서는 오키나와인도 가해자이다. 일본과 다른 아시아 국가 사이에 놓인 오키나와의 가해와 피해의 이중성은 오키나와 사람들이 더 널리 아시아 사람들과 연대하고 우파 그룹의 역사 왜곡 움직임에 항거하는 운동을 조직하려고 할 때 스스로 묻고, 또 다른 사람들에게 추궁받아야 할 문제이다. 또한 오키나와의 가해와 피해의 이중성 문제는 과거의 역사 인식뿐만 아니라 현재의 기지 문제로도 이어지고 있다. 오에·이와나미 오키나와 전투 재판이나 교과서 검정 문제의 배경에는 유동하는 동아시아의 상황, 특히 정치·경제·군사 등 모든 면에서 대두되는 중국 문제가 있다. 미군 재편과 연동하여 추진되고 있는 오키나와의 자위대 강화는 도서방위나 미사일 방어체제 구축에서 볼 수 있듯이 대 중국을 상정한 것이다. 미·일이 중국과 군사적으로 대항하는 전면에 오키나와가 놓여 있다. 오키나와의 미군 및 자위대의 강화와 오키나와 전투를 둘러싼 역사 인식의 문제는 밀접한 관계를 맺고 있다. 두 번 다시 전쟁의 가해자도 피해자도 되지 않기 위해 오키나와 전투의 사실史實을 계승하는 것과 전쟁을 취급하는 기지에 반대하는 것을 하나로 묶어 대처해 나가고 싶다.

3월 25일 사건

기억의 모호함 부각

오에·이와나미 오키나와전 재판에서 논쟁이 되는 것 중 하나가 1945년 3월 25일 밤에 자마미섬座間味島에서 일어난 일이다. 옥쇄玉砕에 필요한 탄약을 받기 위해 찾아온 마을 간부 5명에게 우메자와 대장이 어떤 대답을 했냐는 것이다. 미야기 하루미의 『어머니가 남긴 것』고문연에는 우메자와 대장이 '오늘 밤은 일단 돌아가 달라'며 제의를 거절했다는 미야기 하쓰에 씨의 증언이 실려 있다. 또 1980년 12월에 하쓰에 씨와 우메자와 씨가 다시 만났을 때 그 밤의 일에 대한 이야기를 꺼낸 것은 하쓰에 씨이며, 그 시점에서 우메자와 씨는 이 사건을 '잊고 있었던 것 같다'고 쓰여 있다. 이에 대해 우메자와 씨는 재판에서 자신의 답변에 대해 이렇게 주장하고 있다.

> 절대 자결해서는 안 됩니다. 더 이상 물러설 데가 없지만, 우리들은 이 장기전을 버텨 낼 것입니다. 마을 주민들도 참호를 만들고, 식량을 운반하고 있지 않습니까. 참호나 아는 산림에 숨어서라도 살아남아 주세요. 함께 힘내봅시다.우메자와 유다카, 「의견진술서」

단순히 '자결'을 멈춘 것이 아니라 마을 간부들에게 살아남도록 지시했다는 내용으로, 하쓰에 씨의 증언보다 훨씬 자세하다. 더욱이 25일 밤에 있었던 사건은 결코 잊고 있은 것이 아니라, 오히려 우메자와 씨 쪽에서 하쓰에 씨에게 말하기 시작했다고 주장했다.

이 건과 관련해서 후지오카 노부가쓰 씨가 잡지 『정론』 08년 4월호에 「집단자결 '해산 명령'의 심층」이라는 평론을 발표했다. 우메자와 씨의 주장을 뒷받침하는 새로운 증인이 나타났다고 하는 내용이었는데, 25일 밤 우메자와 씨로부터 2미터 정도밖에 떨어지지 않은 곳에서 그 발언을 들었다고 하는 새로운 증인에 대해 당시의 우메자와 씨는 그 자리에 있었는지 '기억에 없다'고 말했다.『정론』, 231쪽 또한 우메자와 씨와 면회하여 이야기를 들은 후지오카 씨는 다음과 같이 적고 있다.

> 나는 질문의 방향을 바꿔 이렇게 물었다. "우메자와 씨가 말한 본부호에 온 마을 대표 5명 중 얼굴이 생각나는 사람을 말해 보세요." 그러자 모리히데 부면장, 미야기 교장, 그리고 하쓰에의 이름을 말했다. (…중략…) 회계담당자와 게다쓰라는 이름을 말하면서도 그 얼굴은 전혀 기억하지 못했다.
>
> 우메자와가 마을 간부 5명의 이름을 수기에 기재한 것은 그 자리에서의 기억이 아니라, 나중에 얻은 지식을 바탕으로 했을 가능성이 있다고 나는 생각했다.『정론』, 229~230쪽

여기서 나오는 '수기'란 우메자와 씨가 '오키나와현 자료 편집소 기요'에 보낸 것으로 재판 진술서나 증언과 같은 내용이다. 후지오카 씨는 교장의 이름을 미야기라고 적었지만, 정확히는 다마시로 모리스게 씨이다. 즉 25일 밤 찾아온 5명 중 우메자와 씨가 얼굴과 이름을 일치시켜 기억한 사람은 단 두 사람뿐이다. 재판 진술서나 증언에 의하면 마치 우메자와 씨는 처음부터 5명의 이름을 알고 있던 것처럼 보이지만, 그렇지 않다.

후지오카 씨조차 '그 자리에서의 기억이 아니라, 나중에 얻은 지식을 바탕으로 했을 가능성이 있다고 나는 생각했다'라고 쓰고 있다. 그럼 누구한테서 '얻은

지식'일까. 미야기 하쓰에 씨 이외에는 있을 수 없다. 그렇다면 25일 밤에 일어난 사건도 하쓰에 씨 쪽에서 이야기를 꺼냈다고 생각하는 게 자연스러울 것이다. 우메자와 씨가 하쓰에 씨에게 이야기를 듣기 이전부터 25일 밤의 일을 기억하고 있었다면 1960~1970년대라는 이른 시기에 그 사실을 신문과 잡지를 통해 밝히며 자기 정당화론을 펼쳤을 것이다.

실제로는 하츠에 씨에게 이야기를 듣고 처음으로 25일 밤의 일을 생각해냈고, 그 이후에도 하츠에 씨에게 이야기를 들으며 기억을 보충해, 마침내 자신에게 유리한 내용으로 만들어 간 것은 아닐까. 만약 우메자와 씨의 주장대로라면 마을 부면장, 병사 주임, 방위대장을 겸임하고 있던 미야자토 모리히데 씨는 섬의 최고 지휘관인 우메자와 대상의 명령을 어겨가면서까지 자기 가족을 포함한 마을 주민들을 '옥쇄'로 이끈 것이 된다. 하지만 그게 말이 되는 일인가. 우메자와 씨가 실제로 '절대 자결해서는 안 됩니다', '참호나 아는 산림에 숨어서라도 살아남아 주세요'라고 말했다면, 방위대장이었던 모리히데 씨는 우메자와 대장의 명령에 따라 마을 주민과 함께 산으로 피난하지 않았을까.

후지오카 씨의 평론에는 3월 25일 밤 우메자와 씨를 방문한 것은 5명이 아닌 노무라 촌장까지 포함한 6명이었다고 하는 새로운 증언이 소개되고 있다. 우메자와 씨는 그동안 자신을 찾아온 사람은 5명이라고 주장해 왔는데, 후지오카 씨가 내놓은 새로운 증언이 맞다면 우메자와 씨의 기억의 모호성은 더욱 부각될 수밖에 없다. 만약 실제로 6명이었음을 우메자와 씨가 기억하고 있었다면 우메자와 씨는 법정에 거짓 진술서를 제출하고 거짓 증언을 한 것이 된다. 어쨌든 후지오카 씨에 의해서 드러난 새로운 증인과 증언은 우메자와 씨의 기억과 증언의 모호함을 부각했고, 신빙성이 낮은 증언임을 더욱 분명히 했다.

우메자와 씨의 발언

큰 모순은 없다는 주장

잡지 『WILL』 긴급 증간 「오키나와전 '집단자결'」 특집호에 저널리스트 가모노 마모루 씨가 취재·구성한 우메자와 유타카 전元 자마미섬 전대장戰隊長의 인터뷰가 실렸다. 우메자와 씨는 인터뷰에서 오키나와전 당시 자마미촌座間味村의 부면장·병사 주임·방위대장이었던 미야자토 모리히데 씨에 대해 다음과 같이 말하고 있다.

> 그는 가고시마에서 제대한 퇴역 군인입니다. 매우 우수한 군인이었어요. 나는 그 남자를 굉장히 좋아했습니다. 내가 마을 사람들과 중요한 이야기를 해야 할 때 언제나 그가 중간창구였죠.
>
> 나하 근처에 고기잡이 마을이 있는데, 거기에서 가장 훌륭한 남자들을 골라 왕이 게라마제도에 살게 했다고 합니다. 물고기를 잡으면서 동시에 중국과의 접촉 및 연락책을 맡아달라는 이유에서 말이죠. 그렇게 선택된 사람들이에요. 게라마의 리더가 곧 자마미의 리더입니다. 그 흐름이 미야자토 모리히데의 가계에요. 그는 훌륭하고 군인 그 자체인 남자였습니다.

미야자토 모리히데 씨에 대해 우메자와 씨가 이렇게까지 말한 것은 드무나, 거기에는 이유가 있다. 전 글에서도 언급했지만, 1945년 3월 25일 밤에 옥쇄에 필요한 탄약을 받기 위해 찾아온 모리히데 씨를 포함한 마을 간부들에게 우메자와 씨는 죽지 말고 산속에 있는 참호에서 살아남으라고, 탄약은 줄 수 없으니 돌려보냈다고 증언했다. 이에 대해 우메자와 씨가 '오늘 밤은 일단 돌아가세요'라고 말했다는 미야기 하쓰에 씨의 증언과의 차이가 지금까지 문제가 되어왔다. 실제로 우메자와 씨가 죽지 말고 살아남으라고 말했다면, 어째서 모리히데 씨는 가족과 마을 사람들을 끌어들여 '옥쇄'=전멸을 실행했을까.

그 의문을 해소하기 위해 우메자와 씨는 모리히데 씨가 '매우 우수한 군인이었다', '훌륭하고 군인 그 자체인 남자였다'라고 찬사를 보낸 것이다. 즉 우메자와 씨의 만류에도 불구하고 굳이 '옥쇄'를 실시할 정도로 모리히데 씨는 군인정신이 넘치는 인물로 묘사하려 한다는 것이다. 그 때문에 우메자와 씨는 이렇게까지 말하고 있다. '마을 사람들은 나의 설득도 듣지 않고 자결해버렸지만, 그것은 당시 가치관으로 볼 때 훌륭한 결단이었다고 생각합니다.' 이러한 우메자와 씨의 주장은 큰 모순을 내포하고 있다. 모리히데 씨가 '퇴역군인'이며 '매우 우수한 군인' '군인 그 자체인 남자'였다면, 섬의 최고 지휘관 우메자와 대장의 명령에 반하는 행동을 하는 것은 오히려 생각할 수 없는 일이다. 일찍이 제국 육·해군에 입대한 남자는 아래 사항을 초년병 교육에서 주입받는다.

군인칙론勅論

하나, 군인은 예의를 갖춰야 한다 (…중략…) 하급자는 상관의 명을 받드는 것이 곧 천황의 명을 받드는 것이다

육군형법 [제4장 항명죄]

제57조 상관의 명령에 반항하거나 이에 따르는 자는 이하의 구별에 따라 처단한다. 하나, 적전敵前일 때에는 사형 또는 무기 또는 10년 이상의 금고에 처함. 둘, 전쟁 혹은

계엄사태일 경우에는 1년 이상 7년 이하의 금고에 처함. 셋, 그 이외의 경우에는 2년 이하의 금고에 처함.

상관의 명령은 짐=천황의 명령이자 절대복종이다. 적전에서 상관의 명령을 어기는 자는 사형에 처한다. 이는 전쟁 당시 군에 다녀온 사람은 물론이고 주민, 학생 모두가 알고 있었던 사실이다. 모리히데 씨는 방위대장이었기 때문에 우메자와 대장의 지휘 아래에서 행동했다. 우메자와 씨의 발언은 모리히데 씨에게 있어서 단순한 설득이 아닌 명령의 의미가 있다. 군대 경험이 있고 우메자와 씨로부터 그 능력을 인정받았던 모리히데 씨가 왜 '항명죄'를 지으면서까지 가족과 마을 주민들을 묶어 '옥쇄'=전멸이라는 선택을 했는가. 우메자와 씨의 인터뷰 발언은 그런 의문을 품게 한다. 오히려 모리히데 씨의 행동을 통해 알 수 있는 것은 미군 상륙 시 군과 함께 주민들도 '옥쇄'하라는 사전 명령을 받았고, 이를 충실히 실행했다는 사실이 아닌가.

오키나와섬 내에서의 교통과 통신은 이미 군의 관리하에 놓여있었고, 3월 23일 이후 자마미섬座間味島은 미군의 공습과 함포 사격이 시작되면서 전투 상태에 놓였다. 그런 상황에서 모리히데 씨에게 명령을 내릴 수 있는 것은 우메자와 대장 이외에 누가 있었을까. '옥쇄'란 본래 군인·군무원의 전멸을 일컫는 말이다. 미야자토 모리히데 씨를 비롯해 목숨을 끊은 자마미촌 간부들은 일본군도 공격을 감행하고 옥쇄하리라 믿어 의심치 않았을 것이다. 설마 우메자와 대장이 살아남으리라고는 꿈에도 생각지 못했을 것이다. 그런 우메자와 대장이 60년도 더 지난 후에 재판을 일으키고, 주민의 '집단자결'에 자신은 관계없다, 책임이 없다고 주장하고 있다. 그러면서도 "당시 가치관으로 볼 때 훌륭한 결정이었다고 생각한다"고 말한다. 그렇다면 우메자와 씨는 미군의 포로가 되어 살아남은 자신을 어떻게 평가할 것인가.

미야히라 증언의 선전

'후지오카 의견서'의 문제

9월 9일 오사카 고등재판소에서 행해진 오에·이와나미 오키나와전 재판의 항소심을 방청했다. 이미 보도된 대로 이날로 결심結審했는데 항소인우메자와·아카마쓰과 피항소인오에·이와나미 양측 변호사의 의견 진술에서 특히 내가 관심을 가진 것은 공소인 측에서 나온 미야히라 히데유키 씨의 새 증언이었다. 저번 글에서도 여러 차례 언급했지만, 미야히라 증언은 항소심에서 문제의 중심에 있었다. 1945년 3월 25일 밤에 우메자와 유타카 대장의 전령傳令으로 바로 옆에 있다가 우메자와 대장이 자마미촌座間味村 간부에게 "자결하지 말라"고 하는 말을 들었다. 거기에는 노무라 촌장도 있었으며 그 후에 노무라 촌장이 충혼비 앞에서 마을 사람들을 해산시키는 것을 보았다고 미야히라 씨는 증언하고 있다. 올해 들어 후지오카 노부카쓰 씨와 가모노 마모루 씨 등이 이 미야히라 증언을 대대적으로 선전해 왔다.

그러나 미야히라 증언이 화제가 된 이후, 우메자와 전 대장과 미야기 하쓰에 씨의 증언 차이, 미야히라 씨의 어머니인 사다코 씨와의 수기 차이, 미야히라 씨가 과거에 잡지나 비디오에서 말해 온 증언과의 차이 등이 차례차례 밝혀졌다. 당시 우메자와 전 대장이 미야히라 씨가 곁에 있었던 것에 대해 '기억이 없다'고 했으며, 어머니인 사다코 씨의 수기에서는 미야히라 씨는 충혼비 앞에 간 적이 없으며 가족과 함께 행동하고 있었다고 한다. 노무라 촌장이 와 있었다는 증언도 우메자와 전 대장과 하쓰에 씨의 증언과는 차이가 있으며, 노무라 촌장이 충혼비 앞에서 마을 사람들을 해산시켰다는 증언도 『자마미촌사史』 하권이나 『오키나와 역사』 제10권에 담긴 자마미섬座間味島 주민의 증언에는 나오지 않았으며 그밖에 목격한 증언자도 없었다.

미야히라 씨의 증언은 지금까지 공개되어 온 자마미섬 주민의 증언이나 우메자와 전 대장의 증언과 많은 차이가 있어 재판에서 그 신뢰성을 의심받고 있다. 이러한 차이점에 대해 후지오카 노부카쓰 씨는 재판소에 '의견서'(1), (2)를 제출하고, 미야히라 증언의 보강을 시도했다. 후지오카 씨는 그 '의견서'(2)에서 미야히라 증언과 자마미섬 주민의 증언이 서로 다른 이유를 다음과 같이 주장하고 있다.

노무라 촌장 같은 경우는 자마미촌의 간부로부터 함구령이 내려져 있었다. 『자마미촌사史』 하권의 증언도 간부의 지시로 수정되어 노무라 촌장에 대한 증언은 실리지 못했다. 미야히라 씨도 마을 간부들로부터 압력을 받았고, 그 때문에 오랫동안 진실을 증언하지 못했다. 후지오카 씨는 이렇게 주장하며 그 구체적인 사례로 '의견서'(2)에 다음과 같이 기술하고 있다.

> 1991년 6월 23일 저녁 오사카 요미우리 TV 취재진이 히데유키의 집에 찾아와, 집단자결과 관련된 충혼비 앞에서 벌어진 사건에 대한 증언을 요구했다. (…중략…) 그 과정에서 히데유키는 무심코 말해서는 안 되는 것을 카메라에 대고 말해 버렸다. 그것은 바로 충혼비 앞에서 촌장이 해산명령을 내렸다는 사실이다. (…중략…) 취재 후 며칠인가 지나서 히데유키는 다나카 노보루 촌장에게 그런 말을 하면 안 된다며 심한 질책을 받았다.

이에 대해 법정에서 오에·이와나미 측의 아키야마 미키오 변호사로부터 다음과 같은 사실이 밝혀졌다. 미야히라 히데유키 씨를 심하게 '질책'했다고 하는 다나카 노보루 씨는 1990년 12월 11일 사망했다는 사실이었다. 이미 반년이나 전에 죽은 다나카 씨가 미야히라 씨를 심하게 '질책'할 수 있을 리가 없다. 미야히라 씨가 증언했다고 하는 요미우리 TV 프로그램에 대해서도 후지오카 씨는 직접 확인했다고 하지만, 촌장의 해산 명령에 관한 부분은 찾을 수 없었다고 한다. 이에 대해 후지오카 씨는 '마을 당국이 삭제할 것을 요구했기 때문일지도 모른다'고 쓰고 있다. 미야히라 씨가 실제로 말했는지의 여부도 수상하지만, 억지로 마을 간부의 압력이 있었던 것처럼 그려내려고 하고 있다.

공소인 측이 낸 겉핥기식의 '미야히라 증언'과 '후지오카 의견서'를 보면 무심코 헛웃음이 나올지도 모른다. 그러나 웃고 넘길 수 없는 것은 자마미촌 전직 간부들이 이미 사망해 반박할 수 없다는 것을 빌미로 마을 주민들에게 함구령을 내려 압력을 가했다며 중상비방하고 있다는 사실이다. 설령 오인이라 하더라도 고故 다나카 씨가 미야히라 씨에게 압력을 가한 것처럼 거짓 주장을 하는 것은 고인의 명예를 훼손하는 일이다. 후지오카 씨야말로 고 다나카 씨 유족의 추모와 경애심을 침해하고 있는 것은 아닌가.

작년 9월 29일에 열린 '교과서 검정 의견 철회를 요구하는 현민 집회'로부터 1년이 지났다. 그사이 집회 참가자가 2만 명이었다는 선동 캠페인을 중심으로 벌여 온 사람이 새 역사 교과서를 만드는 모임의 회장인 후지오카 씨다. 항소심에서도 미야히라 증언의 선전이나 의견서 제출 등 후지오카 씨의 움직임이 눈에 띄었다. 이는 교과서의 기술 수정을 노리고 이 재판을 일으키고, 정치적으로 이용해 온 자들의 모습이 드러났다는 것이기도 하다.

샤하나 노보루 사후 100년

추구한 이론을 정치에 실천

어릴 적, 이웃 마을에 아메리카 아저씨라고 불리던 사람이 있었다. 그 저택의 커다란 연못에 식용 개구리가 될 올챙이와 잉어가 있다고 해서, 형들이나 친구들과 함께 몰래 들어가곤 했다. 미국이라는 단어에서 연상했을 것이다. 들키면 총에 맞을 거라는 소문이 아이들 사이에서 퍼지면서 그게 더 스릴 있게 느껴졌다. 장난꾸러기들이 멋대로 들어온 탓에 저택 사람들은 꽤 곤혹스러웠을 것이다. 그 저택은 아이들의 상상력을 자극하여 모험으로 이끄는 매력이 있었다. '저 사람은 미국으로 이민 갔다가 성공해서 돌아온 위대한 사람이래.' 그 정도의 지식은 초등학생도 가지고 있었다. 그러나 아메리카 아저씨라고 불리고 있던 사람의 이름은 다이라 신스케이고, 젊은 날에 샤하나 노보루와 함께 활동하며 오키나와 민권 운동의 선구자였다는 것. 또한 민요 〈히야미가치부시〉의 작사자라는 사실을 안 것은 훨씬 후의 일이었다.

다이라 신스케는 메이지 중기 중학교 시절에 자유 민권 실천 운동에 뛰어든 선구자 중 한 사람이다. 그는 민권 운동 동지 중 최연소였지만 매우 비분강개하고, 동지 중에서도 독특한 존재였다. 샤하나와 도야마를 따라 나라하라 지사의 악정을 규탄하고, 참정권 획득 운동을 하는 등 동분서주했다. 후에 도야마 규조와 함께 해외 이민의 중요성을 설파하고, 홀로 하와이로 건너가 도야마의 이민 운동을 실질적으로 추진해 하와이 이민의 기초를 닦았다. (…중략…) 이 민권 운동의 투지鬪志로서, 또 해외 이민의 선구자로서의 다이라의 이름은 사하나, 도야마와 더불어 오키나와 현민에게 영원히 기억될 이름이다.

오사토 야스나가는 『다이라 신스케전』에서 다이라 위인을 이렇게 소개하고 있다. 1953년에 귀향한 다이라는 나키진촌今帰仁村 고에치字越地에 집을 짓고 만년을 그곳에서 보냈다. 운명한 것은 1970년으로 내가 초등학교 4학년 때이다. 마음대로 저택에 들어오는 장난꾸러기들로 인해 노년 생활이 편하지 않았을 것 같아 뒤늦게나마 폐를 끼쳐 죄송하다고 말하고 싶다.

지난 10월 29일은 젊은 날의 다이라 신스케에 지대한 영향을 준 사하나 노보루의 기일이었다. 1908년, 사하나는 정신질환과 카타르 위염의 악화로 43년의 생을 마감했다. 올해는 사후 100년이 되는 날이라 현 내지의 문화·학예란에서 특집이나 평론 연재가 기획되지 않을까 생각했지만, 기대와는 어긋나고 말았다. 예부터 수없이 언급되고, 연극이나 소설에도 등장했던 사하나가 지금 이렇게 잊히고 있는 것은 무엇 때문일까.

성숙했던 고도 자본주의 아래에서 반反권력의 저항 모델인 사하나의 사명이 끝이 났다. 베이비붐 세대의 요시모토 다카아키 추종자라면 그렇게 말하며 잘 안다는 듯한 표정을 지어 보일 것 같다. 하지만 80년대의 버블 냄새가 나는 지식 놀이에서 벗어나 사하나가 쓴 글을 읽고, 그의 실천 활동을 다시 살펴보면 지금도 전혀 뒤처지지 않은 동시대성을 가지고 있는 사하나의 모습을 엿볼 수 있다. 오키나와의 현 상황이 사하나가 살았던 시대와 현상적으로는 크게 바뀐 것 같아도, 그 본질에 있어서는 어떤가. 댐 건설과 임산도로 공사, 미군기지 건설로 황폐해진 얀바루 삼림. 본토 자본 및 해외자본의 진출이 진행되는 한편, 고실업률과 빈곤 문제를 떠안은 경제. 거대한 미군 기지에 점거되어 있을 뿐만 아니라, 민간 지역에 미군의 세스나기가 추락해도 현경은 제대로 수사조차 할 수 없는 주권 상실의 정치. 여기에 사탕수수를 비롯한 농업의 문제까지 더하면 오키나와 문제의 본질은 변하지 않고 오히려 더 악화하지 않았나.

샤바나는 '의인', '비극의 영웅'으로서 우상화되었다. 개간 공사에 대한 대처나 민권 운동의 질에 대해서는 문제점이 있었다고 하더라도 자신이 살아가던 시대·지역 문제에 온 힘을 다해 대처하고, 이론 추구와 정치 실천을 동시에 이루어낸 샤하나 같은 인물은 쉽게 찾아볼 수 없다.

현정 비판이라고 간단히 말하지만, 현재의 감각으로 파악해서는 안 된다. 이는 권위나 공권력의 중압이 정면으로 엄습하는 메이지 중기를 시대 배경으로 하는 상당한 각오가 필요한 저항 행위이며, 결코 제삼자적인 비평이 아닌 당사자 간의 쓰러뜨릴 것인가 쓰러질 것인가 하는 정치 투쟁이다.

이사 신이치 씨는 『샤하나 노보루집』미스즈책방에서 이렇게 적고 있다. 나라하라 지사와 오키나와의 구 지배층, 당시의 『류큐신보』 등의 격렬한 공격을 받고 샤하나는 쓰러졌다. 샤하나 등의 활동 거점이었던 오키나와 클럽은 와해하고, 젊은 다이라 신스케는 도쿄 외국어학교에 진학한다. 1901년 샤하나는 고베역에서 발작을 일으키고 고향인 고친다東風平에서 불우한 채 생을 마감한 것은 잘 알려진 사실 (…중략…) 이라고 분명하게 말할 수 없다. 시대가 두 바퀴, 세 바퀴 흐르고, 샤하나 노보루를 모르는 젊은 세대도 많다. 100년의 세월이 흐른 오늘날, 동시대인으로서의 사하나의 모습을 보여주고, 젊은 세대에게 전하는 것이 현 내지의 특히 문화·학예란의 역할이 아닐까.

'자결' 문제·후지오카 씨의 반론을 바로잡다

본부호의 보초 유무는

10월 21일 자 논단에 내가 쓴 「풍류무담風流無談」에 대한 후지오카 노부가쓰 씨의 반론이 실려 있다. 그중에서 후지오카 씨는 다음과 같이 쓰고 있다. '메도루마 씨가 인용한 요미우리 TV의 취재일은 6월 23일이 아니고 4월 18일이다. 방송 후 질책한 촌장 이름은 다나카 노보루가 아니라 미야자토 마쓰다로였다. 이 두 가지는 나의 착각에 의한 것으로 재판소에 정정문을 제출했으며 미야히라 증언과는 관계없다.' 이상으로 후지오카 씨는 재판소에 제출한 '의견서'에 잘못을 범한 것을 인정했으나, 자신의 발언으로 인해 피해를 본 다나카 노보루 전 촌장의 유족이나 자마미촌座間味村 관계자에게는 한마디의 사죄도 없었다. 후지오카 씨는 '의견서'(2)에 다나카 전 촌장이나 자마미촌 간부가 미야히라 히데유키 씨에게 압력을 가해 마을 주민들에게 함구령을 내린 것처럼 쓰고 있었다.

그 '의견서'(2)는 재판소에 제출되었을 뿐만 아니라, 9월 10일 원고 측의 '오키나와전 집단자결 원죄 소송을 지원하는 모임' 블로그에도 업로드되었다10월 21일 현재도 정정 없음. 허위 실명 기재로 인해 실추된 다나카 전 촌장의 명예는 어떻게 되는가. 단지 '나의 착각'으로 끝나는 것인가.

후지오카 씨는 자기 잘못을 '미야히라 증언과는 관계없다'라고 하고 있지만, 이는 자기 보신을 위한 속임수이다. 미야히라 씨의 증언은 어머니인 사다코 씨 수기와의 차이는 물론, 미야히라 씨가 과거에 말한 증언과도 차이가 있으며, 나아가 미야히라 하쓰에 씨의 증언과 우메자와 유타카 씨의 증언과도 차이가 있다. 무엇보다도 마을 간부와의 면회 장소에 미야히라 씨가 있던 것을 당시의 우메자와 씨는 '기억에 없다'고 했다. 후지오카 씨는 그 일에 앞뒤를 맞추기 위해 히데유키 씨는 본부호 입구에 걸려있는 모포 뒤에서 우메자와 대장과 자마미촌 간부들의 대화를 몰래 듣고 있었기 때문에 우메자와 씨는 히데유키 씨를 눈치채지 못했다고 한다.

후지오카 씨에게 묻고 싶은 것이 있다. 본부호 입구나 그 주변에는 보초병이 단 한 명도 배치되어 있지 않았나. 우메자와 대장이 있는 본부호가 그런 무방비한 상태였나. 3월 25일 밤은 미군 상륙 직전의 긴장감이 흐르던 때이다. 자마미촌은 특공대 비밀기지가 있어 삼엄한 방첩체제가 깔려 있었을 것이다. 그런데도 경계병이나 보초병 없이 미야히라 씨는 본부호의 대화를 엿들을 수 있었단 말인가. 본부호 입구 부근의 보초 유무에 대해 후지오카 씨는 답변해주었으면 한다.

오에·이와나미 재판 항소심 판결

항소인 측의 주장, 완전히 파탄

10월 21일 자 본 잡지 조간 논단에 후지오카 노부카쓰 씨가 투고하여, 지지난 번 「풍류무담風流無談」10월 4일 자 조간 게재의 글에 대해 반론했다. 그에 대한 나의 반론이 11월 4일 자 조간 논단에 실렸다. 그 글에서 나는 우메자와 대장이 있던 본부호 입구나 그 주변에 보초병이 배치되어 있지 않았는지를 후지오카 씨에게 물었다. 이에 대한 후지오카 씨의 회답·반론은 지금까지도 이루어지지 않았다. 아마 후지오카 씨는 이 문제에 대해 생각해 본 적이 없어 대답할 수가 없을 것이다. 이미 밝혀진 것처럼 10월 31일에 내려진 오에·이와나미 오키나와 전투 항소심 판결에 있어서 미야히라 히데유키 씨의 새로운 증언과 후지오카 씨의 '의견서'는 엄격한 판단을 받았다.

> 히데유키 증언은 지금까지 스스로가 말해 온 것과도 분명히 모순되고 부자연스러운 부분이 있으며, 내용 면에서도 많은 증거와 어긋나 있다.
>
> 히데유키 증언은 명백한 허언이라고 단정할 수밖에 없으며, 상기 관련 증거를 포함하여 도저히 채택할 수 없다.

오다 고지 재판장은 다음과 같이 '히데유키 증언'을 '허언'으로 판단하고, 후지오카 의견서에 대해서도 '한쪽으로 치우친 내용을 채택할 수 없다'고 결정했다. 이는 타당한 판결이다. 항소심에서는 거론되지 않았지만, 보초 문제 하나만 따져봐도 '히데유키 증언'은 애당초 말도 안 되는 것이었다. 히데유키 씨는 본부호 입구에 덮인 모포 뒤에 숨어 우메자와 대장이 자마미촌座間味村 간부와 30분에 걸쳐 이야기를 나눴다고 증언했다. 그러나 그런 일은 불가능하다. 오키나와 전투에서 제32군은 삼엄한 방첩 체제를 갖추고 있었다. 특히 게라마제도에는 해상특공대 비밀기지가 있었기 때문에 주민은 섬 밖으로 나갈 수 없었고, 자마미섬은 신분증을 소지하고 다니는 등의 철저한 방첩 체제가 갖춰져 있었다.

게다가 3월 25일 밤은 미군 상륙을 앞두고 본부호는 대응에 쫓겨 긴박한 상황에 놓여있었다. 그런데도 본부호 입구나 주변 경계를 설 군인이 한 명도 배치되지 않은 채로 히데유키 씨가 30분 동안이나 이야기를 엿들을 수 있었다면 우메자와 대장은 전투나 방첩의 '방'자도 모르는 바보였다고 말하는 것과 다름없다. 그러나 실제로는 그렇지 않았다. 본부호에서 자마미촌 간부들과 우메자와 대장을 만난 미야기 하쓰에 씨는 수기에 다음과 같이 적고 있다.

> 함포 사격 속을 뚫고 대장이 계신 본부호에 도착했다. 입구에는 위병이 서 있었는데 우리의 낌새를 알아챘는지 갑자기 "누구야!"라고 외쳤다.
>
> "마을 사람들입니다. 부대장部隊長님께 볼일이 있어서 왔습니다"라고 누군가가 대답하자, 위병은 "잠시만 기다려 주십시오"라고 말하고는 참호 안으로 사라졌다.
>
> 그 후 얼마 지나지 않아 대장님이 나오셨다. 미야기 하루미, 『어머니가 남긴 것』 신·구판, 38~39쪽

히데유키 씨의 새로운 증언과 하쓰에 씨의 수기를 비교해 보면 어느 것이 전장의 사실을 말하고 있는지는 일목요연하게 알 수 있다. 본부호 입구에서 보초를 서고 있던 위병이 기척을 느끼고, 누구냐고 물어봤다던 하쓰에 씨의 수기는 매우 자연스럽게 납득할 수 있다. 그럼에도 히데유키 씨나 후지오카 씨는 위병

의 눈앞에서 엿들었다고 우길 생각인가.

이 문제에 대한 항소심 판결은 더욱 주목할 만한 하다. 본부호를 방문한 자마미촌 간부들에게 "자결해선 안 된다"고 말했다는 우메자와 씨의 주장에 대해 '항소인 우메자와의 진술 등은 하쓰에의 기억을 뛰어넘는 부분에 대해서는 도저히 신뢰하기 어렵다'고 판결했다. 그리고 '항소인 우메자와가 본부호에서의 일을 기억하지 못했다면 그것은 어째서인가'를 분석한 다음 이렇게 기술하고 있다.

항소인 우메자와가 말하는 본부호에서의 일은 일견 지극히 상세하고 구체적이지만, 하쓰에로부터 들은 이야기나 하쓰에에게 제공받은 노트 등에 의해서 35년 후에야 환기된 것이며, 기억의 합리화나 보충, 잠재의식에 의한 개편, 그 외의 증언 심리학상 잘 알려진 기억의 변용과 창조의 과정을 피할 수 없으며, 그 후 거듭 상기됨으로써 확신도만 증가했다고 볼 수밖에 없다.

즉 우메자와 씨가 '전투 기록'이나 '진술서' 등에서 말해 온 '자결해선 안 된다'라는 '기억'은 전후 35년이나 지나고 나서 하츠에 씨의 증언이나 노트에 의해 '환기되고', 자신에게 유리하도록 '합리화나 보충', '잠재의식에 의해 개편'되어 '창조'된 것이며, 우메자와 씨 본인이 그렇게 믿고 있을 뿐이다. 판결문에서는 신중한 표현을 사용했지만, 이는 본부호 건에 대한 우메자와 씨의 증언은 거짓 '기억'에 근거하는 허구라고 말하고 있는 것과 같다. 말할 것도 없이 우메자와 씨의 증언이 허구라면 히데유키 씨의 증언 또한 '허언'일 수밖에 없다. 후지오카 씨의 '의견서'도 포함하여 '집단자결강제 집단사'의 원인과 책임을 자마미촌 간부들에게 뒤집어씌우려던 항소인 측의 주장은 완전히 파탄 난 것이다.

가로막힌 장벽

일본과 오키나와 사이의 갈등 폭과 골이 깊다. 이전부터 느껴왔던 것이지만 작년부터 이런 생각이 더욱 강해졌다. 특히 작년 9월 29일에 열린 '교과서 검정의견 철회 촉구 현민 집회'에서 절실히 느꼈다. 기노완 해변 공원의 회장뿐만 아니라 그 주변까지 꽉 채운 참가자들을 보면서 62년 전에 일어난 전쟁 인식을 둘러싸고 이만큼의 사람들이 모여서 문부과학성의 검정의견에 정면으로 이의를 제기하며 현민 집회를 여는 지역이 오키나와 이외에는 없을 것이라는 생각이 복받쳤다. 그 후 이 집회에 대해 중상모략하는 세력이 있었다. 주최자가 말하는 11만 명이라는 참가자의 수는 거짓으로 실제로는 2만 명이라든가, 오키나와는 좌익의 섬이라 동조압력이 강하니까 (…중략…) 등등을 운운하면서 말이다.

집회에서 발언했던 실행위원회 대표인 나카자토 현縣 의회 의장당시과 나카이마 현 지사, 오나가 나하시장은 자민당과 공명당이 지지하는 정치가이다. 그런 사람들도 좌익의 동조압력에 굴복했다고 말하는 것인가. 현 내의 모든 시읍면 의회에서 '검정의견 철회' 결의가 올라간 것도 좌익의 영향이란 말인가. 오키나와 주민의 상당수는 가족 중에 오키나와 전투의 희생자가 있다. 목숨을 잃은 자식이나 부모, 형제를 애도하는 가족들의 슬픔과 괴로움을 가까이에서 지켜보고, 전쟁의 기억을 듣고 자란 사람들이다. 게다가 전후 수십 년에 걸쳐서 모은 오키나와 전투 체험의 기록은 방대한 양이 되었고, 지역 도서관이나 서점에 체험기와 기록집이 줄지어 있으며, 지금도 해마다 계속 증가하고 있다.

오키나와 전투 체험을 공유하고 후세에 전한다. 오랜 세월 동안 그런 노력이 있었기에 '집단자결'이 군 명령·강제라는 사실이 삭제되어서는 안 된다는 생각이 현민들 사이에서 공유된 것이다. 보수·혁신이라는 정치적 입장을 넘은 '초당파超黨派'가 되어 누구나가 참가하는 집회가 오키나와에서도 그렇게 간단하게 성립된 것이 아니다. 그러한 모습과 의미가 야마토본토 사람들에게 얼마나 보일까. 현민 집회 이후, 문부과학성이 교과서 회사의 정정 신청을 어느 정도 허용했기 때문에 이 문제는 잘 결착되었다고 생각하는 사람들이 많을지도 모르겠다.

그러나 오키나와에서는 아직 현민 집회 실행위원회가 존속하고 있으며, '검정의견의 철회·강제기술의 부활'이라는 결의 집회의 실현을 목표로 하는 운동이 계속되고 있다. 문부과학성은 결의 집회의 수용을 거부하고 있지만, 오키나와 전투 인식을 둘러싸고 빚어지고 있는 이 대립은 그동안 '종군 위안부' 문제와 난징대학살을 둘러싸고 일본과 중국, 일본과 한국과의 사이에서 빚어진 대립과 공통된 구도가 있다. 동족의 체험을 부정당하는데 가만히 있을 사람은 없다. 이에 생기는 분노나 불신은 꼬리에 꼬리를 물고 이어진다. 지금 일본이 유엔 상임이사국 진출을 목표로 납치 문제에 대한 협력을 호소해도 아시아에서 얼마나 많은 나라가 지지해 줄까. 역사 인식을 둘러싸고 오키나와와도 대립하는 일본이 아시아의 고립화를 극복할 수 있을까.

2009년

중국 헤이룽장성 치치하얼에 있는 오키나와 개척단 터를 방문하여 분향했다.
주개척단 또는 남양군도로 이민을 간 많은 오키나와인이 해외에서 전사했다(2009.9.9).

지사 방미訪美

자립 시나리오 그릴 때

나카이마 지사가 방미 중이다. 부시 정권이 막을 내리기 직전의 방미가 무슨 의미가 있을지 의문을 품지 않을 수 없다. 오바마 신정권에 영향을 줄 수 있는 인물과 접촉을 도모하려고 해도 이를 실현할 인맥이나 수단을 지사는 가지고 있는가. 오바마 신정권의 대일 정책이 확정되는 시기는 봄 무렵이 될 것이며, 당분간은 심각한 경제위기와 중동정세 등에 대한 대응에 쫓겨 오키나와 기지문제에 적극적으로 임할 여유가 없을 것이다. 그야말로 최악의 타이밍에 방미했다고 밖에 생각되지 않는다. 세금으로 어설픈 퍼포먼스를 보이는 것도 적당히 해 주었으면 한다. 애초에 취임 후 2년 동안 나카이마 지사는 기지문제에 대해서 얼마나 열의를 가지고 임해 왔는가.

작년 12월, 지사는 현 출신 노동자의 고용 지속을 요구하며 아이치현 모 기업을 방문했다. 또한 연말에는 살모넬라균에 감염된 돼지고기가 적합 판정을 받고 유통된 문제에 대해 사죄하며 나하 시내의 마트를 직접 방문했다. 경제 분야에선 발로 뛰며 행동력을 보여주는데, 왜 긴마치金武町 이게이구伊芸区에서 발생한 유탄 사고 때에는 현장에 찾아와 불안에 떨고 있는 주민들과 대화를 나누지 않았는가. 발견된 금속에 대한 감정 결과가 나오지 않았더라도 현장에 가서 훈련의 위험성과 피해 상황을 자기 눈으로 직접 확인하고, 주민의 생명과 생활의 안전을 우선하여 훈련의 즉각 중단을 요구할 수는 있었을 것이다. 그러나 지사의 자세는 소극적이었고, 이를 간파한 미군은 태연하게 훈련을 계속했다. 주민의 생명과 생활이 위협받는 상황은 지금도 계속되고 있다.

작년 3월 23일 자탄초北谷町에서 '미군에 의한 모든 사건·사고에 항의하는 현민 집회'가 열렸지만, 나카이마 지사는 참석하지 않았다. 미군 관련 사건·사고가 일어날 때마다, 형식적인 코멘트만 뱉을 뿐, 현민의 선두에 서서 항의하고자 하는 자세는 찾아볼 수 없었다. 선거공약인 '3년 이내 후텐마 기지의 폐쇄'도 어떻게 되었는가. 기노완시宜野湾市 상공에서는 여전히 미군 헬기가 날아다니고 있는데, 이에 대해 무슨 조치를 취하고 있는가. 가데나 기지에서도 주민들의 항의를 무시하고 미군기를 새벽에 이륙하는 등의 일상적인 폭음 피해가 계속되고 있다. 화이트 비치*로 향하는 원자력 잠수함도 증가하고, 캠프 한센에서는 자위대 훈련도 시작되고 있다. 미군 기지의 '정리 축소'는커녕, 오키나와의 기지는 미·일 양군이 일체화하여 강화되고 있는 것이 실태이다.

이러한 오키나와의 기지 강화와 그에 따른 현민의 부담 증대에 대해 나카이마 지사는 지난 2년 동안 완전히 무위무책으로 자리만 지키고 있었다. 오키나와에서 발생하는 미군에 의한 사건·사고, 주민의 목숨마저 위태롭게 하는 훈련에 대해서 항의조차 하지 않는 나카이마 지사가 미국에 가봐야 무엇을 할 수 있겠는가. 현민들 사이에서도 이번 지사 방미에 기대하는 목소리는 전혀 들리지 않았다. 애당초 현민 여론은 '미군 기지의 현 내 이전 반대'가 다수이며, 현민의 목소리를 대표하지 않는 지사가 기대되지 않는 것도 당연하다. 나카이마 지사가 현민 대표로서 행동한다면 그린뉴딜 정책을 펴고 있는 오바마 대통령에게 환경보호를 위해 헤노코 신기지 건설을 단념하도록 호소해야 할 것이다.

그러나 실제로는 건설 위치를 앞바다로 이동하여 매립 면적을 확대하고, 환

---

* 오키나와현 우루마시에 소재하는 주일 미국 해군의 항만 시설.

경을 더욱 파괴하려고 하니 어처구니가 없다. 오바마 대통령의 그린 뉴딜정책은 새로운 비즈니스 모델로써 미국 기업에 투자를 촉진하려는 의도도 있겠지만, 환경보전과 자연회복을 위한 공공투자로의 전환은 일본·오키나와에서도 진작에 문제시되던 것들이다. 헤노코 신기지 건설을 위한 매립은 대량의 해사海砂를 사용하고, 그 채취로 인해 현 내 모래사장이 소실될 수 있다는 지적이 전문가들에게서 나오고 있다. '연간 1,000만 명의 관광객'을 말하면서 오키나와 관광의 핵심인 바다와 모래사장을 파괴하려 하니 나카이마 지사의 정책은 지리멸렬하기 짝이 없다. 그 기저에 있는 것은 매립이나 해사 채취와 관련된 현 내 기업의 이권이며, 헤노코 신기지 건설이 그 이권의 온상이 되고 있다는 사실은 이미 잘 알려진 사실이다.

나카이마 지사도 헤노코 이권을 둘러싼 삼류영화의 배우 중 한 명이지만, 영화 줄거리는 오키나와의 자립이 아닌 자멸 시나리오에 지나지 않는다. 이 2년 남짓의 나카이마 지사 정책의 또 하나의 특징은 현립 병원의 독립 법인화나 미야코·야에야마 지청의 폐지 문제 등, 행·재정 개혁을 이유로 오키나와섬 북부·얀바루나 미야코·야에야마 등의 낙도 지역을 잘라버리려 한다는 점이다. 이번 달 25일에 행해지는 미야코지마 시장 선거의 결과에 따라서 미야코의 육상 자위대 배치와 연동하여 시모지섬 공항의 군사 이용 움직임도 급부상할 것이다. '얀바루와 미야코·야에야마에 미군·자위대의 부담을 최대한 집중시켜, 나하를 중심으로 가데나로부터 남쪽이 번성하면 좋겠다.' 나카이마 지사의 정책을 보면 그렇게 말하고 싶은 것 같다.

상의하달의 수직구조

'옥쇄방침'의 강제력

지지난번의 본 잡지에 오에·이와나미 오키나와 전투 재판의 항소심 판결에서 우메자와·아카마쓰 측이 제출한 미야히라 히데유키 증언이 '허언'으로 판정 난 점. 또 자마미촌座間味村 간부에게 '죽어선 안 된다'고 말했다는 우메자와 히로시 전 대장의 진술이 자신에게 유리하게끔 '변용과 창조'된 기억에 의한 허구라고 판단된 점 등을 적었다. 그렇다면 항소심 판결에서는 자마미섬의 '집단자결강제 집단사'에 대해 어떤 판단이 내려졌을까. 판결문에는 다음과 같이 기록되어 있다.

항소인 우메자와는 본부호에서 '자결해선 안 된다'라고 명하지 않았고, **군과의 협의에 따라** 방위대장 겸 병사 주임장 등 마을 간부들이 **군에 협력하기 위해 자결**하겠다며 폭약 등의 제공을 요청한 것에 대해 일단 요청에는 응하지 않았으나, **옥쇄방침 자체를 부정하지 않고**, 단지 '오늘 밤은 일단 돌아가세요'라며 돌려보냈을 뿐이라고 인정할 수밖에 없다.216쪽

촌 간부들이 모두 **군에 협조하기 위해 자결을 신청**했으나 부대장으로부터 절대 자결해선 안 된다 등의 **기존 옥쇄방침**과 정반대의 지시가 내려졌다면, 그 명령에 반해 그대로 집단자결이 실행되었다는 것은 부자연스럽고 (…중략…) 부대장의 명령에 돌아간 뒤 마을 간부들이 **종래의 방침대로 일본군의 행동과 신념에 따라** 집단자결을 결행한 것으로 생각하는 편이 훨씬 자연스럽다.216~217쪽, 강조는 저자에 의함

판결문에 의하면 3월 25일 밤에 자마미촌座間味村 간부들이 취한 일련의 행동, 즉 우메자와 대장을 찾아간 것부터 '집단자결'에 이르기까지의 행동은 '오래전부터 군과의 협의에 따라' 이루어진 것이며, '군에 협력하기 위해' '종래의 옥쇄방침'대로 '일본군의 뜻에 따라' 이루어진 것이다. 게라마제도에 배치되어 있던 우메자와 부대와 아카마쓰 부대의 임무는 말레라 불리던 소형 모터보트에 폭뢰를 싣고 오키나와 서해안에 상륙하려고 결집하는 미군 함선에 직접 부딪쳐 공격하는 것이었다. 만약 작전에 성공하면 미군은 제2파, 제3파의 공격을 막기 위해 말레의 출격기지를 찾아내 파괴하려 할 것이다. 우메자와·아카마쓰 부대의 출격 후, 미군이 게라마제도를 공격하는 것은 필연이었다. 그때 섬 주민들은 어떻게 할 것인가.

바다에 둘러싸여 있어 도망갈 장소는 한정되어 있고, 포로가 되는 것도 허용되지 않는다면 선택지는 하나뿐이다. 섬에 남은 다른 일본군 부대와 방위대, 조선인 군부들과 함께 주민들도 싸우다가 전멸=옥쇄하는 것. 군관민軍官民 공생공사共生共死라는 당시 상황을 고려하면 우메자와·아카마쓰 뒤를 따라 주민들도 옥쇄해야 하며, 그런 방침이 세워지는 것은 자연스러운 일이었을 것이다. 실제로는 일본군의 예상과 달리 미군은 오키나와섬 상륙 전에 게라마제도를 공격했고, 우메자와·아카마쓰는 큰 타격을 입어 출격 기회를 놓치고 말았다. 그 후 우메자와·아카마쓰 부대는 육상전으로 이행한다. 여기서 중요한 것은 기존의 작전 계획이 무너진 뒤, 우메자와 대장이나 아카마쓰 대장이 '옥쇄방침'으로부터의 전환을 마을 간부들에게 지시하지 않았다는 것이다.

게라마제도에서 '집단자결'이 일어난 가장 큰 원인이 여기에 있다. 자마미섬의 마을 간부들은 그대로 '오래전부터의 군과의 협의에 따라' 행동하고 '종래의 옥쇄방침'을 실행해 버린 것이다. 미군 상륙 시에는 일본군의 짐이 되지 않고, 미군에 능욕당하지 않기 위해 남성들은 여성과 어린이, 노인을 죽이고, 그 후에 스스로 목숨을 끊을 것. 일본군과 마을 간부들 사이에 그러한 협의가 사전에 이루어졌고, '옥쇄방침'이 확립해 있었기 때문에 마을 간부들은 우메자와 대장에게 탄약을 받으러 간 것이다. 우메자와 대장이 취한 태도는 판결문에 나타난 바와 같다.

> '군으로부터 적이 상륙해 오면 옥쇄하라는 명령을 들었다. 틀림없이 상륙할 것이다. 국가의 명령이니 미련 없이 함께 자결합시다.' 미군 상륙 직전에 부면장인 미야자토 모리히데가 그렇게 말하던 것을 옆에서 들었던 여동생 미야히라 하루코 씨가 증언하고 있다.『오키나와 타임스』, 2007년 7월 6일 자

이번 재판 과정에서 밝혀진 이 증언은 사전에 옥쇄방침이 확립되어 있었고, 미야자토 씨가 그것을 군의 명령으로써 실행했음을 증명한다. 여기에 드러나 있는 것은 대본영→제32군→우메자와 부대·아카마쓰 부대→마을 간부·방위대→일반 주민이라는 상의하달식 수직구조에 의해 '옥쇄방침'이 실행되었다는 사실이다. 종적 구조로 이루어진 마을 간부들과 일반 주민들에게 '옥쇄방침'은 행동을 규제하는 강제력을 갖고, 거역할 수 없는 군의 명령이었다. 재판에서 '죽으면 안 된다'고 했다는 우메자와 씨의 거짓말이 명백해지고 자마미촌 간부들의 행동 이유가 밝혀진 것은 큰 의의가 있다.

헤노코 환경 평가

태풍철 조사 누락

2월 17일 클린턴 미 국무장관과 나카소네 외무대신 사이에서 오키나와 주둔 해병대의 괌 이전에 관한 협정이 서명되었다. 나카이마 지사의 방미로부터 1개월 후에 미·일 양 정부가 보인 회답이 이것이다. 결국 지사의 방미는 미·일 양국 정부를 자극하여 더욱 강경한 자세로 전환시킨 것인가. 지사 방미에 대해 재차 그 의미를 문제 삼아야 할 것이다. 당시 나카이마 지사는 협정에 대해 환영의 뜻을 나타내 보였다. 헤노코 신기지 건설 위치를 놓고 겉으로는 정부와 대립하는 것처럼 보여도, 건설 추진에서 지사와 정부는 같은 편이다. 문제의 본질은 미군기지의 '현 내 이전'을 용인할 것인지의 여부이며, 지사와 정부의 대립을 침소봉대針小棒大하게 파악하여 '현 내 이전'을 추진하고 있는 지사의 문제를 모호하게 만들어서는 안 된다.

헤노코 신기지 건설을 향한 일본 정부의 강경한 자세는 환경 어세스먼트 조사를 조기에 중단하려는 움직임에서도 나타나고 있다. 사계절을 조사한 것으로 마치 충분한 조사를 한 것처럼 오키나와 방위국은 꾸미려 하고 있다. 그러나 그것은 완전한 기만이다. 환경 어세스민드를 위해 오키나와 방위국이 제출한 '방법서'에 대한 많은 문제점이 나카이마 지사의 이름으로 나온 '의견서'에서 지적되고 있다. 그중에는 단년도 조사로는 불충분하며, 시간을 들여 신중하게 조사해야 한다는 전문가의 의견이 여러 항목에서 반복되고 있다.

예를 들어 2007년 12월 21일 자 '후텐마 비행장 대체 시설 건설 사업에 관련한 환경 영향 평가 방법서에 대한 지사 의견'에는 듀공에 대해 이렇게 기록되어 있다.

> 오키나와섬 주변 해역에 서식하는 듀공은 지금까지 과학적 조사가 거의 이루어지지 않아 그 생활사, 분석, 개체 수 등에 관한 정보가 매우 부족하므로 이들에 관한 정보를 사업자로서 가능한 한 파악하기 위해 생활사 등에 관한 조사를 여러 해에 걸쳐 실시할 것.17쪽

현재의 정부안이든, 나카이마 지사가 말하는 앞바다 이동안移動案이든 결국 헤노코사키 주변 해역을 매립하여 대규모 자연 파괴하겠다는 것과 다름없다. 듀공이나 산호, 해초류를 비롯한 생물에게 미치는 영향은 물론이고, 조류 변화에 따른 해안 침식, 토사 퇴적, 수질 오염, 수말水沫에 의한 염해 등 주민 생활에 영향을 미치는 문제는 소음 외에도 많다.

2월 27일 나고시名護市에서 활동하고 있는 시민단체 티다회와 신기지 건설 문제에 대해 고안하는 헤노코 유지회가 오키나와 방위국에 환경 어세스먼트에 관한 신청을 했다. 그중에서 태풍철에는 조사가 이루어지지 않았다는 점이 논의되었다. 오키나와 방위국은 2008년 3월에 내놓은 「후텐마 비행장 대체시설 건설사업에 관한 환경 영향 평가 방법서에 대한 추가·수정 자료(수정판)」에서 '수역 상황 (유역 및 하천 유량 등의 상황)'에 대해서 다음과 같이 현지 조사를 한다고 밝혔다.

> (b) 강우 시 : 2월~11월까지 태풍철을 포함해 3회136쪽
>
> 또 지형 · 지진에 대해서도 다음과 같이 현지 조사를 시행하기로 했다.
>
> (a) 모래사장의 분포와 형상 · 정선 측량은 태풍철을 포함해 계절별로 합계 5회로 한

다. (…중략…) (d) 육지에서의 공급 토사량 (…중략…) 해식애海蝕崖는 태풍 등에 의한 변화가 포착될 수 있도록 시기를 고려하여 2회 실시한다.139쪽

그러나 작년 오키나와섬에 태풍이 오지 않았다. 따라서 오키나와 방위국이 실시하기로 한 태풍 철 수역 상황, 정선 측량, 해식애의 변화에 관한 조사는 이루어지지 않은 것이다. 신청을 받아들인 오키나와 방위국 직원도 이 점은 인정하고 있다. 그에 대해 헤노코 유지회에서는 다음과 같은 불안의 목소리가 높아졌다. 헤노코 아래쪽 마을은 저지대이기 때문에 태풍철마다 수해가 발생하고 있다. 신기지 건설에 따라 마을 안쪽에 흐르는 강 하구부도 매립되면 태풍 철에는 더 심각한 수해가 발생하는 것이 아닌가. 이러한 조사는 잘 이루어지고 있는 것인가. 그에 대해 오키나와 방위국 직원은 아무 대답도 하지 못했다.

오키나와의 대표적인 자연재해가 태풍이다. 헤노코 주민들은 직접 경험해왔기 때문에 태풍철 조사가 이루어지지 않은 것에 대해 불안을 느끼는 것은 당연하다. 오키나와 방위국도 태풍철 조사가 필요하다고 인정했기 때문에 '방법서'의 추가 수정 자료에 인용부를 기록했을 것이다. 환경 어세스먼트 평가의 향후 일정에 대해서 오키나와 방위국 직원은 현과 조정 중이라는 말만 반복했다. 나카이마 지사는 스스로 낸 '의견서'에 근거하여 여러 해에 걸쳐 조사 시행을 주장해야 하며, 오키나와 방위국의 조사 중지를 허용해서는 안 된다.

고머니스트*에게 고하다

속임수투성이인 우익선동가

고바야시 요시노리의 비열함과 속임수 중에서도 제일가는 것은 사회에서 차별과 박해를 받는 소수자들에게 마치 자신은 아군이며 좋은 이해자인 것처럼 다가가, 자신이 속해있는 다수파로서의 가치관을 그대로 드러낸 만화를 그리는 것. 그리고 당사자인 소수자들이 그 내용을 비판하는 순간 역으로 공격을 가하는 것이다. 피차별 부락, 약해에이즈,** 대만, 티베트, 오키나와, 아이누 등 고바야시는 소수자의 문제를 번갈아 만화에 그려내면서 대립을 일으키는 패턴을 반복해 왔다. 부끄러움을 아는 능력과 반성하는 능력의 결여가 '고머니스트'로서의 고바야시의 강점일 것이다. 그러나 아무리 본성을 숨기고 소수자들에게 접근해도 우익 선동가로서의 본성과 다수파로서의 오만함, 급조한 지식의 얕음은 금방 드러나고 만다.

2004년 8월부터 잡지 『SAPIO』에서 「신 고머니즘 선언 SPECLAL 공무론」이하 「오키나와론」을 연재한 고바야시는 다음해 '가메지로의 싸움'이라고 하는 표절 작품을 덧붙여 1권으로 묶고, 8월에는 기노완시宜野湾市에서 강연회를 가졌다. 1,000명 이상의 참가자가 모였다며 고바야시와 현지의 실행 위원회 멤버들은 득의양양했다. 그러나 오키나와에서는 같은 시기 고바야시의 본성을 밝히고 「오키나와론」을 비판하는 언론 활동과 강연회에 게스트로 참여하려던 이토카즈 게이코

---

* 오만에서 파생된 조어.

** 후천성 면역결핍증후군.

참의원에 대한 설득 활동이 진행 중이었다. 결과적으로 이토카즈 의원은 게스트 참가를 보류했다. 강연회에 1,000명 이상이 모였다고 해도 그중에는 고바야시를 비판적으로 보는 사람도 많았다.

오키나와에 침투하려던 고바야시에게 있어서 전국의 다른 지역과는 다른 오키나와의 강한 반발과 격렬한 비판은 예상 이상이었을 것이다. 점차 고바야시는 초조함을 드러내고 오키나와에 '전체주의 섬'이라는 꼬리표를 붙여, 오키나와 언론과 지식인에 대해 함부로 입에 담기 시작했다. 그러나 감정적인 유언비어 선전을 하면 할수록 오키나와의 이해자로 가장했던 고바야시의 가면이 벗겨지고 우익 선동가로서의 본색이 드러난다. 그러한 고바야시의 초조함이나 본성을 잘 알 수 있는 책이 작년 6월에 나온 『자랑스러운 오키나와로』[쇼가쿠칸]이다. 오키나와에서 얼마 안 되는 고바야시의 협력자인 미야기 요시히코[오키나와대학 교수], 다카자토 요스케[나하시 직원], 도이타 요시유키[야에야마 청년 회의소 전 이사장], 익명의 비겁자 A와 고바야시까지 총 5명에 의한 좌담회를 정리한 것이다. 기획·편집은 고바야시 자신이 했다.

최근 출판된 오키나와 관련 책 가운데 이처럼 낮은 수준의 저열한 책도 드물다. 본인들은 오키나와의 금기를 깨고, 매스컴과 평화운동을 해내고, 역사와 사회문제에 대해 깊은 이해를 하고 있다고 생각할지도 모르겠다. 그러나 형식만 좌담회인 자리에서 아무렇게나 지껄이는 만큼 참가자들의 부족한 지식과 허술한 논리 전개, 사상성 및 인간성의 빈곤함만 더욱 드러났다. 예를 들어 작년 2월 오키나와섬 중부에서 일어난 미군에 의한 여중생 폭행 사건과 이에 항의하여 3월에 열린 현민 집회에 대한 내용이 그 책 1장에 마련되어 있다. 여기서 고바야시 같은 사람들이 하는 일은 가해자인 미군을 옹호하고, 피해자의 '잘못'을 들먹이며 집요하게 비난하는 것이다.

이 사건은 『주간신초』가 피해자의 사생활을 침해하는 기사를 써, 이에 정신적으로 내몰린 피해자가 고소를 취하하는 일로 이어졌다. 범인은 일본 사법이 아닌 미군 군법 회의에서 재판받고 징역 4년의 실형을 선고받았다. 또한 복역 후 불명예제대도 확정되었다. 이 사건에 대해 고바야시는 다음과 같이 발언했다.

> 나는 기본적으로 '반미파'라고 불리는 인간이지만, 이번 미군의 대응 과정을 보고 있으면, 약간의 동정심마저 생긴다. 강간은 없었다는 전제하에 말하지만 '그래도 용서할 수 없어'라고 말하는 쪽에 오히려 불쾌감이 느껴진다.157쪽

'반미파'가 들으니 어처구니가 없다. 미·일 안보 체제를 찬성하고, 미군이 오키나와·일본을 지켜줄 것이라고 믿고 있는 고바야시가 세간으로부터 '반미파'로 불린다면 그것이야말로 놀림거리다. 피해자의 호소를 부정하고 가해자의 주장을 무조건 받아들여 '강간은 없었다'고 강조하는 고바야시에게 피해자나 그 가족은 반론조차 할 수 없다. 사생활 침해가 두려워 피해자가 침묵할 수밖에 없다는 것을 알면서도 고바야시는 '잘못론'을 전개하여 가뜩이나 약한 입장에 있는 피해자를 몰아붙이고 있다. 고바야시가 보여주는 소수자의 입장에 서 있는 듯한 포즈도, '반미' 포즈도 속임수에 지나지 않는다. 고바야시가 실제로 하는 짓은 반전·반기지 운동을 벌이는 오키나와인을 모함·비방하고 발목을 잡아 미군을 원조하는 일이다. '가메지로 전투'의 표절 시비에 대해서도 도망가지 말고 제대로 답해주기를 바란다.

유사 = 전쟁체제 구축

실태와 동떨어진 보도

4월 4일 오늘 자의 북한의 인공위성 발사를 둘러싼 TV나 신문 보도를 보면 마치 북한 미사일이 일본을 노리고 날아올 것만 같은 분위기이다. 일본 정부·방위성은 보란 듯이 PAC-3를 장거리 이동시켜 아키타현秋田県, 이와테현岩手県에 배치하고, 이지스함 '곤고', '초카이'를 출동시켰다. 해적 대책을 구실로 삼은 자위함의 소말리아 파견 보도와 더불어 TV도 신문도 '전시색戰時色'이 강해지고 있다. 요격체제를 취하고 있는 자위대의 PAC-3 부대 영상을 TV로 보고, 금방이라도 전쟁이 시작될 것 같다며 불안해하는 사람도 있을 것이다.

하마다 방위대신은 자위대에 첫 파괴조치 명령을 내렸고, 정부와 일부 지방자치단체는 주민들에게 경계를 호소하여 유사=전쟁체제 구축의 좋은 기회로 삼고 있다. 국내문제에서 눈을 돌리기 위해 외부에 적을 만들어 배외적 내셔널리즘을 부추기는 것은 권력자들이 하는 상투적 수법이다. 본래라면 연말·연초인 이 시기에 파견·정규직 근로자 해고=실업자 증대 등의 노동·경제 문제가 심각한 문제로서 다뤄져야 한다. 그러나 연말·연초에 송년파견촌* 보도와는 비교가 안 될 정도로 작은 취급만 받고 있다. 고용상황이 더 악화하였음에도 불구하고 말이다.

TV나 신문 보도만으로는 북한의 인공위성 발사가 갖는 의미나 문제점에 대

---

* 파견이나 고용금지 등으로 직장과 주거를 잃은 실업자를 위해 일시적으로 설치된 숙박업소.

해 잘못된 인식을 가질 수 있다. 그런 생각으로 인터넷에서 여러 정보와 의견을 읽고 있다. 여기에는 의심스러운 정보와 적개심을 부추기는 과격한 의견도 많다. 그러나 군사전문가들이 군사기술의 관점에서 분석하거나 시민의 질문에 답변하는 형태로 이해하기 쉽게 설명해주는 홈페이지와 블로그 등이 있다. 그것들을 읽고 배우면서 지금의 TV·신문의 보도를 검증해 보면 얼마나 실태로부터 동떨어진 보도가 이루어지고 있는지를 알 수 있다. 매스미디어는 과거 국민을 전쟁으로 몰고 갔던 자신의 보도 역사를 되돌아볼 필요가 있다. 쓸데없는 불안과 위기감, 적대감정을 부추기는 보도가 시민들의 냉정한 판단을 흐리게 하고 군의 폭주를 뒷받침하는 결과가 되었다. 정부·방위성으로부터 부여받은 정보와 견해만 흘려보내는 것뿐이라면, 대본영大本營 발표 시대와 무슨 차이가 있을까. 이렇게 쓰면 바로 북한을 옹호하냐는 반론이 나올 것이다. 하지만 북한에 대해 과격하고 공격적인 발언을 하면 인기를 얻는 풍조는 끝나야 한다. 냉정하게 생각해 보면 실태 이상으로 북한의 위협을 크게 그려내는 것은 미사일 공포를 외교수단의 하나로 사용하려는 자를 이롭게 할 것임이 분명하다. 그 외에도 하고 싶은 말이 있어서 살짝 주제를 바꾸겠다.

지난 3월 28일은 오에·이와나미 오키나와 전투 재판의 1심 판결로부터 딱 1년이 되는 날이었다. 이 재판은 현재 대법원에서 진행 중인데, 최근 하다 이구히코 편 『오키나와전 집단자결의 수수께끼와 진실』PHP이라는 책이 나왔다. 이 책에는 2심 고등 법원 판결에서 '허언'이라고 판결 난 미야다이라 히데유키 씨의 진술서가 후지오카 노부카쓰 씨의 해설부록으로 실려 있다. 편집자인 하다 씨는 전쟁사 연구자이다. 당연한 일이지만 미야다이라 씨의 진술서를 검증한 후에 실었을 것이다. 그래서 꼭 하다 씨를 만나보고 싶다. 이전에 후지오카 씨에게 질문했었으나 아직 회답이 없는 문제이다.

미야다이라 씨는 본부호 입구에 덮인 모포 뒤에 숨어 우메자와 대장과 자마미촌座間味村 간부들의 대화를 엿들었다고 했다. 그러나 미군 상륙이 바로 직전인데 본부호 입구에 경계를 보는 병력이 배치되지 않았다고 하는 게 말이 되는가. 본부호 입구의 위병 유무에 대한 하다 씨의 견해도 묻고 싶다. 미야다이라 증언이 등장하면서 1년 정도 자마미섬의 우메자와 전 대장 사건이 논란이 되었다. 그 그늘에 조금 가려진 감이 있지만 1년 전 1심 판결문에는 도카시키섬의 아카마쓰 전 대장의 명령에 대해 다음과 같이 쓰여있다.

아카마쓰 대위가 이끄는 제3전대가 도카시키섬 주민들에게 행한 가해행위를 생각하면 아카마쓰 대위가 도카시키섬 주민들이 상륙한 미군의 포로가 되어 일본군의 정보가 유출될 것을 우려하여 자결명령을 내린 적이 있다는 것은 쉽게 이해할 수 있다.207쪽

미군이 상륙한 뒤 수류탄을 든 방위대원들이 서산西山 진지 북쪽 분지에 집합해 있는 주민에게 향하는 행동을 아카마쓰 대위가 용인했다면 아카마쓰 대위가 자결명령을 내린 것이 한 원인이지 않을까, 라고 생각하지 않을 수 없다.

또한 후가미 재판장은 "도카시키섬의 집단자결에 아카마쓰 대위가 관여했다고 충분히 추인할 수 있는 부분이다"208쪽라고 했다. 2심 판결에서도 1심의 견해는 기본적으로 답습되어 오에·이와나미 측의 승소로 이어졌다. 오키나와 전투로부터 64년이 지났다. 오에·이와나미 오키나와 전투 재판이 제기하고 있는 것에 대해 생각하면서 지금 눈앞에서 진행되고 있는 유사=전쟁 체제 만들기에 반대하고 싶다.

천황 콜라주 작품 배제

위험한 '무사안일주의'

2번째 연재인 「풍류무담風流無談」 제1회2007년 6월 2일 자, 본서 41~48쪽에서 헌법 9조와 오키나와의 구조적 모순, 그리고 오키나와현립 박물관·미술관 관장으로 취임한 마키노 히로다카의 문제를 다루었다. 최종회를 맞이하며 한 번 더 같은 주제를 다루고자 한다. 현재 현립 박물관·미술관에서 개최되고 있는 〈아토믹 선샤인 속으로 in 오키나와-일본국 평화 헌법 제9조하에서의 전후 미술〉전展에서 쇼와 천황 사진을 콜라주한 오우라 노부유키의 작품이 제외됐다는 문제가 보도되었다. 헌법 9조와 전후 미술을 다루는 기획으로 헌법이 금지하는 검열과 표현의 자유 침해가 자행되고, 심지어 압력을 가한 것이 마키노 관장이라니, 정말 어처구니없는 탄압사건이다.

오키나와 현립 박물관·미술관은 국내는 물론 세계적으로 수치를 당했다고 해도 과언이 아니다. 마키노 관장이나 가네다케 쇼하치로 현 교육장 등은 '교육적 배려'를 말하고 있지만, 그러한 문제는 작품의 전시 방법을 모색하거나 보호자에게 사전 설명을 하는 것으로 얼마든지 대처할 수 있다. 실제로 도쿄에서는 문제없이 전시되고 있는데, 왜 오키나와에서는 할 수 없는 것인가. 작품에 대한 평가는 작품을 보는 사람이 각자 하는 것이므로 문제가 있다면 보고 논의하면 된다. 쇼와 천황의 사진이 사용되는 것을 가지고 작품을 볼 기회조차 현민들에게 빼앗는 것은 그야말로 마키노 관장의 정치적 편견이며, 예술 작품에 대한 무지·몰이해를 드러내는 짓이다.

이번 오우라 씨의 작품 제외 보도를 접하고 10년 전에 일어난 오키나와 평화기원 자료관의 전시 내용 개편 사건을 떠올린 사람도 많았을 것이다. 일본군의 주민 학살과 참호 추방 등을 보여주는 전시를 취임한 지 얼마 되지 않은 이나미네 게이치 지사 쪽에서 감수 위원과 전문 위원을 무시하고 바꾸려고 시도했다. 그중 한 사람이 마키노 부지사였다. 오키나와의 '역사 수정주의' 움직임은 현민의 맹반발에 의해서 막을 수 있었지만, 마키노 씨는 아무런 반성도 하지 않은 듯하다.

본 연재의 제1회에서도 언급한 바 있지만, 마키노 씨는 오이타 대학 경제학부를 졸업하고 류큐 은행의 간부를 거쳐 부지사가 되었다. 이나미네 현정에서는 주로 경제 분야를 담당했다. 경제전문가는 맞지만, 미술이나 역사학에는 문외한이다. 그러한 마키노 씨가 어째서 현립 박물관·미술관의 관장이 되었는가. 『류큐신보』 전자판 2007년 5월 17일 자에 다음과 같은 기사가 있다.

> 현이 출자하는 주요한 제삼 섹터*의 임원 인사로 현은 16일까지 오키나와 도시 모노레일 사장에 전 부지사 마키노 히로다카 씨(66), 나하공항 빌딩NABCO 사장에 전 부지사 가가즈 노리아키 씨(65)를 등용하는 인사안을 굳혔다. 모두 임기 만료에 따른 등용이었다. 이미 두 사람에게 타진한 바 있으며, 각각 6월 주주총회와 이사회를 거쳐 정식 결정된다.

그런데 그 8일 후의 『류큐신보』 전자판 5월 25일 자 기사에 다음과 같이 보도되었다.

* 민간이 자금과 기술, 경영 따위를 맡고 정부나 관청에서 계획 및 관리를 지원하는 민관(民官) 합동 개발 방식.

현은 24일까지 이번 가을에 개관하는 현립 박물관·미술관의 초대 관장에 전 부지사 마키노 히로다카 씨(66)를 등용할 방침을 굳혔다. 관장은 비상근으로 11월 1일 자로 임명된다. 마키노 씨는 수락 의향

놀랍게도 오키나와 도시 모노레일 사장 후보였던 마키노 씨가 불과 8일 만에 현립 박물관·미술관 비상근 관장을 '수락'한 것이다. 확실히 반전이라고밖에 말할 수 없는 인사 변경으로, 현 간부의 낙하산 인사를 둘러싸고 치열한 줄다리기가 있었음을 알 수 있다. 이는 현립 박물관·미술관 관장 자리를 신중에 신중을 거듭해서 결정한 것이 아니라, 현 간부 낙하산 인사 중 하나 정도로밖에 자리매김하지 못한 채 직업상의 전문성도 무시하고 전격 결정되었음을 보여주고 있다. 예술 작품이나 작가의 창조 행위, 표현의 자유를 지키기 위해서 몸을 던져서라도 정치적 압력에 맞서야 할 관장이 오히려 오키나와에서 정치적 압력을 통해 제외하고 있다. 이런 어이없는 현실이 만들어지는 배경에는 예술을 논하기 이전의 문제로서 현의 낙하산 문제가 있다. 마키노 관장이나 가네다케 교육장은 예술 작품에 '공정·중립'을 요구하지만, 터무니없는 발언이다.

'공정·중립'이란 그 시대 사회 다수파의 가치관에 따르고 있으니 일견 그렇게 보일 뿐이다. 현재는 명작이라 일컬어지는 작품도 발표 당시 사회질서 문란으로 배척당한 사례는 얼마든지 있다. 새로운 표현을 추구하면 다수파의 가치관에서 벗어나는 것은 당연하고, '공정·중립'을 이유로 특정 작품을 제외하는 것은 공무원의 무사안일주의일 뿐이다. 쇼와 천황이 서거한 지 20년이 지나 거의 역사상의 인물이 되었는데 금기시하는 것은 과잉반응을 넘어 위험하기까지 하다. 이번 사건은 현립 박물관·미술관의 자세가 근본적으로 제기되는 큰 문제로 이렇게 어영부영 넘어갈 일이 아니다.

사탕수수 밭

지금으로부터 10년 정도 전인 오키나와현 내 농림고등학교에서 근무하던 무렵의 이야기다. 교무실에서 한담을 나누던 농업부의 젊은 교사가 '지금 이런 수업을 하고 있습니다만……'이라며 말을 꺼냈다. 그 교사는 사탕수수 잎의 면적을 학생에게 계산하게 하고, 그 한 장의 잎이 광합성으로 얼마나 많은 이산화탄소를 흡수하는지를 알아보게 한다. 그리고 1개의 사탕수수가 흡수하는 이산화탄소의 양과 어떤 단위 면적의 사탕수수밭이 수확되기까지 얼마나 많은 이산화탄소를 흡수하는가를 학습시키고 있었다. 젊은 교사에 따르면 사탕수수는 당분을 만들기 위해 많은 양의 이산화탄소를 흡수한다고 한다. 사탕수수 재배의 직접적인 목적은 설탕 생산이지만, 그뿐만 아니라 이산화탄소의 감소=온난화 대책에도 유효한 작물인 것을 강조하여 사탕수수 농업의 유지·발전으로 연결하고 싶어 했다. "그런데 쉽지 않더라고요. 다들 계산을 못 해서……." 젊은 교사는 그렇게 말했다. 농업 고등학교에 오는 학생들은 초등학교나 중학교 수업에 뒤처져 수학을 잘하지 못하는 학생이 많다. 그런 학생들에게 기다란 사탕수수 잎의 면적을 계산하게 하려고 노력하는 그의 이야기를 들으면서 그 열의와 발상에 관심을 두게 되었다.

그 당시부터 이미 오키나와의 사탕수수 생산은 해마다 감소하고 있었고, 농가의 고령화도 진행되고 있었다. 낮은 국제 경쟁력 때문에 자유화 물결에도 위협을 받았고, 그 상황은 지금도 계속되고 있다. 최근에는 사탕수수가 바이오 연료로도 사용되고 있지만, 오키나와의 경작 면적에서는 수지가 맞지 않는 듯하다.

그런 꽉 막힌 상황에서 고전하고 있던 젊은 교사의 모습이 생각났다. 지구 온난화 대책으로 이산화탄소의 배출 삭감과 새로운 에너지 개발이 활발히 제기되고 있다. 그러한 가운데 환경 및 에너지 문제와 농업 간의 관계가 더욱 주목받아야 한다. 일본 농업을 발전시켜 나가는 것은 식량자급률의 향상 및 안전한 농산물의 공급과 동시에 환경보호와 에너지 대책으로도 이어진다.

말할 것도 없이 일본의 농업 상황은 위태롭다. 소비자가 단순히 저렴함을 추구한다면 중국 등 값싼 외국산 농산물을 이기지 못하고, 경영을 포기해야 하는 농가가 증가할 것이다. 농업을 지키려면 우리의 식생활 자세도 반성해야 한다. 동시에 농업에 젊은 세대가 뛰어들어 생활해 나갈 수 있는 환경을 만들어내야 한다. 토지 개량 등 농지 정비가 이루어졌음에도 불구하고, 생산자의 고령화와 취업자 부족으로 인해 방치되고 있는 농지가 많다. 농업으로 생활이 성립할 수 있는 예산 조치도 필요하다. 그러나 미군 재편으로 괌이나 헤노코에 새로운 군사기지를 만들기 위해 수천억 엔이 소요되고 있다. 전쟁이야말로 최대의 환경파괴이고 미군의 신기지 건설을 위해 쓸 돈이 있다면 농업진흥과 환경보호를 위해 써야 할 일이다.

정치가의 책임을 묻다

발언력의 저하

8월 6일은 히로시마 원폭, 9일은 나가사키 원폭, 15일은 패전의 날로 64년 전의 전쟁을 떠올리게 하는 8월이다. 더불어 오키나와에서는 13일에 발생한 오키나와 국제대학 미군 헬기 추락 사고도 떠오르는 달이다. '오키나와에서는……,'이라고 쓰면서 맺힌 응어리가 있다. 오키나와 국제대학 미군 헬기 추락 사고로부터 5년이 지났지만, 이 사고는 발생 초기부터 오키나와와 일본야마토 간에 사고를 받아들이는 입장의 차이가 컸다. 그 차이는 지난 5년간 극복되기는커녕 더욱 벌어지고 있다.

1996년 12월 SACO 최종 보고로부터 벌써 12년 정도가 지났다. 5년에서 7년 이내에 반환하기로 합의했음에도 불구하고 후텐마 기지는 여전히 주택 밀집지의 한가운데에 있으며, '세계에서 가장 위험한 기지'의 위험성 제거는 전혀 진행되지 않고 있다. 현 지사 선거에서 '3년 이내의 폐쇄'를 내걸었던 나카이마 지사의 공약도 허무하게 끝나가고 있다. 후텐마 기지의 반환은 왜 진행되지 않을까. 그 가장 큰 이유는 지난 12년여 동안 일본 정부와 오키나와 지사, 나고 시장 등이 '현 내 이전'을 고집했기 때문이다.

해상기지 건설에 반대 의사를 나타낸 '나고 시민투표' 결과를 존중하고, 일관되게 '현 내 이전' 반대가 70% 이상 되는 현민 여론을 수렴하여 다른 선택사항을 추구했다면 어땠을까. 현재보다는 훨씬 좋은 결과가 있었을 것이다. 그런 의미에서 '나고 시민투표'의 결과를 짓밟은 당시 히가 데쓰야 나고 시장의 책임은 매우 무겁다. 또한 히가 시장의 뒤를 이은 고故 기시모토 다테오 전 시장, V형 활주로안을 받아들인 시마부쿠로 요시카즈 시장을 비롯하여 '힘든 선택'이라고 하면서 '현 내 이전'을 진행시킨 이나미네 게이치 전 지사와 나카이마 히로카즈 지사의 책임이 있다. '최상이 아닌 차선을 선택'하면서도 차선인 상황조차 만들어지지 않았다. 오키나와의 미군기지 현황을 본다면 현민의 '부담 경감'은커녕 강화 확대가 진행될 것이 명백하다.

8월 5일 자의 현 내지는 2,470억 엔의 '배려예산'을 사용해 기지 내 주택의 재건축 공사가 시작될 것이라고 보도했다. 오키나와 주둔 해병대의 괌 이전은커녕 오키나와 기지의 영구화가 진행되는 듯하다. 미·일 정부의 마음대로 하도록 허용하는 것은 나카이마 지사를 비롯한 오키나와 정치인들의 발언권이 낮아지고 있기 때문이다. 지금까지 일본 정부와 이네미네 전 지사, 나카이마 지사는 기지 문제를 경제 문제로 바꾸는 데 애써왔다.

1995년 9월 해병대원에 의한 폭행 사건을 계기로 오키나와 현민의 반기지 운동이 미·일 안보 체제를 뒤흔들 정도로 고조되었다. 이를 진정시키기 위해 일본 정부가 취한 수법이 시마다 간담회 사업이나 북부 진흥책 등의 돈 뿌리기였다. 그리고 오키나와 안에서 그에 부응해 간 것이 '경제의 이나미네'를 내세워 당선된 이나미네 전 지사다. 고故 기시모토 나고 시장을 비롯해 기지 소재지의 자치단체장들도 그 뒤를 따랐다. 결과적으로 재정 면에서 기지 의존도가 심화하여 반대운동도 줄어들었다. 현재 나고시의 교육과 의료는 '미군 재편교부금'에 의존하고 있다. 이러니 정부에게 무슨 소리를 할 수 있겠는가. 스스로 자신의 발언력을 저하시키고 기지 의존을 심화시키는 우를 오키나와의 정치인들은 범해 왔다.

여자 골프를 비롯하여 스포츠나 예능, 예술 분야 등에서 오키나와의 젊은 세대가 활약하고 있다. 자신의 노력과 실력만으로 승부하는 자립적인 젊은이들이

나오는 한편, 중앙정부에 의존하여 기지가 가져오는 '기득권익'에 매달려 아직도 자립을 거부하고 있는 것이 오키나와의 많은 정치인과 경제인이 아닌가. 후텐마 기지의 위험성을 무시하고 오키나와 기지의 강화 확대가 추진되고 있는 것은 미·일 양국 정부의 문제만이 아니다. '현 내 이전'이라고 하는 최악의 선택을 반복하고 있는 오키나와 정치가들의 문제·책임을 물어야 한다.

평화롭지 않은 섬에서 계속되는 5·15 평화 행진

5월 15일부터 17일까지 오키나와섬·미야코지마宮古島·이시가키섬石垣島에서 5·15 평화 행진이 진행되었다. 첫째 날의 오키나와섬 동쪽 코스는 신기지 건설이 문제 되고 있는 헤노코辺野古해변에서 출발했다. 맑은 하늘 아래 푸른 바다와 울창한 얀바루 숲을 바라보며 걷기 시작했는데, 구시마을을 빠져나오는 도중에 산의 표면이 검게 타버리고 적토가 훤히 드러나 있는 산이 보였다. 올해 오키나와는 비가 잘 오지 않았다. 건조한 날씨 속에서 미군의 실탄사격 훈련이 이루어지기 때문에 캠프 슈워브와 캠프 한센에서는 연속적으로 산불이 발생했다. 구시산도 미군의 사격훈련 착탄 지점이었다. 실탄으로 파괴된 산의 표면은 적토가 드러나 있었고, 그 주위를 산불 흔적이 검게 둘러싸듯이 퍼져 있었다. 지역주민들에게는 태어나서부터 쭉 지켜봐 온 산이다. 사격 연습으로 파괴되어버린 산의 모습에 가슴 아파하는 사람이 많다.

그뿐만이 아니다. 착탄 소리와 미군 헬기의 폭음에 이른 아침부터 늦은 저녁까지 주민들이 고통을 받고 있다. 헤노코에 있는 티다회라는 작은 단체가 신기지 건설에 반대하는 운동을 벌이고 있다. 그 모임의 회의나 대응에 참여하기 위해 주에 여러 번 헤노코로 가는데, 때때로 밤 9시가 지난 시각에도 사격 연습 소리가 들려오곤 한다. 밤의 정적을 깨뜨리고 울려 퍼지는 사격음, 착탄음은 불쾌감과 불안감을 자아낸다. 근처에는 국립 고등 전문학교가 있고 기숙사도 인접해 있다. 야마토에서 온 학생들은 그 소리에 깜짝 놀란다고 한다. 오키나와현 내 학생 중에도 사격훈련 소리를 처음 듣는 사람들이 많을 것이다. 학습환경을 파괴하는 것은 말할 것도 없고, 주택 지역과 인접한 곳에서 실탄사격 훈련을 하는 것 자체가 말도 안 되는 일이다. 오키나와에서는 그것이 64년간 통용되고 있다.

V자형 활주로, 항만시설, 헬리패드 등을 겸비한 헤노코 신기지가 건설되려는 곳은 이런 곳이다. 헤노코·도요하라豊原·구시久志, 이 세 마을을 구베 3구라고 하는데, 그 북·서·남쪽은 헤노코 탄약고나 캠프 슈워브, 캠프 한센 등의 기지가 점거하고 있다. 여기에 동쪽 바다까지 신기지가 건설되면, 동서남북, 육지도 바다도 하늘도 미군기지로 둘러싸이게 된다. 많은 사람이 지적하듯이 미군 재편으로 오키나와섬 북부는 군사 요새가 되려고 하고 있다. 자연환경은 물론이고 지역 생활환경도 파괴된다. 새로운 기지 건설로 인해 헤노코에는 많은 미군 관계자가 이주하여 살게 된다. 현재 그를 위한 막사가 건설되고 있다. 주민보다 많은 수의 군인과 군무원들이 기지에서 일하고, 훈련하며, 생활한다. 이 정도로 미군 관계자가 집중된 지역은 '기지의 섬'이라고 불리는 오키나와에서도 지금까지 없었던 일이다.

60~70년대의 코자나 긴金武 거리조차도 인구수로 따지면 오키나와 주민이 좀 더 웃돌았을 것이다. 그러나 헤노코에 새로운 기지가 생기고, 북부에 미군 기지가 집중된 후의 구베 3구는 어떻게 될까. 다른 마을과 상당한 거리가 있는 구베 3구는 기지 안의 마을로서 특수한 생활환경을 강요당할 것이다. 그것은 과거 코자나 긴 거리 이상으로 미군이 득세하는 지역이 될 것이라는 사실이다. 그렇게 미군이 많이 늘어나 기지 주변에 유흥가가 생기면 미군에 의한 사건도 빈발한다. 64년의 오키나와 역사가 증명하고 있다. 앞서 어떤 블로그를 보니 오키나와 마니아인 이주민 작가가 기지 철거는 이상론이라며 큰소리치고 있었다. 태평한 소리다. 내가 처음 5·15 현민 집회에 참여한 것이 대학에 들어간 1979년이니까 벌써 30년 전의 일이다. 이상론으로 행동을 지속할 수 있을 만큼 오키나와의 현

실은 만만하지 않다.

지난 30년 동안 미군에 의한 살인·강간 등 강력사건과 미군 훈련으로 인한 피해로 오키나와 주민들이 얼마나 많이 고통을 받아왔는가. 한 번밖에 없는 인생의 적지 않은 시간을 들여 반전·반기지 운동을 해온 오키나와 사람들은 모두 이상론이 아니라 눈앞의 현실을 묵인할 수 없어 어쩔 수 없는 심정으로 행동해 왔다. 그러한 것들을 오키나와 마니아 이주민 작가는 모를 것이다. 오키나와의 어르신과 아버님, 어머님들은 일개 이주민 작가가 재미있고 우스꽝스럽게 그릴 만한 인생을 살아오지 않았다. 후손들을 위해 기지반대를 외치며 행동하는 헤노코 어르신들의 모습을 보면 헤노코 신기지 건설을 어떻게 해서든 저지하고, 5·15 평화 행진을 하지 않아도 되는 오키나와로 만들고 싶다.

2010년

'최소 현 외(県外)'라는 공약을 지키지 않는 하토야마 총리를 향해
현청 앞에서 항의의 목소리를 높이고 있는 헤노코 주민들(2010.5.4).

나고名護 시장 선거 결과

오만한 정부의 오키나와 정책

1월 24일에 열린 나고名護 시장 선거에서 이나미네 스스무 후보가 당선되었다. 밤 9시경에 헤노코辺野古에 있는 이나미네 후보의 구베久邊 3구 합동사무소에 찾아갔다. 이미 그곳에는 눈물을 흘리며 기뻐하는 지지자들이 있었다. 13년 남짓 해변에서의 농성과 집회 참가, 시市와 현県, 오키나와 방위국에 요구 신청 등 신기지 건설 반대 대처를 착실하게 계속해 온 사람들이 있었다. 70~80대를 선두로 끈질긴 주민들의 운동이 있었기에 이번 선거 결과도 있었다. 기쁨을 만끽하는 사무실 모습을 보면서 오랫동안 애써왔던 노력들이 스쳐 지나갔다.

1997년 당시 시장이었던 히가 데쓰야는 12월에 이루어진 나고 시민투표 결과를 짓밟았다. 그 이후로 계속되던 뒤틀림이 이번 시장 선거에서 해소되었다. 작년 8월 중의원 선거와 이번 나고 시장 선거를 통해 현민들은 헤노코 신기지 건설 반대 의사를 꾸준히 드러냈다. 이를 미·일 양 정부는 겸허하게 받아들이고 헤노코 현행 계획을 단념해야 한다. 민의를 짓밟고 현행계획을 강행하면 대규모 반대 시위가 벌어질 것이고 이는 혼란만 가져올 뿐이다. 13년이 지났음에도 불구하고 어째서 아직도 후텐마 기지의 '이전'이 진행되지 않았을까. 이를 미·일 양 정부는 진지하게 생각해보아야 한다.

재일 미군 전용 시설의 75%가 오키나와에 집중되어 있고, 오키나와섬의 20% 가까이 미군기지가 점거하고 있다. 이 현실을 무시하고, '현 내 이전'을 추진해 온 것이 최대의 실수이다. 미·일 안보 체제의 군사적 부담을 오키나와에 집중시키고 있는 차별정책을 고치려 하지 않고, 일본 정부는 진흥책이라는 당근을 주며 오키나와의 기지 고착화를 노려왔다. 오키나와에서도 이에 부응하여 이나미네 게이치 전 지사와 나카이마 히로카즈 지사, 고 기시모토 다테오 전 시장과 시마부쿠로 요시카즈 시장, 그리고 경제계가 선두가 되어 진흥책을 받고 기지 수용을 추진해 왔다. 기지와 경제를 연결하고, 기지도 산업의 하나라며 큰소리쳤다. 그렇게 많은 시설이 건설되었지만, 나고시名護市의 실업률이나 경제 상태는 오히려 악화했다.

비마타為又 등의 58번 국도변에 상업시설이나 아파트가 들어서 개발이 진행되는 한편, 나고 사거리 주변은 눈에 띄게 쇠퇴하고 있다. 빈 점포가 증가하고 노후화된 건물이 파괴되어 폐허 상태가 되고 있다. 시마다 간담회 사업이나 북부 진흥책에 600억 엔의 돈이 들어갔다는데 도대체 그 '진흥책은 언제 시작되는 것인가'하는 비아냥 섞인 농담마저 들려온다.

당초 해상 헬리포트안案이었던 헤노코로의 '이전' 계획이 V자형 활주로와 항만 시설을 갖춘 거대 기지로 변모한 배경에 수천억 엔의 신기지 건설에 얽힌 이권이 지적되고 있다. 대기업 종합 건설 회사와 일부 기업 및 정치가의 이권 획득을 위한 수단으로써 헤노코 계획이 존재한 것이다. 시민의 삶을 윤택하게 하는 일은 없다. 이번 나고 시장 선거 결과가 보여주는 것은 기지와 진흥책을 연결한 뒤 당근과 채찍을 주며 오키나와에 미군기지를 밀어붙이던 자민당·공명당 정권의 수법이 최종적으로 결딴났다는 것이며, 오키나와에선 더 이상 이 수법이 통하지 않는다는 사실이다.

나고의 실패를 반복하려는 지자체가 현 내에 있을 리가 없다. 그러나 나고 시민의 의사를 시장 선거를 통해 나타내 보여도 후텐마 기지의 '이전' 문제가 앞으로 어떻게 진행될지 예단하기 어렵다. 선거 결과를 '고려할 필요 없다', '지역 합의는 필요 없다'라고 하는 히라노 관방장관의 발언이 문제가 되고 있으며, 오키나와에 대한 정부의 오만하고 강경한 자세는 그 밖에도 많다.

오키나와 방위국은 헤노코 현행 계획에 따라서 환경 어세스먼트 평가서의 연도 내 제출 방침을 표명했다. 또한 히가시촌東村 다카에高江의 헬리패드 건설을 둘러싸고, 주민 2명의 통행 방해 금지를 요구하는 소송을 나하 지방 법원에 제기해, 공사를 재개하려고 하고 있다. 요미탄촌読谷村의 뺑소니 사망 사건에 관해서도 정부는 적극적으로 움직이려고 하지 않으며, 지위 협정 문제에 대한 언급조차도 하려 하지 않는다. 이러한 일련의 대응을 통해 자민당·공명당 정권에서 민주당 중심의 연립 정권으로 바뀌어도 오키나와 기지 문제에 관한 일본 정부의 대응이 전혀 변하지 않았음을 알 수 있다.

하토야마 총리는 여느 때처럼 생각해 주는 척하고 있지만, 오키나와 방위국을 통해 보이는 정부의 대응은 오만하고 강경하며 냉담하다. 오키나와 측이 헤노코 신기지 건설이나 '현 내 이전' 반대, 후텐마 기지의 고정화를 허용하지 않는다는 강경한 자세를 계속 보여주지 않는 한, 본토에서도 수용하지 않기 때문에 계속해서 오키나와 차별정책이 반복될 것이다. 이런 때에 오키나와 선출 국회의원이 가데나 기지 통합안을 주장하는 것은 어리석은 짓이며, 나카이마 지사는 '현 내 이전' 용인의 자세를 전환해야 한다. 오키나와가 더 이상 미·일 안보 체제 유지에 희생될 필요가 없다. 전후 '65년'이 지나도 미군이 식민지처럼 오키나와를 점거하고 있는 것 자체가 비정상적이므로 기지 반환은 당연한 일이다.

오키나와 현민의 목소리에 야마토는 어떻게 응답할 것인가

이 글을 쓰고 있는 2009년 12월 15일 현재, 미 해병대 후텐마 기지의 '이전'을 둘러싼 문제는 '이전' 장소의 결정을 미루겠다는 정부 방침이 나오면서 헤노코辺野古 이외의 장소를 모색하겠다는 하토야마 총리의 의향이 드러났다. 이 글이 실린 『부락해방部落解放』지가 독자들에게 발표될 즈음에는 어떤 방향으로 흘러가고 있을지 모르겠다. 단 오키나와에 있어서 숨도 돌릴 수 없는 상황이 계속되고 있는 것은 틀림없다. 2009년 8월 30일 중의원 선거에서 자공 연립 정권이 쓰러지고 민주당을 중심으로 하는 연립 정권이 탄생했다. 오키나와에서는 후텐마 기지의 '현 외·국외 이전'이 실현될 것이라며 기대했지만, 곧 그 기대는 산산이 조각났다. 기타자와 국방부 장관은 취임 직후부터 '현 외 이전'은 어렵다며, 헤노코 연안부에 신기지를 건설하는 현행계획을 진행하려 했다.

한편 오가다 외무장관은 '가데나 통합'을 제기하며 검증 작업을 시작했다. 하토야마 총리의 말도 여러 번 번복되었으며, 선거 시기에 내세웠던 '최소 현 외'라는 공약을 무력화시키려는 총리와 장관들에 대한 실망과 분노의 목소리가 높아졌다. 그러나 기타자와 국방부 장관과 오가다 외무장관은 이를 무시하고, 올해 안에 '이전' 장소의 결착을 도모하는 움직임을 활발히 했다. 민주당은 '현 외·국외 이전'을 말해 왔지만, 그것은 표면적인 선거용이었으며, 당 중앙의 본심은 '미·일 합의'에 근거하는 현행계획이나 미국이 용인하는 범위에서의 '미세 조정'이 아니었을까. 그러한 의문과 불신은 예전부터 있었다. 그 본심이 드디어 현실이 되려 하고 있다는 위기감이 오키나와에서 한층 강해졌다.

그런 상황 속에서 사민당 오키나와현 연합이 코앞으로 다가온 당 대표 선거에 데루야 간토쿠 의원을 공천했다. 이에 후쿠시마 미즈호 당 대표는 연립 정권의 이탈 움직임을 시사했고, 이에 오가다 외무장관 쪽과의 연내 결착을 도모하는 움직임이 무뎌졌다. 이후 서두에 언급한 '이전' 장소 결정을 연기한다는 정부 방침이 발표되었다. 일본 언론들은 하토야마 정권이 '미·일 합의'보다 사민당·국민신당과의 연립 유지를 우선시했다고 보도했다. 확실히 그러한 측면이 있다. 하지만 대형 미디어가 간파하지 못한 연기의 최대 이유는 오키나와에서 헤노코 신기지 건설 반대, 후텐마 기지 '현 내 이전' 반대 목소리가 높아지고 있기 때문이다.

후쿠시마 당 대표의 연립 이탈을 시사하는 표명과 하토야마 총리의 헤노코 이외를 모색하겠다는 발언은 오키나와 현민들의 의사를 무시하고 추진할 수 없다는 인식에서 나온 것이다. 중의원 선거공약에 후텐마 기지의 '현 외·국외 이전'을 회피한 시점에서 민주당 중앙은 내부적으로는 '미·일 합의'대로 진행할 수밖에 없다고 생각하고 있었던 것은 아닐까. 하토야마 정권 출범 이후, 기타자와 국방부 장관과 오카다 외무장관의 언동으로 미루어볼 때 확실하다 할 수 있다.

현행계획 추진이냐 '가데나 통합'이냐의 차이는 있지만 두 사람이 공통으로 내세우고 있는 것은 '현 외·국외 이전'은 선택지에 없다는 사실이다. 그에 대한 오키나와의 반발은 민주당 중앙의 예상보다 훨씬 심했을 것이다. 민주당 현련縣連 등 집권 여당은 말할 것도 없고, 자민당 현련과 오키나와의 경제계까지도 '현 외 이전'을 입에 올리기 시작했다. '현 내 이전'으로 추진하면 현민으로부터 선거에서 버림받는다는 소리가 자민당 현련 내에서 나오면서 근해로의 '수정'을 주장해 온 나카이마 지사가 고립되는 사태마저 생겨났다. 이러한 오키나와 상황을 무시하고 현행계획이나 '미세 조정'으로 연내 결착을 강행하면 오키나와 현민들의 분노와 불만이 폭발하여 '우애友愛'를 내세우는 정권에 치명적인 결과를 가져올 수 있다.

대형 미디어들이 미·일 동맹이 위기에 처한다며 선동해도, 헤노코 신기지 건설을 강행했다가 반대운동에 불이 붙고 큰 혼란이 생기면 본전도 못 건진다. 하토야마는 그렇게 판단할 수밖에 없게 되었다. 지금까지 헤노코辺野古·나고名護를 비롯하여 오키나와 각지에서는 13년 남짓에 걸친 반대운동이 계속되어 왔다. 현민의 70% 가까이가 헤노코 신기지 건설, 후텐마 기지의 '현 내 이전'에 반대한다는 여론이다. 이러한 반대운동이나 여론이 없었다면 어떻게 되었을까.

하토야마 총리는 헤노코 현행계획이나 '미세조정'으로 진작에 결착을 냈을 것이다. 이를 허락하지 않은 것은 바로 오키나와 현민들의 힘이다. 문제는 지금부터이다. 미국 정부와 자민당, 공명당, 대형 미디어로부터 '미·일 합의'를 지키라며 위협과 비판, 여론 유도가 한층 강해질 것이다. 후텐마 기지의 고착화 위협도 있다. 오키나와에 사는 사람들은 자신의 생명과 생활을 지키기 위해서 싸울 수밖에 없다. 야마토에 사는 당신들은 어떻게 할 것인가. 미군의 침략전쟁을 위한 기지를 만들지 않고, 후텐마 기지의 폐쇄, 반환을 요구하는 운동이 전국적으로 활발해졌으면 한다.

오키나와에서 본 밀약

핵의 재반입과 토지의 원상 회복비

미·일 간의 밀약에 관한 외무성의 조사 결과 및 유식자 위원회의 검증 보고서가 나왔다. 오키나와에 관련된 2건, '오키나와 핵 재반입'과 '토지의 원상 회복비 인수'에 대한 감상을 말하고자 한다. 오키나와의 시정권 반환 이후 핵무기 재반입에 대해서 유식자 위원회는 밀약이라고 말할 수 없다는 견해를 보였다. 사토 에사쿠 총리와 리처드 닉슨 대통령이 서명한 '합의의사록合意議事錄'이 갖는 의미가 그렇게 가벼운 것인가. 후계 내각으로의 인수인계나 공동성명과의 관계뿐만이 아니라, 당시의 정치 정세나 외무성의 교섭과는 다른 루트로 밀사를 보내 이루어진 문제 등을 포함하여 생각하면 견해에 따라서는 밀약의 정도가 더 깊다고 볼 수 있지 않을까.

1968년 11월 19일 가데나 기지 내에서 미 전략폭격기 B52가 이륙에 실패하여 폭발하는 사고가 발생했다. B52가 조금만 더 앞에서 추락했더라면 치바나 탄약고 당시의 핵무기 저장시설에 격돌해 오키나와섬은 사라졌을지도 모른다. 그런 공포가 오키나와를 뒤덮었고, B52 철거 투쟁이 섬 전체로 퍼져나갔다. 당시 오키나와 주민들에게 핵무기의 공포는 현실과 맞닿아있었고, '핵 제거'라는 말노 그만큼 무거운 의미가 있었다. 미·일 정상이 '핵 재반입'을 약속한 것이 당시 밝혀졌다면 오키나와에서는 대규모 항의 행동이 벌어졌을 것이다.

사토 전 총리가 그렇게까지 하지 않았다면 오키나와의 시정권 반환은 실현되지 못했을 것이라는 주장도 있을지도 모른다. 그러나 관심 가져야 할 것은 밀약에 의해 '핵 제외·본토 동일 수준'이라는 말은 거짓말이었으며 '일본 복귀'의 내실도 오키나와 주민이 원했던 것과는 동떨어진 것이라는 사실이다. '본토 수준'이 실제로는 오키나와 미군기지의 미·일 안보조약 범위 내에서의 사용 차원에 불과했다 하더라도 향후 대규모 기지 반환이 이뤄질지 모른다는 기대를 오키나와 주민들에게 심어주는 측면도 있었을 것이다. 그러나 그것은 환상이고 기만일 뿐이다.

올해 5월 15일은 오키나와의 시정권 반환 38주년이지만 미군 기지가 집중되어 있는 오키나와의 현실은 변하지 않았다. 그 현실을 만들어내는 가장 큰 요인이 '배려 예산'이다. '배려 예산'으로 인해 오키나와·일본 주둔 미군 기지는 저비용으로 해결되고, 시설의 내실이나 생활환경의 쾌적함이 미군에 있어서는 기득권익이 되어, 오키나와 기지의 고정화로 이어지고 있다. 전 마이니치 신문 기자인 니시야마 다키치 씨나 류큐대학의 가베 마사아키 교수가 지적하고 있듯이 이 '배려 예산'의 원류가 토지 원상 회복비 400만 달러의 밀약을 포함한 시정권 반환 시의 재정·경제 면에서의 미·일 간의 결정이다. 그런 의미에서 이번에 밝혀진 밀약 문제는 오키나와에 있어서 과거사 문제로 치부할 수 없다. 미군의 오키나와 집중화, 고정화를 지속해서 만들어내는 구조가 시정권 반환 시의 밀약으로부터 오늘날까지 계속되고 있는 그야말로 지금의 문제이다.

안보 체제에 편입된 오키나와 차별

후텐마 기지 이전 문제의 본질을 찌르는

1972년 5월 15일, 오키나와 시정권이 일본에 반환되었다. 나하那覇 시민회관에서 오키나와 복귀 기념식이 열리고 있을 시각에 인근 요기공원에서는 비가 억수같이 쏟아지는 가운데 '핵 제외·본토 동일 수준'이라고 하는 겉모습과는 달리 미군 기지는 철거되지 않고, 새롭게 자위대가 이주해 오는 '일본 복귀'의 내실을 규탄하는 현민 집회가 열리고 있었다. 웅덩이가 생긴 운동장에서 시위를 벌이는 헬멧 쓴 학생들과 노동자들의 모습이 담긴 사진과 영상에서 끓어오르는 분노와 초조함이 전해졌다. 그로부터 38년이 지난 올해 5월 15일, 기노완시宜野湾市 해변공원 야외무대에서 열린 '5·15 평화와 생활을 지키는 현민 집회' 날에도 폭우가 쏟아졌다.

오키나와섬을 3개의 코스로 나누어 전날부터 계속 걸어온 행진단을 비롯하여 집회에는 3,800명주최자 발표이 모였다. 무대에 오른 오키나와 발언자는 38년 전에도 오늘과 같은 장대비가 내렸다고 말했다. 그리고 38년이 지나도 변하지 않는 오키나와의 기지 현상에 대한 분노와 오키나와를 향한 차별에 관해 이야기했다. 다음날인 16일에는 집회 포인트였던 후텐마 기지의 포위 행동이 이루어졌다. 모인 1만 7,000명주최자 발표이 후텐마 기지를 동그랗게 '인간 고리'를 만들어 에워쌌다. 장마철인 오키나와는 연일 호우·홍수경보가 발령되었다. 이런 어려운 여건 속에서 어린이부터 어르신들까지 나란히 손을 잡고, 후텐마 기지의 즉각 폐쇄, 반환을 호소했다. 평화 행진, 현민 집회, 후텐마 기지의 포위 행동 등, 사흘간 계속된 빗속 대응에 나 또한 참가했다. 지금 이 글을 쓰면서 얼마나 같은 일을 반복해야 하는가 하는 생각이 든다.

나는 대학에 입학한 1979년에 처음으로 5·15 현민 집회에 참여했다. 벌써 31년 전 일이다. 그 후로 지금까지 오키나와에 있지 않거나, 어떤 사정이 있지 않은 한 5·15 현민 집회에 참여해 왔다. 평화 행진도 지난 15년간 매년 참가하고 있다. 참가하면서 이번이 마지막 현민 집회, 평화 행진이 되기를 희망한다. 그러면서도 내년에도 또 할 수밖에 없겠지 하는 생각을 한다. 오키나와의 군사기지가 전면적으로 철거되고 반환되는 날은 언제 올 것인가. 38년 전의 5·15 이래, 현민 집회나 평화 행진에 참여해 온 사람들은 해마다 나이를 먹었다. 내가 20대 때 반전·반기지 운동 리더로서 집회에서 발언해 온 사람들도 최근에는 모습을 보이는 일이 적어졌다. 그만큼 오랜 시간이 흘렀다.

오키나와전戰과 그에 이은 점령. 그 과정에서 미군 기지가 건설된 지 65년. 국토 면적의 0.6%로 불리는 오키나와에 74%의 미군 전용 시설이 집중되어 있다. 그것은 현縣 전체 중 10.2%, 오키나와섬의 18.4%를 차지한다. 풍경의 기억이 서너 살 무렵부터 시작된다고 하고, 미군 기지가 없는 오키나와섬의 풍경을 기억하는 마지막 우치난츄 세대가 70대가 되려고 하고 있다. 과거 가족과 시간을 보내고, 친구들과 놀고, 밭을 갈았던 마을이 수용소에서 풀려나자 철망에 둘러싸인 채 미군에게 점거되어 있었다. 또는 미군이 총검과 불도저로 주민들을 몰아내고 땅을 강제로 접수했다. 이후 언젠가 반환되기를 기다리다가 마침내 제 땅을 밟지 못하고 세상을 떠난 우치난츄가 이 섬에 얼마나 많이 있을까.

제2차 세계대전이 끝난 지 65년이 넘도록 다른 나라 군대가 오키나와만큼의 규모와 기능으로 집중된 지역이 세계 어디에 있는가. 일본의 평화와 안전을 위해서는 미·일 안보 체제가 필요하다고 자민당후에 자공 연립 정권은 주장했으며 일본 국민의 상당수도 지지해 왔다. 그러나 그에 따른 미군 기지는 부담하려 하지 않고 대부분 오키나와에 떠넘겨 왔다. 그런 불합리한 상황에서 작년 8월 중의원 선거에 의한 정권 교체는 새로운 바람을 불어넣는 듯했다. 선거가 한창일 때 하토야마 민주당 대표는 후텐마 기지를 '국외, 최소 현 외'로 옮기겠다고 주장했다. 이 때문에 현 내의 4개 선거구에서는 후텐마 기지의 헤노코 '이전'에 반대하는 의원이 당선되어 1970년 국정 참여 이후 처음으로 오키나와 선출 자민당 국회의원이 중의원에서 자취를 감추었다. 그것은 오키나와 현민에게도 충격적인 결과였다.

이로써 헤노코로의 '이전'=신기지 건설이 중단된다. 후텐마 기지의 철거 혹은 '국외, 현 외'이전 전망이 보인다. 그렇게 기대를 품은 오키나와 사람들이 많았다. 그러나 그 기대가 산산조각나는 데까지 오래 걸리지 않았다. 하토야마 내각 각료로부터 잇달아 나온 것은 가데나 기지 통합안과 캠프 슈워브 육상안, 가쓰렌 앞바다 매립안 등, 과거에 논의되어 실현이 어렵다고 판단되어 버려진 '현 내 이전' 방안들이었다. 현 외 '이전' 후보지로써 구체적으로 이름이 거론된 도쿠노시마德之島는 과거 오키나와와 함께 미군 점령하에 버려졌던 섬으로, 류큐 왕국과도 역사적 연관이 있는 섬이다. 일본 본토=야마토가 아닌 아마미·오키나와 범위 내에서 '이전'=돌려막기라는 차별구조가 부각되는 가운데, 섬 주민의 맹렬한 반대와 미군의 운용상의 문제를 이유로 도쿠노시마안은 헬리콥터 부대가 아닌 일부 훈련하는 장소로 바뀌어 갔다.

결국 8개월 이상 걸려 하토야마 정권이 도달한 결론은 자공 연립 정권에서 진행되고 있던 나고시名護市 헤노코辺野古 캠프 슈워브 연안부라는 현행 계획으로의 회귀였다. 5월 23일 오키나와를 방문한 하토야마 수상은 오키나와현청에서 나카이마 지사와 회담을 갖고, '후텐마의 대체지는 역시 현 내. 보다 구체적으로는 헤노코 부근으로 부탁한다는 결론에 이르렀다'며 자신의 선거공약을 내팽개치고 오키나와에서의 '이전'=돌려막기를 실시하겠다고 밝혔다.

5월 28일에 발표된 미·일 안전 보장 협의 위원회의 공동 선언에서 헤노코로의 '이전'이 명기되었다. 게다가 발칙하게도 미군과 자위대의 공동 사용 의도를 드러냈다. 그편이 현민의 반발을 완화할 수 있다고 생각한 것 같지만, 오키나와의 역사나 현민 감정에 대한 무지, 사려 없는 행동에 기가 막힐 지경이다. 일본군의 주민 학살과 참호 몰아내기, 식량 강탈 등의 경험으로 인해 우치난츄에게는 지금도 자위대에 대한 반발과 공포가 남아 있다. 또 미군이건 자위대건 군대는 주민을 보호하지 않는다. 기지가 있는 곳이야말로 전쟁에 휘말려 주민이 희생되기 딱 좋다. 그런 오키나와 전투의 교훈은 널리 공유되어 있다. 자위대와 공동 사용하기 때문에 오키나와 현민의 반발이 줄어드는 일은 있을 수 없다.

애초에 미군뿐만 아니라 자위대도 기지를 사용하면 그만큼 훈련량이 늘어나기 때문에 '부담 경감'에 역행한다. 그런데도 하토야마 정권이 자위대 공용을 꺼내는 것은 주일미군 재편의 목적 중 하나인 미군과 자위대의 일체화를 추진하는 것과 미군 전용 시설의 74% 집중이라는 숫자를 공동사용함으로써 줄이는 것숫자의 속임수. 앞으로 미 해병대가 오키나와에서 철수하는 일이 생기면 캠프 슈워브 기지를 그대로 자위대 기지로 삼아 계속 사용하는 것을 노린 것이다. 자공 연립 정권조차 자위대와의 공동 사용을 표면적으로는 꺼내지 않았다. 자공 연립 정권이 진행해 온 현행 계획으로의 회귀에 그치지 않고, 하토야마 정권은 지금보다 이상의 최악의 안을 강행하려고 하고 있다.

4월 25일에 요미탄촌讀谷村에서 개최된 현민 집회에는 후텐마 기지의 조기 폐쇄나 반환, 현 내 이전 반대, 국외·현 외 이전을 요구하며 9만 명주최자 발표이 모였다. 자민당, 공명당을 포함하여 현 의회의 각 정당이 초당파주의로 임하고, 현 내전 시읍면의 수장2명 대리이 참가했다. 마지막까지 주저하던 나카이마 지사도 현민 운동의 열기를 보고 참가를 단행했다. 아이의 손을 잡고 온 가족이나, 중학생, 고교생, 어르신 등 폭넓은 세대의 현민이 모여 후텐마 기지의 '현 내 이전'=돌려막기를 허락하지 않겠다는 민의를 드러냈다. 4·25 현민 집회 이후에도 오키나와 현민의 행동은 계속되었다.

5월 4일에는 오키나와에 방문한 하토야마 총리에게 항의하는 행동이 총리가 방문한 오키나와현청과 후텐마 제2초등학교, 캠프 슈워브, 나고 시민회관 등 곳곳에서 벌어졌다. 그리고 비가 오는 14일부터 16일에 걸쳐서 평화 행진, 5·15 현민 집회, 후텐마 기지 포위 행동도 전개되었다. 하토야마 총리가 다시 오키나와를 방문한 28일에도 지사와 회담을 나눈 오키나와현청과 북부 시정촌장과 회담을 나눈 나고시 부세나 리조트 앞에서 항의 행동이 이루어졌다. 미·일 간에 합의가 이루어진 28일에도 현청 앞과 나고시 관공서 두 곳에서 '헤노코 합의'를 인정하지 않는 현민·시민 집회가 개최되었다. 이런 오키나와 상황을 야마토에 사는 사람들은 어떻게 생각할까.

올해는 미·일 안보조약 개정 50년이 되는 해이지만, 일본에서는 70년 안보투쟁을 마지막으로 미·일 안보조약이 본격적인 쟁점이 되지 않았다. 가장 큰 요인은 미·일 안보 체제하에서 발생하는 미군기지의 부담을 오키나와에 집중시킴으로써 압도적 다수의 일본인은 기지가 초래하는 사건이나 사고, 폭음 등의 피해를 면하고 기지문제를 고려하지 않아도 되는 환경이 조성되있기 때문이다. 이와쿠니岩国와 아쓰기厚木 등 미군의 폭음 피해를 본 지역은 오키나와와 같은 고민을 겪고 있을 것이다. 그러나 전국 각지를 여행하다 보면 오키나와와는 다른 모습에 깜짝 놀라고는 한다.

현재 오키나와는 기지를 오키나와에 떠넘기고 있는 야마토의 차별에 대한 분노가 전례 없을 정도로 높아졌다. 전국의 0.6%의 면적을 차지하고 있는 오키나와에서 후텐마 기지를 '이전'할 장소를 찾고, 나머지 99.4%의 야마토에는 '이전'할 장소가 없다며 하토야마 정권의 장관들은 천연스럽게 이야기한다. 혹은 이나미네 나고 시장이 단호하게 반대 의사를 표명하고 있음에도 불구하고 하토야마 총리는 미국과 '헤노코로의 이전'을 합의했다. 그러면서 '현 외 이전'이 불가능한 이유는 본토에는 받아들여 줄 자치단체가 없기 때문이라고 한다. 계속해서 '이전'을 거부하는 오키나와 수장의 의사는 간단히 짓밟히고, 본토=야마토 수장의 의사는 존중된다. 이토록 노골적인 차별이 있을까.

이렇게 쓰면 '아니, 이건 차별이 아니다. 오키나와의 지리적 위치의 중요성이 미군 주둔의 이유이다'라며 지정학을 들어 반론하는 사람이 나온다. 그러나 예를 들어 한반도의 유사시비상시에 대응한다고 할 때, 어째서 규슈 북부에 오키나와 주둔 해병대를 이주시키지 않는가. 오키나와 주둔 해병대의 헬기부대나 육상부대를 수송하는 강습상륙함은 나가사키현長崎県의 사세보 기지를 모항母港으로 삼고 있다. 해병대는 육해공이 하나가 된 운용이 필요하다면 한반도와 가까운 규슈 북부 지역에 강습상륙함, 헬기부대, 육상부대를 함께 배치하는 편이 더욱 합리적일 것이다. 그러나 자공 연립 정권이든 민주당을 중심으로 한 정권이든 그런 제안은커녕 논의조차 하지 않는다. 이러한 주장은 본토 자치단체의 반대가 있어 실현이 불가하다는 답변이 바로 나온다. 그러나 오키나와에서는 아무리 반대 목소리를 높여도 무시당한다. 그리고 오키나와의 기지 집중은 지정학적 숙명이라며 말도 안 되는 거짓말을 마구 퍼뜨린다. 그러나 그런 거짓말은 이제 오키나와에선 통하지 않는다.

하토야마 총리가 들고나온 억지력론抑止力論과 야마토 언론이 자주 들고나오는 기지에 의존하는 오키나와의 경제 등의 거짓말도 오키나와에서는 진작에 논파

되었다. 오키나와어로 거짓말을 '유크시'라고 하는데, 해병대의 억지抑止는 유크시라는 농담이 유행하고 있을 정도이다. 주둔 해병대의 부대 구성이나 역할, 훈련 상황 등의 검증을 통해 억지력론은 오키나와의 기지 고착화를 위해 제기되는 것에 지나지 않는다는 것이 명백해지고 있다. 기지에 의존하는 오키나와 경제라고 하는 거짓말도 1972년의 '일본 복귀' 당시 현민 총생산에서 차지하는 기지 관련 수입이 15.5%였던 것에 반해 2007년에는 5.7%에 지나지 않는다는 것 하나만 봐도 분명하다. 또한 미군기지가 반환되어 재개발이 이루어진 성공사례를 오키나와 사람들은 자탄초北谷町 미하마美浜·험비 지구ハンビー地区나 나하시那覇市의 신도심 지구를 통해 확인했다.

고용과 세수입, 경제 파급효과 등 어느 쪽이든 모두 기지를 반환하고 민간에 사용하는 것이 수십 배의 이익을 가져다준다는 사실이 증명되었다. 문제는 그런 실상을 야마토의 대형 미디어들이 제대로 보도하지 않고 때로는 의도적으로 왜곡하여 마치 미군기지가 없으면 오키나와는 생활해 갈 수 없으며, 오히려 기지 덕분에 진흥책 등의 이득을 보고 있는 것처럼 묘사하고 있다. 미군기지가 그렇게나 많은 이익을 가져다준다면 재정위기에 허덕이는 지방자치단체가 전국에 수두룩하니, 서로 가져가려고 유치전이라도 벌여야 한다. 대형 미디어에 의해 만들어지는 '기지에 의존하는 오키나와'라는 이미지는 오키나와에 기지를 떠넘기는 야마톤츄의 양심의 가책을 불식시키고, 야마토의 오키나와에 대한 차별을 정당화한다. 그리고 지정학 및 억제력론과 더불어 오키나와에 미군 기지가 집중된 것은 어쩔 수 없다는 의식을 만들어 내고, 사고를 정지시킨다. 그렇게 해서 정부가 후텐마 기지의 '현 내 이전'을 강행하도록 뒷받침하고 있다.

하지만 오키나와현 내에서의 '이전' 밖에 선택지가 없는 것 같은 보도는 완전히 속임수이다. 후텐마 기지가 있는 기노완시宜野湾市의 이하伊波 시장은 미국·미군 자료를 시에서 자체 수집, 번역, 분석하여 오키나와 주둔 해병대의 괌 이전 계획에는 사령부뿐만 아니라 후텐마 기지의 헬기부대도 포함되어 있다고 밝힌 바 있다. 즉 하토야마 정권은 원래 필요도 없는 새로운 기지를 '이전'한다는 명목으로 오키나와현 내에 건설하려 한다는 것이다. 또한 헤노코 캠프·슈워브 연안부를 매립하는 현행 계획에서 자공 연립 정권의 매립 이권에 관한 문제도 지적되어 왔다. 하토야마 정권의 이러한 선택은 수천억 엔의 혈세를 들여 풍요로운 자연을 파괴하고, 미군과 자위대, 종합 건설업자를 기쁘게 하며, 살인과 파괴의 훈련장, 출격 거점을 만들겠다는 것일 뿐이다. 현재 노후화된 후텐마 기지를 철거·반환하는 것도 어려운데 여기에 최신예 기지가 만들어지면 어떻게 될지 눈에 뻔하다.

요즘 어르신들에게 '자식과 손자들에게 기지의 고통을 남기고 싶지 않다'라는 말을 많이 듣는다. 65년 동안 기지 없는 오키나와를 보지 못했던 오키나와 어르신들의 마음이 짓밟히도록 놔두지 않겠다. 헤노코로의 '이전'=신기지 건설을 절대 허용하지 않을 것이다.

투쟁의 차이에 대해서

하토야마 총리가 사임한 후 몇 안 되는 업적 중 하나로 후텐마 기지문제를 전국적인 화두로 삼았다는 것을 꼽는 의견들이 있다. 반어적인 면도 있겠지만 오키나와에서 그러한 주장을 들을 때(읽을 때)마다 오히려 후텐마 기지문제가 그전까지는 전국적으로 이슈화되지 않았다고 하는 사실을 실감한다. 하시모토 류타로 총리와 먼데일 주일 미국대사의 회담에서 '현 내 이전'을 조건으로 후텐마 기지의 전면 반환이 발표된 것은 1996년 4월 12일의 일이다. 그로부터 벌써 14년이 흘렀다. 그동안 오키나와에서는 후텐마 기지문제가 최대 정치적 쟁점이었다. 아니, 정치적 쟁점을 넘어 일본 정부의 '당근과 채찍' 정책을 통해 진흥책과 얽히면서 경제적 쟁점이 되었고, '힐링의 섬' 강조 등 문화적 정치성도 문제가 되었다.

20세기 말에서 21세기로 미뤄진 후텐마 기지문제는 정치, 경제, 문화 등 오키나와 현민의 생활 전반에 걸친 문제로서 '현 내 이전'=헤노코 신기지 건설을 저지하기 위해 막대한 시간과 에너지를 소비해야 했다. 미군기지가 없었다면 본래 생산적인 일을 했을 현민의 시간과 에너지가 오키나와에서는 패전 후 65년간 기지문제로 소비되어 왔다. 그것이 오키나와에 가져온 마이너스 영향은 헤아릴 수 없을 것이다.

오키나와에 미군 기지를 집중시킴으로써 미사와三沢와 아쓰기厚木, 요코스카横須賀, 이와쿠니岩国 등 일부 지역을 제외하고 야마토에 거주하는 대다수의 시민은 미·일 안보조약이 미군 기지의 부담을 수반하는 것임을 의식하지 않고 생활해 왔다. 올해는 미·일 안보조약 개정 50년이 되는 해이지만 70년 안보투쟁을 끝으로 미·일 안보 문제가 큰 정치적 쟁점으로 부각되지 않은 지 오래다. 반안보 투쟁의 쇠퇴와 지금까지의 무관심은 오키나와의 미군기지 집중으로 가능해진 것이다. 1950년대에서 60년대에 걸쳐 야마토에서 미군기지 반대운동이 고조되고, 훈련 및 기지 기능 유지가 어려워지자 미·일 정부는 일본 헌법의 제약 없이 미군 지배하에서 자유롭게 사용할 수 있는 오키나와로 미군 기지를 옮겼다. 그렇게 캠프 슈워브와 캠프 한센 등 오키나와 해병대 기지는 50년대에 야마토에서 넘어온 기지다. 이후 주택지에 인접한 오키나와 훈련장에서 실탄 사격과 헬기 및 수륙양용차를 사용한 훈련이 이루어지고 있다.

오키나와에서도 기지 반대운동이 격렬하게 전개되어왔다. 주택가로 유탄이 날아와 부상자마저 발생하는 상황에서 오키나와 주민들은 꾸준히 몸을 던져가며 훈련 저지와 항의 행동을 반복했다. 그러나 오키나와에서 호소하는 기지 철거 목소리는 무시되었고, 야마토에서 오키나와로 기지가 옮겨가는 일은 있어도 오키나와에서 야마토로 기지가 옮겨가는 일은 없었다. 기껏해야 포격 훈련이나 전투기 훈련의 일부가 옮겨졌을 정도였다. 이마저도 오키나와의 부담 경감을 구실로 삼아 미·일 공동훈련을 전국으로 확대하는 것이 목적이었다.

'오키나와에 필요 없는 기지는 본토에도 필요 없다' 혹은 '본토의 오키나와화 반대'라고 야마토 평화운동가들은 말한다. 그런 말을 들으면 분노가 치밀어 오른다. 과거 '본토에 필요 없는 기지'를 오키나와에 떠넘긴 역사를 알고 있는가. '오키나와에 필요 없는 기지가 본토'로 이전되려 했던 적이 현실적으로 있었는가. 오키나와에서 행해지고 있는 훈련 일부가 옮겨진 정도인데 대체 무엇이 '본토의 오키나와화'인가. 오키나와에 집중된 미군 전용 시설의 74%라는 비율이 역전되어 '본토'가 74%가 될 가능성이 있다고 말하는 것인가.

하토야마 정권에서 '현 외 이전'이 모색되었다고 해도 정부에서 구체적으로 거론한 지명은 도쿠노시마徳之島이지 '본토'가 아니었다. 류큐 왕국과 유대가 있었던 도쿠노시마가 훈련의 일부 이전 장소로서 '미·일 공동성명'에 기재된 것은 '본토'=야마토와 아마미奄美·오키나와 사이에 지금도 경계선이 그어져 있어 뿌리 깊은 차별이 존재함을 확인시켜 주었다. 그런 점을 야마토 시민 대다수는 자각하지도 생각지도 못할 것이다. 오키나와 투쟁을 지원하러 왔다는 야마토 평화운동가들에게도 그러한 차별에 대해 둔감함을 느낄 때가 있다. 지역 내에서 꾸준히 조직되고 있는 운동은 외면하고, '본토'에서 쉽게 체험할 수 없는 '육체적 투쟁'을 선호하여 선거나 대규모 집회, 직접적인 저지 행동 등 고양감을 맛볼 수 있는 자리에만 참여하고 싶어 한다. 그러한 지원자가 눈에 띈다. 하토야마 전 총리가 헤노코辺野古 '이전'을 주장할 무렵부터 인터넷상에서는 빨리 헤노코로 가고 싶다며 실력 저지 투쟁이 일어나기를 바라는 듯한 댓글도 있었다.

대체 왜 헤노코辺野古에서 싸우고 싶어 하는가. 자기 생활권의 안전은 보장받은 다음, 투쟁 장소로서 오키나와·헤노코를 자리매김하는 것은 그만두었으면 한다. 나고名護 시민도 오키나와 주민도 투쟁을 원하지 않는다. 헤노코를 투쟁의 장으로 만들지 않기 위해서야 말로 최대의 노력이 기울여져야 할 때이다.

2011년

高江ヘリパッド建設を阻止するために、N 1地区に資材を運ぶトラックの前に座り込む市民（2011.2.28）

N1지구로 자재를 실어 나르는 트럭 앞에서 다카에 헬리포트의 건설을 막기 위해 농성하고 있는 시민들(2011.2.28)

다카에 숲에 피는 탐라난(Gastrochilus japonicus).
아이를 지키기 위해 품에 넣고 자신을 희생하는 부모의 모습처럼 보인다(2013.7.12).

오키나와와 중국, 무거운 역사

대립에서 우호의 해로

2008년 여름, 홋카이도北海道 구시로시釧路市를 방문할 기회가 있었다. 거리의 많은 중국 관광객들이 눈에 띄었다. 구시로 습원을 달리는 도롯코 열차를 탔을 때 중국어를 배우고 있는 현지 대학생이 자원봉사로 통역을 맡아 중국 관광객 유치를 위해 노력하고 있는 모습이 보였다. 중국 영화 촬영지로 홋카이도가 선정되어 관광에도 좋은 영향을 주고 있는 것 같았다. 반대로 오키나와는 어떤가. 오키나와의 중국 관광객 유치는 이제부터 시작일 것이다. 13억 이상의 인구를 가진 거대한 나라가 경제발전과 함께 해외로의 관광객을 증가시키고 있다. 홋카이도에서 오키나와까지 중국인 관광객 유치로 일본 내 경쟁도 치열해질 것이다. 과연 지금의 오키나와가 중국 관광객을 불러들일 만큼 매력적인 지역이 될 수 있을까. 오키나와의 미군 기지를 보면 어떤 생각을 할까. 그러한 걱정은 있지만, 관광객이나 유학생을 시작으로 중국과 오키나와, 일본 사이에 사람과 사람 간의 교류가 활발해져 가는 것은 바람직한 일이다.

작년에는 센카쿠제도 주변에서 중국어선 충돌 사건이 있어, 영토 문제를 둘러싸고 중·일 간의 긴장감이 높아졌다. 그 이전부터 인디넷상에서는 중국에 대한 부정적인 감정이 노골적으로 드러난 글들도 많았다. 중국이 오키나와를 점령한다든가, 일본에 오는 중국인 유학생이나 노동자는 중국 공산당의 공작원이라든가 하는 말도 안 되는 글이나, 배외적 내셔널리즘을 부추기는 글들도 있다. 일찍이 미국인이나 영국인을 '귀축鬼畜'이라고 부르며, 상대를 이해하려고 하지 않고 안으로만 틀어박힌 시절이 있었다. 그 시대는 중국인이나 조선인에 대한 차별 감정을 노골적으로 드러내던 시대이기도 하다. 그렇게 오만함에 빠진 끝에 일본인은 국제 감각이나 외교 능력을 잃고, 전쟁이라고 하는 자멸의 길로 내달렸다.

인터넷상에서 중국을 향한 욕설을 보면 그 시절이 생각난다. 언뜻 보면 중국을 얕보고 고자세를 취하는 것 같지만 그 이면에는 대국에 대한 두려움이 보인다. 차별 감정과 뒤섞인 두려움이 적개심을 부채질하고, 상대의 언동에 과잉반응하게 한다. 그것이 여론이 되어 적절한 협상을 할 수 없게 되고 중국과의 관계를 악화시켜 간다면 그보다 어리석은 일은 없다. 중국이 해군력과 공군력을 강화하고 동아시아에서 군사적 영향력을 확대하려는 것에는 강력히 반대한다. 그와 동시에 오키나와 주둔 미군의 재편 강화나, 남서 중시, 도서 방위를 내세워 오키나와에 자위대를 배증하려는 움직임에도 반대한다. 류큐 열도가 미군과 자위대의 최전방 방패막이가 되어 중국과 군사적으로 대항하는 장소가 되면, 그 미래는 오키나와의 쇠퇴와 파멸이기 때문이다.

미국에서 9·11테러가 발생한 지 10년이 되었다. 사건 이후 오키나와의 관광업은 큰 타격을 입었다. 중국과 미·일 간의 군사적 긴장이 고조되고 오키나와 주변에서 무력충돌이 발생한다면 그때 오키나와가 입을 타격은 9·11테러에 비할 바가 아니다. 오키나와가 '군사기지의 섬'에서 벗어나는 것은 이상론이 아니라 21세기에 발전해 나가기 위한 현실적인 조건 마련이다. 이를 위해서라도 동중국해를 군사적 대립과 긴장의 바다로 만들어서는 안 된다. 오키나와는 중국과 대만, 한국, 베트남 등 동아시아 제국과 정치, 경제, 예능, 문화 등 다양한 교류를 통해 상호 이해를 심화시키고, 이를 통해 자신을 보호하는 데 힘써왔다. 대국의 군사력 논리에 넘어갈 때 오키나와는 좋을 대로 이용당하고 희생을 강요당할 것이다. 사키시마先島의 자위대 배치를 통해 알 수 있는 것은 일본=야마토를 지키기 위해서 오키나와를 이용하는 현대판 '사석' 논리이다. 군대는, 영토는 지키지만, 주민들은 지켜주지 않는다. 오키나와전의 교훈이 떠오른다. 중국과의 관계에 있어서 오키나와는 야마토와는 다른 역사를 가지고 있다. 이를 활용하여 우호를 넓히는 해가 되었으면 한다.

당근 정책으로 일그러진 인식

즉각적인 항의, 큰 의의

케빈 마허 미 국무부 일본부장의 폭언이 현 내 언론에 보도된 지 일주일도 안 되어 마허의 '경질'이 발표되었다. 미 정부의 대응은 신속했지만 애초에 마허는 6월 교대 예정으로 이를 앞당겼을 뿐이라는 견해도 있다. 마허가 앞으로 어떤 자리를 맡을 것인지에 따라 미 정부의 조치가 '경질'이었는지 아닌지를 알 수 있을 것이다. 그래도 미 행정부가 이 같은 대응을 취할 수밖에 없는 상황을 만들어 낸 의의는 크다. 인종차별이나 식민지적인 지배의식, 점령 의식을 드러낸 마허의 폭언에 대해 오키나와 현민이 분노를 드러내고 항의하고, 현 의회나 시읍면 의회에서 결의를 올리는 등의 행동을 즉석에서 만들어 낸 것. 이에 따라 비로소 미·일 양국 정부도 문제를 오래 끌면 오키나와의 반기지 운동에 불을 지필 것이라는 위기감을 느끼게 된 것이다.

자신을 향한 모멸에 대해 분명하게 분노를 표시하고 용서하지 않는 것. 침묵하고 굴복하지 않는 것. 부당한 차별과 지배에 철저히 저항하고 싸우는 것. 그것이 얼마나 중요한 것인가를 이번 마허의 '차별 발언 문제'가 가르쳐주고 있다. 이를 확인하는 동시에 마허 씨의 강의에 의문을 품고 기억을 모아 기록을 공개한 아메리칸 대학교 재학생들의 행위를 높이 평가하고 싶다. 자신의 두 눈으로 오키나와의 현실을 확인하고 마허의 강의를 검증한 젊은이들의 문제 제기가 없었다면 마허의 폭언이 세상에 드러나지 않았을 것이다. 오키나와인들은 '공갈 도사'라든가 '나태해서 여주도 재배 못 한다'는 등의 저열한 폭언들은 마허 자신이 진행해 온 후텐마 기지의 '현 내 이전'이 막다른 골목에 막히자 꽤 초조해했음을 보여준다. 오키나와인에 대한 인식이 전 방위 사무차관의 모리야 다케마사와 비슷하다고도 지적되었다. 후텐마 기지의 '현 내 이전'을 추진해 온 미·일 행정 장교들이 오키나와인에 대해 이러한 인식을 갖고, 그것을 서슴지 않고 공언하는 것은 왜일까.

마허 씨든 모리야 씨든 후텐마 기지의 '현 내 이전'을 명백한 전제로 하여 미·일 양 정부가 체결한 '합의'를 오키나와 사람들은 무조건 받아들여야 한다는 것이다. 엔터테인먼트 세계에서 그려져 온 이미지처럼 오키나와 사람들이 가볍고, 순종적이었다면 그들도 만족스러운 결과를 얻어 오키나와 사람들을 칭찬했을지도 모른다. 그러나 현실은 그렇지 않다. 이미 오키나와섬의 약 19%의 면적을 미군 기지가 점거하고 있다. 그런 상황에서 '이전' 장소를 어디로 정하든 주민들의 격렬한 반대운동이 일어나는 것은 당연한 일이다. 그렇기 때문에 일본 정부는 시마다 간담회 사업이나 북부 진흥책이라는 당근을 주며 주민들을 회유해 왔다.

오키나와에서도 그 회유책에 넘어간 사람들이 있다. 자공 연립 정권하에서 기지 문제와 경제 문제를 묶어 이나미네 게이치 전 지사와 나카이마 히로카즈 지사, 나고시名護市의 고故 기시모토 다테오 전 시장, 시마부쿠로 요시카즈 전 시장 등은 정부와 함께 '현 내 이전'을 진행해 왔다. 이러한 자공 연립 정권하에서 보수계 지사·시장들의 대응이 모리야 씨나 마허 씨로 하여금 오키나와인에 대한 왜곡된 인식을 만들어낸 요인 중 하나라는 것은 부정할 수 없다. 그러나 그것은 어디까지나 모리야 씨나 마허 씨의 정치적 의도가 가미된 왜곡된 인식일 뿐이다.

오키나와에 관한 특별 행동 위원회SACO의 최종 보고 이후 14년여가 지나도록 후텐마 기지의 '현 내 이전'이 실현되지 못한 것은 해변에서의 농성과 해상에서의 항의 행동, 집회, 신청, 재판 등 반대운동을 꾸준히 해 온 사람들이 있었기 때문이다. 그리고 압도적 다수의 현민이 이를 지지하고 '현 내 이전' 반대 여론을 지속시켜 왔기 때문이다. 마허 씨와 모리야 씨는 이를 의도적으로 무시하고 일부 보수계 정치인의 대응이 마치 오키나와인 전체의 대응인 것처럼 바꿔치기하여 왜곡된 오키나와인 인식을 유포하고 있다. 그들이 그런 속임수를 쓰는 것은 오키나와 현민이 주체적으로 만들어낸 운동을 가장 두려워하기 때문이다.

눈앞의 이득에 현혹되지 않고 명예와 이익도 추구하지 않고 저항을 계속해 나가는 민중만큼 권력자에게 골칫덩어리인 것은 없다. 그렇기 때문에 민중들의 운동은 권력층의 무시와 폄훼를 당하지만, 이는 민중의 힘이 그들을 핍박하고 있다는 증거이기도 하다. 원고 분량이 한정되어 있기 때문에 마지막으로 한 가지 제안하고 싶다. 11일에 발생한 동일본 대지진은 재해의 실태가 밝혀짐에 따라 일본이 패전 후 최대라고 할 정도로 난국에 직면하고 있음을 보여준다. 지금 이때 스가 정권은 헤노코 신기지 건설과 다카에 헬기장 건설을 중단하고, 미군에 대한 '배려예산'* 도 폐지하거나 대폭 삭감하여 그 예산을 이재민 구호와 피해 지역 부흥을 위해 써야 할 것이다. 더 이상 미국 정부의 '공갈'에 응하고 있을 때가 아니다.

* 방위성 예산에 계상되어 있는 '주일 미군 주둔 경비 부담'의 속칭.

비현실적인 기지 '이전' 아하구安波区 계획의 목적은

3월 10일에 오키나와현 구니가미촌国頭村 아하구安波区에서 구민총회가 열려, 지역 진흥을 조건으로 후텐마 기지의 '이전'을 수용하고 국가와 교섭하기로 결정이 났다. 인구 170명 정도의 작은 마을 결정이 다음 날인 11일에 전국적으로 보도되었다. 오키나와에 미군 기지를 밀어붙이고 싶은 야마토 정치인과 관료, 대형 미디어는 아주 신이나 있을 것이다. 오키나와에서는 나카이마 지사와 자민당·공명당도 후텐마 기지의 '현 외·국외 이전'을 주장하고 있다. 아하구의 결정은 오키나와 전체가 하나로 통일되어있는 것처럼 보이는 상황에 구멍을 내고, 오키나와에도 기지 수용의 목소리가 있지 않은가, 역시 오키나와 사람들은 기지와의 교환에서 진흥책돈을 필요로 하는구나, 하는 인식을 야마토 사람들에게 만들어 내기 위한 최고의 먹잇감이 되었다.

실제로 아하구인案은 실현성이 낮다. 수용 조건으로 제시된 아하구까지의 고속도로 연장은 일단 무리다. 도호쿠 지방 태평양 해역 지진·해일 재해와 후쿠시마 제1 원자력 발전소의 사고로 인해 막대한 재정 부담이 생기고 있는 가운데, 인구가 적은 구니가미촌으로의 예산을 확보할 수 있다고는 생각되지 않는다. 구니가미 촌장도 '이전'에 반대하고 있다. 미 행정부나 미군도 반대할 것이다. 헤노코辺野古로의 '이전' 계획에는 2개의 V자형 활주로 외에도 항만시설을 확보할 수 있다는 이점이 있다. 단순한 훈련장이 아니라 막사까지 갖추어 생활한다면 젊은 해병대원들이 스트레스를 푸는 환락가가 근처에 있는지도 미군은 고려한다.

일본 정부도 냉담한 반응이다. 어째서 이번 아하구安波区의 움직임이 나온 것인

가. 과소화 문제로 고민하는 아하구 주민들에게 비현실적인 진흥책을 불어넣고, 구区의 유력자들을 포섭하여 유치 결의를 실시하게 한 것은 국민 신당의 간사장인 시모지 미키오 중의원 의원이다. 시모지 의원은 벌써 미 정부 관계자에게 아하구안을 제시·설명했다. 시모지 의원은 그동안 가데나 기지 통합안과 캠프 슈워브 육상안을 주장해 왔다. 이번에 새롭게 아하구안까지 내놓았는데, 오키나와 선출 국회의원인 시모지 씨가 그 실현의 어려움을 분석하지 못했다고 나로서는 생각되지 않는다. 오히려 모두 알고 있으면서 아하구민의 궁세를 이용하여 수용 결의를 올리게 해 오키나와는 '현 외' 하나로 뭉쳐있는 것이 아니라 '현 내' 수용의 소리도 있다고 하는 인상을 전국에 퍼뜨리려고 모의했을 것이다.

시모지 의원의 목적은 무엇인가. 오키나와에는 종합 건설 회사 중 하나인 다이요네 건설이 있다. 이는 시모지 의원의 패밀리 기업이다. 헤노코 주변의 매립을 수반하는 현행 계획은 벌써 다른 종합 건설 회사가 이권을 장악했기 때문에 자신의 패밀리 기업을 중심으로 새로운 '이전' 이권을 만들어 내려는 것은 아닌가. 미야코의 시모지섬 공항도 시모지 의원의 계획안에 있을 것이다. 오키나와 현 내의 강한 반발에도 개의치 않고, 열심히 움직이는 시모지 의원을 보면서 생각난 것은 2006년 나고名護 시장 선거이다. 세 후보자가 입후보한 선거에 보수계 인사 두 명이 출마했고, 사민당·공산당·사대당 등 진보정당과 일부 시민단체는 보수계의 분열을 틈타 나고 시민 투표 당시 시의회 의장이었던 가키야 무네히로를 추천했다.

시모지 의원도 나고 시내를 열심히 돌아다니며 가키야 씨를 밀어주고 있었다. 그리고 선거운동이 한창일 때 자신이 주관하는 정치단체 '소조'를 설립하고 나고 시내 호텔에서 결성 총회를 열었다. 가키야 씨는 낙선했지만, 시모지 씨는 그 후 현 지사 선거를 향해 움직였고 혁신 측 후보자로 결정되어 있었던 야마우치

도쿠신 씨[현 사민당 참의원]를 강제로 끌어내렸다. 지금은 시모지 씨를 비판하는 사람이 많다. 그러나 그를 국회의원으로 당선시켜 이렇게까지 만든 것은 누구인가. 보수·혁신의 틀을 넘어서자며 시모지 의원의 말에 동조하고, 열렬히 지지하거나 함께했던 정치인, 시민운동가, 여성 사진가들도 지금은 무관한 표정을 짓고 있다. 처세에 능숙한 사람들이다.

다카에 숲

오키나와섬 북부에 히가시촌東村이 있다. 파인애플 생산지로 마을 면적의 대부분은 구실잣밤나무를 중심으로 한 삼림이 차지하고 있다. 얀바루 흰눈썹뜸부기나 오키나와딱따구리, 류큐잎거북 등 국가 천연기념물이 서식하고 있어 '동양의 갈라파고스'라고도 불리는 귀중한 숲이다. 또한 그 숲은 미군의 북부 훈련장으로 미 해병대 군인들이 정글전 훈련을 하고 있다. 숲 곳곳에는 헬기 이착륙대헬리패드가 있는데, 북부 훈련장의 일부 반환이 제시되면서 히가시촌 다카에구高江区에 새로운 헬리패드가 건설되었다. 그중 하나는 마을과 인접해 있어 주민들은 헬기 소음에 노출된다.

전투 훈련은 안전성을 최우선으로 해서는 성립되지 않는다. 저공비행이나 급선회, 제자리 비행 등 적의 공격을 가정하여 강도 높은 훈련을 하고, 그만큼 소음도 심해지고 추락사고 위험성도 높아진다. 이에 대해 주민들이 반대운동을 벌이는 것은 당연하다. 오키나와의 반전·반기지 운동은 이데올로기보다 생활을 위협받는 것에 대한 저항으로부터 시작된다. 미·일 안보조약은 오키나와에 주둔해 있는 미군이라는 구체적인 형태로 나타나 있으며, 이는 유자철선이 쳐진 철망 건너편에 주민의 땅을 빼앗고 눌러앉아 폭음과 사격 등의 훈련에 따른 사고, 그리고 군인이 저지르는 범죄로 주민들을 위협하고 있다. 다카에高江 주민들도 자신의 생활을 지키기 위해 헬리패드 건설 반대운동을 하고 있다. 오키나와 주둔 해병대의 헬기 부대는 최신예 MV22 오스프리로 기종을 변경할 예정이지만, 이 비행기는 개발 단계에서 추락사고를 여러 차례 일으켜 '미망인 제조기'로까지 불리고 있다.

나고시名護市 헤노코사키辺野古崎로의 '이전'이 진행되지 않는 가운데 미·일 양 정부는 후텐마 기지로의 배치를 발표했지만, 다카에 헬리패드가 건설되면 후텐마에서 다카에高江로 오스프리가 날아다니게 된다. 올해 들어 헬리패드 건설공사가 본격화되면서 2월에 오키나와 방위국은 직원과 건설 인력을 연일 60명 이상, 많게는 100명 정도 동원하여 공사를 강행해 왔다. 이에 대해 주민과 지원자는 24시간 감시체제를 취하고 항의 행동을 벌여왔지만, 애석하게도 인원이 부족하다. 다카에까지는 같은 북부의 나고시에서도 편도 1시간이 걸린다. 나하那覇에서는 고속도로를 이용해도 편도 2시간이다.

커브와 언덕이 이어지는 산길을 왕복하기 때문에 기름값도 상당하다. 지원하기에도 조건이 매우 까다롭기 때문에, 날에 따라서는 20~30명 정도의 인원이 3~4배 되는 방위국 사람들과 작업원들을 상대해야 한다. 게다가 상대는 모두 남성으로 10대 후반에서 40대이지만, 주민·지원자 쪽은 반이 여성이고, 정년퇴직하여 시간을 낼 수 있는 60·70대도 적지 않다. 체력 면에서 큰 차이가 있다. 그러한 조건에서 이루어지는 항의 행동에 나도 토·일을 제외한 2월 평일마다 다카에高江로 나갔나. 건설 현장에 들어가려는 작업원들을 설득하고 건설 자재 반입을 막기 위해 현장 입구 도로 위나 숲속에서 치열한 공방을 벌였다. 결코 과장된 표현이 아니다. 집회를 열어 구호를 외치고 단순히 주장을 내세우는 형태가 아니라, '진심'으로 공사를 멈추는 행동이 이루어졌다.

덤프트럭을 포함해 십여 대가 줄지어 오는 차 앞을 막고, 경찰이 개입해도 최대한 차량을 현장에 접근시키지 않는다. 자갈을 운반하는 덤프트럭이 자갈을 한꺼번에 내려놓지 못하도록 입구 부근에 차를 세운다. 상대방이 어쩔 수 없이 흙자루로 자갈을 옮기기 시작하면 도로를 따라 농업용 그물을 둘러쳐 반입할 수 없도록 한다. 그물이나 바리케이드가 뚫리면 숲속에서도 악착같이 설득하고 항의 행동한다. 공사가 좀처럼 진행되지 않자 오키나와 방위국은 이른 아침에 공사를 시작했다. 이른 아침이면 지원자들이 모이기 힘들다는 것을 계산한 것이다. 이에 대응하기 위해 나도 새벽 4시 반에 일어나 5시에는 집을 나와 6시에는 다카에에 도착할 수 있도록 했다. 오전 7시가 넘어 오키나와 방위국과 작업원들이 오면 오후 5시 철수할 때까지 저지 행동이 이어졌다.

흙자루를 운반하는 작업원 상당수는 10대 후반에서 20대 전반의 젊은이들이다. 몸으로 그들을 상대할 수 있는 사람은 한정되어 있기 때문에 서너 배의 인원을 상대로 움직여야 했다. 2월 말 즈음에는 무릎에 무리가 간 탓에 쭈그리고 앉을 때마다 고통이 수반되는 상태가 되었다. 30대에는 스쿼트를 1,000개 해도 괜찮았는데, 역시 50세가 되니 힘이 든다. 한 달 만에 몸무게가 4킬로나 빠졌다. 3~6월 들새들의 집 짓는 기간이 끝나고, 7월이 되면 공사가 재개된다. 여름은 한층 더 어려운 싸움이 될 것 같지만, 오키나와에서는 이런 상황이 66년간 계속되고 있다. 그러한 행동에 소비되는 시간과 노력을 창조적인 일에 쓸 수 있다면…….

그렇게 생각하면 오키나와의 기지 피해가 얼마나 뿌리 깊은지 알 수 있다.

그에게 부여된 임무

다카에高江, 사키시마先島의 기지 강화

- 후텐마 기지 '이전'을 위한 환경영향평가서 제출 시기를 성폭행 사건과 비교한다.
- 1995년 소녀 폭행 사건에 대해서 군인들에게 매춘을 권유한 미군 사령관의 발언을 긍정한다.
- 사쓰마의 류큐 침략에 대해서 오키나와의 비무장·평화 지향을 부정한다.
- 참사관급의 말을 인용하여 내년 여름까지 '이전'하지 못하면 후텐마 기지는 고정화한다고 위협한다.

경질된 다나카 사토시 전 오키나와 방위국장의 일련의 폭언의 공통점은 오키나와에 대한 폭력적인 지배를 정당화하는 논리이자 감성이다. 술자리에서 언급된 본심이 드러난 논리와 감성은 단순히 한 관료의 개성이 아니라 일본 정부의 오키나와에 대한 기본자세에서 비롯된 것이며 오키나와가 말을 듣지 않으면 최후에는 힘으로 굴복시켜 강압적으로 지배하겠다는 것이다. 여기서 말하는 힘이란 경찰이나 자위대를 이용한 직접적인 폭력만을 가리키는 것이 아니다. 때로는 입법·행정·사법을 통한 권력 행사이거나 진흥책과 돈이거나 미디어나 문화를 이용한 힘이기도 하다. 오키나와가 아무리 호소해도 무시하여 무력감에 빠지게 하는 것도 그런 힘의 행사 중 하나이다. 다나카 전 국장의 폭언에는 그러한 힘을 행사하는 사람으로서 오키나와를 깔보고 좌지우지하려는 오만이 그대로 드러나 있다. 그야말로 추악하기 그지없다.

11월 29일 자 『마이니치 신문』 전자판에 따르면 다나카 전 국장은 방위성 관료로서 동기 중에서도 가장 출세했으며, 8월에 오키나와 방위국장으로 발탁된 사람은 기타자와 도시미 전 방위대신이었다고 한다. 다나카 전 국장은 1996년 7월부터 약 2년간 나하[那覇] 방위 시설국[당시]의 시설 기획과장으로서 오키나와에 부임했다. 그 2년 동안 나고시[名護市]에서는 해상 헬리포트 수용을 둘러싼 시민투표가 이루어지고 있었다. 당시 나하 방위 시설국은 직원들을 데리고 수용 찬성 투표 활동을 하고 있었다. 당시 시민투표에 대한 노골적인 개입에 비판이 일었었다. 30대 중반이었던 다나카 과장도 열심히 활동하고 있었을 것이다. 그러한 경험을 통해 오키나와와 나고[名護]에 대해 잘 알고 있는 다나카 전 국장에게 부여된 임무는 환경영향평가서를 오키나와현에 제출하고 매립 허가를 신청함으로써 침체된 후텐마 기지 '이전' 현상을 타개하고 착공을 위한 절차를 진행하는 것이었다. 현민의 압도적 다수가 반대하는 가운데 그 높은 장벽을 넘는 비장의 카드로서 오키나와에 보내진 셈이다. 오키나와가 아무리 반대해도 끝까지 '미·일 합의'를 밀어붙인다. 그러한 국가의 의사를 구현하는 인물이기 때문에 오만한 발언을 내뱉었을 것이다.

현민의 분노는 당연한 일이지만 여기서 우리가 간과해서 안 되는 것은 다나카 전 국장에게 부여된 임무가 헤노코 신기지 건설이나 다카에 헬리패드 건설의 강행뿐만 아니라, 사키시마[先島] 지역의 자위대 배치도 그중 하나라는 점이다. 지금 오키나와에서 진행되고 있는 것은 북쪽 다카에[북부 훈련장]에서 남쪽 요나구니섬[与那国島]까지 류큐 열도 전체를 중국에 대항하는 군사적 방패로 만들기 위한 기지 강화이다. 정부가 말하는 오키나와의 '부담 경감'이나 '기지의 정리 축소'는 속임수에 지나지 않는다. 반환 예정인 미군 기지는 조건부로 노후시설에서 최신예 기능을 갖춘 것으로 교체된다. 또한 센카쿠제도 문제를 이용해 배외적 내셔널리즘을 부추기고, 요나구니섬을 시작으로 사키시마先島 지역에 자위대의 배치·강화를 진행하려 하고 있다. 미군과 자위대가 일체화되어 역할을 분담하면서 류큐열도를 중국에 대치하는 전방 기지로 이용한다. 그것이 정부·방위성이 하려고 하는 것이며, 야에야마지구八重山地区의 교과서 채택 문제도 같은 흐름 속에서 일어나고 있다.

이를 본다면 다나카 전 국장의 폭언에 드러난 정부의 구조적 오키나와 차별에 대한 비판뿐 아니라, 중국 대항을 위해 강화되고 있는 미·일 군사동맹의 방식과 그 법적 근거인 미·일 안보조약에 대한 비판이 더 필요하다. 80년대까지의 냉전기와는 달리 미국, 일본, 중국 간에는 경제적인 상호의존이 진행되고 있다. 반면 해양 권익과 자원 확보, 영토·영해를 둘러싼 대립 등 정치적 긴장을 유발하는 문제도 있다. 미국, 일본, 중국이 동아시아에서 패권주의적인 군사 강화를 추진하고, 동중국해가 분쟁의 바다로 변해버린다면 오키나와는 대립과 분쟁을 집중적으로 받게 될 것이다. 오키나와는 미국, 일본, 중국 어느 쪽의 군사 강화에도 반대하며, 동중국해를 화합의 바다로 만들어 가는 것이 21세기를 살아가는 데 있어서 매우 중요하다. 그러기 위해서라도 다나카 전 국장의 폭언에 대한 항의에 그치지 않고, 그가 오키나와에서 하려던 일에 반대해 나갈 필요가 있다. '본토' 방위 수단으로서 오키나와를 이용한다. 거부하면 폭력적으로 지배한다. 그러한 국가 의사를 단호히 거부해야 한다.

2012년

オスプレイの配備強行に反対し、普天間基地
野嵩ゲートを封鎖する沖縄県民 (2012.9.30)

오스프리 배치 강행에 반대하기 위해 후텐마 기지의 노다케 게이트를 봉쇄하는 오키나와 현민(2012.9.30).

도카시키섬 위령제를 앞두고 '집단자결터'를 찾은 유족(2012.3.28).

오스프리 배치란 무엇인가

위험 인식의 은폐

6월 4일, 노다 개조 내각이 발족했다. MV22 오스프리의 오키나와 배치를 둘러싸고 정부가 무신경하고 고압적인 자세를 취하고 있다는 보도가 이어졌다. 취임한 지 얼마 되지 않은 모리모토 사토시 방위대신이 모로코에서 발생한 오스프리 사고의 원인이 밝혀지지 않더라도 예정대로 오키나와에 배치될 가능성을 언급했다는 보도. 그리고 23일 위령의 날에 오키나와를 방문하는 노다 요시히코 수상이 나카이마 히로카즈 지사에게 오스프리 배치에 대한 이해를 구할 방향으로 조정에 들어갔다는 보도였다. 오키나와 측의 반발을 헤아려 그 후 후지무라 오사무 관방장관은 위령의 날에 지사에게 요청한다는 보도는 사실무근이라고 해명했다. 또한 미·일 양국 정부는 일단 이와쿠니 기지로 오스프리를 반입하여 시험 비행을 한 후에 오키나와에 배치할 예정이라고 했다.

이러한 위기를 극복하기 위해 안간힘을 쓰고 있지만, 압도적 다수가 반대하고 있는 현민의 여론을 무시하고 오스프리를 오키나와에 배치하려는 방침은 변함이 없다. 가령 이와쿠니시岩国市에서 시험 비행해 봤자 그것은 '안전성'을 가장한 알리바이 조작에 불과하다. 오스프리의 오키나와 배치를 둘러싼 경위는 일본 정부가 어떻게 현민을 속이고 우롱해 왔는지 보여주는 역사이다. 모리모토 방위대신의 저서인 『후텐마의 수수께끼』에 의하면 오스프리의 개발이 시작된 시기가 1982년. 테스트 과정에서 4번의 사고를 일으켜 사상자가 속출했고, 당초부터 기체의 구조적 결함이 지적되었다.

오스프리의 오키나와 배치는 92년 6월에 미국 해군성이 작성한 「후텐마 비행장 종합 기본 계획」에 이미 기재되어 있었던 것으로 밝혀졌다. 지금으로부터 20년도 전의 일이다. 96년 12월 미·일 특별행동위원회SACO 최종보고 초안에도 오스프리의 오키나와 배치가 명시되어 있었다. 그러나 당시의 방위청 운용과장이었던 다카미자와 노부시게는 오키나와로부터의 질문에 공인하지 않는 취지의 답변을 미·일 간에 조정하고, 오스프리 배치의 은폐를 도모했다.

현 내 미디어는 지금까지 반복적으로 오스프리의 오키나와 배치 계획을 보도해 왔다. 헤노코辺野古와 다카에高江에서 기지 건설에 반대하는 주민들과 시민단체들도 정보 공개를 계속 요구해왔다. 그러나 일본 정부·방위성·오키나와 방위국은 사실을 숨기고 모른 척 일관했다. 행정 차원에서 수행해야 할 설명 책임을 일체 포기한 것이다. 오키나와 방위국이 후텐마 기지로의 오스프리 배치를 현과 기노완시宜野湾市, 나고시名護市 등 관계자치단체에 정식으로 전달한 것은 작년 6월이다. 그 때문에 헤노코 '이전'을 위한 환경영향평가에서도 오스프리는 조사 대상이 되지 않았다. 왜 일본 정부·방위성·오키나와 방위국은 그렇게까지 철저하게 오스프리의 오키나와 배치를 숨겨 왔을까.

오스프리의 위험성과 소음 피해를 잘 알고 있었기 때문이다. 사실대로 밝히면 오키나와에서 큰 반대운동이 일어날 것이라고 예상할 수 있기 때문이다. 여기에는 오키나와 사람들에게 거짓말을 하고 문제를 미루는 소극적인 계산만 있을 뿐 현민의 소리에 귀를 기울이고 함께 의견을 나눈다는 성실함은 조금도 없었다. 미국의 요청에 따라 오스프리를 배치한다. 오키나와 사람들이 아무리 반대해도 상관없다. 지난 20년간 일본 정부가 실현해 온 것은 오키나와 사람들을 국민으로도 생각지 않은 오만한 자세다. 오스프리는 바로 일본 정부의 '오키나와 차별'을 상징하는 군용기이다.

노다 정권은 지금 소비세율의 인상, 오이大飯 원자력 발전소의 재가동, 오스프리의 배치 등 브레이크 없는 자동차처럼 달려가고 있다. 형식적인 집회나 항의 행동으로는 이 움직임을 멈출 수 없다. 실제로 오스프리 배치를 저지하기 위해서는 무엇이 필요한가. 우리는 진지하게 고민하고, 논의하고, 행동할 필요가 있다. 대참사가 일어나고 나서 좀 더 반대했어야 했다고 후회해봤자 늦는다.

삭제와 은폐

제32군 사령부 참호 설명판 문제에 대해

2012년 2월 24일 자 『오키나와 타임스』·『류큐신보』 조간에 슈리성 지하에 있는 제32군 사령부 참호 설명판 초안에 '위안부', '주민 학살' 기술이 삭제되었다는 기사가 1면 톱으로 게재되었다. 현 당국에 의한 오키나와 전투의 역사 왜곡·조작에 '또야?' 라고 하는 분노와 항의의 목소리가 퍼져나갔다.

1999년에 이나미네 게이치 지사에 의해 신평화 기원 자료관의 전시 내용 조작 사건이 발생했다. 그때는 오키나와 전투 체험자를 비롯한 현민의 반발을 앞두고, 이나미네 현県 당국은 자세를 바꾸어 정정했다. 그러나 이번 나카이마 현県 당국은 검토위원의 교섭 요구와 각종 단체의 항의를 무시하고 조작된 내용 그대로 3월 23일에 설명판 설치를 강행했다.

이번 문제의 배경 및 의미, 제32군 사령부 참호와 '위안부', '주민 학살'의 관련성에 대해 다음과 같이 생각해 보려고 한다. 2011년 8월 18일에 오키나와현은 '제32군 참호 설명판 설치 검토위원회 설치 요망'을 결정하고, 9월 26일에 다음 5명에게 위원 취임을 의뢰했다.

- 이케다 요시후미 씨류큐대학 교수
- 아카미네 타다시 씨오키나와현립 예술대학 준교수
- 아라시로 도시아키 씨오키나와대학 객원교수
- 나가도 가이치로 씨현(県) 교육청 문화재과 과장

· 무라카미 아키요시 씨오키나와 직업능력개발대학교 교원

이 5명 중에서 이케다 교수가 위원장이 되었고, 10월 25일에 1차, 11월 22일에 2차 검토위원회가 열렸다. 12월 15일에 이케다 위원장은 오키나와현 환경생활부의 시모지 부장 앞으로 검토위원 전원이 결정한 설명판의 최종 초안을 제출한다. 내용은 다음과 같다.강조는 저자를 따름

제32군 창설과 사령부 참호 구축 1944년 3월 난세이제도의 방위를 목적으로 제32군이 창설되었다. 같은 해 12월, 사령부 참호가 구축되기 시작하여 오키나와 사범학교 등 많은 학도와 지역 주민들이 동원되었다. 1945년 3월 공습이 심해지자 제32군 사령부는 참호로 이동하여 미군과의 결전에 대비했다. 참호 안은 다섯 개의 통로로 연결되어 있었으나 현재는 통로 입구가 막혀 안으로 들어갈 수 없다.

제32군 사령부 참호 안의 모습 사령부 참호 안에는 우시지마 미쓰루 사령관과 조 이사무 참모장을 비롯하여 총 1,000여 명의 장병과 현 출신의 군무원, 학도, 여성 군무원, 위안부 등이 잡거하고 있었다. 전투 지휘에 필요한 시설이 완비되고 통로 양쪽으로는 군인 2, 3단 침대가 배치되었다. 참호 생활은 자욱한 열기와 습기, 퀴퀴한 냄새와의 싸움이기도 했다. **사령부 참호 주변에서는 일본군에게 '스파이 취급'을 받고 살해당하는 오키나와 주민 학살 등도 일어났다.**

제32군 사령부의 남부 철퇴 1945년 5월 22일, 일본군 사령부는 오키나와섬 남부 마부니로의 철수를 결정했다. 본토 결전을 늦추기 위해 오키나와를 '사석'으로 이용하는 버티기 작전을 취하기 위해서였다. 5월 27일 밤 본격적인 철수가 진행되면서 사령부 참호의 주요 부분과 통로가 파괴되었다. 사령부 철수로 인해 혼잡스러운 도피행 속에서 많은 군인과 주민들이 목숨을 잃었다. 5월 31일, 미군이 슈

리를 점령했다. 오키나와 전투로 인해 류큐 왕국의 역사를 말해주는 귀중한 문화 유산이 소실되었다.

이상의 검토위원회가 제출한 초안은 2012년 1월 4일에 오키나와현 환경생활부를 거쳐 교육위원회로 제출된 '현상 변경 신청' 단계까지는 변경되지 않았음이 문서에서 확인되었다. 그러나 1월 20일에 환경생활부가 만든 문서 '제32군 사령부 참호의 설명판 설치에 대하여'에서는 방선으로 표시된 부분이 삭제되었고, 이것이 최종 결정된 설명판이 되었다. 2월 16일이 되어서야 환경생활부 남녀공동참여과 담당자가 이케다 위원장에게 '위안부', '주민학살' 등의 문구가 삭제되었음을 전화로 알려왔다. 결정사항을 통보하는 일방적인 방식이었다. 다른 위원에게는 연락하지 않을 거라는 말을 들은 이케다 위원장은 스스로 다른 위원들에게 연락했고, 17일부터 22일에 걸쳐 검토위원과 설명판 담당자 사이에서 연락을 주고받았다. 하지만 이미 현은 2월 1일에 주식회사 아트링크와 설명판 설치 업무위탁계약을 맺고 있었다. 시모지 환경생활부장을 비롯한 현의 자세태도는 검토위원에 대한 성의도 없고, 자신이 설치한 위원회의 의의마저 부정하는 순 엉터리였다.

2월 23일 검토위원 4명은 '제32군 사령부 참호 설명판에 관한 위원회 최종안 기술 삭제 철회를 요구하는 의견서'를 시모지 부장에게 제출했다. 하지만 시모지 부장은 위원과의 면담 및 삭제 철회 신청을 거부했다. 다음날인 24일에 현 내 두 신문의 보도를 통해 문제가 공개되었다. 나카이마 지사는 전날 기자의 취재에 '모른다'고 답했다. 그러나 24일 의회 답변에서는 1월 20일쯤에 설명을 들었으며, 기술 삭제를 승낙했다고 인정했다. 시모지 부장도 '지사의 승낙을 받고 결정했다', '원래대로 되돌릴 생각은 없다'고 말해 삭제가 나카이마 지사의 승낙 아래 현 담당부의 독단으로 행해진 것이 밝혀졌다.*

검토위원이 작성한 초안이 변경된 것은 2012년 1월 5일 이후이다. 그 과정에서 현에 기술 삭제 압력을 가한 우익의 움직임이 있었다. 제2차 검토위원회가 열린 다음 날인 11월 23일에 현 내 신문은 제32군 사령부 참호에 설명판이 설치된다고 보도했다. 기사에는 '호 안에 여성 군무원· 위안부가 잡거하고 있던 사실과 참호 주변에서 일본군이 주민을 스파이 취급하여 살해한 사실'『류큐신보』 등의 설명판 초안도 소개되었다. 5일 후인 11월 28일, 채널 사쿠라가 설명판의 '위안부', '주민 학살'의 기술에 초점을 맞춘 프로그램을 방영했다. 방송에서는 제32군 우시지마 미쓰루 사령관과 마지막까지 행동을 같이 했다는 전 종군간호사 이나미 미츠코의 증언을 내보내면서 이나미 씨의 '위안부'는 없었다, 주민 학살은 없었다는 발언을 가지고 설명판 초안은 부당하게 일본군을 깎아내리고 있다고 비판했다.

방송에서는 이나미 씨의 증언을 비디오 촬영하여 채널 사쿠라에 제공한 것이 오키나와에서 거주하는 전 자위관이며 현대우회県隊友会** 부회장직도 맡았던 오구 시게하루 씨였음이 밝혀졌다.*** 그의 부인은 자신의 페이스북에 다음과 같은 글을 올렸다.

설명판 기술은 절대로 용서할 수 없다, 무조건 막아야 한다. 사령부 참호의 설명판이지 오키나와전의 설명판이 아니다. 일본 육군을 깎아내리는 것은 지금의 젊은 세대들

---

* **[저자주]** 경과를 정리할 때, 『류큐신보』, 『오키나와 타임스』 등의 보도와 신문, 집회에서 발표된 검토위원의 경과 설명, 오키나와 평화 네트워크 작성의 「제32군 사령부 참호 설명 문제 '이의 있음!'의 목소리를 전하자」 등을 참고했다. 덧붙여 원고 분량 사정으로 번역문의 문제에 대해서는 다루지 못했다.

** 자위대 퇴직자를 중심으로 활동하는 조직.

*** **[저자주]** 부인이 이사장으로 있는 난세이제도 안전 보장 연구소는 2005년 시모지섬 공항을 둘러싼 자위대 유치 문제가 발생했을 당시 만들어진 단체다.

에게 잘못된 메시지를 보내는 것이다. 2011년 11월 29일 자

오키나와전 32군사령부 참호 설명 간판 기술에서 참호 안에 위안부가 잡거하고 있었고, 일본군에 의해 인근 주민들은 스파이 취급을 받고 학살당했다. 이러한 내용을 삭제할 것을 요구하는 의견서를 11월 25일에 오키나와에 제출했고, 어제 만약 설치했을 경우 기물파손을 서슴지 않겠다는 뜻을 전하며 현 의원 선생님들에게 협력을 요청했습니다. 2011년 12월 10일 자

부인은 신문 보도 이틀 후인 11월 25일에 '위안부', '주민 학살'의 기술 삭제를 요구하는 의견서를 현에 제출했으며, 채널 사쿠라 방송에서는 그 의견서도 소개되었다. 또한 담당과에 항의 메일과 팩스를 보내달라고 호소하며 담당과의 주소와 메일 주소, 팩스 번호도 공개되었다. 다음날인 29일, 현 담당과에는 프로그램을 보고 보냈다고 여겨지는 메일이나 전화가 29건 있었고, 이후 12월 22일까지 받은 항의가 82건 있었다고 한다. 시모지 부장은 이러한 항의도 삭제의 이유 중 하나로 삼고 있다.* 또 시모지 부장은 2월 25일에 열린 현 의회에서 현 내외로부터 항의가 빗발친 것을 들어 "초안을 그대로 실으면, 이러한 사람들이 설명판을 곧바로 훼손하는 것은 아닌가"라고 말하며, 예상치 못한 사태를 경계한 조치라고 설명했다.**

부인이 페이스북에 썼던 '어제 만약 설치했을 경우 기물파손을 서슴지 않겠다는 뜻을 전하며 현 의원 선생님들에게 협력을 요청했습니다'라고 하는 폭력적인 파괴를 내비친 협박이 현 담당자에게 심리적 압박이 되었음을 알 수 있다. 다만 항의 메일이나 이야기가 나온 뒤에도 1월 4일까지는 초안 변경이 없었다는

* **【저자주】**『류큐신보』, 2012년 2월 25일 자.

** **【저자주】**『오키나와 타임스』, 2012년 2월 25일 자.

점과 검토위원회와 각종 단체에 대한 시모지 부장의 언행으로 볼 때, 단순히 우익그룹의 위협에 굴복했다고 보기 어렵다. 오히려 우익 그룹의 항의를 이용하여 현 당국이 적극적으로 삭제한 것이 아닌가 생각이 든다. 여기에는 오키나와의 자위대 강화를 진행하려는 국가와 야합하고, 동시에 슈리성 공원을 관광지로 최대한으로 활용하겠다는 방침에 근거하여 슈리성 지하에 있는 제32군 사령부 참호의 존재를 가능한 한 숨기려는 나카이마 현 당국의 자세가 숨어있다.

오키나와에서는 현재 자위대의 강화가 전례 없는 규모로 진행되고 있다. 2010년 12월 내각 회의에서 결정된 방위 계획 대강과 중기 방위력 정비 계획에서는 기동성·적응성을 중시한 동적 방위력 구축과 군사 강화를 추진하는 중국에 대항하는 '난세이제도'의 방위력 강화가 강조되었다. 특히 방위 공백 지역을 메우기 위해 사키시마先島 지역에 자위대를 배치하려는 계획이 진행되고 있다. 요나구니섬与那国島에는 육상 자위대·연안 감시대의 배치가 계획되어 섬이 찬성과 반대로 양분되는 상황이 만들어졌다.

이미 토지 획득을 위해 2012년도 예산에 10억 엔이 계상되었다. 정부·방위성은 이시가키섬石垣島 또는 미야코섬宮古島에 육상자위대 전투 부대 배치도 계획하고 있으며, 민간 공항, 항만 시설의 미군·자위대 이용도 활발해지고 있다. 머지않아 시모지섬下地島 공항을 군사적으로 이용하려는 움직임도 표면화될 듯싶다. 사키시마 지역만이 아니다. 항공자위대 나하 기지의 비행대를 1개에서 2개로 증강하고, 제5고사부대나하* 에 PAC-3를 배치할 계획도 있다. '난세이제도'에는 육상자위대 최대 2,000명이 증원될 것으로 알려져 있으며, 해상자위대는 이지스함의 기능과 잠수함이 강화된다. 정부가 말하는 미군 기지의 '정리·축소'는 이루

* 지대공 미사일에 의해 적 항공기·미사일을 요격하는 항공 자위대 부대.

어지지 않는 한편, 자위대의 강화가 진행되어 오키나와 주민의 기지 부담은 확대되려 하고 있다.

4월 3일부터 18일에 걸쳐 정부·방위성은 북한의 인공위성 발사를 이용해 미사일 위협을 부추겨, 오키나와섬沖縄島, 미야코섬, 이시가키섬에 PAC-3를 배치했다. 발사한 로켓 파편을 '요격'하겠다는 말도 안 되는 뻔한 거짓말을 늘어놓는 정부·방위성의 의도가 자위대 배치를 향한 사전 작업이었음은 말할 필요도 없다. 이런 움직임은 어제오늘의 일이 아니다. 지난번 방위계획대강이 발표된 2005년 단계에서 이미 도서방위와 서방 중시가 거론되었다. 주일·재오키 미군의 재편변혁에는 미군과 자위대가 일체화되어 역할을 분담함으로써 대두하는 중국에 군사적으로 대항하겠다는 의미도 내포되어 있었다.

후텐마 기지의 헤노코 '이전'을 기지의 '정리·축소'라고 기만하며 일을 추진하는 한편, 정부·방위성은 오키나와의 자위대 강화도 함께 노려왔다. 이러한 일련의 일들을 우익 세력들이 반복해서 지원해왔다. 오에·이와나미 오키나와 전투 재판이나 야에야마지구八重山地区의 중학교 사회과 교과서 채택 문제, 그리고 제32군 사령부 참호의 설명판 문제는 오키나와에 자위대 강화를 지원하는 우익 세력의 움직임이다. 그 목적은 오키나와 전투에서의 일본군의 만행, 주민 학살과 강제 집단사, '위안부'제도 등을 은폐하고, 오키나와 사람들 속에 있는 일본군에 대한 부정적인 인식을 지우려는 것이다. '군대는 주민을 지키지 않는다'라는 오키나와 전투의 교훈은 그들에게 있어서 자위대 강화의 장애물일 뿐이다.*

나카이마 현 당국은 이와 같은 정부·방위성·우익 세력의 움직임에 가담하고 있다. 나카이마 현 지사는 후텐마 기지의 '현 외 이전'을 주장하고, 환경 평가에

---

* **【저자주】** 졸론「어느 교과서 검정의 배경-오키나와에서의 자위대 강화와 전투 기억」; 이와나미 서점 편, 『기록 오키나와「집단자결」 재판』(이와나미 서점) 수록을 참조해 주길 바람.

관해서도 엄격한 내용의 '의견서'를 냈다. 그러나 헤노코는 불가능, 어렵다, 시간이 걸린다고는 말하면서도, '현 내 이전 반대'라고는 공언하지 않았다. 2010년 11월에 행해진 현 지사 선거에서 '현 외 이전'으로 바꾸지 않으면 승산은 없다는 오나가 다케시 나하 시장과 자민당현련의 의견을 받아들여 나카이마 지사는 선거에서 승리했다. 그러나 선거 전술로써 후텐마 기지 문제에 대한 대응은 바뀌었지만, 나카이마 지사의 기지·군대에 대한 생각은 바뀌지 않았다. 그것은 다카에 헬리패드 건설이나 PAC-3 배치를 수용하는 자세를 보면 분명히 드러난다.

문화 행정에 있어서도 나카이마 지사는 현립 박물관·미술관 관장에 전 공명당 국회의원인 시라호 다이치 씨를 고용하는 정치적 인사를 실시해 비판받았다. 또 2011년도에 문화관광 스포츠부를 설치하여 부장직에 시인·각본가·연출가인 히라타 다이치 씨를 발탁했다. 눈에 띄는 것은 관광객 유치의 수단으로서 오키나와의 역사나 문화, 스포츠를 자리매김하여 엔터테인먼트성을 중요시하고 있는 점이다. 5월 15일에 행해진 '복귀 40주년 기념식'에서 오키나와를 방문한 노다 요시히코 수상은 2018년도를 목표로 슈리성 공영 공원을 오키나와현에 이관할 생각을 내비쳤다. 정부의 의향은 사전에 현에 전달되었을 것이고, 제32군 사령부 참호 설명판 문제의 배경에는 이러한 움직임도 큰 요소로 작용했을 것이다.

세계유산 슈리성을 오키나와 관광 중심지로 내세우고, 류큐 왕조의 영화榮華를 연출하며, 축제, 에이서,* 가라데, 뮤지컬, 영화, TV 드라마 등 엔터테인먼트의 공간으로 슈리성을 활용한다. 그러면서도 지하에 있는 제32군 사령부 참호라고 하는 오키나와전의 역사는 무시한다. 이러한 현 당국의 자세는 지반 침하나 낙반의 위험성을 이유로 사령부 참호를 메우려는 생각에도 나타나 있다.** 원래대

---

* 산신, 북 등의 반주로 노래하고 춤추는 오키나와 행사.

** **[저자주]** 『오키나와 타임스』 2012년 3월 13일 자에 「32군 참호 매립 가능성 / 현(県)이 시사(示唆) 신년

로라면 제32군 사령부 참호에 대한 설명판을 설치하는 것으로 끝이 아니라, 제대로 된 시설을 만들어 사진과 문서, 영상 등으로 오키나와 전투의 전체상과 슈리성과의 관계를 자세히 배울 수 있도록 해야 한다. 그러나 나카이마 현 당국이 하고 있는 일은 그 반대다. 화려한 역사 뒤, 참호에서 쫓겨나고 착취에 시달린 민중의 역사와 오키나와 전투를 포함한 근현대사 속의 슈리성 등, 역사를 중층적으로 파악하고 배우는 장으로서 슈리성 공원을 살려 나가는 것이 중요하다.

설명판 문제와 PAC-3 배치 문제로 난리였던 3~4월에 슈리고등학교 건물 건축 현장에서는 발견된 대량의 불발탄 철거 작업이 진행 중이었다. 사령부대가 있었던 슈리성 주변이 격전지였음을 땅속에 묻힌 소리들이 지금도 말해오고 있다. 설명판 초안에서 '주민 학살'에 관한 기술을 삭제한 것에 대해 시모지 부장은 '있었다고 하는 증언도 없다고 하는 증언도 있다. 양쪽의 증언이 존재해 불확실하다'* 고 말했다. 누군가가 '없다'고 증언해서 없었던 일이 된다면 역사적 사실을 말살하는 것은 간단하다. 중요한 것은 증언과 자료를 검증하고 사실을 규명하는 데 있다. 슈리성 주변의 주민 학살에 대해서는 전元 사범학교 학생 3명이 목격한 증언이 있다. 아래 자료에서 확인할 수 있다.

① 도쿠야마 쵸쇼의 『남쪽 바위 끝까지－오키나와 학도병의 기록』1978년, 문교도서

도 조사」라는 제목으로 다음과 같은 기사가 실림.
'종군 위안부', '주민학살'이라는 문구가 설명판에서 삭제된 제32군 사령호에 대해 현은 12일, 2012년도에 강도(強度) 등을 조사한 후 메울 가능성도 있다고 밝혔다. / 시모지 환경생활부장은 '연 300만 엔을 들여 유지 · 관리하고 있지만, 함락 사고가 발생하는 등 이대로 놔둘 수 없다. 공학적으로 조사하고 메우는 것까지 포함하여 최종 판단하겠다'고 발표했다. 현 의회 예산 위원회에서 마에다 마사아키 씨(공산)의 답변 / 시모지 부장은 '오키나와 전투 지휘를 맡은 제32군 사령부가 있었다고 하는 중요한 가치가 있다'라고 인정하면서도 안전성에 대한 염려를 드러냈다.

* **[저자주]** 『류큐신보』, 2012년 2월 24일 자.

② 1992년 6월 23일 자 『류큐신보』 게재 '슈리성 깊은 땅속의 오키나와 전투 32군 사령부 참호 제7회'의 가와사키 세고 씨의 증언
③ 야마우치 쇼켄 '광녀의 목' / 오키나와 사범학교 용담 동창회 편 『상혼을 새기다 –우리의 전투 체험기』 1986년, 용담동창회 수록

그들의 증언에 미세한 차이는 있지만, 기본적인 부분은 일치하고 있다. 날짜는 오키나와 전투 개시 후의 4월 말 또는 5월 초의 저녁. 장소는 슈리성 남측, 가나구스쿠정金城町에 있던 사령부 참호 제5·6 갱도 입구 근처의 사범학교 실습논實習田. 살해된 사람은 머리를 삭발당한 젊은 여성. 살해 방법은 참호에 있던 여성 몇 명에게 총검으로 찌르게 한 뒤, 마지막에 일본군이 참수.

가장 가까이에서 목격했을 것으로 보이는 야마우치 씨에 의하면 논두렁 주변 전봇대에 묶인 여성은 "죄송합니다, 죄송합니다"*라고 말하고 있었다. 상사曹長는 "너희들의 원수다, 스파이다, 역적이다"라고 말하면서 다른 여성들에게 총검을 건넸다. 상사가 먼저 묶인 여성을 찔러 보이자, 처음에는 주저하던 여성들도 차례차례 미친 듯이 찌르기 시작했다. 그리고 마지막으로 상사가 칼로 여성의 목을 베었다고 한다. 세 명의 목격 증언을 뒷받침하는 여러 증언이 있다.

④ 1992년 6월 24일 자 『류큐신보』에 게재된 야마시로 지로 씨의 증언
⑤ 하마가와 마사나리의 『제32군 사령부의 숨은 이야기 나의 오키나와 전기』 1990년, 나하 출판사
⑥ 야하라 히로미치의 『오키나와 결전–고급 참모의 수기』 1972년, 요미우리 신문사; 2015년, 중앙문고

* **[저자주]** 사죄와 구명을 바라는 뜻이 담겨 있다.

④의 야마시로 씨는 당시 제6 갱도 부근에 있는 무덤으로 가족과 피신해 있었으며, 학살 자체는 보지 못했지만 살해된 다음 날 묻힌 곳을 파러 갔다가 흙이 피로 붉게 물들어 있는 것을 보고 무서워서 파헤치지 못했다고 한다.

②의 가와사키 씨는 살해당한 여성의 이름을 우에하라 토미로 알고 있었고, 야마시로 씨는 우에하라 키쿠로 기억하고 있었다.

⑤의 하마가와 씨의 저서는 같은 우에하라라는 성을 가진 여성의 처형에 대해 기술하고 있다. 하마가와 씨는 슈리 사령부 참호부터 마부니 사령부 참호 마지막까지 제32군의 위병 사령의 임무를 맡았고, 마부니로 철수할 때에는 우시지마 사령관의 호위를 담당했다.

> 덧붙여 스파이로 의심받아 군사령부 내에서 처형된 사람에 대해서도 언급해 두고 싶다.
>
> 부대 소속 병사들이 고하구라古波蔵 근처에서 잡았다는 한 여성을 군사령부로 끌고 왔다. 진지陣地 근처를 배회하고 있었다고 한다. 이름은 우에하라 아무개라고 부른 듯했고, 나이는 18~19살 정도 돼 보이는 여성이었다. 얼빠진 눈은 충혈되어 있었고, 확실히 미친 여자였다.102쪽

그 밖에 요나바루与那原에서 연행되어 온 A씨에 대해서도 적혀 있다. 군사령부가 고개를 오르는 초입에 있었을 무렵, 부관참모부에 근무하던 인물이라 안면이 있었는데, 연행되어 왔을 때는 정신이 이상했다고 한다.

> 아아, 안타깝게도 그는 정신을 차리지 못하고 그대로 스파이 취급을 당했다.
>
> 스파이 용의자들은 대부분 전쟁 공포증에서 온 정신이상자들이었고, 심문할 때 벌

벌 떨며 대답을 제대로 하지 못하는 바람에 스파이가 되었다.

슈리 기념운동장 지하에는 많은 사람이 스파이 취급을 받고 처형되어 매장된 것 같다.103쪽

⑥ 제32군 고급 참모였던 야하라 씨의 『오키나와 결전』에도 다음과 같은 기술이 있다.

전투 개시 후 얼마 되지 않은 어느 날, 사령부에서 근무하는 한 여자아이가 내게 달려와 보고했다. "지금 잡힌 여성 스파이가 살해당하고 있습니다. 슈리 교외에서 손전등을 가지고 적에게 신호를 보냈기 때문이라고 합니다. 군의 명령(?)으로 사령부 장병뿐만 아니라 여자들까지 죽창으로 하나씩 찌르고 있습니다. 적개심을 불태우기 위해서랍니다. 참모님은 어떻게 하시겠습니까?" 나는 '알겠다'고만 대답하고 상대하지 않았다. 불쾌한 느낌이 들었기 때문이었다.중공문고판, 210쪽

총검과 죽창의 차이는 있지만, '여성 스파이'로서의 살해 방법 등을 보면 우에하라라는 여성의 처형일 가능성도 있다.

이상 살펴보았듯이 제32군 사령부 참호 주변에서 스파이 혐의를 받고 있는 주민을 학살하는 사건이 있었다는 것은 확실하다. 특히 우에하라라는 여성의 학살에 대해서는 직접 목격한 3명의 사범학교 재학생의 증언과 민간인, 군인이라는 다른 입장에서의 증언도 있다. '주민학살'은 없었다고 주장하는 사람은 이 증언들을 부정하는 근거를 제시하고, 없었음을 증명해야 한다. 단지 자기는 보지 못했다, 듣지 못했다, 몰랐다는 것만으로 '주민학살'은 없었다고 하는 억지 이론이 통한다면, 역사 연구 따위는 성립될 수 없다. 검토위원회가 작성한 '사령부 참

호 주변에서는 일본군이 스파이 취급을 하여 오키나와 주민들을 학살했다'라는 기술이 사실에 입각하여 부활되어야 한다.

1992년 9월 '제5회 전국 여성사 연구 교류 모임'을 위해 작성된 '오키나와현 위안소 지도'에 따르면 121곳의 '위안소' 소재가 확인되었고, 이후 10곳이 추가되어 131곳이 되었다고 한다.* 오키나와섬 각 지역과 미야코宮古·야에야마八重山 그 외의 외딴섬까지 일본군이 있던 장소에는 '위안소'가 설치되어 조선인, 대만인, 일본인, 오키나와인 여성들이 '위안부'로서 배치되었다. '위안부'가 된 오키나와인은 나하那覇의 츠지정辻町이나 지방의 사카나야라고 불리던 요정의 여성들이었다.

오키나와전 당시 나하 경찰서에서 근무했던 야마가와 다이호 씨는 오키나와에 온 일본군 각 부대는 '경쟁하듯 위안소를 설치, 1개소 15명, 한 개 연대로 2개소 설치, 전 주둔 부대에서 500명의 위안부를 츠지 유곽에서 데려왔다'라고 기록하고 있다.** 츠지 여인들이 순종적으로 일본군을 따른 것이 아니었다. 야마가와 씨는 계속해서 기록한다.

> 기생, 작부의 폐업 요청이 경찰서에 쇄도했다. 나하서는 적절히 처리했다.
>
> 이윽고 주둔군으로부터 압력이 왔다. '질병, 결혼, 기타 부득이한 사유 외에 폐업은 안 된다'는 혹독한 통보를 받았다.
>
> 이 생억지에 기생들은 폐업에 필요한 진단서와 결혼 승낙서를 얻기 위해 분주했다. 하지만 결혼승낙서대로 결혼한 기생은 아주 조금뿐이었고, 많은 기생이 합의 결혼으

* **[저자주]** 가가즈 가츠코, 「'오키나와현의 위안소 맵'을 작성하며」, 한·일 공동 '일본군 위안소' 미야코섬 조사단/홍윤신 편, 『전장의 미야코섬과 '위안소'』(난요문고) 수록 참조.

** **[저자주]** 야마가와 다이호, 「위안대원의 동원」, 『오키나와 타임스』, 1987년 5월 30일 자.

로 절박한 고비를 넘겼다.

츠지의 여성들이 이러한 저항을 한 것은 '위안소'에서는 매일 불특정 다수의 군인을 수십 명씩 상대해야 한다는 고통이 전해졌기 때문이었다. 츠지에서는 손님을 골라 한정된 남성의 술을 따르거나 이야기 상대가 되어 즐거운 시간을 보낼 수 있도록 하는 것이 일반적이었다. 그렇게 해가 지나면서 한 남성의 전속지미쥬리이 되고 포친抱親, 안마이 되어 아기 기생쥬리를 키운다. 그것이 츠지의 전통이자 기생의 자랑이었다. 그러한 츠지 여성들에게 있어서 '위안소'는 견디기 어려운 곳이었다. 하지만 빚과 포친과의 의리, 가족의 품으로 돌아오지 못하는 등의 이유로 위안소에 갈 수밖에 없었던 기생들도 있었다. 거기에는 불특정 다수의 군인을 상대하는 기생이 있는 한편, 한 장교의 전속이 된 기생도 있었다.

1978년에 오키나와 여성사 연구회가 낸 『오키나와 여성사 연구 제2호 오키나와 전투를 견뎌내고』에는 위안부를 체험한 츠지 여성의 수기가 실려있다. 1944년 10월 10일 공습으로 츠지는 재와 먼지가 되었고 여성들은 가족을 잃었다. 그 후의 일이다.

> 11월에 하에바루南風原 쓰카야마津嘉山에 무라야*를 사용한 구락부가 만들어졌기 때문에 그곳에 가기로 했습니다. 구락부는 위안소를 말하는 거예요. 하에바루에는 2중대 2그룹, 4~50명의 병력이 있었습니다. 구락부에는 츠지 곳곳에서 모인 기생쥬리이 열 명 있었습니다. 구락부에도 포친이 있었고, 1회에 십 엔이 시세였는데 그 반은 안마의 몫이었어요. 나와 또 다른 한 명은 전속으로 군인 모두를 상대하지는 않았습니다.9쪽

* 오키나와 본섬 행정 관공서의 명칭.

츠지의 여인들이 '위안부'가 되었을 때, 불특정 다수의 군인을 상대하는 경우와 한 장교의 전속이 되는 경우의 두 가지 형태가 있었음을 확인해 둘 필요가 있다. 제32군 사령부 참호에는 츠지의 와카후지로若藤楼 여성들과 규슈에서 온 가이고샤偕行社 여성들이 있었던 사실이 우에하라 에이코의 『츠지의 꽃 - 전후戰後편』(상)1989년 지지통신사, 야하라 히로미치의 『오키나와 결전』, 오사코 와타루의 『시쓰마의 보케몬』1974년 현대북사 등의 저작에 기록되어 있으며, 『제32군사령부 명령일지』방위 연구소 소장 전시 자료의 5월 10일 기술에서도 확인할 수 있다. 사령부 참호에서는 전투 개시 후 한동안은 조 이사무 참모장을 중심으로 다음과 같은 일도 있었다.

> 군사령관 각하의 개인실에 비해 옆 참모장 방은 종일 북적거렸다. 위스키병을 잠시도 손에서 놓지 않는 참모장을 둘러싸고 여러 사람이 들락날락했고, 때로는 여자를 끼고 차마 볼 수 없는 치태를 부리기도 했다.하마가와, 『나의 오키나와 전기』, 89쪽
>
> 모두가 이 참호로 들어간 초기에는 적의 공습이 낮에만 있었기 때문에 술자리에서 '루스벨트의 벨트가 끊어지고 처칠의 머리가 처칠처칠 떨어진다' 등의 적국인 미국과 영국의 대장 이름을 노래에 끼워 넣어 술안주로 계속 부르고 놀았다.
>
> 그러나 전투가 심해지면서 여성들의 교성이나 음란하고 경박한 모습은 강하게 금지되었다.우에하라, 『츠지의 꽃 - 전후편』(상), 71쪽

또한 제32군 항공참모였던 진 나오미치 씨는 『류큐신보』의 취재에 슈리 사령부 참호 내에 '위안소'는 없었다고 하면서도 이렇게 답변했다.

> 츠지 유곽의 여성들은 2~30명 정도 있었고, 식사 도우미로서 동원되었다. 유곽 여성이라기에 병사 중에 그런 행위를 하는 자들이 있었고, 참호 내의 풍기가 문란해질 것

같아서 참호에서 내보냈다.*

슈리 사령부 참호 안에 있던 여성들은 5월 10일에 전원 참호를 나와 남부로 향한다. 그 후 6월에 서른 명가량의 여성들이 다시 마부니 사령부 참호에서 합류한다. 그중에는 츠지의 와카후지로若藤楼 여성들도 있었다. 고급 참모였던 야하라 씨는 『오키나와 결전』에서 이렇게 기술하고 있다.

> 부관참모부에는 이들 외에도 여러 명의 여성이 일하고 있었다. 츠지 기생들도 있었다. 그에 대해 이제 와서 무슨 말을 하겠는가. 최후를 직면하고 있는 사람들의 심리를 이해 못 하는 바는 아니다.중공문고판, 386쪽

야하라씨가 본 '츠지 기생'들 중에서 '하쓰코는 사카구치 부관의 정부였고, 기쿠코**는 고급 부관의 정부였다'고 오사코 와타루의 『사쓰마의 보케몬』에 적혀 있다.*** 두 사람은 자결한 사카구치 차급 부관과 가즈노 고급 부관을 따라가듯 스스로 죽음을 택했다. 단순히 술 상대를 하고 가무음곡으로 즐겁게 해주는 관계라면 스스로 죽음을 택하지는 않았을 것이다. 오사코 씨는 '정부'라고 표현하고 있지만, 일반적인 츠지 기생쥬리과 손님의 관계가 아니다. 죽음을 선택한 여인의 마음은 순수하더라도, 전시하 일본군이 츠지 여성들을 '위안부'로 동원하여 성립된 일본군 장교와 전속 '위안부'라는 특수한 관계였음을 간과해서는 안 된다.

32군 사령부 참호와 관련해서 '조선삐'라고 불리던 여성도 참호 안에 있었다

---

* **[저자주]** 『류큐신보』, 1992년 7월 22일 자.

** **[저자주]** 우에하라, 『츠지의 꽃 – 전(戰)후편』 (상)에서는 도미코로 되어 있음.

*** **[저자주]** 오사코, 『사쓰마의 보케몬』, 148쪽. 허구적 요소가 담긴 책이지만 저자가 조 이사무 참모장의 특무원이었다는 사실은 『제32군 사령부 당직근무 명령철』에서 확인할 수 있다.

는 증언이 오다 마사히데 전 지사를 비롯하여 여럿 있다. 조선인 여성들이 어떤 형태로 사령부 참호에 있었는지, 향후 검증이 필요하다. 다만 그런 목격 증언을 소홀히 해서는 안 될 것이다. '위안부'라는 기술을 삭제한다는 것은 여성들이 참호 안에 있었다는 사실을 은폐하겠다는 것뿐만 아니라, 그들의 존재 자체를 없애는 것이다. 그 의미의 무게를 나카이마 현 당국은 알아야 한다.

'복귀' 40년의 현재

오키나와의 시정권 반환 40주년을 맞이하여 5·15를 전후로 오키나와와 야마토 미디어가 여러 기획을 준비하고 있었다. 그중에는 오키나와를 잘 아는 척하는 야마토 문화인이 잘난 척 우치난츄에게 설교를 늘어놓는 경우도 있는 탓에 (마에하라신마치真栄原新町나 코자 유곽에서의 매춘 체험을 자랑스럽게 쓰며 무뢰한을 자처하는 하나무라 만게츠라고 하는 남자 등) 몹시 진절머리가 났다. 우치난츄는 아직까지도 성품이 좋은 사람들이 많은지 이런 야마톤츄에게 붙임성있게 대해주는 사람도 있는 듯하다. '한번 만나면 모두 형제'는 노래 가사로만 생각해줬으면 좋겠다.

2010년 5월 28일, 후텐마 기지의 '이전' 장소는 '캠프 슈워브 헤노코사키辺野古崎 지역 및 이에 인접하는 수역'이라고 명기한 미·일 공동 선언이 발표되었다. 2009년 9월에 탄생한 민주당 연립 정권이 내걸었던 '현 외 이전'은 완전히 버려졌다. 그날 저녁 세찬 비가 내리는 가운데 나고 시청의 중정에서 항의집회가 열렸고, 인사차 나온 나하시의 이나미네 스스무 시장은 "오늘 우리는 굴욕의 날을 맞이했습니다"라고 말했다.

한때 오키나와에서는 샌프란시스코 강화조약이 체결되고 오키나와가 일본에서 분리된 4월 28일을 '굴욕의 날'이라고 불렀다. 새로이 나온 '굴욕의 날'이라는 말에는 58년 전과 같은 조국 일본을 향한 마음도 없었고 동화를 지향하는 내셔널리즘도 없었다. 오히려 집회장에 가득 차 있었던 것은 오키나와에 미군기지를 계속해서 집중시키겠다는 의사를 드러낸 일본 정부와 이를 용인하는 일본인 다수에 대한 분노였다.

후텐마 기지의 '이전' 장소를 '국외, 적어도 현 외'로 정했던 하토야마 총리의 변절 과정에서 오키나와에서는 기지 문제에 관해 '차별'이라는 말이 퍼져나갔다. 오키나와 이외의 지자체가 반대라고 하면 받아들이지만, 오키나와가 아무리 반대를 주장해도 이를 무시한다. 일본 정부의 이중적인 기준은 계속 반복되고, 그때까지 '현 내 이전'은 불가피하다고 여기던 보수층에서도 오키나와 차별에 대한 분노가 퍼져나갔다. 그리고 지금 후텐마 기지의 '현 내 이전' 거부 목소리는 진보, 중도, 보수, 무정당으로 폭넓게 확산하고 있다. 집권 여당인 민주당에서도 야당인 자민당·공명당에서도 오키나와와 중앙 조직 간의 균열이 생기고 있지만, 이를 해소할 전망조차 보이지 않는다. 그러나 일본인 대다수는 여전히 미군기지 문제에 무관심하다. 미·일 안보조약에 따른 미군기지 부담은 본래 일본인 전체의 문제이지만 사세보佐世保, 이와쿠니岩国, 요코스카横須賀, 아쓰기厚木, 미사와三沢 등 기지 소재지 이외에는 남의 일로만 받아들여지고 있다.

3·11지진, 쓰나미, 원전 사고 이후 후쿠시마와 오키나와의 공통점이 자주 언급된다. 후쿠시마 제1 원자력 발전소의 사고는 방사능 피해가 수도권에도 미치기 때문에 자기 문제로 받아들인다. 그러나 오키나와의 기지 문제는 가령 MV22 오스프리가 추락해 대참사가 발생해도 수도권을 비롯한 일본인 대다수는 '오키나와 문제'라고만 여길 것이다. 자신에게 직접적인 피해가 가지 않더라도 미군기지 문제를 일본 전체의 문제로 파악하는 일본인은 극히 일부이다. 40여 년 전에 불렀던 노래 중에 '오키나와를 돌려줘'라는 가사가 있다. 대다수 일본인에게 오키나와의 '일본 복귀'는 메이지의 '류큐 처분'으로 병합했다가 1945년의 패전으로 분리된 영토를 되찾은 것 그 이상도 그 이하도 아니었다.

보수도 진보도 '민족의 분노'라는 내셔널리즘에 취해 미군정하의 가혹한 상황에서 벗어나기 위해 조국 일본으로의 '복귀'에 과대한 기대를 품었다. 1960년생인 나는 초등학교 시절 선생님이 시키시는 대로 '복귀 행진'에서 작은 일장기를 흔들었던 세대이다. 그러나 '핵도 기지도 없는 평화로운 오키나와'라는 구호가 오키나와 사람들에게는 절실한 요구였을지라도 대다수 일본인에게는 아무래도 상관없는 것이었다. 미·일 안보 체제에 따른 기지 부담은 계속 오키나와가 떠안아야 할 것. 자명한 일처럼 그렇게 정리되었다.

현재 민주당 본부는 물론이고 야당인 자민당·공명당 본부도 후텐마 기지의 헤노코 '이전'을 추진하는 입장이다. 사민당, 공산당은 소수 세력이어서 오키나와에서 선출된 국회의원이 아무리 '현 외 이전'을 주장해도 국회에서는 무력하다. 민주당 정권이 계속되든 바뀌든 간에 미국 예종隷従에서 벗어나 후텐마 기지 문제에 커다란 전환을 만들어내는 정부가 태어날 가능성은 찾기 어렵다. 어쩌면 '복귀' 후의 40년, 아니 '전후' 67년이라는 시간 중에서 오키나와와 일본과의 거리는 지금이 가장 멀지도 모르겠다. 그것은 향후 한층 더 심해질 것이다. 얼마나 많은 일본인이 이러한 문제들을 진지하게 생각하고 있는가. 일본 국회나 정부에게 기대해도 소용없다. 미군기지를 철거하려면 오키나와인 스스로 기지 기능을 마비시킬 정도의 운동을 벌일 수밖에 없다.

오키나와와 북한의 땅에서 느낀 위협

피해자도, 가해자도 되어서는 안 된다

2000년 5월에 조선민주주의인민공화국이하 북한에 방문했다. 오키나와 평화 우호 방문단이라고 하는 100명 정도의 투어로, 판문점과 주체사상탑, 역사박물관, 조선 혁명 박물관, 학교 시설, 병원, 묘향산 등을 견학했다. 저녁에는 '류큐·조선 우호 교류회'와 오키나와 측의 답례 만찬회가 개최되었고, 호텔에서 북한 사람들과 술을 마시면서 교류하는 기회도 있었다. 그때 강하게 느꼈던 것 중 하나가 북한에서 바라본 오키나와 미군기지의 위협이었다. 군사분계선 바로 너머에는 한국군과 주한미군이 있고, 바다를 사이에 두고 자위대와 주일미군이 있다. 또한 그 너머에는 오키나와 주둔 미군이 있어 5중의 위협에 북한은 노출되어 있었다. 이로 인해 북한이 항상 군사적 긴장을 겪으며 임전 태세를 취하지 않을 수 없음을 4박 5일의 짧은 여행 동안 실감했다.

이후 2002년 9월 고이즈미 준이치로 총리가 방북한 것을 계기로 '납치 문제'가 크게 논란되면서 '반북' 캠페인이 벌어졌다. 이후 일본 정부와 언론에 의해 과대하게 연출된 '북한의 위협'이 일본인들의 판단을 흐리게 하고 '납치 문제'를 오히려 해결 불가능하게 만들었다. 그뿐만 아니라 자위대 강화를 추진하는 구실로써 이용되어 대립이 깊어져 왔다. 오키나와에서는 3월 말부터 4월 중순에 걸쳐 북한의 인공위성 발사를 이유로 오키나와섬沖縄島, 미야코섬宮古島, 이시가키섬石垣島에 PAC-3가 배치되었다. 그렇게 일본 언론이 부추기는 '북한의 위협'을 볼 때마다 생각나는 게 12년 전 북한에 가서 느꼈던 5중 위협이다. 일본인들이 느끼는 위협 등은 북한인들이 느끼는 위협에 비하면 별것 아니다. 자신들이 가하는 위협에는 무자각한 채 '북한의 위협'만을 왈가왈부하는 것은 제3의 눈으로 스스로를 돌아보는 자세가 일본인에게 부족하기 때문이다. 이는 향후 일본의 아시아 외교에서도 큰 마이너스가 될 것이다.

오키나와에서 태어나 생활하고 있는 내게는 미군과 자위대의 기지가 학창시절부터 계속 중요한 문제였다. 처음 반전·반기지 집회에 참가한 것은 대학에 입학한 지 2주 정도 지난 1979년 4월 28일이었다. 오키나와에서의 4월 28일이란 1952년 샌프란시스코 평화조약으로 인해 일본에서 분리된 날로서 '굴욕의 날'이라 불려왔다. 오키나와에서 반전운동을 하는 학생들은 4·28을 반전·반안보의 날로 규정하고 집회 및 시위를 벌여왔다. 대학 선배의 권유로 집회·시위에 참가했는데 기동대의 탄압=폭력을 경험하면서 "전쟁에 반대한다는 이유로 왜 이런 일을 당해야 하지?"라고 생각하게 되었다. 이후 수많은 반전·반기지 집회와 시위 및 항의 행동에 참가했다. 그 행동의 원천은 미군과 자위대의 훈련, 사건, 사고로 오키나와 사람들이 피해자가 되어서는 안 된다는 점, 그리고 가해자가 되어서도 안 된다는 점이었다. 오키나와에 미군 기지가 있기 때문에 오키나와인도 미군의 침략전쟁에 의도치 않게 관여하고 있으며 간접적으로 가해자의 편에 있다. 이러한 사실을 잠자코 인정할 수는 없다.

한국전쟁이나 베트남전쟁, 아프가니스탄이나 이라크 전쟁에서 오키나와 기지는 중요한 역할을 해 왔다. 때로는 출격 거점이 되고, 오키나와에서 출격한 부대가 최전선에서 살육을 자행해 왔다. 베트남전쟁 때에는 검은 킬러라고 불리는 B52가 가데나 기지에서 출발하여 베트남에 폭탄을 흩뿌렸다. 병참기지의 역할도 크고, 나아가 병사들을 살인 기계로 단련시키는 훈련 장소이기도 하며, 오키나와 기지는 미군의 침략전쟁을 지지하는 거점으로서 계속 존재하고 있다. 현재 오키나와에서는 MV22 오스프리의 후텐마 기지 배치가 큰 문제가 되고 있다. 개발 단계부터 실전 배치된 현재까지 추락 사고가 잦아 사상자가 속출하고 있어, '세계에서 가장 위험한 기지'라 불리는 후텐마 기지에 '세계에서 가장 위험한 군용기'를 배치할 것이냐는 거센 반발이 일고 있다.

시가지에 오스프리가 추락해 대형 참사가 일어날 것을 두려워하는 것은 당연한 일이다. 동시에 오키나와 사람들은 피해자가 되는 것뿐만 아니라 가해자가 된다는 관점에서도 오스프리 배치에 반대할 필요가 있다. 현행되고 있는 CH46 중형 수송 헬기에 비해 뒤를 잇는 오스프리는 속도, 항속 거리, 수송량이 현격히 향상되었다. 이는 북한이나 이라크, 아프가니스탄, 동아시아의 반미 세력을 공격하는 미군의 전투 능력이 향상됨을 의미한다. 스스로의 가해성을 부정하기 위해서라도 오키나와인 사람들은 침략전쟁을 거듭해 온 오키나와에서의 미군 강화를 허용해서는 안 된다. 오키나와로의 오스프리 배치에 반대하고 더 이상의 기지 강화를 허용하지 않음으로써 동아시아 각지에서 미군의 횡포에 맞서 싸우고 있는 사람들과 연대해 나가고 싶다.

센카쿠제도 문제와 오스프리

독도 및 센카쿠다오위다오제도를 둘러싸고 한·일, 중·일 간의 대립이 격화되고 있다. 한국·중국·일본 어느 나라든 권력자가 자신의 정권을 유지, 강화하기 위해 영토 문제를 이용하여 배외적 내셔널리즘을 부추기는 것은 역사상 여러 차례 반복되어 온 일이다. '국가는 무엇인가' 하는 근본적인 물음은 제쳐두고, 자국의 영토를 지키라는 구호에 놀아나는 것만큼 어리석은 일도 없다. 마르크스주의가 쇠퇴하면서 국가와 민족, 종교를 초월한 노동자·농민 계급의 국제적 연대라는 말을 듣는 일도 적어졌다. 그러나 본래라면 국경을 넘어 연대해야 할 민중이 분단과 대립을 스스로 떠맡아서는 안 된다. 그야말로 '영토 문제'를 의도적으로 만들어내고 있는 정치꾼, 관료, 군부, 군사 산업의 의도에 놀아나 자멸의 길을 걷게 될 것이다.

2012년은 오키나와 시정권 반환 40주년이자 중·일 국교 정상화 40주년이기도 하다. 1972년 9월에 중국을 방문한 다나카 가쿠에이 수상, 오히라 마사요시 외무장관과 저우언라이 수상, 지펑페이 외교부장과의 교섭을 통해 9월 29일 중·일 공동성명이 조인되었다. 본래라면 올해는 중·일 국교 정상화 40주년 축하 행사가 대대적으로 이루어져야 한다. 그러나 현재 일본과 중국 사이에 축하 분위기는 전혀 찾아볼 수 없다. 센카쿠제도 문제가 악화하면서 중·일 우호 교류 사업 중단이 잇따르고 있다. 게다가 후텐마 기지로의 MV22 오스프리 배치나 요나구니섬与那国島으로의 자위대 배치 등 중국의 군사적 위협에 대항하는 미·일 군사 강화가 노골적으로 진행되고 있으며 그 최전선에 오키나와가 놓여있다.

이 현상을 보면서 4월 16일 미국 워싱턴 헤리티지 재단에서 이시하라 신타로 도쿄도지사가 내세운 도쿄도의 센카쿠제도 구입이 생각났다. 평소 중국을 모멸적으로 '지나'라고 부르며 거침없는 차별의식을 그대로 표출하는 강경파 지사로 인해 센카쿠제도를 둘러싼 '영토 문제'에 불이 붙었다. 그 후, 노다 요시히코 수상이 센카쿠제도의 국유화를 내세우며 중국을 더 자극했다. 일본이 뒤로 미뤄둔 문제의 현상을 변경하기 시작하면 중국 측이 대항 수단을 취해 올 것은 뻔한 일이다. 홍콩 활동가들이 우오쓰리섬에 상륙하는가 하면 이번에는 일본 지방의회 의원들과 우익 그룹이 상륙한다. 니와 중국대사의 차에서 일장기가 없어지고 도쿄도가 해상에서 조사 활동을 하는 등 센카쿠제도를 둘러싸고 중·일 각각이 불에 기름을 붓는 행위를 반복하고 있다.

이시하라 지사와 그 배후에 있을 미국의 군산 복합체는 한 방 먹였다며 좋아하고 있을 것이다. 오키나와 전 지역에서 MV22 오스프리 배치에 대한 반대운동이 일어나고 있지만, 이를 짓밟고 배치를 강행하는 구실로서 센카쿠제도의 긴장이 많이 이용되고 있다. 아마 그들은 자위대로의 오스프리 확장도 염두에 두고 있을 것이다. 센카쿠제도의 영유권 문제에 미국은 중립적 입장을 취하고 있어 설령 중·일 간에 군사적 충돌이 일어나더라도 자위대에 협력하여 미군이 즉시 참전한다고 볼 수 없다. 미·일 안보조약에는 자동참전 조항이 없다. 참전 여부는 미국 의회가 결정할 일이다.

경제적 상호의존이 진행되면서 핵보유국이기도 한 미국과 중국이 센카쿠제도를 둘러싸고 군사적 충돌까지 갈 것으로 보기는 어렵다. 미국 의회 의원들도 일본과 중국을 저울질해보고 판단한다. 미군은 개입하지 않고 관망할 가능성이 크다. 오스프리가 오키나와에 배치됐기 때문에 센카쿠제도 방위가 강화될 것이라는 생각은 미군에 대한 달콤한 환상일 뿐이다. 그 달콤한 환상에 빠져서 무식

한 말들을 내뱉는 자들이 있다. 독도와 북방 4개의 섬에 가까이 가려고도 하지 않으면서 센카쿠제도에 우르르 몰려간 야마타니 에리코를 포함한 국회의원들, 지방의회 의원, 다모가미 도시오와 채널 사쿠라 등의 우익 그룹은 오키나와 전투 당시에 미군기의 공격을 받고 조난당한 야에야마 주민의 위령제를 정치적으로 이용하여 의도적으로 중·일 간의 대립을 부추기고 있다.

이는 전쟁 희생자를 애도하고 분쟁을 회피하려는 센카쿠제도 조난자 유족들의 염원을 짓밟는 행위이다. 이들 우익 그룹과 미·일 양 정부에 있어서 센카쿠제도 문제는 오스프리 배치뿐만 아니라, 사키시마先島 지역에 자위대를 배치할 구실로도 이용되고 있다. 3월부터 4월에 걸쳐 북한의 인공위성 발사를 이용하여 정부·방위성은 오키나와섬, 미야코섬宮古島, 이시가키섬石垣島에 PAC-3를 배치했다. 또한 센카쿠제도를 둘러싼 긴장을 만들어내어 사키시마先島 지역 주민들의 불안을 부추기고 자위대 배치를 위한 정지작업을 진행하고 있다. 과거 류큐국 시대에 명나라·청나라의 배를 타고 바다 안내인 역할을 하며 책봉사를 류큐로 인도한 것은 류큐인이었다. 류큐인들에게 센카쿠제도는 명나라·청나라와 류큐를 잇는 바다의 이정표이며 연결고리였다. 그 섬들을 분쟁의 섬으로 만들어서는 안 된다.

후텐마 기지는 철거될 수 있다

10월 1일에 6대, 2일에 3대의 MV22 오스프리가 후텐마 기지로 날아왔다. 배치 일정이 지연되었기 때문에 기체 상태만 순조로웠다면 미 해병대는 이틀 동안 열두 대의 오스프리 전부를 옮기고 싶었을 것이다. 그러나 그러지 못했을 뿐만 아니라, 10월 2일의 NHK 뉴스에 의하면 이와쿠니 기지에 남은 세 대 중 두 대는 미국으로 부품을 주문해야 해서 당장은 날아오르지 못하는 상태라고 한다. 처음부터 4분의 1 정도가 이상이 있다는 것 자체가 오스프리가 결함기임을 증명하고 있다. 오스프리 배치를 눈앞에 두고 오키나와에서는 연일 격렬한 반대운동이 벌어졌다. 오키나와 전투를 체험한 세대 중에는 나는 체포되더라도 실직 불안은 없다. 후손들에게 패배 유산인 미군기지나 오스프리를 물려주고 싶지 않다. 그렇게 말하며 항의 행동하러 나선 사람들도 있었다.

후텐마 기지 내에는 숙소가 적어 외부에서 통근하는 미군이 많다. 따라서 비행장의 관제 업무나 기체 정비는 물론이고, 전기, 통신, 상하수도, 사무 작업 등 일상 업무에 종사하는 사람이나 필요한 물자들이 게이트 앞에서 저지되면 후텐마 기지는 실질적으로 폐쇄 상태에 빠지게 된다. 이를 노리고 9월 27일, MV22 오스프리가 다음날 오키나와에 강행 배치되는 긴박한 상황에서(실제로는 태풍으로 인해 연기) 오전 6시부터 후텐마 기지의 메인게이트인 오야마 게이트에서 배치 반대를 호소하는 시민들의 항의 행동이 벌어졌다. 그 중심이 된 것은 60대와 70대, 오랜 세월에 걸쳐 반전·반기지 운동과 환경보호 운동, 노동조합 운동 등을 담당해 온 사람들이었다.

오전 6시경 오야마 게이트 앞에서 농성을 벌였으나 기동대원들에 의해 10분 만에 강제 배제되었다. 그 후 58번 국도에서 기지 게이트로 이어지는 100m 정도의 도로로 사람들이 차를 몰고 나와 미군 차량 앞을 느리게 운전하거나 정차하여 도로를 막거나 미군이 기지에 진입하지 못하도록 했다. 오키나와현경의 제복 경관과 사복형사가 주의와 경고를 하며, 정차된 차량을 에워싸고, 이 이상 계속하면 체포하겠다고 위협했다. 그럼에도 끝까지 운전한 후, 도로의 가장자리에서 U턴하여 같은 행위를 반복했다. 그런 식으로 엄청난 교통체증을 만들어냈다. 이어 다른 사람들은 횡단보도를 따라 천천히 걸으며 미군 차량 앞에 멈춰 서서 'Osprey No!' 피켓을 내걸었다.

보도를 걷다가 틈을 타 차도로 뛰어나와 미군 차량 앞을 가로막고는 "해병대는 미국으로 돌아가라!"고 외치는 사람도 있었다. 경찰이 달려와 바짝 따라붙어 감시하지만, 다른 장소에서 다른 사람이 같은 행위를 하고 경찰이 그쪽으로 달려가면 또다시 미군차를 세운다. 그러한 대처가 2시간 남짓에 걸쳐 이루어졌다. 오야마 게이트나 노다케 게이트 앞에서 벌어진 농성에도 60대, 70대가 적극적으로 참여했다. 아무리 기동대가 끌어내도 29일 밤부터 30일 밤까지 후텐마 기지의 3개의 주요 게이트제1=오오야마, 제2=사마시타, 제3=노다케를 시민이 완전히 봉쇄하는 오키나와 전후사에 길이길이 남을 사건이 실현되었다.

각 게이트 앞에 시민들이 차를 세우고 그사이와 주변을 둘러싸고 농성을 벌이며 후텐마 기지로의 인력과 물건의 출입을 막았다. 주말이긴 하지만 미군기지가 이 상황에 놓인 것은 오키나와뿐 아니라 일본 전체로서도 전무한 일이다. 게이트 앞에 해방구를 구현한 힘의 일익을 60대, 70대가 맡았다. 최종적으로는 30일 낮부터 밤에 걸쳐 오야마 게이트, 노다케 게이트에서 연이어 기동대에게 강제 배제되고 말았지만, 그때 기동대는 확실히 국가의 폭력 장치 그 자체의 모습을 보여 부상자가 속출했다. 오스프리가 배치되었기 때문에 언뜻 보면 반대운동이 실패한 것처럼 보이지만, 연일 행동에 참가한 반전지주회의 데루야 히데노리 씨는 이렇게 말했다. "지금까지의 반전운동은 미군에 대한 수동적 운동이었지만 이번에는 우리들이 공격하는 운동이었다. 그러니까 패배감은 전혀 없다." 동감이다.

후텐마 기지의 게이트 3개를 봉쇄한 시점에서 미군도 일본 정부도 궁지에 몰리기 시작했다. 월요일이 되어도 같은 상황이 유지되었다면 오스프리 배치는 불가능하고, 미·일 안보 체제에도 문제가 생겼을 것이다. 그런 만큼 일본 정부는 오키나와 경찰을 압박했고, 농성하는 시민들을 강하게 탄압했다. 그러나 강제적으로 배제되었다고는 하지만, 시민들은 후텐마 기지의 취약함을 알게 되었다. 게이트 앞에서 농성하는 비폭력 운동이 큰 효과를 가져왔다. 후텐마 기지는 철거될 수 있다. 연일 하는 행동에 참가하며 실감했다.

기지 기능 마비밖에 없다

희생 봉쇄의 깊은 단절

미 해군 2명에 의한 성폭행 사건이 발생했다. 보도를 보면 미군들은 몇 시간 후에 괌으로 떠날 것을 계산하고 잡히지 않을 수 있다는 확신 아래 범행을 저질렀다고밖에 볼 수 없다. 미군이 말을 걸어와도 무시하고 갈 길 가던 여성을 뒤쫓아서 둘이 달려들어 목을 조르는 수법 등 범행이 매우 악질적이다. 미군에 의한 성폭행 사건이 일어나면 일부 미군에 의한 것이라든가 오키나와 사람들도 성폭력 사건을 일으키고 있다고 주장하며 사건의 본질을 흐리려는 사람들이 있다. 인터넷이 보급되면서 의도적으로 그런 논조를 펴려는 '넷 우익'이 생겨나고 있다. 그러나 미군 범죄는 일반 시민이 저지르는 것과는 질적으로 다르다.

그들은 미·일 안보조약에 근거해 오키나와에 주둔하고, 지위 협정에 의한 특권이 주어져 우리의 세금으로 마련된 '배려예산'에 의해서 혜택받은 환경에서 살고 있다. 그들은 오키나와에 자유로운 여행자 신분으로 있는 것이 아니라, 미·일 양국 정부에 의해 부여된 정치적·군사적인 역할에 근거하여 오키나와에 있는 것이다. 더욱더 책임이 무겁다. 그러한 미군이 저지르는 범죄는 당연한 일이지만 미군 개인의 문제로는 끝나지 않는다. 미·일 양국 정부의 정치적 책임이 있다. 주일미군 전용 기지의 74%를 집중시키고 있는 미·일 양국 정부의 정치적·군사적 방침이 오키나와에서 미군 범죄를 계속 만들어내고 있는 것이다.

1995년 9월 4일에 미군 3명에 의한 성폭력 사건이 발생했고, 같은 해 10월 21일에는 기노완시 해변 공원에 8만여 명이 참석한 현민 총궐기 집회가 열렸다. 현민의 분노가 미·일 안보 체제를 뒤흔들었고, 이에 당황한 미·일 양국 정부는 후텐마 기지의 반환을 제시하면서 사태의 수습을 도모했다. 이후 오늘날까지 오키나와의 '부담 경감'이 계속 언급되었으나, 오키나와의 기지 부담이 줄어들기는 커녕 수직 이착륙 수송기 MV22 오스프리의 배치 강행이 보란 듯이 증가하고 있다. 왜 오키나와의 '부담 경감'이 진행되지 않는가. 미·일 양 정부가 후텐마 기지의 '이전' 장소를 현 내로 한정시키고, 오키나와에 위험과 부담을 강요했기 때문이다.

이는 기지로 인해 초래되는 희생을 오키나와 안으로 가둬두고 싶다는 일본 정부와 그것을 지지하는 일본인 대다수의 의사이다. 미·일 안보조약에 따라 미군이 보호해주길 바라지만 기지의 부담과 희생은 싫다. 그러니까 오키나와에 밀어붙이자. 그 근저에 있는 것은 그러한 이기적인 생각이며, 오키나와의 지리적 우위성이나 억제력론 등은 부차적인 이론에 지나지 않는다. 그러므로 오키나와 주민이 아무리 기지의 '현 외 이전'을 주장해도 무시한다. 미군에 의한 사건·사고가 일어나면 '오키나와 문제'로 한정시키고, 자신들의 책임도 물어야 하는 '일본 문제'로서는 생각하려 하지 않는다. 지금의 오키나와와 야마토 사이에 있는 것은 '의견차', '온도차'라는 간단한 것이 아닌 메우기 어려울 정도로 깊은 단절이다.

일본의 정치 상황을 보면 노다 정권이 계속되든 중의원 선거가 치러져 다른 정권이 들어서든 오키나와에 미·일 안보 체제의 부담과 희생을 강요하는 것을 일본 정부는 바꾸려 하지 않을 것이다. 중국의 위협에 대항한다는 이유로 자위대 등의 기지 부담을 오히려 증대시켜 갈 것이 뻔하다. 이제 오키나와에 사는 우리는 일본 정부와 국회를 믿을 수 없다. 직접 움직여 군사기지를 철거시키고, 자신과 가족, 친척, 친구, 지인을 미군에 의한 사건이나 사고로부터 보호할 수밖에 없다.

기지의 주요 게이트를 비폭력 농성으로 봉쇄하고, 기지 기능을 마비시켜 미군을 압박해야 한다. 그렇게까지 하지 않으면 미군에 의한 희생의 마침표를 찍을 수 없다. 제2차 세계대전 이후 67년이 지났는데도 이렇게나 외국 군대가 집중해 있고, 사건·사고가 반복되고 있는 지역이 전 세계 어디에 있는가. 오키나와 사람들은 이 비이상적인 상황에 익숙해지면 안 된다. 피해자가 2차 피해에 노출되는 것을 막고, 가해자가 정당한 처벌을 받을 수 있도록 해야 한다. 그와 동시에 오키나와가 놓여 있는 군사 식민지라는 차별 구조를 뒤집기 위해 행동하는 것이 우리에게 필요하다.

다카에高江에 오스프리 패드 건설을 허용해서는 안 된다

10월부터 토·일 빼고는 거의 연일 히가시촌東村 다카에구高江区에 다니고 있다. 마을을 둘러싼 형태로 건설되는 헬리패드오스프리 패드 공사를 중지시키기 위해 새벽 3시 반에 일어나 5시 전에는 다카에高江에 도착하도록 하고 있다. 그리고 건설 인력이 철수하는 오후 5시까지 감시·저지·항의 행동이 이어진다. 소설을 쓰기는커녕 책도 제대로 읽지 못하는 어려운 상황이지만 이른 아침부터 행동할 수 있는 사람은 한정되어 있기 때문에 나라도 앞장설 수밖에 없다. 오키나와도 이즈음이면 밤에는 쌀쌀해진다. 다카에 숲은 하늘을 가득 채우듯 별이 빛나고 있어 매우 아름답다. 새벽이면 얀바루 흰눈썹뜸부기가 우는 소리와 오키나와딱따구리의 드러밍 소리가 들려온다.

따뜻한 캔 커피를 마시며 오키나와 방위국과 건설 작업원이 탄 차를 감시하고 있는데, 차량 번호가 노출된 것을 알고 있는 그들은 '와' 넘버 렌터카를 사용하거나, 유령차로 혼란을 주는 등 온갖 방법으로 우리를 따돌리려고 한다. 북부 훈련장은 매우 넓어서 숲으로 뛰어들어 건설현장으로 향하면 제지하기가 어렵다. 이른 아침부터 했던 행동들도 보람없이 건설현장에서 중장비 움직이는 소리를 들으며 분한 마음을 삼켜야 하는 날이 대부분이다. 그렇다고 해서 당하고만 있을 수는 없다. 방위국 요원이나 작업원들의 움직임을 포착하여 차를 정차시키고 그들의 움직임을 멈추게 하거나 때로는 숲 안이나 주변에서 작업원들을 붙잡기도 한다.

현재 오스프리 패드의 건설공사 담당은 오키나와 출신으로 우정대신인 시모지 미키오 중의원 의원국민신당의 형이 사장, 부친이 회장을 맡고 있는 다이요네 건설이다. 현장대리인 가미지라는 사람이 작업반장을 하고 있는데, "나는 당신들과 달리 비폭력이 아니야!"라며 큰소리치고, 나를 향해 몇 번이고 "너 내가 언젠가 죽여버릴 거야"라며 위협했다. 이것이 다이요네 건설 정직원의 실태이다. 현장 대리인이 이런 식으로 행동하는 것은 공사가 자기들 뜻대로 되지 않는 것에 대한 조바심도 있다.

10월 1일 MV22 오스프리가 후텐마 기지에 배치된 지 벌써 한 달 정도 지나 북부 훈련장에서도 비행 및 이착륙 훈련이 자주 진행되고 있다. 그러나 다카에구에 건설 예정인 오스프리 패드는 아직 하나도 완성되지 않았다. 현재 N4구 지구에서 진행되고 있는 공사도 그중 하나는 정지整地 작업이 진행되고 있는 단계이고 다른 하나는 손을 놓은 상태이다. 5년 가까이 주민·지원자의 저지 행동이 이러한 결과를 만들어냈다. 다이요네 건설로 수주 업자가 바뀐 배경에는 이 현상을 타파하기 위해서 정부·방위성이 오키나와에서의 시모지 미키오 의원의 정치력에 의지하고 있는 면도 있을 것이다.

자민당이 정권을 잃고 오키나와에서 선출된 민주당 국회의원 두 명이 탈당한 지금, 오키나와에서는 시모지 의원이 유일한 집권 여당의 국회의원이며, 심지어 장관의 자리까지 올라갔다. 후텐마 기지 문제로 오키나와 운동을 내부에서 흔들어 분열을 도모하고, 다카에에서도 패밀리 기업이 공사를 강행한다. 오키나와의 기지 이권을 좌지우지하려는 시모지 의원의 움직임을 포함해 다카에 오스프리 패드 건설을 허용해서는 안 된다. 그러기 위해서도 꼭 전국에서 다카에에 지원의 손길을 내밀어 주었으면 한다. 다카에는 지원자를 위한 숙박 시설도 있으므로 가능한 분은 묵고 이른 아침부터의 행동에 참여해 주었으면 한다. 오키나와의 반기지 운동 현장을 아는 것만으로도 얻는 것이 많을 것이다.

11월 2일 새벽, 술에 취한 미군이 민간 아파트에 침입해 남자 중학생을 폭행하는 사건이 발생했다. 10월 16일에는 미 해군병 2명에 의한 강간 사건이 발생했다. 미군 전체가 오후 11시 이후에는 외출이 금지되어있는 상태에서 이를 어기고 벌어진 범행이다. 미군이나 미·일 양국 정부가 말하는 사건의 '재발 방지', '기강 숙청'이 얼마나 무의미한 일인가. 실제로 기지 게이트 앞에서 항의 행동하면서 미군의 반응을 보면 대부분의 미군은 반성은커녕 오키나와인·아시아인을 얕보고 있다고밖에 생각되지 않는다.

살육과 파괴를 목적으로 하는 군대라는 조직에서 인권 존중을 교육해 봤자 아무 의미 없다. 애초에 기지 밖에서 사는 미군에게 야간 외출 금지는 의미 없다. 오키나와에서 미군을 몰아내지 않는 한 사건은 반복될 것이다. 그럼에도 오키나와에 사는 사람은 다카에·헤노코辺野古·후텐마普天間 등 각지에서 행해지고 있는 항의 행동에 참가하여 계속해서 발생하는 미군 범죄에 항의해야 한다. 몸이 열 개여도 모자라고, 많은 시간을 허비해야 한다. 기지가 없으면 생산적인 활동에 쓸 수 있는 시간이 낭비되는 것 또한 큰 기지 피해이다. 소설을 쓰기는커녕 책조차 제대로 읽지 못하는 나날이 얼마나 더 이어질지 모른다. 이 분노를 어디로 가져가야 할까.

야마토 방위의 '사석'으로서 오키나와를 이용하게 둬서는 안 된다

11월 16~17일, 천황의 오키나와 방문을 반대하는 집회와 데모 행진에 참가했다. 이번 오키나와 방문은 일본 '복귀' 40주년을 기념하여 오키나와에서 개최된 '전국 풍요로운 바다 만들기 대회'에 참가하기 위한 것으로 8년 만의 방문이다. 16일에는 나하시 국제 거리에서, 17일에는 대회장 근처 이토만시糸満市 이리자키西崎에서 시위행진을 하며 150명 정도가 '천황 방문 반대!' 구호를 외쳤다. 50명 정도의 사복형사들이 주변을 에워싸고, 그중 절반 이상이 모자, 선글라스, 마스크로 얼굴을 가리는 이상한 모습이었다. 경비·공안 담당 형사이기 때문에 미행이나 간첩 활동을 위해 얼굴이 노출되면 곤란했을 것이다. 치안탄압 체제가 강화되면서 천황의 오키나와 방문은 매번 있는 일이지만, 집회나 표현의 자유를 위협하는 경찰 권력의 과잉 경비는 용납할 수 없다.

이 반대 행동을 오키나와 언론은 전혀라고 해도 좋을 정도로 보도하지 않았다. 『오키나와 타임스』가 17일 집회와 시위행진을 짧게나마 다뤘을 뿐이었다. 반대쪽을 기사화하면 찬성 쪽도 똑같이 다뤄야 한다고 생각했을지도 모르겠다. 아니, 그건 안이한 생각이며, 천황(제)을 비판하는 움직임은 기사화하지 않는다는 방침을 세울 정도로 오키나와 매스컴도 변하고 있는 걸지도 모른다. 실제로 오키나와 언론사들도 참여라는 형태로 '바다 만들기 대회'의 협력 체제에 편입되어 있었다. 기지 문제의 보도에 관해서는 높은 평가를 얻고 있어도 천황 보도에 관해서는 오키나와 언론도 야마토의 대형 언론과 큰 차이가 없었다. 그러나 천황 내외의 동향을 상세히 보도하는 한편, 이에 반대·항의 행동이나 의견을 묵살하는 것은 오키나와 사람들이 천황의 오키나와 방문을 무비판적으로 수용하는 듯한 인상을 만들어 낼 뿐만이 아니라, 권력 감시라는 언론의 역할도 소홀히 하는 것이다.

근대 이후의 오키나와와 천황(제)의 관계, 특히 쇼와 천황의 전쟁 책임이나 오키나와 전투의 관여, 천황 메시지의 문제는 지금도 중요한 의미가 있다. 센카쿠 제도의 국유화를 계기로 중국과의 관계가 악화하고 있는 가운데, 시진핑 체제가 확립된 직후의 천황의 오키나와 방문은 정치적 의미를 가지지 않을 수 없다. 그 전의 2004년 1월의 천황의 오키나와 방문은 국립극장 오키나와의 개장 기념을 구실로 한 것이었다. 때마침 자위대의 이라크 파병을 둘러싸고 테러 경계가 있었던 시기여서 경비상의 문제가 있었음에도 불구하고 천황 부부는 미야코宮古·야에야마八重山까지 방문했다. 그곳이 천황제하의 일본=야마토 영토임을 과시하는 듯한 사키시마先島의 천황 방문은 중국에 대항하는 자위대의 강화와 우익 세력의 움직임을 이끄는 형국이 되었다.

2004년 12월에 나온 방위 계획 대강에서는 북방 중시에서 서방남서쪽 중시로의 전환과 도서 방위 강화가 발표되었다. 대두하는 중국에 군사적으로 대항하려는 의도가 명확해졌으며, 특히 사키시마 지역에의 자위대 배치가 강조되었다. 오키나와의 자위대 강화에 있어서 방해물이 되는 것이 일본군에 의한 주민 학살과 '집단자결'의 군명·강제 등의 오키나와전의 기억으로, 이를 지우려는 우익 세력의 움직임이 활발해졌다. 고바야시 요시노리의 『신新 고머니즘 선언 SPECIAL 오키나와론』 연재, 발간과 오키나와 강연회, 오에·이와나미 오키나와전 재판 등 오키나와 전투의 역사 인식을 '수정'하려는 움직임이 일어나면서 이는 교과서 검정 문제로 발전했다. 그 목적이 오키나와 전투에서 만들어진 일본군에 대한 부정적인 이미지를 불식하고, '군대는 주민을 지키지 않는다'는 오키나와인의 인식을 '수정'함으로써 국방의 부담을 떠남기려는 것에 있다. 그 움직임은 현재도 계속되고 있다.

이시가키시石垣市에서 강경파인 나카야마 요시다카 시장이 탄생한 것을 계기로 교과서 채택을 둘러싼 혼란이 발생했다. 사회과의 공민 분야에서 이시가키시石垣市와 요나구니정与那国町은 이쿠호사育鵬社 교과서를 강제로 채택했다. 센카쿠제도와 대만에 가까운 '국경의 섬'으로서 이시가키시와 요나구니정에서의 움직임은 정부·방위성을 기쁘게 하고 있다. 요나구니섬으로의 육상 자위대 연안 감시대의 배치와 이시가키섬의 실전 부대 배치를 진행하는 데 있어서 현지의 긍정적인 수용이 진행되고 있다.

이 원고를 쓰고 있는 단계에서는 중의원 선거가 한창이다. 새 정권이 어떻게 될지는 모르지만, 헌법 개악, 집단적 자위권 행사 등 자위대의 국군화, 미군과 일체화되어 해외에서 싸우는 자위대로의 변질이 가속화될 것은 틀림없다. 오키나와의 기지 문제에는 미군뿐만 아니라 자위대도 포함되어 있다. 한층 어려운 상황이 될 것이 뻔하다. 해가 바뀌면 헤노코辺野古의 신기지 건설 문제는 정부의 오키나와 매립 신청이라는 중요한 단계를 맞이하게 된다. 기지의 '부담 경감'은커녕, '복귀'=재병합 40주년에 오키나와는 중국에 대항하는 미·일 군사 거점으로서 강화되고 있다. 이번 천황의 오키나와 방문은 그 고비를 상징하는 것이다. 이 이상 일본=야마토 방위의 '사석'으로서 오키나와를 이용하게 두어서는 안 된다.

2013년

히가시촌 다카에구 북부 훈련장. MV22 오스프리에서 해병대원이 로프를 타고 낙하하는 모습이다.(2013.3.28)

얀바루 숲에 서식하는 국가 천연기념물인 류큐잎거북.
미군기지 건설로 숲이 파괴되면서 서식지를 빼앗기고 있다.(2013.4.3)

호헌운동은 반안보의 목소리를 크게

2013년이 밝았다. 요즘은 새해를 맞이해도 축하한다고 말하기 힘든 해가 계속되고 있다. 오키나와의 기지 문제를 생각하면 해마다 기대와 설렘은커녕 우울하기만 하다. 작년 12월 26일에 아베 신조 내각이 출범했다. 출범 5일 전에 아베 총리는 야마구치山口 현청에서 기자회견을 갖고, 후텐마 기지의 나고시名護市 헤노코辺野古 '이전'을 위해 '현지의 이해를 얻고자 노력하고 싶다'는 뜻을 밝혔다.

12월 18일, 오키나와 방위국은 보완한 환경영향평가어세스먼트 평가서를 오키나와현에 제출했다. 제출 5분 전에 현에 전화하여 직원 20여 명이 불시에 들여놓았다. 1년 전 연말·연시에는 평가서 제출을 둘러싸고 현청 내에서 농성 저지 행동이 일어났다. 그것을 피하고자 현민을 속이고 따돌리겠다는 그야말로 오키나와 방위국다운 비열한 방법이다. 분노를 참을 수 없는 것은 제출이 중의원 선거의 2일 후이며 그것이 노다 요시히코 정권의 오키나와에 대한 마지막 일이자, 아베 신정권을 위한 선물인 것이다. 이는 민주당이 야당이 되더라도 헤노코 '이전'과 관련해서는 아베 정권에 전면 협력하겠다는 의사표시이다.

자민당·공명당뿐만 아니라 민주당, 일본유신회, 모두의당 등 여야의 구별 없이 오키나와의 '부담 경감'이라는 명분 뒤에서 후텐마 기지의 헤노코 '이전'을 상행함으로써 미·일 안보 체제하의 미군기지 부담을 계속 오키나와에 강요한다는 자세가 일치한다. 그들이 말하는 오키나와 사람들의 '이해를 얻는다'란 현민의 의사를 짓밟는다는 의미에 지나지 않는다. 하토야마 유키오 전 총리가 사임한 후 민주당 정권하에서도 국회의원의 압도적 다수는 미·일 '합의'=헤노코 '이전' 추진이었다. 지난 선거로 상황은 더 악화했다. 반대 입장을 취하는 공산당, 사민당은 극소수 정당이라 오키나와 선출 의원을 포함하더라도 국회에서 영향력을 행사하기 어렵다.

더불어 센카쿠제도를 둘러싼 '영토 문제'가 중국과 군사적으로 대항하기 위해서 헤노코 '이전'을 추진해야 한다는 여론을 조성하는 데 적극적으로 이용되고 있다. NHK를 비롯한 언론들은 '오키나와현의 센카쿠제도'라며 센카쿠제도라는 어휘에 따라다니는 수식어처럼 오키나와를 갖다 붙인다. 센카쿠의 위기를 오키나와와 연결하여 오키나와의 기지 강화는 어쩔 수 없다며 강조하고 있다. 그런 식으로 미군 기지와 더불어 자위대 기지의 강화도 진행되고 있다. 요나구니섬与那国島으로의 연안 감시대 배치를 시작으로 육상자위대의 실전 부대를 이시가키섬石垣島과 미야코섬宮古島에 배치하고, 영공·영해 방어를 위한 항공 자위대와 해상 자위대의 강화 또한 진행되고 있다.

이시하라 신타로가 불쏘시개 역할을 한 센카쿠제도의 국유화는 중국에 대항하고 오키나와 주둔 미군·자위대를 강화해 나가는 것을 목적의 하나로써 짜여진 것이다. 인터넷상에는 중국에 대한 배외적 내셔널리즘을 노골적으로 드러내며 자위대와 미군을 강화하라는 겁 없는 말들이 쏟아지고 있다. 하지만 그중 얼마나 많은 사람이 스스로 기지 부담을 지려고 하는가. 자신들은 아프지도 가렵지도 않은 장소에 있으면서 자기 좋을 대로 키보드를 두드리고 있을 뿐이다.

센카쿠제도가 있고 중국과 가까우니까 오키나와에 기지가 집중되는 것은 당연하다, 강화하는 것도 당연하지 않겠어? 오키나와 역사에 무지하고 기지로 인한 사건·사고에 시달리고 있는 것에 대한 상상력도 없이 그러한 가벼운 발언과 무사고 상태에서 아베 정권을 지지하며 헤노코 '이전'을 밀어붙인다. 그런 일본인에게 오키나와는 좋을 대로 이용하는 '영토'일 뿐이다. 기지 강화에 반대하는 오키나와 사람들에 대해 '반일분자', '중국의 공작원'이라며 폄훼하는 인터넷 우익도 있다. 진흥책=돈 욕심에 기지를 반대하는 것이라고 주장하는 무리들은 인터넷뿐 아니라 정치인·관료·언론에서조차 적지 않게 존재한다. 오키나와의 반전·반기지 운동을 짓밟기 위해 이 세력들이 올해는 고압적으로 공격해 올 것이다.

오키나와 사람들이 가진 '군대는 주민을 지키지 않는다'는 인식을 지우기 위해 오키나와 전투의 역사 인식을 변질시키고 교과서 기술을 개악하는 책동도 강화될 것이 틀림없다. 설 연휴*가 끝나면 다카에高江에서는 오스프리 패드 건설공사가 재개된다. 이미 첫 번째 공사는 자갈 반입과 바닥 시공이 70~80% 정도 진행되었다고 한다. 그 완성을 허용하지 않기 위해 연일 다카에高江에서의 감시·저지 행동과 동시에 헤노코와 후텐마普天間, 나하那覇 등에서의 집회나 데모, 항의 행동에 참가한다. 그런 날들이 올해도 계속된다. 반안보 없는 호헌운동은 이런 오키나와 상황을 못 본 체하는 것이다. 친미파 아베 정권인 만큼 헌법 개악 저지와 동시에 미·일 안보 체제에 반대 목소리를 크게 높여야 한다.

* 양력 1월 1~3일.

다카에高江의 오스프리 패드 건설 반대에 연대 행동을!

1월 27일부터 28일에 걸쳐 현 내 41개의 시정촌장*과 의장대리 포함이 참가하여 후텐마 기지의 MV22 오스프리 배치 철회 및 현 내 이전 포기를 정부에 요구하는 도쿄 행동이 이루어졌다. 27일에 히비야日比谷 야외 음악당에서 열린 집회에 4,000명주최자 발표이 참가했으며, 다음날인 28일에는 아베 신조 수상에게 '건백서建白書'가 전달되었다. '건백서'라는 시대적 표현을 쓴 것은 오키나와인의 강한 의지와 절박한 심정을 보여주기 위해서였다. 현시대에 이만한 행동을 일으킬 수 있는 지역은 오키나와 말고는 없을 것이다. 아니, 정치 당파의 이해를 뛰어넘어 전체 시정촌장과 의장이 도쿄로 몰려가 정부에 대항하며 총리에게 '건백서'를 건네는 일이 일본 역사에서 얼마나 있었을까.

시정권 반환으로부터 40년이 지나도 오키나와의 기지 부담 집중은 여전하고, 오스프리의 강행 배치를 서슴지 않는 일본 정부에 대한 분노와 불신은 오키나와 내부에 만연하다. 이번 도쿄 행동은 그 표출 중 하나이다. 그러나 일본인 대다수는 오키나와 사람들의 이러한 행동에 대해 이해하려고 노력하기는커녕 관심조차 두지 않을 것이다. 정부가 29일에 발표한 2013년도 내각부 오키나와 진흥 예산의 3,001억 엔을 전액 수용한 것을 가지고, 마치 예산돈을 얻어내기 위한 행동인 것처럼 생각하는 사람도 있다. 말할 것도 없이 정부도 그걸 노린 것이며, 넷

* 시정촌 : 일본의 행정 구획의 명칭(우리나라 시 · 읍 · 면에 해당).

우익을 시작으로 의도적으로 오키나와의 기지 반대는 예산을 따내기 위한 것이라는 유언비어를 퍼뜨리고 있다.

기지가 있기 때문에 오키나와는 예산 면에서 우대받고 있다. 그렇게 말하는 사람들은 자신들도 예산 면에서 우대받기 위해 기지의 현 외 이전을 요구하는 오키나와의 요구에 응해, 현지로 기지를 받아들이면 된다. 하지만 그런 소리는 들리지 않는다. 미군 기지로 인한 사건이나 사고, 폭음 피해 등의 고통, 괴로움은 쉽게 예상할 수 있고, 애초에 기지가 없어도 비행장이나 도로는 만들어진다. 오키나와만이 지역 진흥이 기지 수용의 대가인 것처럼 여겨진다. 그 자체가 오키나와를 다른 지역과 차별하는 것이다. 결국 오키나와에 기지 부담을 강요하고 있는 것에 대한 찝찝함을 떨쳐내고, 오히려 자신들이 오키나와에 은혜를 베풀고 있다고 생각하고 싶기 때문에 기지 반대는 예산진흥책을 따내기 위한 것이라며 궤변을 늘어놓고 그것을 믿고 싶은 것이다. 그런 기만을 일본인들은 언제까지 거듭할 생각인가.

센카쿠제도를 둘러싼 '영토 문제'는 점점 더 일본인의 사고를 정지시키고 미군뿐만 아니라 오키나와의 자위대 강화까지 추진하는 것이 당연하다는 듯한 논조가 지배적으로 되어가고 있다. 연간 550만 명의 관광객이 찾아오고 '오키나와 너무 좋다'를 입에 올리는 일본인이 늘어도 오키나와가 제출한 '건백서'에 관심을 보이는 사람이 소수라면 일본인과 오키나와인의 의식 단절을 메울 방법이 없다. 의식의 단절은 오키나와 내부에도 있다. 이번 '건백서'에는 다카에 헬리패드오스프리 패드 건설 문제가 의도적으로 회피되었다. 보수계의 수장, 의장 중에는 다카에高江의 헬리패드 건설을 용인하는 사람들이 있다. 오스프리 배치는 반대하는데 오스프리가 사용하는 훈련장 건설을 용인한다는 것은 모순이다. 훈련장=착륙대가 없으면 오스프리는 훈련할 수 없다. 새로운 헬리패드=착륙지 건설을 용인하고 오스프리가 훈련하기 좋은 환경을 조성하면서 배치 철회란 있을 수 없다. 그러한 비판을 막기 위해서 '올 오키나와'를 강조하여 다카에의 문제를 '조금 다른' 문제로 정리하려 한다. 이를 허락하지 않기 위해 도쿄에서의 집회와 데모를 통해 다카에 문제를 호소하는 사람들이 있지만, 오키나와 내부를 포함해 더 큰 움직임은 아직 부족하다.

작년 이래, 연일 다카에의 오스프리 패드 건설 반대 행동에 참가하고 있지만, 더 많은 사람이 모이면 공사를 멈출 수 있을 텐데……, 하는 분한 생각이 드는 날이 계속되고 있다. 올해부터 작업원들은 북부 훈련장 안에서 숙박하고 공사 현장으로 출근한다. 작업원들이 현장으로 출근하기 위해 다니던 숲길을 일일이 찾아내 감시체제를 취하는 등의 행동을 했다. 공사를 할 수 없는 날이 계속된 탓에 아마 작업원들은 기지 내 현장 사무실에 묵고 있을 것이다. 그 말은 일단 기지 안에 들어가게 되면 며칠 동안은 공사를 저지할 수 없다는 뜻이기도 하다. 24시간 저지 태세에서 요점을 잡을 수 있다면 오스프리 건설 공사를 멈출 수 있다. 그러나 다카에의 지리적 여건 때문에 이른 아침부터 밤까지 감시 및 저지 태세를 취하기가 매우 어렵다. 그런 와중에 지친 몸을 이끌고 새벽부터 해질 때까지 움직이는 사람들이 있다. 꼭 다카에로 달려가서 대처에 참가해 주길 바란다.

다카에高江 오스프리 패드 건설 현장으로부터

안바루 숲은 2월 중순부터 신록이 싹트기 시작하고, 3월에 들어서면 구실잣밤나무의 황록색 잎과 꽃이 너울거리듯 산을 뒤덮고 밝게 빛난다. 특별 천연기념물인 오키나와딱따구리를 비롯한 조류는 번식기에 들어가는데 이때 기계 소음이 방해되기 때문에 6월 말까지 다카에 헬리패드오스프리 패드 건설공사가 중지된다. 예년 같으면 감시·저지 행동도 일단락 짓고 한숨 돌릴 때이다. 올해도 2월 말에 공사 도급을 맡은 다이오네 건설이 기본적인 공사를 끝냈다. 단 예년과 다른 것은 N4 지구의 첫 번째 헬리패드가 완성되어 버린 것이다.

2월 하순이 되어서야 N4 게이트 부근 공사 현장에서 작업원들이 살수撒水하는 모습을 볼 수 있게 되었다. 건설되는 헬리패드는 직경 45미터 접지대에 자갈을 깔고 잔디를 심은 후, 이를 둘러싼 15미터 폭의 무장애물 라인에 띠cogongrass를 심는다. 살수 작업은 이미 잔디 등의 파종을 끝냈음을 의미한다. 안타깝게도 건설을 막지 못했다. 다만 이번 공사에서는 N4 지구에 두 개의 헬리패드를 건설하기로 되어 있었다. 두 번째 헬리패드는 아직 건설되지 않았다. 방풍망 제거 등의 작업은 2월 말까지 진행되어 아슬아슬하게 마무리된 셈이다. 연일 동트기 전부터 벌어진 감시·저지 행동의 성과이다.

작업원들이 공사 현장으로 향하는 숲길을 일일이 찾아내 감시하는 사람을 붙이거나 그물을 치고 들어가지 못하게 한다. 들어갔을 때는 앞질러 가서 기다리고, 도망가더라도 쫓아간다. 그 결과 숲속에서 붙잡힌 작업원들은 헤매기도 하고, N4 게이트나 메인게이트 주변 숲으로 들어갈 수 없게 되었다. 그러자 차로 1시간 가까이 떨어진 산꼭대기 부근의 길을 이용했다. 그곳을 알아내는 데 시간이 걸려 꽤 많은 작업이 진행되어버렸지만, 작년 말 산속에서 작업원들의 모습을 발견하고 나서는 산 입구에서 감시하며 진입을 막았다. 올해 들어 공사를 할 수 없는 날이 계속된 탓에 작업원들은 북부 훈련장 내에서 머물게 되었다. 민간인이 마음대로 기지 내에 머물 수 있을 리 없다. 오키나와 방위국이 미군에 손을 써서 작업원에게 지시를 내리고 있는 것이 분명하다.

기지로 통하는 산길만 해도 작업원들이 스스로 찾아낸 것이 아니라 오키나와 방위국이 관리상 파악하고 있던 길을 알려준 듯하다. 다카에 주민과 현 내외로부터 모인 참가자들의 감시·저지 행동은 작업원이 숲으로 들어갈 수 없는 상황을 만들어 냈다. 기지에서 머무르게 되면서 형사특별법과 철망에 막혀 공사를 막을 수 없었다고는 하지만, 연일 대처했기 때문에 이 정도에서 공사가 멈춘 것이다. 그 의의를 확인하고 싶다. 비록 첫 번째 헬리패드는 막지 못했지만 그렇다고 주저앉거나 포기할 수는 없다. 헬리패드를 사용 불능상태로 만들려는 대처가 진행되고 있다. 그 중요한 열쇠가 되는 것이 산사태 문제이다.

올해 1월에 헬리패드 공사 현장에서 산사태가 발생했다. 무장애물대無障害物帯라고 하는 헬리패드 본체의 법면이 접지대 턱밑까지 무너져 내렸다. 오키나와 방위국은 붕괴 원인을 연말연시에 내린 비라 하며 공사와는 관계없다고 주장하고 있다. 그러나 건설된 헬리패드는 남, 서, 북 3면이 계곡으로 둘러싸여 있고, 접지대를 둘러싼 경사면의 나무들을 대량으로 벌채한 것이 산사태의 가장 큰 원인이다. 이번 공사에서도 접지대에 자갈을 깔기 전에 겉흙을 팠고, 적토 유출 방지를 위해 침사지를 설치했다. 웃물* 을 남쪽 경사면에 방출한 것을 오키나와와 방위국도 인정하고 있다. 직접 쏟아진 비에 더해 방출한 물도 겉흙의 마찰력을 저하시켜 산사태의 원인이 되고 있다.

공사와 관계없다는 건 주민을 속이는 거짓말이다. 산사태 문제 외에도 아마미奄美·류큐제도를 세계자연유산으로 등록하려는 움직임도, 미국의 국방 예산의 대폭 삭감도 있다. 그것들을 유용하게 사용하여 건설된 헬리패드를 사용 불능에 몰아넣을 뿐만 아니라, 북부 훈련장의 전면 반환을 실현하기 위한 현민 운동으로 넓혀 가고 싶다. 애당초 오키나와딱따구리의 번식기에 오스프리가 숲에서 훈련하는 상황을 허용하면서 얀바루 숲을 세계자연유산으로 만드는 것은 곤란하다. 북부 훈련장을 전면 반환시켜서 국립공원으로 만들고 세계자연유산으로 등록한다. 그리고 기지에 의존하지 않는 자연과 조화를 이룬 지역을 만들고 일자리를 창조한다. 여기까지로 넓히고 싶다. 이를 위해서도 '북부 훈련장은 사용하기 어렵다', '생각한 대로 훈련을 할 수 없다'라고 미군이 생각하도록 해야 한다. 다른 미군기지도 마찬가지다. 기지 기능이 마비되는 상황이 계속되면 미군은 떠날 수밖에 없다.

* 잘 섞이지 못하고 위로 떠서 따로 도는 물.

얀바루 자연을 파괴하는 미군기지

3월 28일 미 해병대는 히가시촌東村 다카에高江에 있는 북부 훈련장 메인게이트 서북쪽 숲에서 MV22 오스프리의 이착륙과 제자리 비행 및 선회 비행을 반복하고, 늘어뜨린 밧줄을 타고 한 명씩 숲으로 강하하는 훈련을 했다. 700~800미터 정도 떨어진 도로변에서 그 모습을 지켜보았다. 엔진소리와 로터 회전음이 울려 퍼지고, 위에서 내뿜는 열풍으로 나무들이 크게 흔들렸다(훈련 모습을 '얀바루의 희귀생물을 위협하는 오스프리 훈련'이라는 제목으로 유튜브에 올렸으니 참고하기를 바란다). 일대 숲은 국가의 특별 천연기념물인 오키나와딱따구리를 비롯하여 얀바루 흰눈썹뜸부기와 케나가네즈미Diplothrix legata, 류큐잎거북 등 류큐 열도 고유의 희귀생물이 서식하는 곳이다.

봄에 접어들면서 조류는 번식기에 들어갔다. N4 헬리패드 공사 현장에서는 중장비 소음이 오키나와딱따구리의 번식 활동에 악영향을 준다고 하여 3월부터 6월까지 공사가 중단되었다. 그러면서도 미군은 중장비 이상의 폭음을 내며 오스프리 훈련을 계속하고 있다. 헬리패드 건설 공사를 저지하기 위해 메인게이트 주변에서 감시 행동을 할 때 오키나와딱따구리의 드러밍 소리를 자주 들었다. 나뭇가지에 서서 채식하는 모습도 몇 번인가 보았다. 오키나와딱따구리는 세계에서 얀바루 숲에서만 서식하는 일속 일종의 귀중한 새이며, 다카에는 그 중요한 서식처이다. 오스프리는 주민들의 생활을 위협하고 있을 뿐 아니라 오키나와딱따구리의 서식까지 위협하고 있다.

일본 정부는 1월 31일에 '아마미·류큐'의 세계 자연 유산 등록을 위해 유엔 문화교육과학기구유네스코의 잠정 리스트에 추가하겠다고 발표했다. 2015년에 유네스코에 권고하고, 다음해인 2016년도에 세계자연유산 등재를 목표로 한다고 한다. 오키나와에서는 환영의 소리가 높았지만, 북부 훈련장의 존재가 등록의 장애가 된다고 지적하는 소리도 나왔다. 세계자연유산에 등재되기 위해서는 엄격한 환경보전이 필요하다. 그러나 미군기지는 치외법권이고, 오키나와딱따구리의 번식기조차 오스프리의 폭음이 울리고 미군들은 함성을 지르며 숲을 누비고 있다. 이에 대해 오키나와현이 강력히 항의하는 모습은 보이지 않는다.

오히려 나카이마 히로카즈 지사는 다카에 헬리패드 건설에 찬성하고 있다. 북부 훈련장의 북쪽 절반 반환을 위해서는 미군의 요구대로 여섯 개의 새로운 헬리패드를 건설하는 것이 불가피하다는 입장이다. 그 입장에 생활을 위협받는 다카에구高江区 주민에 대한 배려는 눈 씻고도 찾아볼 수 없다. 헬리패드 증설로 인해 미군 훈련이 격화되는 것도 외면하고, 오스프리 배치를 반대하는 의견도 무시하고 있다. 애초에 미군이 말하는 북부 훈련장의 북쪽 절반의 반환이란 남쪽 절반에 훈련 시설을 집약함으로써 보다 효율적이고 반영구적으로 계속 사용하겠다는 의미이다. 실제로 메인게이트 앞에서 감시 활동하다 보면 헬리패드 건설 외에도 공사 차량이 자주 드나들며 노후시설을 교체하고 있다. 시설이 새로 들어서면 이는 곧 기지 고착화로 이어진다.

북부 훈련장만이 아니다. 나고시名護市 헤노코辺野古 캠프 슈워브도 후텐마 기지의 '이전'을 구실로 육상부의 시설 건설이 추진되고 있다. 4월 2일 자 『류큐신보』에 따르면 육상부에서는 이미 5개 시설 중 4건이 71억 엔 남짓한 계약금을 받고 공사가 진행되었다고 한다. 국도 129호선에서 보이는 철망 너머의 슈워브 모습은 몇 년 전과 완전히 달라졌다. 바다 매립 공사에 앞서 신기지 건설은 순조롭게 진행되고 있다.

3월 22일 방위성은 헤노코 신기지 건설을 위한 매립 신청서를 오키나와현에 제출했다. 이를 제지하기 위해 그날 오후, 제출처인 나고 토목 사무소에서 기다리고 있었다. 그러나 오키나와 방위국은 시민과 매스컴의 눈을 속이기 위해 본래 제출 장소인 2층 사무소가 아닌 3층 사무소에 서류를 두고 1~2분 만에 그곳을 떠났다. 언제나와 같은 수법이었다. 저지 행동에 참가하는 사람이 좀 더 있었다면, 주차장이나 정문에 사람을 배치하여 빠르게 움직임을 캐치했다면, 제출을 막을 수도 있었을 텐데……. 반기지 운동의 수법은 많을수록 좋다. 다카에든 헤노코든 공사를 멈추기 위해 직접 행동에 참가하는 사람이 적으면 정부·방위성에 발목을 잡혀 공사가 강행되고 만다. 오키나와딱따구리가 둥지를 트는 3~6월은, 68년 전 일어났던 격렬한 오키나와 전투 시기와 맞물린다. 오키나와 전투를 되돌아보는 나날 속에서 4·28이나 5·15 대처도 진행된다. 오키나와전에서 '사석'이 되어 4·28에 버려지고, 5·15 이후에는 미군에 더해 자위대 배치까지 진행되었다. 68년 후에도 전쟁과 기지의 위협을 계속 받고 있는 오키나와. 필요한 것은 이 현실을 바꾸기 위한 행동이다.

오키나와 '전후사戰後史'와 오키나와의 주권 회복

4·28하면 떠오르는 일이 있다. 1960년생인 내가 초등학교 2, 3학년 때쯤이니까 60년대 말 즈음이다. 당시 오키나와는 미국의 시정권 아래 있었고, 일본 복귀 운동이 활발히 이루어졌던 시기이다. 샌프란시스코 강화조약이 발효된 4월 28일은 오키나와가 조국 일본에서 분리된 날로서 '굴욕의 날'이라 불렸다. 4·28을 기념하여 나하那覇에서 출발한 복귀행진단은 오키나와 곳곳을 걸었고, 목적지인 최북단에 위치한 헤도 곶에 도착해 화톳불을 피우고, 일본 최남단인 요론섬与論島에서 똑같이 타오르는 불을 바라보며 집회를 열었다. 또 오키나와와 요론섬 양쪽에서 배를 띄워 북위 27도선을 사이에 두고 교류하는 해상 집회도 열렸다.

그때쯤 나는 나키진今帰仁 초등학교에 다니고 있었다. 새 학기가 시작된 지 얼마 되지 않아 담임 선생님께서 이렇게 말씀하셨다. "내일은 복귀행진단이 마을을 지나갈 테니까 일장기를 만들어서 함께 맞이하도록 해요." 집으로 돌아온 나는 습자지에 깡통을 놓고 가장자리를 연필로 덧그린 후 빨간색 물감으로 동그랗게 칠해 일장기를 만들었다. 다음 날 집 근처 도로로 나와서 직접 만든 일장기를 흔들며 복귀행진단을 맞았다. 횡단막을 내걸며 북부 제당공장 앞 도로를 걸어오는 행진단의 모습이 지금도 눈에 선하다. 마을을 동서 방향으로 가로지르는 그 도로는 통학로였고, 줄지어 훈련장으로 향하는 미군 전차들이 지나가는 길이기도 했다.

그로부터 20년 가까이 지난 1987년 10월, 오키나와 해방 국민 체육대회가 열렸다. 체육대회를 위해 오키나와 교육 현장에서는 졸업식·입학식에서 일장기를 게양하고, 기미가요 제창이 강제적으로 진행되었다. 국민체육대회가 한창일 때 일장기와 기미가요를 강제한 것에 대한 항의 행동이 현 전체에서 일어났고, 소프트볼 회장에 걸려있던 일장기도 태워졌다. 20년 사이에 오키나와에서의 일장기·기미가요에 대한 인식은 크게 바뀌어 있었다. 1960년대 중반 무렵부터 복귀 운동의 내실을 되묻는 소리가 오키나와 내부에서 나오기 시작했다. 일본에서 유학하며 새로운 사상을 접하거나 학생 자치회와 노동조합, 민주단체 등과 같이 일본 / 오키나와 간의 교류가 진행됨에 따라 일장기·기미가요를 비판적으로 파악하는 소리가 높아져 갔다. 아라카와 아키라, 가와미츠 신이치, 오카모토 게이토쿠 등의 저널리스트와 대학교수에 의한 '반反복귀론' 전개도 있었다. 하지만 복귀운동의 흐름을 바꾸는 데는 부족했다.

1972년 5월 15일에 오키나와 시정권이 반환되었다. 나는 초등학교 6학년이었다. 그해 운동회에서 일장기를 들고 전교생이 매스게임*을 했다. 일본의 침략전쟁에서의 일장기·기미가요의 의미가 오키나와에서 널리 인식되기까지 오랜 시간이 필요했다. 이를 단순히 오키나와 사람들의 의식의 뒤처짐으로 파악하는 것은 잘못되었다. 미군 통치하의 오키나와에서는 일장기의 게양과 기미가요 제창이 금지되어 있었다. 정치적인 의미를 갖지 않는 한 사적인 일장기 게양이 허용된 것은 1952년 4월 28일 샌프란시스코 강화조약 발효 후이며, 축제와 같은 특별한 날에 공공시설에서의 게양이 허용된 것은 1961년이 되고부터다. 그런 상황 속에서 일장기·기미가요는 군의 강압 정치에 대한 저항의 상징으로서 인식된 측면이 있었다.

* 많은 사람이 맨손이나 기구를 이용하여 집단으로 행하는 체조 및 율동.

복귀 운동의 중심이 된 오키나와 교직원회는 일장기의 구입 및 게양을 조직 운동의 일환으로서 진행했었다. 초등학교 시절 체험도 오키나와 교원회의 노력으로 일어난 일이다. 일장기·기미가요가 '저항의 상징'에서 '침략의 상징'으로 바뀌어 가는 과정에는 야마토와는 다른 오키나와의 '전후사'가 있다. 이를 바탕으로 복귀 운동에서 과도하게 표출되고 있는 내셔널리즘 문제에 대해 고민해보고 극복해 나가는 것은 오키나와에 있어서 지금도 진행 중인 과제이다. '일본 복귀'로부터 41주년을 맞는 올해, 아베 신조 총리는 4월 28일 정부 주최 '주권 회복 및 국제사회 복귀 기념식'을 개최했다. 그에 대해 오키나와에서는 1만 명 규모의 항의 집회가 열렸다. 식전 개최가 발표되고 나서 오키나와에서는 4·28을 '굴욕의 날'로 삼는 의견이 계속해서 터져 나왔다.

'굴욕'의 뜻은 사람마다 달랐을 것이다. 샌프란시스코 강화 조약으로부터 벌써 61년이 지났고, 복귀 운동을 담당했던 이들도 60대 이상이 되었다. 일본 '본토'에서 분리된 것뿐만 아니라, 미군 시정하의 오키나와와 그 이후의 오키나와 역사, 그리고 현재의 오키나와 상황을 총체적으로 파악해 '굴욕'의 의미를 반추하는 일이 널리 행해지고 있다. 아베 총리가 말하는 '주권 회복'이란 국민 주권을 부정하고 국가에 의한 주권 회복=민중 지배 강화를 추진하는 것이다. 오키나와에 대한 지배·통합 압력도 한층 더 강해진다. 이를 거부하고 오키나와의 주권을 회복하는 힘을 만들어야 한다.

오키나와 현민들을 모독하는 하시모토 도오루 오사카 시장

내가 초등학생 시절에 어머니는 택시 회사에서 사무 일을 하고 있었다. 1960~1970대 무렵이었다. 오키나와섬 북부에 있는 작은 마을이었기 때문에 택시 이용자는 한정되어 있었다. 운전사들은 캠프 슈워브나 캠프 한센 주변 술집가에서 대기하다 미군을 태우는 일이 잦았다고 한다. 그중 미군에게 습격을 당해 살해당한 운전사도 있었다. 미군이 일으키는 사건·사고에 연루되는 사람들은 흔히 미군과 접촉할 기회가 많은 직종의 사람들이다. 오키나와에서 택시 운전사는 그런 직종 중 하나였다. 이를 알고 아무리 조심해도 돈을 빼앗기고 칼에 찔려 다치거나 목숨을 잃는 운전자들이 속출했다. 그렇다고 해서 미군을 태우지 않으면 하루 일당이 줄어들어 생활이 힘들어진다. 그러한 딜레마는 지금도 계속되고 있다.

택시 운전사와 마찬가지로 미군과의 접촉이 잦은 직종 중 하나가 미군을 상대하는 술집에서 일하는 여성들이다. 그중에는 술을 따르는 것뿐만 아니라 미군에게 몸까지 팔아가며 살아야 했던 여성들도 있었다. 그러한 여성들은 베트남 침략 전쟁 시기에 죽음에 대한 공포에 휩싸여 술과 마약에 빠져버린 미군들의 폭력에 노출되었다. 그리고 많은 희생자가 나왔다.

5월 1일 하시모토 도오루 오사카 시장은 후텐마 기지 사령관을 만나 해병대 군인들의 성적 에너지를 통제하기 위해 매춘업을 활용할 것을 요구했다고 한다. 5월 13일 밀착 취재에서 하시모토 시장은 스스로 이러한 사실을 득의양양하게 말했다. 이후 '위안부 필요' 발언과 함께 '매춘업 활용' 발언은 국내외에서 큰 비판을 받았다. 이 글에서는 '매춘업 활용' 발언에 대해서 말하고자 한다. 하시모토 시장이 후텐마 기지 사령관에게 그 발언을 한 날은 오사카 유신회와 정당소조시모지 미키오 대표가 「나하那覇 시내에서 미군 후텐마 비행장의 나고시名護市 헤노코辺野古로의 이전 추진을 명기한 정책 협정을 체결」『류큐신보』, 5월 2일 자한 날이었다.

하시모토 시장을 비롯한 일본유신회 오사카 간부는 4월 30일에 「헬리콥터로 후텐마 비행장과 가데나 기지 등을 시찰. 1일에 미군 캠프 슈워브와 후텐마 비행장, 후텐마 제2 초등학교 등을 시찰」『류큐신보』, 5월 1일 자한 다음 정당소조와 정책 협정을 맺고, 7월 참의원 오키나와 선거구에서 합동 후보자를 선출하겠다고 발표했다. 그러한 흐름 속에서 하시모토 시장의 '매춘업 활용' 발언이 이루어졌다는 점도 확인해 둘 필요가 있다. 즉 하시모토 시장의 '매춘업 활용' 발언은 후텐마 기지의 헤노코 '이전'=오키나와현 내에서의 돌려막기를 추진하여 오키나와 현민에게 향후에도 기지와의 공존을 강제하기 위해 미군 범죄를 줄여 반발을 억제해야겠다는 생각에서 나온 것이다.

이를 위해 '해병대 군인'들의 성적 에너지의 배출구로서 '합법적'인 매춘업을 활용해야 한다는 발상이 나왔다. 그 천박함은 말할 것도 없고 그보다 추악한 점은 일본유신회가 오키나와에서 세력을 확장하겠다는 정치적 타산에 관철되어 있다는 점이다. 하시모토 시장에게 있어서 매춘업에서 일하는 여성들은 자신의 정치적 타산을 실현하기 위한 수단=도구일 뿐이다. 그리고 그러한 수단=도구로 이용되는 것은 오키나와 여성들이다. 하시모토 시장이 후텐마 기지 사령관에게 요구한 '매춘업의 활용'을 위해 그 대상이 되는 것은 후텐마 기지 주변에서 일하는 여성들이다.

또한 '헤노코 이전 추진'을 내세운 것을 보면 헤노코 캠프 슈워브 주변으로의 '이전'을 위해 새롭게 유흥업소를 만들라는 말과 다름없다. 하시모토 시장의 밀착 취재 영상을 유튜브로 보고 있자니 허울 좋은 겉치레는 집어치운 솔직한 정치가로서 자신을 드러내고자 하는 욕망이 물씬 풍겨온다. 한편으로 그 본심이 얼마나 오키나와 현민을 우롱하고, 반발을 낳는가는 깨닫지 못하고 있다. '해병대 군인'들의 성적 에너지 배출구가 되는 여성들이 얼마나 그들의 폭력에 노출될지에 대해서는 조금도 생각하지 않았다.

본란에서도 언급한 것처럼 히가시촌東村 다카에高江 N4지구에 위치한 헬리패드오스프리 패드를 건설한 것은 정당소조 시모지 대표의 형이 사장을 맡고 있는 다이요네 건설이다. 다카에의 헬리패드 건설과 후텐마 기지의 헤노코 '이전'을 진행하는 한편, 오키나와의 '기지 부담 경감'을 태연히 입에 담는 시모지 대표와 하시모토 시장이 나란히 서 있는 모습을 보고 있으면, 끼리끼리라는 말이 잘 들어맞는 듯하다. 그러나 오사카 유신회와 정당소조의 야합이 오키나와에서 결실을 보지는 못할 것이다. '풍속 활용 발언'으로 미군과 미국 국민에게는 사과해도 오키나와 사람들에게는 사과하지 않는다. 하시모토 시장의 그러한 태도에 오키나와 현민의 분노는 가라앉지 않고 있다.

'옥쇄의 섬'에 세워진 오키나와 탑

2010년 9월 28일부터 10월 3일에 걸쳐 벨라우팔라우 공화국을 방문했다. 팔라우제도에서 생활하거나 팔라우제도에서 전사한 오키나와인의 유족을 중심으로 하는 위령 성묘단의 일원으로서 코로르섬, 펠렐리우섬, 앙가우르섬을 돌며 각 섬에서 행해진 위령제에 참가했다. 나는 관계자는 아니지만, 현 내지에 게재된 참가 모집 기사를 보고 신청하여 동행하게 되었다. 해외 위령 성묘단으로서 참가하는 것은 팔라우제도가 세 번째이다. 그전에는 사이판섬, 티니언섬과 중국 헤이룽장성의 위령 성묘단에 참가했다. 전전戰前, 전후戰後 오키나와는 많은 이주 노동자, 해외 이민을 내보냈다. 관동, 관서지방의 방적 공장이나 일자리를 찾아 하와이, 북미, 중남미로 건너가는 것이 우리 조부모님 세대에서는 당연한 일이었다. 전쟁 중에는 만주 개척 이민도 조직되고, 내가 태어나 자란 나키진촌今帰仁村도 개척단을 보내고 있었다. 위령 참배를 하러 헤이룽장성에 갔을 때는 나카진今帰仁 개척단 터도 찾아갔었다.

제1차 세계대전 이후 미크로네시아 섬들이 일본의 위임 통치령이 되었고, 1921년에는 남양흥발*이 사이판섬에 발족했다. 1922년에는 사이판-오키나와 직행선이 생기고, 팔라우제도의 코로르 섬에 남양청이 설치되었다. 빈곤과 인구과잉에 시달려온 오키나와는 1899년에 도야마 규조의 알선으로 하와이 이민이 이루어진 이래 꾸준히 해외 이민이 추진되었다. 이러한 이민 추진과 사탕수

---

* 제1차 세계대전 이후 일제의 위임 통치령이 된 남양군도 사이판섬에서 1920년대 동양척식주식회사와 기업인 마쓰에 하루쓰구가 중심이 되어 설립한 기업.

수 재배의 경험, 열대성 기후의 적응 등을 위해 남양 개발을 추진하는 국책 아래, 오키나와에서는 '남양 붐'이 일어났다. 1940년에는 남양 군도의 재류 일본인 8만 3,000여 명의 약 70%인 5만 6,000명이 오키나와로부터의 이민이었다고 한다.『오키나와 대백과사전』, 오키나와 타임스 참조 그렇게 해서 남양 군도에 대량의 이민자들을 보낸 것이 태평양 전쟁에서 큰 희생을 낳게 되었다.

'옥쇄의 섬'이라 불리는 사이판과 티니언섬, 펠렐리우섬, 앙가우루섬에서 많은 오키나와 사람들이 죽었다. 사이판과 티니언섬에서는 전쟁에 휘말린 주민들이 미군의 공격에 몰려 절벽으로 몸을 던지거나 가족들끼리 수류탄과 다이너마이트를 터뜨려 집단 자살하는 사건도 발생했다. 본래 민간인인 주민은 전시 아래 보호받아야 한다. 당시의 오키나와인, 일본인에게는 포로가 되는 것에 대한 공포와 거부감, 천황을 위해서 죽는 것을 미덕으로 삼는 의식이 철저하게 주입되어 있었다. 1944년의 사이판섬, 티니언섬에서의 전투는 일본군과 함께 주민도 옥쇄=전멸사를 강요당해 막대한 희생을 불러왔다. 같은 일이 이듬해 3월 이후 오키나와 전투에서도 반복되었다.

팔라우제도 여행 중 함께 호텔에서 묵었던 I 씨는 도쿄 시내 백화점에서 정년까지 일하다가 오키나와로 내려온 조용한 남성이었다. 그의 아버지는 앙가우르섬에서 전사했다고 한다. 코로르섬에서 열린 위령제에서 그는 유족을 대표하여 조문하고, 앙가우르섬, 펠렐리우섬에서의 위령제에서는 산신*을 키며 류큐 고전 음악을 불렀다. 아버지가 전사한 섬을 방문하는 것은 처음이라고 했다. 펠렐리우섬까지는 파도가 잔잔하지만, 앙가우르섬은 육지에서 멀리 떨어져 있어서 주변 파도가 거칠다. 날씨에 따라 결항이 될 수도 있다고 사전에 연락도 받았다. 다행히

---

* 오키나와 전통악기.

당일 날씨가 좋아서 무사히 섬으로 건너갈 수 있었다. 그래도 파도가 거칠어 소형 보트가 크게 들썩였고, 비닐 시트 뒤에 숨어서 덮쳐오는 바닷물을 피해야 했다.

앙가우르섬은 남북 4km, 동서 약 3km의 융기산호초 섬으로 인광석 광산이 있다. 그곳에서 일하거나 가다랑어잡이를 하던 오키나와 남성들은 현지 소집을 받아 군인·군무원이 되어 1944년 9월 17일부터 10월 19일까지 전투에 참여했다. 일본군 장병 1,200여 명 중 살아남은 사람은 불과 50여 명에 불과했다고 한다. 생존자 중 한 명인 후나사카 히로시 씨의 『멸진滅盡 전쟁 속의 전사들』고단샤문고의 권말에 앙가우르섬 일본군 부대 명단이 실려 있다. 거기에는 나카다, 가미지, 히가, 쓰하, 쇼키타 등 오키나와 성이 줄지어 있다. 대부분 이등병이다. 최하급 군인·군무원인 이들은 압도적인 전력을 가진 미군의 맹공격과 물이 부족한 섬에서 갈증과 굶주림에 시달리다 목숨을 잃었다. 팔라우제도의 귀환자들이 만든 오키나와 팔라우회는 회원의 고령화로 2007년 위령제를 마지막으로 해산되었다. 그 후, 현지 요구로 앙가우르섬의 위령비를 이축해야 했고, 섬 동쪽에 위령 공원이 만들어지면서 오키나와 탑도 그곳으로 옮겨졌다.

2010년의 성묘단은 기부금으로 옮겨진 오키나와 탑의 현상을 확인하는 것이 목적이었다. 해안 근처로 옮겨진 오키나와 탑은 소박했다. 77명의 오키나와인이 모셔진 탑 앞에 물과 아와모리, 오키나와 전통 과자를 놓고, 분향한 뒤 류큐 고전 음악을 합창했다. 밀려오는 파도 소리와 목마황과 잎사귀를 흔드는 바람 소리가 노랫소리와 겹쳐진다. 노래가 끝난 후 I 씨는 탑 근처에서 조약돌을 줍고 있었다. 3월 말부터 6월에 걸쳐 오키나와 각지에서 오키나와전 위령제가 개최된다. 오키나와전과 관련된 책이나 자료를 읽으면서 동시에 사이판, 티니언, 펠렐리우, 앙가우르라는 '옥쇄의 섬'에 오키나와 탑이 존재하는 의미에 대해서도 곱씹어본다.

짓밟히는 '평화'

또 한 번 참화에 휘말리기 전에

1965년 3월 12일, 류큐 정부 입법원에 '입법안 제9호 주민의 축제일에 관한 입법 일부를 개정하는 입법안'이 발의되었다. 발의자는 후에 나하那覇 시장이 될 다이라 료쇼 의원 외 11명으로 내용은 다음과 같다.

> 류큐 정부입법원은 여기에 다음과 같이 정한다.
>
> **주민의 축제일에 관한 입법 일부를 개정하는 입법**
>
> 주민의 축제일에 관한 입법(1961년 입법 제85호)의 일부를 다음과 같이 개정한다.
>
> 제2조 중 '어린이날 5월 5일 어린이의 인격을 존중하고 어린이의 행복을 도모한다' 이전에 '헌법기념일 5월 3일 일본 헌법의 시행을 기념하여 오키나와에 적용을 기한다'를 더한다.
>
> **부칙**
>
> 이 입법은 공포일로부터 시행한다.

이 안은 4월 9일에 입법원에서 가결·제정되었고, 그해 5월 3일부터 오키나와에서도 헌법기념일이 공포·시행되었다. 1947년 5월 3일, 일본 헌법이 시행되어 야마토에서는 다음해인 1948년부터 국민의 축일이 되었다. 그로부터 17년이나 지나서 드디어 오키나와에서도 헌법기념일이 제정된 것이다. 그러나 축일이 되어도 '오키나와에 적용을 기한다'라고 적어야만 했다. 미군정 아래 놓인 오키나와에서는 주민들의 기본적 인권 유린 상황이 거듭되었다. 미군이 일으키는 사건이나 사고의 피해를 보아도 주민들은 정당한 보상이나 재판받지 못하고 어쩔 수 없이 단념해야 했다. 범죄를 저지른 미군이 기지 안으로 도망쳐 그대로 본국으로 돌아가는 일까지 있었다. 이로 인해 오키나와에서는 국민주권과 기본적 인권, 평화주의를 주장하는 일본 헌법에 강한 동경이 생겨났고, 미군 지배를 벗어나 평화헌법 아래에서 살기를 염원하며 '조국 복귀 운동'이 한층 고조되었다.

1972년 5월 15일 오키나와 시정권이 반환되고 헌법이 적용되었다. 오키나와에서 헌법은 '주어진 것'도 아니고 '강요된 것'도 아니다. 미국의 강압적인 정치에 맞서 스스로 쟁취한 것이었다. 오키나와의 나하시那覇市, 요미탄촌読谷村, 하에바루정南風原町, 니시하라정西原町, 이시가키시石垣市, 미야코지마시宮古島市 등 각지에 '9조의 비'가 세워져 있다. 이는 어렵게 손에 넣은 헌법, 특히 9조를 소중히 지키고 싶다는 의지의 결실일 것이다. 한편으로는 미군과 자위대의 기지가 집중되는 오키나와의 현실을 확인하고, 군사기지 전부를 철거시켜, 9조를 본래의 모습으로 실현하고 싶다는 생각의 표현이기도 할 것이다. 그러나 오키나와 현민의 그러한 생각은 항상 짓밟혀왔다.

작년 '5·15 평화와 생활을 지키는 현민 집회'에서 발언했던 후텐마 폭음 소송단의 시마다 요시하루 단장은 '오키나와는 헌법 예외 지역인가!'라며 분노를 표출했다. '일본 복귀' 이후 41년이 지나도 오키나와의 미군기지 집중이라는 현실은 변하지 않을 뿐만 아니라, 작년 10월 1일에는 MV22 오스프리의 후텐마 기지 배치가 강행되었다. 그 전에 오키나와의 전체 시정촌 의회가 오스프리 배치 반대 결의를 올렸으나, 이를 무시한 강행이었다. 올해 1월에는 전체 시정촌장과 의회 의장대리 포함이 참가한 가운데 도쿄 행동이 이루어졌으며, 아베 신조 총리에게 오스프리 배치 중지, 후텐마 기지의 폐쇄·철거, 현 내 이전 포기를 요구하는 '건백서'를 제출했다. 그러나 그것도 완전히 무시당한 채, 오는 7월에 오스프리 제2진에 비행기가 추가 배치되려 하고 있다. 자민당과 공명당의 현縣 조직이 사민당·공산당과 함께 정부에게 기지문제에 대한 반대 의사를 표명하고 있다. 혹은 도쿄에서 현 내의 전체 시정촌장·의회 의장이 참가하는 집회 및 데모를 열어 수상에게 '건백서'를 제출한다. 이런 일이 전후 일본 정치에서 일어난 적이 있는가. 하나의 현이 이렇게까지 하나가 되어 호소하는 것이 무시된다면 오키나와는 헌법과 민주주의가 적용되지 않는 지역임을 정부가 선언한 것이나 다름없다.

'일본은 돌아가야 할 조국이 아니었다…….' 과거 '복귀 운동'을 했던 60~70대 사람들이 그렇게 말한다. 헌법이 개악되면 그 생각은 한층 더 강해질 것이다. 일본인이 일본 헌법을 개악한다면 오키나와인은 류큐국 헌법을 만들어 독립하는 편이 낫다. 그러한 생각을 하는 사람들도 있다. 다만 실현은 쉬운 일이 아니다. 그러한 생각이 형태를 이루기 전에 오키나와는 새로운 전쟁·분쟁의 위험에 말려들 수도 있다. 9조 개악이 이루어지면 그 영향을 가장 심하게 받는 곳이 오키나와이다. 자위대가 미군과 일체화를 추진하고, 아시아에서 대 중국 군사 활동을 할 때 오키나와는 최전선의 거점이 된다.

이미 80년대부터 미군과 함께 싸울 자위대에 대한 준비가 진행되어 왔다. 일본군에 의한 주민 학살과 식량 강탈, 참호 몰아내기, '집단자결' 강제 등의 역사는 지금도 오키나와에서는 계속 회자되고 있다. 그러나 그만큼 자위대의 선무공작도 41년간 축적되어 왔다. 자위대에 대한 부정감이나 거부감은 예전에 비하면 많이 줄어들었다. 이에 따라 일본 정부·방위성은 앞으로 오키나와 주민들에게 '남쪽의 방비대'라는 의식을 심어 미·일 양군을 지탱하는 민간협력 체제를 만들려고 할 것이다. 이 때문에 지금 '센카쿠제도의 위기'라고 하는 '영토문제'를 의도적으로 부추겨 정치적으로 이용하고 있다. 헌법 개악을 허용해서는 안 되지만 그것은 단순히 현행 조문을 지키겠다는 것이 아니다. 실태를 수반하지 않는 조문은 공허하고, 이대로 가다간 오키나와는 또다시 참화에 휘말리게 될 것이다. 그것을 어떻게든 막아야 한다.

'올 오키나와All Okinawa'* 이면에서 진행되고 있는 것

1월 27일부터 28일에 걸쳐 '오스프리 배치에 반대하는 현민 집회' 실행위원회 대표와 오키나와 41개의 시정촌장, 의회 의장대리 포함이 참가한 가운데 도쿄 행동이 이루어졌다. 히비야 공원 야외 음악당에서의 집회와 긴자 퍼레이드, 아베 신조 수상에 건백서 제출 등 '올 오키나와'에서 이루어진 전례 없는 행동을 높게 평가하는 소리가 많다. 그러나 히가시촌東村 다카에구高江区에서 진행되고 있는 헬리패드착륙대 건설에 반대하는 행동에 연일 참가하고 있는 한 사람으로서 이번 도쿄 행동은 어딘가 퇴색된 느낌이 드는 것을 떨쳐버릴 수가 없었다.

그 큰 이유는 다카에 헬리패드 건설 문제가 의도적으로 회피되고 있다는 데 있다(집회나 퍼레이드 참가자들의 호소는 있었지만). 오키나와의 MV22 오스프리 배치에 반대한다면 그 오스프리가 훈련할 착륙대 건설에도 당연히 반대해야 한다. 또 후텐마 기지의 현 내 이전에 반대한다면 이 역시 북부 훈련장 내 헬리패드 이전에도 반대해야 한다. 그런데 다카에구가 있는 히가시촌의 이쥬세이 큐 촌장을 비롯하여 보수계 수장·의장 중에는 헬리패드 건설을 용인하고 있는 자들이 있다. 그 모순을 감추기 위해 다카에의 헬리패드=오스프리 패드 건설에 반대하는 것은 '종이 한 장 차이'로 잘라내 버리고 '올 오키나와'가 강조되었다.

그 밖에도 오키나와에서의 자위대 강화와 미·일 안보조약 문제 등, '올 오키나와'가 은폐 장치 기능을 하고 있다는 중요한 문제가 있다. 보수·혁신의 대립을

* 미군 후텐마 기지의 헤노코 이설에 반대하는 보수·혁신 공동체.

넘어 하나가 되어 '올 오키나와'에서 오스프리와 후텐마 기지의 현 내 이전에 반대하고 있다는 말은 듣기에는 좋다. 하지만 이시하라 신타로 전 도쿄 도지사에 의해서 센카쿠제도를 둘러싼 '영토 문제'가 연출되면서, 이를 이용해 미군과 자위대가 하나가 된 대 중국 군사 강화가 오키나와에서 진행되고 있는 것. 미·일 안보조약 문제없이는 오키나와의 기지 문제가 해결될 수 없다는 것을 생각하면 '올 오키나와'의 강조가 오키나와의 반전·반기지 운동의 변질을 촉진할 수도 있는 위험성을 갖고 있음을 인식할 필요가 있다.

도쿄 행동을 시작으로 한 그동안의 오스프리 배치 반대 행동에서 나하시那覇市의 오나가 다케시 시장의 언행이 눈에 띄었다. 기지 문제에 관해서는 보수도 혁신도 없다. 당파를 초월하여 '오키나와 차별'에 반대한다. 그러한 자세에 폭넓은 지지자들이 모였지만, 오나가 시장의 입장은 어디까지나 미·일 안보조약을 긍정한 상태에서 오키나와의 기지 가중부담을 경감한다고 하는 것이다. 다카에의 헬리패드 건설과 사키시마先島의 자위대 배치, 미·일 안보조약 등을 놓고 오나가 시장과 논의한다면 혁신정당, 지지층과의 차이는 저절로 드러날 것이다. 그러나 이러한 '올 오키나와'의 문제에 대한 추궁은 보이지 않는다. 그 결과 발생하는 것은 미·일 안보조약을 암묵적인 전제로 삼고 기지 문제를 오키나와의 가중부담 '정리축소'로 한정하거나, 순조롭게 진행되는 자위대 강화에 대한 반대운동을 등한시하는 현상이다. 그리고 후텐마普天間와 헤노코辺野古가 거론되는 반면 다카에高江는 무시된다.

'올 오키나와', '보혁을 넘어'라는 미사여구 이면에서 반기지 운동의 주도권을 자공* 보수 세력이 잡아버리면 운동의 변질은 불가피하다. 그렇게 되면 후텐

* 자유민주당과 공명당.

마 기지의 주요 게이트를 민중이 직접 행동하여 봉쇄하는 대처는 '너무 과격해서 대중이 따라갈 수 없다', '운동의 화합을 어지럽힌다'며 제한을 강화할 것이다. 미·일 양국 정부 및 미군 입장에서는 오키나와 민중이 기지 기능을 마비시키는 직접 행동에 들어가는 것이 가장 두려울 것이다. 이를 억제하여 정치인을 통한 정부에의 요청 행동이라는 틀에 현민 운동을 끼워 넣고, 나아가 그 주도권을 보수 세력에 쥐여주면 오키나와 기지의 기능 마비라고 하는 최악의 사태는 피할 수 있다.

또한 '올 오키나와'라는 흐름을 이용하여 오키나와의 정계 재편을 촉진하고, 공산당을 배제한 뒤 사민당, 오키나와 사대당을 보수·중도 쪽으로 끌어들일 수 있다면 오키나와의 반기지 운동을 내부에서 와해시킬 수 있다. 지난 2월 10일에 치러진 우라소에浦添 시장 선거에서 오키나와 자민당, 공명당, 사민당, 오키나와 사대당이 처음으로 본격적인 보혁 연합을 실시하여 신인인 니시하라 히로미 씨를 공천했다. 결과는 '야합'이라는 비판을 받으며 보혁 양측의 고정표를 모으지 못하고 낙선했다. 그러나 오키나와에서의 이 움직임에 주의해야 한다. 내년 11월 현 지사 선거에서 보수 진영은 오나가 씨가 가장 유력한 후보이다. 승산이 없다고 본 사민당·오키나와 사대당이 오나가 씨를 지지하면서 혁신 공동투쟁이 소멸한다. 그 시나리오를 그리며 꿈틀거릴 자들을 눈여겨보고 싶다.

용인은 기지 집중의 긍정

지사는 매립 거부를

두 개의 큰 사건이 오키나와에 있어서 향후 수십 년에 이르는 심각한 상황을 만들어내려고 하고 있다. 특정비밀보호법안의 강행 채결에 의한 성립과 현 관계의 자민당 국회의원 및 자민당 현련의 공약 위반=후텐마 기지 '현 내 이전' 용인이다. 이러한 사건들은 정당정치에 대한 깊은 불신과 허무감을 만들어내고 의회제 민주주의를 무너뜨린다. 그뿐만 아니라 오키나와의 '기지 부담 경감'은커녕 중국에 대항하는 미군과 자위대의 군사 거점으로서 한층 더 무거운 기지 부담의 희생에 얽매이게 된다.

이 두 가지 사건이 동시에 진행되는 것은 공통의 뿌리를 갖고 있기 때문이다. 미국에 복종하고, 그 바람대로 주일오키나와 주둔 미군을 강화하는 것. 더 나아가 자위대를 미군과 일체화하여 싸울 수 있는 군대로 만들어 가는 것. 그런 의도 아래 아베 신조 정권은 특정비밀보호법을 통과시켰으며, 자민당 현련에 이어 나카이마 히로카즈 지사에 대한 압력을 강화하고 있다. 나카이마 지사가 후텐마 기지의 '현 내 이전'=헤노코 '이전'을 용인하게 되면 나고 시장 선거에서 어떤 결과가 나오든 간에 일본 정부는 이를 무시하고 매립 공사를 시작할 것이다. 아울러 센카쿠제도의 위기를 부추겨 사키시마先島 지역의 각 섬에 자위대 배치를 추진하고 시모지섬下地島 공항의 군사화와 민간 공항 및 항만의 미군·자위대의 사용 활성화, 임전 태세를 추진해 나갈 것이다.

그에 반대하는 시민운동가와 정당, 민주단체 등을 탄압하고 기지 문제와 관련하여 정부와 뜻이 맞지 않는 보도를 하는 오키나와 언론사를 통제하는데 특정비밀보호법은 큰 위력을 발휘할 것이다. 군사기지에 둘러싸여 생활하고 있는 오키나와 사람들은 이 법의 영향을 가장 먼저 받는다. 오키나와 현민의 눈과 귀를 막고, 목소리를 뺏음으로써 평상시 및 전시에서 기지를 안정적으로 사용할 수 있다. 자민당 현련은 지금 이때 선거공약을 파기하고 후텐마 기지의 '현 내 이전'=헤노코 '이전'으로 전환한 것의 중대성을 자각해야 한다. 일본이라는 나라가 어떤 방향으로 나아가고 있으며, 오키나와가 그 안에서 어떻게 다뤄지려고 하고 있는가. 그 결과 10년 후, 20년 후의 오키나와에 무엇이 초래할 것인가. 오키나와의 젊은 세대들 앞에 무엇이 기다리고 있을지 진지하게 생각해야 한다.

후텐마 기지의 위험성을 제거한다면서 그 위험성을 헤노코에 떠넘기는 것은 소수자의 희생을 강요한다는 점에서 일본 정부의 수법과 동일하다. 정부의 오키나와 차별을 비판해 놓고 얀바루 차별을 공공연히 한다면 그 부끄러움을 알아야 한다. 최근 몇 년간 과도한 기지 집중과 야마토 시민들의 무관심을 두고 오키나와에서 '차별'이라는 말이 자주 거론되었다. 자민당 현련이나 현 관계 국회의원의 헤노코 '이전' 용인은 오키나와 현민들이 그 차별을 받아들인 것으로 인식될 수도 있다. 그 뒤를 잇는 것은 '오키나와 현민들은 역시 기지가 필요한 거지, 기지가 없으면 생활할 수 없는 거야, 그러니까 반대해서 일괄 교부금의 전액 수용이나 나하 공항의 활주로 증설을 끌어낸 거지'라고 하는 모멸적인 인식의 확대다.

자민당 중앙의 압력에 굴복해 '고심 끝에 내린 선택'이었다는 변명은 통하지 않는다. 미군기지를 오키나와에 떠넘기고 싶은 대다수의 야마토 시민들에게 자민당 현련의 전환은 편의주의적으로 해석되고 오키나와 차별을 정당화하는 것으로 이용된다. 만약 나카이마 지사가 헤노코 '이전' 용인을 단행한다면 오키나와에 대한 모멸적 인식과 차별의 정당화는 결정적인 것이 된다. 오키나와현 내에서 행해지고 있는 세세한 논의나 내부 사정에 관심을 가지고 미디어나 인터넷으로 정보를 모으고 있는 사람은 극소수다. 나카이마 지사가 '용인'을 발표하고 매립을 인정했다고 보도된 시점에서 대다수의 야마토 시민에게 오키나와는 많은 일이 있었지만, 기지와 공존하는 길을 선택했다고 해석될 것이다. 그리고 과도하게 기지를 떠넘긴다는 부담에서 벗어날 수 있다.

그뿐만이 아니다. 차별은커녕 경제적 혜택을 베풀고 있다며 오키나와로의 기지 집중은 긍정적으로 평가될 가능성이 있다. 그렇게 되면 현 내에서 미군에 의한 사건·사고가 아무리 발생해도 그것까지 감안해서 '현 내 이전'을 용인했겠지, 라고 내뱉어 버리면 끝이다. 후텐마 기지의 고정화는커녕 미군기지 문제는 '오키나와 문제'로 고착화되고 전국적인 논의나 관심은 기지 소재 지자체를 제외하고는 사라져 버릴 것이다. 헤노코 '이전'이 강행되면 반대하는 주민과 현경, 경비원, 건설업자 간에 유혈사태가 벌어질 수 있다. 일본 정부 관료, 오키나와 방위국원들은 이를 높은 곳에서 구경하고 있을 것이다. 나카이마 지사는 현민의 더 이상의 희생을 거부하고 정부의 매립 신청을 승인해서는 안 된다.

2014년

大浦湾の辺野古崎近くで海底ボーリング調査に抗議するカヌーチーム（2014.8.29）

오우라만 헤노코사키 근처에서 해저 시추 조사에 항의하는 카누팀(2014.8.29).

キャンプ・シュワブのゲート前での座り込みを妨害するため、沖縄防衛局が設置した鋼鉄の山形鉄板。市民を危険にさらす「殺人鉄板」と呼ばれた（2014.7.28）

캠프 슈워브 게이트 앞에서의 농성을 저지하기 위해 오키나와 방위국이 설치한 뾰족한 강철판. 시민을 위험에 빠뜨리는 '살인 철판'이라 불린다(2014.7.28).

나고 시장 선거 승리

이 선거로부터 무엇을 배웠나

1월 19일에 치러진 오키나와현 나고名護 시장 선거에서 헤노코 신기지 건설 저지 공약을 내건 현직 이나미네 스스무 후보가 건설 추진을 내건 스에마츠 분신 후보를 누르고 재당선에 성공했다. 이전 선거 1,588표 차의 2.6배인 4,155표라는 큰 격차로 이나미네 후보는 승리했다. 헤노코 바다에도, 육지에도 새로운 기지는 허용하지 않겠다. 초선이래 그 공약을 지켜온 이나미네를 다시 시장으로 올림으로써 나고 시민은 스에마츠 후보를 포함하여 헤노코 매립을 둘러싸고 결탁한 일본 정부와 나카이마 히로카즈 지사에게도 분명하게 거부 의사를 표명한 것이다.

기지 문제가 큰 주목점이 된 선거였지만, 그 외에도 그는 지난 4년간 나고시의 재정적 건전화를 진행해 왔다. 신기지 건설 수용에 따른 개편 교부금을 받지 못해도 곤란하지 않다. 오히려 일반 회계 예산과 건설 사업비 및 기금 적립액이 전 시정市政보다 증가했다. 그런 실무에서의 실적을 쌓고 나서야 돈진흥책으로 표를 사려는 일본 정부의 압력을 물리칠 수 있었다.

그는 시장이 되고 나서도 매일 아침 동네 어린이들의 등교 시간에 횡단보도에서서 교통안전 지도를 하고 있다. 선거철 짐깐의 '육아 지원'을 공약하는 정치인은 많다. 그러나 단순히 예산 배분을 논하는 것을 넘어 일상에서 교육활동을 하는 모습을 시민들은 지켜봐 왔다. 성실한 인품에 대한 시민들의 신뢰는 하루아침에 이루어진 것이 아니다. 그만큼 오랜 시간을 통해 끈끈한 지지를 만들어냈다. 나고 시장 선거는 매회 전국에서 많은 사람이 응원하러 온다. 선거 기간 중에는 정당, 시민단체 관계자, 시민 활동가로 나고시가 북적거린다. 나고시에 살고 있는 한 사람으로서 신기지 건설에 반대하기 위해 찾아와준 사람들이 감사하지만, 본 글에서는 구태여 쓴소리를 하고자 한다.

나고 시장 선거를 함께 치뤄 승리를 맛보는 것은 좋다. 그러나 문제는 그 이후다. 현재 야마토에서 나고시처럼 사민당·공산당이 공동투쟁하여 수장 선거에 승리하는 지자체가 얼마나 있는가. 과거의 혁신자치단체는 어디로 사라졌나. 사라진 원인은 무엇인가. 내가 태어나고 자란 지자체, 또 살아가고 있는 지자체는 보수 왕국이고, 주민들은 기지 문제에 관심이 없다. 그런 상황을 바꿔나가기 위해서 나고시 선거로부터 무엇을 배울 것인가. 그의 당선을 기뻐하는 동시에 이에 대해 진지하게 생각해 보아야 한다. 오키나와는 군사 기지가 가까이 있기 때문에 주민들의 의식이 다른 것이다. 이러한 안이한 발상은 그만두었으면 한다.

내가 태어나고 자란 나키진촌今帰仁村은 미군기지도 자위대 기지도 없는 촌이지만, 1968년 이래로 혁신계의 수장이 유지되고 있다. 반면 가데나정嘉手納町처럼 면적의 83%가 미군기지이면서도 보수계에서 수장이 계속되고 있는 곳도 있다. 나고시名護市만 해도 일찍이 혁신공투에서는 시장 선거를 치르지 않고, 보혁保革 공동으로 이나미네 시장을 당선시키고 있는 상황이다. 헤노코 바다에도 육지에도 새로운 기지는 만들지 않겠다는 일치점에서 결집하기 위해 기존의 캠프 슈워브와 미·일 안보조약, 자위대 문제는 보류하고 있다는 문제도 있다. 그러한 공동투쟁의 방식은 11월에 있을 현 지사 선거에도 영향을 미칠 것이다. 자민당의 내부대립이나 공명당의 동향, 혁신 공동투쟁 해체와 공산당 배제를 진행시켜 현 지사 선거를 보수·보수 대결로 끌고 가려고 하는 움직임 등에 주의를 기울이고 싶다.

얀바루 숲에 살인 훈련시설은 필요 없다!

2013년 7월 1일, 히가시촌東村 다카에구高江区에 있는 미군 북부 훈련장 N4지구에서 두 번째 헬리패드오스프리 패드 건설이 시작되었다. 공사 기간은 2014년 2월 28일까지였으나, 이 원고를 쓰고 있는 3월 초인 현재, 공사는 아직 진행 중이다. 다카에 현지에서 끈질기게 추진해 온 헬리패드 건설 반대운동으로 인해 오키나와 방위국과 청부업자인 마루마사 공무소는 기한 내에 헬리패드를 완성하지 못하고 공사 기간을 1개월 연장했다. 지금까지 오키나와 방위국은 자체적으로 실시한 환경평가에 근거하여, 3월부터 6월까지 오키나와딱따구리 등 귀중한 조류의 번식을 위해 공사를 중단해 왔다. 하지만 2007년 공사가 시작되고 나서 처음으로 3월 이후에도 공사를 강행하고 있다. 무슨 일이 있어도 N4지구에 두 번째 헬리패드를 완성해서 작년에 완성된 헬리패드와 함께 조속히 미군에 제공하여 실적을 만들고자 하는 의도가 보인다.

이를 허락하지 않기 위해 다카에高江에서는 3월 이후에도 한정된 인원수로 2시간 태세의 감시·항의 행동을 계속하고 있다. 건설 중인 헬리패드는 헬기와 오스프리가 착륙하는 직경 45m의 접지대와 그 주위를 둘러싼 폭 15m의 무장애물 지대로 이루어져 있다. 접지대에는 두께 50cm에 자갈이 깔려 있고, 그 위에 잔디를 심을 수 있다. 무장애물 지대에는 띠cogongrass와 잔디를 심기 마련인데, N4의 2기 헬리패드 일부가 절벽으로 되어 있어, 첫 번째 헬리패드 공사 중 산사태가 발생했다.

이번 공사를 맡은 마루마사 공무소는 N4 두 번째 헬리패드뿐만 아니라, N1

헬리패드 건설용 도로도 도급받았다고 한다. 빌딩이나 다리 등의 공사에 비하면 헬리패드는 단순한 구조여서 8개월 공사 기간의 절반은 N4 헬리패드를 완성하고, 나머지 절반은 N1도로 건설을 진행할 예정이었을 것이다. 그러나 토·일·공휴일·명절·태풍 때도 쉬지 않고 계속된 다카에 현지에서의 행동으로 인해 오키나와 방위국과 청부업자의 뜻대로 되지 않았다. 감시 활동을 하며 작업원들이 탄 차량을 찾아내고, 북부 훈련장의 메인게이트나 70호선 국도변 숲, 구니가미촌国頭村 산속 등에서 헬리패드 건설 현장에 들어가려는 것을 계속해서 막아왔다.

새벽 2~3시에 들어가려는 작업원들이 발생하자, 이를 막기 위해 9월부터는 24시간 감시 행동을 취했다. 현 내외로부터 참가하는 사람들까지 합하여 교대로 숙박하지만, 장기로 넘어가면 아무래도 특정한 일부에게 부담이 가중된다. 북부 훈련장 메인게이트가 열리는 오전 6시부터 문을 닫는 오후 9시까지 감시 및 항의 행동을 한 후, 차 안에서 잠을 자고 다음 날 아침 6시부터 다시 행동한다. 이 루틴을 며칠 동안 반복한 사람들도 있었다. 다카에 슈퍼는 겨울에는 저녁 7시에 문을 닫는다. 심지어 두부 찬푸루*나 야채소바 등 채소류를 섭취할 수 있는 식사는 오후 4시까지라 아침저녁은 식빵, 주먹밥, 컵라면으로 때울 수밖에 없어 영양 밸런스도 나빠졌다. 그렇게까지 할 필요 없다는 소리도 있지만, 그 누구도 좋아서 하는 일이 아니다. 시간 및 장소에 구멍이 생기게 되면 그곳을 통해 공사가 진행된다.

헬리패드 건설 반대라고 말하기는 쉽지만, 막상 공사를 멈추려면 상대의 행동에 맞춰 무리할 수밖에 없다. 실제로 그런 행동을 통해 작업원들은 북부 훈련장 내에 장기간 머물다 공사 현장으로 가게 되어, N4 헬리패드를 기한 내에 완성하

* 오키나와 요리 중 하나. 두부 야채 볶음.

지 못했다. 그 때문에 N1의 도로 건설에는 손도 대지 못하고 있다.

다카에에는 가끔 미디어나 사진가, 다큐멘터리 작가 등이 찾아온다. 그런 사람들은 걸핏하면 그림이 되는 장면을 찍고 싶어 한다. 그 때문에 오키나와 방위국이나 작업원, 경비원, 미군들과 주민, 행동 참가자가 대치하고 있는 장면이 전해지기 십상이다. 그러나 실제 현장에서는 아무 일도 일어나지 않는 상황이 계속되는 경우가 많다. 사실은 그런 상황에서 장시간 행동하는 것이야말로 힘든 것이며, 한순간의 방심 때문에 그동안의 감시 활동이 허사가 된다는 것을 꾸준히 참가한 사람들은 알고 있다. 불볕더위나 빗속에서 열몇 시간 서서 감시를 계속하는 것이 얼마나 힘든가 하는 것도 말이다.

그건 그렇고 이번 N4-2 헬리패드 건설 과정에서 현 내의 대학 교원을 비롯한 소위 '지식인'이라는 사람들은 역시나 훌륭하게도 다카에 반대 행동 현장에 오지 않았다. 그래서는 무슨 말을 할 수 있을까.

【추기】3월 11일 현 내 미디어가, 다카에의 N4-2 헬리패드 건설 현장에서 현縣 적토 등 유출 방지 조례에 반하는 공사가 행해져 현이 오키나와 방위국을 엄중히 주의했다고 보도했다. 조례 위반 사실이 밝혀진 것은 끈질기게 감시·항의 활동에 임한 사람들의 노력에 의한 것이다.

오키나와 · 헤노코辺野古에서 계속되는 육지와 바다에서의 싸움

이 원고를 쓰고 있는 현재7월 말 오키나와에서는 연일 헤노코사키辺野古崎 주변 바다와 캠프 슈워브 게이트 앞에서 신기지 건설에 반대하는 행동이 격렬하게 일어나고 있다. 나도 게이트 앞에서의 감시·항의 행동에 참가하고 있지만, 뙤약볕 아래에서의 행동은 여간 힘든 것이 아니다. 참가자 중에는 70~80대분들도 있기 때문에 열사병 대책에 전체적으로 주의를 기울이고 있다. 다행히 연일 대처는 큰 성과를 올리고 있다. 일본 정부는 7월 중에 미군 제공 수역의 경계를 나타내는 부표를 설치하고, 매립을 위한 시추 조사를 개시할 방침이었다. 그러나 게이트 앞에서의 감시 및 항의 행위로 인해 낮에 자재를 반입하지 못하자 심야나 새벽을 노렸다.

다카에高江에서는 야간 북부 훈련장 게이트 앞에 차를 세우고 2시간 감시체제를 취할 수 있었으나, 헤노코辺野古에서는 어렵다. 인적이 뜸해지는 심야나 새벽 반입은 예상했던 일이지만, 그 시간대에 사람을 모아 저지 체제를 만드는 것은 쉬운 일이 아니다. 결과적으로 자재가 반입된 것이 분하기 그지없다. 그래도 연일 하는 행동으로 인해 작업에 지연이 생겼다. 그 때문에 부표 설치 전에 태풍이 시작되어 시추 조사 시작은 8월 이후로 미뤄지게 되었다. 당연한 얘기지만 기상 조건은 사람 힘으로 바꿀 수 있는 일이 아니다.

11월의 현 지사 선거를 앞두고, 매립 공사를 향한 시추 조사를 조금씩 진행하여 체념 분위기를 만들어내려고 한 일본 정부의 계획을 오키나와 사람들은 바다와 육지에서 처음으로 막아냈다. 정부·방위성·자민당 간부들은 이를 갈며 초조해하고 있을 것이다. 그런 만큼 앞으로 반대운동에 대한 탄압도 강화될 것이다. 10년 전 해상 저지 행동 때와 현재의 가장 큰 차이는 해상보안청의 대응이다.

> 2004년 시추 조사 때에는 해상 경비에 '중립' 입장을 취했던 해상보안청이 이번 작업에서는 전국에서 순시선을 파견하거나 현장 해역에 투입할 고무보트를 대폭 늘리는 등 경비체제를 현격히 강화하고 있다. 시민들의 해상 항의 활동을 적극적으로 배제할 태세를 보이며, 이전 작업을 강행하는 방위성을 지원하고 있다.『류큐신보』, 7월 30일 자

말할 필요도 없이 이는 해상보안청이 아베 정권의 강력한 지시에 따른 것이다. 설치되는 부표를 넘어 제공 수역 안으로 들어가는 자는 형사특별법에 따라 체포한다. 정부·방위성은 그러한 위협을 현민에게 반복하고 있다. 이 움직임은 육지에서도 마찬가지다. 게이트 앞에서 행동하고 있는 사람들에게 오키나와현은 도로교통법 위반이나 위력 업무 방해, 공무 집행 방해 등을 강조하며 위협하고 있다. 다카에 헬리패드 건설에 반대하는 주민을 국가가 도로교통법 위반으로 고소한 봉쇄 소송SLAPP을 정부·방위성은 헤노코에서도 노리고 있다.

이를 허락해서는 안 된다. 헤노코의 본격적인 싸움은 이제부터 시작으로, 앞으로 장기전이 될 것이 분명하다. 감시·항의 행동 참가자의 체력이나 운동을 지지하는 재정면 등 큰 부담이 생길 것이다. 이를 지탱하기 위해서는 전국적으로의 운동 확대가 필수불가결하다. 특히 현장에 많은 사람이 필요하다. 7월 28일에는 역대 최고인 150여 명이 게이트 앞에 모였다. 여러 곳에서 동시에 행해진 행동으로 인해 오키나와 경찰·기동대가 나누어져 대응에 쫓기는 상황이 만들어졌다. 바다든 육지든 현장에 사람이 모여 힘을 합쳐 탄압에 대항하면 체포자를

내지 않고도 신기지 건설을 막을 수 있다. 이는 미군과 함께 전쟁이 가능한 국가 만들기를 추진하는 아베 정권에 강력한 타격을 주는 투쟁이기도 하다. 꼭 전국 각지에서 헤노코와 다카에의 반전·반기지 대처에 참가해 주었으면 한다.

오키나와 동포 의식 해체

북부 과소화의 가속

헤노코 해역에서 신기지 건설을 위한 해저 시추조사가 진행되고 있다. 그에 대해 연일 육지에서는 캠프 슈워브 게이트 앞에서의 항의 행동이, 바다에서는 카누나 소형선에 의한 해상 행동이 이루어지고 있다. 7월 이후부터 그러한 행동에 참여했고, 현재는 카누를 타고 바다로 나가는 일이 많다. 카누를 타는 것은 이번이 처음이지만 헤노코 해변을 나와 히라시마平島를 따라 오우라만大浦湾에 설치된 스퍼드 대선에 가까이 접근하면서 절실히 느끼는 것은 이 바다와 해안선을 매립하겠다는 어리석음이다.

나는 1960년에 나카진촌今帰仁村에서 태어났다. 일본 복귀는 초등학교 6학년 때이며, 이후 북부 해안선이 매립 및 호안 공사로 인해 변모해 가는 것을 보아 왔다. 초등학교 때 나고시名護市 아가리에東江에 살던 사촌 집에 놀러 갈 때마다 모래사장에서 캐치볼과 낚시를 하곤 했다. 함께 해변에서 돌고래 사냥을 본 적도 있다. 그 모래사장도 매립되어 지금은 58번 국도 아래이다. '관광 입현立県'을 내세워 '푸른 바다'를 최대의 매력으로 홍보하면서 지난 42년간 오키나와는 이 섬의 귀중한 보물을 너무 쉽게 파괴하고 콘크리트로 매장하며 자신의 가치를 부정하는 어리석은 짓을 반복해 온 것은 아닌가. 이에 대해 반성하고, 남아 있는 해안선을 보존하기 위해 노력해야 함에도 나카이마 히로카즈 지사는 오키나와섬에 남겨진 귀중한 보물인 바다를 계속해서 파괴하려 하고 있다.

지난번 선거에서 후텐마 기지의 '현 외 이전'을 공약으로 내걸면서 유권자를 배신하고 공약을 내팽개쳤을 뿐 아니라, 지금은 '빨리 (헤노코를) 매립하여 세계에서 가장 위험하다고 알려진 후텐마 비행장을 옮기는 것이다'26일 자 본 잡지라고까지 말하고 있다. 마치 나고 시민은 아무래도 좋다고 말하는 듯하다. '시가지에서 인구가 적은 지역으로 옮기면 그 위험성이 낮아진다.' 일본 정부·방위성이 말해 온 것을 나카이마 지사는 똑같이 따라 하고 있다. 결국 그것이 나카이마 지사의 본심인 것이다. 하지만 위험을 강요당하는 쪽은 어떻게 되는가. 얀바루에서 태어나 나고시에서 생활하고 있는 사람들 입장에서는 소수자에게 부담과 희생을 떠넘겨 문제가 해결된 것처럼 꾸미는 정부의 '오키나와 차별' 구조를 따라 한 '얀바루 차별'이라 느낄 것이다.

오키나와를 남북으로 분단하고 기지 문제를 북부의 과소 지역에 집중시켜 기지에 대한 반발을 감소시키려는 나카이마 지사는 정부의 꼭두각시로서 3선을 목표로 하고 있는 듯하다. 만일 후텐마 기지의 헤노코 '이전'=현 내 돌려막기가 실현되면 어떻게 될까. 캠프 한센, 캠프 슈워브, 북부 훈련장, 이에지마 보조비행장 등 북부 지역과 이에지마伊江島에 해병대 훈련이 집중되고 기지 피해도 북부 이에지마에 집중된다. 한편 가데나嘉手納 이남 지역은 미군 기지가 반환됨에 따라 재개발이 진행되고 새로운 시가지가 형성될 것이다. 지금도 오키나와의 남북 격차는 심각한 상태이다. 정치·경제는 물론이고 현립 도서관이나 현립 공문서관, 국립극장 오키나와, 현립 박물관·미술관 등의 문화 시설도 나하那覇를 중심으로 한 남부에 집중된 탓에 북부에 사는 사람들은 이를 이용할 기회가 좀처럼 없다.

현재 이상으로 격차가 확대되고 기지 피해도 집중되면, 북부에서 중남부로의 인구 유출=과소화가 가속될 것은 눈에 뻔하다. 북부 얀바루 주민들은 헤노코 신기지 건설이 자신들의 지역에 어떤 영향을 미칠지 그 심각성을 생각해 보아야 한다. 미군기지가 눈앞에 없는 야마토 사람들은 오키나와 사람들이 아무리 호소해도 미군기지 문제에 관심을 보이지 않는다. 오키나와 사람들은 계속해서 소수자이다. 이와 같은 구조를 일본 정부·방위성은 오키나와 내부에서 만들어 내려 하고 있다. 인구가 밀집해 있는 중남부의 미군 기지를 줄이고 북부에 집중시키면, 기지 피해가 줄어든 중남부 사람들은 머지않아 기지 문제에 관심을 가지지 않게 되고, 인구가 적은 북부·얀바루 사람들의 소리가 들리지 않게 된다. 오키나와를 남북으로 분단하고, 오키나와인으로서의 동포 의식을 해체시켜 기지 문제를 보이지 않게 한다. 이것이 일본 정부의 목적이며, 그 실현에 손을 빌려 주고 있는 것이 나카이마 지사이다.

중국에 대항하는 미·일 양군의 요새로서 오키나와가 이용되면 언젠가 군사 분쟁에 휘말릴 가능성이 있다. 만일 센카쿠제도에서 군사 충돌이 일어난다면 관광산업이 받을 타격은 9·11테러 때와는 차원이 다를 것이다. 헤노코 신기지 건설을 허용해 버리면 오키나와의 일본 예속 상태가 심화하고, 그 장래는 위험해진다. 아베 정권의 위험성은 미국 정부조차 조심하고 있을 정도이다. 오키나와 사람들, 특히 얀바루 여러분이 꼭 헤노코의 항의 행동 현장에 와 주었으면 한다. 오키나와의 현상을 바꾸고 미래를 만드는 것은 현민 개개인의 행동이다.

기지야말로 경제의 저해요인

16일에 치러진 오키나와 지사 선거는 헤노코 신기지 건설 반대를 공약으로 내건 신인 오나가 다케시 후보가 당선되었다. 3선을 목표로 한 전 나카이마 히로카즈 시장에게 약 10만 표의 차이로 이긴 압승이었다. 후텐마 비행장의 헤노코 '이전'실질적인 신기지 건설의 찬반이 최대 쟁점이 된 이번 선거에서 오키나와 사람들은 분명하게 반대 의사를 표명했다. 일본이 민주주의를 표방하는 나라라면 정부는 이 민의를 존중해야 하며, 신기지 건설을 즉각 중단하고 계획을 포기해야 한다. 이번 선거에서는 사민당, 공산당, 오키나와 사회대중당의 혁신 3당이 독자 후보의 공천을 보류하고, 보수의 오나가를 지원했다. 미·일 안보, 자위대에 대해서는 이견이 있더라도 나고시名護市 헤노코辺野古와 히가시촌東村 다카에高江에 새로운 기지를 허용하지 않고, 오스프리 배치를 철회시킨다는 점에서 '올 오키나와' 체제가 만들어졌다. 유권자 다수도 이를 지지했다.

지금까지 반복적으로 현민 집회를 열고, 나고 시장 선거를 비롯한 각종 선거에서 반대 의사를 표시해도 일본 정부는 이를 짓밟아 왔다. 특히 아베 신조 정권은 현 선출 자민당 국회의원들에게 압력을 가해 현 외 이전 공약을 전환시켰고, 작년 말에는 나카이마 지사가 헤노코 매립을 승인하도록 했다. 당시 이시바 시게루 자민당 간사장이 오키나와 국회의원을 옆에 앉혀 놓고 '조리돌림' 하고 있는 사진은 새로운 '류큐 처분'이라며 현민의 분노를 자아냈다. 그리고 올해 8월부터 헤노코 바다의 해저 시추 조사를 강행한 아베 정권과 그 뒤를 따르는 나카이마 현정에 대한 현민의 분노와 반발은 오나가의 압승을 만들어냈다.

캠프 슈워브 게이트 앞에서 항의하는 주민들에게는 기동대를 이용하고, 해상에서 카누와 배를 타고 항의하는 주민들에게는 해상보안청을 이용하여 폭력적으로 탄압한다. 민간 부상자를 만들어내면서까지 시추 조사를 강행한다. 거기에는 아베 정권의 오키나와에 대한 폭력성, 강압성, 차별성이 노출되어 있다. 이에 대해 현민들 사이에서 보혁 대립을 넘어 하나로 뭉쳐 저항할 필요가 있다는 인식이 퍼져나갔다.

일찍이 헤노코 신기지 건설을 용인하고 있던 보수 정치가나 경제계 내부에서도 헤노코 바다, 오우라만大浦湾과 헬리패드 건설이 진행되고 있는 얀바루·다카에高江 숲을 지키자는 목소리가 높아졌다. 이러한 움직임의 배경에는 오키나와 경제가 기지 의존에서 벗어나 관광 관련 산업을 중심으로 활성화된 구조가 있다. 2000년대 들어 자탄초北谷町 미하마美浜와 나하시 신도심 등이 미군기지 반환 후 재개발에 성공했다. 기지 반환으로 고용, 세수, 자산 가치 등이 대폭 향상되어 기지는 이미 오키나와 경제의 저해 요인이라는 주장이 설득력을 갖게 되었다. 또한 2001년 미국에서 일어난 9·11테러가 오키나와 관광업에 큰 타격을 주어 미군 기지의 존재가 오키나와 관광에 장애가 되고 있음을 보여주었다.

관광은 평화산업으로 군사적 긴장 속에서 이루어질 수 없다. 오키나와에 남겨진 귀중한 얀바루 숲과 바다를 파괴하여 군사 기지를 만드는 것보다 자연을 보전하여 관광으로 살리는 편이 오키나와 발전으로 이어진다고 주장하는 경제인도 증가했다. 야마토본토에서는 지금도 오키나와 경제가 기지에 의존하고 있다고 생각하는 사람이 많다. 하지만 그것은 오키나와의 변화에 주목하지 않고, 기지를 오키나와에 떠넘기고 있다는 부채감으로부터 피하려고 하는 것이다. 이번 선거 결과에도 불구하고 일본 정부와 아베 정권은 '안전 보장은 국가의 전권사항'이라며 헤노코 신기지 건설과 다카에 헬리패드 건설을 추진하려 하고 있다. 하지만 선거에서 표출된 민의를 짓밟고 공사를 강행하면 현민의 분노와 저항은 더욱 강해진다. 오키나와에 희생을 강요하여 성립되어 온 미·일 안보 체제의 뿌리부터 흔들릴 것이다. 정부는 물론, 일본인 전체가 선거 결과를 받아들여야 한다.

2015년

冬の大浦湾で抗議するカヌーメンバー。強制排除しようとする海上保安官に必死で抗う（2015.1.20）

겨울 오우라만에서 항의하는 카누 멤버. 강제 배제하려는 해상보안관에게 필사적으로 저항하고 있다.(2015.1.20)

大浦湾で行われた海底ボーリング調査に泳いで抗議している
カヌーメンバーと拘束しようとする海上保安官（2015.6.5）

물속에서 맨몸으로 오우라만 해저 시추 조사에 항의하고 있는 카누 멤버와 구속하려는 해상보안관.(2015.6.5)

헤노코 반反기지 싸움과 선거 결과를 둘러싸고

지난해, 나고 시민들은 다섯 번의 선거를 치렀다. 1월의 나고 시장 선거를 시작으로 9월 나고시 의회 의원 선거, 11월 오키나와현 지사 선거와 현 의회 의원 보궐선거, 그리고 12월의 중의원 의원 선거. 매우 드문 일이었다. 치러진 모든 선거에서 헤노코 신기지 건설에 반대하는 후보가 당선 혹은 다수를 차지했다. 나고 시장 선거에서는 이나미네 스스무 후보가 대립 후보인 스에마츠 분신 후보를 4,000표 넘는 차이로 재치고 재선에 성공했고, 현 지사 선거에서는 '올 오키나와'를 내세운 오나가 다케시 후보가 현직 나카이마 히로카즈 후보와 10만 표 가까운 차이를 벌리며 압승했다. 그 기세는 12월 14일에 치러진 중의원 선거까지 이어져, 4개의 선거구에서 '올 오키나와'의 후보자가 전원 당선되고, 자민당 의원은 전원 낙선했다.

전국적으로는 자민당이 대승했기 때문에 비례로 부활 당선했지만, '현 외 이전'이라고 하는 공약을 파기한 것에 대한 현민의 분노는 1년이 지난 지금도 가라앉지 않았음을 보여주었다. 일본이 민주주의 국가라면 이렇게까지 거듭되고 있는 오키나와의 민의를 존중하여 정부는 헤노코 신기지 건설을 단념해야 한다. 하지만 아베 정권이 그런 뜻을 보일 리는 없고, 야마토에서 그를 탓하는 소리가 들릴 일도 없다. 중의원 선거 개표 뉴스를 보고 있으면 오키나와와 야마토가 같은 선거를 하고 있나 싶은 정도로 결과 차이가 크다. 공산당과 사민당이 선거구에서 당선된 곳은 오키나와뿐이다. 아베 정권에 대한 비판의 결과로 공산당이 배로 증가했다고 해도, 사민당과 생활의당을 합해 25석. 중의원 295석에서 차지하는 비율은 8.5%에 지나지 않는다. 그렇기 때문에 아베 총리는 오키나와에 고압적인 자세를 유지한다.

최근에는 나고名護나 오키나와 선거를 지원한다며 오키나와로 주소를 옮기는 야마톤츄가 있는 듯하다. 나는 위화감을 느끼지 않을 수 없다. 자기네 지역은 당연히 이길 테니까 표를 나누자고 한다면 몰라도 야마토는 어디나 참담한 상황이 아닌가. 야마토 선거구에서는 어차피 사표死票가 될 테니까 오키나와에서라도 살리는 편이 좋다고 하는 발상일지도 모르지만, 그것은 어려운 상황으로부터의 도피일 뿐이다. 일찍이 나고시名護市는 해상 기지 건설을 둘러싼 시민 투표 이후, 신기지 건설을 용인하는 기시모토 다테오 시장과 시마부쿠로 요시카즈 시장으로 이어지면서 힘겨운 시대가 있었다. 기시모토 시장의 퇴진운동도 상황이 여의찮았고, 시장 후보를 공모하자는 시민들의 운동도 확산되지 못했다.

시장 선거에 보수계 의원을 내세웠지만, 후보 단일화가 되지 못해 패퇴한 적도 있다. 그런 고투가 10년 넘게 이어졌다. 그러나 그사이에도 헤노코辺野古 현장이나 시의회, 지역, 각각의 생활 터전에서 신기지 건설을 허용하지 않는 운동이 때로는 강하게 때로는 약하지만 꾸준히 계속되었다. 그 결과 2010년, 이네미네 스스무 시장이 탄생했다. 2000년에 미야코宮古에서 나고로 전근해 온 이후, 지난 14년을 돌아보면 어찌어찌 여기까지 왔다고 하는 생각이 든다. 어려운 상황을 나고 시민이 끈질기게 바꿔온 것이다.

중의원 선거가 치러지기 전에 블로그나 트위터 등에서 '올 오키나와'를 보고 배우라는 말을 종종 볼 수 있었다. 그러나 단일후보를 내세우기 위해 정당, 단체 간의 조정 기술을 배우더라도 반전·반기지 운동의 꾸준한 축적이 없다면 소용이 없다. 선거에서 5연승을 했다고 해도 혁신 공동투쟁에서 현 지사 선거 후보자를 내세우지 못했음이 보여주는 것은 오키나와 또한 전국을 뒤덮는 보수화·우경화의 물결에 휩쓸리고 있다는 것이다. '올 오키나와'에서 헤노코가 전면화되는 한편, 안보나 자위대, 일장기·기미가요의 문제 등이 뒷전이 되어서는 안 된다.

오키나와현 지사 선거

2014년 11월 16일에 행해진 오키나와현 지사 선거에서 정치 신인인 오나가 다케시 후보가 3선을 목표로 한 현직 나카이마 히로카즈 후보를 약 10만 표 차이로 제치고 압승했다. 또한 12월 14일에 실시된 중의원 선거에서도 미군의 오스프리 배치 철회와 후텐마 비행장의 현 내 이전 포기를 요구하는 '건백서 세력'이 4개의 선거구 전체에서 승리했다. 전국적으로 자민당·공명당의 집권 여당이 의석의 3분의 2 이상을 누르고 대승을 거두는 가운데, 사민당·공산당·생활의 당·무소속 후보가 자민당 후보를 꺾고 선거구에서 승리한 것은 매우 이례적인 일이며, 비례 부활로 현 내 입후보자 9명 전원이 당선되었다는 사건을 포함해 오키나와 선거구의 특이성이 두드러졌다. '건백서 세력'이 현정県政·국정國政 두 개의 큰 선거에서 압승함으로서 헤노코 신기지 건설 반대, 다카에 헬리패드 건설 반대라는 오키나와의 민의가 확실하게 드러났다.

그러나 아베 신조 정권은 이를 무시하고 연초 1월 5일에 헤노코 바다 오우라만大浦湾 매립을 위한 해저 시추 조사를 재개할 것이라고 발표했다. 동시에 다카에 N1 지구의 헬리패드 건설 공사에 착수하려고 하고 있다. 이 글이 발표될 무렵에는 2014년 여름과 마찬가지로 신기지 건설에 반대하는 시민들이 카누와 배를 타고 바다로 나가고, 이를 해상보안청이 폭력적으로 탄압하는 사태가 발생할 것이다. 나도 카누팀의 일원으로서 그 안에 있을 것이다. 선거에서 신기지 건설을 반대하는 후보자가 당선되더라도 아베 정권은 헤노코辺野古에서도 다카에高江에서도 공사를 강행한다. 이미 알고 있던 일이다. 현재의 일본 정치 상황을 보면 선거에 환상을 가질 수 없다.

그렇다고 해서 선거를 무시할 수는 없다. 나고 시민은 2014년에 앞선 두 개의 선거 이외에도 나고 시장 선거, 나고 시의회 의원 선거, 현 의회 의원 보궐선거도 치렀다. 1년에 이만한 선거를 체험하는 일은 흔치 않다. 나도 처음이었다. 투표하러 갈 뿐만 아니라 시장 선거와 현 지사 선거, 중의원 선거 때에는 나고 시내에 만들어진 특정 선거 후보자를 지지하는 연합단체 사무실에 나가 전단지 배포와 포스터 부착, 시내 거리 선전 등의 활동도 했다. 승리해도 정부는 결과를 무시하고 민의를 짓밟는다. 그러나 선거에서 지면 결과를 평가하고, 나고 시민과 오키나와 사람들은 신기지 건설을 받아들였다며 대대적으로 선전한다. 그러한 상황을 쉽게 예측할 수 있는 가운데, 비록 한계나 문제가 있더라도 져선 안 되는 선거로서 연합단체의 행동에 참가했다.

결과적으로 나고시名護市의 5개 선거구 모두에서 신기지 건설 반대를 주장하는 후보가 당선되었고, 나고시 의회에서도 다수를 차지했다. 그 자체는 기뻐할 일이지만, 헤노코 신기지 건설에 관해서 일본 정부가 선거 결과를 무시하고 공사를 강행하고 있는 것은 이미 쓴 그대로다. 나고 시민은 언제까지 정부의 기회주의에 이용당해야 하는가. 선거에 이길 때마다 나고 시민과 오키나와 현민의 '양식良識'이 평가된다. 그러나 그것을 짓밟는 일본 정부·아베 정권을 규탄하는 목소리가 야마토일본에서 나오지 않는다. 미군 기지는 필요하지만 내가 살고 있는 곳에 있는 건 곤란하기 때문에 오키나와에 두고 싶다는 야마톤츄일본인의 다수 의사가 아베 정권의 오키나와에 대한 강압적인 태도를 떠받치고 있다. 그런 일본 정부나 야마톤츄에게는 가망이 없으므로 단념하고 오키나와는 독립해야 한다는 목소리도 있다.

후텐마 기지나 캠프 슈워브 게이트 앞에서 몸을 던져 싸우는 사람들이 그렇게 말한다면 공감하겠지만, 평론가들처럼 앉아서 탁상공론 하는 자들의 목소리는 현실 도피일 뿐이다. 헤노코나 다카에에서 일어나고 있는 문제조차 우치난츄오키나와인가 자기결정 하지 못하는 현재로서 독립 따위는 허상일 뿐이다.

지난 몇 년간 다카에와 헤노코에서 많은 시간을 보냈다. 2014년 3월까지는 다카에 메인게이트를 중심으로 24시간 감시·항의 행동을 했고, 7월부터는 헤노코 캠프 슈워브 게이트 앞에서의 행동에 참가했으며, 8월 중순부터는 카누를 타고 바다로 나가 해상에서의 항의 행동에 참가했다. 2015년은 1월 초부터 헤노코에서도 다카에에서도, 더욱 격렬한 싸움이 계속될 것이다. 오키나와에서 반기지 시민운동에 참여하고 있는 사람 중에는 야마톤츄가 현장에 있어서 헤노코나 다카에 현장에는 가지 않는다고 하는 사람도 있는 듯하다. 눈앞에서 진행되는 공사를 멈추려면 게이트 앞에서 자재 반입을 막아야 한다. 그러기 위해서는 한 사람이라도 더 많은 참가자가 필요하다. 이것이 현장의 절실한 심정이다. 미디어나 인터넷, 혹은 거리에 서서 아무리 호소해도 현장에 많은 사람이 모여 실력으로 막지 않으면 결말이 나지 않는 현실이 있다.

얀바루오키나와 본섬 북부 숲이 파괴되고, 헤노코 바다가 매립되어 가고 있는 지금, 이에 진심으로 안타까움을 느낀다면 우치난츄로서 가만히 있을 수 없을 것이다. 진심으로 오키나와를 소중하게 생각한다면 야마톤츄를 밀어내고라도 전면에 나서서 공사를 저지하려 할 것이다. 나 또한 꽤 강한 반反야마토 감정을 가지고 있지만, 그러한 감정에 얽매여 헤노코나 다카에에 가지 않겠다는 선택지는 취할 수 없다. 오키나와 전투의 생존자조차 몸을 던져 게이트 앞에 서 있는데, 이를 못 본 채 한다면 무엇이 반反야마토인가. 지금 사태는 절박하다. 2015년에는 얼마나 많은 우치난츄가 캠프 슈워브 게이트 앞과 다카에 헬리패드 건설 현장으로 와서 공사를 막을 것인가. 혹은 해상에서의 매립 공사를 실제로 저지할 수 있을 것인가. 오키나와의 미래는 이것으로 결정된다. 국회나 유엔이 구체적으로 무언가를 해주지 않는다. 눈앞에서 강행되는 공사를 우치난츄 자기 실력으로 막을 수 있어야 한다.

오나가 지사가 매립 승인 검증팀을 구성하든 미국에 직접 호소하러 가든 일본 정부는 이에 전혀 개의치 않는다. 오키나와 방위국은 하루빨리 헤노코 바다 오우라만에 토사를 던져 생태계를 파괴하려고 안간힘을 쓰고 있다. 돌이킬 수 없는 곳까지 파괴해 버리면 우치난츄가 아무리 몸부림쳐도 소 잃고 외양간 고치는 격이다. 설령 오나가 지사가 매립 승인 취소나 철회를 하더라도 재판에 넘겨 그 사이에 공사를 진행하면 된다. 대법원판결이 날 때쯤이면 공사는 절반 이상 진행됐을 것이다. 그것이 아베 정권이나 오키나와 방위국의 생각이며, 그 생각에서 오키나와에 대한 차별을 넘어 악의마저 보인다. 그렇기 때문에 현장에서의 싸움이 중요하다. 현 지사 선거의 의의조차 무시해버리는 정치 상황에서 헤노코나 다카에의 신기지 건설을 막기 위해서는 게이트 앞에서의 실력 저지뿐이다.

후텐마 기지 반환도 마찬가지이다. 우치난츄가 1,000명 단위로 일주일 넘게 게이트 앞에서 농성하여 기지 기능을 마비시킬 정도의 행동에 이르지 못한다면 미국 정부는 진심으로 오키나와에 대처하려 하지도 않을 것이다. 미군에 있어서 가장 중요한 가데나 기지까지 사용할 수 없게 된다는 두려움이 현실화되지 않는 한, 우치난츄의 호소 따위는 귓등으로도 듣지 않을 것이다. 미군이 오키나와에 계속 눌러앉는 이유는 우치난츄가 너무 온순하여 미군이 살인이나 강간 사건을 저질러도 폭동이나 폭력적 저항은 일어나지 않아 자유롭게 군사훈련을 할 수 있기 때문이다. 밤늦게까지 술을 마시며 돌아다녀도 습격당하지 않고, 밤 상대해줄 여성을 찾을 수 있으며, 오키나와 바다나 숲에서 피서를 즐길 수도 있다.

헬리패드 건설에 반대하기 위해 다카에에 다닐 때, 구니가니촌国頭村의 다나가

구무이훈가와(普久川)에 있는 용소에 간 적이 있는데, 가족이나 친구들과 함께 놀러 온 미군들로 붐볐었다. 이것이 오키나와의 현실이다. 북부 훈련장 메인게이트 앞에서 훈련하러 오는 미군들을 향해 항의하면 젊은 해병대원들이 버스 안에서 노골적으로 비웃으며 지나간다. 흔히 오키나와에서 지식인들이라 불리는 사람 중에 이런 체험을 한 사람이 얼마나 있을까. 그런 미군을 보고 있으면 분노를 넘어 증오가 샘솟는다. 이런 무리들이 오키나와에서 제멋대로 훈련을 하고 세계 각지에서 살육과 파괴를 거듭하고 있다. 이를 허용하고 있는 나 자신도 한심할 따름이다.

지난해 오키나와현 지사 선거에서는 입후보자 세 명 모두가 보수계였다. 사민당, 공산당, 오키나와 사회대중당의 혁신3당은 독자적으로 후보자를 내보낼 수 없었다. 1968년 주석공선 이후, 72년의 일본 복귀를 거친 현 지사 선거 역사에서 이는 처음 있는 일이었다. 헤노코 신기지 건설과 오스프리 배치에 반대하는 것을 일치점으로 삼은 혁신3당은 자민당 현련 간사장을 맡았던 오나가 다케시 씨를 지지했다. '올 오키나와'나 '보수·혁신을 넘어서', '이데올로기보다 아이덴티티'라는 듣기 좋은 말들이 오가고, 결과도 압승하면서 혁신 공동투쟁이 더 이상 성립할 수 없는 오키나와의 정치 상황의 보수화라고 하는 문제가 정작 혁신3당이나 그 지지자들에게 있어서 모호하게 여겨지고 있는 듯하다. 이렇게 쓰면 더 이상 보수 대 혁신의 구도로 선거나 운동을 생각할 시대가 아니다. 낡은 사고방식에서 벗어나야 한다는 비판이 돌아올 것이다. 과연 정말 그럴까. 그런 식으로 변화하는 상황에 몸을 맡기는 자세는 문제를 외면하고 유리한 쪽에 편승하려는 이기적인 생각에서 비롯된 것이 아닌가.

정당, 노조와 같은 조직이 싫으니 혁신의 쇠퇴는 아무래도 상관없다는 사람도 있을 것이다. 그러나 문제는 혁신정당, 노조의 문제에 그치지 않는다는 것이다. 헤노코 신기지 문제와 오스프리 배치 철회 등 제한된 과제에 일치점을 두고 자민당 일부에서 공산당까지 폭넓게 선거 공동투쟁을 벌이려면 의견이 다른 과제들은 뒤로 미뤄두어야 한다. 그로 인해 미·일 안보조약이나 자위대, 천황제, 일장기·기미가요 등의 중요한 과제가 뒷전이 된다.

이번 현 지사 선거에서는 헤노코 신기지 문제가 큰 쟁점이 되는 가운데, 요나구니섬与那国島의 자위대 연안 감시 부대 배치를 비롯한 이시가키섬石垣島과 미야코섬宮古島의 육상자위대 배치 계획 등 일본 정부·방위성이 도서방위 강화를 내세우며 오키나와에서의 자위대 강화를 추진하고 있는 것에 대해서는 거의 논의가 이루어지지 않았다. 오키나와에서의 자위 강화는 헤노코 신기지 건설 문제와도 깊은 관련이 있다. 중국에 군사적으로 대항하기 위해 미군과 자위대의 일체화가 추진되고, 오키나와가 그 거점으로서 기지 강화가 진행되고 있다. 캠프 슈워브와 캠프 한센 등의 해병대 기지에서는 미군과 자위대의 공동훈련이 빈번히 이루어지고 있다.

헤노코 바다를 메워 신기지가 생기면 자위대도 그곳을 사용할 게 틀림없다. 사가공항에 배치가 계획되어 있는 자위대의 오스프리가 날아올 뿐만 아니라 해상 자위대 함선의 기항寄港도 예상된다. 헤노코 신기지 건설과 다카에의 헬리패드 건설은 대 중국 군사 거점 구축으로서 오키나와의 자위대 강화와 표리일체다. 오키나와에 새로운 기지를 용인하지 않으려면 미군뿐만 아니라 자위대에 대해서도 관철할 필요가 있다. 그러나 보수·혁신의 공동투쟁이 강조되는 가운데 그런 논의는 깊어지지 않았다. 안보나 천황제, 일장기, 기미가요에 관해서도 그렇다. 견해가 다른 부분까지 파고들면 불화와 대립이 생기고, 정부나 자민당 현련은 그곳을 파고들어 공동투쟁을 무너뜨리려 한다. 이를 경계하기 위해서도 이러한 과제는 건드리지 않는 것이 좋다고 하는 정치 판단이 강해져 간다. 그러나 오나가 지사가 탄생한 이후에도 현정県政 여당이라는 입장에 묶여 혁신3당이 그러한 정치적 판단을 우선시한다면 오키나와 기지 문제에 대한 본질적인 추궁은 이뤄지지 않은 채 자위대 강화가 순조롭게 진행될 것이다.

후텐마 기지 문제만 해도 미·일 안보조약의 문제로까지 파고들지 않으면 현 외인가 현 내인가 하는 이전 장소를 둘러싼 문제로 한정되어 버린다. 올해는 오키나와 전투 70주년으로 쇼와 천황의 전쟁 책임 문제 또한 불문에 부칠 수 없다. 현 지사 선거가 끝난 뒤, 나고의 선거 연합 사무실에 들러 축승회에 참석했지만, 승리의 기쁨에 취할 기분은 나지 않았다. 조금만 냉정히 생각해보면 오키나와 또한 일본 전체의 보수화 물결에 휩쓸려 우경화의 길을 걷고 있음을 알 수 있다. 아베가 총리로 있는 극우 정권에 맞서기 위해서는 과거 대립했던 자들과도 손을 잡고 폭넓게 공동투쟁해 나가야 한다. 그런 다음 물어야 할 문제를 미루지 않고 추궁·주장하며 투쟁의 현장에서 직접 움직여야 한다. 2015년은 그 어느 때보다 힘든 해가 될 것이다. 오키나와 전투로부터 70년이 다 되어가는 지금, 신기지 건설만은 허용하고 싶지 않다.

아름다운 헤노코 바다,
생명을 지키는 투쟁의 땅으로부터

나고시名護市 헤노코辺野古에서는 연일 신기지 건설에 반대하기 위해 육지에서도 바다에서도 격렬한 항의 행동이 이루어지고 있다. 시위와 구호, 집회 등에 더해 육지에서는 캠프 슈워브 게이트 앞에서 농성하며 자재를 실은 작업차들이 기지 안으로 들어가지 못하도록 저지하고 있다. 바다에서는 해저 시추 조사를 실시하고 있는 스퍼드 대선을 목표로 작업을 멈추기 위해 카누나 배로 막고 있다. 이러한 행동은 흔히 볼 수 있는 평화운동처럼 사회에 홍보하는 것을 목적으로 하는 형식적인 시위가 아니다. 진심으로 작업을 저지하기 위한 몸싸움이 계속된다. 대부분은 오키나와현 경찰 기동대나 해상보안청 특별경비대의 폭력적 탄압에 의해 강제 배제되어 버리지만, 그럼에도 굴하지 않고 몇 번이고 작업차와 스퍼드 대선을 향하고 있다. 몸싸움이 심해지면 부상자도 생긴다. 바다에서도 육지에서도 여러 명이 구급차를 타고 병원으로 옮겨졌다. 게이트 앞에서는 체포자도 잇따르고 있다. 단기간 조사로 풀려나긴 했지만, 이런 상황은 내가 겪어온 지난 30여 년의 오키나와 대중 운동에서 흔히 발생하는 일이 아니었다.

3년 전 MV22 오스프리가 후텐마 기지에 강행 배치된 이후 오키나와의 항의 행동은 더욱 격렬해졌다. 오키나와 현민이 아무리 반대해도 이를 무시하고 짓밟으며 기지 강화를 추진하는 일본 정부에 대한 분노가 증폭되고 있다. 헤노코 신기지 건설 문제의 발단은 1995년 9월 4일에 발생한 3명의 미군에 의한 강간 사건이었다. 올해로 20년이 지났다. 오키나와현 내에서 터져나온 반발과 분노로 인해 미·일 양 정부는 다음해인 96년 12월에 오키나와에 관한 미·일 특별 행동 위원회SACO의 최종 보고를 발표했다. 또한 97년 12월에는 해상 기지 건설을 둘러싼 나고 시민 투표를 실시했고, 건설 반대가 다수를 차지했다. 하지만 당시 히가 데쓰야 시장은 시민투표 결과를 짓밟았다. 이후 헤노코 신기지 건설 문제가 나고시에서 큰 쟁점이 되어 반대운동이 계속되어 왔다. 20년 가까이 오랫동안 운동을 이어 나간다는 것은 보통 에너지로 되지 않는다. 게다가 헤노코 신기지 건설 반대운동은 '올 오키나와'라는 형태로 현 전체의 규모로까지 확대되었고, 과거 건설 찬성 쪽에 있던 보수계의 일부까지 끌어들여 저변을 넓히고 있다.

대부분의 사회운동은 시간이 지남에 따라 점점 시들해져 간다. 일본 정부도 이를 기대했을 것이다. 그러나 헤노코 운동은 20년이 지나면서 오히려 질적으로도 양적으로도 그 기세가 올라갔다. 캠프 슈워브 게이트 앞에서의 항의 행동도, 일본 복귀 이후의 오키나와 반전·반기지 운동과는 전과 다른 격렬함을 가지고 있다. 반면 항의 행동 중간마다 집회가 열리고 노래와 춤, 카차시* 등이 펼쳐지며 편안하고 여유로운 시간을 보낸다. 그렇게 노래하고 웃는 여유를 의식적으로 만들어내고 있기 때문에 작년 7월부터의 오랜 대처를 지속할 수 있는 것이다. 그러한 시간대에 행동에 참여한 사람은 '뭐야, 전혀 격렬하지 않잖아'라고 생각할지도 모른다. 하지만 24시간 긴장감을 유지해서는 심신이 버티지 못한다.

현재 나는 카누를 저으며 해상에서의 항의 행동에 참가하고 있다. 해저 시추 조사가 진행 중인 오우라만大浦湾은 수심이 깊은 곳은 60미터 이상이다. 암초 쪽과 달리 파도도 거칠고 너울이 높은 날은 파도 사이로 옆의 카누가 가려져 보이지 않을 때도 있다. 게다가 해상보안청과 대치하고 있기 때문에 계속 긴장감을

* 오키나와에서 급속한 템포의 곡에 실어 추는 즉흥 춤.

유지하지 않으면 사고로 이어진다. 카누팀에 참가한 것은 좋은 선택이었다. 스스로 카누를 젓고 나서야 비로소 헤노코의 바다, 오우라만의 아름다움, 풍요로움, 오키나와에 남겨진 그 가치를 알 수 있었다. 맑은 날에는 매립 예정지인 헤노코사키辺野古崎 주변이 코발트블루 색으로 빛난다. 야마토에서 온 해상보안청 직원도 오키나와 바다의 투명도는 훌륭하다고 말한다. 하지만 이대로라면 이 귀중한 바다가 매립되어 버리고 만다.

오키나와 전투로부터 70년이 지났음에도 불구하고, 광대한 미군기지가 오키나와를 점거하고, 새로운 기지까지 만들어지려 하고 있다. 이러한 비정상적인 상황을 어느 정도의 일본인=야마톤츄가 인식하고 있는가. 압도적 다수의 야마톤츄는 미·일 안보조약에 따른 미군기지 제공 의무를 오키나와에 떠넘기며 '평화와 안전'을 누려 왔다. 그리고 "일본은 평화헌법 아래 70년간 전쟁을 하지 않았다", "자위대는 사람을 죽이지 않았다"고 말한다. 한반도, 베트남, 아프가니스탄, 이라크 등 미군이 벌인 전쟁에 기지를 제공함으로써 자신들도 관여했으며, 가해 책임을 지고 있다는 자각이 없다. 아무리 헌법 9조의 가치를 호소해도 미·일 안보조약에 반대하지 않는다면, 그것은 야마토에 살고 있는 자신의 '평화와 안전'을 지키고, 오키나와나 미군의 공격에 노출되는 사람들에 대한 가해 책임에서 외면하는 일밖에 되지 않는다.

'결사적'이라는 말을 둘러싸고

해상 항의 카누팀의 현장에서

카누팀의 일원으로서 해상 항의 행동에 참가하게 된 것은 작년 8월 말부터이다. 그로부터 9개월 정도가 지나가고 있다. 현재는 오우라만大浦湾 깊은 곳에서 해저 시추 조사가 이루어지고 있고, 그에 대한 항의를 하기 위해 카누를 타고 있다. 그동안 해상보안청의 탄압으로 보안관과 격렬하게 다투는 일이 여러 차례 있었다. 카누를 전복시켜 겨울 바다에 빠뜨리고는 내 구명조끼의 뒷덜미를 잡고 고개를 처박은 적도 있었고, 고무보트 쪽으로 난폭하게 끌어올려 제압하는 보안관과 몸싸움을 벌인 적도 있었다. 카누와 항의선 멤버들 여러 명이 해상보안청의 폭력으로 상처를 입었고, 4월 28일에는 항의선 한 척이 전복되는 사건까지 발생했다. 이러한 사건들을 TV나 신문, 인터넷으로 접하고 '목숨을 내걸고 싸우는 카누팀'이라는 인상을 받는 사람이 있는 듯하다.

나 또한 '결사적'이라는 말을 써본 적이 있을지도 모른다. 해상보안청의 폭력에 노출되면서도 필사적으로 노력하고 있는 모습을 강조하는 것이겠지만, 그 의미가 조금 다르다고 생각한다. 바다는 자칫 목숨을 잃는 사고와 맞닿아있어 해상보안청의 폭력이 위험한 것도 사실이다. 그 때문에 카누팀은 그동안 계속 안전성을 가장 중시하면서 활동해 왔다. 전복되더라도 자력으로 카누에 오를 힘이 없으면 항의 행동에는 참여할 수 없고, 새로운 멤버에게는 경험이 많은 멤버가 붙는다. 카누팀의 리더는 짜여진 팀원과 함께 움직이고 리더나 반장의 지시에 따라 팀 전체가 통일된 행동을 취할 것을 반복해서 강조한다. 바다 위에서 개개인이 제멋대로 행동하기 시작하면 바로 사고로 이어질 수 있다. 때로는 강한 어조로 경고할 때도 있지만 그 또한 안전성을 제일로 하기 때문이다.

해저 시추 조사를 진행하고 있는 스퍼드 대선을 향해 달려가 항의를 할 때도 원칙은 동일하다. 플로트나 오일펜스를 넘어가면 해상보안청의 탄압을 받는다. 다칠 수도 있고 바다에 빠져 바닷물을 삼키고 괴로워할 수도 있다. 그렇다고 해서 그것이 결코 목숨을 건 행위는 아니나. 고작 항의행동에 목숨을 거는 사람이 어디 있을까. 자기 자신을 지키기 위해서라도 우선 카누 기술 향상에 노력해야 하고, 더위와 추위, 해상보안청의 탄압에 저항할 수 있도록 몸을 단련해야 한다. 그런 다음 해상보안청의 폭력에 의연하게 대응하고, 모든 수단을 동원하여 고발해 나갈 자세가 필요하다. 이런 점을 굳이 적어두는 이유는 카누의 항의 행동이 '목숨 거는' 위험한 짓인 듯한 말들이 퍼지면서 과격하고 무모하다는 인상이 강조되면 안전을 위해 플로트나 오일펜스를 넘지 말라는 식으로 카누팀의 행동을 제한하자는 움직임이 강해지기 때문이다.

헤노코 신기지 건설 반대를 일치점으로 한 '올 오키나와' 운동에는 다양한 사람들이 참가하고 있다. 그중에는 카누팀이나 항의선의 해상 항의 행동이 '너무 과하다', '과격하다'며 비판하는 사람들도 있다. 바다 현장을 눈으로 직접 본 것도 아니고, 미디어나 인터넷의 정보만으로 그렇게 판단하는 사람들이 대부분이지만, 여러 가지 정치적 의도도 엿보인다. 10년 전 헤노코 바다에서는 설치된 아시바 파이프에 올라가 항의하는 사람들도 있었다. 그 노력으로 해저 시추 조사는 저지됐다. 현재는 해상보안청이 전면에 나서서 탄압하고 있어 상황이 훨씬 어렵다. 카누나 항의선으로 노력해도 스퍼드 대선까지 도달하기가 쉽지 않다. 그럼에도 불구하고 반복해서 플로트를 넘은 덕분에 정부·방위성도 이에 대응해야 했다.

현 지사 선거와 중의원 선거 기간에 해저 시추 조사가 중단된 것도 카누나 항의선에 대한 해상보안청의 폭력이 현민의 투표 행동에 영향을 줄 것을 정부가 두려워했기 때문이다. 플로트를 넘어 과감하게 싸운 해상 항의 행동이 없었다면 당초 예정대로 지난해 11월 30일로 조사가 종료되었을 것이다. 헤노코 기금 창설 등 헤노코 신기지 건설에 반대하는 운동은 전국적으로 확산하고 있다. 한편 카누에 의한 항의 행동은 참가자가 10정 이하인 날도 있다. 캠프 슈워브 게이트 앞 행동도 실제로 공사 차량이나 해상보안청 차량을 세워야 하는 이른 아침 시간대에는 참가자가 적다. 그런 가운데 온몸으로 공사를 멈추려고 하는 참가자에게 과격하다, 과도하다고 하는 비판이 높아지고, '현장의 대처는 온화하고 대중적인 것에 그치고 나머지는 지사나 정치가에게 맡겨야 한다'라는 움직임이 강해지면, 그야말로 미·일 양 정부의 뜻대로 되는 것이다. 세계 각지의 반전·반기지 투쟁에 비하면 헤노코辺野古의 투쟁은 너무 평화로울 정도다.

지금이 '전전戰前 몇 년'인가

10년 전인 2005년에 『오키나와 '전후戰後' 제로년』이라는 책을 냈다. 그 '후록'에 다음과 같이 적었다.

> 아시아·태평양전쟁에서 일본의 아시아 침략에 일익을 담당하고, 최후에는 '국체國體 수호守護'를 위해 '사석捨石'이 된 오키나와는 이후 '태평양의 요석要石'으로서 전쟁과 점령, 식민지 지배가 지속되는 60년을 보내왔다. 과연 오키나와에 전쟁이 끝난 후로서의 '전후戰後'가 있었던가.188쪽

이 생각은 '전후 70년'이 지난 지금도 변함없다. 오히려 더욱 강해졌다. 작년 여름부터 나고시名護市 헤노코 바다 및 오우라만大浦湾에서는 기지 건설을 위한 해저 시추 조사가 진행되고 있다. 일본 정부·방위성·오키나와 방위국은 매립 범위보다 훨씬 크게 플로트와 오일펜스를 치고, 항의하는 시민의 카누와 배를 배제할 뿐만 아니라, 해상보안청 보안관을 동원하여 폭력적인 탄압을 이어가고 있다. 나 또한 작년 8월부터 카누팀과 함께 해상에서의 항의 행동에 참가하고 있는데, 해상보안청 보안관이 카누를 전복시키는 바람에 한겨울의 차가운 바다에 몇 번이나 빠지곤 했다. 수면 아래로 얼굴이 처박혀 바닷물을 마시고, 폭력으로 인해 골절과 염좌 등의 부상을 입고, 고무보트에서의 장시간 구속으로 몸이 차가워져 구급차로 이송된 카누팀 멤버들도 있었다.

현장은 오키나와 주둔 해병대 캠프 슈워브 바로 옆 해역이다. 육지에는 미군

시설이 들어서 있고, 해변과 바다에서는 수륙양용차 훈련과 미군의 수영훈련이 이루어진다. 산간 지역에서 이루어지는 소총과 기관총 사격 연습, 폐탄 처리음도 바다까지 들려온다. 그런 곳에서 연일 해저 시추 조사와 그에 대한 카누팀의 항의, 해상보안청에 의한 탄압이 이루어지고 있다. 그 한복판에 있으면 '전후 70년'이라는 말이 공허하게 느껴진다. '전후'라고 해도 일본[야마토]과 오키나와[우치나]에서는 서로 다른 시간이 흘렀다. 1972년 일본 복귀전의 오키나와는 미군 통치하에 있었기 때문에 '평화 헌법'도, '전후 민주주의'도, '고도 경제성장'도 없었다. 그런 역사적 사실을 생생하게 온몸으로 느낄 수 있는 사람이 현재 야마토에 얼마나 존재하는가. 과거사뿐만 아니라 현 상황도 마찬가지다.

가끔 헤노코[辺野古]나 헬리패드 건설에 반대하고 있는 다카에[高江]에 대해 이야기하러 야마토에 갈 기회가 있다. 사진과 영상을 보여주면서 현장 상황을 이야기하고 질의응답 시간을 가진다. 끝나고 나서는 주최자와의 교류회가 개최된다. 그렇게 몇 시간을 보내면서 과연 내 이야기가 얼마나 전해졌을까, 전해지지 않은 건 아닐까, 하는 생각에 사로잡힐 때가 많다. 나 자신의 역량 부족도 있겠지만, 야마토에 올 때마다 느끼는 것은 오키나와와의 생활환경 차이다. 공항에서 호텔로 이동하고, 시내에서 식사하고, 강연장으로 향한다. 그 과정에서 미군 차량이나 미군기, 미군의 모습은 찾아볼 수 없다. 이를 당연한 일상으로 여기며 사는 사람들이 헤노코와 다카에의 상황을 얼마나 실감할 수 있을까. 질의응답 시간이나 교류회 등에서 놀라움이나 충격을 받았다며, 본토에 있으면서 몰랐던 것이 부끄럽다고 하는 감상을 토로하는 사람들도 있다. 일본이 오키나와에 무엇을 해 왔는지, 무엇을 계속하고 있는지에 대해 진지하게 생각하고, 다카에나 헤노코에서 지원 활동을 하는 사람도 있다. 하지만 그런 사람들은 야마토 사회에서 극소수이다.

대다수의 야마토츄는 오키나와에 미군 기지를 강요하고 일본 전체의 안전을 위해 어쩔 수 없다며 태연하게 말한다. 그뿐만 아니라 오키나와는 미군기지 덕분에 경제적 이익을 보고 있다며 자기 좋을 대로 '해석'하는 사람도 많다. 미군기지가 경제적 이익을 가져온다면 재정위기에 허덕이는 지자체에서 유치하려는 움직임이 있을 법도한데 그런 적이 없다. 미군이 일으키는 사건·사고, 여차하면 가장 먼저 미사일의 표적이 될 위험성을 알고 있기 때문이다. 경제적 이익 운운은 오키나와에 부담과 희생을 떠넘기고 있다는 죄책감을 지우기 위한 것에 불과하다. 이러한 자세에서 오키나와에 대한 이해가 생길 리가 없다. 오히려 오키나와와 일본의 단절은 깊어져만 간다.

작년 중의원 선거에서 전국적으로 자민당과 공명당 집권 여당이 압승했다. 그러나 오키나와에서는 완전히 반대의 결과가 나왔다. 4개의 선거구에서 모두 자민당 후보가 낙선하고, 헤노코 신기지 건설 반대를 내건 공산당, 사민당, 생활의 당, 무소속 후보자가 당선했다. 낙선한 후보자들은 비례로 의석을 확보하여 입후보한 전원이 당선되는 드문 일까지 일어났다. 전국적으로 비교했을 때, 같은 나라에서 치러진 선거인가 싶은 정도로 극명한 차이였다. 그 전에 치러진 오키나와 지사 선거에서는 헤노코 신기지 건설에 반대하는 오나가 다케시 후보가 매립을 승인한 나카이마 히로카즈 후보를 약 10만 표의 차이로 누르고 당선되었다. 이러한 선거 결과가 보여주는 의미를 야마토에 사는 사람들은 얼마나 이해하고 있을까.

1972년 5월 15일 일본 복귀로 하나의 흐름이 된 것 같았던 오키나와와 일본의 '전후'가 많은 공통점을 가지면서도 아주 일치되지 않고 다시 나뉘어져 가려하고 있다. 지금이 그런 큰 분기점이 아닐까. 집단 자위권*을 행사하며 자위대가 미군을 중심으로 호주 군대와도 연계하여 중국 군대에 대항한다. 호전적好戰的인

아베 정권의 군사전략이 오키나와에 가져오는 것은 일본으로 인해 또다시 '사석'이 될 것이라는 악몽이다. 지금이 '전전戰前 몇 년'인가. 오키나와에 있어서 이 물음은 결코 가벼운 말장난이 아니다.

* 국제법상 자국과 밀접한 관계에 있는 외국에 대한 무력 공격을 자국이 직접 공격받지 않았음에도 실력 있게 저지하는 것이 정당화되는 권리.

미·일 안보조약 그 자체를 반문해야 한다

나는 헤노코 신기지 건설에 반대하기 위해 카누를 타고 헤노코 바다 오우라만大浦湾으로 나가 해저 시추 조사에 항의하고 있다. 태풍이 시작되어 현재는 조사가 중단되었다. 파도가 거친 탓에 바다로 나갈 수 없는 날도 계속되었지만, 중의원에서 안보 관련 법안이 강행 채결된 날에는 팔이 무뎌지지 않도록 바다로 나가 카누 연습을 했다. 패들을 손에 들고 헤노코 블루라 불리는 바다를 젓는데 국회 앞에서의 항의 행동에 참가하고 싶다는 생각이 문득 치밀어 올랐다. 노 젓는 사람이 한정된 탓에 헤노코 현장을 떠나 도쿄로 가는 것이 사실상 어렵지만, 연일 계속되는 국회의 움직임과 항의 현장을 여러 매체로 지켜보면서 애가 타고 화가 났다.

집단적 자위권을 행사하기 위한 안보 관련 법안과 헤노코 신기지 건설은 연결되어 있다. 아베 신조 총리에게 있어서 중국에 군사적으로 대항하기 위해서는 자위대를 미군과 일체화하고, 후방 지원을 넘어 전선에서 싸울 수 있는 차원까지 자위대의 능력을 끌어올려야만 할 것이다. 이를 위한 법 개정을 진행함과 동시에 중국과 대치하는 군사 거점으로서 오키나와 기지의 강화가 이루어지고 있다. 헤노코 신기지가 건설되면 자위대와의 공동사용이 추진될 것이 틀림없다. 이미 캠프 한센에서는 미군과 자위대의 공동 훈련이 이루어지고 있고, 캠프 슈워브에도 자위대 차량이 드나들고 있다. 또한 요나구니섬与那国島을 비롯하여 미야코섬宮古島과 이시가키섬石垣島에서도 육상 자위대 배치가 진행되려 하고 있다.

미국이 일본을 위해 중국과의 교전을 바라는 일은 없을 것이다. 미·일 동맹의 중요성을 양국이 강조했다고 해서 일본 정부의 의도대로 미국 정부가 움직여주리라고 확신할 수 없다. 미국이 동아시아에서 공군과 해군을 중심으로 군사전략을 세워 해병대의 위상이 낮아지면 오키나와에 주둔해 있는 해병대의 역할도 낮아진다. 중국의 미사일 표적이 될 것을 감안해 호주로 이주시키는 것이 낫다는 의견도 나오고 있다. 반면 중국에 '잘못된 메시지가 전달되지 않도록' 해병대를 오키나와에 붙들어 놓기 위해 안간힘을 쓰고 있는 것이 일본 정부이다. 시가지에 있는 노후된 후텐마 기지 대신에 2개의 활주로와 항만, 장탄장裝彈場 등의 기능을 갖춘 신기지를 일본 예산으로 헤노코에 만들어 미군에 제공해 드리자고 한다.

또한 1,800억 엔이 넘는 '배려예산'이 있으며, 미군의 재일 특권을 보장하는 '미·일 지위 협정'과 밀약이 있다. 더욱이 미군의 '부담 경감'을 위해 자위대가 병참뿐만 아니라 전투의 일부까지 도와주려 하니 미국 정부와 미군 입장에서는 웃음이 그치지 않을 것이다. 미·일 안보조약으로 일본은 미군에게 기지 제공이 의무화되어 있다. 그러나 오키나와에 미군 기지를 집중시켜 스스로는 기지 부담을 피해 왔기 때문에 야마토에 사는 일본인 대다수는 이 조약으로 혜택을 받고 있는 것이 미국·미군이라는 사실을 실감하지 못하고 있다. 오키나와의 미군기지 실태를 보면 일본과 '극동의 평화 및 안전'이라는 틀을 넘어 미군은 기지를 이용해 왔다.

미·일 안보조약에 따라 일본은 미군의 보호를 받고 있다는 환상을 이제 버려야 한다. 미국은 어디까지나 자국의 이익을 위해 재오在沖·주일 미군 기지를 이용하고 있을 뿐이다. 안보 관련 법안에 반대할 뿐 아니라, 미·일 안보조약 자체를 되물어야 할 필요가 있다. 반면 '미군은 억지력抑止力이 되고 있다', '미·일 안보조약은 필요하다'고 한다면, 오키나와에 미군 기지를 집중시키고 밀어붙일 것이 아니라, 야마토에 사는 사람들은 스스로 기지 부담을 져야 한다. 하지만 대부분의 야마톤츄는 이를 무시한다. 막상 이웃 나라와 전쟁이 벌어지면 군사기지가 가장 먼저 표적이 되고 그 주변에 사는 주민들도 연루된다는 것을 알고 있기 때문이다.

오키나와 사람들은 70년 전의 오키나와 전투를 통해 군대는 주민을 지키지 않는다는 것을 깨달았다. 적인 미군뿐 아니라, 자신들을 지켜줄 의무가 있는 일본군도 스파이로 의심하여 주민들을 학살하고, 식량을 빼앗고, 참호에서 쫓아내고, 포탄 속으로 몰아넣었다. 이것이 지상전의 실태이다. 자위대가 가는 전장에서 사는 주민들도 똑같은 일을 당할 것이다. 이를 허용해서는 안 된다.

문학인의 전쟁 책임

저항은 차세대를 위한 의무

9월 19일 밤부터 20일 새벽까지 캠프 슈워브 게이트 앞에 설치된 신기지 건설 반대를 호소하는 천막을 우익단체의 가두선전 차량에 탄 20여 명의 남녀가 습격하는 사건이 발생했다. 술에 취한 우익 무리는 천막을 파괴하고, 현수막을 찢을 뿐만 아니라, 말리던 남성까지 폭행했다. 남녀 5명이 상해와 기물파손 혐의로 체포됐지만, 우익단체의 가두선전 차량에 의한 괴롭힘은 여전히 계속되고 있다.

19일 오후 5시쯤 헤노코 바다에서의 항의 행동에 참여한 후, 귀가하기 위해 이 게이트 앞을 지나갔다. 그때 이미 우익단체의 거두선전 차량 3대가 게이트 앞을 오가고 있었고, 차에서 내린 괴한들이 천막에 있던 시민들에게 카메라를 던지고 폭언을 퍼부으며 도발을 하고 있었다. 그리고 천막에서 200m가량 떨어진 인도에 차를 세우고 그 옆에 모여 앉았다. 천막에 있던 사람들의 말에 따르면 우익 일당은 그곳에서 술을 마시다가 심야가 되자 천막으로 몰려가 주먹을 휘둘렀다고 한다. 사람이 적은 시간을 노린 악질적인 범죄행위다.

사건이 일어나기 전 천막에 있던 시민들은 경찰에게 괴롭힘을 막아달라고 여러 차례 호소했다. 그러나 경찰은 습격이 일어나는 것을 묵인하는 듯한 대응을 보였다. 게이트 앞에서 신기지 건설 반대 항의 활동을 하는 시민에게는 과잉 탄압을 하여 부상자가 속출하고 있는데, 오키나와현 경찰·나고名護 경찰서의 우익단체에 대한 대응은 참으로 허술했다. 이 같은 경찰의 대응은 우익단체의 습격 배후에 정치적 의도가 작용한 것이 아닌가 하는 의구심을 갖게 한다.

19일 새벽에 안보 관련 법안이 참의원을 통과하여 성립되었다. 헤노코 천막촌 습격은 그 직후에 발생했다. 아베 신조 정권은 안보 관련법이 통과되면 그다음에는 헤노코辺野古에 주력할 것이라고 했다. 우익단체의 습격은 아베 정권의 의도를 제대로 파악한 후에 반대운동을 폭력적으로 짓누르기 위해 타이밍을 재고 실행한 것이라고 생각한다. 이러한 습격 사건이 발생하면 보도를 접한 시민들은 두려움을 느끼고 게이트 앞에서의 항의 행동에 참여하는 것을 주저하게 된다. 이것이 우익단체가 노리는 바이다. 국가가 경찰 권력을 사용하여 탄압하는 동시에, 민간에서는 우익단체가 폭력과 공포로 반전·평화 운동을 무너뜨린다.

이는 1930년대에도 발생했던 일이다. 이런 식으로 전쟁으로 향하는 길이 만들어졌다. 아시아·태평양 전쟁에서 일본이 패배하고, 오키나와가 미·일 전투에서 괴멸적 타격을 입은 지 70년이 되는 해에 일본군이 미군의 잡역부로서 해외에서의 전쟁에 참여할 수 있는 법 제도가 갖추어졌다. 그리고 헤노코에서는 신기지 건설을 위한 해저 시추 조사가 강행되고, 다카에高江에서는 헬리패드 건설이 진행되고 있다. 우리는 지금이야말로 역사를 통해 배워야 한다. 우익단체로 인한 반전·평화운동의 파괴를 허용해서는 안 되며, 폭력을 이용하여 심리적으로 위축시키려는 의도에 대해서 의연하게 대응하고 적극적으로 게이트 앞으로 나가 되받아치는 것이 중요하다.

인터넷 우익의 괴롭힘도 더욱 활발해졌다. 오키나와의 반전·평화운동은 중국이나 북한의 공작원 짓이라고 하는 수준 낮은 중상비방과 있지도 않은 일을 꾸며내어 불신을 부추기는 등 헤노코 신기지 건설에 반대하는 단체와 개인을 향한 공격이 인터넷상에서 반복되고 있다. 오나가 다케시 지사와 현 내 미디어도 인터넷 우익의 표적이 되고 있지만, 이는 곧, 그들이 그 영향력을 두려워하고 있다는 증거이기도 하다. 인터넷 우익이 퍼뜨리는 유언비어 중에는 사람들이 돈일당을 받기 위해 게이트 앞이나 카누에서 반대운동을 하는 것이라는 소문이 있다. 그게 헛소문에 불과하다는 건 실제로 참여해 보면 알 수 있는 일이다.

나는 최근 몇 년 동안 다카에와 헤노코에서 신기지 건설에 반대하는 운동에 참가해 왔지만, 금전을 받은 적은 단 한 번도 없다. 오히려 기름값이나 식비, 잠수복 구입 등이 모두 사비이기 때문에 부담이 될 때가 많다. 원고 집필이나 독서 시간도 크게 줄어들어 실생활에 도움이 되는 일도 거의 없다. 그런데도 행동할 수밖에 없는 것은 신기지 건설을 허용해버리면 태어나 자란 얀바루·오키나와의 장래가 어두워지고, 전쟁이 터지게 되면 가장 먼저 공격을 받아 괴멸적 타격을 입을 것이 뻔하기 때문이다. 얀바루 출신, 우치난츄의 한 사람으로서 이에 저항하는 것은 다음 세대에의 의무이다.

과거 일본 문학자 중 상당수는 펜 부대*나 문학 보국회에 참가하여 적극적으로 국가의 전쟁 정책에 가담했다. 그것이 자의든 타의든 간에 그런 식으로 살아남았고, 젊은이들을 전쟁으로 몰아넣었다. 문학가의 전쟁 책임 문제는 쉽게 덮어버릴 일이 아니다. 이 하나의 글을 쓰는 것이 대단한 일은 아니지만, 적어도 70년 전과 같은 잘못을 범하고 싶진 않다.

* 제2차 세계대전 때 대 중국 전선에 파견된 작가 등으로 구성된 일본 부대.

감시에서 탄압, 전쟁으로의 시스템

2002년 12월 18일, 오키나와현 나고시名護市에서 주민기본대장 네트워크 시스템이하 주기넷*에 반대하는 시민 네트워크 오키나와반주기넷 오키나와가 제1회 학습회를 열었다. 그 당시 참여한 이래로 꾸준히 동아리 회원으로 활동해 왔다. 현 내 자치체와의 교섭이나 길거리 호소, 전단 배포 등을 통해서 주기넷 반대를 호소해 왔다. 10년에 걸쳐 현 내 자치체에 주민기본대장 카드 발행에 관한 설문 용지를 보내 발행 매수나 사용 상황 등을 조사하고 집계 기록을 공표해 왔다. 주기넷뿐만 아니라 CCTV나 도청법, 개인정보 보호법, 특정비밀보호법 등 감시 사회 강화로 이어지는 각종 움직임에 대해서도 반대운동을 계속해 왔다.

동회同會는 올해 들어 명칭을 '감시 사회 안 돼! 시민넷시민 네트워크의 약자 오키나와'로 변경하고, 공통 번호 제도마이넘버법에 반대하는 대처를 진행하고 있다. 현재는 '마이넘버법에 반대하는 진정서'를 현 내의 시읍면 의회에 제출하고, 취지 설명을 연일 이어가고 있다. 또한 다카에高江의 헬리패드 건설이나 헤노코辺野古의 신기지 건설에 반대하는 행동 등 현 내의 반전·반기지 운동에도 적극적으로 참가해 왔다. 이쪽으로 활동 시간이 치우쳐져 있는 건 미군 기지가 집중되어 있는 오키나와의 특수 사정 때문이다. 여기에는 마이넘버법을 비롯한 감시 사회의 강화가 기지 문제와 밀접하게 관련되어 있다는 인식이 있다. 일본을 전쟁이 가능한 국가, 미국의 전쟁에 가담하는 국가로 바꾸기 위한 수단으로서 마이넘버가

* 시구정촌이 작성 · 관리하는 주민 기본 대장과 도도부현 및 국가의 지정 정보처리기관인 지방공공단체 정보시스템기구를 전용회선으로 연결하는 전국 규모의 네트워크 시스템.

기능해 나갈 것이다. 그에 대한 걱정이 늘어난다.

국가가 전쟁을 치르기 위해서는 국내의 반대운동을 죽여야 한다. 시민이 전쟁이나 군대, 징병을 거부하는 것을 허용해서는 안 되기 때문이다. 강권을 행사해서라도 개인과 정당, 노조, 시민단체의 활동을 규제하고 국가가 추진하는 전쟁 정책을 따르도록 만들어야 한다. 이를 위해서는 반전·평화 운동을 담당하고 있는 활동가는 물론이고, 집회나 시위에 참가하고 있는 시민이나 조직의 동향 및 정보를 파악하는 것이 필요하다. 공안 경찰이나 자위대 정보보전대* 등 국가의 치안=탄압기관에 있어서 정보 수집의 수단은 많을수록 좋다. 마이넘버 제도는 일찍이 큰 문제가 되었던 국민총배번호제国民総背番号制** 그 자체이며, 살아가는 내내 하나의 번호 아래 방대한 개인정보가 수집된다. 그것을 국가가 치안 탄압을 위해 활용하게 되면 어떻게 될까. 그에 대한 불안이 주기넷이나 감시 사회의 강화에 반대하는 활동에 내가 참가해 온 가장 큰 이유이다.

인터넷 등의 정보통신 기술의 발달로 방대한 개인정보 수집이 가능한 시대가 되었다. 인터넷의 검색 이력이나 각종 카드를 사용한 구매 이력 등 개인의 사상 분석이나 행동 분석에 용이한 정보가 사용자의 의사를 떠나 상업적으로 이용되는 상황이 가속화되고 있다. 마이넘버 이용이 공공기관에서 민간으로 확대될수록 이를 관리하는 국가는 개인정보를 모아 행동부터 내면까지 상세히 파악할 수 있게 된다. 거리에 설치된 CCTV나 휴대폰에서 제공되는 위치 정보 등과 연결하면 개인의 일상을 감시하는 것이 간단해질 것이다. 그런 시대에 우리는 살고 있다. 오키나와에서 감시 사회에 반대하는 대처를 진행해 올 때, 기지 문제와 함께 오키나와 전투를 항상 의식해 왔다. 국가의 시민 감시 강화가 전쟁으로 이어

* 육상·해상·항공의 각 자위대에 놓여 있던 방첩부대.

** 국민 개개인에게 개별 번호를 할당해 개인 정보를 관리하는 제도.

질 위험성을 갖고 있음을 오키나와전 역사가 가르쳐주었기 때문이다.

일례로 돌아가신 고모에게서 들은 이야기가 있다. 할아버지는 오키나와전 때 일본군으로부터 쫓겨 도망 다니고 있었다. 고모 말에 의하면 할아버지는 당시 현립 제3중학교의 학도병으로서 일본군과 함께 행동하고 있던 아버지가 전사했다고 생각해 적어도 유골만은 거두고 싶다며 친구 M에게 하소연했다고 한다. 이미 오키나와섬 북부 지역은 본격적인 전투가 끝나있었고, 일본군은 패잔병이 되어 산속에 숨어 있었다. 낮에 마을 경계를 서던 미군에게 친구 M이 사정을 설명하자 미군은 할아버지를 미군 지프에 태워 삼중학도대가 싸우던 모토부정本部町 야에다케八重岳로 데려가 주었다. 그러나 할아버지는 시신을 찾지 못한 채 돌아왔다. 실제로는 살아남은 아버지는 다른 산다노다케(多野岳)으로 이동해 있었다. 이후 할아버지는 일본군으로부터 스파이 혐의를 받아 쫓기게 되었다. "주민 중에 일본군의 정보꾼이 숨어있었지, 뭐니. 할아버지가 미군 지프를 타는 걸 보고 이를 산에 숨어 있던 일본군에게 알려준 거지." 고모는 그렇게 말하며 밀고한 주민에 대한 분노를 표출했다.

일본군은 주민들 사이에 상호 감시·밀고 체제를 만들어냈고, 미군과 접촉한 주민을 스파이로 몰아 주민 학살을 각지에서 반복했다. 그 근저에는 과거 류큐국이었던 오키나와의 역사와 언어, 생활 습관의 차이, 이민현 등에 대한 일본군의 차별과 편견이 있었을 것이다. 그러나 그것이 전부는 아니다. '본토 결전'*이 벌어지고 야마토에서도 지상전이 치러졌다면 우군=일본군에 의한 주민 학살은 전국 각지에서 일어났을 것이다. 전시체제 아래에서는 방첩이 매우 중요한 과제이다. 주민들 속에 숨어든 스파이 적발은 특별고등경찰의 수사 탄압뿐 아니

* 태평양전쟁 말기 패색이 짙어진 일본 정부·군부가 미국군의 일본 본토 상륙을 불가피하게 보고 상정한 작전.

라 토나리구미제도隣組制度* 등 민간의 상호 감시에 의해서도 진행되었다. 시민에게 향하는 국가와 군대의 불신은 일반적이다. 오키나와 전투에서 일어난 주민 학살은 위정부와 아래민간로부터 만들어진 감시 사회의 전시하에서의 필연적 귀결이다.

'감시 사회 안 돼! 시민넷 오키나와'는 그러한 오키나와전의 체험과 교훈을 근거로 전쟁-군대기지-감시 사회를 하나의 연장선상으로 파악하여 활동해 왔다. 현재 전쟁 법안과 헤노코 신기지 건설, 마이넘버 제도가 동시에 진행되고 있다. 이것이 바로 전쟁을 위해 자위대와 기지, 감시 사회를 동시에 강화하려는 것이다. 마이넘버가 보급·확대되면 언젠가는 국회 앞이나 캠프 슈워브 게이트 앞, 헤노코 바다·오우라만大浦湾 등에서 활동하고 있는 시민의 정보 파악=탄압을 위해서 활용될 것이다. 마이넘버는 단순히 세금이나 사회보장을 위해 있는 것이 아니다. 신자유주의의 발상 아래에서 시민으로부터 세금을 철저하게 거둬들이고, 사회보장 예산을 억제하고, 나아가 경제계의 요망에 부응하여 기업의 이용 확대를 도모한다. 그것만으로도 시민 생활은 파괴로 이어지지만, 그보다 더 큰 위험성을 가지고 있다.

아베 정권하에서 일본은 크게 변하려 하고 있다. 전쟁 법안, 헤노코 신기지 건설, 마이넘버제도 모두, 반대가 다수이거나 시민의 이해를 얻지 못한 상황임에도 불구하고 정부는 밀어붙이고 있다. 입헌주의의 파괴를 큰 소리로 외치며 국회 앞에서 캠프 슈워브 게이트 앞에서 젊은이들을 포함한 수많은 시민이 오랜 기간에 걸쳐 반대 목소리를 높이고 있다.

미군과 함께 자위대가 해외 전투에 참가하게 되면 틀림없이 사상자가 나온다.

---

* 제2차 세계대전 이후 국민 통제를 위해 만들어진 지역조직.

과거 '비非전투 지역'이라는 말의 정의를 둘러싼 논란이 있었지만, 그 틀마저 없애버리고 언제 전투가 시작될지 모르는 지역으로까지 자위대의 활동 범위를 넓히려 하고 있다. 그렇게 자위대원에서 사상자가 발생하게 되면 어떻게 될까. 혹은 자위대가 시민에게 발포하여 사상자를 내면 어떻게 될까. 어찌됐던 지난 70년 동안 헌법 9조 아래서 일어나지 않은 사태가 발생한다. 그때 일본 사회에서 무슨 일이 일어날까.

자위대원 중에는 왜 일본이 공격당하고 있는 것도 아닌데 해외에서 싸워야 하는가 하는 의문을 품고 그만두는 사람도 나올 것이다. 자위대원의 감소가 계속되면 징병제가 검토될 수밖에 없다. 주기넷이 문제시되었을 무렵부터 징병제와의 관계가 지적되어왔다. 마이넘버법으로 초점이 옮겨간 지금, 이는 지나치게 비약된 이야기가 아니다. 대상이 될 청년의 건강 상태부터 사상·신념까지 국가는 마이넘버를 이용하여 효율적으로 장악할 수 있다. 앞서 언급했듯이 반대운동의 탄압을 위해서도 위력을 발휘할 것이다. 마이넘버는 징병제 확립에 안성맞춤인 시스템이 된다.

글을 쓰는 한 사람으로서 이런 상황에 어떻게 대치해 나갈 것인가. 그것이 중요하다. 아시아·태평양전쟁에서 많은 시인과 소설가들은 펜 부대와 일본 문학보국회에 가담하여 적극적으로 전쟁에 협력해 나갔다. 전의를 고양하기 위해 쓰여진 시나 소설에 영향을 받고 전쟁터로 나가 죽은 젊은이도 있었을 것이다. 그 죄와 책임은 절대 가볍지 않다. 그런 어리석은 짓을 되풀이해서는 안 된다. 그러나 인터넷 우익 수준의 전쟁관戰爭觀을 가지고 아베 정권의 대변인처럼 쓰인 글은 여전히 실제하고, 시대 흐름에 빠르게 편승하여 처신하는 무리 또한 어느 시대에나 존재한다. 그뿐만 아니라 출판사나 신문사가 국가권력에 영합해 나간다면 설 자리를 잃을까 두려워하는 작가들은 스스로 변질할 것이다.

싫든 좋든 간에 개개인의 주체성이 중요한 문제가 된다. 그러나 시인이나 소설가라는 생명체는 본래 자유를 무엇보다 갈구하고, 권력에 의한 규제를 무엇보다 증오하는 법이다. 자유롭게 쓰고 발표할 수 있는 장을 확보하기 위해 노력하는 것은 당연하고, 마이넘버와 같은 권력자의 지배에 편리한 도구에 대해서는 가장 먼저 반대의 목소리를 내야 한다. 이를 방치하면 머지않아 스스로의 목을 조르게 될 것임을 역사를 배우고 조금의 상상력만 발휘한다면 쉽게 알 수 있는 일이다.

최근 1년간 신기지 건설에 반대하며 헤노코 바다·오우라만에서 카누를 저으며 해상 항의 행동에 참여하고 있다. 여기에 많은 시간을 빼앗기지만 미군과 자위대의 기지 강화가 마이넘버법 및 전쟁 법안과 밀접하게 연결되어 있음을 밝히고 아울러 반대해 나가고 싶다.

2016년

東村高江区でヘリパッド建設に反対し路上で資材を積んだ工事車両を止める市民。
全国から動員された機動隊が強制排除をくり返した（2016.8.1）

히가시촌 다카에구 헬리포트 건설에 반대하기 위해 도로에서 자재를 실은 공사차량을 막고있는 시민들.
전국에서 동원된 기동대가 강제 배제를 반복했다(2016.8.1).

건설이 강행된 H지구 헬리패드 옆에 덩그러니 남겨진 그루터기. 얀바루 숲의 수많은 나무들이 잘려나가고,
귀중한 동식물이 미군 기지 건설을 위해 희생당했다(2016.12.23).

해상 행동으로부터 보이는 것

기지로 인한 가난함

헤노코 바다 오우라만大浦湾에서 카누를 타고 신기지 건설에 반대하는 해상 행동에 참가한 지 1년 반 정도가 지났다. 이로써 겨울 바다를 경험하는 것도 두 번째이다. 혹독한 추위가 이어지는 가운데, 반나절을 바다 위에서 보내고 있다. 바다에서는 캠프 슈워브 내에서 이루어지고 있는 작업을 볼 수 있다. 석면 사용으로 문제가 된 막사를 해체하는 공사와 작업장 조성, 율석栗石을 담은 기초 압밀용 돌망태의 작성 등 카누를 저어 해저 시추 조사에 반대하면서 뭍에서 진행되는 작업을 계속 관찰하고 감시해 왔다.

작년 12월, 세다케瀬嵩 쪽의 헤노코 탄약고와 접해 있는 모래사장에 매립을 위한 가설 도로를 건설하려는 움직임이 있었다. 기초 압밀용 돌망태를 모래사장에 늘어놓고, 그 위에 철판이나 시트를 깔아 가설도로를 만들고 있는 것을 해상에서 확인할 수 있었다. 그 일대는 나고시 교육위원회가 문화재 시굴 조사를 하려던 곳이다. 이를 진행하기 전에 모래사장을 개편하려고 하는 오키나와 방위국에게 카누팀과 항의선 멤버들은 공사를 그만두도록 항의하고, 나고시 교육위원회에게도 시급히 대처하도록 요구했다.

나고시 교육위원회는 현장조사를 요구했지만, 미군과 오키나와 방위국은 조금 떨어진 장소에서 눈으로만 확인하라고 했다고 한다. 그뿐만 아니라, 나고시 교육위원회에 도로의 목적은 플로트를 설치하기 위해서라든지, 기초 압밀용 돌망태는 사용하지 않는다든지 등의 거짓말도 하고 있었다. 오우라만을 보면 알겠지만, 이미 많은 양의 플로트와 오일펜스가 해상에 설치되어 바다를 가르고 있다. 그것들은 캠프 슈워브 내의 해변에 진열되어 작업선에 의해 인출되었다. 새삼스레 새로운 도로가 있어야 하는 것이 아니다. 또한 압밀용 돌망태 같은 경우는 오키나와 방위국이 모래로 덮어 숨긴 사실이 사진에 의해 폭로되었다.

그건 그렇다 치더라도 나고시 교육위원회에 이런 뻔한 거짓말과 속임수를 쓰는 오키나와 방위국의 파렴치함을 어떻게 받아들여야 하는가. '본체공사 착공'을 발표하기는 했지만, 작업이 크게 늦어지고 있는 탓에 마음이 급해졌을 것이다. 동시에 나고 시민이나 오키나와 현민에게 사실을 설명할 필요는 없으므로 그냥 공사를 진행하면 된다고 하는 오만함이 드러나 있다. 이는 오키나와 방위국의 배후에 있는 일본 정부의 기본자세이기도 하다. 일본 정부와 방위성이 MV22 오스프리의 오키나와 배치에 관해 얼마나 많은 거짓말을 해왔는가. 나고 시민·오키나와 현민은 잊지 않고 기억하고 있다.

오키나와 전투 직후, 미군은 캠프 슈워브 부지에 오우라사키大浦崎 수용소를 만들었고, 지금의 나키진今帰仁·모토부本部·이에지마伊江島 주민들이 수용되어 있었다. 말라리아와 영양실조 등으로 수용소 내에서 숨진 사람도 많았다. 그 매장지가 된 장소가 이번 오키나와 방위국이 가설 도로를 만들려고 하는 모래사장 근처에 있다. 현장에는 아직 발견되지 못한 유골이 남아 있을 가능성이 있다. 오키나와 전투 이후 70여 년이 흐른 현재, 매장지의 특정과 유골 수집 작업은 국가나 현에 매우 중요한 과제이다. 이를 마무리 짓기도 전에 신기지 건설을 위한 공사를 진행하는 것은 자연환경을 파괴할 뿐만 아니라, 오키나와 전사자를 모독하는 행위이기도 하다.

작년부터 현 내 잡지에서는 아이들이 직면하고 있는 빈곤의 문제가 심심찮게 다루어지고 있다. 급식비나 수업료를 내지 못해 눈칫밥을 먹고, 진학을 포기할 뿐만 아니라, 가난 때문에 가족 붕괴 위기에 처하는 등 밥도 못 먹고 잘 곳도 없는 아이들의 고통이 전해지고 있다. 헤노코 바다 오우라만에 떠 있는 플로트와 오일펜스를 바라보면서 얼마나 많은 돈이 들었을까 하는 생각이 들지 않을 수 없다. 캠프 슈워브 게이트에 매일 반입되는 자재 비용과 경찰관, 해상보안청 직원, 방위국 직원, 미군과 민간 경비원, 인부 인건비 등 시민들의 혈세가 날마다 소비되고 있다. 그 돈을 교육·복지예산으로 쓴다면 얼마나 많은 빈곤한 가정 속 아이들을 구할 수 있는가.

인터넷에서는 오키나와는 미군 기지로 돈을 번다, 오키나와 경제는 기지가 살리고 있다고 하는 유언비어가 인터넷 우익 중심으로 퍼지고 있다. 하지만 빈곤율은 전국에서 최악이며, 오히려 기지가 '있음으로써' 생기는 가난이 오키나와의 과거와 현재를 관통하고 있다. 그것이 실태이다. 내가 어릴 적인 1960년대의 일본야마토은 고도의 경제성장을 맞이했다. 그러나 오키나와는 그보다 뒤처진 채로 달러 쇼크 속에서 일본으로 복귀했다. 그럼에도 그 당시에는 사회 전체가 앞으로 발전할 거라는 희망이 있었을 것이다. 하지만 지금은 어떠한가.

국가와 지방을 합쳐 1천조 엔이 넘는 빚을 껴안고, 점진적인 경제성장과 종신고용, 무너지는 연금제도와 미래를 향한 불안과 절망을 떠안는 사람이 이렇게나 많이 늘어나도 일본 정부는 미군 신기지 건설을 위해 돈을 낭비한다. 오키나와 사람들의 반대를 무시하면서 말이다. 이런 어리석은 나라를 이대로 두면 피해는 우리뿐만 아니라 다음 세대로 이어진다. 헤노코辺野古에 새로운 기지는 필요 없다. 기지 이권에 몰려드는 정치인이나 관료, 종합 건설업자, 지역 보스 등에게 오키나와의 장래를 먹잇감으로 넘겨서는 안 된다.

불굴의 시민운동, 국가를 움직이다

비폭력 저항, 큰 힘으로

헤노코 대집행소송으로 국가와 오키나와현 사이에 '화해'가 성립되었다. 화해안으로 지시된 공사 중단에 따라, 오우라만大浦湾에서의 해상보안청 대응도 바뀌었다. 현재 해저 시추 조사를 진행하던 크레인이 달린 부유 구조물과 스퍼드 부유 구조물은 육지 근처로 옮겨져 작업을 멈추고 정박해 있다. 카누나 항의선으로 근처까지 가도 해상보안청 고무보트는 마이크로 주의만 줄 뿐 별다른 규제를 하지 않는다. 예전 같으면 플로트를 넘은 시점에서 해상 보안관은 카누를 구속하고 항의선에 올라탔다. 얼마 전만 해도 헤노코 신기지 건설에 반대하며 시위를 벌이는 시민들에게 해상보안청과 경찰, 경시청 기동대가 탄압을 거듭해왔다. 폭력에 의해 배제·구속되고 다친 시민도 많았다. 폭력적으로 위협하고 심신에 타격을 주면 항의하러 오지 않겠지, 라고 말하는 듯한 방식이었다.

연일 항의 행동에 참가하고, 야간에도 자재 반입이나 우익들의 악질 행동 등을 경계하며 천막에서 쪽잠을 잤다. 헌신적으로 버티고 있는 사람들의 피로가 극에 달했다. 부상과 피로를 풀고, 휴식을 취할 수 있다는 점에서도 공사 중단은 의의가 있다. 그러나 당연하게도 중단은 일시적이다. 국가가 화해를 받아들인 몇 가지 이유가 언론에서 거론되었다. 패소의 회피나 선거 대책, 재소송에 대한 자신감, 오나가 지사 정치의 대항 수단 방지 등 모두 일리가 있다.

'화해'가 성립된 직후, 아베 신조 총리는 '헤노코가 유일한 해결책'이라는 종래의 주장을 되풀이했다. 헤노코 신기지 건설이 필요하다고 하는 자세는 변하지 않았다. 결국 '화해'도 재판에서 지는 것보다는 데미지가 적다고 하는 타산이며, 오키나와현과의 협의에서도 양보하는 태도는 보이지 않을 것이라는 의사를 표현한 것과 같다. 헤노코辺野古에 새로운 기지를 만들 수 없다. 후텐마 기지의 현 내 이전=돌려막기는 허용하지 않겠다는 현민 여론을 완전히 무시한 발언에 분노를 느꼈다. 동시에 강경 자세를 바꾸려 하지 않는 아베 총리를 '화해'로 몰아넣은 해상과 게이트 앞에서의 항의 행동의 의의를 확실히 해두고 싶다.

재작년 7월에는 캠프 슈워브 쪽 육상부에서 막사 해체 공사가 시작되었고, 8월에는 해상에서의 플로트 설치가 이루어졌다. 당초 국가는 11월 말까지 해저 시추 조사를 끝내고 해체 공사를 마친 뒤, 작업장을 정비하겠다고 밝혔다. 하루라도 빨리 매립에 착수하여 되돌릴 수 없는 상황을 만들어 현민에게 체념 분위기를 심어주려고 했다. 하지만 그러한 국가의 계획이 좌절되었다. 해저 시추 조사는 시작한 지 1년 7개월이 지났지만, 아직 완수하지 못했다. 오우라만에 정박해 있는 크레인이 달린 부유 구조물과 스퍼드 부유 구조물의 모습이 작업이 크게 늦어지고 있음을 상징한다. 육지에서도 해체 공사 시작과 동시에 석면 사용의 문제가 불거졌고, 게이트 앞 농성 행동으로 인해 자재 반입에 어려움을 겪는 상황이 만들어졌다.

시민의 끈질긴 저항에 현경県警만으로는 대응할 수 없게 되었다. 아베 정권은 경시청 기동대를 오키나와에 보내, 노인과 여성에게도 탄압을 가하고 있다(기동대원 중에는 시민을 옮기면서 일부러 팔을 비틀고, 여성의 몸을 만지며 추행하는 악질적인 사람도 있다). 그래도 항의하는 시민들은 굴하지 않았다. 땡볕의 여름에도, 뼛속까지 시리는 겨울에도, 해상보안청에 의해 카누가 뒤집혀 바다에 빠져도, 딱딱한 아스팔트에 넘어져 밟혀도, 포기하지 않고 항의를 계속해 왔다. 온몸을 던져 아득바득 저지하고자 하는 모습을 보고 공감하는 사람들이 전국에서 찾아와 새롭게 운동에 동참해 나갔다.

재작년 여름, 뜨거운 햇빛을 가리기 위해 설치한 천막지는 현재 큰 천막촌이 되어, 행동 거점이 되는 동시에 전국에서 헤노코로 모이는 사람들의 교류 장소가 되었다. 해상과 게이트 앞에서의 시위 행동의 지속과 발전이 없었다면 어땠을까. 국가의 계획대로 일이 진행되어 조속히 매립 공사가 이루어졌다면 현 내의 정치 상황이나 재판의 동향도 바뀌었을 것이다. 오나가 지사와 이나미네 스스무 나고 시장의 행정 권한을 사용한 저항과 시민의 해상 및 게이트 앞에서의 육체적 저항. 그리고 그것을 지지하는 오키나와 현민의 여론과 전국으로부터의 지원.

이것들이 어우러져 아베 정권의 강압적인 수법을 꺾고 몰아붙일 수 있었다. 헤노코 신기지 건설 문제는 행정이나 사법, 의회의 장만으로는 해결이 어려운 듯 보인다. 시민들의 저항으로 공사는 점점 늦어질 것이다. 일본 정부의 건설 단념은 시민의 항의 행동이 캠프 슈워브에서 현 내 각지의 미군 기지로 확산하여 가데나 기지의 기능으로까지 영향을 미치고, 미군과 미국 정부가 일의 심각성을 인식했을 때가 아닐까. 그것은 결코 불가능한 일이 아니다. 비폭력 농성 시위라도 미군기지 게이트 앞에 수백 명 단위로 사람이 모이면 큰 힘을 발휘할 수 있다. 기동대가 물리력으로 배제하려 해도 한계가 있다. 우리는 자신의 힘에 자신감을 가져도 된다.

표적이 되어 (상)

미군이 직접 탄압을

2014년 8월 14일, 일본 정부·오키나와 방위국은 헤노코 바다를 가르고 플로트와 부표를 설치하기 시작했다. 그때 항의하는 시민이 탄 카누와 고무보트를 해상보안관이 강제 배제하고, 폭력적으로 탄압하면서 부상을 당한 시민이 발생했다. 헤노코辺野古 어항漁港과 옆 해변에서 그 모습을 보고, 나도 바다에서의 항의를 위해 카누팀에 참가 신청을 했다. 그로부터 1년 8개월이 지났다. 더운 여름에도 추운 겨울에도 카누를 타고 해상 항의 행동에 참가해 왔다. 오키나와 사람들이 아무리 반대해도 개의치 않고 있는 막무가내로 작업을 강행하는 일본 정부를 향한 분노가 있었다. 직장인은 평일에 참가하는 것이 어렵기 때문에 나처럼 시간을 낼 수 있는 사람이라도 솔선해서 해야겠다는 생각도 있었다. 그러나 무엇보다도 헤노코에 신기지가 생기면 오키나와의 미래, 특히 얀바루 일대가 비참해질 것이라는 위기감 때문이었다.

후텐마 기지를 헤노코로 '이전'하고, 가데나가 아닌 남쪽의 미군 기지를 '반환'(실제로는 이전)하면 오키나와의 부담이 '경감'되고 이는 발전으로 이어진다. 일본 정부는 그렇게 말한다. 여당인 자민당, 공명당도 그렇게 주장한다. 그러나 '이전移設' 이전의 나고名護, 얀바루에서 보면 이는 새로운 기지의 강요이며, 미 해병대의 부대나 훈련이 오키나와섬 북부에 집중되는 '부담 증가'일 뿐이다. 미군에 의한 사건 사고가 집중될 것도 뻔하다. 그뿐만이 아니다. 기지가 '반환'되어 재개발이 이루어지는 중남부와 기지가 집중되는 북부 사이의 경제 격차는 더욱 확대되어, 북부에서 중남부로의 인구 유출이 가속화되는 것도 쉽게 추측할 수 있다.

북부에서는 과소화와 기지 경제의 의존이 진행되어, 오키나와섬이 남북으로 분단됨으로써 현민 전체의 기지 문제 관심도 저하될 것이다. 그것이 일본 정부의 목적이라고 할 수 있다. 미군 전용 시설의 74%를 오키나와에 집중시킴으로써 기지 부담을 면하고 있는 야마토의 대다수는 기지 문제를 자신의 문제로 생각하지 않아도 된다. 얀바루에 해병대 기지를 집중시킴으로써 그와 같은 구조를 오키나와 내부에서 만들어내어 인구가 많은 중남부 사람들의 관심이 떨어지는 것을 노리고 있다. 그러나 일본 정부의 그런 꼼수에 넘어갈 만큼 오키나와 사람들은 어리석지 않다.

1996년 4월 12일, 미·일 특별행동위원회SACO에서 후텐마 기지의 '반환'이 결정되고 20년이 지났다. 일찍이 '현 내 이전'을 추진하던 보수 진영이나 경제계에서도 헤노코 신기지 건설 반대의 목소리가 나오고 있다. 그리고 현민의 큰 지지에 힘입어 오나가 다케시 지사가 국가와 대치하고 있다. 3월 4일 헤노코 대집행 소송에서는 국가와 오키나와현의 화해가 성립되어, 바다에서도 육지에서도 작업이 중단되어 있다. 반면 아베 신조 총리는 헤노코가 유일한 해결책이라고 되뇌며 강경한 자세를 유지하고 있다.

3월 31일 말, 캠프 슈워브 육상 쪽은 공사에 필요한 중장비들이 철수됐지만, 오우라만大浦湾에서 해저 시추 조사를 해 온 2기의 스퍼드 폰툰과 3척의 크레인 폰툰은 그대로 놓여있다. 국도에서도 보이는 위치에 크레인 폰툰이 놓여있다. 그것은 마치 현민을 향해 언제라도 작업을 재개할 수 있다는 국가의 의사를 나타내는 것 같다. 원래대로라면 작업이 중단되는 동안 모든 폰툰과 플로트를 오우라만大浦湾에서 철거해야 한다. 정부가 마음만 먹으면 철거는 수일 안에 할 수 있다.

작년 5월에는 태풍으로 인해 오우라만에 있던 크레인 폰툰은 스퍼드 폰툰을 싣고 하네지羽地 내해로 피난해 있었다. 올해도 같은 일이 일어날 것이다. 그렇다면 지금 철거해도 아무 문제 없다. 현재 헤노코사키辺野古崎와 나가시마長島 사이에 2중, 3중으로 플로트가 설치되어 있다. 그 탓에 카누와 배가 본래의 항로를 지날 수 없다. 어쩔 수 없이 카누는 헤노코사키의 바위틈 얕은 여울로부터 플로트를 넘어 각 폰툰과 육지의 모습을 감시해 왔다. 지금까지 몇 번이나 현민의 눈을 속여 온 오키나와 방위국의 짓이다. 작업이 중단되었어도 실제로 이뤄지지 않는지를 확인하고, 하루하루의 변화를 기록하는 동시에 플로트와 폰툰을 하루빨리 철거하도록 카누와 배로 계속해서 항의해야 했다.

작업이 중단된 이후, 해상보안청의 카누를 향한 행동이 크게 바뀌었다. 작업 중에는 플로트를 넘는 순간 구속했는데 중단 이후에는 멀찌감치 바라보기만 할 뿐 직접적인 규제는 하지 않는다. 카누 멤버가 육상이나 폰툰에 오르는 등의 문제가 될 만한 행동은 하지 않는다는 걸 알고 있기에 지켜만 보는 것이다. 새 학기를 맞이하는 4월 1일도 똑같이 감시와 항의를 하기 위해서, 헤노코사키의 얕은 여울로부터 플로트를 넘었다. 그때 카누 멤버 중 한 명이 미군 오키나와 경비원에게 어깨를 붙잡혔다. 놓아달라 항의하러 갔다가 나도 바다에서 뭍으로 끌려졌다. 경비원이 내 이름을 부르는 것을 듣고, 특정 인물을 노린 저격이라고 생각했다. 현장의 경비원은 위로부터의 방침이나 명령으로 움직인다. 해상보안청이 규제하지 않는 가운데, 미군이 직접 현민들에게 탄압을 가했다.

표적이 되어 (하)

감금상태 8시간, 기지의 치외법권

미군이 직접적으로 오키나와 주민을 탄압한 것은 이번이 처음이 아니다. 캠프 슈워브 게이트 앞에서는 이미 몇 사람들이 오키나와 방위국이 그어놓은 안전선을 넘었다는 이유로 미군 경비원에 의해 기지 내로 끌려가 구속되었다. 하지만 지금까지는 한두 시간 만에 미군으로부터 나고서로 신병이 인도되어왔다. 그러나 이번은 해상행동으로 인해 처음으로 구속됐음에도 불구하고 8시간 가까이 기지 안에 묶여 외부와 연락이 되지 않는 상황 속에 놓여 있었다. 젖은 잠수복을 갈아입지도 못한 채 권총이 들어있는 홀스터를 찬 미군과 같은 공간에 있어야만 했다. 경찰서에든 해상보안청에든 체포되어 구속된 경우, 시민은 변호사를 불러 자신을 보호할 권리가 있다. 법적 지식이 없는 시민은 변호사의 조언을 받지 않으면 경찰의 유도심문으로 인해 불리한 발언을 할 수 있다. 그것이 원죄로 이어질 수도 있기 때문에 변호인을 의뢰하는 것은 헌법 3조에서 보장된 중요한 권리이다.

헤노코사키辺野古崎 부근 해역에서 경비원에게 체포된 후, 미군 헌병대MP 순찰차에 실려 사무실로 보이는 건물로 옮겨졌다. 나는 여성 통역사에게 변호사의 이름과 전화번호를 알려주며, 지금 당장 변호사를 불러달라고 요청했다. 통역사는 나고서로 옮기고 나서 변호사와 만날 수 있다고 했다. 게이트 앞에서 구속된 지금까지의 선례로 보아 나도 1시간 정도면 인도되어 변호사와 접견할 수 있을 거라고 생각했다. 그런데 점심시간이 지나고 오후가 되어도 그대로였다. 그

사이 통역사에게 몇 번이고 상황을 확인하고 항의했다. 밖에서는 걱정하느라 난리가 났을 것이다. 옷도 갈아입지 못한 채 장시간 기지 안에 잡아두는 건 인권침해이며 사회적으로 문제가 될 것이다. 적어도 무사하다는 것은 전해주었으면 한다. 그렇게 하소연했다.

통역사도 너무 늦네요, 라며 당황하는 눈치였다. 나중에 변호사에게 물어본 바로는 현 선출 국회의원과 변호사가 외무성 오키나와 사무소, 오키나와현 경찰, 나고서, 해상보안청, 오키나와 방위국 등에 문의했으나 '우리는 모른다', '여기에는 신병이 오지 않았다'라는 등의 답변만 올 뿐, 내가 기지 내에서 어떤 상황에 처해있는지 확인할 수 없었다고 한다. 이건 비정상이고, 무서운 일이 아닐 수 없다. 미군기지로 끌려가면 변호사나 국회의원조차 상황을 확인할 수 없는 것이다. 만약 미국인이 일본 경찰에 체포되어 구속되고 변호사와의 접견을 요구하는 경우라면 어떨까. 요구를 무시당해 접견하지 못하고, 8시간 동안이나 외부와 연락이 닿지 않는 상황에 처할 수 있을까.

만약 그런 일이 일어난다면 미국 정부는 인권침해라며 강력하게 항의하고, 국제적 문제로 불거지지 않았을까. 일본 내임에도 불구하고 어떻게 미군 헌병대는 변호사 접견을 거부, 무시할 수 있는가. 미군 헌병대는 일본 헌법을 초월한 특별한 권한을 갖고 있는가. 이는 단순히 해상보안청으로의 인도가 늦었다는 문제가 아니다. 미군 기지로 끌려가, 헌병대에 구속되어도 오키나와인·일본인은 변호사를 접견할 수 없고, 무권리 상태에 놓여 스스로를 보호할 수 없다는 심각한 문제가 드러난 것이다. 이는 미군기지는 치외법권에 있음을 보여준다. 이를 이용하여 미군은 경비원을 시켜 직접적으로 현민 탄압에 나서고 있다. 그게 당연하다는 듯이 통용된다면 오키나와는 일본 복귀 전인 1960년대로 되돌아간 것과 같다.

3월 31일 워싱턴에서 열린 미·일 정상회담에서 오바마 대통령이 헤노코 신기지 문제를 언급하며 국가와 현의 화해로 인한 공사 지연을 우려했다고 한다. 게이트 앞과 해상에서 벌어진 항의 행동은 오바마 대통령이 관심을 돌리지 않을 수 없는 상황을 만들어내고 있다. 그 까닭에 미군은 현경이나 해상보안청의 경비가 허술하다는 불만을 느꼈을지도 모른다. 경찰과 해상보안청을 제쳐두고 군 경비원들을 반대운동 탄압의 전면에 세우고 있다. 그러나 그것은 역효과일 뿐이다. 요 몇 년 사이에 오키나와의 반기지 운동은 질이 바뀌었다. 다카에高江의 헬리패드 건설 반대 대처로 기지 게이트 앞에서의 행동이 격렬해져 MV22 오스프리의 강행 배치를 둘러싸고, 후텐마 기지의 주요 게이트를 모두 봉쇄하기에 이르렀다.

그 후로도 오야마 게이트나 노다케 게이트에서는 미군을 향한 항의 행동이 계속되고 있다. 그러한 대치 위에 캠프 슈워브 게이트 앞에서의 행동이 있다. 공사 차량을 저지하기 위해 시민들이 농성하고, 오키나와 경찰과 경시청 기동대에게 폭력적으로 배제되어도 굴하지 않고 계속 행동하고 있다. 시민들의 분노는 이제 제멋대로 게이트를 통과하는 미군 차량을 향하고 있다. 오키나와 전투 이후 71년이 지나도 오키나와를 피 흘려 얻은 전리품 정도로만 생각하고 있다면 그건 크나큰 착각이다. 미군이 현민을 더 강하게 탄압한다면 헤노코 신기지 반대운동은 전全 기지 철거 운동으로 발전할 것이다.

탄압이 계속되는 히가시촌東村 다카에高江

섬 전체가 저항을

히가시촌東村 다카에高江 착륙대오스프리 패드 건설을 둘러싸고 오키나와는 비정상적인 상황에 처해 있다. 백수십 명이 사는 얀바루의 작은 마을에 수백 명 규모의 경찰과 기동대가 전국에서 파견되어, 다카에는 마치 전시하에라도 놓인 것처럼 시민 활동의 규제가 이루어지고 있다. 7월 22일에는 다카에 N1 게이트 앞에 설치되어 있던 시민의 천막과 차량이 강제로 철거되었다. 70호선 도로변에는 경찰 차량이 줄지어 있고, N1 게이트 앞은 수백 명의 기동대원과 사복형사, 오키나와 방위국원들에 의해 제압되었다. 그보다 앞서 며칠 전부터 경찰은 후쿠오카福岡, 아이치현愛知県 경찰, 경시청 기동대를 동원해 차량 검문을 하고, N1 항의 행동에 동참하려는 시민들을 되돌려 보냈다. 다카에에 다니게 된 지 6년 정도 되었지만, 교통량이 적은 산간 지역에서 검문이 이뤄지는 건 처음이다. 시민운동에 대한 방해 공작과 참가자 특정을 노린 탄압이 아닐 수 없다.

이번 다카에 착륙대 공사 강행은 7월 10일에 투개표 된 참의원 선거 다음 날부터 시작되었다. 선거 기간에 준비를 했다는 것은 선거에서 어떤 결과가 나오든 일본 정부가 공사를 강행하기로 했다는 뜻이다. 실제로 아베 정권의 현식 각료가 10만 표 이상의 큰 표 차로 패하는 사태가 되었음에도 정부는 오키나와의 민의를 전혀 존중하지 않았다. 오히려 마음대로 되지 않는 오키나와에 대한 분노와 증오를 숨기려고도 하지 않고, 힘으로 굴복시키고 자신들의 욕구를 해소하려 하는 것처럼 보인다. 선거에서 이길 수 없으니 기동대라는 폭력 장치를 이용하여 오키나와를 때려눕히고, 일그러진 승리감을 맛보고 싶은 듯하다. 그것은 국가가 하는 일에 지방이 따르는 것이 당연하고, 반대는 있을 수 없다고 하는 권력자 사고이다.

또한 일본 전체를 위해 오키나와가 희생하는 것은 어쩔 수 없다고 하는 오키나와에 대한 차별 의식이 있다. 그렇기 때문에 지금 다카에에서 일어나고 있는 일은 다카에 구민만의 문제가 아니다. 바로 오키나와 현민 전체를 향한 정부의 공격이다. 이에 대해 오키나와 사람들은 섬 전체적으로 들고 일어서 반대할 필요가 있다. 왜냐하면 이러한 일본 정부의 오키나와에 대한 오만한 자세를 허용하면 일본 전체의 이익을 위해서 오키나와가 희생되는 것은 당연하다는 구도가 정착되고, 그 희생은 오키나와 현민 전체가 부담하기 때문이다. 피해를 보는 것은 얀바루의 얼마 안 되는 주민이고 자신들과는 관계없다고 생각하면 큰 착각이다.

오키나와 전투로부터 71년여가 지났는데 아직도 점령하고 있는 것처럼 미군이 오키나와에 주둔해 있는 것 자체가 본래 이상한 것이다. 미군 기지에 의해서 오키나와 현민의 재산권은 침해되고, 기본적 인권과 행복 추구권조차 무시당하고 있다. 해병대 전 소속 미군이 여성을 살해해도 오키나와 경찰은 미군기지 내 수색조차 제대로 할 수 없다. 가데나 기지에서 근무하고 있었다는 미군 소속 직장이나 행적 수색은 충분히 이루어졌는가. 기지 내의 쓰레기장과 펜스 쪽 수풀 등의 수색은 이루어졌는가. 미군기지 내에서 증거 인멸을 시도하면 일본 경찰은 속수무책이다. 그것을 알고 있는 이상 미군은 앞으로도 같은 수법을 사용할 것이다.

오키나와 현민이 자신을 향한 차별이나 불합리에 둔감해져, 다카에에서 일어나고 있는 일을 타인의 문제로만 인식하게 되면 끝이다. 얀바루를 시골 취급하며 도시에 기지가 있는 것보다는 사람이 적은 얀바루에 있는 편이 희생이 적다.

그렇게 말하는 우치난츄도 있다. 일본과 오키나와의 차별 구조를 오키나와 내부에서 재생산하고 있는 우치난츄는 자신 또한 차별주의자이며, 스스로 자기 목을 조르고 있다는 것을 깨닫지 못한 자들이다. 그것을 반기고 있는 것은 일본 정부이며, 아베 정권을 지지하는 일본인이다. 정부에게 반항해도 어차피 이길 수 없다. 그렇다면 협상을 통해 얻을 수 있는 건 얻는 것이 낫다. 오키나와 사람들에게 그런 체념과 무력감, 패배자 근성을 심어주면 그 뒤로는 편하다. 적당히 사탕을 던져주는 것만으로 쉽게 지배할 수 있다.

지금 일본 정부가 다카에를 비롯한 오키나와에 대량의 기동대원을 보내 힘의 차이를 보여주며 반기지 운동을 탄압하고 있는 것은 오키나와 사람들 속에 아직 남아 있는 저항 정신을 꺾기 위해서이다. 아무리 거부해도 국가를 이길 수 없다. 그렇게 생각을 품게 하고 항거할 기력조차 없애려고 하고 있다. 그러나 이는 일본 정부가 그만한 수의 기동대원을 오키나와로 보내지 않으면 이길 수 없다고 생각하는 것이다. 아무리 공격해도 꿋꿋이 다시 일어서서 끈질기게 저항을 계속하는 오키나와 민중 운동의 힘을 인정하고 두려워하는 것이다. 오나가 지사와 오키나와현 의회는 다카에 공사를 강행하는 일본 정부의 불합리함, 기지 강요에 반대하는 민의를 짓밟는 오만함에 반대 의사를 분명히 밝혀야 한다. MV22 오스프리가 날아다니고, 이착륙 훈련으로 고통받는 주민들과 얀바루 숲의 파괴를 모른 척해서는 안 된다. 섬 전체가 다카에로 가서 항의하자.

어디에도 필요하지 않는 기지를 오키나와에 밀어붙이고 있는 현실

오키나와에서 또 미군 관계자에 의한 강력 범죄 사건이 발생했다. 전 해병대원의 군무원이 20살의 여성을 살해하고 숲속에 시체를 유기했다. 군무원 남성은 초기 진술에서 성폭행 범죄를 시인하였으나, 6월 3일 현재는 묵비권을 행사하고 있다. 피해자 여성이 태어난 1995년은 오키나와섬 북부에서 3명의 미군에 의한 강간 사건이 일어난 해이다. 당시 오키나와에서는 미군 범죄에 대한 분노와 항의 행동이 높아져 현 전체에서 8만 5,000명이 모인 현민 집회도 개최되었다. 이후 오키나와에서 미군기지 철거 운동이 격화되어 안보 체제가 위기에 빠질 것을 우려한 미·일 양국 정부는 후텐마 기지의 반환을 표명했다. 그러나 그것은 '반환'이란 이름뿐으로, 대체 시설을 현 내에 만든다고 하는 것에 지나지 않았다. 그 후보지로 나고시名護市 헤노코辺野古가 부상하면서 이후 나고 시민은 찬성과 반대의 대립에 휘말리게 되었다.

1997년 12월에 이루어진 나고 시민 투표에서 가족과 친척, 친구, 지인들 사이에 의견이 엇갈려 사이가 틀어지기도 했다. 결과는 해상 기지 반대표가 더 많았다. 조건부 찬성이라는 선택지를 넣어 찬성파에게 유리한 상황이었음에도 불구하고 나고 시민은 기지 수용을 거부했다. 하지만 당시 히가 데쓰야 나고 시장은 시민투표 결과를 짓밟고 해상 기지 수용을 표명했다. 정부는 즉각 나고시를 포함한 오키나와 북부 지역에 진흥책을 내놨다. 돈당근을 흩뿌리고, 기지 밀어붙이기라는 채찍을 휘두른다. 정부의 악랄한 방식에 나고 시민들 사이에서 혼란이 계속되었다. 살해된 여성은 이러한 나고시에서 자랐고, 올해 1월에 성인식을 맞이했다.

나도 지난 20여 년 동안 나름대로 이 문제와 관련하여 반대운동을 해왔다. 그 근저에 있는 것은 3명의 미군에 의해서 일어난 흉악한 사건이 반복되어서는 안 된다는 것이었다. 그러나 우리가 해 온 운동은 미군 범죄를 막을 만한 힘을 만들어 내지 못했다. 그것이 너무나 분통하다. 범인과 미·일 양 정부에게 사건의 책임이 있는 것은 당연하지만, 젊은 세대가 희생되는 것을 막지 못한 우리에게도 책임은 있다. 그건 우치난츄오키나와인뿐만이 아니다. 당연히 야마톤츄일본인에게도 있다. 오키나와에 미군 전용 시설의 74%를 떠넘겨온 야마톤츄에게는 우치난츄 이상의 막중한 책임이 있을 것이다. 그걸 자각하고 있는 야마톤츄는 어느 정도 되는가.

3월 4일에 국가와 오키나와현 사이에 헤노코 매립을 둘러싼 대집행 소송의 '화해'가 성립되어, 현재 매립과 관련된 공사나 조사가 중단되었다. 나는 공사·조사가 시작되자 매립을 위한 해저 시추 조사를 막기 위해 헤노코 바다로 나가 해상에서의 항의 행동에 참가해 왔다. 현재는 작업이 중단되어 5월 중순부터 6월 초순에 걸쳐 도쿄東京, 요코하마横浜, 돗토리鳥取, 사이타마埼玉에 연속적으로 강연을 나갔다. 4주 연속으로 주말을 현 밖에서 보내면서 절실히 느낀 것은 미 군무원 범죄에 대한 보도량의 차이였다. 오키나와에서는 연일 신문과 텔레비전의 톱뉴스로 보도되었다. 하지만 야마토 언론은 시신이 발견되고 며칠간은 보도되었지만, 그 양은 비교도 되지 않을 정도로 적고, 기사 또한 급속도로 줄어들었다.

6월 3일에는 도쿄에 있었기 때문에 신주쿠新宿 아르타 앞에서 열린 같은 사건에 항의하는 집회와 시위에 참가했다. 주최자 발표로 70명 정도의 사람이 모였고, 나도 몇 번 마이크를 잡고 발언했다. 이렇게 도쿄 땅에서 항의 집회를 열고 오키나와와 연대하자고 외치며 행동하고 있는 사람들에게는 감사를 표하고 싶다. 그러나 확실히 관심도가 낮은 것이 눈에 보였다. 오키나와에서 일어난 이 사건을 남의 일이 아닌, 당신의 가족이나 연인, 친구가 당했다고 생각하고 자신의 문제로 여겨줬으면 좋겠다. 그렇게 호소했으나 신주쿠 번화가를 걷는 사람들에게 얼마나 전해졌을까. 바쁜 나날과 도시의 소음에 묻혀, 이 사건도 먼 오키나와에서 일어난 것으로 잊혀 가는 것일까. 눈앞에 미군기지가 없어서 자신이나 가족이 미군 범죄에 연루될 위험이 없다면, 위협을 느끼지도 진지하게 생각하지도 않을 것이다. 아마 대부분의 사람이 그럴 거라고 생각한다. 그래서 일본 정부는 오키나와에 미군 기지를 집중시켜 왔다. 그렇게 기지 문제를 '오키나와 문제'로 축소시키고, 대부분 일본인으로 하여금 미·일 안보 체제의 문제를 생각할 필요도 없게 만들었다.

'오키나와에 필요 없는 기지는 일본 어디에도 필요 없다.' 야마토의 평화 운동가들로부터 이런 말을 듣곤 한다. 그 말을 들으면 겉치레로 끝내는 기만에 넌더리가 난다. 기지를 전면 부정하는 것처럼 보이지만 실제로는 현상 유지를 말하는 것에 불과하다. 그런 자각조차 없이 오키나와와의 연대를 입에 담는다. 어디에도 필요 없는 기지를 오키나와에 떠넘기고 있는 이 현실을 어떻게 바꿀 것인가. 그러기 위해 무엇을 하는가. 일본인은 이에 대답해야 한다.

'계엄령' 상태에 놓인 다카에高江

계속되는 폭력 / 사회의 전시체제화 선취

7월 22일 미군 북부 훈련장 착륙대 건설을 위해 히가시촌東村 다카에高江 N1지구 게이트 앞에서 농성하고 있던 시민들의 차량과 천막이 강제로 철거당했다. 나는 전날부터 다카에에 머물면서 기동대가 폭력적으로 게이트 앞에 모인 시민들을 강제로 배제하는 것을 쭉 지켜보았다. N1 게이트 앞의 일반 도로가 오키나와 경찰과 전국에서 동원된 500명 상당의 기동대원들로 가득 찼다. 나는 게이트 앞에 주차된 차 지붕 위에서 저항을 이어갔다. 차 위에 함께 있던 시민 중에는 목이 졸려 정신을 잃고, 뒤로 넘어진 채 짓밟히고, 철책으로 인해 갈비뼈가 골절되는 등 전경들의 폭력으로 많은 부상자가 발생했다. 그 상황을 신문이나 TV, 인터넷 등을 통해 많은 사람이 보았을 것이다. 이대로는 위험하다고 판단한 현장 지도자가 철수하라고 지시했다. 나는 허리에 감아 차와 연결해두었던 밧줄을 풀고 아래로 내려갔다.

처음으로 반전反戰 집회에 참가했던 1979년 4월 이래, 오키나와에서의 기지 반대 집회와 시위, 항의 행동에 수없이 참가해 왔다. 최근 몇 년간에도 후텐마 기지와 캠프 슈워브 게이트 앞 등에서 기동대가 시민을 강제 배제하는 현장을 직접 경험했다. 그러나 7월 22일 N1 게이트 앞 상황과 같이 엄청난 인력의 기동대원을 본 것은 처음이었다. 이는 오키나와가 아무리 선거를 통해 민의를 표시하고, 비폭력적, 민주적 방법으로 호소해도 무시하고 힘으로 굴복시키겠다는 아베 정권의 의사를 드러낸다. 아니, 이런 표현으론 부족하다. 말을 듣지 않으면 굴복시키겠다고 하는 정제되지 않은 폭력이 일본 정부에 의해 자행되고 있다.

22일 이후, 다카에는 계엄령과 같은 상황이 계속되고 있다. 경찰의 탄압이 시작되면서 일반 도로에는 기동대의 대형버스가 여러 대 늘어서 있다. N1 게이트로 자갈이 반입될 때는 수백 명의 기동대원이 도로에 줄을 서서 차량 및 행인들을 통제한다. 헌법으로 보장된 집회와 표현의 자유는 이곳에 없다. 공사 차량을 우선하여 일반 도로 70호선을 장시간 봉쇄한 탓에 통행량이 적은 산간 지역임에도 불구하고 멈춰 선 차량이 장사진을 이루고 있다.

8월 10일에는 출근으로 혼잡할 오전 7시 반에 다카에 마을에서 일반 도로 70선으로 가는 출입구를 경찰 차량이 봉쇄하는 폭거도 행해졌다. 갑작스러운 생활도로의 봉쇄로 주민의 반발을 사, 현경은 반시간 정도 만에 봉쇄를 풀지 않을 수 없었지만, 착륙대 건설을 위해서 주민 생활이 희생되는 것이 당연하게 여겨지고 있다. 중남부의 시가지로부터 멀어 남의 눈에 잘 띄지 않는 것을 핑계 삼아 과잉 경비가 횡행하고 있다. 전국에서 파견된 기동대원 중에도 속으로는 의문을 품고 있는 사람이 있을 것이다. 나하 공항에서 다카에까지 오는 동안 어떤 루트를 지나든지 간에 오키나와 이외에서는 볼 수 없었던 미군 기지의 풍경을 보게 된다.

오키나와가 과중한 기지 부담을 지고 있는 것은 일목요연하고 미 해병대원들이 일반 도로 바로 옆에서 훈련하는 모습을 보면, 자신들이 살고 있는 지역과의 차이에 놀랄 것이다. 하지만 그런 생각들은 사기에 부정적인 영향을 주기 때문에 기동대 내에서는 '시민의 안전 확보'를 명목으로 탄압을 합리화하고 정당화하는 교육이 이루어지고 있을 것이다. 그러나 실제로 하는 일은 미군기지 건설을 위한 조력일 뿐이다. 애당초 자신들은 위험하다고 싫어하는 미군 기지를 오키나와에 밀어붙여 놓고 '안전'을 입에 올리는 것은 부끄러운 이야기다.

현재 다카에에서 이루어지고 있는 방법이 성공하면 아베 정권은 헤노코에서도 같은 수법을 사용할 것이다. 헤노코뿐만이 아니라 전국 각지에서 일어나는 시민운동을 폭력으로 억누르고 민주적인 수법과 지방자치를 짓밟는 것이 당연해질 것이다. 국가가 하는 일에 항거해도 소용없다. 잠자코 따르는 편이 신상에 이로울 것이다. 그런 생각을 갖게 하고, 무력감과 침묵 속으로 가라앉도록 유도한다. 그것이야말로 전쟁 전야의 정신 풍경이다. 그렇게 말 못하는 사회가 되고, 언론도 정치권력에 굴복, 야합하고 의회도 익찬화가 진행된다.

무력감과 굴욕감을 느낀 시민들은 마침내 이를 해소해 줄 독재자를 도착적으로 원하게 된다. 지금 전국에서 모인 많은 사람이 다카에高江의 MV22 오스프리 착륙대를 허용치 않겠다는 생각으로 기동대와 대치하며 항의 행동을 계속하고 있다. 특히 젊은 층의 모습이 많은 것이 특징이다. 그렇게 현장에서 행동하는 사람이 늘어나지 않는 한, 기지 강화가 이루어질 뿐 아니라 우리 사회의 전시 체제화가 진행된다. 어떤 이는 너무 앞서간다고 생각할 것이다. 그러나 다카에高江에서 일어나고 있는 일은 지금부터 오키나와 전체, 일본 사회 전체가 맞이하려고 하고 있는 상황의 선취이다. 꼭 직접 확인해주었으면 한다. 강한 자가 약한 자를 가차 없이 찍어누르고 억압한다. 그 구조는 사가미하라의 장애인 시설 살인사건과 상통한다. 그리 쉽게 아베 정권이 원하는 대로 하게 내버려 둬서는 안 된다.

미 해병대에 구속되다

4월 1일, 나고시名護市 헤노코辺野古에 있는 미 해병대 기시 캠프 슈워브에 8시간 가까이 구속당해있었다. 그날은 언제나처럼 카누를 타고 헤노코 바다로 나가, 헤노코 신기지 건설에 반대하는 감시 및 항의 활동을 하고 있었다. 3월 4일에 국가와 오키나와현 사이에 매립 승인 취소를 둘러싼 대집행 소송의 '화해'가 성립되어, 이후 해저 시추 조사는 중단되어 있었다. 2014년 8월부터 이 조사에 항의하기 위해 카누를 탔지만, 중단된 이후에도 조사를 위해 설치된 플로트와 오일펜스, 스퍼드 대선, 크레인이 달린 대선은 그대로 남아 있었다. 그 때문에 철거 요구와 동시에 숨어서 작업을 하고 있지 않은지 감시할 필요가 있었다.

카누에 의한 해상 행동은 계속되고 있었고, 1일 날도 전과 동일하게 헤노코사키辺野古崎의 얕은 여울에서 플로트를 넘었다. 그때 오키나와 경비원이 함께 행동하고 있던 멤버 1명의 팔을 붙잡았다. 이를 항의하러 간 나까지 붙잡고 뭍으로 끌고 갔다. 구속한 경비원은 내 이름을 부르며 "지금 뭍으로 올라왔죠, 형특법 위반입니다"라고 말했다. 자기가 뭍으로 끌어 올려놓고 이게 무슨 말인가 생각했지만, 처음 팔이 잡힌 멤버는 놓아주었기에 나를 노린 공격이라고 느꼈다. 그동안 캠프 슈워브 게이트 앞에서도 우리 멤버들이 여럿 구속당했었다.

잠시 후, 미군 헌병대 순찰차가 도착했고, 군복을 입은 젊은 헌병대원 두 명과 여성 통역사가 내렸다. 군인들은 권총이 꽂혀있는 홀스터를 허리에 차고 있었다. 그리고 내가 입고 있던 구명조끼와 카메라, 손목시계 등을 벗어서 바닥에 내려놓으라고 지시했다. 그 후, 나는 벽에 양손을 짚은 채 뒤에서 몸수색을 당했다.

영화나 TV에서 미국 경찰관이 하던 바로 그것이다. 검사가 끝나자 군인들은 무전으로 연락을 취했고, 나는 뒤로 수갑이 채워진 채 순찰차에 올랐다. 소지품은 가네히데 마트 로고가 박힌 바구니에 넣어졌는데 아마 미군이 쇼핑하고 돌아오는 길에 가져온 듯했다. 수갑은 처음이었다. 오른쪽 손목을 강하게 조였는지 아파진 탓에 통역사에게 말하자 느슨하게 풀어주었다. 차내는 좌석 앞뒤가 가림판으로 막혀있고, 뒷좌석이 좁아 무릎이 불편해서 꼼짝도 할 수 없었다. 가림판 위에는 운전석은 철망, 조수석은 투명한 아크릴판으로 방어되어 있었다. 그리고 국도 329호선에 접한 게이트 쪽으로 이동했다. 나는 이 기회에 평소에는 볼 수 없었던 기지안을 관찰하기로 했다.

헤노코사키 일대는 막사 등의 시설이 해체되고, 육상 작업 야드가 만들어진다. 작업 진행 정도가 신경 쓰였었는데, 와륵들이 흩어져있고 기초 콘크리트도 그대로여서 지반 정비가 생각보다 늦어지고 있다고 생각했다. 캠프 슈워브에 1년에 한 번 시민들이 들어갈 수 있는 축제가 5월에 열린다. 그때 몇 번 들어간 적이 있으나, 공연장은 해변에 가까운 위락시설이 있는 곳으로 한정되어 있다. 항공사진으로만 보았던 헤노코사키에서 게이트로 이어지는 도로를 처음 통과해 보았다. 게이트 근처까지 이동하여 주차장에서 내리자 수갑을 풀어주었다. 주차장에서 통역사에게 변호사와의 접견을 요구하고 변호사의 이름과 연락처를 알렸다. 그러나 통역사는 "그건 나고서로 옮기고 나서 가능합니다"라고 대답했다.

이후, 걸어서 헌병대 사무실 같은 건물로 이동했다. 이중도어로 된 현관으로 들어서자 오른쪽 유리 찬장에는 우승컵과 트로피들이 장식되어 있었다. 왼쪽은 접수 카운터처럼 되어 있었고, 강화유리로 된 칸막이가 설치되어 있었다. 유리는 여닫을 수 없었고, 유리 밑에 뚫려있는 구멍을 통해 열쇠 등의 소화물을 주고받고 있었다. 유리에는 잘 보이지 않게 스크린이 붙어 있었지만, 다행히 내부 모습은 확인할 수 있었다. 방 안쪽에 CCTV 모니터가 있고 각 카메라의 영상들이 녹화되고 있었다. 유리 너머에 앉아 있는 군인 앞에도 모니터가 있는 듯했고, 그걸 보면서 이쪽을 감시하고 있었다.

헌병대 상관인 듯한 마흔 살쯤 되어 보이는 군인이 바구니에서 소지품을 꺼내 현관 로비 바닥에 늘어놓고 사진을 찍었다. 무선 통신기가 신경 쓰이는지 배터리를 빼려고 만지작거리고 있길래 내장형이니까 부수지 말라고 주의하자 바닥에 내려놓았다. 그리고 한 번 더 나를 벽에 붙인 채 몸수색을 했고, 현관홀 벽에 놓인 긴 의자에 앉으라고 했다. 벽에는 버락 오바마 대통령을 비롯한 미국 고위 인사와 군사령관들의 사진이 20여 장 붙어 있었다. 그 앞에 앉자 젊은 헌병대원 한 명이 2~3미터쯤 떨어진 곳에서 마주 보고 섰다.

세 명의 군인이 15분에서 20분 간격으로 교체되었고, 그 건물에서 구속되어 있던 8시간 동안 대부분 그 군인들과 마주하고 있었다. 군인 중 한 명은 190센티미터 정도 되는 장신의 백인으로 홀스터의 권총과는 또 다른 권총을 벨트 앞에 꽂고 있었다. 보기에는 폭동 진압에 쓰는 고무탄처럼 살상력이 낮은 총인 줄 알았는데, 그 군인은 그 총을 계속 쥐고 서 있었다. 표정이나 몸짓이 꽤 긴장한 듯 보였다. 내가 감색 잠수복을 입고 선글라스도 끼고 있어서 테러리스트로 보일 수도 있겠다는 생각이 들었다. 이런 착실한 타입의 군인은 과잉 반응할 위험이 있으므로 자극하지 않도록 주의했다. 바다에서 올라오자마자 구속된 탓에 젖은 잠수복을 갈아입을 수 없었다. 실내에 들어서자 몸이 으슬으슬 떨려와서 통역사에게 호소하자 소형 온풍기를 가져다주었다. 하지만 발 언저리에만 맴돌 뿐 몸 전체가 따뜻해지지 않았다. 체온이 떨어지면 판단력이 흐려지기 때문에 서서 몸을 계속 움직였다.

통역사를 불러서 몇 번이나 변호사와의 접견을 요구했고, 갈아입을 옷의 차입이 필요하다고 했다. 하지만 통역사는 '나고서에서 인수하러 오지 않는다'라고 반복할 뿐이었다. 도중부터 건물 안쪽 복도로 옮겨졌지만, 방화용 문 앞에 의자만 하나 놓여 있을 뿐 외부와 연락이 닿지 않는 연금 상태가 계속되었다. 그 사이 밖에서는 해상 행동 멤버와 변호사, 오키나와 국회의원들이 내가 어떻게 되어 있는지 확인하려고 안간힘을 쓰고 있었다. 그러나 외무성, 방위성, 오키나와현청, 해상보안청에 확인해도 '모르겠다', '이쪽에는 오지 않았다'라는 대답만 돌아왔다고 한다. 미군기지 내에 구속되면 국회의원과 변호사조차 상황이 어떻게 흘러가고 있는지 알 수가 없는 것이다. 이런 말도 안 되는 상황에 놓인 것이 일본이라는 나라이다.

우리는 어떤 이유로든 경찰이나 해상보안청에 구속, 체포될 경우 변호사를 의뢰할 권리가 헌법으로 보장되어 있다. 법을 잘 모르는 시민은 변호사의 조언을 받아야만 제대로 대응할 수 있다. 하지만 미군 헌병대에 구속되면 그 권리를 행사할 수 없다. 그 문제가 이번 사건으로 부각되었다. 미·일 지위 협정이 일본 헌법보다 상위에 있는 것이다. 이게 무슨 속국다운 모습인가. 허리에 권총을 찬 미군과 단둘이 마주 보고 있는 것은 기분 좋은 일이 아니다. 이곳이 이라크나 아프가니스탄이라면 이대로 사라져 행방불명이 되어도 이상할 것이 없겠다고 생각했다.

오후 5시가 되어 헌병대 사무실이 문을 닫아야 할 때가 되자, 해상보안청 보안관이 찾아와 형특법 위반으로 긴급 체포한다고 알려왔다. 왜 이렇게 오래 걸렸느냐고 묻자 '위에서 조금 의견 다툼이 있었던 것 같습니다'라는 답변이 돌아왔다. 국가와 현의 화해로 해상에서의 작업이 이루어지지 않게 되고 나서, 임시 제한 수역에 카누를 타고 들어가도, 해상보안청은 구속은커녕 주의조차 하지 않았다. 이에 애가 탔는지 미군이 스스로 현민 탄압에 나선 것이다. 이 원고를 쓰고 있는 지금, 오키나와는 미군 소속 전 해병대원으로 인한 사건으로 떠들썩하다. 강간 살인 및 시체 유기 혐의가 제기되었다. 나는 이러한 범죄가 일어나는 것을 막기 위해 지금까지 기지에 반대해 왔다. 이 착잡한 기분을 뭐라 설명할 길이 없다.

오키나와 미군 범죄의 뿌리를 추궁하다

6월 19일 나하시那覇市의 오노야마 육상 경기장에서 '전 해병대원의 잔학한 만행을 규탄하고 피해자를 추도하고 해병대의 철퇴를 요구하는 현민 집회'가 열렸다. 주최자 발표에 의하면 6만 5,000명이 모였고, 나도 티다회 일원으로서 게이트 앞에서 힘들게 농성하고 있는 헤노코辺野古 주민들과 함께 참가했다. 이틀 전인 17일에는 나고시名護市에서 살해당한 피해자 여성의 추도 집회가 열렸다. 피해자의 친구인 듯 보이는 젊은 층들이 많았고, 두 집회 모두 가족들의 메시지가 전해졌다. 그 메시지를 들으면서 여기저기서 눈물을 보였고, 침통한 분위기가 회장에 흐르고 있었다. 참가자들의 꽃이 놓인 영정사진은 성인식 때 찍은 것일까. 드레스를 입고 미소 짓고 있는 모습은 행복에 가득 차 있었다.

피해자의 아버지는 나와 같은 세대이다. 돌연 하나뿐인 딸을 빼앗긴 부모님을 생각하면 마음이 무거워진다. 그녀가 졸업한 중학교에서는 매년 성년식을 맞이하여 나고산名護山, 진가무이에 빛으로 만든 문자를 선보인다. 올해는 지支 자였다. 그녀도 친구들과 함께 그 문자를 바라보았을 것이다. 해상 기지 건설을 둘러싸고 나고 시민 투표가 열린 이듬해인 1998년에는 시민들의 갈등을 완화하기 위해 화和 자가 밝혀졌다. 피해자 여성이 태어나고 자란 나고名護의 20년은 헤노코 신기지 건설 문제로 휘둘린 세월이기도 하다. 여성의 아버지는 현민 집회 메시지에 '전 기지 철거, 헤노코 신기지 건설 반대'라고 썼다. 나고에서 생활하면서 이 메시지를 보내는 게 결코 쉬운 일은 아니었을 것이다.

내 지인은 이 사건 후에 느닷없이 눈물이 나곤 한다고 했다. 그런 사람들이 적지 않을 것이다. 현민 집회 4일 후인 23일은 오키나와전戰 위령의 날이었다. 오키나와 전투 희생자와 미군에게 살해당한 여성의 죽음을 겹쳐 본 사람도 많았을 것이다. '오키나와 전투으로부터 ○○년' 혹은 '복귀로부터 ○○년' 뒤에 '변하지 않는 오키나와 기지'라는 말이 붙는다. 이 닳고 닳은 구절이 미디어에서 반복된다. 바꾸지 못한(않은) 것이 누구냐고는 묻지 않는다. 일본 정부나 우파 미디어는 현민 집회는 자민당, 공명당이 참가하지 않았기 때문에 현민 총의가 아니라고 트집을 잡으며 사건 자체를 덮으려고 한다. 야마톤츄 대다수도 그 흐름에 탑승한다. 일본의 안전보장을 위해서 오키나와에 희생을 강요한다. 현실을 바꾸고 싶지 않은 것이다.

이 글이 독자들에게 읽힐 무렵에는 참의원 선거도 끝났을 것이다. 집필 당시 미디어의 예측으로는 개헌파 세력이 3분의 2를 넘을 기세라고 했다. 실제로 그런 결과가 나왔을 수도 있다. 오키나와와 일본야마토 간의 상황 차이는 더욱 벌어질 것이다. 이 간격이 좁혀질 수 있을까. 5월 중순부터 6월 초에 걸쳐 나는 4주 주말 연속으로 도쿄東京, 요코하마横浜, 돗토리鳥取, 사이타마埼玉에서 강연을 했다. 헤노코 대집행 소송으로 매립 작업이 중단된 기간을 틈타 현 외로 나가 한 명이라도 카누를 젓는 사람, 게이트 앞에서 농상 하는 사람을 늘리고 싶었기 때문이다. 나 같은 사람의 이야기를 들으러 올 정도니까 기지 문제나 반反원전, 환경 문제 등의 시민운동, 노동운동에 관심을 갖고 데모나 집회에 참가하고 있는 사람이 많을 것이다. 그럼에도 강연 후 이어지는 질의응답 시간을 통해 참석자들과 이야기를 나누면서 불만과 위화감이 쌓여갔다.

4주 연속 야마토에서 강연을 한 탓에 피로가 축적되어 참을성이 바닥났는지 마지막 사이타마埼玉에서는 질문을 끊고 분노를 터뜨리고 말았다. 여러 명의 질문을 들으면서 내가 참을 수 없었던 것은 미군 소속 전 해병대원에 의해 살해당한 여성에 대한 언급이 없다는 것이었다. 사건을 크게 보도한 오키나와의 신문을 가져와 보이고, 강연 서두에서 사건에 관해 이야기하고, 오키나와 미군 기지의 상황을 소개했다. 강연이 서툰 점을 감안하더라도 사건에 대한 생각을 간단하게라도 이야기해주었으면 했다. 그러나 나온 것은 자신의 활동이나 생각만을 말하는 것이었고, 사건에 대한 질문조차 없었다. 강연장에서조차 이러니 야마토 '일반 시민' 반응은 이제 와서 개탄할 일도 아니다. 원래부터 낮았던 관심도 참의원 선거로 인해 사라져 버렸다.

그러나 살해당한 여성이나 가족의 억울함, 원통함, 괴로움, 분노를 이대로 잊어선 안 된다. 오키나와의 모든 기지 철거, 헤노코 신기지 건설을 현민 집회의 슬로건으로 내걸었으니 이를 실현하기 위해 구체적으로 계획을 세우고 행동해야 한다. 아무리 많은 사람이 모여도 행동이 이어지지 않으면 '거품'이라고 비판을 들어도 할 말이 없다. 일본 정부는 그러한 오키나와 현민의 약점을 간파하고 있다. 오키나와 지원이라는 말이 아닌 오키나와에 기지를 떠넘겨 온 야마톤츄가 오키나와에서 미군 기지를 철거시키기 위해 노력하는 것은 당연한 의무이자 책무이다. 왜 여성은 미군 소속 전 해병대에게 살해당해야 했나. 오키나와에 미군 기지를 집중시켜 미군 범죄의 위험을 피해 온 대다수의 야마톤츄가 있었기 때문이다.

파괴되는 숲 북부훈련장

시민이 파헤치는 날림공사

히가시촌東村과 구니가미촌国頭村에서 행해지고 있는 북부 훈련장 헬리패드 건설은 오키나와현경과 도쿄東京·가나가와神奈川·치바千葉·아이치愛知·오사카大阪·후쿠오카福岡에서 파견된 기동대의 폭력적 탄압에 의해 연일 공사가 강행되고 있다. 헬리패드 건설은 N1.H·G의 3지구에서 이루어지고 있다. N1지구에는 두 개의 헬리패드가 건설되고 있다. 10월 12일 현재, 현장에서는 수목이 벌채되고 남은 그루터기 제거가 거의 끝나, 토사 유출 방지책과 침사지를 만들고 성토盛土와 법면法面을 형성하고 있다. 건설 중인 4개의 헬기 패드 중 가장 처음으로 착수에 들어간 만큼 공사 진행 속도도 빠르다.

H·G지구도 차근차근 건설이 이루어지고 있다. 민간과 자위대의 헬기를 이용해 중장비를 반입하면서 공사가 본격화되었다. H지구에서는 벌목을 마치고 일부 그루터기를 제거하고 토사 유출 방지책과 침사지를 만드는 중이다. 그것이 끝나면 발근 작업이나 토지 조성이 진행된다. G지구 헬리패드 건설 현장은 공사에 사용할 도로가 미정비 상태여서 늦어지고 있다. 백호back hoe shovel가 1대밖에 없는 탓에 수목 벌채는 마쳤지만 쓰러뜨린 나무를 치우지 못한 채 야적되어 있는 상태이다. G지구는 사람들이 거의 들어가지 않는 깊숙한 곳으로 딱따구리의 집도 많이 발견되었다. 그런 귀중한 숲이 무참히 파괴되고 있다.

숲을 훼손하고 있는 것은 헬리패드 건설 현장만이 아니다. N1 게이트에서 각 건설 현장으로 자재를 실어 나르기 위해 공사용 도로가 만들어졌는데, 이로 인한 나무 벌채도 심각한 수준이다. N1지구에서 H지구로 통하는 도로는 당초의 모노레일 설치 계획이 변경되면서 폭 4미터 도로로 바뀌어 나무 그루터기를 방치한 채 두껍게 자갈이 깔려 있다. 미군기지 안이기 때문에 현민들의 눈에 닿지 못할뿐더러, 매스미디어도 취재할 수 없다. 그렇기 때문에 오키나와 방위국은 날림공사를 뻔뻔하게 진행하고 있다. 하지만 용감하게 항의하러 온 시민들의 손에 의해 그 모습은 인터넷을 통해 널리 퍼졌다. 정부나 오키나와 방위국이 형편없는 사실을 숨기려고 해도 현장의 상황이 동영상이나 사진으로 전해지면서 날림공사의 실태가 밝혀지고 있다.

경찰 경비도 마찬가지이다. 건설 인부를 경찰 차량으로 N1 앞 게이트까지 데려다주고, 반대로 건설업자의 트럭 짐칸에 기동대가 타고 훈련장으로 들어간다. 그리고 타이거로프로 가파른 경사면에서 시민들을 끌어 올리는 등 시민들이 찍은 동영상과 사진들이 경찰 경비 실태를 폭로해 왔다. 오키나와 방위국과 경찰들이 현장에서 시민들을 배제하려고 안간힘을 쓰는 것은 항의 행동으로 공사가 지연되는 것은 물론이고 연내 완공을 공언한 아베 총리의 뜻에 따라 난폭하고 날림공사를 진행 중인 실태가 세간에 알려져 문제가 될 것을 우려하기 때문이다. 항의 행동이 평화로워서 공사에 지장이 없다면 경찰은 크게 규제하지 않는다. 그러나 공사 진행 상황에 영향을 미치는 본격적인 항의 행동에 대해서는 기동대를 앞세워 억압하고 배제한다. 현재 N1과 H·G지구 헬리패드 건설 현장에 연일 수십 명의 시민이 찾아와 시위를 벌이고 있다. 이에 정부와 경찰은 형특법과 위력업무 방해 등으로 탄압할 기회를 노리고 있다.

시민들이 공공연히 미군기지 내에서 항의 행동을 벌이기 시작한 것은 1970년대 중반 기센바루 투쟁 이후일지도 모른다. 미군의 실탄 사격 훈련에 맞서 착탄지着弾地에 잠입하여 훈련을 막아낸 기센바루 투쟁은 오키나와의 반전·반기지 운동 역사에서 가장 격렬하게 싸운 투쟁이다. 하지만 40년 전과 지금은 정치 사회 상황이 매우 다르다. 기센바루 투쟁의 중심이었던 노동조합이나 학생 단체의 힘은 저하되고, 직장·학원의 관리는 강화되어 평화 운동에 임하기도 어려운 상황이다. 그런 가운데 현장에서 운동을 지지하고 있는 것은 군사 기지의 강화와 자연·사회 환경의 파괴를 어떻게든 막으려는 의지를 가진 개인이다. 물론 지금도 정당이나 노조, 시민단체의 힘은 크지만, 전문 임원 외에는 현장에 장기간 붙어있지 않은 실정이다. 아베 정권이 연내에 헬리패드를 완성하겠다고 공언한 지금, 주어진 시간은 적다. 우물쭈물하다가는 완공되고 만다.

이 문제에 대해 오나가 다케시 지사는 여전히 모호한 태도를 취하고 있다. 정부의 흔들기 공세에 대응하지 못한 채 연말을 맞이하게 되면 신뢰와 구심력 저하를 면할 수 없다. 미군기지에 국한되지 않고 남에게 물건을 빌리면 갚는 것은 당연하다. 새것을 대신 주지 않으면 갚지 않는다고 하는 것은 야쿠자와 같다. '부담 경감'이라고 하면서 노후화, 무용화된 시설을 돌려주고 최신예 기능을 갖춘 시설을 새로 만들려고 한다는 점에서 헤노코 신기지 건설과 다카에·아하 헬리패드 건설은 상통한다. 새로운 활주로가 만들어져 더욱 강화된 이에지마 보조비행장까지 더하여, 이 세 기지는 MV22 오스프리가 훈련하는 거점이 될 것이다. 오키나와섬 북부=얀바루의 땅은 그 피해를 고스란히 받아야 한다. 지금 멈추지 않으면 그 피해는 수십 년에 달할 것이다. 절대 단념해서는 안 된다.

다카에高江 '토인' 발언에 대해

오키나와를 향한 몰이해차별 분출

10월 18일 오전 9시 45분 무렵, 헬리패드 건설이 진행되고 있는 히가시촌東村 N1지구 게이트 부근에서 항의 행동을 하고 있을 때였다. 오사카부 소속 기동대원으로부터 '어딜 잡는 거야! 토인 주제에'라는 말을 들었다. 현장에는 10여 명의 시민이 철망 울타리 너머로 자갈 반입 중인 덤프트럭을 향해 항의 운동을 하고 있었다. 그 기동대원은 한 시민에게 '늙은이', '젠장'이라는 말을 연발했고, 나는 우리를 향한 비하 발언을 담기 위해 카메라를 들이밀었다. 본인도 촬영되고 있다는 것을 알면서도 '토인'이라고 내뱉었다. 그뿐만이 아니었다. '토인'이라고 발언한 기동대원은 항의하다가 기동대원에게 붙잡힌 내게 굳이 다가와, 내 머리를 치고, 옆구리를 때렸다. 근처에 있던 신문 기자에게 사진 좀 찍어달라 호소했다. 기동대원은 기자가 잘 볼 수 없도록 등을 지고서 나를 짓누르고 있는 기동대원 동료 뒤에서 내 다리를 세 번 걷어찼다.

영상 촬영 때는 펜스가 있어서 직접적으로 영향력을 행사할 수 없었기 때문에 지금이 바로 폭력을 행사할 수 있는 좋은 기회라고 생각했을 것이다. 그전에는 오사카부경 소속의 다른 기동대원이 게이트 앞에서 항의하고 있는 시민에게 '닥쳐, 지나인'이라는 폭언을 내뱉었다. 이 기동대원도 게이트 앞에 서 있을 때부터 거만한 태도로 자신의 부모님이나 조부모님 세대의 시민들을 얕보았고, 폭력적인 언동을 보였다. 그래서 조심스럽게 카메라에 담고 있을 때 나온 차별적 발언이었다. 현재 다카에高江에 도쿄경시청, 치바현경, 가나가와현경, 아이치현경, 오사카부경, 후쿠오카현경에서 500명 정도의 기동대가 파견되었다. 오키나와현경 기동대를 포함해 오키나와섬 북부의 한정된 지역에 이 정도의 기동대가 모여 장기간에 걸쳐 시민을 탄압하고 있다. 이런 사례가 과거에 있었던가.

지난 7월 22일 N1 게이트의 차량이 강제로 철거되고 헬리패드 건설공사가 본격적으로 시작된 이래로 다카에 현장은 계엄령이 내려진 듯한 비정상적인 사태가 계속되고 있다. 그러던 중 '토인', '지나인'이라는 차별 발언이 나왔다. 이는 헬리패드 건설을 강행하기 위해 항의하는 시민들에게 폭력적으로 대응하고 억제하는 행위를 정당화하려는 것이다. 남쪽 섬에 사는 낙후된 '토인'들은 이성적으로 사리 분별할 줄 모른다. 그러기 때문에 정부가 하는 옳은 일에 반대하는 것이다. 이런 폭도들은 힘으로 제압할 수밖에 없다. 또한 반대하는 사람들은 중국[지나]으로부터 돈을 받은 공작원이므로 폭력적으로 대응해도 상관없다. 그런 식으로 자신의 폭력을 정당화한다.

인터넷에는 이런 종류의 오키나와를 향한 차별 의식이 그대로 반영된 글들이 범람하고 있다. 아직 20대인 젊은 기동대원들의 입에서 '토인', '지나인'이란 단어가 나오는 것 역시 인터넷 우익에 의해 확산하는 유언비어를 통해 정보를 얻었을 것이다. 제대로 류큐·오키나와의 역사를 배우지도 않고, 이해하려고도 하지 않는다. 역사적으로 지속되어 온 오키나와를 향한 차별과 오키나와에 주둔해 있는 미군 및 자위대의 강화, 중국 위협론이 결합되어 새로운 차별이 탄생하고 있다. 이는 기동대원 개인의 문제가 아니다. 아베 신조 총리가 헬리패드 연내 완성을 공표하고, 그것이 현장에서 압력을 가하고 시민 탄압 강화를 부추기고 있는 것이다. 또한 기지 건설을 추진하려는 자들에 의해 중국 위협론과 연관 지어 오키나와 주민에 대한 차별 의식을 부추기는 글이 의도적으로 확산하고 있기 때문이다.

경찰관은 시민이 갖고 있지 않은 권력을 가지고 있다. 본래는 혐오 발언을 단속해야 할 그들이, 넷 우익 수준의 지식과 인식을 가지고 오키나와 현민에게 차별 발언을 하는 것은 굉장히 위험한 일이다. 이러한 것들이 철저히 비판받고 바뀌지 않으면 오키나와 차별은 더욱 확대될 것이다. 야마토에 사는 우치난츄에게 피해가 갈 수도 있다. 그런 위기감을 느낀다. 예전에는 취업이나 진학을 위해 오키나와에서 야마토로 건너간 젊은이들이 오키나와에 대한 차별과 편견으로 괴로워하고 많이 힘들어했다. 1980년대 후반부터 오키나와 음악, 예능이 인기를 얻고, 관광업이 성장하면서 '오키나와 붐'이 생겨났다. 오키나와에 대한 이해가 진행되면서 차별, 편견도 개선된 듯 보였다. 그러나 '밝고 즐겁고 상냥한 오키나와'라는 긍정적인 이미지가 유지되는 한편, '기지의 섬, 오키나와'라는 실태는 부정적인 이미지로 은폐되어 미군 기지의 부담뿐만 아니라, 자위대 강화마저 진행되었다. 어차피 '오키나와 붐'은 야마토에게 유리할 뿐이다. 그러한 이중 구조는 차별 의식에도 반영되고 있다. 야마토가 원하는 대로 우치난츄가 행동하면 좋은 평가를 받지만, 뜻을 거스르고 자기주장을 하면 내쳐지고, 말을 듣지 않으면 무력으로 억압한다. 다카에와 헤노코[辺野古]는 그러한 것들이 노골적으로 나타나 있는 장소이다. 숨어있던 차별 의식도 모습을 드러낸다. 헬리패드 건설 강행 자체가 차별 그 자체이다.

'토인土人', '지나인' 발언

공공연한 오키나와 차별

내 아버지는 1930년에 오사카大阪에서 태어났다. 돈을 벌기 위해 오키나와를 떠났던 조부모님이 오사카에서 만나 결혼했기 때문이다. 당시 할아버지는 무산당 활동가로서 노동쟁의 등을 지도하고, 오키나와 차별 반대운동에도 참여하고 있었다. 한 일화로 간사이 방적 공장에서 먼지가 쌓인 기계 청소를 오키나와 출신 노동자에게만 부담시켜 폐병을 앓는 오키나와인들이 많아지자, 그러한 오키나와 사람들에 대한 차별 대우를 막고, 열악한 노동 환경을 개선하기 위해서 회사와 교섭하기도 했다고 한다. 할머니는 그때를 떠올리며 파업으로 공장이 폐쇄되자, 노동자들이 담벼락에 사다리를 걸치고 올라갔다는 이야기를 들려주었다.

그뿐만 아니라 할아버지가 정치 활동에 빠져버린 탓에 수입이 없었고, 해안에 흘러들어온 나막신을 주어서 신었던 일, 밭에 버려진 야채들을 주워 먹었던 일 등도 이야기해 주었다. 참다 참다 못해 할아버지가 집을 비운 사이에 집에 있던 사회주의 관련 책을 모두 내다 버린 적도 있었다고 했다. 조부모님은 1920~30년대 간사이關西에 정착했던 오키나와 사람들의 생활 일부분을 들려주었다. 아직 오키나와인·류큐인에 대한 차별이 짙게 남아 있던 시대이다. 차별과 편견에 시달리던 오키나와 사람들이 오키나와의 성姓과 생활습관, 문화, 예술을 버리고 야마토 사회에 동화되기 위해 안간힘을 썼던 이야기. 제2차 세계대전을 겪고, 전쟁이 끝난 후에도 계속된 차별과 편견으로 인해 취직 및 진학을 위해 야마토로 건너온 젊은 세대 중에 정신병에 걸려버린 사람들의 이야기. 그러한 이야기를 우리 세대는 많이 들어 왔다.

조부모님이 오사카에 살고 있던 무렵으로부터 80여 년이 지나, 표면적으로는 오키나와에 대한 차별·편견은 사라진 것처럼 보인다. 1980년대 후반부터 '오키나와 붐'이 일어나 오키나와 문화나 예술이 인기를 얻어 관광객이 증가하는 동시에 야마토에서 건너온 '이주자'도 늘어났다. 그러나 한 꺼풀 벗겨보면 오키나와에 대한 차별의식은 지금도 엄연히 남아 있다. 다카에高江·아하安波 헬리패드 건설 현장에서 발생한 오사카부 기동대원의 '토인', '지나인' 발언은 그 사실을 드러냈다. 아니 애초에 오키나와에 미군 기지를 집중시키고, '부담 경감'을 구실로 삼아 또 새로운 기지를 건설하려는 것 자체가 오키나와 차별이다. 선거를 통해 강하게 민의를 표현해도 이를 무시하고 기동대의 폭력적인 탄압으로 공사를 강행한다. 헬리패드 건설 현장에 있으면 오키나와는 헌법과 민주주의 그 범위에 벗어나 있음을 실감한다.

계엄령 아래 있는 듯한 경비체제뿐만이 아니다. 당초 계획을 주먹구구식으로 변경하고 수목의 벌채 범위가 대폭 증가해도 산림청은 문제로 삼지도 않는다. 경찰은 자갈의 과적재나 부정비 등 불법 공사 차량을 봐도 못 본 척한다. 더 나아가 기동대와 업자가 서로의 차에서 내통까지 한다. 반면 항의하는 시민은 철저히 탄압한다. 오키나와라면 전부 오케이라고 하는 상황 자체가 차별 구조 위에 성립되고 있는 것이다. '토인', '지나인'이라는 발언도 그 차별 구조에서 나온 것이다. 따라서 그것은 기동대와 시민 개인의 문제가 아니다. 발언한 기동대원 개인이 처분받더라도 헬리패드 건설을 계속 강행되고 전국에서 파견한 기동대의 폭력적인 탄압을 발동시키는 구조가 있는 한, 오키나와에 대한 차별은 그 무엇 하나 바뀌지 않은 것이다.

현재 '토인', '지나인' 발언이 크게 논란되면서 오사카부 경찰 기동대원의 발언

뿐만 아니라 시민 측의 발언으로도 화제를 돌려 논란의 쟁점을 바꾸고 논점을 흐리려는 움직임이 나타나고 있다. 본래 혐오 발언을 엄단해야 할 경찰관이 공무 중 차별 발언을 하는 것이 얼마나 위험한 발언이며 직무에 반하는 행위인지를 전혀 인식하지 못하고 있다. 그런 식으로 차별 발언 문제를 흐지부지 만들고, 결과적으로 오키나와 사람들이 이를 받아들이면 언어를 넘는 수준의 오키나와 차별을 조장시키는 것이 된다. 오키나와 사람들을 차별해도 괜찮다. 가벼운 처벌로 끝나고, 인터넷상에서는 차별을 옹호하는 사람도 많다. 오키나와에서도 차별을 용인하는 사람은 있다. 그러한 차별주의자의 이기적인 논리가 통용되게 되면 오키나와 사람들이 실제 피해를 볼 위험이 늘어난다.

아베 정권 아래서 일본의 정치 상황이 '전쟁 전으로 회귀'하고 있다. 이에 맞추어 오키나와에 대한 차별 의식 또한, 혐오하던 시대로 '회귀'하고 있는 것은 아닐까. 조부모님의 이야기가 떠오르면서 좋지 않은 예감이 든다. 중국에 대항하는 군사 거점으로서 오키나와에 주둔해 있는 미군과 자위대를 강화해야 하는데, 이를 방해하는 오키나와 사람들은 중국[지나]으로부터 돈을 받고 있는 공작원이다. 이런 황당하고 말도 안 되는 유언비어라도 진실로 받아들이는 자들이 늘어나면, 오키나와 사람들에 대한 차별 발언이나 차별 행동이 공공연해질 것이다. 그때, 자신은 보수니까, 정부·여당을 지지하고 있으니까, 오키나와 차별에 속하지 않는다고 생각한다면 큰 오산이다. 오스프리 배치에 반대하며 긴자에서 시위했던 현민 대표가 인터넷 우익으로부터 어떤 취급을 받았나. 이는 단발적인 사건이 아니다.

2017년

埋め立てに向けた護岸工事に反対し、カヌーで護岸に漕ぎ進む。
海上保安庁のゴムボートが拘束しようと後を追う（2017.1.30）

매립을 위한 호안 공사에 반대하기 위해 호안으로 향하고 있는 카누팀.
해상보안청 고무보트가 이를 체포하기 위해 뒤쫓고 있다(2017.1.30).

공사용 가설도로 건설에 항의하기 위해 사중으로 쳐진 플로트를 넘어
크레인의 움직임을 저지하는 카누팀(2017.9.27).

오우라만大浦湾 해상 작업 재개

미군에 헌신하는 해상보안청 / 72년 전과 변함없는 '사석' 취급

해가 바뀌고, 나고시名護市 헤노코辺野古 오우라만大浦湾에서는 새로운 기지 건설을 위한 해상작업이 시작되었다. 현재 뭍에 있었던 플로트와 오일펜스를 해상에 재설치하는 작업이 진행 중이다. 오키나와 방위국은 해상에서 항의 행동을 하는 카누와 시민들의 배의 진입을 막고, 금속 막대와 로프가 설치된 '신형 플로트'로 바다를 가리려고 한다. 그동안 사용해 온 대형 부표에 철 틀을 끼워 볼트로 고정하고, 여기에 1m 정도 되는 2개의 철봉을 V자 모양으로 꽂는다. 그리고 철봉에 로프를 통과시키기 위한 3개의 구멍을 뚫고, 플로트를 따라서 한 쪽당 3개씩, 합계 6개의 로프를 둘러쳤다. 보고 있으면 잘도 이런 것을 생각해 내는구나, 하고 혀를 내두름과 동시에 철봉에 부딪히고 로프에 엉키는 사고를 유발하는 이런 위험한 것을 굳이 바다에 설치하려고 하는 오키나와 방위국의 악의와 어리석음에 분노를 느낀다. 그렇게까지 해서 오키나와 사람들에게 새로운 미군 기지를 떠넘기고, 희생과 부담을 강요하고 싶은 것인가.

플로트 작업이 한창인 캠프 슈워브 해변 옆에는 헤노코 탄약고가 있다. 그리고 오우라만 건너편에는 MV22 오스프리 추락 사고가 일어난 아부安部 마을이 있다. 급유 훈련 중에 로터가 파손되어 후텐마 기지로 돌아갈 수 없다고 판단한 오스프리는 목표를 캠프 슈워브로 바꿨다고 한다. 만약 헤노코 탄약고에 추락했더라면 어떻게 되었을까. 상상만 해도 끔찍하다. 오스프리 구조상의 결함으로 인한 추락 사고의 위험성은 계속 거론되어왔다. 그것이 현실이 되었다. 시가지

에 있는 후텐마 기지가 더 위험하다고는 하지만, 그렇다고 인구가 적은 북부 지역·헤노코로 '이전移設'하면 안전해진다는 것은 아니다. 헤노코 신기지는 탄약고와 인접해 있어, 자칫하면 대규모 폭발 사고로 이어질 수 있음을 이번 오스프리 추락 사고에서 분명히 했다.

구조상의 결함이라고 하면 오우라만에 설치되어 있는 '신형 플로트'도 마찬가지이다. 플로트는 끊임없이 파도에 흔들리기 때문에 철봉 구멍의 금속 부분과 로프가 계속 스친다. 그 결과 설치한 지 얼마 되지도 않았는데 10곳 이상의 밧줄이 상하고 끊어졌다. 오우라만은 파도가 거칠어 철봉이 전후좌우로 크게 흔들린다. 밧줄이 닳아서 끊어지는 것은 당연하다. 끊어진 로프가 표류하면 주변을 항해하는 배 스크루에 걸릴 위험이 있다. 애당초 플로트에는 금속 막대를 붙이지 않는다. 불필요한 물건이 붙어있기 때문에 플로트의 전체 중량이 증가하고, 날씨가 좋지 않아 바다가 거칠어지면 앵커에 걸리는 부하負荷도 커진다.

과거에도 태풍으로 인해 플로트나 오일펜스가 끊어져 해안으로 흘러들어온 적이 있었다. 금속 막대나 로프를 단 플로트가 끊어져 표류하게 된다면 그 위험성은 상상 이상이다. 배에 부딪혀 사고가 날 수도 있다. 오키나와현은 현상 조사를 하고 철거를 요청해야 한다. 이런 위험성을 지닌 결함 플로트를 주의 및 견제하여 바다의 안전을 지킬 의무가 있는 해상보안청은 오히려 설치작업을 돕고 있다. 오스프리 추락 사고에서는 미군의 수사 협조가 거부되고, 증거물을 챙겨가는 것을 눈앞에도 보면서도 아무런 제재를 가하지 않는다. 시민이 아닌 미군에 봉사하고 있으니 한심할 뿐이다.

보도로는 오키나와 방위국과 해상보안청은 항의하는 시민이 플로트 로프를 자르기만을 기다리고 있다고 한다. '기물 파손'으로 체포하기 위해서이다. 오키나와 방위국이라는 것들이 하는 짓이다. 자신들이 로프를 끊어지기 쉽게 해놓고 시민들이 잘랐다. 이렇게 꾸며낼 수도 있다. 히가시촌東村 다카에高江 헬리패드 건설에 항의하던 평화 운동센터 의장인 야마시로 히로지 씨가 오키나와 방위국이 설치한 유자철선을 끊었다는 이유로 체포되어 장기 구금당하고 있다. 미죄를 지어내서 체포·구류하는 것은 경비·공안 경찰이 흔히 쓰는 수법이다. 그렇다고 해도 3개월이 넘는 구류는 비정상적이다. 형사특별법의 발동 핵심은 미군기지의 존재라서 적용하기가 어려운 탓에 '기물 파손'이나 '공무집행방해', '위력업무방해' 등의 죄목으로 체포하는 시민 탄압이 다카에에서 반복되었다. 헤노코에서도 같은 방법으로 반대운동을 짓누르려고 할 것이다.

야마시로 씨는 중병을 앓고 있어 건강이 염려된다. 보석을 허락하지 않고, 가족과의 면담조차 허용하지 않는 것은 국가가 추진하는 미군기지 건설에 반대하는 사람은 이렇게 될 것이라는 본보기이다. 시민들이 다카에나 헤노코 운동에 참여하는 것을 주저하게 하려는 목적이다. 아베 정권 아래에서 전쟁 전의 특별고등경찰을 연상시키는 사상·정치 탄압이 행해지고 있는 것을 묵인해서는 안 된다.

요나구니섬与那国島과 이시가키섬石垣島, 미야코섬宮古島에 자위대가 배치되어 류큐 열도 전체가 중국에 대항하는 미·일 군사 요새가 되고 있다. 일본 '본토' 방위를 위해 오키나와를 '사석'으로 만들자는 발상은 72년 전과 다르지 않다. '국가가 하는 일에 반대해도……,' 라는 패배자 근성에 지배당하면 머지않아 큰 사고가 날 것이다. 그게 싫다면 스스로 행동하는 수밖에 없다.

일본인은 언제까지 오키나와에 희생을 강요할 것인가

다카에高江 · 헤노코辺野古 현장에서

2016년의 전반은 헤노코 신기지 건설에 반대하는 해상 행동을, 후반은 다카에 헬리패드 건설에 반대하는 행동과 게이트 앞 농성으로 소비했다. 연말부터는 다시 카누를 타고 헤노코 바다로 나가, 2017년 1월 4일부터 본격적으로 해상 항의 행동에 연일 참여하고 있다. 다카에 항의 행동은 오전 7시 집합이다. 매일 아침 오전 5시 반에는 일어나, 차로 1시간 걸리는 다카에高江로 가서, 오후 5시경까지 활동한다. 너무 피곤한 탓에 귀갓길 중간에 차를 세우고 선잠을 자는 일도 많다. 귀가 후에는 샤워, 빨래, 저녁 식사, 촬영한 사진이나 동영상 정리, 블로그 업데이트를 한다. 그리고 새벽 1시쯤 잠자리에 든다. 수면 부족 상태가 계속되지만, 일단 항의·저지 시위 현장에 나가면 경찰 권력과의 대치로 인해 몸과 마음이 쉴 틈이 없다. 경찰은 공권력을 이용해 운동을 와해하려고 한다. 그에 대한 경계와 현장 판단력, 집중력이 항상 요구된다. 순간적인 판단 착오로 인해 자기 자신뿐만 아니라 동료들이 체포당할 위험이 있다. 특히 자갈을 실은 덤프트럭을 향한 항의와 숲에서의 행동은 더욱 긴장이 계속되고 있다.

이번에 다카에 헬기 건설을 강행하기 위해 일본 정부는 도쿄東京, 치바千葉, 가나가와神奈川, 아이치愛知, 오사카大阪, 후쿠오카福岡 등 6개의 지역에서 500명이라는 대량의 기동대원을 오키나와에 파견했다. 히가시촌東村 다카에 인구가 150명 정도다. 오키나와현 경찰도 포함해 구민의 몇 배의 경찰이 산간부 마을 일대를 비집고 들어와 계엄령과 같은 상황이 만들어졌다. 경찰이 교통을 통제하며 공사 차량을 우선으로 하는 바람에 교통량이 적은 국도 70호선에 차들이 꼬리를 물고 늘어져 지역주민의 생활에도 영향을 미쳤다. 경찰·기동대를 대량으로 동원한 것은 헬리패드 본체뿐 아니라, 공사용 도로를 건설하기 위해 많은 양의 자갈을 반입할 필요가 있었기 때문이다. 오키나와섬 서해안에 있는 고쿠바구미国場組의 자갈 채석장에서 동해안에 위치한 다카에까지 자갈을 운반하기 위해 경찰은 대규모 경계 태세를 취했다. 과거 헬리패드 건설 공사에 반대하는 시민들이 도로와 게이트 앞에서 작업 차량을 막고, 자재나 인부들이 현장에 들어가는 것을 저지했다. 그러므로 본 정부·오키나와 방위국에 있어서 공사 현장에 자재와 인부들을 어떻게 들일지가 문제였을 것이고 그에 대한 대책을 최우선으로 한 것이다.

일의 첫 시작으로 지난 7월 22일 N1지구 헬리패드 공사장 입구 게이트를 봉쇄하고 있던 시민 차량을 기동대가 무력으로 강제 철거했다. 나는 그때 게이트를 봉쇄하고 있는 차 위에 있었는데, 눈앞에 도로를 가득 메우는 기동대의 수는 오키나와에서 살면서 단 한 번도 본 적 없는 수였다. 도로는 전날 밤부터 시민이 밤을 새워가며 차로 막고 있었다. 그것을 한 대씩 견인한 뒤, 기동대원들은 차 위에서 저항하고 있는 시민에게 달려들었다. 폭력적인 탄압으로 갈비뼈가 부러진 남성, 끈으로 목이 졸린 여성 등 부상자가 잇따랐다. 나는 끝까지 차 위에 있어 다치지 않았지만, 달려드는 기동대원의 주먹을 몇 번이고 피해야만 했다. 그곳에는 기동대원이라는 폭력 장치를 이용하여 어떻게 해서든지 공사를 강행하겠다는 일본 정부의 흉악한 의지가 노골적으로 드러나 있다. 실제로 기동대의 무차별 폭력 탄압은 그 이후에도 계속되었다.

시민들은 공사용 자재를 반입하려는 트럭과 대치하며 N1 정문 앞이나 도로에서 농성을 벌인다. 이를 기동대가 강제 해제하는 과정에서 조금이라도 저항하려고 하면 주먹을 휘두르고, 발로 차고, 팔을 비트는 등의 폭력 사태가 벌어졌다.

폭언도 당연한 수순이었다. 오사카 부경의 기동대원 2명이 '토인土人', '지나인'이라고 발언한 사건은 내가 찍은 동영상에 의해서 전국적으로 이슈가 되었고, 이는 오키나와현경 본부장과 경찰청 장관의 사죄로 이어졌다. 그러나 마쓰이 이치로 오사카 지사와 쓰루호 요스케 오키나와 담당 장관이 두 명의 기동대원을 옹호했고, 일본 정부도 '차별이라고 단정할 수 없다'며 문제를 어영부영 마무리 지었다. 이것은 오키나와 현민을 '토인'이라 칭해도 좋다고 일본 정부가 공인한 것과 같다. 절대로 용서할 수 없다. 유튜브에 올린 영상을 보면 '젠장', '병신', '토인미개인'이라는 말을 연발하는 기동대의 언행이 헬기장 건설에 반대하는 오키나와 주민에 대한 증오와 차별 의식을 공공연히 드러내고 있다는 것을 알 수 있을 것이다.

혐오 발언을 단속해야 할 입장인 경찰관이 카메라 앞에서 태연하게 차별 발언을 한다는 것이 얼마나 비정상적인 행위인지를 인식해야 한다. 이 기동대원은 차별 발언을 한 뒤, 자갈을 실은 트럭에 항의하다 다른 기동대원 세 명에게 짓눌려 있던 내게 찾아와서 옆구리를 때리고, 다리를 차는 등의 폭력을 행사했다. 시민들은 조금이라도 경찰에 손을 대면 공무집행방해로 체포된다. 상대가 저항할 수 없다는 것을 알고 굳이 거리가 있는 곳까지 와서 폭력을 행사하는 그런 남성이었다. 이뿐만 아니라 실제로 다카에·아하安波의 헬리패드는 경찰과 기동대라는 폭력 장치의 존재 없이는 건설할 수 없었다. 즉 오키나와에 대한 일본 정부의 폭력과 차별로 헬리패드가 만들어진 것이다.

앞서 언급했듯이 이번 헬리패드 건설 공사의 중점은 건설자재와 인부들을 어떻게 현장에 들여보내느냐 하는 것이었다. 7월 22일, 언론에 영상이 노출당하더라도 오키나와 방위국과 경찰이 폭력을 행사하고, 통칭 N1 정문 봉쇄를 해제한 것은 자재와 인부들을 들여보내기 위해서였다. 다음 날부터 덤프트럭을 통한 자갈 반입이 시작되었다. 앞뒤로 경비하는 경찰 차량까지 더해진 차량 행렬이 구니가미촌国頭村 채석장에서 천천히 다카에로 들어왔다. 처음에는 덤프트럭 10대를 순찰차와 기동대가 탄 대형버스, 다목적 차량, 암행 순찰차 등의 경찰 차량 20대 정도가 경비했다. 그 삼엄한 체제는 '다이묘 행렬', '호송 선단'이라고 조롱할 정도로 비정상적이었다. 시민들의 농성 항의·저지 행동을 경찰이 얼마나 경계하고 있었는지를 알 수 있는 대목이다.

나는 공사 시작일로부터 10일 정도 오키나와 방위국의 움직임을 보고, N1 정문으로의 자재 반입을 최우선으로 하고 있기 때문에 N1 후문으로의 자재 반입은 없을 것으로 판단했다. N1 후문 쪽의 농로는 도로 폭이 좁아 덤프트럭 행렬이 통과할 수 없다. 반대편에서 마을 안으로 통과하는 도로 또한 좁고 기복이 있기 때문에 어마어마한 행렬에 주민의 반발이 불가피하다. 하지만 항의 행동 지도자와 토목 전문가들은 N1 후문에서 헬리패드 건설 현장으로 가는 도로를 만들기 위해 후문에 있는 텐트를 철거하는 것이라는 분석을 고집했다. 그 분석 하에 후문 쪽 텐트를 지키는 데 운동의 역점을 두었고, 활동 거점도 정문에서 후문으로 옮겨졌다. 그러한 행동에는 7월 22일의 탄압으로 인한 동요도 있었다. N1 정문을 통한 자갈 반입 저지에 주력해야 한다. 후문 텐트 철거는 없다. 거점을 정문 텐트로 옮겨야 한다는 내 주장은 통하지 않았다. 주 2회 대행동일에는 다카에 교를 차량으로 봉쇄하는 등의 행동을 취했지만, 그 이외는 20명 정도의 유지를 중심으로 덤프트럭의 차량 행렬 앞을 서행 운전하거나 도로를 차로 막는 등의 행동을 지속했다. 결국 후문 쪽 텐트는 헬리패드가 완공된 지금도 철거되지 않았다. 공사에 필요한 모든 자재는 N1 정문으로 반입되었다. H·G지구에서 중장비의 일부가 민간헬기와 자위대 헬기로 운반되었고, 같은 지구 인부들은 취락을 통해 양수발전소 게이트로 드나들었으나, 자갈 등의 자재는 모두 N1 정문에서 공사용 도로를 통해 운반되었다.

항의 행동 전반에 N1 정문으로 들어가는 공사 차량의 저지 및 항의 행동을 등한시하고, 많은 시민이 N1 후문에 있는 텐트를 지키려고 몰려든 것에 나는 연일 초조함과 분노를 느꼈다. 일본 정부와 오키나와 방위국은 웃으며 보고 있었을 것이다. 현장 리더들의 상황분석과 판단 착오의 낭패를 구태여 기록해 놓는다. 나 자신의 분석·판단을 자랑하고 싶은 것이 아니다. 반성해야 할 점을 제대로 기록해 두지 않으면 앞으로 나아갈 수 없다. 도로를 차로 봉쇄한다는 이유로 체포되어, 자갈을 실은 덤프트럭의 차량 행렬에 대한 저지 행동이 어려워지면서 20명 정도의 유지들은 숲속에서의 행동으로 중점을 옮겼다. 경찰 권력에 의한 탄압이 심해지고 있어 자세한 내용은 쓸 수 없지만, 현장 지도자가 개척한 길을 이어받아, 형사특별법을 내세운 위협에도 굴하지 않고, 많은 시민이 용기를 가지고 숲으로 들어가 헬리패드 건설 현장이나 공사용 도로에서 저지·항의 행동을 이어갔다.

또한, 각 공사 현장의 상황을 사진이나 동영상으로 찍어, 대량의 수목이 벌채되어 얀바루 숲이 파괴되고 있는 실태를 폭로했다. 이를 바탕으로 토목공사 전문가가 공사의 허술함을 지적하고 고발해 나갔다. TV나 신문 언론사들이 건설 현장에 들어오지 못하는 가운데, 시민들이 공사 현장의 상황을 인터넷을 통해 널리 알린 것이다. 그 노력이 없었다면 현장에서 발생하고 있는 문제의 상당 부분이 은폐됐을 것이다. 확대되는 운동에 위협을 느낀 일본 정부의 뜻에 따라 경찰은 현장 지도자를 부당 체포하여 장기간 구류하고 있다. 미죄를 지어내서 체포·구류해 운동을 와해하려는 것은 공안·경비 경찰이 흔히 쓰는 수단이다. 그러나 몸이 좋지 않은 지도자를 장기 구류하는 것은 단순히 운동 현장에서 떼어놓는 것을 넘어 사회적 생명과 건강도 빼앗으려는 악의가 숨어 있다. 다카에와 헤노코辺野古의 싸움으로 부당 구류 당한 3명의 조기 해방을 실현하기 위해서 전국적으로 목소리를 높이고 싶다.

지난해 12월 20일, 최고재판소는 나카이마 전 지사에 의한 헤노코 매립 승인에 문제가 없다고 판결했다. 이에 따라 오키나와현 오나가 지사는 12월 26일에 매립 승인 취소를 철회했다. 헤노코 신기지 건설을 위한 공사가 약 9개월 만에 재개되어, 연초에는 오우라만大浦湾에 오일펜스와 플로트가 재설치되었다. 일본 정부가 현민의 의사를 무시하고 설정한 '임시 제한 수역'으로 인해 바다가 나누어졌다. 오키나와라고 해도 겨울 바다에서의 항의 행동은 힘들다. 그래도 누군가는 해야 한다. 다카에 숲에서 헤노코 바다로 행동 장소를 옮겨, 지금은 연일 카누를 저으며 항의 행동에 참여하고 있다. 대체 일본인은 언제까지 오키나와에 미군 기지의 부담과 희생을 계속 강요할 생각인가. 제발 부끄러운 줄 알아라.

헤노코 호안 착공

지사는 매립 철회를

작년 말, 헤노코 신기지 건설 공사가 재개되었다. 나는 카누를 타고 해상 항의 행동에 참여했다. 오우라만大浦湾에 플로트를 치는 작업을 비롯하여 280여 개에 달하는 콘크리트 블록의 투하와 오염 방지막 설치 작업 등을 가까이서 지켜보면서 항의를 계속해 왔다. 바다에서는 캠프 슈워브에서 이루어지고 있는 작업도 잘 보인다. 연일 대형 덤프트럭으로 반입되는 자갈은 망태기에 담겨 대량으로 쌓여 있다. 4월에 들어서는 영화관 근처 작업장에서 소파 콘크리트 블록 제작이 시작되었다. 조립된 형틀을 믹서차에 싣고 게이트로 들어가 콘크리트를 부어 넣는 작업이 진행되고 있다. 헤노코 탄약고 쪽 모래사장에는 기초 압밀용 돌망태를 겹쳐서 철판을 깐 형태의 대체도로가 만들어졌다. 매립을 목적으로 하는 호안공사를 위해 바닷속에 투입할 암석을 운반하는 도로이다.

일본 정부는 17일에 호안공사에 착수하겠다고 밝혔다. 이 글이 게재될 때쯤이면 이미 바다에 석재가 투입됐을지도 모른다. 작년에는 히가시촌東村 다카에高江의 헬리패드 건설 현장에서 얀바루 숲이 훼손되는 광경을 보았다. 전기톱으로 나무를 자르고, 굴착기로 뿌리를 파내고, 적토가 드러나고, 자갈이 깔리는 모습을 가까이서 지켜보았다. 올해는 헤노코 바다 오우라만이 파괴되어 가는 것을 지켜보아야 하는가.

오키나와 방위국은 단기간에 공사를 진행하기 위해서 자연환경의 보존을 무시한 채 공사를 진행하고 있다. 다카에에서는 원래 계획에 없었던 공사용 도로를 건설하기 위해, 본체인 헬리패드 건설 이상의 나무를 벌채했다. 얀바루 숲이 수 킬로미터에 걸쳐 분단되고, 자갈이 깔려 재생이 불가능해졌다. 오우라만에서도 해저의 산호와 해초 조장algal bed, 어패류의 서식처를 짓밟고 그곳에 대량의 콘크리트 블록이 투하되었다. 기지 안은 현의 출입 조사조차도 미군의 허가를 받아야 하고, 미디어도 취재하러 들어갈 수 없다. 그렇기 때문에 현민을 무시한 채 우습게 여기고 하고 싶은 대로 하는 것이다.

하지만 숲과 플로트를 넘어 현장에 다가온 시민들의 손에 의해서 파괴의 실체가 폭로되었다. 3월 말에는 암초 파쇄 허가 기한이 지났음에도 불구하고 정부·오키나와 방위국은 현의 지시를 무시하고 공사를 강행했다. 자기 입맛대로 법을 왜곡하여 해석하고, 위법 공사를 기동대와 해상 보안청을 동원하여 사력을 다해 진행하려고 하는 것이 스가 관방장관이 말하는 '법치국가'의 실체이다. 이와 같은 정부의 강경한 태도에 대해 오나가 지사는 매립 승인 철회를 밝히고, 더는 바다 파괴를 허용하지 않을 것임을 분명히 해야 한다.

현재 정치 및 사법 상황을 보면 철회하더라도 그 앞에 많은 어려움이 기다리고 있을 게 분명하다. 그렇다고 너무 신중해져 철회할 타이밍을 계속 놓치게 되면 그 효력도 감소한다. 최근 들어 법정 전술의 관점에서 현민 투표를 제기하려는 움직임이 있는 듯하지만, 탁상공론으로밖에 보이지 않는다. 매립 승인 취소·철회는 오나가 지사의 선거공약이다. 그렇기 때문에 오키나와 유권자들은 공약을 지키지 않은 나카이마 지사와 10만 표 가끼운 큰 차이로 오나가 씨를 당선시킨 것이다. 철회에 대한 지지는 거기에 이미 드러나 있다. 재차 현민을 시험하는 일은 없어야 할 것이다.

아마 일본 정부는 현민 투표가 행해지는 것을 기대하고 있을 것이다. 현재 게이트 앞에서 농상을 하거나 해상행동을 하는 시민들이 현민 투표 운동에 주력하면 공사에 대한 항의 행동이 줄어들 수 있기 때문이다. 게다가 현 내의 보수계 수장, 의원, 경제계를 움직여서 현민 투표에의 보이콧 운동을 할 것이 뻔하다. 10월 이후에 현민 투표를 하게 하고, 그것이 실패로 이어지면, 연초에 있을 나고 시장 선거에 큰 영향을 준다. 그 영향은 11월의 현 지사 선거로도 직결될 것이다. 21년 전의 현민 투표는 연합 오키나와가 중심이었지만, 현재 노동조합의 힘은 저하되고 있다. 오키나와에 대한 정부의 자세도 훨씬 강압적이다. 이런 상황의 변화도 고려하지 않고 현민 투표를 한다면 올 오키나와 세력은 자멸의 길을 걸을지도 모른다.

지금 필요한 것은 오나가 지사가 리더십을 발휘하여 자신의 공약인 매립 승인 철회를 이행하고 현민의 지지와 신뢰를 다시 다지는 일이다. 그리고 헤노코 게이트 앞에 많은 현민이 결집하여, 비폭력 농성으로 공사 차량을 멈추는 것이다. 국가가 하는 일에는 이길 수 없다고 하는 패배자 근성을 오키나와 사람들은 극복해야 한다. 사방이 철조망인 미군기지의 약점은 게이트이고, 그곳에서 매일 300명 이상이 농성한다면, 공사를 멈출 수 있다. 우리들의 힘에 자신을 갖자.

작년 4월, 전 해병대원의 미군 소속 군인에게 살해된 여성을 기억하자. 언제까지 오키나와는 기지로 인한 희생과 차별에 시달려야 하는가. 자발적으로 땀을 흘리며 게이트 앞에서 농성하는 것. 그것이 오나가 지사에게 강력한 지원이 될 것이다.

K9 호안 공사의 착공이 임박한 가운데

작년 말, 나고시名護市 오우라만大浦湾에서 신기지 건설을 위한 공사가 재개되었다. 그 후 5개월 정도 매립을 위한 준비가 순조롭게 진행되었다. 먼저 임시 제한 수역을 둘러싸고 있던 플로트를 재설치했다. 새로이 금속 막대를 설치하여 로프와 그물을 빙 두름으로서, 카누와 항의선을 배제하려는 의도를 드러냈다. 하지만 바다에 떠 있는 플로트에 그런 기구를 붙이는 것에는 무리가 있다. 오우라만은 풍파가 거세다. 금세 파손되어 인부들은 연일 그 수리에 쫓기고 있다. 그야말로 어리석은 짓으로 기구의 구입비, 수리비, 인부 인건비 등 낭비되는 것은 우리의 혈세다. 플로트 재설치가 끝나자, 포세이돈 1호라는 4,000톤급 대형 탐사선이 모습을 드러냈다. 크레인이 달린 부유 구조물과 스퍼드 부유 구조물도 더해져 오우라만 각 곳에서 오염 방지막의 설치와 해저 시굴 조사가 진행되었다.

작년 3월의 공사 중단 전과는 비교도 안 되는 규모로 작업이 진행되고 있다. 오염 방지막의 마무리로서 280여 개의 콘크리트 블록이 바닷속에 투하되어 바다가 파괴되고 있다. 캠프 슈워브 쪽에도 가설 도로에 사용되는 기초 압밀용 돌망태가 산더미처럼 쌓여있다. 소파 콘크리트 블록 제작도 시작되었고, 레미콘 건설 자재도 반입되고 있다. 게이트 앞에서 레미콘 차량이 저지되는 것을 가정하여 기지 내에서 만들려는 것이다. 이미 3월 말에 오우라만의 암초 파쇄 허가 기한이 만료됐기 때문에 원래대로라면 국가는 즉시 공사를 중지하고 오키나와에 허가를 재신청해야 한다. 그러나 나고 어협이 어업권을 포기했기 때문에 재신청은 필요 없다고 국가는 주장한다. 법을 왜곡하여 4월 이후에도 바다 공사를 계속하고 있다.

그러던 중 일부 언론이 '4월 17일, K9 호안 공사 착수'라고 보도했다. K9 호안은 매립 예정지의 가장 서쪽에 건설되며 바닷속에 대량의 사석이 투하된다. 공사가 새로운 단계에 들어섰다는 것을 국가는 대대적으로 홍보하려 하고 있다. 매립은 이미 시작되었다, 되돌릴 수 없다는 인식을 주고, 오키나와 현민에게 체념 분위기를 확산시키는 것이 목적이다. 다만 우루마 시장 선거가 23일 치러진 관계로 국가는 착공을 1주일 연기할 수밖에 없었다. 캠프 한센 유탄 사고와 자민당 후루야 게이지 의원의 '사기행각이나 다름없는 오키나와 특유의 평소 전술'이라는 차별 발언이 겹쳐 선거 전에 강행할 수 없었다. 그렇다고 해도 이 글이 독자에게 발표될 무렵에는 이미 공사가 시작되었을지도 모른다. K9 호안 공사 착공이 임박함에 따라 오나가 다케시 지사에게 매립 승인 철회를 요구하는 목소리가 한층 높아졌다. 정부가 공사 진행의 중요한 시기를 발표했고, 실제로 바다에 석재가 투입될 단계에 와서 이를 즉각 멈출 방법은 오나가 지사의 철회 표명뿐이다. 현재 정치나 사법 상황을 보면 철회하더라도 국가는 대집행 등의 조치를 취할 것이다. 그렇게 되면 실제 공사가 멈추는 기간은 제한되고, 재판도 불가피하다. 그럼에도 승인 철회는 오나가 지사의 선거공약이므로 언젠가는 결단을 내려야 한다.

그렇다면 가장 효과가 있을 때 활용하는 편이 좋다. 매립을 위한 공사가 시작되는 지금이야말로 그때가 아닌가. 재판으로 가게 될 때를 생각해서 지나치게 조심스러워하면 기회를 놓쳐 버린다. 지사가 진심으로 멈출 생각이 있는지 하는 불신감도 높아진다. 지사의 브레인 중에서는 법정 전술의 시점에서 현민 투표를 하려는 움직임도 있다. 하지만 해상행동도 게이트 앞의 농성 행동도 사람이 모자라 공사를 멈출 수가 없다. 항의하는 시민이 현민 투표의 실현에 힘을 쏟게 되면 현장 항의 행동이 크게 후퇴한다. 그것이야말로 국가가 원하는 것이다. 공사를 멈추려면 오나가 지사의 철회뿐 아니라 시민들이 캠프 슈워브 게이트 앞에서 농성하여 실력으로 막는 것도 필수이다. 300명 이상이 결집하면 기동대도 쉽게 우리를 배제할 수 없다. 지금이야말로 우리 개개인의 행동이 요구되는 때이다.

도쿄 MX TV에 의한 '오키나와 차별' 방송문제에 대해

2017년 1월 2일, 도쿄의 로컬 지상파인 MX TV의 〈뉴스여자〉라는 프로그램에서 오키나와현沖縄県 히가시촌東村 다카에구高江区에서 행해지고 있는 미군 헬리패드 건설 반대 행동에 대해 다루었다. 방송은 악질적인 루머로 가득 차, 오키나와에 대한 차별과 악의를 부추기는 '오키나와 혐오 프로그램'이었다. 이에 대해 오키나와에서는 거센 비판의 목소리가 나오고 있다. 나는 인터넷 동영상 투고사이트에서 이 프로그램을 보고 그 내용이 도가 지나쳐 분노를 참을 수 없었다. 최근 몇 년간 다카에 헬기장 건설 현장에 발이 닳도록 드나들며 반대운동을 해 왔던 사람으로서 어쩜 저렇게 태연하게 거짓말을 늘어놓을 수 있는지 기가 막힐 노릇이다. 일례로 반대운동에 참여하고 있는 시민들에게 하루 2만 엔이나 5만 엔의 일당이 지급된다는 유언비어가 프로그램 속에서 다뤄지고 있었다. 나는 다카에高江 항의 행동에 셀 수 없이 참가해 왔지만, 일당을 받아 본 적도 없고, 다른 사람에게 지급되고 있는 것을 본 적도 없다.

날마다 시위 참가자 수는 바뀌지만, 작년 7월 헬리패드 건설공사가 본격화된 이후, 연말까지 연일 100명 이상의 참가자가 있었으며 많게는 300~400명이라는 시민이 모였다. 참가자 멤버가 매일 다르므로 입금은 불가능하다. 현장에서 그 사람들에게 일당을 지불하게 되면 주고받는 곳이 매우 혼잡해진다. 그러한 사실이 있다면, 현 내외에서 참여하려는 사람도 많기 때문에 안에 섞여 증거를 잡는 것은 간단할 것이다. 그러나 프로그램에서는 그런 증거가 제시되지 않았다. 방송에서는 이름과 액수가 적힌 돈 봉투를 주웠다는 인물의 영상이 나왔지만, 그 봉투에 일당이 들어 있었다는 증거는 되지 않는다. 애초에 봉투를 주웠다는 남자는 오키나와에서는 유명한 인터넷 우익이며 미군의 협력자로서 반대운동의 방해를 거듭해 온 인물이다. 제대로 된 사고를 하는 사람이라면 요즘 세상에 2만 엔이나 5만 엔 같은 고액의 아르바이트가 그렇게 쉽게 있을 리 없다고 생각할 것이다. 블랙 기업에 의한 노동자의 혹사, 탐욕의 착취가 문제가 되는 시대이며, 오키나와현의 임금 수준은 전국에서도 최저이다. 농성하는 것으로 그만한 돈을 받을 수 있다면, 반대운동 현장에는 아르바이트 희망자가 쇄도할 것이다. 그런 광경은 본 적도 없다.

〈뉴스 여자〉 프로그램에서는, '노리코에넷토[극복해나가자]'이라고 하는 단체가 전국적으로 캄파*를 호소하여 다카에에 시민을 파견하고, 여비나 숙박비에 도움이 되도록 5만 엔을 보조한 것이 마치 일당인 것처럼 꾸며져 있었다. '노리코에넷토'의 핵심 멤버이자, 방송에서 '흑막'이라고 불리는 신숙옥 씨는 방송윤리·프로그램 향상 기구[BPO] 방송인권위원회에 건의했다. 오키나와 군사 기지에 반대하는 시민들에게 일당이 지급되고 있다는 유언비어는 다카에가 처음이 아니다. 헤노코[辺野古]의 신기지 건설과 후텐마 기지에의 MV22 오스프리 배치에 대한 항의행동에서도 마찬가지였다. 10여 년 전부터 '프로 시민'이라는 말이 나오기 시작했고, 시민운동 담당자에게 중상모략이 가해져 온 것은 전국 공통의 문제이다. 특히 인터넷상에서는 인터넷 우익이라고 불리는 사람들에 의해 의도적으로 '일당' 루머가 확산되어 왔다.

주된 목적은 시민운동 담당자가 자발적이 아닌 돈에 고용되어 하고 있는 것이므로 운동 자체가 진짜가 아니라는 불신감을 만들어내는 데 있다. 오키나와에서

* 정치운동 형태의 조직 활동.

기지 반대를 외치는 것은 돈으로 고용된 일부의 좌익이나 과격파이며, '일반 시민'은 반대하지 않는다, 오히려 기지를 수용하고 있다고 하는 허위 인식을 퍼뜨리고 싶은 것이다. 여기서 더 나아가면 오키나와 사람들은 미군 기지가 있기 때문에 혜택을 받고 있다, 기지 관련 진흥책이 있고, 예산도 우대받고 있다, 기지에서 일하는 사람도 있고, 기지가 없으면 경제적으로 곤란하다. '본토'에 사는 사람들은 오키나와에 기지를 떠넘기고 있다는 양심의 가책을 느낄 필요가 없고, 아무것도 신경 쓸 필요가 없다고 하는 '본토' 측 자기들 좋을 대로의 논리를 형성한다. 그렇게 해서 일본 '본토야마토'에 사는 일본인의 대다수가 자기 합리화를 하게 되면 오키나와에서 아무리 기지 반대 목소리를 높여도 무관심해질 것이다. 헤노코와 다카에의 현장까지 찾아오는 일본인은 극소수이다. 인터넷이나 MX TV 같은 지상파에 떠도는 루머를 곧이곧대로 받아들이는 것이 대다수의 일본인에게 편하다면, 루머는 그대로 굳어지고 만다.

현재 전국의 미군 전용 시설의 7할 이상이 오키나와에 집중되어 있다. 자위대 기지를 더하면 오키나와의 미야코섬宮古島, 이시가키섬石垣島, 요나구니섬与那国島까지 류큐 열도 전체가 '기지의 섬'이 된다. 나하 공항에 착륙하면, 바로 눈앞에 자위대 비행기가 줄지어 있다. 오키나와섬을 북상하면 어느 루트를 가도 미군 기지의 철조망이 쭉 이어져 있다. 숫자로 나타내지 않아도, 구김 없이 현실을 보는 눈만 있다면, 오키나와에 군사기지가 집중되어 있다는 것을 확인할 수 있다. 반대로 오키나와에서 야마토로 가면 기지가 없는 것에 대한 '이질적' 광경이 눈에 띈다. 아오모리현青森県의 미사와 기지와 도쿄東京의 요코타 기지, 가나가와현神奈川県의 요코스카 기지, 아쓰기 기지, 야마구치현山口県의 이와쿠니 기지 등 야마토에도 미군기지가 있다. 하지만 그런 제한된 지역을 제외하면 일본인의 압도적 다수는 일상생활에서 미군의 모습을 보는 것도, MV22 오스프리가 상공을 날아다니고, 운전하는 차 앞에 군용차가 달리고 있는 것도 경험하지 못할 것이다.

1951년 9월 샌프란시스코 강화조약과 동시에 미·일 안보조약이 조인되었다. 강화조약이 발효된 1952년 4월 28일은 일본의 독립과 맞바꾸어 오키나와가 버림받은 날로서 오키나와에서는 '굴욕의 날'로 불려 왔다. 이후 60년 안보투쟁이나 70년 안보투쟁 때에도 오키나와는 고립된 채 무시되어 왔다. 당시 오키나와는 미군 통치하에 있어 국회의원을 보낼 수조차 없었다. 미·일 안보조약 제정이나 그것을 반문하는 때에도 오키나와 사람들은 국정에서 제외되었다. 그런데도 미·일 안보조약에 근거하는 미군을 위한 기지 제공 의무의 7할을 오키나와 사람들이 지고 있다. 패전 직후 미군이 점거한 장소와 함께 1950년대에는 '총검과 불도저'에 의해 새로운 토지의 강제수용=강탈이 이루어졌고, 일본 '본토'에서 해병대의 이주가 진행되었다. 오키나와를 일본에서 잘라버린 다음 미군 기지의 부담을 집중시킨다. 이것이 '전후 72년' 계속되어 온 일본의 안전 보장 정책의 실태이다. 헌법 9조의 평화주의는 미·일 안보 체제와 오키나와의 기지 집중이라는 현실로 이루어져 있다. 미·일 안보를 문제 삼지 않는 9조 중심의 호헌운동이 나에게는 기만적인 것으로밖에 보이지 않는다.

이러한 역사와 현실을 아는 일본인은 예전이라면 대부분이 오키나와에 대해 양심의 가책을 느꼈을 것이다. 하지만 시대가 변해간다. 전쟁 체험자나 '일본 복귀' 전의 오키나와를 아는 사람들은 점점 줄어들고 있다. '관광의 섬'을 소비하는 일본인야마톤츄들에게 미군기지도 이국적인 장소로 변해간다. 또한 중국의 위협을 들먹이며 일본의 안전을 위해 미군은 필요하며, 오키나와의 기지 집중은 어쩔 수 없다는 인식이 만들어진다. 그리고 마지막 한 방으로 오키나와에 대한 양심의 가책을 불식하고 오히려 오키나와는 기지가 있기 때문에 혜택을 받고 있다, 반대하고 있는 것은 일부의 '프로 시민'이고, 오키나와의 '일반 시민'은 기지를 받아들이고 있다고 하는 인식을 퍼트린다. 그것이 완성되면 오키나와에서 아무리 '기지의 과중 부담', '신기지 반대'라고 하는 목소리가 나와도, 일본인의 대다수는 무시하고 넘길 수 있다. 그러나 그러한 일본인의 모습이 얼마나 한심하고 추악한가.

작년 말, 오키나와 신문사에 의한 오키나와 판·유행어 대상은 "'토인', '지나인' 발언"이었다. 오키나와와 일본의 골은 깊어지고 있다. 그것이 심각한 사태를 초래하고 있다는 것에 대해 일본인[야마톤츄]은 위기감을 가지지 않는 것일까?

쇄석 투입

당장 현장에서 행동을 / 진행되는 국가의 불법 공사

지난 4월 25일, 일본 정부·오키나와 방위국은 쇄석이 담긴 돌망태 5개를 오우라만大浦湾에 투입했다. 인근 해안에서는 미·일 관계자들이 모여 세레머니를 하고, 매립을 위한 K9 호안 공사의 시작을 대대적으로 선전했다. 그로부터 2개월 반이 지났다. 7월 10일 현재, K9 호안 공사를 위한 사석 투하 작업이 100m 정도 떨어진 곳에서 중지됐다. 태풍이 시작되어 높은 파도로 인해 호안이 무너지지 않도록 주변을 쇄석이 담긴 그물망과 소파 콘크리트 블록으로 보호하는 작업이 진행되고 있다. 6월 하순부터는 헤노코 쪽 해안에서 가설 도로 공사도 시작되었다. 해안에 사석이 투하되어 30m 정도 쌓였다. 다만 여기서도 태풍 대책이 우선되어 작업이 지체될 듯하다. 얼마 전 카누를 타고 두 건설 현장 근처까지 가서 공사하는 모습을 지켜봤다. K9 호안 건설 현장에서는 10톤짜리 덤프트럭에 싣고 온 쇄석을 그물망에 담고, 대형 크레인에 매달아 바다에 투하해 왔다. 최대 100kg이 넘을 것 같은 류큐 석회암의 낙하음이 주위에 울려 퍼지고, 돌가루가 날아오르며 바다가 뿌옇게 흐려졌다. 그런 작업이 계속 반복되어왔다.

3월 말에 암초 파쇄 허가 기한이 만료되었다. 그런데도 일본 정부는 오키나와현의 중지 요청을 무시하고 불법 공사를 강행하고 있다. 나고 어협이 어업권을 일부 포기한 것을 두고 재신청할 필요는 없다고 주장한다. 자기 입맛에 맞게 법을 해석하고 왜곡하는 것이 현 정부의 상투적인 수단이다. 많은 사람이 지적하고 있듯이 정부의 목적은 이미 매립 공사가 본격화되고 있으니 반대해도 소용없다고 하는 체념 분위기를 현민 사이에 만들어내는 것이다. 아무리 노력해도 국가를 이길 수 없다. 그러한 무력감을 토로하는 오키나와 사람들은 항상 어느 정도 있을 수밖에 없다.

일본·중국·미국이라는 대국 사이에서 살아온 류큐·오키나와의 역사는 대국의 이해관계 속에서 농락당해 온 역사이기도 하다. 강자를 거스르면 살아남을 수 없다고 하는 사대주의는 오키나와 사람들이 안고 있는 문제로서 일찍부터 지적되어왔다. 6월 12일 사망한 오다 마사히데 전 지사를 비롯해 오키나와 사람들에게 사대주의 극복이 중요한 과제임을 지적한 사람이 적지 않다. 그것이 지금 재차 우리에게 요구되고 있다. 기동대나 해상보안청 같은 국가의 폭력 장치를 이용하여 시민들을 무력으로 대응하겠다. 혹은 미죄로 체포해서 장기간 구류하겠다. 그런 식으로 오키나와 사람들을 위축시키고 공포심과 무력감을 심어주어, 반대운동 현장에 오지 못하도록 하는 것이 일본 정부의 의도이다. 절망을 보고 싶지 않으면 순순히 말을 들어라. 싫어도 참고, 일본 전체를 위해 희생하는 것에 자부심을 느끼고, 취할 수 있는 것을 취하고 만족해라. 일본 정부의 오키나와 행태를 보면 야쿠자 방식과 같다. 거기에 굴복해 버리면 오키나와 사람들은 비굴하게 살 수밖에 없다. 자신을 속이고, 권력에 순응하고, 헤노코나 다카에의 현 상황을 외면한다. 우리는 기지 건설을 추진하고 있는 것이 아니다, 어쩔 수 없으니 그냥 받아들이는 것이다. 그렇게 자기합리화를 하면 할수록 일본 정부는 더욱 무리한 요구를 해 온다. 헤노코에 새로운 기지가 건설되더라도 미군이 요구하는 조건을 받아들이지 않으면 후텐마 기지의 반환은 불가능하다고 한다.

도대체 오키나와 사람들은 어디까지 무시당해야 하는가. SACO 오키나와에 관한 미·일 특별 행동 위원회의 합의도 허사가 되어 가데나 기지에서는 미군이 곧 법이자 정의이다. 오키나와 사람들은 사대주의라는 패배자 근성이 깊게 박혀있어 거센 반항을 하지 않는다. 일본 정부도 미군도 우리를 무시하고 자기들 멋대로 한다. 한심하다. 헤노코 신기지 건설은 대규모 공사이다. 전체 규모가 크기 때문에 K9 호안 공사가 100미터 정도 진행된 것만으로는 그다지 큰일처럼 느껴지지 않을지도 모른다. 그러나 해면으로부터의 높이가 4미터 정도인 호안이 앞바다를 향해 100미터 정도 뻗어있는 있는 모습을 상상해 주길 바란다. 이 정도의 구조물이 만들어지면 조류 흐름이 바뀌고, 주변 환경에 영향을 미칠 수밖에 없다.

모래사장이 사라지고 아예 다른 곳이 되어버리는 것은 오키나와 각 곳에서 발생하고 있는 일이다. 이미 대량의 사석으로 해저가 파괴되고, 그곳에 살고 있던 생물들은 생명을 잃었다. 헤노코辺野古 쪽에 가설 도로가 만들어지면 현재 남아있는 모래사장도 사라지고 만다. 매립이 시작되기도 전에 호안 공사와 가설 도로 건설로 인해 캠프 슈워브에 남겨진 자연 해안은 파괴되고 마는 것이다. 아직 초기 단계니까 공사가 본격화되면 반대 행동에 나서야겠다고 생각하고 있다면 큰 착각이다. 헤노코와 다카에高江에 대해서 논하는 사람은 많다. 하지만 에어컨 빵빵한 방에서 탁상 논의를 할 게 아니라, 찜통더위의 현장에서 행동하지 않으면 공사는 점점 진행된다. 많은 사람이 게이트 앞에서 농성한다면 이 불법 공사를 멈출 수 있다. 일본 정부의 위협에 져서는 안 된다.

오키나와 전투 체험

1986년 10월부터 1988년 3월까지 나하 시내에서 경비원 아르바이트를 했었다. 살던 곳은 각방에 화장실이 포함된 고시원으로 키친은 공용이었다. 월세는 1만 5,000엔으로 저렴한 가격이었다. 당시 대학을 졸업하고 26살부터 27살까지 책을 읽는 일에 집중하고 싶어서 선택한 일이었다. 실제로 업무가 끝나면 정기적으로 순회만 하면 되었기 때문에 다음 날 아침까지 책에 몰두할 수 있었다. 다만 임금이 싼 오키나와에서 경비원 아르바이트는 특히 정도가 심해 오후 5시부터 다음 날 아침 8시까지 15시간 동안 일해서 받는 일당이 단돈 4,300엔이었다. 시급으로 따지면 최저임금을 밑도는 금액이었는데 당시는 그것이 당연한 일이었다. 당연히 생활은 힘들었다. 정규 경비원이 휴가를 낼 때 대신하는 보충 요원이었기 때문에 담당 장소가 매일 바뀌었다. 학교, 체육관 등의 공공시설, 공장, 골프 연습장, 주차장 등 여러 곳이 있었는데 그중 가장 심했던 곳이 놀이터였다.

오키나와는 미군 통치의 영향으로 파칭코보다 슬롯머신이 더 많았다. 당시 야마토[일본]의 대기업 계열사와 현지의 폭력단들 사이에 트러블이 발생하여 가게로 트럭이 돌진하는 사건이 연발하던 시기였다. 무슨 일이 있으면 즉시 도망칠 자세로 좁은 경비실에 앉아있었다. 밤이 되어도 조명 하나 없는 형편없는 환경에서 손전등 불빛으로 책을 읽으면서, 경비원을 인간 취급도 하지 않는 경영자도 참으로 변변찮은 놈이라고 생각했었다. 평소에는 혼자 경비를 서는데, 가끔 둘이서 담당하는 곳에 배치되기도 했다. 정년퇴직 후에 경비원을 하는 사람도 많아서, 하룻밤을 같이 지내다 보면 체험담을 들려주는 사람도 있었다. 젊은 사람이 흥미를 느끼고 열심히 들으니 이야기하는 사람도 퍽 재미있었을 것이다. 일 이야기나 전쟁 이야기 등 그렇게 들은 이야기들은 글을 쓸 때 소중한 자산이 되었다.

어느 날, 예전에 호주에서 철광석을 운반하는 일을 했다던 60대 뱃사람과 함께 경비를 서게 되었다. 전쟁 중에는 중국 대륙에서 종군했다고 한다. 항구에 도착하면 여기저기서 계집질을 했다는 자랑을 시작으로 중국에서의 체험을 이야기해주었다.

부대가 이동할 때 몇십 킬로미터를 행군했는데, 뙤약볕에 목이 말라 죽기 일보 직전이었어. 겨우 우물이나 샘에 다다라도 독이 들어있어서 마실 수가 없었지. 그러다 갈증과 피로로 행군 중에 쓰러지는 자가 나왔어. 나는 그의 입을 벌려 혀를 빼내고 내 손에 침을 뱉어 문질러 주었어. 인간이라는 생물은 굉장히 끈질겨서 아주 조금이라도 혀에 수분을 주면 비틀비틀 일어나서 다시 걸어 나가거든. 그렇게 해도 일어나지 않을 때는 이미 글렀다고 판단하고 두고 떠나갈 수밖에 없었지.

두말할 것도 없이, 독은 항일 게릴라나 주민이 뿌린 것이다. 자신들의 나라, 거리, 마을에 와서 약탈, 강간, 폭행, 방화를 저지르는 자들에게 분노와 증오가 끓어오르는 건 당연한 얘기다. 일본군이 아무리 미사여구를 늘어놓아도 자신들의 고향이 짓밟힌 쪽에서 보면 그냥 침략군일 뿐이다. 같은 처지였다면 나도 독을 투척했을 것이다. 물론 남성의 이야기를 듣고 있을 때는 반론하지 않았다. '혀를 잡아 꺼내어 침을 문지른다'라고 하는 생생한 묘사에 놀랐다. 체험자가 아니면 생각해 낼 수 없는 표현이라고 생각했다. 그리고 그렇게 동료를 잃어가는 체험이 항일 게릴라와 주민들에 대한 분노와 증오를 축적해 나갔겠다고 생각했다.

작년에 미타잡지에 '이슬'이라는 단편소설을 쓸 기회가 있었다. 그 속에 30년 정도 전에 들었던 이 이야기를 사용했다. 어느 회사였는지는 잊어버렸지만, 숙직방에서 이야기하는 남성의 모습이 문득 떠올랐다. 살아있다면 벌써 90대 중반이 되었을 것이다.

경비원을 하기 전에는 오키나와섬 북부의 운텐항이라는 항구에서 반년 동안 중매 아르바이트를 했다. 퇴근 후, 부두나 대기소에서 술을 마시기도 했다. 그때의 모습도 '이슬' 속에 그려져 있다. 그때 함께 일했던 사람들의 전쟁 체험도 다양했다. 만주에서 관동군에 소속되어 있다가, 패전 후 소련군의 포로가 되어 시베리아 수용소로 보내진 사람. 근위사단 소속이었는데 미야기라는 성 때문에 상관에게 폭행당한 것이 두고두고 억울하다면서 화를 내던 사람. 오키나와에서 현지 소집되어 오로쿠 전선에서 포로로 잡혀 하와이 수용소로 보내진 사람. 남양군도 파라오제도에서 태어나 자라 전쟁을 겪은 사람. 오키나와 사람의 전쟁 체험이라고 하면 오키나와 지상전, 특히 남부 전선의 증언을 흔히 들을 수 있지만, 남양군도나 만주, 하와이 등 다양한 전장 체험, 수용소 체험이 있다는 것을 알게 되었다. 또한 오키나와 사람들도 중국 전선에 참여하여 침략과 가해의 책임을 지고 있음을 알게 되었다.

최근 10년간 해외에서 생을 마감한 오키나와 사람들을 위한 위령제에 참가할 기회가 몇 번 있었다. 원래는 유족회에서 진행해왔으나 회원이 사망하거나 고령화로 인해 참가자가 감소한 탓에 현지 방문이 어려워졌다고 한다. 보조하는 여행사 입장에서는 비행기나 호텔을 확보하기 위해서도 참가자는 많은 편이 좋다. '전후 60년'은 그 큰 고비였을 것이다. 참가를 호소하는 기획을 신문에서 발견하고 말석을 얻어 참가하게 되었다. 그렇게 간 곳이 사이판섬, 티니언섬, 중국 헤이룽장성의 치치하얼, 하얼빈, 팔라우공화국벨라우제도의 코로르섬, 펠렐리우섬, 앙가우르섬, 필리핀의 민다나오섬, 다바오시 등이다. 모두 이민이나 개척단으로서 많은 오키나와 사람이 살고 있던 장소이다. 옥쇄의 섬으로 알려진 곳도 많지만, 일본인 전사자 대부분이 병사임에 반해, 오키나와의 대부분은 민간인이었다. 현지 소집되어 전사한 남자들뿐만 아니라 여자와 어린이, 노인들도 희생되었다. 온 가족이 절벽에서 몸을 던지거나, 수류탄이나 다이너마이트를 이용해 집단 자살한 사례도 많다.

남양군도 섬에는 오키나와 탑이 세워져 있다. 고향에서 멀리 떨어진 곳에 세워진 탑을 보고 있자니, 아, 이런 곳까지 오키나와 사람들이 건너와 생활하다가 전쟁에 휘말려 목숨을 잃었구나……, 하는 감개에 젖지 않을 수 없다. 탑에 꽃을 바치고 유족분들이 오키나와에서 가져온 흑설탕과 사타안다기, 아와모리를 올리고 검은 판향板御香에 불을 붙여 합장했다. 산신을 연주하고 류큐 민요를 부르며 육친의 넋을 위로하는 사람도 있었고, 유골 대신 조약돌이나 산호 조각을 줍는 사람도 있었다. 그런 모습을 보면서 옥쇄라는 미명하에 전멸을 강요당하고, 굶주림과 질병에 시달리고, 함포사격으로 찢겨 날아가고, 화염방사기에 타들어가며 변변한 무기도 없이 만세 돌격을 하다가 죽은 사람들의 억울함을 생각했다. 항복이나 포로가 되는 것을 허락하지 않고, 승산이 없는 전쟁을 오래 끌며 쓸데없이 전사자를 늘린 자들. 쇼와 천황을 비롯해 당시 육·해군 지휘관, 참모들은 자신들의 책임을 얼마나 엄격하게 물었을까.

지금 오키나와현沖縄県 나고시名護市 헤노코辺野古에서는 미군 해병대 기지 캠프 슈워브의 게이트 앞에서 농성 활동이 진행 중이다. 5월 들어 매립을 위한 호안 공사가 본격적으로 시작되어 바다에 석재 투하가 이루어지고 있다. 그 자재를 실은 덤프트럭과 작업 차량을 세우려고 아침부터 시민들이 농성하고 있다. 그러나 오키나와 경찰과 기동대가 시민들을 강제 배제하고, 수십 대의 차량이 줄지어 게이트로 들어간다. 농성자 중에는 70대, 80대의 전쟁 체험자도 있다. 지팡이를 들고 휠체어를 탄 채 전경에게 실려 가는 어르신들. 그 모습을 전투복을 입은 미군이 웃으며 바라보고 있다. 분노를 넘어 증오가 치민다. 그러나 그 감정을 억누르고 비폭력과 권력에 대한 불복종, 절대 포기하지 않을 거라는 다짐으로 1,000일이 훨씬 넘도록 농성을 계속하고 있다. 전쟁을 직접 겪고, 이 섬사람들에 의해 전해 내려온 전쟁 체험이 이 끈질긴 활동을 지탱하고 있는 힘이다. 카누를 타고 바다에서 항의하는 내 근저에도 그 힘이 있다. 군대는 주민을 지켜주지 않는다. 그것이 오키나와 전투의 교훈이다.

한여름의 헤노코 바다에서

오키나와 섬들은 주위가 바다로 둘러싸여 있기 때문에 한여름에도 낮 기온이 35도를 잘 넘기지 않는다. 올해는 작년보다 더위가 심해 35도에 달하는 날도 있지만, 숫자로만 본다면 오키나와보다 다른 지역의 최고 기온이 더 높다. 그래도 위도가 낮은 만큼 오키나와의 자외선 정도는 매우 강하다.

작년 여름은 오키나와섬 북부의 다카에高江 숲에서 헬리패드 건설에 반대하는 행동에 참가했다. 올여름은 나고시名護市 헤노코辺野古 바다에 카누를 타고 나가, 미 해병대의 새로운 기지 건설에 반대하고 있다. 카누에는 햇빛을 가리는 게 없기 때문에 온종일 자외선에 노출된다. 대부분 사람이 선크림을 바르거나 최대한으로 피부 노출을 줄이고 있다. 선글라스는 필수품이다. 해면에 반사되는 햇빛에 직접적으로 노출되면 눈이 상한다. 카누에서의 항의 행동은 평소 십여 정으로 이루어진다. 오전 8시 전후에 바다로 나갔다가 오후 4시쯤에 해변으로 철수한다. 점심시간에는 휴식을 취하기 위해 해변으로 돌아오는 경우가 많고, 가끔은 카누 위나 배에서 도시락을 먹기도 한다. 오전, 오후 각각 3시간씩 하루에 6시간 동안 카누를 탄다. 한 달의 반만 타도 90시간이고, 연간으로는 1,080시간이다. 그 이상 타는 사람들도 많겠지만, 연간 1,000시간 카누를 타는 사람은 경기자가 아닌 이상 그리 많지 않을 것이다. 그것도 레저가 아니라 기지 건설에 반대하기 위해서이다. 보통 노 젓는 것뿐만 아니라 플로트나 오일펜스를 넘고, 구속하려 하는 해상보안청 고무보트로부터 도망치기도 한다. 얕은 암석 지대를 통과하기도 하고, 수심 60미터가 넘는 오우라만大浦湾의 거친 파도를 헤쳐 나가기도 한다. 그런 활동을 3년 동안 하다 보면 카누 전문가가 될 수밖에 없다. 그렇다고 자만하고 방심해서는 안 된다. 바다 사고는 생사와 직결된다. 안전을 우선으로 하고, 항상 팀을 꾸려 서로 도울 수 있는 체제를 취하고 있다.

카누 옆에는 배가 반주伴走하고 있어 무슨 일이 생기면 구난할 수 있도록 하고 있다. 이따금 카누 활동에 대해 결사적으로 싸우는 것처럼 말하는 사람이 있다. 해상보안청의 탄압에 노출되거나, 플로트와 작업선에 매달리기 위해 몸을 던져 행동하는 모습이 그렇게 보이는 듯하다. 그러나 '목숨을 걸고'라는 표현은 적절하지 않다. 만약 위험을 무릅쓰다 큰 사고가 나 버리면, 그 이후의 항의 행동을 할 수 없게 된다. 또 '결사적'이라고 하는 말에 따라다니는 비장함은 실제 행동에서는 마이너스가 될 뿐이다. 바다에서 감정적인 행동을 하는 것은 위험하다. 아무리 마음가짐이 되어 있더라도 체력과 기술, 경험이 갖추어지지 않으면 카누를 이용한 항의 행동은 할 수 없다.

폭염 아래 바다에서는 몇 시간 같은 자리에 있기만 해도 온몸이 배긴다. 제일 무서운 건 열사병이다. 그래서 부지런히 수분을 보충하고 가끔은 바다에 들어가서 몸을 식히고 있다. 오후가 되면 바닷물도 미지근해지지만 그래도 햇볕을 쬐는 것보다는 낫다. 원거리를 젓는 체력뿐 아니라, 더위를 오래 견디는 체력도 필요하다. 오후 4시에 해상 행동을 끝내고, 카누와 용구를 씻어 치우고, 집으로 돌아오면 오후 6시가 된다. 귀가 후, 샤워와 빨래를 하고, 가볍게 근력 훈련을 한다. 바다에서 촬영한 사진이나 동영상을 정리해서 블로그에 올리다 보면 자정을 넘길 때가 많다. 인터넷 사이트를 보다가 새벽 1시나 2시에 잠자리에 든다. 그리고 다음 날 아침 6시쯤 일어난다. 카누 위에서 졸 수는 없어서 피곤할 때는 집에 가는 도중에 차를 세우고 선잠을 자기도 한다. 이런 생활을 하다 보면 책 읽기도 쉽지 않고 원고 쓸 시간도 없다. 어쩔 수 없이 카누를 쉬거나 기상 조건이 나빠 바다로 나갈 수 없을 때를 활용해서 쓸 시간을 확보하고 있다.

인간에게 주어진 시간은 한정되어 있으니 항의 행동에 참여하는 일을 그만둔다거나, 참여 정도를 대폭 줄여서 소설을 쓰는 데 집중해야 한다는 생각조차 하지 못하고 여기까지 왔다. 아마 이렇게 허우적거리다가 어디선가 체력이 다 떨어져 쓰러질지도 모르겠다. 현재 헤노코에서는 주로 캠프 슈워브 동쪽 해안에서 공사가 진행되고 있다. 현장은 얕은 여울이고 해저에는 듀공의 먹이가 되는 해초가 무성하다.

2014년 7월, 공사가 시작되기 전에는 먹이를 뜯은 듀공의 이빨 자국을 볼 수 있었는데, 공사가 시작되어 작업선이나 항의선, 해상보안청 고무보트가 돌아다니기 시작하면서부터는 보지 못했다. 인간이 듀공을 내쫓아버린 것이다. 내가 태어나고 자란 나키진촌今帰仁村에는 코우리지마古宇利島라는 외딴섬이 있다. 지금은 다리로 이어져 있어 관광객들이 많이 찾는 곳으로 이곳에는 듀공에 얽힌 전설이 있다. 나키진今帰仁에서는 듀공을 장이라고 부른다. 옛날에 코우리지마古宇利에 남자와 여자가 알몸으로 살고 있었다. 두 사람은 하늘에서 떨어지는 떡을 먹으며 배를 채워 왔다. 그러다 떡이 떨어지지 않으면 어쩌나 하는 두려움에 사로잡혀 떡을 모으기 시작했다. 그랬더니 진짜로 떡이 떨어지지 않았다. 두 사람은 자력으로 식량을 확보할 수밖에 없었다. 어느 날, 해안에 나온 두 사람은 두 마리의 장이 짝짓기를 하고 있는 것을 발견했다. 장을 통해 두 사람은 남녀의 교류를 알게 되었고, 이후 아이를 만들고, 인간 사회를 만들어갔다. 이런 옛날이야기를 나키진今帰仁의 아이들은 듣고 자랐다. 그래서 헤노코 문제가 터지기 전부터 듀공에게 친밀감을 가지고 있었다.

옛날에 미야코宮古·야에야마八重山을 포함해 오키나와 전역에 서식하고 있었던 듀공도 현재 오키나와 방위국의 조사에서 단 세 마리밖에 확인되지 않았다.

그 중 한 마리는 지난 2년 동안 모습을 보이지 않았다고 한다. 나머지 두 마리는 코우리지마古宇利 주변에서 목격됐다. 카누 아래로 비치는 해초를 보면, 바로 3년 전까지만 해도 밤이 되면 찾아왔던 듀공이 생각난다. 듀공이 해변에 접근하는 시간이 밤이 된 것은 인간 활동의 영향 때문이다. 예전에는 오키나와 각 섬에서 낮에 해초를 뜯고 있는 듀공의 모습을 볼 수 있었다. 그 모습을 보았기 때문에 코우리지마 전설도 생겨났을 것이다. 헤노코 신기지는 이런 해초가 무성한 해초장을 매립하여 건설된다. 해초장은 듀공, 바다거북 등의 먹이장일 뿐 아니라, 어패류의 서식지이자 산란장이다. 수심이 깊은 오우라만大浦湾 쪽은 해저의 복잡한 지형이 생물의 다양성을 만들어내 오키나와에서 가장 중요한 해역으로 보는 전문가가 많다. 그곳을 매립하여 파괴하고, 내용연수耐用年數 200년이라는 기지를 만들려고 하고 있다. 신기지에 배치되는 것은 미 해병대가 사용하는 MV22 오스프리이다.

작년 12월 13일, 오우라만에서 가까운 나고시名護市 아부安部 해안에 후텐마 기지 소속의 오스프리가 추락해 대파했다. 일본 정부와 주요 언론은 '불시착수不時着水'라는 해괴한 말로 얼버무렸지만, 현장 상황을 보면 단순한 추락이다. 나는 카누를 타고 추락한 기체 옆까지 가서 미군이 회수하는 작업을 지켜보았다. 올해 8월 5일에 오스트레일리아의 해상에서 후텐마 기지의 오스프리가 훈련 중에 추락하여 3명이 사망했다. 후텐마 기지에는 24대의 오스프리가 배치되어 있다. 그 중 두 대가 불과 8개월 사이에 추락했다. 놀라울 정도의 사고율이 아닐 수 없다. 그 오스프리가 단기간 훈련을 한다고 하는 것만으로 야마토일본에서는 난리가 난다. 정부도 이에 배려하는 태도를 보인다. 하지만 오키나와에서는 당연하다는 듯이 1년 내내 주민들의 생활 지역 상공을 날아다닌다. 그리고 후텐마 기지의 '이전移設'이라고 속이면서 새로운 기지를 헤노코에 만들어 오키나와에 미군 기지의 고정화, 영구화를 추진하고 있다. 중국이나 북한의 위협을 거론하면서 일본인의 대부분은 자신이 생활하는 지역에는 미군을 거부하고 오키나와로 떠밀며 겉으로는 미안한 표정을 짓는다. 그러나 '오키나와여 일본 본토를 위해 희생해 줘' 이것이 본심이다. 그 현상을 바꾸고자 노력하는 사람이 얼마나 있는가. 여름의 빛으로 헤노코의 바다색은 선명함을 더하고 있다. 그 바다가 나날이 파괴되어 가는 모습을 가까이서 지켜봐야 하는 것이 너무도 괴롭다.

오키나와를 '사석'으로 만드는 구조

6월 12일, 전 오키나와 지사이자 류큐대학 명예 교수였던 오다 마사히데 씨가 사망했다. 89세 생일을 맞아 가족들이 불러주는 생일 축하 노래를 들으며 여행을 떠났다고 한다. 1979년 내가 류큐대학에 입학하던 당시 오다 씨는 사회학과 교수로서 류큐대학에서 가장 이름이 알려진 사람이었다. 그 무렵 류큐대학에는 오다 씨처럼 10대에 오키나와 전투를 체험하고, 미국 유학 후 교원이 된 사람들이 오키나와의 각 연구 분야와 언론계를 리드하고 있었다. 나는 오다 씨의 수업을 들은 적도 없고, 만날 기회도 몇 번 없었지만 만날 때마다 내게 격려의 말을 들려주었다.

한번은 어느 방송국의 취재로 오다 씨와 대담을 한 적이 있다. 장소는 헤노코辺野古의 이탈리안 레스토랑이었다. 취재가 끝나고 돌아오는 길에 오다 씨는 오키나와 전투에서 가까스로 살아남았지만, 그 이후로 계속 정신병을 앓고 있는 자신의 동급생 이야기를 꺼냈다. 전쟁으로 인생이 파괴당한 학우들에 대한 마음이 아픔과 함께 전해졌고, 그 말과 표정이 아직도 뇌리에 남아 있다. 오키나와 전투 중에서도 격렬한 전투로 알려진 슈거로프 공방전을 겪고 정신에 이상이 생긴 미군이 속출했다. 성인이었던 정규병들도 그랬는데, 10대 소년병이나 더 어린아이들이 오키나와 전투 중에 얼마나 마음의 상처를 입었을까. 끝나지 않은 전쟁에 시달리며 72년을 살아온 사람들이 지금도 오키나와뿐만 아니라 전국 각지에 있다.

6월 23일, 오키나와 전투 위령일이 지나고, 7월에 들어서 오키나와는 연일 폭염이 계속되고 있다. 나는 매일 헤노코로 나가, 카누를 타고 해상에서 호안 공사에 항의하거나 게이트 앞 농성 행동에 참여하고 있다. 해상에는 햇빛을 가리는 것이 없다. 오키나와 햇살은 굉장히 강렬하지만, 그럼에도 카누팀은 바닷물로 몸을 식힐 수 있다. 오히려 게이트 앞에서 농성하는 사람들은 햇빛뿐만 아니라 배기가스와 아스팔트 복사열 때문에 더욱 힘들 것이다. 그렇지 않아도 가혹한 조건인데, 오키나와 경찰과 기동대에 의한 강제 배제가 1일 3회는 이루어진다. 부상과 피로가 몸과 마음을 병들게 한다. 헤노코 신기지 건설에 반대하는 항의·저지 행동이 4년째에 접어들었다. 해상기지 건설 후보지로서 나고시名護市 헤노코가 거론된 지 20년이 되었다. 오키나와에 기지를 밀어붙이고 태연한 야마톤츄일본인의 차별과 무관심이 오키나와의 고통의 근원이다. 일본 전체의 이익을 위해서 오키나와는 희생해도 괜찮다. 오키나와를 '사석'으로 만드는 구조는 오키나와 전투 때나 지금이나 그대로이다. 이에 분노하고, 고발하고, 극복하고자, 학자로서, 정치가로서 계속 노력한 사람이 바로 오다 씨였을 것이다. 숨지기 직전까지 오다 씨는 헤노코 신기지 건설에 대해 생각하고 있었을 것이다. 명복을 빌며 헤노코 신기지 저지에 힘쓰고 싶다.

오키나와 현대사를 구현한 오다 마사히데 씨를 애도하며

1979년 4월 류큐대학에 입학했을 때, 교원 중 이름을 아는 몇 안 되는 사람 중 한 명이 오다 마사히데 씨였다. 당시 오다 씨는 류큐대 법문학부 사회학과 교수로 연구 활동뿐만 아니라 신문이나 잡지에도 자주 투고했기 때문에 시골 고등학생이었던 나도 그 이름을 알 정도였다. 나는 국문학이 전공이었기 때문에 오다 씨의 수업을 들은 적은 없지만, 그 무렵 오다 씨의 주요 저작이었던 『오키나와의 민중 의식』은 구입해서 읽었다. 류큐대 학생이라면 이 책은 읽어야 한다는 분위기가 있었다.

오다 씨 세대는 10대 후반에 오키나와 전투를 체험했다. 학도대 등에서 극한 상황을 이겨내고, 전후戰後에 미국 유학을 거쳐 오키나와의 정치, 경제, 학술 등 각 분야의 리더가 된 사람이 많다. 오다 씨도 미국의 공문서관을 중심으로 오키나와에 관한 자료의 발굴 및 수집에 힘쓰고, 오키나와 전투와 저널리즘, 미국의 오키나와 통치에 대해 일선에서 연구해 왔다. 오다 씨가 수집한 오키나와 전투에 관한 미군 측의 사진 자료는 일반 독자를 위한 사진집으로도 출판되어 시민들에게도 많이 읽혔다. 오키나와 전투를 체험한 사람이라 하더라도 개개인은 한정된 국면밖에 알지 못한다. 오다 씨가 편집해 해설을 덧붙인 사진집을 통해 오키나와 전투의 전체상을 파악한 사람이 많을 것이다. 오키나와 전투에 대한 이해를 넓혔다는 점에 있어서 오다 씨는 대학의 교수, 연구자라는 것 이상의 영향력과 지명도를 오키나와에서 가지고 있었다.

그렇기 때문에 1990년 11월 오키나와 지사 선거에서 혁신공투 후보자로서 오다 씨가 선출된 것은 당연한 일이었다. 당시 보수진영에서는 니시메 쥰지 씨가 4선을 목표로 하고 있었다. 젊은 시절에는 오키나와 사회대중당의 정치가였으며, 후에 자민당으로 옮겨 다나카파에 속해 있던 니시메 씨는, 야라 쵸보 씨, 다이라 고우이치 씨와 2대째 이어진 초신현정을 무너뜨리고, 1980년대의 오키나와 정치 흐름을 보수 주도로 바꾸고 있었다. 니시메 씨를 쓰러뜨릴 수 있는 것은 오다 씨밖에 없다. 그런 기대감에 떠밀려 입후보한 오다 씨가 당선되었다. 오다 씨는 오키나와 전투에서 학도 동원되어 많은 학우를 잃었다. 자신의 체험을 바탕으로 오키나와 전투 연구를 이어가 그 실태를 시민들에게 알려왔다. 학자로서의 그 업적을 이번에는 정치인으로서 평화 행정에 살리는 것. 이는 오다 씨를 밀었던 사람뿐만 아니라 오키나와 현민 다수가 바랐던 일이다.

오다 씨가 지사로 있던 2기 8년 동안 그것은 평화의 초석과 오키나와 평화 기원 자료관으로 결실을 보았다. 평화의 초석은 오키나와 전투에서 희생된 오키나와 사람들뿐만 아니라 일본군, 미군, 조선과 대만 등 아시아 각국의 사람들을 포함한 모든 전사자를 각명刻銘한다 해서 화제가 되었다. 지상전이 벌어진 오키나와 전투는 인명 희생뿐 아니라 호적을 비롯한 행정 문서, 문화재, 역사 자료 등의 소실도 가져왔다. 오키나와 전투의 전사자 수는 아직도 분명히 밝혀지지 않았고, 각명을 위해 현 내 모든 시읍면에서의 조사가 진행되었다. 그럼에도 성명이 확실치 않아 생존자의 증언을 기초로 '○○○의 장남', '○○○의 둘째 딸'이라고 기록된 것도 있다.

또 주민 학살을 자행한 일본군과 희생된 주민의 이름을 어떻게 똑같이 각명하는가. 히틀러와 안네 프랑크의 이름을 동일하게 취급하는 것 아니냐는 의문과 비판도 있었다. 한반도에서 강제로 끌려온 '위안부'와 노동자들을 일본군과 동렬에 놓고 각명해도 되는가. 애당초 그러한 자들이 얼마나 있었는지도 밝혀내지 못했다. 이러한 문제가 제기되었지만 당시 충분히 논의되지 않았다. 앞으로도 잊어서는 안 될 문제로서 계속해서 되물어야 할 것이다. '모든 전사자를 평등하게 대우했다'라고 하는 것이 미담으로만 치부되면 개개인이 어떻게 죽어 갔는지에 대한 구체성과 개별성이 애매해져 일본을 지키기 위해 희생된 '영령'으로서 일률적으로 다루어질 수도 있다. 그 위험성을 염두에 두어야 한다.

1998년 11월 자민당·공명당이 밀었던 이나미네 게이치 씨가 오다 씨의 3선을 막고 지사에 당선되었다. 그 이나미네 지사 밑에서 오키나와 평화 기원 자료관의 전시 문제가 발생했다. 총검을 들이대고 주민들을 동굴에서 쫓아내려고 하는 일본군 인형의 총을 빼거나, 방향을 바꿔 거꾸로 지키고 있는 것처럼 조작되었다. 자료의 설명문도 전시 내용을 심의하는 감수위원의 양해도 없이 현에 의해 조작될 뻔했다. 현민의 거센 반발로 인해 전시 내용을 원래대로 되돌렸지만 불완전했다. 일본 정부의 전폭적인 지원을 받아 당선된 지사라고는 하지만, 오키나와의 행정 수장이 그런 책동을 펼쳤단 사실을 결코 가볍게 넘겨선 안 된다. '위안부'나 난징대학살, 오키나와 전투에서의 일본군 주민 학살, 강제 집단사 등 일본군에게 불리한 사실을 은폐하려는 역사 수정주의의 움직임에 오키나와 내에서도 동조하는 움직임이 있는 것이다.

이나미네 현정 아래, 오다 씨가 당초 평화의 초석, 오키나와 평화 기원 자료관과 함께 3개의 기둥으로서 구상했던 오키나와 국제 평화 연구소의 건설이 무산되었다. 평화의 초석에서 오키나와 전투 희생자를 애도하고, 평화 분석 자료관에서 오키나와 전투에 대한 역사를 배운다. 그와 동시에 오키나와 국제 평화연구소에서 자료를 수집하고 연구를 진행한다. 그 3개를 연결함으로써 오키나와를 전쟁과 평화의 거점으로 삼는다. 오다 씨의 구상은 전쟁 체험자이자 학자였던 자기 경험과 실적에서 뒷받침된 것이었다. 그 구상이 실현되지 못해 오다 씨도 원통했을 것이다. 현縣 지사, 참의원 의원으로서의 임기를 끝낸 후, 오다 씨는 사설 오키나와 국제 평화 연구소를 설립하여 자료의 전시 및 소개를 계속해 나갔다. 행정이 움직이지 않는다면 내가 하겠다. 오키나와 전투의 연구뿐만 아니라, 기지 문제의 해결을 위해서도 연구 시설이 필요하다는 오다 씨의 강한 의지가 나타나 있다.

1995년 9월 4일, 오키나와섬 북부에서 3명의 미군에 의한 강간 사건이 발생했다. 당시 나는 중부에 있는 코자 고등학교에서 근무하고 있었다. 사건은 충격적이었다. 10월 21일에 열린 현민 대회에는 미야코宮古·야에야마八重山의 회장會場을 포함해 8만 5,000명이 모였다. 당일 꼬리에 꼬리를 무는 사람들의 행렬에 압도당하는 줄 알았다. 학창 시절부터 수없이 반전反戰·반기지 집회나 시위에 참가했지만, 모여드는 사람들의 기세, 진지함, 분노와 결의는 이전과 차원이 달랐다. 그 자리에서 발언하는 오다 씨의 모습은 TV 영상으로도 반복되어 방송되었다. 군용지 계약을 둘러싼 대리 서명 거부와 국가와의 재판, 미군기지 반환을 위한 행동과 프로그램 등 지사로서 미군기지 반환을 위한 추구를 오다 씨는 적극적으로 진행해 왔다. 그러나 오키나와의 미군기지 부담 집중이라는 현실을 바꾸지 않으려는 일본 정부 앞에 오다 씨는 좌절을 겪었다.

1996년 9월 8일, 오키나와에 주둔해 있는 미군 기지의 정리 축소 및 미·일 지위 협정의 재검토 시비를 묻는 현민 투표가 실시되었다. 오다 씨의 최대 실패는 그 현민 투표 직후에 결과를 짓밟는 형태로 미군 용지 강제 수용 수속의 공고·종람을 실시한 것이다. 현민 투표에서는 현 내 유권자의 59.53%가 투표하여 그중 89.09%가 정리 축소 및 재검토에 찬성했다. 전국에서도 유례없는 첫 주민투표였으며, 대책의 중심이 된 연합 오키나와를 비롯하여 많은 현민이 준비 및 실시를 도우며 투표를 지지했다. 그런데 투표 이틀 후인 10일에 오다 씨는 하시모토 류타로 수상과의 회담에서 오키나와 정책협의회를 신설하고 오키나와 진흥책에 50억 엔의 특별 조정비를 부과하는 등의 제안을 받았다. 그리고 닷새 후인 13일 현청에서 기자회견을 열어 그동안 거부했던 미군 용지 강제 사용 절차를 공고·종람을 받아들이겠다고 밝혔다. 반전지주反戰地主를 비롯한 현민의 실망과 반발은 컸다. 현민 투표 결과를 스스로 부정하는 듯한 오다 씨의 행위에 분노의 목소리가 높아졌다.

진흥책(비)과 맞바꾸어 현민에게 기지 수용을 강요하는 일본 정부의 '채찍과 당근' 수법은 이후 상시화되어 그 규모가 점점 확대되고 있다. 오다 씨가 그 나쁜 선례를 만들었다. 오다 씨는 당초 군용지 강제 사용 절차 대리 서명 재판에서 대법원의 판단에 유리한 영향을 줄 증거로서 현민 투표를 생각했던 것 같다. 그러나 그 의도를 간파한 것처럼 대법원은 현민 투표에 앞서 8월 28일에 오다 지사의 상고를 각하하고 현의 패소를 확정 지었다. 이로 인해 오다 씨는 현민 투표의 의의를 잃었다. 내겐 그렇게 보였다. 당시 현민 투표에 맞추어 고교생들도 독자적인 투표를 실시하고 있었다. 현 내의 모든 고등학교가 자주적으로 대처했고, 코자 고등학교에서도 진행되었다. 그 후 오다 지사와 고교생 대표와의 면담이 이루어졌다. 지사의 공고 종람 수용을 비판하는 고교생들에게 오다 씨는 공부나 더 하라며 감정적으로 대응했다고 한다. 참여한 제자도 오다 씨에게 반발했다.

현민 투표 이후, 오다 씨는 지지자의 불신감을 불식하지 못한 채, '현 내 이전'을 진행하려고 하는 정부에게 애매한 대응으로 유지했다. 그로 인해 오다 씨는 스스로 3선으로 가는 길을 어렵게 만들었다. 하시모토 수상과의 관계를 돈독히 하는 한편, 오다 씨는 자신을 지지하는 현민의 생각을 파악하지 못했다. 이후 후텐마 기지 문제의 전개를 생각했을 때 당시 오다 씨의 대응은 유감이다. 그로부터 벌써 20년 이상의 시간이 흘렀다. 지난 4월 이후 헤노코辺野古 바다 오우라만大浦湾에서는 해저에 석재와 소파 콘크리트 블록이 투하되어 호안 공사와 가설 도로 공사가 진행되고 있다.

2014년 여름, 헤노코 신기지 건설 공사가 시작된 후, 카누를 타고 해상에서의 항의 행동에 참가해 왔지만, 결국 매립 공사가 시작되었다. 바다가 파괴되어 가는 모습을 바라볼 수밖에 없는 상황이 되었다. 지난 3년간의 헤노코 상황을 오다 씨도 신문과 TV 보도로 매일매일 쫓고 있었을 것이다. 오키나와 주민이 아무리 반대해도 그 민의를 짓밟고 공사를 강행하는 아베 정권에 분노했을 것이다. 자신의 지사 시절을 떠올리며 그 분함을 되새겼을 것이다. 오다 씨의 부고를 접하고 학창 시절부터 지금까지 보아 온 오다 씨의 여러 모습을 떠올렸다. 그의 인생은 오키나와 현대사 그 자체이다. 오다 씨가 남긴 저작을 통해 오키나와 전투에 대해 깊이 배우고, 헤노코 신기지 건설 저지 투쟁에 힘쓰고 싶다.

정치 탄압 재판을 승리로 이끌어 야마시로 히로지 씨를 현장으로 복귀시키자!

2011년 1월, 히가시촌東村 다카에高江 N1지구 헬리패드 건설을 향한 항의 행동에 참가했었다. 마대자루에 담긴 자갈을 덤프트럭에 실어 현장으로 옮겼고, 현장에 도착한 마대자루를 인부들이 직접 숲으로 운반했다. 이를 저지하기 위해 시민 그룹은 국도를 따라 현수막과 그물을 치고, 마른 나무를 쌓아 작업원들이 숲으로 들어가지 못하게 했다. 그리고 마대자루를 나르는 작업원들을 향해 항의하는 등 공사를 멈추기 위해 안간힘을 썼다. 그 저지·항의 행동을 리드하고 있던 것이 야마시로 히로지 씨였다. 이후 N4 헬리패드 건설 공사와 후텐마 기지에의 MV22 오스프리 배치, 헤노코辺野古 신기지 건설 공사 등 오키나와의 기지 강화에 반대하는 모든 현장에서 야마시로 씨는 적극적으로 행동하고 있었다.

이러한 현장을 지켜본 사람이라면, 일본 정부·오키나와 방위국이 야마시로 씨를 왜 탄압하고 있는지 이해할 수 있을 것이다. 그들이 야마시로 씨를 두려워하는 이유는 새로운 기지 건설을 저지하기 위해 공사 현장에서 적극적으로 행동해 왔기 때문이다. 공사를 멈추기 위해서는 다양한 방법과 노력이 필요한 것은 사실이다. 그러나 그동안의 행동은 '선거 승리'를 문제 해결의 목표로 삼았으며, 현장 항의 행동은 이를 위한 수단으로 취급되어 형식적인 면에서 그치는 경향이 있었다. 항의 집회를 열어 의원들과 각 단체의 인사를 듣고 항의 구호를 외치며 끝이 난다. 시위는 해도 항의 의사만 드러낼 뿐, 현장에서 실력 저지 행동을 취하지 않는다. 이에 대해 아쉬움과 답답함을 느낀 시민이 많았을 것이다. 오키나와에는 기센바루 투쟁과 온나촌恩納村의 도시형 전투 훈련 시설 반대 투쟁, 모토부本部町 P3C 기지 저지 투쟁 등 민중의 손으로 훈련이나 기지 건설을 막아 온 역사가 있다. 그 전통을 다카에와 헤노코에서 되살려 현장에 모인 시민들을 격려하고, 자신들의 손으로 공사를 멈추겠다는 뜻을 환기한 것이 야마시로 씨였다.

무엇보다 야마시로 씨가 전 일본 자치 단체 노동조합과 평화 운동 센터라는 큰 조직을 움직이는 힘을 갖고 있다는 것이 일본 정부에게는 큰 위협이었을 것이다. 다카에의 헬리패드 건설은 전국에서 파견된 기동대의 폭력에 의해 강행되고 말았다. 그러나 그보다 훨씬 대규모인 헤노코 신기지 건설 공사는 아직 초기 단계이다. 야마시로 씨를 중심으로 게이트 앞에서 저지 행동이 전개되면 공사를 막을 수 있을지도 모른다. 그 때문에 야마시로 씨를 현장에서 배제하는 것이 일본 정부로서는 큰 과제였을 것이다. 이를 달성하기 위해 야마시로 씨를 저격하고 체포할 기회를 노렸음을 쉽게 짐작할 수 있다. 미죄 체포를 거듭하여 장기 구류하는 방식은 완벽한 정치 탄압이다. 야마시로 씨가 아닌 보통 사람이라면 이렇게까지 하지는 않았을 것이다. 현장에서 중요한 역할을 하는 리더를 현장에 못 나오게 하는 것만으로도 정부는 목적을 달성한 것이다.

우리는 이런 정부의 노림수를 용납해서는 안 되며, 재판에서 승리해서 하루빨리 야마시로 씨를 현장으로 복귀시켜야 한다. 동시에 게이트 앞과 해상에서의 저지·항의 행동도 더욱 강화되어야 한다. 연일 공사용 게이트에서 백 수십 대의 트럭과 트레일러 차량이 석재와 공사용 자재를 반입하고 있다. 운반되어 온 석재는 해변과 바다에 투하되고, 가설 도로와 호안 공사가 진행되고 있다. 가설이라고 해도 석재가 투하된 시점에서 파괴는 진행되고, 그곳에 살고 있던 생물은 죽는다. 바다나 연안에 만들어진 구조물은 조수의 흐름을 바꾸어 주변의 모래사장이나 해저에 영향을 준다. 우치난츄오키나와인라면 공사 후에 모래사장이 사라져 바위만이 휑하니 드러나 있는 곳을 본 적이 있을 것이다. 현재 헤노코의 얕은 여울 쪽 매립 공사를 진행하기 위해 여러 곳에서 호안 공사를 위한 가설 도로가 만들어지고 있다. 나는 카누를 타고 연일 그 상황을 가까이서 지켜 보고 있다. 바다거북이 산란하러 오는 자연의 모래사장이 파괴되고 있구나. '그래도 매립은 아직이니까 괜찮아……,' 라고 생각하면 안 된다. 가설 도로가 만들어지는 것만으로도 귀중한 해안선이 사라져 버린다.

올해 들어 게이트 앞에 모이는 시민의 수가 줄어들고 있다. 대행동일이 있는 수요일도 모이는 정도가 좋지 않아 자재 반입이 허용되고 있다. 예전처럼 많은 시민이 거리로 나와 트럭을 멈추는 일도 없어졌다. 기동대에게 몇 번이고 잡혀가면서도 집회를 위해 모인 시민들이 끈질기게 농성을 벌이고 있지만, 이대로 서서히 정부에 밀려나는 것이 아닌가 하는 위기감이 든다. 정부·오키나와 방위국은 내년의 나고 시장 선거, 현 지사 선거보다 앞서 헤노코 쪽 얕은 여울에서 눈에 보이는 형태로 매립을 위한 호안 공사를 진행하려 하고 있다. 게이트 앞의 농성 행동을 다시 북돋지 않으면 공사는 착실히 진행되고 만다. 오우라만大浦湾 쪽의 공사현황처럼 이쪽도 머지않아 벽에 부딪힐 것이라는 희망 회로를 돌리며 정신적 회피를 하고자 한다면, 게이트 앞에 사람이 모일 리가 없다. 냉엄한 현실을 직시하고 지금의 한계를 돌파해야 한다.

청년과 정치

신기지 항의, 폭넓은 세대로

지난 9월 14일부터 17일까지 대한민국 광주광역시에서 열린 〈세계 인권 도시 포럼 2017〉에 참석했다. 16일 광주 김대중 컨벤션센터에서 개최된 '국가 폭력과 인권'을 주제로 한 토론회에서 헤노코 신기지 건설 문제에 대해 논의했다. 한국에 가는 것은 처음이었지만, 초대해 준 분들의 융숭한 대접을 받아 뜻깊게 보낼 수 있었다. 처음 광주광역시에 방문할 당시, 그 땅을 안이하게 밟아도 되는가 하는 생각도 들었다. 1980년 5월, 당시 전두환 군사독재정권에 맞서 광주시 시민들이 민주화를 요구하며 들고 일어났다. 한때는 시를 해방구로 삼았지만, 마지막에는 계엄군에 의해 많은 시민이 학살당했다. 그 당시 나는 대학교 2학년이었다. TV나 신문 보도를 통해 동 세대 젊은이들이 필사적으로 싸우는 모습, 계엄군의 폭력에 노출되고 밧줄에 묶여 끌려가는 모습을 안타깝게 지켜보았다. 그해 슈리 캠퍼스에서 열린 류대제琉大祭의 마지막 행사에서 학생자치회 주최로 광주 운동이 기록된 필름이 상영되었던 것을 기억하고 있다. 심포지엄에 앞서 15일에 5·18 광주 민주화 운동으로 희생된 시민들이 묻힌 국립 5·18 민주 묘지를 방문했다. 꼭 한번 찾아가 보고 싶었던 그곳에서 37년 전 일을 떠올렸다. 그리고 무장 시민이 마지막으로 농성했던 옛 전남청사로 발을 옮겼다. 16일 심포지엄에서는 헤노코 신기지 건설 문제뿐만 아니라 한국의 촛불시위와 홍콩의 우산 혁명에 대한 발표도 진행되었다. 모두 대학생이나 고교생 등 젊은 세대가 큰 역할을 한 운동이다. 참가자 중에서도 젊은이들의 모습이 눈에 띄었다.

다시 오키나와로 돌아와 보면, 헤노코 바다의 모래사장을 파괴하고 호안 공사를 위한 가설 도로가 건설되고 있다. 캠프 슈워브 게이트 앞에는 자재를 실은 대형 덤프트럭과 트레일러 차량들이 줄지어 들어간다. 그럴 때마다 농성 중이던 시민들이 전경들에 의해 물리적으로 배제된다. 이들 중 상당수는 60대 이상이다. 한국이나 홍콩에 비하면 젊은 세대들의 참여가 터무니없이 적다. 시민운동뿐만 아니라 젊은 세대들의 정치에 대한 무관심이 문제 된 것은 어제오늘 일이 아니다. 1970년대 후반부터 '시라케 세대', '3무주의', '4무주의'로 불리며 젊은 세대들의 정치에 대한 무관심이 거론되었다. 이는 80년대의 버블경제 시대에 정점에 이르렀을지도 모른다.

90년대 후반부터 사회 양극화가 진행되면서 젊은 세대의 가난이 문제가 되었다. 그리고 2011년 동일본대지진이 발생했다. 후쿠시마 제1 원전에서 사고가 일어났고, 시위와 집회가 빈번하게 이루어졌다. 나아가서는 안보법제가 통과되어 좋든 싫든 정치에 관심을 가져야 할 만큼 오늘날의 젊은 세대들은 어려운 상황에 놓여있다. 그렇다고 해도 젊은 세대들이 헤노코 시위 현장을 찾기는 쉽지 않을 것이다. 주말이나 저녁 이후에 이루어지는 집회라면 모를까, 헤노코의 항의 행동은 평일 오전 8시부터 오후 5시 사이에 진행된다. 신기지 건설공사에 대한 항의이기 때문에 공사가 진행되고 있는 시간대에 행동하지 않으면 안 된다. 학교나 회사와 시간대가 겹치기 때문에 참여하고 싶어도 하지 못하는 사람이 많을 것이다. 현장에서의 행동은 아무래도 60대 이상의 연금 생활자, 아르바이트나 자영업으로 시간을 변동할 수 있는 사람이 주가 될 수밖에 없다. 헤노코 참가자들에게 일당이 나온다는 유언비어를 퍼뜨리는 사람들도 있지만, 참가해 보면 알 수 있을 것이다. 다들 얼마나 힘들게 참여하고 있는지. 60~70대 참가자 중에는 오키나와의 기지 부담을 젊은 세대, 자손 세대에게 물려주고 싶지 않다. 후세에 대한 책임으로서 자신들의 세대에서 이 문제를 매듭짓고 싶다고 생각하는 사람이 많을 것이다.

22일에 치러진 중의원 선거에서는 후텐마 기지가 있는 2구와 헤노코辺野古가 있는 3구를 비롯해 3개의 선거구에서 헤노코 신기지 건설에 반대하는 후보가 당선되었다. 오키나와 현민의 반대를 향한 강한 의지를 볼 수 있었다. 그러나 전국적으로 압승한 아베 정권이 오키나와 사람들을 상대로 어떤 행동을 할지는 쉽게 예상할 수 있다. 10월 중에도 N5 호안이나 K1 호안의 착공을 밝혔고, 나고 시장 선거 전까지 어느 정도 공사를 진행하기 위해서 우세한 공습을 해올 것이다. 그것을 막기 위해서는 한 사람이라도 더 많은 사람이 게이트 앞 농성이나 해상 행동에 참여하여 항의의 뜻을 행동으로 나타내는 것이 중요하다. 정치 참여는 선거만이 아니다. 한국이나 홍콩까지는 아니더라도 젊은이를 포함한 폭넓은 세대가 오키나와의 장래를 내다보고 시간을 내서 항의 행동에 동참해주었으면 한다.

2018년

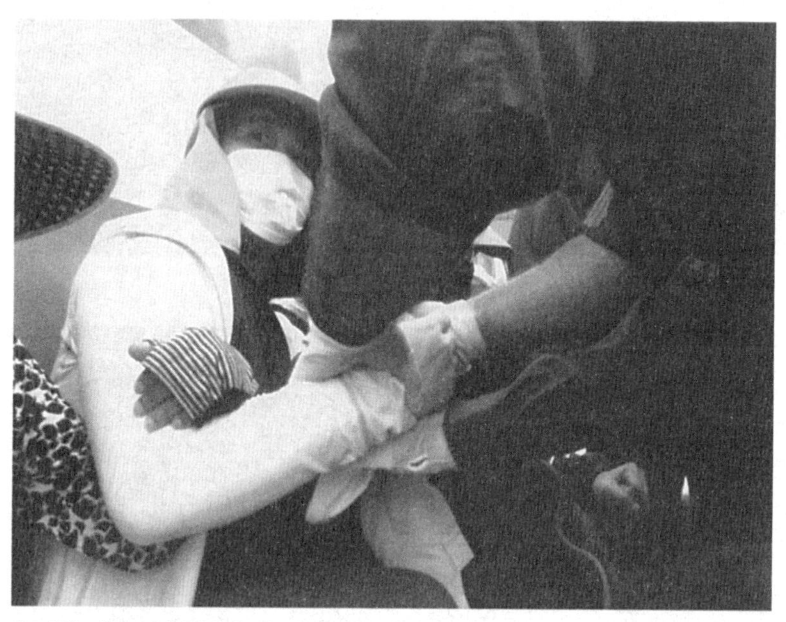
캠프 슈워브 게이트 앞에서 농성하는 여성의 팔을 잡고 달려드는 오키나와 경찰관(2018.6.13).

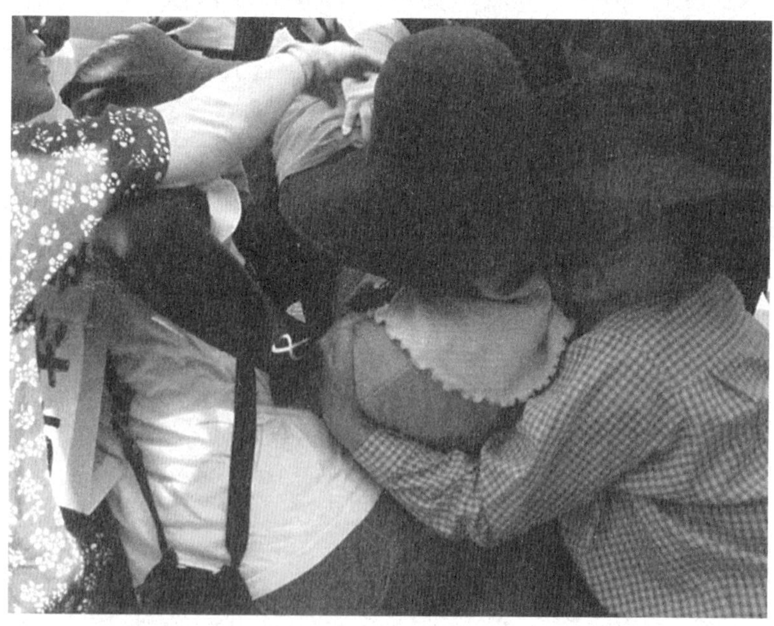
캠프 슈워브 게이트 앞에서의 농성을 강제 배제하는 기동대와 이에 맞서 저항하는 시민(2017.7.3).

빈발하는 미군기 사고에 커져가는 불안

2013년 여름, 오키나와현 히가시촌東村 다카에高江에서 진행되고 있는 헬리패드 건설에 반대하기 위해 미군 북부 훈련장 메인게이트 앞에서 공사 차량의 감시 및 저지 행동을 하고 있었다. 북부 훈련장에서는 해병대 군인들의 숲속 훈련뿐만 아니라, MV22 오스프리 및 각종 헬기의 상공 비행 훈련도 이루어진다. 어느 날, 가데나 기지 소속인 HH60 구난 헬기 두 대가 상공에서 훈련을 시작했다. 골짜기를 따라 두 대가 추격 놀이를 하듯 빠른 속도로 사행 운전을 하거나, 날아오르듯이 상공을 비행하는 등 곡예비행을 방불케 하는 훈련을 펼쳤다. 적의 공격에 대비하고, 침입 및 구난 훈련을 하는 것인가 하며 지켜봤다.

며칠 뒤, 그 HH60 헬기가 캠프 한센에서 훈련하던 중 기노자촌宜野座村 산중에 추락했다. TV 뉴스 영상을 보면서 다카에에서 본 훈련 모습을 떠올렸다. 민간기라면 안전을 최우선으로 하며 비행하겠지만, 전장이라 가정하는 군용기는 위험을 무릅쓰고 아슬아슬하게 비행한다. 조종사의 기량을 증가시키고, 숙련도를 유지하기 위해서 일상적으로 그렇게 훈련을 하는 것이 당연한 일일 것이다. 그러나 광대한 미국 본국이라면 모를까, 좁은 오키나와에서 이러한 훈련을 한다면 주민이 연루된 사고가 언제 일어나도 이상하지 않다. 실제로 오키나와에서는 과거 여러 차례 미군기 추락과 부품 낙하, 낙하산 강하 훈련 등으로 인한 사고가 발생했다.

그중에서도 가장 많은 희생자를 낸 것은 바로 1959년 6월 30일 이시카와시石川市, 현 우루마시에서 발생한 관삼초등학교 제트전투기 추락사고이다. 점심시간이

었던 초등학교에 제트전투기가 격돌한 이 사고에서는 어린이 11명을 포함한 17명이 숨졌고, 중경상자는 210명에 달했다. 몸 전체의 50%에 달하는 화상을 입은 아이들도 있었고, 17년이 지나서 사고 후유증으로 숨진 사람도 있었다. 나카야 고키치 유고집 『이름이여, 일어서 걸어라名前よ立って歩け』삼일책방에 '조카의 죽음'이라는 구절이 있다. 나카야의 『모토코』라는 소설을 인용한 것으로, 사고로 초등학생을 잃은 실제 경험에 근거한 이야기이다. 다음은 주인공이 조카의 시신에 직면하는 장면이다.

1959년 6월 고향인 이시카와石川에 Z기가 추락했다. 추락한 곳은 초등학교였다. 이 사건이 그를 휴학으로 이끄는 동기가 되었다. 자신의 목숨만이 중요했던 미군 비행사는 고장 난 Z기를 공중에 버려둔 채 낙하산을 타고 도망쳤다. 사람이 빠져나간 비행기는 키잡이를 잃고 하늘을 난무하다 초등학교로 돌격했다.30쪽

커튼을 통과하자 타는 냄새가 그의 앞을 가로막았다. 교실 안은 죽음의 공기로 가득 차 있었다. 휘휘한 죽음의 정적이 주위를 감싸고 있었다. 그런 가운데 그는 죽은 사람과 대면했다. 온몸에 소름이 돋는 것이 느껴졌다. 그는 헉하고 숨을 들이켰다. 피가 머리로 역류하는 듯 현기증이 났다. 발이 없어, 없어. 발이 사라지고 없어. 손은, 손은, 손도 없어. 손목 끝이 사라졌어. 남자일까, 아니, 여자야. 아, 성기가 없어. 아무것도 아니야. 아, 눈, 눈 속은 그을린 모래가 가득 차 있어. 짓무른 코, 짓무른 코. 거기도 모래가 가득이야. 장기는, 장기는 괜찮을까. 아, 없어, 없어, 안이 텅 비었어. 아아, (와키치는 신음했다.) '이것은 인간인가. 이 인간에게는 인간이라는 확증이 아무것도 없다. 아아. 이것이 인간이라고 말할 수 있을까.' 이렇게도 무서운 인간의 형상을 그는 죽을 때까지 잊을 수 없을 거라고 생각했다.32쪽

1968년 11월 19일에는 베트남 폭격을 위해 가데나 기지에서 출격하려던 B52 폭격기가 이륙에 실패하여 폭발하는 사고가 발생했다. 활주로 연장선상에는 당시 핵폭탄을 저장하고 있던 탄약고가 있었다. '만약 그곳에 추락하기라도 했었다면……,' 하는 공포가 오키나와를 중심으로 확산하여 B52 철거 운동이 크게 일어났다. 이후에도 미군기 추락사고는 계속됐다. 2004년 8월 13일에는 기노완시宜野湾市의 오키나와 국제대학교에 인접해 있는 후텐마 기지 소속 CH53D 대형 수송 헬기가 추락했다. 주민 사상자가 발생하지 않은 것이 기적이라고 말하지만, 건물과 충돌한 헬기가 검은 연기를 내뿜으며 화염에 휩싸이는 모습은 기지를 생활권에 두고 사는 오키나와 사람들이 언제 사건·사고에 휘말려 희생될지 모른다는 현실을 보여주었다.

최근에도 오키나와에서는 미군기 추락이나 불시착, 부품 낙하 등의 사고가 빈발하고 있다. 2016년 12월 13일 나고시名護市 아부安部 해안에 후텐마 기지 소속 MV22 오스프리가 추락하여 산산조각이 났다. 2017년 10월 11일에는 후텐마 기지 소속 CH53E 헬기가 히가시촌東村 다카에高江에 불시착하며 불에 타올랐다. 이뿐만이 아니다. 12월 7일에는 기노완시의 미도리가오카 보육원 지붕에 같은 CH53E 헬기의 부품이 낙하. 그로부터 6일 후에도 후텐마 제2초등학교 운동장에 또 CH53E 헬기의 부품이 낙하했다. 하마터면 어린이 희생자가 나올 뻔했다. 미군 헬기의 불시착도 잇따르고 있다. 올해 1월 6일에 우루마시うるま市·이케이섬伊計島 모래사장에 미 해병대의 UH1Y 헬기가 불시착. 2일 후인 8일에는 요미탄촌読谷村의 폐기물 처리장에 미 해병대의 AH1 공격헬기가 불시착. 23일에는 도나키촌渡名喜村의 헬리포트에 같은 형식의 헬기가 불시착했다. 게다가 2월 9일에는 이케이섬 해안에서 MV22 오스프리의 엔진 커버가 발견됐다. 미군은 전날 부품 낙하 사고를 일으켰으면서도 일본 측에 보고하지 않았다. 커버가 바다로

떠내려가 발견되지 않았다면 사고가 은폐되었을 가능성도 있다. 이렇게 오키나와현 내에서 발생한 사고를 열거해 보면, 그 빈도의 정도에 놀랄 것이다. 이대로라면 머지않아 대참사가 발생할 것이라는 위기감이 오키나와 내에서 확산하고 있다.

작년 연말 12월 29일, 기노완宜野湾 시청 앞 광장에서 '미군기지 피해로부터 어린이들을 보호하고 안전한 교육환경을 요구하는 시민집회'가 열렸다. 유치원, 초등학교 등의 교육 시설에 미군 헬기의 부품 낙하가 잇따르자 강한 위기감을 느끼고 약 600명집회 실행위원회 발표의 시민이 참가했다. 특히 미도리가오카 유치원 원장과 보호자가 흐느끼며 미군기가 유치원 위를 날지 않게 해달라고 호소하는 모습에 가슴이 메었다. 안심하며 아이들을 밖에서 놀게 할 수도 없다. 이런 비정상적인 상황에 대해서 어머니들을 중심으로 서명운동도 이뤄지고 있다. 이에 대한 인터넷 우익과 그들을 동조하는 사람들의 괴롭힘이 시작됐다. '부품 낙하는 좌익에 의한 자작극이다'라는 루머를 인터넷에 확산시키고, 유치원이나 초등학교에 전화를 걸고, 메일을 보내며 비방 공격을 했다. 불안에 휩싸여 고통받는 피해자들에게 침묵을 강요하는 매우 악질적인 공격이다. '오키나와 혐오hate'라는 말이 생겨났고, 미군 기지에 반대하는 것은 북한이나 중국에 이로운 행위이며, 반일 매국노라고 하는 말도 안 되는 말들이 나돌고 있다.

오키나와에 미군기지를 집중시킨 것은 누구인가. 그런 기본적인 것을 따질 새도 없이 오키나와는 돈과 맞바꾸어 기지를 받아들였으며, 기지 덕분에 경제적으로 윤택해졌다는 왜곡된 사실을 그대로 받아들인다. 그리고 자신들의 뜻대로 되지 않는 오키나와 현민에게 욕을 퍼붓는다. 이 일본 사회의 왜곡은 어디까지 더 심해질 것인가. 군사 사고는 오키나와뿐만이 아니다. 2월 5일 사가현佐賀県 간자키시神埼市에서 자위대의 AH64D 전투 헬기가 민가에 추락했다. 2월 20일에는 아오모리현青森県에서 미군 미사와기지 소속 F16 전투기의 엔진에 불이 나 연료 탱크를 오가와라호小川原湖에 낙하시켰다. 군사기지가 있는 곳 모두 똑같은 위험에 노출돼 있다. 북한이나 중국의 군사적 위협에 떠들썩하지만, 오키나와에 사는 사람들에게 가장 큰 군사적 위협은 미군뿐이다. 일본 정부는 시가지에 있는 후텐마 기지를 나고시名護市 헤노코辺野古로 '이전移設'하면 안전을 얻을 수 있는 것처럼 말한다. 하지만 불량 군용기는 어김없이 육상 활주로로 돌아가려다 추락하거나 불시착 사고를 낸다. 좁은 오키나와 안에서 미군 기지를 이리저리 돌려도 문제 해결에는 전혀 도움이 되지 않는다.

오키나와는 일본 정부의 강권과 압력에 굴복하지 않는다

나고 시장 선거 패배가 갖는 의미

2월 4일에 치러진 나고 시장 선거에서 아베 신조 정권이 전폭적으로 지원하는 신인 도구치 다케도요 후보가 약 3,500표라는 큰 차이로 올 오키나와가 밀어주고 있는 현직 이나미네 스스무 씨를 제치고 당선됐다. 이나미네 씨는 지금까지 2기 8년에 걸쳐 시장의 권한을 가지고, 헤노코 바다와 육지에 새로운 기지를 만들 수 없다며 일본 정부와 대치해 왔다. 나고시名護市의 시민을 대표하는 자로서 이나미네 씨의 존재는 매우 컸다. 그런 이나미네 씨의 낙선으로 헤노코 신기지 건설에 반대하는 올 오키나와 진영은 큰 타격을 입었다. 그러나 침울해하고 있을 여유는 없다. 선거 다음 날도 캠프 슈워브 게이트 앞에서는 자재 반입을 막기 위한 농성이 벌어졌고, 해상에서는 카누를 타고 항의 활동이 이루어졌다.

선거가 끝나고 현 내 미디어를 통해 아베 정권이 이나미네 시장을 쓰러뜨리기 위해 얼마나 공을 들였는지 알 수 있었다. 스가 요시히데 관방장관과 니카이 도시히로 자민당 간사장이 오키나와를 방문하여 도구치 후보에 대한 전폭적인 지원을 약속한 것을 시작으로, 선거 기간에 100여 명에 달하는 여당 국회의원이 오키나와를 방문했다고 한다. 그들은 선거 모체인 업계를 돌며 조직표를 굳혀 갔다. 직접 유세하며 연설하는 것은 고이즈미 신지로 씨나 오부치 유코 씨 같은 지명도 높은 조직원에게 맡기고, 스텔스 작전이라 하여 기업과 업계 쪽 방문을 철저히 하며 표를 굳혀 갔다.

이에 따라 이번 시장 선거에서는 사전투표가 전체 유권자의 44%에 달했고, 선거 당일의 투표율에 웃도는 사태가 발생했다. 지금까지 나고 시장 선거에서 자주自主투표를 해 왔던 공명당도 이번에는 도구치 씨를 추천하며 나고 시내에 처음으로 선거 사무소를 차렸다. 공명당 오키나와현 본부는 후텐마 기지의 현내 이전에 반대하는 입장이다. 이는 '오키나와에 주둔해 있는 해병대의 국외·현외 이전을 요구한다'라는 공약으로 도구치 씨와 일치했다. 오키나와에 주둔해 있는 해병대가 현 외·국외로 옮긴다면 새로운 기지를 만들 필요가 없다. 모순적이지만 그런 속임수로 입장을 바꿨다.

창가학 회원 중에는 오키나와 전투를 직접 경험하고, 전후戰後에는 기지 피해 역사로 인해 신기지를 반대하는 사람도 있다. 그 대책을 위해 공명당 및 창가학회는 간부를 나고시에 보내 철저하게 조직을 꾸렸다. 이번 나고 시장 선거에서는 일본유신회도 도구치 씨 편으로 돌아섰다. 지난해 중의원 선거에서 마지막으로 당선된 사람이 이 일본유신회의 시모지 미키오 씨였다. 시모지 씨는 나하시那覇市를 포함한 오키나와 1구에 입후보했지만, 올 오키나와가 추천하는 공산당의 아카미네 세이켄 씨와 일본 정부가 지원하는 자민당의 고쿠바 고노스케 씨에게는 미치지 못해 비례 쪽으로 부활 당선을 기대하고 있었다.

전국적으로 일본유신회가 고전하는 가운데, 시모지 씨를 지원하기 위해 뒤에서 움직인 것이 일본 정부였다. 선거 기간 중 자민당 오키나와 현련의 니시메 준시로 전 참의원 의원이 시모지 씨의 고향인 미야코섬宮古島에서 주최하는 총궐기대회에 참가하여 시모지 씨를 응원했다. 그 행동에는 다음해의 현 지사 선거를 노린 계산이 있었을 것이다. 시모지 씨가 낙선하면 현 지사 선거에 입후보할 것이라고 예상할 수 있다. 떨어질 것을 알고 있으면서 큰 선거에 입후보함으로써 유권자로부터 잊히지 않게 하는 것이 시모지 씨의 수법이다. 그렇게 되면 현직 오나가 지사에 자공자유민주당과 공명당 세력이 대항마를 세워도 3파전으로 인해 보수 표의 일부가 시모지 씨에게 흘러간다. 오나가 지사를 타도하기 위해서는 일대일 구도로 가야 할 필요가 있었고, 시모지 씨를 당선시킬 필요가 있었다. 니시메 준시로 씨의 움직임은 일본 정부, 자민당 중앙의 지시가 있었던 것으로 보인다. 그에 따라 1구의 자민당 표가 어느 정도 시모지 씨에게 흘러갔다.

고쿠바 씨는 선거에서 낙선했지만, 비례로 부활 당선되었고, 더욱이 4구에서는 올 오키나와에서 밀었던 나가사토 도시노부 후보를 니시메 고사부로 후보가 꺾고 당선되었다. 실로 정부의 의도대로 된 것이다. 나가사토 후보를 낙선시킨 것은 중의원 4선거구를 독점하고 있던 올 오키나와의 일각을 무너뜨렸다는 것 이상의 의미가 있었다. 나가사토 씨는 전 현 의회 의장으로, 오나가 지사와 함께 자민당 현련에서 올 오키나와로 옮겨 존재감을 드러내고 있었다. 그의 낙선으로 오나가 지사는 큰 타격을 받았다. 자민당 현련에게 오나가 지사와 나가사토 씨는 배신자이며, 서로 지지기반을 경쟁하는 존재이기도 하다. 오나가 지사를 지탱하고 있던 나하 시의회의 여당회파·신풍회를 해산으로 몰아넣은 데 이어, 나가사토 씨를 낙선시킨 것은 정부와 자민당 현련에 있어서 큰 승리였다. 오나가 지사를 지지하는 올 오키나와의 보수층을 무너뜨리는 동시에 일본유신회를 자공 세력으로 끌어들였다.

오키나와에서도 정치 보수화는 확실히 진행되고 있다. 사회당·공산당·오키나와 사회대중당의 3당에서 혁신 공동투쟁을 조직하고, 현 지사 선거나 각 수장 선거에서 승리하던 시대는 이제 과거의 이야기다. 혁신의 희망이라 불렸던 이토카즈 게이코 씨, 이하 요이치 씨가 계속해서 현 지사 선거에서 패배하면서 혁신 공동투쟁이 자공 세력을 감당하지 못하는 상황이 된 것이 2010년이다. 그래서 새롭게 만들어진 틀이 혁신 공동투쟁과 자민당 또는 경제계의 일부가 헤노코 신기지 건설 반대, MV22 오스프리 배치 반대를 일치점으로 하여, 공동투쟁을 벌이는 올 오키나와라는 방식이었다. 미·일 안보조약이나 자위대, 우라소에浦添 군항, 다카에高江 헬기장 건설, 아와세泡瀬 간석지 등 대립하는 문제는 뒤로 미뤄두고, 각각 조금씩 양보하고 타협해 나간다.

그때 오나가 지사가 내세운 것이 이데올로기가 아니라 오키나와의 아이덴티티를 소중히 하는 것이었다. 오키나와 내셔널리즘에 의한 결합으로 일본 정부에 대항하려는 것이다. 오나가 지사를 비롯한 오키나와의 보수 정치인이나 경제계의 일부가 그쪽으로 돌아선 배경에는 2000년대에 들어서 미군기지 반환 후의 재개발 성공사례가 뻔히 눈에 보였다는 점이 있다. 자탄초北谷町의 한비타운이나 나하시의 신도심 등 미군 기지를 반환시키고 재개발하는 것이 고용과 세수税収도 늘고, 경제발전으로 이어진다. 오나가 지사가 강조하던 '기지는 오키나와 경제발전의 최대 저해 요인'이라는 상황에까지 오키나와의 경제구조가 변화해 왔다. 그 중심이 되는 것이 관광업이다.

오키나와 경제는 기지·공공공사·관광업에 의존하는 3K 경제라고 알려져 왔지만, 기지와 공공공사의 비중이 작아지는 한편, 관광업은 크게 성장해 왔다. 한국이나 대만, 중국 등 가까운 나라로부터의 관광객이 급증하고, 나고시에서도 외국인 관광객의 모습을 흔히 볼 수 있다. 그 관광업에 큰 교훈이 된 것이 2001년 미국에서 발생한 9·11테러였다. 오키나와의 미군 기지는 엄중한 경계 태세에 들어갔고, 수학여행을 비롯한 오키나와 여행의 취소 문의가 잇따랐다. 이를 계기로 관광업자 내에서 관광은 평화산업이며, 미군기지와는 상충한다는 인식이 생겨났다.

2000년대에 들어선 이후의 경제 변화에 따라, 기지에 의존하는 것이 아닌 관광을 중심으로 자립적인 오키나와 경제를 만들고, 동아시아로 시야를 넓혀 발전시켜 가자는 지향점을 드러내는 경제인들이 오나가 지사를 지지하고 있다. 과거 동아시아의 무역 거점이었던 류큐국을 떠올리면서 오키나와를 동아시아의 유통 거점으로 만든다는 큰 시야 아래, 헤노코 신기지 건설에 반대하고 평화로운 환경 만들기를 목표로 하는 움직임이 계속해서 생겨나고 있다. 8년 전 나고시에서 이나미네 스스무 씨가 처음 당선되었을 당시에도, 기지에 의존한 재정 구조로부터의 전환이 거론된 적이 있었다. 당시 일본 정부는 기지 수용과 연계된 진흥책을 내놓았다. 시마다 간담회 사업과 10년간 1천억 엔의 북부 진흥책 등, 국가에서 고율 보조로 각종 시설가구을 계속해서 만들어내면 일부 업체는 돈벌이가 되지만, 유지관리 비용이 연도 부담이 된다. 이대로라면 시의 재정이 심각한 사태가 된다. 시민들 속에서 그런 인식이 생겨났고, 미군 재편 교부금을 받지 않고 건전한 나고시의 재정을 만들어내야 한다고 호소하는 이나미네 씨를 뽑은 것이다.

이번 도구치 씨의 당선은 역사의 톱니바퀴가 거꾸로 도는 것과 같다. 헤노코 신기지 건설에 대한 태도는 애매하면서 미군 재편 교부금을 받는다고 한다. 정부도 이미 지급을 위해 움직이고 있고, 당연히 도구치 신시장이 건설에 협력하는 것을 전제로 하고 있다. 나고 시민들 사이에서 호안 공사가 진행되고 있는 지금에 와서 어차피 기지는 만들어질 테니까 재편교부금을 받는 것이 좋다고 하는 의견이 다시 퍼지고 있다. 그 속에 있는 것은 체념이며 무력감이다. 새로운 기지 부담을 원하는 사람은 없다. 그러나 국가에 항거해도 승산이 없다. 그렇다면 취할 수 있는 것은 취하는 편이 좋다고 하는 나고 시민들의 생각이 하루아침에 발생한 것이 아니다. 그동안 여러 차례 기지 반대 의사를 선거로 표명하고, 미군에 의한 사건이나 사고가 일어날 때마다 현민 집회를 열어, 항의를 계속해 왔다. 그러나 일본 정부는 오키나와 시민들의 의견을 무시한다. 그리고 기동대나 해상보안관을 이용하여 폭력적으로 공사를 진행한다. 그렇게 나고 시민·오키나와 현민에게 체념과 무력감을 심어주었다.

그런 일본 정부·아베 정권에 대한 비판이 야마토에서는 어느 정도 이루어지고 있는가. 인구 6만 1,000명 정도의 작은 시장 선거에 야마토 국회의원 100명이나 뛰어들어 개입한다. 이 비정상적인 아베 정권의 횡포를 용인하고 있는 것은 누구인가. 나고 시장 선거나 헤노코 신기지 문제에 관해서 이야기하고, 인터넷에 글을 쓰는 일본인은 많다. 그러나 일본 정부의 중압에 시달려 기지의 희생을 강요당하는 나고 시민을 생각하는 일본인=야마톤츄는 얼마나 있는가. 나고시에 사는 사람은 헤노코 신기지 건설 문제에서 벗어날 수 없다. 선거에서 져도 저지·항의 행동은 계속된다. 그것은 단순히 군사기지 건설 문제에 그치지 않는다. 오키나와의 정치·경제 자립과 동아시아의 평화적 환경을 어떻게 만들고 오키나와를 발전시켜 나갈 것인가 하는 큰 시야에 근거하는 운동이다. 오키나와의 향후 50년, 100년의 전망이 걸린 운동이다. 일본 정부의 강권과 압력에 굴복할 수는 없다.

현재 헤노코 바다 암초 내의 얕은 곳에서는 이미 호안 공사가 진행되고 있다. 정부는 이번 여름에는 본격적인 매립이 시작될 것이라고 한다. 하지만 대규모 공사이므로 게이트 앞에 수백 명 단위로 시민이 모이면 막을 수 있다. 헤노코 바다와 게이트 앞에 한 사람이라도 더 많은 사람이 와서 함께 저지·항의 행동을 짊어줬으면 한다.

한국 · 제주도 '4·3 사건' 심포지엄에 참석

4월 26일부터 30일에 걸쳐 한국 제주도에 방문했다. 올해로 70주년을 맞은 4·3사건을 기념하기 위해서였다. 4월 3일, 제주 4·3 공원에서 개최된 추도식에 문재인 대통령도 참석했다. 이외에도 관련된 기획이 연속적으로 이루어졌으며, 그 중 '동아시아의 문학적 항쟁과 연대'라는 취지의 심포지엄도 개최되었다. 나는 심포지엄의 발언자로서 초대를 받았다. 그날 초대를 받은 사람은 『전쟁의 슬픔』이가와 가즈히사 역, 메루쿠마루사으로 잘 알려진 베트남 소설가 바오 닌 씨. '2·28사건'의 진상 규명에 진력해 온 대만 시인 이민용 씨. 그 외에 『순이 삼촌』김석범 역, 신간사, 『지상에 숟가락 하나』나카무라 후쿠지 역, 평범사 등 한국에서 처음으로 '4·3사건'을 작품 배경으로 삼은 제주도 출신의 소설가 현기영 씨가 기조 강연을 했다. 참가한 사람들을 보면 알 수 있듯이 '4·3 사건'을 오키나와 전투와 미군기지, 베트남 전쟁, 대만 2·28사건 등과 연관 지어 동아시아 전체를 다시 파악하고자 하는 기획이었다. 심포지엄은 4월 27일에 열렸고, 나는 오키나와의 역사와 문학에 대해 발표한 뒤, 헤노코 신기지 건설 반대운동이 담긴 사진과 동영상을 보여주었다. 3명이 발표한 뒤에는 한국 연구자를 포함하여 전체 토론도 진행됐다.

27일에는 판문점에서 한국 문재인 대통령과 북한 김정은 노동당 위원장이 회담을 했다. 한국에서는 아침부터 그 모습이 생중계되고 있었다. 심포지엄에 참가한 한국인들의 흥분과 감동을 직접 느낄 수 있는 값진 경험이었다. 일본 언론은 북한에 대한 반발이나 회의만 앞서고, 남북회담에 대한 그 의의나 중요성을 제대로 전달하지 않는다. 한국 사람들의 반응을 직접 보면서 헤아릴 수 없는 감정으로 남북회담에 주목할 수 있었다. 심포지엄에 참가했던 한국 사람 중 몇 명이 북한과 미국의 정상회담에서 한국전쟁의 종전이 표명되지 않을까 하는 기대감을 품고 있었다. 전쟁의 위험이 끝나고 분단에서 교류로 나아감으로써 떨어져 있던 가족이나 친척, 친구들과 재회할 수 있다. 그 간절한 소망이 하루라도 빨리 이루어졌으면 하는 바람이다.

다음날인 28일에는 제주에 거주하는 연구자에게 '4·3사건' 관련 장소를 안내받았다. '제주 4·3 평화공원', '북촌너븐숭이 4·3 위령 성지', '일본군 동굴 진지' 등을 둘러보고, 저녁에는 한국 작가회의 교류회에 참석했다. 4월 28일은 오키나와의 역사적인 날이다. 1952년 4월 28일 샌프란시스코 강화조약이 발효되고 일본은 독립했지만, 오키나와와 오가사와라제도, 아마미제도는 분리되어 미국의 통치하에 놓였다. 그래서 오키나와에서는 이날을 '굴욕의 날'이라고 불렀고, 내가 어렸을 적1960년대에는 '일본 복귀'를 요구하는 행진이 벌어지고 있었다. 1972년 5월 15일, 오키나와의 시정권이 일본에 반환된 이후에도 4·28이라고 하면 반전·반안보·반기지를 상징하는 날이 되어 오키나와에서는 집회나 시위가 행해지고 있었다.

1979년 내가 류큐 대학에 입학하고 2주 정도 지난 어느 날, 슈리 캠퍼스에서 집으로 돌아가는 길에 있는 요기 공원에서 집회가 열리고 있었다. '아, 오늘이 4월 28일인가……' 생각하면서 쳐다보고 있는데, 대학 선배가 문득 말을 걸어왔다. 그대로 처음 집회와 시위에 참여하게 되면서 이를 계기로 오키나와의 기지 문제에 대해 진지하게 생각하게 되었다. 또한 이날은 2년 전에 나고시名護市 출신의 20세 여성이 해병대원 출신인 미군에게 피살된 날이기도 하다. 우루마시에 살고 있던 여성은 산책 중에 미군 소속 남성에게 습격당해 칼에 찔려 사망했다. 미군은 여성을 차에 태워 온나촌恩納村 숲으로 운반해 유기했다. 시신이 발견된 것은 5월 19일이었다. 피해자의 아버지는 나와 나이가 같다. 30대 후반에 얻은 외동딸로, 성인식에 참석하기 위해 귀가한 것이 마지막으로 영원한 이별이 되었다. 어쩌면 나와 나고名護 거리 어딘가에서 스쳐 지나간 적이 있었을지도 모른다……. 부모님의 심정을 감히 헤아릴 수 없다.

제주 '4·3사건'에서는 2만 5,000명에서 3만 명 정도의 제주도민이 빨갱이로 몰려 군대와 경찰, 서북청년단에 의해 학살당했다고 한다. 위령을 기리기 위해 놓인 꽃을 보며 스무 살의 여성이 유기된 온나촌恩納村 숲 앞에도 오늘은 많은 사람의 방문으로 꽃들이 놓여 있기를 바랐다. 한국에서 4·3사건 기념관이나 학살 현장을 둘러보면서 오키나와의 4·28에 대해서도 생각했다. 제2차 세계대전 후의 '냉전'이라는 말을 동아시아에서 사용할 수 있는 것은 일본 정도이며, 한국, 대만, 베트남에서는 열전이 계속되고 있었다. 공산주의 확산을 저지하려는 미국은 한국과 대만의 반공 군사 독재 정권을 지원하고 베트남 전쟁을 치렀다. 미군에게 있어서 오키나와는 중요 거점이며, 4·28 전후로 기지 강화가 진행되었다.

초중교 시절 나하那覇로 향하는 버스 차창으로 가데나 기지를 보면, 베트남에 폭탄을 살포하는 '검은 킬러'라고 불리는 B-52 전략폭격기의 꼬리 날개가 톱날처럼 늘어서 있었다. 미군의 사건·사고의 피해로 고통을 받아 온 오키나와는 한국전쟁이나 베트남 전쟁에서는 가해의 입장에 서 있었다. 피해와 가해의 이중성 문제는 오키나와의 근·현대사를 통해 거론되고 있다. 1879년에 류큐국은 무력에 의한 위협으로 일본에 침략·병합되었고, 오키나와현이 설치되었다. 류큐인은 천황을 중심으로 한 황국 일본으로의 동화를 강요당했다. 그리고 일본인야마톤츄에게 차별을 당하면서 조선인, 대만인에게는 차별하는 입장이었고, 일본의 아시아 침략의 일익을 담당했다. 제주도 심포지엄에서 그러한 오키나와(사람)의 가해와 피해의 이중성에 관해서도 이야기했다. 이는 내가 소설을 쓰거나 반전·반기지 운동을 벌일 때 늘 생각해 왔던 일이다. 미군에 의한 사건·사고의 피해는 오키나와에서 끊이지 않는다. 한편 오키나와에서 훈련하고 단련된 미군들은 아프가니스탄과 이라크에서 파괴와 살육을 거듭해 왔다.

헤노코 신기지 건설에 반대하는 행동을 할 때도 오키나와만의 기지 희생과 부담을 거부하는 것과 동시에 미국이 세계 각지에서 일으키는 전쟁에 간접적으로라도 가담하고 싶지 않다고 하는 생각을 하고 있었다. 살해당하는 쪽에서 보면 전쟁의 대의란 아무런 의미가 없다. 군대는 주민을 지켜주지 않는다. 오키나와 전투의 교훈으로 얻은 말이다. 이는 미군에게, 그리고 일본군에게 목숨을 빼앗겨 온 오키나와 사람들이 피와 맞바꾸어 얻은 교훈이다. 전쟁터에서 싸운 병사 이외의 일반 일본인야마톤츄의 전쟁 경험은 주로 공습에 불과하다. 그러나 지상전을 직접 겪은 오키나와 사람들의 이러한 생각은 우군의 주민 학살이나 식량 강탈, 방공호로부터의 추방, 집단사의 강제 등 군대의 실상을 적나라하게 보여준다. 그만큼 혹독한 경험을 했고, 어느 곳보다도 전쟁과 군대에 강한 혐오감을 느끼고 있을 오키나와인에게 대다수의 일본인은 미·일 안보조약에 따른 미군기지 부담을 떠넘기면서도 부끄러워하지 않는다. 국토 면적의 0.6%에 불과한 오키나와에 주일미군 전용 시설 70%가 집중해 있다. 일본 정부는 '오키나와의 부담 경감'을 말하지만, 실제로 하고 있는 것은 '현 내 이전'이라는 이름을 빌린 새로운 기지 건설이다.

제주도에서 돌아와 헤노코 바다로 나가면 마른 장마철 햇볕이 반사되는 밝고 푸른 해면에서 바다거북이 얼굴을 내밀고 숨 쉬고 있는 것을 자주 볼 수 있다. 5월 이후에 산란하러 오는 바다거북도 있을 거라고 생각하지만, 지난해 상륙했던 모래사장에 올해는 접근할 수 없다. 매립을 위한 가설 도로가 모래사장을 따라 만들어지고 있다. 그뿐만이 아니다. 바다를 둘러싼 형태로 호안마저 건설되고 있다. 1년 전과 달라진 모습에 바다거북도 혼란스러울 것이다. 일본 복귀 후 개발로 인해 오키나와에 남겨진 100% 친자연적인 모래사장은 얼마 되지 않는다. 그것을 파괴하고 신기지 건설이 진행되고 있다. 수천억 엔의 예산을 낭비하면서 말이다. 이 얼마나 어리석은 일인가.

천황황후의 오키나와 방문

위령의 이면에서 진행되는 군사화

3월 27일부터 30일에 걸쳐 아키히토 천황과 미치코 황후가 오키나와를 방문했다. 천황으로서는 마지막 방문으로, 미디어는 1975년에 황태자로서 처음 방문했던 당시와 현재 천황에 대한 오키나와 현민의 의식 변화에 초점을 맞췄다. 오키나와에서 위령 순회를 거듭함으로써 처음에는 반발이 심했던 황실에 대한 감정도 누그러져 갔다며 이를 예증하는 자료들이 소개되었다. 확실히 43년 전 황태자 시절에 발생한 '히메유리 탑' 앞 화염병 투척 사건 당시의 황실에 대한 감정과 현재의 감정이 같지 않다. 1975년이라고 하면 오키나와 전투로부터 30년이 흐른 시기로, 아직 33주기도 끝나지 않았다. '천황 메시지'의 존재가 밝혀진 날은 4년 후지만, 쇼와 천황의 전쟁 책임 문제는 전쟁 체험자나 유족에게는 무거운 의미를 지녔을 것이다.

그렇기 때문에 아키히토 천황도 황태자 시절부터 오키나와를 방문할 때마다 마부니摩文仁에 있는 오키나와 전몰자 묘원에 방문하여 위령을 표했을 것이다. 1989년 히로히토 천황이 사망하고, 오키나와 전투 체험자도 적어지고 있는 가운데, '위령의 순회'나 '오키나와를 향한 그리움'을 전면에 세운 아키히도 친황의 거듭된 오키나와 방문이 현민의 반발을 진정화시키는 효과를 가져온 것은 사실이다. 그러나 그로 인해 쇼와 천황의 전쟁 책임 문제가 한층 깊어진 것도 아니고, 천황제가 가진 문제가 해결된 것도 아니다. 사이판섬이나 펠렐리우섬까지 찾아간 아키히토 천황도 한국은 방문하지 않았다. 전쟁 가해 문제의 중심에 있는 천황제에 의한 근대 일본의 아시아 침략과 식민지 지배의 피해를 본 측은 그 깊은 상처를 잊지 못할 것이다.

오키나와에 있어서도 잊을 수 있는 일이 아니다. 1879년에 무력에 의한 위협 아래 류큐국이 멸망하고 일본에 병합되었다. 그것은 일본의 제국주의적 아시아 침략의 선구였지만, 이러한 피해 측면과 동시에 오키나와는 일본으로의 동화가 진전되면서 아시아 침략의 일익을 담당한 가해적 측면도 가지게 되었다. 피해와 가해의 이중성을 지닌 독자적 위치에서 오키나와와 천황제, 아시아 국가들과의 관계를 반문하는 작업이 항상 필요하다. 천황제와 오키나와의 관계를 메이지 시대의 류큐 병합까지 거슬러 올라가, 오키나와 전투와 황민화 교육, 고노에 상주문上奏文과 늦어버린 성단聖斷, 천황 메시지, 헌법 천황 조항과 9조, 오키나와 미군 기지 집중화의 관계, 그리고 현재의 사키시마先島 지역의 자위대 배치 문제까지 포함하여 다각도로 검증하는 것이 언론의 역할이 아닌가. 아키히토 천황이 다녀간 3월 27일은 '류큐 처분'이 열린 날이었다. 류큐신보사 편 '오키나와 콤팩트 사전'의 '류큐 처분' 조항에는 다음과 같이 기록되어 있다.

1879년 3월 처분관 마쓰다 미치유키가 수행원 · 경관 · 병사를 합쳐 약 600명을 거느리고 류큐에 당도하여 무력적 위압 아래 3월 27일 슈리성에서 폐번치현廃藩置県을 고시, 슈리성을 넘길 것을 명함으로써 류큐 왕국은 사실상 멸망하고, '오키나와현'이 된다.2003년 판, 438쪽

또한 요나구니섬与那国島을 방문한 28일은 육상자위대 연안 감시대가 발족한 지 2년째 되는 날이었다. 이날은 게라마제도慶良間諸島의 도카시키섬渡嘉敷島에서 '강제 집단사'가 발생한 날이며, 이런 일정 수립은 단순한 우연일 리 없다. 아키

히토·미치코 부부가 처음으로 사키시마先島 지역이시가키섬(石垣島)과 미야코섬(宮古島)을 방문한 것은 2004년 1월 오키나와 국립극장 개장 기념공연 때였다. 3개월 후, 헤노코辺野古에서는 해저 시굴 조사 공사가 시작되었고, 육지와 해상에서 격렬한 항의 행동이 전개되었다. 이때부터 자위대의 남서 방면 중시와 도서 방위 강화가 거론되기 시작한다. 2004년 12월에 각의閣議 결정된 '신 방위 계획 대요'에서 처음으로 국명으로서의 중국 위협이 제기된다. 동시에 중기 방위력 정비 계획에서 나하那覇의 육상자위대 제1혼성단이 여단으로의 격상이 명기되고, F4 전투기가 F15로 갱신되었다.

2005년 1월에는 방위청당시이 도서 방위에 대해 검토하는 부내 협의에서 '남서 제도 유사'시에 육상자위대 5만 5,000명을 동원하는 대처 방침을 정리하고 있었던 것이 밝혀진다. 센카쿠제도를 둘러싼 중국과의 대립을 경계한 것이다. 같은 해 8월에는 오키나와 전투에서 일어난 '집단자결'이 군명인가 아닌가를 둘러싸고 오에·이와나미 오키나와 전투 재판도 일어났다. 오키나와에 자위대 배치 강화를 추진하는 사전 공작으로서 오키나와 전투를 둘러싼 역사 인식의 문제가 부각된 것이다.

아키히토·미치코 부부가 최초로 사키시마先島 지역을 방문한 2004년부터 올해 요나구니섬与那国島 방문에 이르기까지 14년간은 헤노코 신기지 건설의 강행과 동시에 사키시마先島 지역에 자위대 배치가 순조롭게 실현되어 가던 시기이기도 했다. 오키나와 전투 희생자의 위령 뒤에서 중국에 대항하기 위해 한 층 더 높은 군사 요새화가 진행되고 있었다. 이는 오키나와가 지금까지도 일본=야마토의 이익을 위해 전쟁의 전면에 앞세워지고, 여차하면 버려질 수 있는 '사석捨石'의 위치에 놓여있음을 의미한다. 천황이 여러 번 왔으니 자신들도 제대로 된 '일본인'으로 취급받는다고 생각하는 것은 어리석은 일이다.

지극히 중요한 국면에 놓인 헤노코에서의 싸움

7월 19일, 헤노코辺野古곶의 남동쪽 해역을 둘러싼 K4 호안과 N3 세안이 연결되었다. 8월 2일에는 희소 산호의 '이식'이 끝나고, K4 호안 일부에 남겨져 있던 개구부도 닫히고 말았다. 이로써 헤노코 암초 속 매립 예정지의 대부분이 K1·K2·K3·K4·N3·N5의 6개의 호안으로 둘러싸였다. 호안으로 인해 막혀버린 바다는 조류의 흐름이 차단된다. 여름 햇살로 해수온이 상승하고 수분 증발과 빗물 유입으로 수질도 변화할 것이다. 내부에 촘촘히 서식하고 있는 해초나 어패류는 언제까지 살아남을 수 있을까. 일본 정부와 오키나와 방위국은 8월 17일에 매립 토사를 투입한다고 밝혔다. 그러나 그전에 갇혀버린 바닷속에서 많은 생물이 죽임을 당할 것이다.

2014년 8월부터 헤노코 바다 오우라만大浦湾에서 카누를 저으며 신기지 건설에 반대해 왔다. 카누나 항의선으로 해상 행동을 해 온 멤버의 상당수는 호안으로 바다가 막히기 전에 오나가 다케시 지사에게 매립 승인을 철회할 것을 요구해 왔다. 하지만 호소는 이루어지지 않았다. 오나가 다케시 지사가 7월 27일 철회 작업에 착수한다고 밝혔으나 이는 너무 늦다. 매스미디어는 8월 17일 토사 투입 전까지 오나가 다케시 지사의 철회가 가능할지에 초점을 맞추고 있다. 그러나 헤노코 바다에 사는 생물을 생각하면 바다가 호안으로 막혀버리는 것은 굉장히 중요한 문제이다. 4년간 헤노코 바다에서 싸우면서도 막아내지 못한 것이 애통하다. 카누는 작업 현장인 바다에 직접 다가갈 수 있다. 해상보안청의 탄압이 있다고 하더라도 그것을 막을 만큼의 사람이 모이면, 해저 시굴 조사와 콘크리트 블록 투하를 비롯해 가설 도로나 호안 건설 등의 공사를 멈출 수 있었을 것이다. 그동안 공사의 진전을 허락해버린 우리들의 역부족을 반성해야 한다.

게이트 앞에서 열리는 농성 행동 또한 같다. 오나가 다케시 지사가 승인 철회를 하고 이에 착수한다고 해도 대량의 공사 차량이 자재를 반입하여 연일 바다와 육지에서는 공사가 진행되고 있다. 그것을 저지하고자, 조금이라도 늦추고자, 게이트 앞에서 농성을 벌이는 시민들의 발걸음도 끊이지 않는다. 그렇지만 그 수가 100명을 넘는 경우는 좀처럼 없고, 적을 때는 20명 정도일 때도 있다. 구니가미촌国頭村의 채석장이나 모토부本部町 마을의 석재·토사 적재 항구 등 항의 행동을 하는 장소가 많아진 영향도 있다. 그러나 2014년 여름부터 2015년까지의 시민 집회와 행동의 격렬함에 비하면 운동 강도가 약해진 것을 부인할 수 없다. 평일 아침 7시 반경부터 오후 5시경까지 연일 행동하는 것은 육체적으로도, 정신적으로도, 경제적으로도 부담이 크다. 현장의 행동을 맨몸으로 버텨내야 하는 시민의 고생이 이만저만이 아니다. 자신의 일상생활을 희생하며 장기간 싸우는 것은 어렵다. 많은 사람이 참여해서 번갈아 가며 뒤에서 받쳐주어야만 운동을 지속할 수 있다.

오나가 다케시 지사가 매립 승인을 철회해도 국가는 그 효력을 최소화하고 공사를 재개하기 위해 비열한 수법을 구사한다. 그리고 오나가 다케시 지사나 오키나와 현민이 아무리 저항해도 나라에는 이길 수 없다는 것을 뼈저리게 느끼게 해 오키나와 사람들의 의지를 꺾으려고 공격을 걸어온다. 그렇게 체념하는 분위기를 형성함으로써 9월의 나고시名護市 의회 의원 선거나, 11월의 오키나와 현지 선거에서 정부의 꼭두각시 의원과 지사를 만들어 내려고 하고 있다.

헤노코辺野古의 투쟁이 지금 지극히 중요한 국면을 맞이하고 있음은 말할 필요도 없다. 이에 대해 야마토에 사는 사람들은 어떻게 대응할 것인가. 우선은 날마다 강행되고 있는 공사를 어떻게 멈출지, 늦출지가 문제이다. 바다나 게이트 앞, 채석장이나 적출항 등의 현장 대처를 더욱 강화하지 않으면 공사는 순조롭게 진행될 것이다. 인터넷에는 오나가 다케시 지사를 거세게 비판하고 심지어는 음모론을 펴는 사람들도 있다. 그런 사람들은 얼마나 헤노코에 와 있는가. 지금 필요한 것은 평론가가 아니라 주체적으로 행동하는 사람들이다.

지사를 거세게 몰아붙이는 국가

그에 맞선 모습을 기억한다

오나가 다케시 지사의 부고를 접하고, 그 이른 죽음이 너무나도 안타깝다. 아마 의식이 남아있는 마지막까지 '매립 승인의 철회'를 자기 입으로 외치고 싶었을 것이다. 그 원통함과 동시에 투병과 재활 생활을 버텨온 가족들의 슬픔을 조금이나마 헤아려본다. 오나가 다케시 지사의 최대 정치 과제는 헤노코 신기지 건설을 저지하는 것이었다. 그 때문에 일본 정부·아베 신조 정권과 정면 대치하면서 그 강력한 권력에 휘둘리며 고초를 겪었다. 오나가 다케시 지사가 공사의 문제점을 지적하며 중단하라고 행정지도를 되풀이해도 정부는 무시하고 공사를 계속했다. 기동대와 해상보안관을 앞세워 게이트 앞이나 해상에서 항의하는 시민들에게 폭력적으로 대응했다. 오키나와 전투를 경험한 어르신이 기동대에 손발이 잡혀 끌려가는 모습을 보고 오나가 다케시 지사도 분노를 느꼈을 것이다.

아베 총리의 정치 수법은 유치하고 열악하다. 자신에게 순종하는 '친구'는 노골적으로 우대하고, 저항하는 자에게는 철저히 압력을 가한다. 면담에 응하지 않으며, 반대 의견은 무시하고, 예산을 삭감해 괴롭힌다. 오키나와에서는 헌법도 민주주의도 적용되지 않는 듯한 태도를 지속해 왔다. 그 공격을 정면으로 받아온 사람이 오나가 다케시 지사였다. 정부와 자민당에 있어 오나가 지사는 '배신자'였고, 그만큼 무자비한 공격이 가해졌다. 오나가 지사를 지지하는 '올all 오키나와'의 보수·중산층에 대한 와해 공작은 더할 수 없이 격렬했다. 나하시那覇市 의회의 신풍회 해체와 아게다 미쓰오 부지사의 사임, 나가사토 도시노부 중의원

의원의 낙선에 더해, 지원 기업인 '올 오키나와' 탈퇴도 있었다.

오나가 지사의 직접적인 사인은 지병이다. 그러나 거기에 이르기까지의 정신적 스트레스를 생각하면 오나가 지사를 죽음까지 몰아간 것은 아베 정권의 강압적 자세라고 할 수 있다. 지사 선거나 국정 선거에서 보인 오키나와의 민의와 지방 자치를 존중하는 자세가 아베 총리에게 있었다면 오나가 지사가 죽음으로까지 몰리지는 않았을 것이다. 전국에는 47명의 지사가 있지만, 오키나와 지사가 놓인 현실은 다른 지역의 지사와는 다르다. 70%의 주일미군 기지가 오키나와에 집중되어 있기 때문에 그에 대한 정책에 방대한 시간을 할애해야 한다. 기지 문제가 없으면 경제 진흥과 교육, 복지 등의 정책에 집중할 수 있으나, 기지에 휘둘려 많은 에너지가 낭비되고 만다. 이는 시민도 마찬가지다. 기지 문제가 없다면 게이트 앞에서 농성을 벌이거나, 카누를 타고 바다로 나가 항의할 필요가 없다. 반대 운동으로 보내는 시간에 자신이 하고 싶은 일이나 생산적인 일을 할 수 있다. 하지만 기지 관련 사건이나 사고가 끊이지 않기 때문에 싫어도 행동을 해야 한다. 그로 인해 육체적, 정신적으로 피로해지고, 나아가서는 생명이 단축되기도 한다.

오나가 지사는 자주 '기지는 오키나와 경제발전의 최대 저해 요인'이라고 말하곤 했다. 오키나와 경제가 기지에 의존하고 있던 것은 과거의 이야기이며, 오히려 기지를 반환하고 남은 땅을 활용하면 조세 수입이나 고용 등 여러 방면에서 이익을 볼 수 있을 것이다. 이는 신도심을 비롯하여 현실로 나타나고 있다. 또한 오키나와의 주요 산업으로 성장한 관광업은 평화산업이기 때문에 군사적 긴장이 높아지면 관광객이 찾아오지 않는다. 2001년 미국에서 발생한 9·11테러 당시에도 수학여행을 중심으로 취소가 잇따르면서 관광업계가 큰 타격을 받았다. 이 사건은 기지가 있기 때문에 오키나와가 떠안아야 하는 위험을 보여주었다.

헤노코 신기지 건설과 미야코섬宮古島与, 이시가키섬石垣島, 요나구니섬那国島에 배치된 자위대는 중국과의 군사적 긴장을 고조시킨다. 일단 군사 분쟁이 벌어지면 오키나와의 관광업과 경제는 괴멸적 타격을 입는다. 미군기지가 지역에 이익을 가져다준다면 전국 각지에서 유치운동이 일어날 것이다. 하지만 야마토에서 그런 움직임은 없다. 기지가 화근임을 알고 있는 것이다. 오키나와의 젊은 세대가 기지 문제에 얽매이지 않고 자기 하고 싶은 일에 전념할 수 있는 사회를 만들기 위해서는 헤노코 신기지 건설을 허용해서는 안 된다. 오나가 지사는 그런 심정으로 헤노코 신기지 문제에 심혈을 기울여 왔을 것이다. 반면 그는 더 앞을 내다보고 있었다.

앞으로 동아시아의 정치·경제구조가 어떻게 변화하고, 오키나와는 어떤 형태로 거기에 대응할 것인가. 오키나와만의 가라테나 예능·문화의 소프트 파워를 살리고, 관광이나 물류 등의 우위성을 어떻게 발전시킬 것인가 하는 여러 가지를 구상하고 있었을 것이다. 오나가 지사에게 있어서 헤노코 신기지 건설에 반대하는 대처는 오키나와의 장래 구상을 실현하기 위해서도 피할 수 없는 통과점이었다고 생각한다. 다음 세대가 더는 기지 문제로 괴로워하지 않도록 우리가 여기서 굽히지 않고 버텨야 한다. 그러한 생각으로 자신을 채찍질하며 매립 승인을 철회하기 위한 준비를 하고 있었을 것이다. 지사로서의 임기 후반은 굉장히 혹독한 상황이었고, 올 오키나와가 안고 있는 문제나 각각의 정책 검증도 필요하다. 더 빨리 승인을 철회했어야 했다. 그러나 오키나와에 기지 부담을 계속 집중시키려고 하는 일본 정부에 맞서 죽기 살기로 싸웠던 모습을 우치난츄[오키나와인]는 잊지 않을 것이다.

일본 정부는 더는 오키나와를 괴롭히지 말라. 헤노코 신기지 건설을 당장 단념하라.

기지 집중이라는 오키나와 차별과 오나가 지사의 죽음

초등학교 시절에 비행기를 그릴 때면 언제나 몸통과 날개에 별 마크를 그렸다. 내가 태어나고 자란 나키진촌今帰仁村은 오키나와에서 드물게 미군 기지가 없는 마을이었다. 그런데도 하루에도 몇 번씩 하늘에서는 별 마크가 붙어있는 미군기가 날아다녔다. 당시에는 일본 복귀전이라 관광객이 적어, 민간기를 볼 기회가 거의 없었다. 어린 시절에는 당연히 비행기에 별 마크가 붙어있는 줄 알았다.

1972년 5월 15일에 오키나와의 시정권이 반환되고, 3년 뒤인 1975년에 옆 모토부本部町 마을에서 국제 해양박람회가 열렸다. 어느 날 하늘을 올려다보니 파란색과 흰색으로 채색된 헬기가 날고 있었다. 아마 해양박람회 관련 취재차 날고 있었을 것이다. 그것을 보았을 때 아아, 이런 색의 헬기도 있구나, 하고 묘한 기분에 휩싸였다. 철이 들고 나서는 짙은 녹색의 미군 헬기만 봤고, 그 외의 색을 한 헬기는 본 적이 없었다. 베트남 전쟁이 끝나고, 미군의 전장이 아프가니스탄이나 이라크 등 중동으로 바뀌면서 미군 차량이나 병사들의 전투복도 사막에 맞는 위장색으로 바뀌었다. 오키나와 상공을 나는 헬기의 색도 회색이 됐다. 하지만 기체 색깔은 변해도 자기 것인 양 뻔뻔하게 훈련하는 모습은 바뀌지 않았다.

일본 복귀 46년이 지나고 오키나와 사회가 급격하게 변화하고 있지만, 미군 기지를 둘러싼 상황은 어이없을 정도로 그대로이다. 미·일 안보조약에 따라 일본은 미국에 기지를 제공해야 할 의무가 있다. 그러나 그 의무를 오키나와에 집중시키라고는 쓰여 있지 않다. 그런데도 주일미군 전용 시설의 70%가 오키나와에 집중되어 있다. 이유는 명백하다. 일본인의 압도적 다수가 미군 기지를 민폐

시설이라 여기고 자신들이 사는 지역에는 두고 싶지 않아 오키나와에 밀어붙이고 있는 것이다. 가끔 오키나와에 있는 해병대나 오스프리Osprey가 다른 부현府県으로 훈련을 나가면, 그 지역에서는 난리가 난다. 오키나와에서는 1년 내내 오스프리가 날아다니고, 추락사고도 일어난다. 유치원이나 초등학교에 미군 헬기의 부품이 떨어지는 사고도 발생한다. 오키나와의 일상이 야마토에서는 비일상이며, 평안한 생활을 위협하는 비상사태가 된다. 자신들이 사는 지역이 오키나와처럼 되면 곤란하다. 그것이 본심일 것이다.

야마토에도 이와쿠니 기지와 미사와 기지가 있고, 수도권에도 요코타 기지, 아쓰기 기지, 요코스카 기지 등이 있다. 물론 비행장이나 항만 시설이 중심이기 때문에 폭음 피해는 있겠지만, 오키나와처럼 민가 근처에서 실탄 연습을 하는 사태가 일어나지는 않을 것이다. 시가지 상공을 미군 헬기와 오스프리가 저공으로 날아다니고, 소총을 든 미군이 탄 트럭이 도로를 당연하다는 듯이 달리고 있다. 그런 광경을 오키나와 밖에서는 볼 수 있을까.

후텐마 기지의 '이전'을 명목으로 나고시名護市 헤노코辺野古에 새로운 기지가 들어서려 하고 있다. 왜 오키나와에서는 '이전'이 아니고, 신기지 건설이라고 하는 것인가. 후텐마 기지는 활주로와 주기장뿐이지만, 헤노코 연안에 들어서는 기지는 2개의 V자형 활주로에 항만 기능도 갖춰져 있어 병력과 오스프리를 실는 강습상륙함이 접안할 수 있다. 헤노코 탄약고도 인접해 있고, 활주로 옆에는 탄약고가 정비된다. 후텐마 기지에는 없는 새로운 기능들이 추가되기 때문에 오키나와 언론도 이전이 아닌 새로운 기지 건설이라고 보도하기 시작했다. 새 기지의 내용 연한은 200년으로 알려져 있다. 노후한 기지는 머지않아 철거 가능성이 있다. 그러나 새로 만들어진 기지를 미군이 놓칠 리 없다. 일본 정부는 '오키나와의 부담 경감'이라고 하지만, 실제로는 미군기지의 부담이 오키나와에 고착되는 것이다.

중국과 북한의 위협을 이유로 미·일 안보조약이 필요하다면 미군기지의 부담도 전국에서 똑같이 나뉘어야 한다. 미 해병대의 기지가 필요하다면 오키나와 안에서만 돌릴 것이 아니라, 다른 지역으로의 '이전'도 검토해야 한다. 오키나와에서 그런 주장을 하는 것은 혁신정당이나 그 지지자뿐만이 아니다. 보수 안에서도 그런 의견을 가진 사람이 적지 않다. 8월 8일 별세한 오나가 다케시 지사도 그중 한 명이었다. 원래 자민당 오키나와현 연합의 간사장이자 오키나와 보수정치인의 중심이었던 오나가 지사가 헤노코 신기지 건설반대로 돌아선 것은 미·일 안보조약을 긍정하면서도 오키나와가 짊어지고 있는 부담이 너무 커 '현 내 이전'으로는 문제 해결이 안 된다고 인식했기 때문이다.

오키나와에는 지금 연간 약 1,000만 명의 관광객이 방문한다. 특히 최근 몇 년간 외국인 관광객의 증가세가 가파르다. 오키나와 북부에서도 대만, 중국, 한국 관광객이 몰리는 급격한 변화에 당황할 정도다. 생전에 오나가 씨는 '기지는 오키나와 경제발전의 저해 요인'이라는 말을 자주 했다. 야마토 사람들이 가진 '오키나와 사람들은 기지로 먹고산다'고 하는 잘못된 인식을 바로잡기 위해서 그렇게 강조해 왔다. 오키나와는 중국, 대만, 동남아 국가들과 지리적으로 가까울 뿐만 아니라, 류큐국시대부터 역사적 유대관계도 깊다. 류큐 왕조의 거성이었던 슈리성에 가면 일본 각지에 있는 성과는 그 차이가 일목요연하다. TV로 일본 시대극을 보는 것보다 한국 사극 드라마를 볼 때가 류큐 왕조도 이랬으려나 하고 더 친근한 생각이 든다. 조선왕조도 류큐 왕조도 명·청나라와 책봉 관계를 맺어 같은 정치·문화권에 있었으니 당연한 일이다.

한편 1609년 사쓰마의 류큐 침략 이래, 류큐의 일본화가 진행되었다. 1879년 일본 정부는 류큐국을 무력으로 위협하여 멸망시켰다. 마지막 국왕 쇼타이는 도쿄로 끌려가 정치·경제·문화·언어·생활 습관 등 모든 면에서 일본 동화 교육을 받아야 했다. 류큐·오키나와 사람은 다른 부현府県 사람들보다 못한 2등 국민이라는 취급을 받으며 차별과 편견에 노출되어 자신들의 문화·예능·언어에 대한 열등감을 주입받았다. 내 본명은 시마부쿠로이다. 그러나 시마, 시마자키, 시마다 등 야마토식의 성으로 바꾼 사람들도 있다. 야마토에 건너간 오키나와인 중에는 차별과 편견에서 벗어나기 위해 성을 바꾸고, 자신이 오키나와 출신임을 숨기는 경우도 있었다. 산신을 치면 오키나와 출신임을 들키기 때문에 벽장에 숨어서 연주했다. 아이들이 싫어해서 칠 수가 없었다. 이런 이야기는 흔하디 흔하다.

1980년대에 월드뮤직 붐이 일어났고, 그 흐름으로 오키나와 음악이 주목을 받았다. 기나 쇼키치와 린켄 밴드가 야마토 미디어에서 다루어지며, 연예계나 스포츠계에서 활약하는 오키나와 사람들이 늘어갔다. 그 덕분에 구시켄과 도카시키, 아라가키, 나카마와 같은 오키나와 특유의 성도 알려지게 되었다. 시마부쿠로라고 하는 성도 SPEED의 멤버와 고시엔 우승 투수를 통해 알려졌다. '중국의 세상에서 야마토 세상, 야마토 세상에서 미국의 세상, 신기하게 변해 온 이 오키나와'라는 노래 가사가 있다. 지금은 고인이 된 가데카루 린쇼가 노래해 오키나와에서 히트 친 '시대의 흐름'이다. 오키나와의 역사는 중국, 일본, 미국이라는 대국 사이에서 피지배와 종속의 고통에 허덕이며 농락당해 온 역사이다. 그러한 가혹한 환경 속에서 오키나와인은 저항을 거듭해 자신의 이익을 지키고, 독자적인 문화와 예술을 만들어 왔다. 그것은 지금까지도 계속되고 있다.

오키나와현 지사가 놓여 있는 위치는 다른 46곳의 지사와는 크게 다르다. 기지 문제를 놓고 정부와 정면으로 대치해야 한다. 헤노코 신기지 건설 반대를 공약으로 내걸고 당선된 오나가 지사에 대해 일본 정부와 아베 정권은 오키나와의 민의를 무시하고 계속 건설 공사를 강행해 왔다. 기동대와 해상보안관 등의 국가 폭력 장치를 앞세워 캠프 슈워브 게이트 앞이나 해상에서 항의하는 시민들을 탄압했다. 오키나와현의 매립 승인 취소나 공사 중지 요청에도 대항 조치를 세워 공사를 계속 강행했다. 오나가 지사가 67세라는 나이에 급서한 데 충격을 받은 오키나와 주민 중에는 아베 정권이 죽인 거라고 말하는 사람도 있다. 아베 총리와 스가 요시히데 관방장관이 내뱉는 '헤노코가 유일한 해결책'이라는 말은, 미군 기지를 밀어붙이기에는 '오키나와가 유일한 해결책'이라는 말과 다름없다. 오키나와 차별을 공공연히 계속하는 일본 정부와 그것을 지탱하는 대다수의 일본인. 그 모습이 추악하다.

현 지사 선거 다마키 씨 당선

통용되지 않은 승리의 방정식

9월 30일에 치러진 현 지사 선거는 헤노코 신기지 건설을 저지하겠다는 고 오나가 다케시 전 지사의 유지를 이은 다마키 데니 후보가 사키마 아츠시 후보를 8만 표 차로 제치고 당선했다. 본 선거에서 나타난 민의는 명확하다. 일본 정부는 오키나와현의 매립 승인 철회를 받아들여 헤노코 신기지 건설을 포기해야 한다.

이번 선거에서도 그랬지만, 헤노코 신기지 건설이나 자위대 배치에 관한 반대 입장을 밝히면 후보자에 대한 인터넷상의 거센 공격이 가해진다. 그러한 움직임이 현 내의 수장 선거에서 적나라하게 나타나게 된 것은 2010년의 이시가키 시장 선거부터가 아닐까 생각한다. 당시 선거에서는 한 후보자에 대한 근거도 없는 악질적인 정보가 인터넷을 통해 집요하게 유포됐다. 그것이 당락에 얼마나 영향을 미쳤는지는 알 수 없지만, 정보를 흘린 주요 인사들은 선거 결과를 자신들의 정보전 성과라고 자화자찬했다.

그 성과로 자신감을 얻었을 것이다. 이시가키石垣 시장 선거에 이어, 기노완宜野湾 시장 선거, 나고名護 시장 선거, 오키나와현 지사 선거 등 미군기지 문제가 쟁점이 되는 수장 선거에서 일본 정부의 방침에 반대하는 후보들에 대한 인터넷 네거티브 캠페인이 격렬함을 더해갔다. 그 내용의 대부분은 특정 후보자가 범죄나 부정행위에 손을 댄 것처럼 묘사하여 명예 실추를 노리는 것들이었다. 중국이나 북한과 연계돼 있다는 식의 음모 사관에 대한 것도 많다. 실제로 그런 사실이 없고 유언비어에 불과하다고 하더라도, 공격당한 측은 그대로 손 놓고 볼 수 없다.

그러한 루머에 에너지를 쏟아야 할 뿐만 아니라, 아무리 부정해도 유언비어는 걷잡을 수 없이 빠르게 퍼져간다. 이런 상황이 당연해지고 유권자의 투표 행위에도 영향을 미치게 되면 공정한 선거를 기대하기 어렵다. 정책 논의보다는 후보자의 불신 여파가 선거의 쟁점에 오르면서 선거 자체에 염증을 느끼는 시민도 늘어날 것이다. 이를 극복하기 위해서는 선거와 관련된 당사자 간의 소통을 넘어, 제삼자의 입장에서 검증하고 사실을 밝히는 움직임이 필요하다.

특히 신문이나 TV 같은 언론사가 제 역할을 해 주는 것이 이 시대에 중요하다. 검증하기 위해서는 떠돌고 있는 정보의 진위를 파악하는 취재가 필요하다. 내용에 따라서는 관공서나 기업, 정치인 등과도 맞서야 한다. 언론사가 가진 조직력과 경험, 실적이 없으면 단기간에는 취재조차 어려운 경우가 있다. 이번 현지사 선거에서 『류큐신보』는 '팩트 체크'라는 기사를 게재해 인터넷상에 떠도는 정보를 검증했다. 다루어진 것은 현 지사 선거의 여론 조사나 일괄 교부금, 아무로 나미에 씨의 지원, 전화 요금의 가격 인하 등에 대해서다. 관심이 쏠려있던 문제였기 때문에 사실을 알고 싶었던 독자가 많았을 것이다.

요즘 젊은이들은 신문을 읽지 않는다고 하지만, 기사의 내용은 인터넷 기사뿐 아니라 독자에 의해서도 소개되면서 확산해갔다. 이러한 사실을 누구에게 투표할 것인가의 판단 재료로 삼은 사람도 있을 것이다. 여기서 중요한 것은 사실이 알려짐으로써 흑색선전에 대한 유권자의 거부감이 커지고, 흑색선전을 퍼뜨리는 쪽이 선거에서 불리해지는 상황이 조성되는 것이다. 이는 선거의 공약이나 쟁점, 공개 토론에서도 마찬가지다. 실제로는 안 되는 일을 할 수 있는 것처럼 공약으로 내세우기도 하고, 헤노코 신기지 건설 문제를 건드리지 않도록 쟁점을 흐리기도 한다. 혹은 공개 토론을 피함으로써 유권자들 앞에서 격론을 주고받지 않는다. 자민당과 공명당이 나고 시장 선거에서 '승리 방정식'이라고 불렀던 짓거리는 선거를 유명무실하게 만드는 것이었다. 그것이 이번 현 지사 선거에서는 통용되지 않고 마이너스만을 불러왔다. 자민당·공명당은 이를 반성하고 선거를 본연의 모습으로 되돌려야 한다.

8월 31일, 오키나와현이 매립 승인을 철회하면서 현재 헤노코 바다에서의 공사가 중단된 상태다. K1 호안에서 N3 호안에 이르는 해역은 막혀있지만, 아슬아슬하게 토사 투입까지는 이르지 못했다. 만약 토사 투입이 이루어졌다면 현 지사 선거에도 영향을 주었을 것이다. 그걸 허락하지 않은 것은 아픈 몸을 이끌고 승인을 철회하겠다고 표명한 오나가 지사의 노력도 있지만, 무엇보다 4년간 캠프 슈워브 게이트 앞과 헤노코 바다 오우라만大浦湾, 구니가미촌国頭村의 채석장, 모토부항本部港 시오카와구塩川区 등 곳곳에서 공사를 중단시키기 위해 노력한 시민의 성과이다. 기동대와 해상보안관이 여러 차례 강제로 끌어내도 꿋꿋이 앉아 부표를 넘어 온몸으로 시위를 계속했다. 그것이 공사를 더디게 해 4년이 지나도록 아직 토사를 투입하지 못한 상황을 만들어 냈다.

앞으로 공사 재개를 허락하지 않고, 헤노코 신기지 건설을 미·일 양 정부에 단념시키기 위해서는 새로운 지사를 지지해 많은 현민이 행동하는 것이 중요하다. 다마키 지사 한 사람이 무거운 부담을 지도록 해서는 안 된다. 오키나와 민중의 저력은 역사와 현실을 움직일 수 있다.

2019년

名護市安和の琉球セメント桟橋で、埋め立て用土砂を積み込むガット船に抗議する
カヌーチーム。冬の海でガット船からは水を浴びせかけられた（2019.1.16）

나고시 아와 류큐 시멘트 부두에서 매립용 토사를 실은 거트선을 향해 항의하는 카누팀.
거트선은 겨울바다임에도 불구하고 물을 퍼붓고 있다(2019.1.16).

강제 배제하는 해상보안청에 대항하며 카누에 매달린 채 항의를 계속하다(2019.1.16).

야마토에서 바다를 건너온 자들

오키나와섬 북부 나키진촌今帰仁村에 운텐항運天港이라는 항구가 있다. 오래전부터 훌륭한 천연 항구로 알려져 왔으며, 류큐국 역사서 『구양球陽』에 의하면, 미나모토 다메토모源為朝가 이즈오섬伊豆大島에 유배되었을 당시에 선유를 즐기다 폭풍을 만났는데, 모두가 당황하는 가운데 다메토모는 "운명은 하늘에게 달려있으니, 내 어찌 근심하리오"라며 침착한 태도를 보였다고 한다. 그리고 며칠 동안 떠돌다가 다다른 곳이 운텐항으로, 운텐運天의 지명은 이 다메토모의 말에서 유래하였다. 류큐 사람들은 다메토모의 무용을 보고, 그를 존경하며 따랐다. 다메토모는 오오사토 아지의 누이동생과 결혼하여 슬하에 1남을 두었고, 그 아이는 후에 슌텐왕舜天王이 되었다. 이른바 '다메토모 전설'의 사실과는 다르지만, 지금 나키진촌今帰仁村에서 태어나 자란 사람에게는 어릴 적부터 들었던 익숙한 이야기다. 이를 통해 운텐항의 역사가 오래되었음을 알 수 있다.

1609년 사쓰마군이 류큐국을 침공했을 때도, 오키나와섬을 공격한 제1진이 이 항구에 정박했다. 1853년 미국 배가 우라가浦賀에 쳐들어왔을 때도, 페리 선단은 이미 그 전에 류큐국에 와 있었고, 오키나와섬 각지를 돌며 지리와 자연 등을 조사했으며, 운텐항에 대해서도 알아보았다. 고등학생 때 읽은 미시마 유키오의 소설 『파도소리』 마지막 부분에 운텐항이 등장하여 놀란 적이 있다. 이 작품에는 '운텐은 오키나와섬 북단에 있으며, 전시 중 미군이 최초 상륙한 곳이다'『파도 소리』, 신초문고, 132쪽라고 쓰여 있는데, 이건 잘못된 사실이다. 주인공이 폭풍 속 운텐항에서 영웅적 행위를 하는 건 '다메모토 전설'이나 '귀종유리담貴種流離譚'을 의식한 것일 터이다.

현재 운텐항에는 마을 앞의 옛 항구와 화물선, 이헤야섬伊平屋島과 이제마섬伊是名島의 여객선이 드나드는 새로운 항구가 있다. 신항新港의 항만 사무소에서 근무하고 있는 아버지를 따라 나도 1986년 반년가량 항구에서 항만하역 아르바이트를 한 적이 있다. 어느 날은 창고 앞에서 비료와 사료가 담긴 자루를 싣는 작업을 하고 있었는데, 항구 일각에 모여 있는 남자 무리가 보였다. 함께 작업을 하던 노인이 전시戰時 중 운텐항에 있었던 해군 부대에서 살아남은 자들이라고 내게 귀띔해 주었다. 패전 후 40년이 지난 무렵이었는데, 그 당시 아직 살아남은 일본군들이 오키나와에서 위령제를 지내고 있었다.

오키나와전 중에서도 오키나와섬 중남부의 전투는 잘 알려져 있지만, 북부에서 일어난 전투는 크게 알려지지 않았다. 최근에는 육군 나카노학교와 관련되어 있는 '호향대護郷隊'*가 주목받았지만, 운텐항에 있던 해군 부대에 관해서는 관심이 낮았다. 운텐항에는 제27어뢰정대지령 · 시라이시 신지대위와 특수 잠항정의 갑표적대지휘관 · 쓰루타 덴 대위**가 배치됐다. 오키나와전이 시작되자 두 부대는 미군 함선을 향해 공격했지만 운텐항이 미군기로 폭격되어 괴멸적인 타격을 받았다. 그래서 4월 6일 육상 전투로 변경하여, 육군 제44여단 제2보병대구니가미지대의 휘하로 들어가게 된다. 이 지대는 본부 반도의 야에다케八重岳를 거점으로 하고 있었으나, 미군의 압도적인 화력에 대항조차 하지 못하고, 4월 16일 다노다케多野岳로 철수를 시작했다. 이후 일본군은 미군의 소탕전에 쫓기면서, 북부 산속에 잠복했다. 운텐항과 하네지羽地 내해를 포함한 아라시야마嵐山 일대에는 시라이시 대위가 이끄는 해군 부대가 있었다.

---

* 오키나와전 당시 첩보나 방첩 등 비밀전을 전문으로 하는 육군 나카노학교 출신 장교들에 의해 만들어진 2개의 비밀 부대로, 모두 10대 중반의 소년을 방위 소집하여 구성한 소년병 유격대(게릴라 부대).

** 갑표적 : 일본 제국 해군(일본 해군)에서 최초로 개발된 특수 잠수함.

오키나와전 당시 44세의 나이로 나고名護 군사 주임을 맡고 있던 기시모토 가네미쯔 씨는 시라이시 대위에 대해서 다음과 같이 증언했다.

내가 1950년 5월 가족과 함께 키치강喜知留川 피난처에 머물 당시, 키치강에서 빨래를 하고 있던 사촌누나 기시모토 카나에게, 운텐항에 주둔 대기하고 있는 해군 특공 어뢰대장 시라이시 대위 이하 장교 대여섯 명이 후양관과 기시모토 여관의 피난처로 안내해 달라며 갑자기 말을 걸어왔다. 밥을 먹지 못해 뭐라도 좋으니 먹을 것을 달라고 하길래 준비돼 있던 저녁을 전부 그들에게 주었다. 그뿐만 아니라 곁들일 아와모리도 건네자 모두 기뻐했고 또 만족스러워했다.

시라이시 대위는 마침 놀러 와 있었던 나고학교 미야사토 구니모토 선생님과 우리 가족이 있는 앞에서 어제 야에다케八重岳로 가는 길에 데루야 츄에이 교장을 죽였다고 했다. 그는 매우 훌륭한 교장 선생님이고, 구니가미군 교직원 회장 요직에 있으며, 주민들로부터 존경도 받고 있고, 게다가 장남과 차남은 현재 출정 중이다. 무엇 때문에 죽였냐고 물었더니, 스파이 혐의였으며 충분한 증거도 있었다고 했다. 다음은 나키진今帰仁에서 살고 있는 오사다 시게노리 우체국장과 나고 야베屋部 국민학교장 우에하라 겐에이를 죽일 차례라고 말했다.

일본 군인들은 오키나와 사람들에게 스파이라는 오명을 씌워 무구한 주민을 수없이 학살하고 있었다. 내가 알고 있는 나키진촌今帰仁村 병사 주임 자하나 토모기도 어느 저녁 부락 상회 중, 시라이시 대위의 부름을 받고 연행되어 근처 밭에서 학살당했다고 들었다. 나고시, 『전해 내려오는 전쟁 · 시민의 전시 및 전후 체험 기록』 1집, 92쪽

증언에 나오는 자하나 토모기 씨의 학살사건은 어렸을 때 가족들에게 몇 번이나 들은 이야기이다. 그가 살해당한 뒤, 할아버지는 자신도 리스트에 올라가 있

다는 연락을 받고, 서둘러 산으로 도망쳤다고 했다.

1967년 나키진 초등학교에 입학했을 때, 1학년은 단 두 개의 반밖에 없었고, 옆 반 여교사가 자하나 선생님이었다. 어른이 되고 나서, 그 선생님이 자하나 토모기 씨의 여동생이라는 것을 알았다. 내 어머니는 전쟁 당시 야가지섬屋我地島에 살고 있었다. 하네지 내해를 사이에 두고 있으며, 아라시야마가 눈앞에 펼쳐져 있는 곳이었다. 밤이 되면 일본군이 집으로 찾아와 저녁에 먹을 고구마를 훔쳐 갔다고 했다. 7살이었던 남동생이 "너희들은 이거나 먹어라"라며, 고구마 가장자리를 일본군에게 던졌다고 했다. 어린아이였기 때문에 가능한 일이었을 것이다.

가족들의 식량을 빼앗은 것은 아라시야마에 있던 시라이시 부대일 가능성이 높다. 패잔병이 된 일본군은 미군이 마을을 경비하는 낮에는 산속에 숨어 있다가, 밤이 되면 마을로 내려와 식량을 강탈해 갔다. 게다가 미군과의 접촉이 잦은 마을 핵심 인물들을 스파이로 지목해 죽이곤 했다. 시라이시 부대가 주민학살을 자행한 배경에는 오키나와 사람들에 대한 뿌리 깊은 불신과 편견이 있었다. 1944년 10월 10일 미군은 오키나와 전역에 걸쳐 일본군 거점을 공습한다. 미군기의 공격을 받은 운텐항의 육상 시설은 물론이고, 갑표적과 어뢰정 또한 큰 피해를 보았다. 비밀기지로 위장하고 있었지만, 미군의 공격은 적확했다. 그에 따라 미군의 첩보 활동에 대한 경계가 높아졌고, 주민을 스파이 취급하는 시선도 날카로워졌다.

오키나와는 이민현이라서 하와이나 캘리포니아 등 미국으로 이민을 가는 경우가 많았다. 마을에는 이민 갔다 돌아와 영어를 구사할 수 있는 주민도 있었기 때문에 일본군이 특히 주의를 기울였다. 1879년 메이지 정부가 류큐국을 멸망시킨 이래, 교육을 비롯한 모든 면에서 일본으로의 동화 정책이 추진되고 있었지만, 독자적인 역사, 언어, 문화, 민속을 가진 오키나와인에 대한 편견, 차별, 불신이 일본군 내에 뿌리 깊게 자리 잡고 있었다.

미군이 운텐항을 정확하게 폭격할 수 있었던 것은 오키나와 전역을 항공 촬영하여 대량의 사진 자료와 지도를 제작하고, 지형이나 부대의 배치, 장비 등을 분석했기 때문이다. 또한, 미국으로 이민을 간 오키나와 사람들로부터 청취 조사를 실시하고, 페리 조사까지 거슬러 올라가 문헌자료를 섭렵하고, 오키나와에 관한 연구와 분석에 매진했기 때문이었다. 이를 모르는(생각하지 않는) 일본군은 폭격에 의한 피해가 자신들의 무력함, 결점, 실패가 아닌 오키나와 사람들이 스파이 짓을 했기 때문이라고 믿음으로서 피아의 전력과 능력의 차이를 외면했다. 미군이 상륙한 이후에도 오키나와 사람들이 일본군의 거점이나 거처를 미군에게 가르쳐주고 있다고 생각하고, 피난길에 우연히 일본군 곁을 지나던 주민들을 적의 공격을 유도하는 스파이로 몰아 학살하는 경우도 있었다.

데루야 츄에이 교장은 귀가 멀었다고 했다. 먼저 도망친 가족을 쫓아 본부에서 나키진으로 향하고 있을 때, 시라이시 부대 소속 병사에게 붙잡혀 심문을 당했는데, 대답을 잘하지 못하자 스파이로 의심받은 게 아니냐는 이야기가 돌았다. 시라이시 부대는 이후 9월 3일 미군에 투항하였고, 수용소에 수감되어 있다. 미군에게 군도를 내미는 시라이시 대위의 사진은 인터넷상에서도 볼 수 있다. 33년 전 운텐항에서 본 전직 해군 병사 중 시라이시 전 대위도 있었을까. 그를 비롯하여 오키나와에서 주민들을 학살한 일본군들은 사죄하는 일 없이 좋은 남편, 좋은 아버지로서 전후를 살았을까.

당신은 어떻게 할 것인가

2018년 12월 14일 오전 11시 정각, 헤노코辺野古곶 부근 ②-1구에 매립용 토사가 투입되었다. N3-K4-N5 3개의 호안에서 폐쇄된 해역으로, 덤프트럭에 실려있는 적토 섞인 암석 덩어리가 N3호안 위에 설치된 철판에 떨궈지면 그것을 불도저가 해안으로 떠민다. 이후 아무리 적어도 하루에 10톤 덤프트럭이 200대 이상, 많은 날에는 400대 이상의 토사가 연일 같은 구에 투입되고 있다. 지금은 투입된 토사를 사용하여 호안에 길이 만들어지고, 덤프트럭은 해안까지 내려와 매립 면적을 넓히고 있다. 호안 내 바다는 적토로 탁해지고 죽음의 바다로 변해 가고 있다. 호안이 만들어진 후에도 살아남았을 해양 생물은 나날이 토사에 생매장되고 있다.

1972년 5월 15일 오키나와 시정권이 반환된 이후, 오키나와섬 각지의 해안선이 파괴되고 매립되어 가는 과정을 실제로 지켜봐 왔다. 현 외에서 오키나와를 방문하는 사람들은 나고名護 시내를 달리는 58호선 국도 아래가 예전에 모래사장이었다는 사실을 모를 것이다. 초등학교 시절에 자주 그 모래사장에서 사촌형들과 캐치볼도 하고 낚시도 하며 놀았다. 돌고래 사냥이 이루어져 바다가 붉게 물들기도 했었는데, 이 또한 먼 과거 이야기가 되어버렸다. 모래사장이 남아 있다면 나고의 거리는 관광지로서 북적거렸을지도 모른다고 후회하는 사람도 있다. 하지만 후회해도 늦다. 파괴되고 잃어버린 자연은 돌아오지 않는다. 근처 모토부本部 마을에 있는 츄라우미 수족관을 방문하는 관광객의 대부분은 58호선을 타고 나고시名護市를 그냥 지나쳐 버린다.

오우라만大浦湾을 사이에 둔 헤노코사키辺野古崎의 건너편 강가에 카누차베이 호텔이 보인다. 오키나와 내에서도 알아주는 고급 리조트 시설이다. 그 경치를 바라보면서 '캠프 슈워브가 없었다면 헤노코사키 일대는 카누차를 능가하는 고급 리조트지가 형성되어, 헤노코 구민의 생활도 완전히 달라졌을 텐데'라는 생각을 한다. 관광 개발에도 문제는 있다. 호텔로 둘러싸인 모래사장에 주민은 들어갈 수 없다. 지역 고용이라고 해도 직종은 한정되어 있고, 값싼 노동력으로 이용된다. 시설 건설로 인해 해안의 자연이 파괴되고, 쓰레기와 물 문제도 발생한다. 다만 그럼에도 군사기지를 건설하는 것보다는 낫다.

현재 오우라만에서는 매일 아침 세 척의 거트선토사운반선이 토사를 싣고 들어와 빈 램프웨이 대선으로 옮겨 싣고 있다. 그 사이 K9 호안에서는 또 다른 램프웨이선이 접안하여 토사를 뭍으로 옮기고 있다. 덤프트럭을 타고 헤노코사키부근까지 운반된 토사는 ②-1구에 투입된다. 동시에 나고시 아와구安和区의 류큐 시멘트 부두에서는 다른 3척의 거트선에 토사가 실린다. 즉, 총 6척의 거트선과 2척의 램프웨이선을 사용하여, 토사를 싣고, 교체하고, 뭍으로 옮기는 작업과 덤프트럭으로 ②-1구에 옮겨 투입하는 매립 작업이 반복되고 있다. 이에 대한 항의 행동은 오우라만 해상과 캠프 슈워브 게이트 앞, 아와구安和区 류큐 시멘트 부두 앞 등 3곳에서 이루어지고 있다. 히가시촌東村 다카에高江에서는 헬기장으로 연결되는 도로가 정비되고 있기 때문에 그에 대한 항의도 해야 한다. 항의가 네 곳으로 분산되기 때문에 주민들의 부담이 더욱 커지고 있다. 오키나와 방위국이 노리는 바이겠지만 어느 현장도 소홀히 할 수 없다.

이런 상황에서 필요한 것은 무엇보다 사람들이다. 나는 카누에서 행하는 해상 행동을 중심으로 참가하고 있지만, 해상에서도 게이트 앞에서도 더 많은 사람이 모이면 공사를 멈출 수 있을 텐데, 라고 언제나 생각한다. 특히 카누에서 하는 행동은 토사를 싣고 옮기는 작업에 직접적인 영향을 줄 수 있다. K9 호안에 램프웨이선의 접안을 늦추면, 그만큼 토사 투입량이 줄어든다. 류큐 시멘트 부두에서도 3척을 2척으로 줄일 수 있다면, 덤프트럭을 백 수십 대 세운 것이나 마찬가지다. 항의 현장에 나가려면 시간과 돈을 투자하고, 기동대와 해상보안청의 탄압에 시달리게 된다. 그러나 현장에서 행동하는 사람이 늘어나지 않으면 공사를 멈추기는커녕 늦출 수조차 없다.

당신은 어떻게 할 것인가.

풍요로운 바다의 오염 확산

헤노코 토사 투입 1개월, 현장에서 저지행동을

작년 12월 14일, 헤노코 신기지 건설 ②-1 공구工區에 첫 매립용 토사가 투입되고 한 달여가 지났다. 그동안 공구 주변과 토사가 옮겨지는 K9 호안, 토사가 실리는 나고시名護市 아와구安和区의 류큐 시멘트 현장에 카누를 타고 나가, 근처에서 작업 진행 상황을 지켜봤다. 현재 바다에 투입되고 있는 '암석 덩어리'는 가까이서 보면 대량의 적토가 섞여 있다. 항공 촬영된 영상만 봐도 바다가 적갈색으로 물들어 오염이 심해지고 있음을 알 수 있다.

1월 13일 자 본 잡지 사설에 의하면 "2013년 방위국이 현에 제출한 승인 신청 문서에는 매립용 토사에 암석 이외의 쇄석이나 모래 등의 미세분을 포함하는 비율을 '대략 10% 전후'로 하며. 현에 대해서도 '해상 투입으로 인한 오염을 줄이기 위해 미세분 함유율을 2~13%로 한다'고 적혀있다. 그러나 17년도 방위국이 업자를 통해 발주했을 당시, 미세분의 비율을 '40% 이하'로 지정했다. 신청 문서보다 4배나 높은 비율이었다"고 한다.

내 집을 짓는 건설업자가 자재를 속이고 조악한 것을 사용했다는 것을 알게 된다면, 누구나 화가 날 것이다. 매립 승인을 받을 때는 질 좋은 토사를 사용하는 것처럼 꾸미고, 실제로는 4배나 나쁜 토사를 사용하고 있었다. 오키나와 방위국이 하고 있는 일은 오키나와를 기만하고, 현민을 우롱하는 악질적인 사기행위이다. 아직은 매립 초기 단계이지만, 토사 투입이 진행되고 태풍을 맞이하게 된다면 어떨까. 매립 구역을 에워싼 호안은 당초 예정의 절반 높이밖에 되지 않는다. 태풍의 여파로 높은 파도가 호안 내부로 흘러들어, 적토를 포함한 오염수가 외부로 흘러넘칠 가능성이 있다. 임기응변으로 공법이나 자재의 질을 바꾼다면 환경 영향 평가의 의미가 없다. 류큐 시멘트 부두를 사용할 때도 오키나와 방위국은 공사 완료 신고서를 제출하지 않고 토사를 싣는 작업을 실시하는 위법행위를 자행했다. 현의 적토 등의 유출 방지 조례 위반도 지적되고 있다. 오키나와 방위국의 이러한 무모한 행위는 다카에高江 헬리패드 건설에서도 여러 차례 적발되었다. 무능한 집단이 권력을 잡으면 자연은 물론이고 법과 논리, 윤리마저 파괴한다.

2014년 8월부터 카누를 타고 헤노코 바다 오우라만大浦湾에서 항의 행동을 지속했다. 매립용 토사가 투입되고 있는 해역에서도 셀 수 없이 카누를 저었다. 육지에는 기지시설이 늘어서 있지만, 헤노코사키辺野古崎 주변 해안에는 판다누스 수풀과 헤노코辺野古 어항漁港에서 곶까지 모래사장이 쭉 뻗어 있다. 2017년 여름에는 이 모래사장 곳곳에서 바다거북이 산란을 확인했다. 해저에는 듀공의 먹이가 되고, 치어의 종묘 구역이 되는 해초와 조장이 펼쳐져 있었다. 모즈쿠가 자생하고 있고, 손으로 떠서 먹을 수도 있었다. 카누에 놀라 물고기 떼가 해면 위를 날아오르고, 카누로 뛰어든 적도 있다. 그런 풍요로운 바다가 날마다 토사에 매립되어 파괴되고 있다. 1년 전 카누를 저을 수 있었던 해역도 이제는 호안으로 둘러싸여 접근조차 할 수 없다. 고작 4년 반이라는 시간 동안 이 바다에 나왔던 나도 이렇게 괴로운데, 어릴 적부터 이 바다와 함께해 온 현지 사람들의 견딜 수 없는 괴로움을 감히 상상이나 할 수 있을까.

현 내 미디어에서는 백악관을 향한 청원 서명 기사가 쏟아지고 있다. 헤노코 신기지 건설 문제가 세계에 알려지는 것은 중요한 일이다. 국내 정치가 '아베 독재'라는 평가를 받는 가운데, 신기지 건설을 멈추려면 국제 여론의 고조가 필수불가결하다. 그 점을 인식하는 한편, 오키나와 현민인 나는 나날이 진행되는 바다의 파괴를 멈추기 위해서 무엇을 하고 있는 것인가 자문하지 않을 수 없다.

현재 헤노코 바다에 투입되는 토사는 나고시 아와구 류큐 시멘트 부두에서 배에 실린다. 현장에서는 토사를 실은 덤프트럭에 대한 연일 항의 행동이 지속되고 있다. 행위에 참가하는 사람들은 헤노코 바다의 파괴를 멈추고, 더 이상의 기지 부담 강화를 허용하지 않기 위해 바쁜 시간을 쪼개서 찾아가고 있다. 직장이 있는 사람들은 평일 낮에 이루어지는 항의 행동에 참가하기 어렵다. 나만 해도 행동에 참가함으로서 시간을 뺏기고 수입이 줄어, 생활비를 아껴야만 하는 상황이다. 그래도 아직은 직장인보다 시간을 유동적으로 쓸 수 있기 때문에 항의 행동에 가담하고 있다. 이렇게까지 하는 것은 헤노코 신기지가 생기고 오키나와섬 북부=얀바루에 해병대 기지가 집중되면, 얀바루의 앞날이 비참할 게 눈에 보이기 때문이다. 단지 그 비참함은 얀바루에 그치지 않는다. 기지가 가져올 피해는 오키나와 전체에 미친다.

후텐마普天間인가 헤노코인가 하는 양자택일은 일본 정부가 만들어낸 함정이다. 오키나와 현민을 함정에 빠뜨려, 헤노코를 진행하지 않으면 후텐마가 고착화될 것처럼 착각하게 만드는 것이 일본 정부의 목적이다. 오키나와 내부에서 대립각을 세워 기지를 서로에게 미룸으로써 그 끝에 웃고 있는 것은 누구인가. 아베 총리와 스가 관방장관이다. 그들이 원하는 대로 휘둘리지 않기 위해서는 헤노코와 아와安和 현장에서 행동하는 것이 중요하다.

듀공의 죽음

희귀종 보호의 역행

3월 18일, 나키진촌今帰仁村 운텐항運天港 앞바다에서 듀공의 사체가 발견되었다. 오키나와 방위국이 개체 B라고 이름 붙였던 듀공이었다고 한다. 개체 A와 C는 행방불명된 지 오래이며, 이로써 생존을 확인할 수 있었던 듀공은 오키나와 근해에서 사라졌다. 헤노코 신기지 건설이 계획된 당초부터 염려되었던 것이 현실이 되었다. 듀공 보호를 위한 유효한 조처를 하지 않고 오히려 공사를 강행함으로써 듀공을 내쫓아 죽음으로 내몬 일본 정부와 오키나와 방위국의 책임이 크다. 만약 헤노코 바다 오우라만大浦湾에서 신기지 건설이 이루어지지 않고 조용한 환경이 유지되었다면 듀공은 지금까지도 이 해역에서 해초를 먹으며 살고 있었을 것이다. 그러나 지금의 헤노코辺野古 바다 오우라만의 상황은 듀공뿐만 아니라, 다른 생물들의 생명도 압살하며 바다의 파괴가 이루어지고 있다.

헤노코 쪽의 얕은 여울은 이미 K1에서 N3에 이르는 호안으로 둘러싸여, 매립이 진행되고 있다. 그 해역은 불과 2년 전까지 카누로 오갈 수 있었다. 해저에는 해초·해조가 늘어져 있고, 때가 되면 모즈쿠를 손으로 떠먹을 수도 있었다. 예전에는 듀공도 해초를 먹으러 찾아왔을 그곳이 적토 섞인 토사로 매립되어 가고 있다. 카누나 배로 이동하다 보면 K4 호안 근처에서 바다거북의 모습을 자주 볼 수 있다. 호안의 바깥쪽에 남아 있는 해초·해조에서 먹이를 뜯어 먹고 있었을 것이다. 그러나 2년 전만 해도 바다거북이 산란을 하러 오던 모래사장은 호안에 가로막혀 더 이상 다가갈 수 없다. 캠프 슈워브의 헤노코 쪽에 남겨진 모래사장은 미군이 수륙양용차 훈련을 하는 곳이 되어버렸다.

듀공의 죽음이 보도되고 얼마 지나지 않아, 운텐항을 방문했다. 바다 쪽 호안을 걷다 보면 눈앞에 코우리지마古宇利島가 보이고 얕은 바다가 펼쳐진다. 어항漁港이 생기기 전, 이곳에는 쿤저 해변이라는 작은 모래사장이 있었다. 26년 전 여름, 그 쿤저 해변에서 처음으로 바다거북 새끼가 바다로 향하는 모습을 보았다. 늦은 밤 모래사장에 내려와 파도가 밀려 나오는 곳에서 빛을 내는 갯반디를 바라보고 있으니, 작고 검은 생물이 모래사장을 기어 왔다. 달빛에 떠오른 것은 바다거북 새끼였다. 갯나팔꽃 덤불에서 나오길래 그곳으로 가보니, 가는 실처럼 가는 덩굴풀이 무성한 탓에 풀에 얽혀 여러 마리의 거북이가 몸부림치고 있었다. 한 마리씩 구해 모래사장에 내려놓자, 열심히 파도가 닿는 곳으로 달려갔다. 거북이들은 파도에 다시 밀려오기도 하면서, 이윽고 썰물을 타고 미끄러지듯 바다로 빨려 들어갔다. 호안 근처에 새끼거북이 기어 나온 구멍이 남아 있어 이런 곳에서 바다거북이 올라오는 건가, 하고 생각했다.

그 후, 어두운 모래사장에서 바다거북을 조심하게 되었는데, 나카진今帰仁 해변에서 몇 번이나 바다거북의 산란과 부화 장면을 보았다. 그리고 어릴 적 할머니에게 들었던 이야기를 떠올렸다. 날개개미가 날기 시작하는 계절이 되면, 바닷가에 바다거북이 올라온다. 배 밑에 막대를 넣고 뒤집으면, 바다거북은 자력으로 일어날 수 없다. 잡은 바다거북의 고기는 피부병의 약이 된다는 이야기다. 이 이야기는 100여 년 전, 할머니가 어릴 적에 보고 들은 이야기였을 것이다. 그 무렵이면 사람들이 잡아먹을 정도로 많은 바다거북이 해변으로 올라오고, 바다에서는 듀공이 헤엄치고 있었을 것이다. 오키나와 사람들의 삶의 터전에서 함께 살고 전래나 민화로 전해오던 생물들이 현재 멸종 위기에 처해 있다. 그것을 막기 위해 힘을 쏟아야 하는데, 일본 정부와 오키나와 방위국은 정반대의 일을 하고 있다.

헤노코 게이트 앞 농성에 참가했을 때, 마이크를 든 한 사람이 이런 이야기를 하고 있었다. '듀공이 죽은 건 자신에게도 책임이 있다. 매일 1,000명씩 모여 앉아 공사를 중지시킬 수 있었다면, 듀공이 저런 식으로 죽을 일은 없었을 텐데…….' 우리들은 지금 헤노코에서 강행되고 있는 신기지 건설 공사를 멈추기 위해 무엇을 하고 있는 걸까. 현민 투표에서 반대표 0을 만들고, 인터넷 서명을 하는 것으로 다 했다고 생각한 것은 아닌가. 일이나 일상생활이 바쁜 와중에도 힘들게 시간을 내어 헤노코까지 발길을 옮기고 공사를 멈추기 위한 노력을 하고 있는 것인가.

헤노코 신기지 건설은 오키나와 자연을 파괴하고 현민의 생활에 위협만 가하는 것이 아니다. 그것은 엄청난 예산 낭비이기도 하다. 현의 시산으로 2조 수천억 엔이나 든다고 하는 예산을 어린이 빈곤 대책을 위해 쓴다면 얼마나 많은 가정이 구원받을 수 있을까. 저출산 고령화 사회를 맞이하고 있는 지금, 교육, 육아 지원, 의료, 복지, 환경보호 등에 우선적으로 예산을 돌려야 한다. 어째서 미군기지 건설에 우리들의 혈세를 써야 하는가. 헤노코 신기지 건설은 일부 종합건설이나 군수산업, 그와 결부된 정치인의 이권 소굴이 되고 있다. 헤노코 바다 오우라만에서 카누를 젓다 보면 얼마나 쓸데없는 예산이 공사에 사용되고 있는지 알 수 있다. 정치인들은 어린이 빈곤 대책을 말하고자 한다면, 우선 헤노코 신기지 건설을 중단하고 아이들을 위해서 그 예산을 쓸 수 있도록 노력해야 한다.

일본인은 언제까지 오키나와에 미군 기지를 떠넘길 것인가

오키나와에서 발행되고 있는 『류큐신보』지의 1995년 9월 8일 자 석간에 「폭행혐의로 미군 3명의 신병 구속 / 현경」이라는 표제의 기사가 실려 있다. 짧기 때문에 전문 인용한다.

현경 등은 8일까지 초등생 폭행 혐의로 3명의 미군에 대한 체포영장을 발부받았다. 세 사람의 신병은 미군 수사기관NCIS이 확보하고 있다. 사건은 4일 밤, 본섬 북부지구에서 발생. 쇼핑을 하고 돌아오는 초등학생을 차에 태워, 근처에 있는 해변에서 초등학생을 폭행한 혐의. 사건 후, 현경 등은 긴급 수배를 내리고, 현장을 벗어나 차로 도주하고 있던 용의자의 행방을 쫓았다. 현경 등은 범행에 사용된 렌터카 등에서 용의자를 산출하여 조사를 진행했다. 현경은 미군의 신병 인도를 요구하고 있다.

당시 이 사건은 오키나와뿐만 아니라 일본과 미국에도 큰 충격을 주었다. 벌써 23년이나 지난 일이지만, 이 기사를 읽었을 때, 심각한 사건이 일어났다고 생각했던 순간은 지금도 선명하다. 9일 자 『오키나와 타임스』지 조간에는, 범행의 모습이 다음과 같이 기록되어있다.

조사 결과 세 사람은 4일 오후 8시가 지난 시각에 주택가에서 숨어 지켜보다, 우연히 쇼핑하고 돌아오는 여자 초등학생을 차에 태워 해안가 근처 농로로 데리고 가, 점착

테이프로 신체를 구속하여 폭력을 행사한 혐의.

미군들은 렌터카를 빌리고 점착테이프를 준비하는 등 계획적으로 여성을 노리고 있었던 것이다. 오키나와에서는 이 사건에 대한 항의 움직임이 즉각 일어나지는 않았다. 사건에 대한 분노가 없었던 것은 아니다. 오히려 전에 없을 정도의 분노를 오키나와 사람 상당수가 느끼고 있었다. 그러나 좁은 섬 안에 피해자도 그 가족도 살고 있다. 피해자의 프라이버시를 생각해서 어떻게 항의를 해야 하는지 판단하기 어려웠던 사람이 많았다고 생각한다. 그럼에도 여성 단체를 중심으로 항의의 목소리가 높아지기 시작하자 분노는 순식간에 퍼져 쏟아져 나왔다. 그해 12일에는 현 전체에서 8만 5,000명주최자 발표이 참가하는 현민 집회가 열렸다. 1972년 시정권 반환 이후 오키나와에서는 최대 규모의 집회가 되었다.

그 움직임에 미·일 정부는 강한 위기감을 느꼈다. 오키나와 사람들의 분노가 미·일 안보 체제를 뒤흔들고, 오키나와 주둔 미군기지의 원활한 운용에 지장을 초래하게 될 가능성이 있었기 때문이다. 이를 회피하기 위한 회유책으로 나온 것이 후텐마 기지의 '반환'이었다. 시가지 중심에 있는 후텐마 기지는 '세계에서 가장 위험한 기지'로 일컬어지며, 기노완시宜野湾市의 교통체계를 분단시키고 발전을 가로막고 있었다. 그 기지가 반환된다는 발표를 오키나와 사람들이 환영하는 것은 당연하다. 그러나 그 실상은 대체 시설을 오키나와현 내에 만드는 조건이 붙어 있어 반환이 아니라 현 내 '이전'이며, 기지 돌려막기에 지나지 않았다. 오키나와 사람들의 기쁨은 실망으로 변해갔다.

후텐마 기지의 '이전'지로 나고시名護市 헤노코辺野古가 떠오르고 건설될 기지의 형태가 드러나면서 단순한 '이전'이 아니라 새로운 기지 건설이라는 비판이 고조되었다. 2개의 V자형 활주로와 더불어 후텐마 기지에는 없는 항만시설과 장탄장装弾場이 들어선다. 오키나와에서는 후텐마 대체 시설이 아니라 헤노코 신기지로 불리게 되었다. 그 신기지는 헤노코 탄약고와 인접해 있다. MV22 오스프리나 입항한 강습상륙함에 탄약을 단시간에 실을 수 있다. 후텐마 기지에 비해 육해공의 일체화된 운용이 가능해진다. 마찬가지로 인접한 캠프 슈워브에는 사격장이 있고, 해안부에서는 수륙양용차의 훈련이 일상적으로 행해지고 있다. 신기지의 북쪽에는 북부 훈련장이 있고, 얀바루 숲이 정글 트레이닝 센터로 이용되며, 게릴라전 훈련이 이루어진다. 오키나와섬을 횡단해서 서쪽으로 향하면, 이에지마 보조비행장이 있다. 강습상륙함을 본뜬 활주로에서는 착함着艦훈련이 행해지고, 낙하산 강하 훈련도 이루어지고 있다. 오키나와섬 북부에 주둔해 있는 해병대의 기지를 집약하고, 노후화된 시설을 최신식으로 바꾸고 인구가 적은 지역에서 더 자유롭게 훈련 및 작전 활동을 한다. 그것이 미·일 양 정부의 목적이다. 미군의 강간 사건을 이용하여 기지 '정리 축소'라던지, 오키나와 현민의 '기지 부담 경감'이라는 겉치레한 말을 하면서, 일본 정부가 하고 있는 것은 오키나와의 주둔 미군기지의 고정화이며, 오키나와에 새로운 기지 부담 또한 강요하는 것이다.

이 글을 쓰고 있는 지금, 오키나와에서는 헤노코 신기지 건설을 둘러싼 현민투표가 이루어지고 있다. 연일 헤노코 바다와 게이트 앞에서 공사에 반대하는 행동을 하며, 더불어 현민 투표의 운동에도 주력하고 있다. 제대로 쉴 틈도 없는 날들 속에서 이 글을 쓰고 있다. 독자가 이 글을 읽을 무렵에는 현민 투표의 결과가 나왔겠지만, 대다수의 일본인이 얼마나 많은 관심을 쏟을까. 대다수의 일본인에게 오키나와 기지 문제는 남의 일이다. 오키나와 사람들이 아무리 미군 기지의 과중 부담을 호소해도 진지하게 귀를 기울이지 않는다. 그 이유는 알기 쉽다. 이 문제를 정면으로 마주하면 자기들의 좋은 점, 기만, 오키나와 차별을 자각해야 한다. 그 불쾌감과 양심의 가책에서 도망치는 가장 편리한 방법은 바로 무관심한 척하는 것이다.

일본의 방위를 위해서는 미·일 안보조약이 필요하다. 그렇게 주장하는 일본인은 많다. 그러나 이 조약에 명시된 기지 제공 의무를 자신이 지는 것은 싫다. 미군에 의한 사건·사고에 휘말리는 것도 싫고, 폭음 등의 환경 악화로 일상생활이 위협받는 것도 싫다. 미군기지는 필요하지만, 자신이 사는 곳에서 가능한 한 멀리 있었으면 좋겠다. 그러므로 오키나와에 있는 것이 바람직하다. 오키나와 사람들에게는 미안하지만, 일본 전체의 안전을 위해서 참아 주었으면 한다. 그것이 일본인 대다수의 본심이다. 자신들은 미·일 안보 체제의 부담은 지지 않고 이익만 누리겠다는 심보이다. 일본에도 미군 기지는 있다. 그 근처에 살면서 피해를 보고 있는 사람 중에는 오키나와의 아픔을 자신의 일로 받아들이는 사람도 있을 것이다. 오키나와에 기지를 강요하고 있음을 직시하고, 헤노코 신기지 건설에 반대하기 위해 오키나와로 와서 항의 행동에 동참하고 있는 일본인도 있다. 그러나 그 숫자는 매우 극소수이다.

한편 매일 수만 명의 일본인이 오키나와로 여행을 온다. 미군기지만 하더라도 양심의 가책을 느끼지 못하는 이들에게는 관광의 대상이 된다. 관광객뿐만이 아니다. 반대운동을 포함하여 미군기지는 표현의 소재로써 이용 가치가 높다. 기지와 그 주변의 풍속, 설화성이 풍부한 오키나와의 전후사戦後史, 일본에는 없는 그림이 되는 풍경을 찾아 사진가, 영상작가, 소설가, 논픽션 작가, 극작가, 평론가, 연구자, 그 외의 사람들이 일본에서 찾아온다. 그들에게 오키나와는 표재의 보고일 것이다. 오키나와를 다룬 작품이 만들어져서 인품이 좋은 오키나와 사람들은 오키나와의 현상을 전해줘서 고맙다고 감사하고, 그 작품들이 일본인의 양심에 호소하여, 오키나와에 대한 이해가 깊어지고, 기지 문제가 개선되기를 기대한다. 비록 기대했던 대로 되지 않더라도 일부러 오키나와까지 와서 취재해주는 사람들에게 친절을 베푸는 오키나와 사람도 있다. NHK 아침드라마에 나오는 착한 오키나와 사람들. 그러나 일이 끝나면 그들은 다음 소재를 찾아 다른 곳으로 발을 옮긴다. 딱 그 정도의 일이다. 정부에 정면으로 부딪쳐 오키나와 기지 문제를 호소하며 오랜 기간 오키나와 사람들과 함께하는 사람은 드물다.

23년 전 사건의 피해자나 그 가족들은 지금의 오키나와, 일본의 현 상황을 어떻게 보고 있을까. 언제나 그런 생각을 한다. 헤노코 신기지를 둘러싸고 이제와서 현민 투표를 실시한다. 피해자를 생각하면 죄송한 마음이 든다. 10·21 현민 집회에서 두 번 다시 같은 희생자를 낳아서는 안 된다고 다짐했으면서 이를 실현하지 못한 채 새로운 기지마저 만들어지려 하고 있다. 사건의 현장에서 가까운 오키나와섬 북부의 동해안에 말이다. 이를 허락하고 있는 것은 오키나와 사람들의 약함이며, 우리들의 무력함에 화가 치밀어 오른다. 그렇다고 해서 이 현실에서 도망칠 수는 없다. 쓰러질 때까지 발버둥 치는 수밖에 없다.

이 에세이도 이번이 마지막이다. 『미타문학』에는 어울리지 않는 글일지도 모른다. 글을 쓸 기회를 주신 것에 대해 감사 인사를 드리고 싶다.

이익을 목적으로 한 축제 소동

소동 뒤에서의 신기지 건설 강행

신년호의 발표가 만우절인 4월 1일. 신천황의 즉위가 근로자의 날인 5월 1일. 마치 장난같이 짜여진 일정이지만, 그사이에 통일 지방 선거가 있었던 것을 보면, 아아 그런 거군, 하고 납득이 간다. 아베 신조 수상 입장에서 보면 천황의 교체와 관련한 일련의 행사를 이용하여 정권에 대한 지지율을 높여 선거의 우위를 선점하는 것이 무엇보다 중요했을 것이다. 다만 그 계획은 쓰카다 이치로 전 국토교통성 부대신의 '촌탁村度' 발언과 사쿠라다 요시타카 전 올림픽 전임장관의 '부흥 이상으로 의원이 중요'하다는 발언 등에 의해 뜻대로 완수하지 못했다. 오키나와에서는 중의원 3구의 보궐선거로 헤노코辺野古 '이전' 용인을 표명한 후보자가 패배하는 결과를 낳았다. 그러나 천황(제)을 이용하여 인기를 얻으려는 아베 정권의 당리당략, 사리사욕은 선거에 그치지 않았다.

4월 1일 '레이와令和'라는 글자를 내걸고 기자회견을 한 스가 요시히데 내각 관방장관의 모습은 30년 전 '헤이세이平成'를 발표했던 오부치 게이조 전 내각 관방장관과 겹쳐졌다. 신년호 발표 당시의 사진과 영상이 반복적으로 다뤄지고 역사로 남는다. 스가 내각 관방장관도 이를 의식하고 기뻐했을 것이다. 이제는 '레이와 아저씨'라고 불리며 포스트 아베의 총리 후보까지 올랐다. 아베 총리 본인도 일부러 등 뒤쪽의 커튼을 빨간색으로 바꾸고 기자회견을 열어 자신을 전면에 내세웠다. 이 또한 역사에 이름을 남기고 싶은, 자신의 정권을 강화하고 싶은 욕망이 그대로 노출되어 있다.

아베 정권의 천황(제)의 정치적 이용을 지탱하고 있는 것이 텔레비전, 신문, 주간지 등의 보도 자세다. 천황 내외의 일상 동향을 보도하고 헤이세이를 되돌아본다는 의미로 비슷한 기획 프로그램과 특집을 반복하고 있다. 별것도 아닌 일에 매스컴 또한 천황(제)를 이용하여 시청률이나 부수를 올리려고 기를 쓰고 있다. 신구新舊 연호를 사용해 한밑천 잡아보려는 사람도 많다. 정치가, 매스컴부터 장사꾼까지, 표면적으로는 천황 내외나 황실을 치켜세우면서 그 이면에서는 자신들의 이익을 얻기 위해 축제 분위기를 연출하고 있는 것 아닌가.

신천황 즉위를 5월 1일에 즈음하여 10일 연휴로 한 것도 경제 효과를 우선했기 때문이고, 아베 총리는 그로 인한 국민들의 지지를 노렸을 것이다. 그러나 천황가의 입장에서 보면 과거 노동운동을 뒷받침했던 사회주의는 불구대천의 원수이고, 황거 앞 광장에서 벌어진 '피의 노동절 사건'이라고 하는 역사도 있다. 그런 날에 즉위를 맞추다니 아베 총리의 악의마저 느껴진다. 정작 신천황·황후에게는 힘든 날들이 기다리고 있다. 특히 황후가 되는 마사코는 미치코 전 황후와 비교되면서 큰 심리적 압박을 받을 것이다. 황태자비 시절부터 정신적으로 불안정하여 공무를 장기간 쉬었던 그녀가 황후로서 공무를 똑같이 소화할 수 있을까. 만약 소화하지 못할 경우 언론으로부터 얼마나 공격을 받을까.

신천황 부부뿐만이 아니다. 아키시노노미야 가문도 중압감을 받고 있다. 특히 장녀 마사코는 연인 사이인 코무로 케이 씨가 모친의 금전 문제를 둘러싸고 주간지나 TV 와이드쇼를 통해 엄청난 비난을 받자, 상처를 입었다. 최근에는 언니를 걱정했던 여동생 케이코 씨까지 주간지에서 공격당하고 있는 형국이다. 젊은 두 사람이 서로 좋아한다면 흔쾌히 축하해주면 될 것을 발목을 잡아, 매상을 늘리려는 언론의 추악함이다. 그 배경에는 황족의 수가 감소함에 따른 여성 관가 창설 문제가 얽혀 있다. 그러나 아무리 황실 전범을 개정하여 황족을 늘려도 이

시대에 천황제를 유지해 간다는 것 자체가 많은 무리를 안고 있다. 천황 가문에서 태어났다는 이유만으로 자유롭게 살 권리와 프라이버시를 빼앗고, 몇 가지의 특권을 갖는 대신에 헌법으로 보장된 기본적 인권을 빼앗긴다. 이런 부자연스럽고 시시한 제도를 언제까지 계속할 것인가.

오키나와에서 보면 천황은 메이지 정부에 의해 류큐국이 멸망하고 병합됨으로서 강제로 관계를 맺은 것이다. 야마토일본에게 오키나와는 근대에 들어와 손에 넣은 새로운 영토이며, 오키나와 전투나 패전 후의 취급에서 보이듯이 여차하면 잘라 버리는 '도마뱀 꼬리'에 불과하다. 퇴위한 아키히토·미치코 부부는 오키나와를 몇 번이나 방문했지만 쇼와 천황의 전쟁 책임이나 '천황 메시지'를 언급하는 일은 없었다. '위령 여행'이라는 연출로 오히려 오키나와를 버려버린 쇼와 천황의 문제를 어물쩍 넘겨왔다.

한편 오키나와에 진출한 자위대가 세력을 넓혀 사키시마先島 지역으로까지 확대해 가는 것을 지지해 왔다. 아키히토·미치코 부부의 천황·황후로서의 마지막 오키나와 방문은 '류큐 처분' 3월 27일과 요나구니섬与那国島의 자위대 발족 기념일인 28일에 맞춰 설정되어 이들의 역할을 상징하고 있었다. '레이와'를 마지막 연호로 삼고, 천황제라는 유제는 하루라도 빨리 끝내야 한다. 그 전에 천황·황후를 비롯한 황족의 공무를 대폭 줄이고, 명예 총재名誉総裁로서 치켜세우고 권위를 이용하는 일을 삼가야 한다. 천황의 교체 소동의 이면 속 헤노코에서는 오키나와의 민의를 짓밟고, 신기지 건설이 강행되고 있다. '천황 메시지'는 지금도 살아 있다.